中国七鳃鳗研究

I 功能基因

李庆伟　刘　欣　著

科学出版社

北　京

内 容 简 介

在海洋生物中，七鳃鳗是现存脊椎动物门中最古老的物种，它印记了无脊椎动物的进化史，又为脊椎动物的起源与进化提供丰富的遗传信息基础。本书介绍了本课题组近几年在七鳃鳗功能基因和比较基因组研究方面的主要成果，包括七鳃鳗的形态解剖，肝脏和口腔腺组织的 cDNA 文库的构建及分析以及与抗炎、抗凝、抗肿瘤、抗心血管疾病相关的基因克隆，重组蛋白表达、纯化及生物学活性测定及作用机制研究，旨在为深入研究疾病的治疗和新药的研发提供理论基础。另外，本书所提供的研究方法也会为科研工作者及相关专业研究生提供有益的借鉴。

本书可供功能基因及比较基因组学研究相关的科研工作者、教师及相关专业研究生和本科生参考使用。

图书在版编目(CIP)数据

中国七鳃鳗研究：Ⅰ功能基因/李庆伟，刘欣著. —北京：科学出版社，2011

ISBN 978-7-03-030597-8

Ⅰ. ①中… Ⅱ. ①李… ②刘… Ⅲ. ①七鳃鳗目-研究 Ⅳ. ①Q959.39

中国版本图书馆 CIP 数据核字（2011）第 045778 号

责任编辑：罗 静 王 静 孙 青/责任校对：何艳萍
责任印制：钱玉芬/封面设计：王 浩

科 学 出 版 社 出版
北京东黄城根北街 16 号
邮政编码：100717
http://www.sciencep.com

中国科学院印刷厂 印刷

科学出版社发行 各地新华书店经销

*

2011 年 4 月第 一 版 开本：787×1092 1/16
2011 年 4 月第一次印刷 印张：21 插页：6
印数：1—1 000 字数：468 000

定价：98.00 元

（如有印装质量问题，我社负责调换）

序

随着国际人类基因组计划合作组织于2004年10月宣布成功绘制一张精度大于99%、误差小于十万分之一的人类基因组图谱，基因组学的研究热点开始由结构基因组学转向功能基因组学。目前在功能基因组学研究中，人们最关注的问题之一是发现和鉴定与人类重大疾病相关的基因，以及对一些具有重要生物学功能的基因进行克隆、功能鉴定、生物制药开发及临床应用。由此可见，功能基因是21世纪生物制药产业的基石、临床基因疗法技术开发的生长点和知识产权归属的制高点。因此，有效地挖掘和保护功能基因资源是极其重要的。

21世纪是海洋世纪，海洋生物资源的开发和利用已成为世界各海洋大国竞争的焦点之一，其中基因资源的研究、保护和利用更是各国争夺的焦点。美国、日本、英国、法国、俄罗斯等均投入巨资发展海洋药物研究及相关海洋生物技术，先后推出“海洋生物技术计划”、“海洋蓝宝石计划”、“海洋生物开发计划”等。世界上一些著名的大学也相继建立海洋药物研究机构。美国、日本和欧盟一些发达国家和组织近年来不断加强海洋药物研究的经费投入，逐渐走在了世界生物制药的前列。目前，世界各国已从海洋微生物及动植物中分离得到10 000多种新型化合物，其中有200余种化合物申请了世界专利保护。我国自“九五”以来设立了海洋“863”计划，海洋生物技术研发迅速发展、成绩斐然，克隆了一大批重要功能基因，其中包括潜在的药用基因、工业用酶基因、抗逆性基因、抗病基因、免疫相关基因，以及与动植物生长繁殖有关的基因。

李庆伟教授的研究团队在2004年率先启动对列入《中国濒危动物红皮书》的无颌类脊椎动物——日本七鳃鳗（*Lampetra japonica*）的全面研究，获得了国家、部委和省市多项基金的资助。七鳃鳗属于七鳃鳗目、七鳃鳗科，是现存脊椎动物亚门中最古老的物种。由于其在进化上的特殊地位，七鳃鳗成为研究脊椎动物起源与进化的关键物种，在脊椎动物胚胎发育、各个器官分化的比较研究中有大量的文献报道。但对该物种功能基因展开如此广泛和具有深度的研究，该书作者的研究无疑填补了国内外的空白。只有短短几年，即见著作面世，颇感欣慰。纵观全书，深感成绩斐然，作者利用基因组学、蛋白质组学、比较基因组学、生物信息学的技术与方法以及高效能克隆表达技术，开展了高通量七鳃鳗重要功能基因的筛选、鉴定、克隆、重组蛋白表达及生物学功能研究，筛选和鉴定了一批拥有自主知识产权的，与抗炎、抗凝、抗病毒、抗肿瘤、抗心血管疾病相关的药用蛋白基因以及免疫相关基因。该书为国内首部有关无颌类脊椎动物功能基因方面研究的专著，其研究方法和研究成果可为从事分子生物学、生物化学、生物信息学及生物制药研究领域的科研工作者及研究生所借鉴。相信该书的出版，确能给我国未来海洋生物资源的保护与开发以及海洋生物功能基因的发现与应用带来极大的推动作用。愿借此序，为之一赞。

中国科学院院士

2010 年 10 月 28 日

Foreword

In October 2004, as The Human Genome Organisation announced that a complete human genome map with precision greater than 99%, error less than 10 parts per million has been successfully drawn, Focus on genomics research began to shift from structural genomics to functional genomics research. At present, one of the most concerns of functional genomics is to discover and identify major disease-related human genes, and to clone and reveal their important biological functions for bio-pharmaceutical development and clinical application. Thus, functional genomics is the cornerstone of biological pharmaceutical industry in the 21st century, is the growing point of clinical gene therapy technology development and the commanding heights of the intellectual property ownership. Therefore, the effective protection and mining of genetic resources are extremely important.

21st century is the century of ocean, the marine resources development and utilization have become a rivalry focus of the great oceanic countries in the world, in which the genetic resources research, protection and utilization are the focal point of all countries. The United States, Japan, Britain, France, Russia and other countries have invested heavily in drug research and development of marine technology related to marine life, have launched the "marine biotechnology plan", "Ocean Sapphire plans", "Marine Biological Development Scheme" separately. Some of the world renowned universities have also established marine drug research institutions. The United States, Japan and some developed countries of the European Union continue to strengthen the expense of marine drug research, and gradually walk in the forefront of the world's biopharmaceutics in recent years. Currently, in the world more than 10 000 kinds of new compounds were isolated from the marine microbes, plants and animals, of which more than 200 compounds have been applied for international patent protection. In China, marine "863" plan has been established since the "Ninth Five-Year", marine biotechnology research has been developing rapidly with great successes, a large number of important functional genes were cloned, including the potential pharmaceutical genes, industrial enzyme gene, adversity resistance gene , disease resistance gene, immune-related genes as well as genes involved in growth and reproduction of plants and animals.

The research team of Professor Li Qingwei first started full researches on a jawless vertebrate-Japanese lamprey (*Lethenteron japonicum*) in 2004, which is in the inclusion of "China Red Data Book of Endangered Animals". The researches have been supported by a number of funds from nation, ministries and provinces. Lampreys which has belonged to order Petromyzontiformes and family Petromyzontidae, are the most ancient species of extant vertebrate subphylum. Because of its special position in evolution, lampreys become the key species for studying the origin and evolution of vertebrates; a large number of comparative studies were reported in vertebrate embryonic development and various organs differentiations. However, as for such a broad and in-depth research of the functional genes of the species, authors' studies will undoubtedly fill the gaps at home and abroad. Although only a few years, the works are published, I am quite pleased. Throughout the book, one might be deeply impressed that authors carried out high-throughput screening, cloning, recombinant protein expression and biological function identification of important lampreys functional genes by using of genomics, proteomics, comparative genomics, bioinformatics technology and methods, and efficient cloning and expression technologies. They have been screening and identifying of a group of anti-inflammatory, anticoagulant, anti-virus, anti-tumor, anti-cardiovascular disease-related genes and immune medicinal related genes with independent intellectual property rights. This is the first monograph about jawless vertebrates on aspects of functional gene research, and its research methods and results in molecular biology, biochemistry, bioinformatics and biopharmaceutics can be used by researchers and postgraduate students. I believe that the publication of this book do give a tremendous boost on protection and development of our future marine living resources and marine life as well as the discovery and application of functional genes. I would like to write this preface to pay a compliment to authors.

Zhang Yaping

Academician of Chinese Academy of Sciences

October 28, 2010

前　言

随着社会、经济的发展和人类活动的干预，海洋环境正在不断地恶化，海洋生物多样性正遭到破坏，海洋生物基因资源的保护和利用，显得更加紧迫。研究海洋生物基因组及功能基因，能深层次地探究海洋生命的奥秘；发掘海洋生物基因，有利于保护海洋生物资源；从海洋生物的功能基因入手，有助于开发具有我国自主知识产权的海洋基因工程新药，部分解决海洋药源问题。

目前，“模式生物与人类疾病”研究在国际上刚刚起步，但在比较基因组学领域已有大量研究成果。通过比较小鼠的基因组发现了人类的肥胖基因。果蝇与人类基因组的比较，识别了 548 个与人类疾病同源的基因，并成功地建立了亨廷顿舞蹈病的果蝇模型。此外，斑马鱼、河豚、秀丽新小杆线虫也被用于人类疾病的研究。当前，科学家们正在进行“模式生物果蝇与心脏病”、“利用条件基因剔除技术研制人类疾病小鼠模型”、“人类自身免疫疾病的小鼠模型”、“斑马鱼模式生物体在人类基因功能研究中的应用”以及“模式生物乙型肝炎模型”等领域的研究。可见，利用模式生物研究人类疾病的发病机制、发现人类疾病相关基因以及建立人类疾病的动物遗传模型，具有重大的理论和实践意义。

在海洋生物中，七鳃鳗是迄今所知道的最原始的无颌脊椎动物，其最早的化石记录可以追溯到奥陶纪，与寒武纪晚期底栖的甲胄鱼类有共同的祖先；与人类、其他具有高度发达中枢神经系统的灵长类共同隶属脊椎动物亚门（Vertebrata）。七鳃鳗与盲鳗同属无颌纲（Agnatha），是约 22 种原始鱼形无颌脊椎动物的统称，均隶属于七鳃鳗科（Petromyzonidae）。2006 年，南非金山大学和美国芝加哥大学的科学家们在南非东开普省格雷厄姆斯敦附近的沃特山岩石群中发现了一块有 3.6 亿年历史的七鳃鳗化石。这块迄今发现的最古老的鱼类化石显示，自七鳃鳗在 3.6 亿多年以前出现以来它的外观几乎没有发生变化，证明现代七鳃鳗是意义不同寻常的活化石，也是目前所知仅存的最原始的无颌脊椎动物。七鳃鳗是颌口类脊椎动物的近亲，与颌口类脊椎动物不同的是，它的体内缺乏活动的上下颌，终生保留脊索，无成形的脊椎骨和成对的附肢等。但是，七鳃鳗与颌口类脊椎动物又存在着一些共同的特征，如开始出现复杂的脑的分化，出现心脏及肝脏等。比较解剖学和胚胎学研究揭示，所有的脊索动物在其个体发育的一定阶段或终生均具有共同的三大主要特征——背神经管、脊索和咽鳃裂，这些清楚地表明该门动物起源于一个共同的祖先，七鳃鳗是现存脊椎动物亚门中最古老的物种。因此，七鳃鳗不仅是研究脊椎动物起源与进化的关键物种，同时也是研究脊椎动物胚胎发育、器官分化的最佳模型。

由于七鳃鳗在进化上所处的重要地位，2004 年 8 月 4 日，美国国家人类基因组研究所在英国 *Nature* 杂志网站上宣布将绘制七鳃鳗全基因组图谱，用于与人类基因组进行比较研究，进一步探索生物进化史。特别是2004年*Nature*报道，科学家对七鳃鳗所含有的脊椎动物免疫系统的原始元素所做的新的搜索工作，在与脊椎动物淋巴细胞类似的细胞上发现了新型可变淋巴细胞受体，发现七鳃鳗是利用一种不寻常的基因重排过程来产生受体多样性。这一发现对了解人类免疫系统起源提供了关键线索。七鳃鳗是联系无脊椎动物与脊椎动物之间的重要阶元，从遗传信息基础来说，它必定印记了无脊椎动物的进化历史，同时作为脊椎动物最直接的祖先，又为脊椎动物的起源与进化提供丰富的遗传信息基础。总之，深入开展以七鳃鳗为基础的遗传发育研究，对于理解和揭示脊椎动物的起源和进化具有重要的意义。另外，以七鳃鳗的基因组研究为基础，通过与人以及其他脊椎动物基因组的比较研究，有可能发现重要的人类疾病相关基因，揭示人类疾病的发病机制，从而建立人类疾病的七鳃鳗动物遗传模型，为深入研究疾病发病机制以及为疾病的治疗和新药的研发提供理论基础。

日本七鳃鳗所具有的特殊生活方式，又赋予它诸多特有的功能蛋白基因。虽然国内外对七鳃鳗的营养价值进行了研究，而利用生物技术对其基因及蛋白质进行药物开发几乎没有报道。为此，近几年我们在国家“863”计划项目“七鳃鳗药用相关基因的筛选、鉴定与功能研究”(2007AA09Z428)、“973”计划项目“原始免疫重排机制和形成机制及比较免疫学研究”(2007CB815802)、国家自然科学基金项目“七鳃鳗口腔腺分泌PR-1蛋白-L251中性粒细胞抑制活性鉴定”(No. 30470936)以及辽宁省科技厅科研基金、辽宁省教育厅创新团队计划项目和大连市科技局科技攻关项目的共同资助下，已完成了日本七鳃鳗肝脏、类淋巴细胞和口腔腺组织的cDNA文库的构建，共得到肝脏组织的10 077条EST序列，类淋巴细胞的10 500条EST序列和口腔腺组织1281条EST序列，并对其进行了初步的生物信息学分析，发现了一些与抗炎、抗凝、抗病毒、抗肿瘤、抗心血管疾病相关的目标蛋白基因以及免疫相关的基因。并对3个含RGD/KGD模体的类去整合素、视黄酸与干扰素诱导的致死蛋白-19（类GRINM-19蛋白，GRIMIN)、翻译控制肿瘤蛋白（translationally controlled tumor protein，TCTP)、类gelsolin蛋白、类sorcin蛋白、具SCP结构域的类神经毒素以及L251蛋白等的蛋白质表达、纯化及重组蛋白的生物学活性测定、作用机制及功能展开了深入的研究。

本书是我们近几年在功能基因组比较研究以及有效地挖掘、保护和开发海洋生物重要功能基因资源，开发功能蛋白生物制药领域的研究成果总结。相信本书的出版会对从事该领域研究工作的同行有所帮助，对我国海洋生物制药的发展具有一定推动作用。在本书的撰写过程中，得到同事王继红、吴毓，以及博士、硕士研究生白洁、高琪、韩晓曦、刘岑洁、麻晓庆、孙晶、孙婴宁、薛壮、于水艳、张楠楠、张丕桥、周丽伟、朱丽娜等的大力协助，他们在各自的研究中做了大量深入的工作，谨致以深切谢意！对科技部、自然科学基金委多年的大力支持表示衷心的感谢！最后感谢科学出版社在本书出版方面给予的热情支持！

李庆伟
2010年春于辽宁师范大学

Preface

With the social and economic development and intervention of human activities, the marine environment is continually deteriorating, marine biological diversity is being destroyed, marine genetic resources conservation and use is even more urgent. Studying marine genomics and functional genomics could help to explore deeply in the mysteries of marine life, exploring marine life genes could help to protect marine biological resources, investigating functional gene of the marine life could help to develop Chinese own intellectual property rights of new marine genetic engineering drugs, a partial solution to the problem of marine drug resource.

Currently, the "Model Organisms and Human Disease" study, in recent years has just started in the international arena, but in the field of comparative genomics there have been a lot of research results. By comparing the mouse genome, human obesity gene was found. The comparison of *Drosophila* and human genome helped to identify 548 genes homologous to human disease, and successfully establish a *Drosophila* model of Huntington's disease. In addition, zebra fish, puffer fish, *C. elegans* have also been used to study human diseases. Currently, scientists are carrying out "Model Organism *Drosophila melanogaster* and Heart Disease", "Use of Conditional Gene Knockout Technique to Develop Mouse Models of Human Disease", "Human Autoimmune Disease Mouse Model", "Zebra Fish Model Organism in the Human Genome Function of Application " and " Model Organisms Hepatitis B Model " and other areas. It shows that the use of model organisms of human disease pathogenesis, disease-related genes in humans and the creation of animal genetic model of human disease, are of great theoretical and practical significance.

In the marine species, lampreys (*Petromyzon*) is by far the most primitive known jawless vertebrates, their fossil record dates back to the earliest Ordovician and late Cambrian, sharing common ancestors with ostracoderms. Lampreys are classified in *Vertebrata* together with highly developed human and other primate with central nervous system. Lamprey and hagfish belong to Agnatha, 22 species lamprey are collectively referred to primitive fish shaped jawless vertebrates, and all are Petromyzonidae. In 2006, scientists of University of the Witwatersrand (South Africa) and the University of Chicago found a 3. 6 billion-year history of lamprey fossil in South Africa Eastern Cape near Grahamstown Walter Hill rock group. This piece of the oldest fish fossils ever found shows its appearance has almost not changed since lampreys occur in 360 million years ago. It proved that modern lampreys are remarkable living fossils, and is currently the only remaining known the most primitive vertebrates without jaws. Lamprey is a close relative of jawed vertebrates, it is different from jaw vertebrates in its lack of activity of the upper and lower body, a lifetime notochord, without forming the spine and paired appendage. However, lamprey and jawed vertebrates have some common characteristics: the emergence of complexity of brain and the differentiation of heart and liver. Comparative anatomy and embryology studies reveal that all vertebrate deve-lopment in a certain stage of their individual or common life exist the three main features—dorsal neural tube, notochord and pharyngeal gill slits, a clear indication that these animal origin a common ancestor. Lampreys are the oldest species in extant vertebrate Subphylum, therefore, lampreys are not only the key vertebrate species in studying the origin and evolution of vertebrates, but also the best model in studying vertebrate embryonic development and organ differentiation.

Because lampreys are important in evolution, in August 4, 2004, the U. S. National Human Genome Research Institute Web site announced that they will draw the lamprey genome-map in the *Nature*, for a comparative study of the human genome and further explore the history of biological evolution. Particularly, in 2004, *Nature* reported that, scientists have explored lamprey immune system, which contains the original elements of vertebrate and the new investigation have found the new variable lymphocyte receptor on similar cells with vertebrate lymphocyte cells, proved that lamprey is to use an unusual process of gene rearrangement to generate receptor diversity. This finding provides a key clue for understanding the origin of the human immune system. Lamprey is a critical link stages between invertebrates and vertebrates, from the basis of genetic information, it will mark the evolutionary history of invertebrates and at the same time be the most direct ancestor of vertebrates, but also provide a rich foundation of genetic information for the vertebrate origin and evolution. In short, the deep study of lamprey-based genetic development has important significance for understanding and revealing the origin and evolution of vertebrates. In addition, based on lamprey genome research, and comparison with human and other vertebrate genomes, we may find important human disease-related genes, reveal human disease pathogenesis, and thus establish genetic model of lamprey on human disease for the study of disease pathogenesis and treatment of disease and provide a theoretical basis for research and development of new drugs.

Japanese lamprey possesses the special way of life, but also many unique protein features. Though lampreys were studied on the nutritional value worldwide, there were almost no reports on the use of biotechnology on their gene and protein for drug development. For this reason, in recent years, supported by national "863" Project, "Identification of Lamprey Medicinal Related Genes and Function Study" (2007AA09Z428); "973" project, "The Mechanism of Original Immune Rearrangement and Formation and

Comparative Immunology" (2007CB815802); National Natural Science Foundation project, " Identification of Lamprey Oral Gland Secretion of PR-1 Protein-L251 Inhibition of Neutrophil" (No. 30470936) and the Research Fund for Science and Technology, Department of Liaoning Province; Innovation Team Programme projects, Liaoning Provincial Department of Education; scientific and technological project, Dalian Municipal Science and Technology Agency, we have completed the Japanese lamprey liver, type lymphocytes and oral gland cDNA library construction, and sequenced a total of 10, 077 liver EST sequences, 10, 500 lymphocytes EST sequences and 1281oral glands EST sequences. By preliminary bioinformatics analysis, we found a number of anti-inflammatory, anticoagulant, anti-virus, anti-tumor, anti-cardiovascular disease-related target gene and immune-related genes. And 3 integrins with RGD / KGD motif, retinoic acid and interferon-induced death protein -19 (Class GRINM-19 protein, GRIMIN), translationally controlled tumor protein (TCTP), type gelsolin protein, type sorcin protein, a SCP domain of neural protein toxins and L251 protein were studied by expression, purification and biological activity analysis of recombinant proteins, and the mechanisms and functions were carried out in-depth study.

This book is the our research summary recent years of functional genomics, effective mining, protection and exploration of the important functions of marine genetic resources, development of functional protein in the field of biopharmaceutical. I believe this book published will be help to peer research in the field, and has a greater impetus in the development of our marine bio-pharmaceutical. In the book writing process, colleagnes Wang Jihong, Wu Yu and postgraduates Bai Jie, Gao Qi, Han Xiaoxi, Cen Liujie, Ma Xiaoqing, Sun Jing, Sun Yingning, Xue Zhuang, Yan Shuiyan, Zhang Nannan, Zhang Piqiao, Zhou Liwei, Zhu Lina and others offered great assistance, they have done a lot in their research work in depth, I would like to extend my deepest gratitude! I would also express my sincere thanks to State Science and Technology, National Natural Science Foundation support for many years! Finally thanks to Science Press for the enthusiastic support in book publishing!

Li Qingwei

Liaoning Normal University, in the Spring of 2010

目　录

1　日本七鳃鳗形态解剖学研究

1.1　引　　言

日本七鳃鳗（*Lampetra japonica*）系圆口纲（Cyclostomata）、七鳃鳗目（Petromyzoniformes）、七鳃鳗科（Petromyzontidae）、七鳃鳗属（*Lethenteron*）动物，主要分布于太平洋北部，南至日本、朝鲜沿岸，北至阿纳德尔和阿拉斯加。在我国主要分布于黑龙江、松花江、乌苏里江和图们江水系，是我国现存唯一的海水、淡水洄游七鳃鳗。七鳃鳗在海水中营半寄生生活，以吸食宿主血肉为食。长久以来，七鳃鳗在进化上因连接着脊椎动物与无脊椎动物而具有极高的研究价值。它不仅是研究脊椎动物起源与进化的关键物种，同时也是研究脊椎动物胚胎发育、器官分化的最佳模型。由于七鳃鳗特殊的生态特性和进化地位，因此它在世界动物学研究史上一直占据着重要地位。

1.1.1　无颌类的形态特征

日本七鳃鳗隶属于圆口纲。圆口纲是现代脊椎动物中最低等的一个纲，由于没有真正的上下颌，因此称作无颌类。无颌类的口不直接向外开，而是位于特殊的口吸盘深处：口吸盘由一些环状软骨支持；无真正的齿，只在舌上和口吸盘里有由表皮发生的黄色角质齿状突起；无偶鳍；鼻孔一个；雌雄同体或异体。

七鳃鳗体呈长圆柱形，微侧扁，分头、躯干和尾三部分。无胸鳍和腹鳍。背鳍生在体的后半部（分前背鳍及后背鳍）。尾的上下方有鳍（属原尾）。鳍条软且极细密。头部两侧各有眼 1 个，眼后有 7 个鳃孔，鳃孔和眼一起看来好像 8 个小点，所以又称八目鳗（图 1.1）。鼻孔只有 1 个，位于头背面，两眼的中间。鼻孔后方附近，有一个白色能感光的皮斑，即第三眼（顶眼）的位置。头的前腹面，有一漏斗状口吸盘，张开时为圆形，闭合时为纵裂缝状。口吸盘的周缘皱形，有许多细软的短穗状突起（皮肤褶）。口吸盘的内部张开时，呈短的囊管状，其后上方及后下方各有一个横弧形角质板，即上唇板和下唇板，其两侧还有侧板。上唇板、下唇板和侧板均有牙齿。上唇板、下唇板之间的开口，就是口。口内有一肉质的小舌，上面也有角质牙齿。在口吸盘的侧壁上有许多侧壁齿。全体无鳞，皮上有很多单细胞的黏液腺，所以皮层是很黏滑的。肛门位于后背鳍的前部腹面。雌雄异体，雄鱼在肛门后方还有一个泌尿生殖突起。

盲鳗的身体许多结构退化，眼退化无功能，背鳍退化仅留痕迹。鼻孔开口于头部的极前端。口在鼻孔的后下方，口缘有触须。舌下具角质齿（图 1.1）。咽无呼吸管与食道之分。鳃囊 6～15 对，内鳃孔与咽直接相连，外鳃孔分别开口（如黏盲鳗属 *Eptatretus*），或延长汇成 1 对总鳃管（如盲鳗属 *Myxine*），并在离口很远的后面向外开口，以适应其身体前部深入寄主组织而不影响呼吸。此外，在左侧尚有一个咽皮管并与最后外

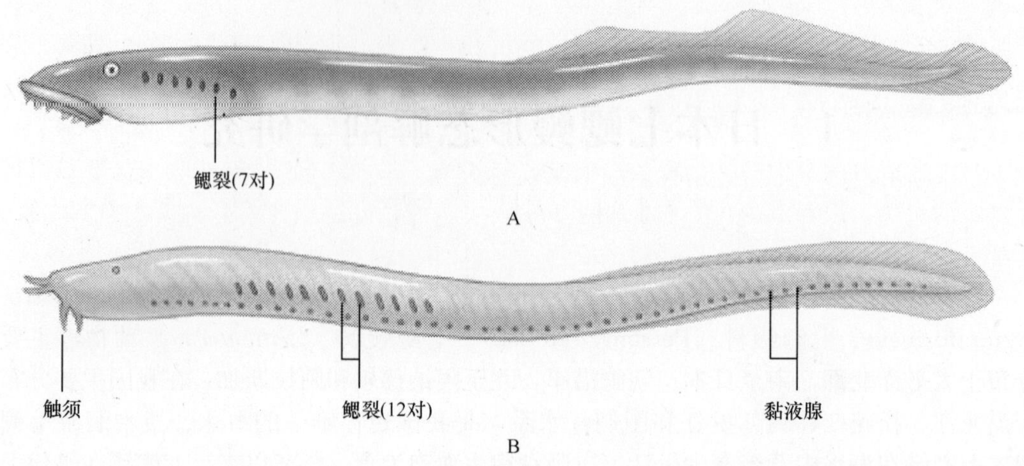

图 1.1　七鳃鳗和盲鳗的形态对比

A. 七鳃鳗；B. 盲鳗

鳃孔共同开口于体外，此咽皮管孔在正常呼吸时关闭。身体两侧各有一条纵裂的黏液腺窝，能分泌大量的黏液。肠无螺旋瓣。骨骼不发达，鳃笼萎缩。内耳仅有一个半规管。雌雄同体。

1.1.2　无颌类的食性

七鳃鳗变态后的成体过着半寄生生活，以口吸盘吸附鱼体，口内的角质齿起钩扎紧扣的作用。以舌面的角质齿扎破鱼体，以舌片做活塞往返伸缩吸取鱼的体液、血、肉为食；也可用以吸附水底岩石，摄取蠕虫或小体甲壳纲动物。并且可以在水流湍急处吸附其他动物体借以前进，缓流处以肌节摆动，尾部推身体向前行（图 1.2）。

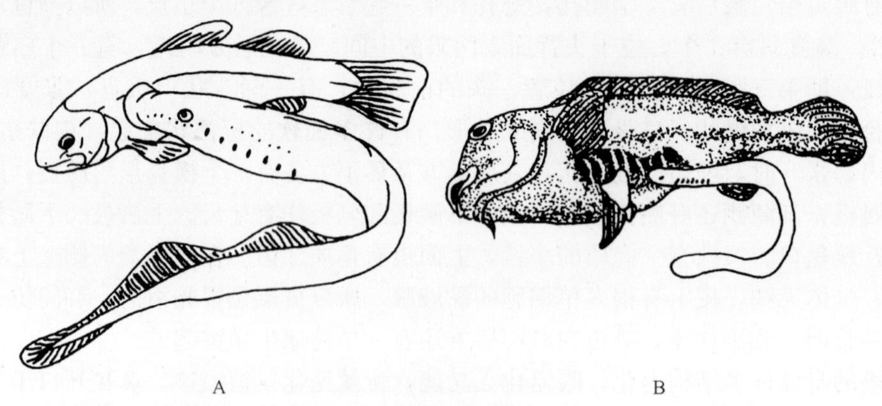

图 1.2　七鳃鳗和盲鳗的食性对比

A. 七鳃鳗；B. 盲鳗

七鳃鳗幼虫与成体不同，不是肉食性的；没有锉咬舌和吸附口，而是像文昌鱼一样的滤食动物。借肌肉（而不是像原始脊索动物那样用纤毛）的活动引起水流入口，水经咽而通过咽裂出身体，和文昌鱼相同，咽部有内柱。另外几种小型种类甚至活不到肉食生活阶段，它们在淡水中变态后很快进行生殖，不久即在所居住的河中死去。

日本七鳃鳗的食性与多数种类的七鳃鳗相同。变态后的七鳃鳗营半寄生生活，以口吸盘吸附鱼体，以舌面的角质齿扎破鱼体，以舌片做活塞往返伸缩吸取鱼的血肉为食。幼鳗白天埋藏在泥沙里边，夜晚出来摄食，以水中的浮游微生物为食。

盲鳗在淤泥中，露出头部，营寄生生活，常攻击鱼类，而本身无渔捞价值。它们常常袭击病鱼或攫取已上钩或已落网的鱼，通常是从鳃部咬穿它们的体壁，钻入体腔，先取食内脏，而后取食肌肉，仅留下皮骨（图 1.2）。时常有几尾盲鳗钻入同一鱼体中，人们曾在 1 尾鳕鱼体中发现有 123 尾大西洋的真盲鳗（*Myxine glutinosa* L.）。在英国和挪威沿海用沿绳钩和刺网捕鱼往往一无所获，因为鱼上钩或落网后，盲鳗立即咬食，而在收起渔具时，它们又迅速逃入水中。

1.1.3 无颌类的生活史

七鳃鳗生活在江河或海洋中，每年 5～6 月，成鳗常聚集成群，溯河而上或由海入江进行繁殖。大多数七鳃鳗属于海淡水回归性洄游种类，日本七鳃鳗也属于这一类型。在海水中完成成体的生长发育后，性成熟的七鳃鳗溯入内河产卵。产卵之后，成鳗全部死亡。幼鳗经过三四年的幼体生长阶段而后变态下海。

七鳃鳗交尾的方式很特别，雄鱼先到产卵场后，开始筑巢，不久就有 1 尾雌鱼来帮助筑巢。它们用吸盘状的口吸起小石，用拖和振动的方法来把小石挖松动，然后把它拖到巢的后方，筑成一堆。有时也会有第 2 尾雌鱼来帮忙，但这种现象非常罕见。雌鱼先用口吸附在巢上面的小石上，雄鱼用同样的方法吸附在雌鱼的头上；之后，雄鱼用身体的一部分将雌鱼卷住，结果两尾鱼就形成一个椭圆形。接着，雌雄鱼均使身体的后部剧烈地振动，激起细沙，同时各自排放出卵子和精子。卵的表面有黏性，能黏上沙粒而沉入巢底。雌雄鱼排完卵子和精子后即分离，并立即一起把巢上方的小石运到下方的石堆上去，由于水流的作用，这样就能涌起较多的沙粒到巢上，而把受精卵掩盖起来。这种繁殖行为，在一段时间内反复进行，一直到雌鱼体内的卵全部排出为止。至此两亲鱼离开产卵巢，全部死亡。鳗卵圆小，直径约 0.7 mm，含卵黄少，受精卵进行不均等的全分裂。胚胎先发育成幼鳗。幼鳗在淡水或返回海中生活 3～7 年后，才经过变态成为成体，在经过数月的半寄生生活便达到性成熟时期，溯河产卵（图 1.3）。

有些七鳃鳗终生生活在淡水中，如海七鳃鳗成功地侵入了北美洲几个大湖中。另外几种小型种类甚至活不到肉食生活阶段，它们在淡水中变态后很快进行生殖，不久即在所居住的河中死去，如我国的东北七鳃鳗（*Lampetra morii*）。

盲鳗完全生活在海里，产卵于海中，幼体直接在海水中发育。不经过变态，直接发育。

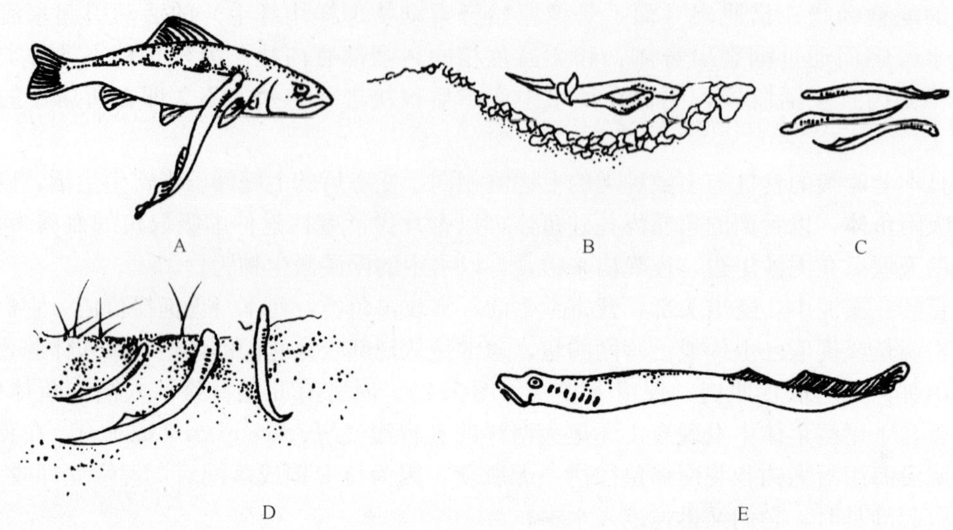

图 1.3 七鳃鳗的生活史

A. 成鳗吸附于鱼体上；B. 在溪流浅滩的砾石窝内产卵；C. 幼鳗顺流飘游于泥泞的静水处；
D. 幼鳗在泥淖或海洋中留居约 5 年；E. 经变态后洄游到江河至其上游进行繁殖

1.1.4 无颌类的分类依据及我国的主要种类

现存的圆口纲动物有 70 多种，主要包括两目：七鳃鳗目和盲鳗目。七鳃鳗目只有一科，即七鳃鳗科，计有 11 属 48 种。主要的属有以下几个。

Petromyzontidae (lampreys)

Entosphenus

Entosphenus hubbsi (Kern brook lamprey)
Entosphenus lethophagus (Pit-Klamath brook lamprey)
Entosphenus macrostomus (Vancouver lamprey)
Entosphenus minimus (Miller lake lamprey)
Entosphenus similis (Klamath river lamprey)
Entosphenus cf. *similis*
Entosphenus tridentatus (Pacific lamprey)

Geotria

Geotria australis (pouched lamprey)
Ichthyomyzon
Ichthyomyzon fossor
Ichthyomyzon gagei
Ichthyomyzon unicuspis (silver lamprey)

Lampetra

Lampetra aepyptera (least brook lamprey)

Lampetra appendix (American brook lamprey)

Lampetra ayresii (river lamprey)

Lampetra fluviatilis (European river lamprey)

Lampetra planeri (European brook lamprey)

Lampetra richardsoni (Western brook lamprey)

Lampetra tridentatus

Lampetra sp. JB-2003

Lethenteron

Lethenteron japonicum (Japanese lamprey)

Lethenteron reissneri (Far Eastern brook lamprey)

Lethenteron zanandreai (Po brook lamprey)

Lethenteron sp. N

Mordacia

Mordacia mordax (southern lamprey)

Petromyzon

Petromyzon marinus (sea lamprey)

Petromyzontidae gen. sp.

unclassified Petromyzontidae

常见种类有生活在北美洲海七鳃鳗属（*Petromyzon*）的海七鳃鳗（*Petromyzon marinus* L.），产于南半球的袋七鳃鳗属（*Mordacia*）的短头袋七鳃鳗（*Mordacia mordax*）等。产于我国有 3 种，都属于七鳃鳗属。

（1）日本七鳃鳗（*L. japonica*）。成鱼体较大，体长可达 625 mm。系圆口纲（Cycpostomata）、七鳃鳗目（Petromyzoniformes）、七鳃鳗科（Petromyzontidae）、七鳃鳗属（*Lethenteron*）动物，主要分布于太平洋北部，南至日本、朝鲜沿岸，北至阿纳德尔和阿拉斯加。在我国主要分布于黑龙江、松花江、乌苏里江和图们江水系。是我国唯一的海淡水洄游七鳃鳗。

（2）东北七鳃鳗（*L. morii*）。成体鱼小，体长约 160 mm。产于鸭绿江，不入海。

（3）雷氏七鳃鳗（*L. reissneri*）。幼鱼体长达 230 mm，至成鱼后缩短为 120～180 mm。产于黑龙江、嫩江、松花江、乌苏里江及图们江。

盲鳗目（Myxiniformes）有两科：黏盲鳗科（Eptatretidae）和盲鳗科（Myxinidae），有十几种。前者鳃囊 6～15 对，后者鳃囊 6 对。常见种类有分布在大西洋的盲鳗（*Myxine glutinosa*）、太平洋和印度洋的黏盲鳗（*Bdellostoma slouti*）以及产于日本海的杨氏拟盲鳗（*Paramyxine yangi*）等。

产于我国的只有 1 种，即黏盲鳗科的蒲氏黏盲鳗（*Eptatretus biirgeri*）。其特征为口须两对；鳃孔每侧 6 个，左侧最后一个鳃孔比较大，其他的大小相同，与咽皮管孔合并；鳃囊每侧 6 个，每囊具一出鳃管，最前的出鳃管最长；自鳃孔后方至尾鳍基部具一行黏液腺孔；无鳞。分布于黄海、东海、日本海，偶见于福建、浙江沿海。

1.2 日本七鳃鳗的研究价值

七鳃鳗是迄今所知最原始的无颌脊椎动物，隶属于脊索动物门（Chordata），脊椎动物亚门（Vertebrata）、圆口纲（Cycpostomata），其最早的化石记录可以追溯到奥陶纪，与寒武纪晚期底栖的甲胄鱼类有共同的祖先。圆口纲是现存脊椎动物中最原始的一纲，包括两类动物——七鳃鳗和盲鳗（图 1.4）。自从七鳃鳗在 35 000 万年前出现以来，它的外观几乎没有发生变化。盲鳗的进化地位以及与七鳃鳗的关系尚有争议，因此与盲鳗相比七鳃鳗更加受到进化生物学家和发育生物学家的广泛关注。

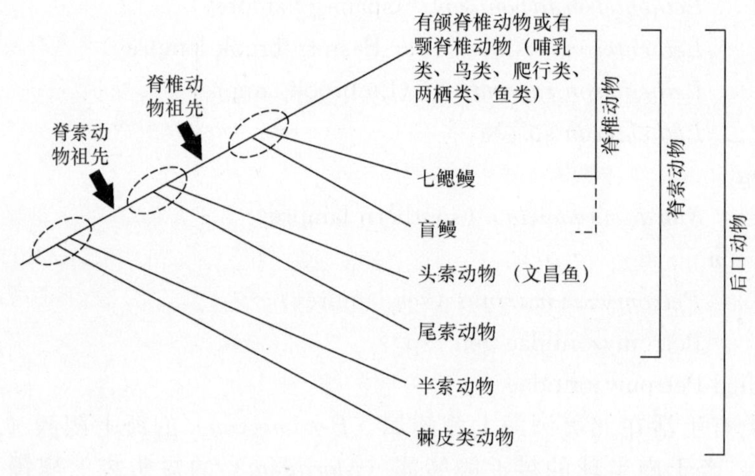

图 1.4 后口动物系统发育树

七鳃鳗是颌口类脊椎动物的近亲，与颌口类脊椎动物不同的是，在七鳃鳗体内缺乏活动的上颌、下颌，终生保留脊索，无成形的脊椎骨，脑的各部分排列在同一平面上，无成对的附肢等。但是，七鳃鳗与颌口类脊椎动物又存在一些共同的特征，开始出现了复杂的脑的分化，具备背神经索，生活史中出现脊索，具有咽鳃裂，如开始出现肝脏以及心脏等。由于七鳃鳗特殊的进化地位和存在多个与颌口类脊椎动物相同的特征，因此长期以来七鳃鳗被认为是现存最古老脊椎动物的代表、难得的活化石。

七鳃鳗是联系无脊椎动物与脊椎动物之间的重要阶元，从遗传信息基础来说，它必定印记了无脊椎动物的进化历史，同时作为脊椎动物最直接的祖先，又为脊椎动物的起源与进化提供丰富的遗传信息基础。因此，深入开展以七鳃鳗为基础的遗传发育研究对于理解和揭示脊椎动物的起源和进化具有重要意义。通过对七鳃鳗的几个重要组织，如咽弓、脑、肝脏、散布的胰腺组织等在形态结构及其发育上的特征描述，进一步阐明七鳃鳗作为模式动物所具备的重要特征，揭示七鳃鳗作为研究模式动物遗传发育模型的重要意义，为深入研究脊椎动物遗传发育模式及其进化机制提供认识基础。

1.2.1 七鳃鳗化石与基因的研究揭示脊椎动物颌形成的机制

化石资料表明，最古老和最原始的一群脊椎动物出现于奥陶纪和志留纪，它们是一类形状像鱼一样的原始无颌类的小脊椎动物——甲胄鱼。到泥盆纪末期，甲胄鱼由于与颌口类竞争最终宣告灭绝，只留下了为数不多的化石以及它的一个分支，即现存最低等的脊椎动物——圆口类。颌口类的盾皮鱼出现在志留纪时期，一般认为，后来的软骨鱼和硬骨鱼就是由盾皮鱼演化而来。盾皮鱼是甲胄鱼强有力的竞争对手，与甲胄鱼相比，盾皮鱼具有能活动的上下颌。在脊椎动物进化史上，颌的产生是一次伟大的飞跃，这次飞跃引起了早期鱼类生活方式的变革，拓宽了脊椎动物的生存环境。

由于目前化石资料的不完整，而且也没有发现甲胄鱼与颌口类之间存在中间类型的化石，因此仅仅通过对化石资料的研究来揭示颌的起源是十分困难的。七鳃鳗是高度特化的无颌类后裔，尽管七鳃鳗缺乏能够活动的上下颌，但是它咽部的组成、形态及基因的表达，仍为颌的起源提供了重要的研究材料。

古老的脊椎动物共有 9 对咽弓。经典的理论认为，古老颌口类的上下颌是由位于身体前侧的咽弓（pharyngeal arch，PA）组成。通过对颌口类的胚胎研究发现，第一对咽弓和第二对咽弓是由剩余的几对咽弓（鳃弓）发育来的。第一对咽弓又称作颚弓（mandibular，MA），第二对咽弓又称作舌弓（hyoid arch，HA）。

七鳃鳗的胚胎中也共有 9 对咽弓，第一对咽弓也称作颚弓，但它最终将发育成缘膜（velum），缘膜的主要作用是控制水流的进出和气管的关闭。但是，目前这一观点有争议。第二对咽弓形成了一个假鳃状的沟（pseudobranchial groove），并且组成了第一对鳃的前半部分；第二对到第九对咽弓围成了七对鳃腔，这七对鳃腔有 7 个开口对体外开放，七鳃鳗因此而得名；第三对到第九对咽弓是气管鳃笼（branchial basket）的 7 对软骨。

根据经典的理论，颌口类的上下颌都是由 MA 的脊细胞发育来的。而七鳃鳗的 MA 仅仅分化成了缘膜和下唇，上唇是由颚弓前的嵴细胞形成的，七鳃鳗的缘膜可能是上下颌的同源物。2002 年 Cohn 对于 *Hox* 基因的实验研究结果与这一经典理论是一致的。在七鳃鳗（*L. fluvlatills*）胚胎发育期，*Hox* 基因在 MA 处有表达；而在颌口类脊椎动物体的 MA 中并未发现 *Hox* 基因的表达。*Hox* 基因的表达可能导致在七鳃鳗体内 MA 没有形成上下颌而发育成了缘膜，但这一结果很快就被随后的研究推翻。此外，人们也对 *Otx* 基因与颌起源的关系进行了研究。结果发现，*Otx* 基因在七鳃鳗的 MA 和颌口类的上下颌中都有表达。这一结论与经典的理论相符，缘膜可能是上下颌在无颌类体中的同源物。

研究还发现，*Dlx* 基因在颌口类的 MA 中沿着身体背腹两侧纵向表达，可能导致形成了上下颌不同的形态；同时关闭 *Dlx5* 和 *Dlx6* 在 MA 背侧的表达，导致了在下颌处出现了上颌的形态。这些结果说明 *Dlx* 基因编码与决定背腹两侧不同的外观形态。但是，并不是在所有的脊椎动物体中都存在背侧和腹侧不同的外观形态。上述不同结果

使得 *Dlx* 基因与颌起源的关系产生了争议。

2004 年，Takio 发现在日本叉牙七鳃鳗（*Lethenteron japonicum*）中并没有 *Hox* 基因在 MA 中表达，这与 Cohn 的实验结果正好相反。这一结果反驳了 *Hox* 基因在 MA 中的表达可以解释颌的出现的这一假设。在有些种类七鳃鳗的 MA 中，没有 *Hox* 基因的表达，说明在七鳃鳗和颌口类的共同祖先出现时就已经建立这种原始的基因编码，而不是在颌口类起源之后才形成的。一些化石材料可能也说明，无颌类通过分子的排列顺序已经享有了一个背腹活动的口器。换句话说，形状和功能都已经形成了，只是产生它们的部位还没有确定。

2002 年 Shigetani 的观点认为头部的嵴细胞在早期的颌口类与七鳃鳗咽部的分布是相同的，但是几部分的口细胞之间通过上皮的间叶细胞相互作用，形成了组织易位，这种组织易位最终能够形成上下颌。由此看来，作为一个新奇的事物，颌是通过组织的重新整理进化而来的。这个观点还认为，头部的嵴细胞分化成了上唇，或是七鳃鳗背侧的口的元件，而等量的嵴细胞又形成无颌类的头骨的柱。由于组织的重新整理，在七鳃鳗体中并不能找到颌的同源物。

1.2.2 七鳃鳗脑的个体发育重演了脊椎动物脑的系统发育

通过对脊椎动物的大脑进行比较，发现不同种类的脊椎动物大脑其胚胎期的结构相似性很高，而成体期的大脑结构差别却很大。所以选择一种有代表性动物的胚胎期大脑进行研究，可以有效地研究出脊椎动物大脑的系统发育和个体发育阶段，并且更加节约时间。

在脊索动物的进化中，脊椎动物的近亲——文昌鱼体内尚未出现脑的基本结构，而只是在神经管的前端内腔略为膨大，称为脑泡。幼体的脑泡顶部有神经孔与外界相通，长成后完全封闭，只留下一个凹陷，称为嗅窝。其后面有一个更大的凹陷，称为背洼。从脊髓前端和脑室背侧各分别发出 1 对神经分布到口前，称作脑神经。经过脑泡计算机三维重建发现，神经管与脑泡相连的部分相当于脊椎动物前脑的间脑部分（diencephalic part)，没有与脊椎动物端脑同源的部分。七鳃鳗的脑，已经具备了脊椎动物脑的基本结构。主要分为 5 部分：前脑、间脑、中脑、小脑和延脑，这几个部分铺展在一个平面上，没有曲折起伏，分化还不明显。前脑可分为大脑与嗅叶各 1 对，嗅叶比大脑更大，司嗅觉。脑顶全由上皮组织构成，没有神经组织的灰质、白质。间脑顶上有两个突起：颅顶眼和脑上腺，底部有中空的脑室，不太发达的脑下垂体和 1 对不成交叉的视神经。中脑未形成二叠体，顶部留有顶孔。小脑还没有与延脑分离，仅为一狭窄的横带。七鳃鳗共有 10 对脑神经。这些特点在文昌鱼中都没有发现。

动物胚胎发育的过程一般能重演它们在种系进化过程中的重要阶段，这是胚胎发育中的一个规律，它揭示出生物的个体发育会重演它的系统发生。七鳃鳗的头部个体发育最初发生在胚胎发育第六天前后，以一个背腹扁平状的区域出现；而后头长过胚孔，从卵黄囊中升起，其前端向下屈，后端被压缩。在头的内部，脊索包含卵黄小板并且形成了一个里面含有大的、非细胞的空泡的组织学结构，此时的脑是神经管的一个膨大区域，相当于系统发育中文昌鱼的脑泡阶段。而后，向下屈的前部分出了脑端的一个囊状原始前部，称作前脑。不久，后面的峡部又发生方向相反的一个曲，区分出峡前的中脑和峡后的原始后脑，即菱脑。在脊椎动物脑的系统发育中，前脑、中脑和菱脑是脑的3个原始部分。在进一步发育中，这三“节”脑干变成五部的脑。七鳃鳗脑的个体发育重演了脊椎动物脑的系统发育。

在进化中，越高等的脊椎动物，脑的内部组成越复杂，内部区划越精密，它们神经的连接方式也不相同。七鳃鳗的进化中首次出现了脑的基本结构，所以七鳃鳗脑的结构应该与脊椎动物祖先脑的基本结构相同，并且七鳃鳗脑的结构能够反映脊椎动物脑的精细结构变化，这些变化都是建立在七鳃鳗脑的结构之上的。低等脊椎动物七鳃鳗，无疑是研究脊椎动物脑的最有价值的材料。

1.2.3 七鳃鳗幼鳗的胰岛器官是脊椎动物胰岛器官系统发育的最简单阶段

脊椎动物的胰腺主要分为两部分：内分泌部和外分泌部。胰腺的外分泌部可分泌多种消化酶，是重要的消化腺。胰腺的内分泌部是胰岛，可分泌胰岛素、胰高血糖素和促生长激素抑制素等，调节糖类的代谢。

1995年Falkmer等提出盲鳗是第一个进化出胰岛器官的生物。胰岛器官（islet organ）泛指脊椎动物的胰腺内分泌部的同源物，并不考虑这些胰腺内分泌部的分布、大小。这个词在最近几年的文献里被广泛使用在描述圆口纲的脊椎动物胰腺内分泌部的同源物上。盲鳗的胰岛器官位于肝外胆管与肠的连接处，是一个上皮细胞聚集成的岛或小囊。它的胰岛器官由大量的B细胞和D细胞组成，能够分泌两种激素。

盲鳗是直接发育的，在它们的生活史中并没有经过变态，而七鳃鳗的生活史中要经历一次变态，其特殊的生活史可能为胰的研究提供了很好的材料。在七鳃鳗生活史的任何一个阶段都没有发现与高等脊椎动物相同的外分泌胰。大多数种类的外分泌胰细胞散布在前肠或一个小的前肠支囊的吸收细胞中间。南半球的物种有所不同，它们体内有一个扩张的肠的支囊，酶原细胞就散布在这些支囊处。内分泌的胰（胰岛器官）与外分泌的组织相分离，这是七鳃鳗的胰特有的特征。在全北区的幼鳗体中，内分泌的组织以一个小的胰岛或滤泡存在于食道、前肠和肝外胆管连接处的黏膜下层结缔组织中。在南半球的物种中，胰岛聚集在肠、支囊和食道的汇合处。虽然在不同地区的七鳃鳗体内内分泌胰的存在部位不同，但是无论是哪一种七鳃鳗，它们的幼鳗内分泌胰都是由一种胰腺细胞——B细胞组成的，而且只分泌一种单一的激素。在七鳃鳗成体体内，内分泌的胰岛组织聚集成一个或两个大的小叶体，并且没有插在中间的外分泌腺泡或者连接组织，内分泌胰由三种胰腺细胞B细胞、D细胞和F细胞组成，并且能够分泌三种激素。

虽然有些观点认为盲鳗是现存的最古老的脊椎动物，它们的内分泌胰是最早的胰岛器官。但是从激素分泌种类上看，盲鳗分泌两种激素；七鳃鳗幼鳗的胰岛器官只分泌一种胰岛素，它的胰岛器官才真正表现了存在于自由生活的脊椎动物体内最基本的胰岛的组织结构；七鳃鳗成体体内的胰岛器官含有三种胰岛素，这可以被看成是在古老的盲鳗的基础上产生的一个进步。在胰的系统发育过程中，脊椎动物胰腺的最高级形式出现在四足动物体中，软骨鱼类和辅鳍鱼亚纲的胰岛器官体现了胰腺的早期变化，而在七鳃鳗的幼鳗体中出现的胰岛器官是脊椎动物胰岛器官的最简单阶段，是脊椎动物胰岛器官研究的最好材料。

1.2.4 小　结

以往发育学家建立的一些模式生物，不能帮助我们了解脊椎动物的身体结构中一些特征的出现，而对于七鳃鳗身体结构的研究能够使我们了解脊椎动物各器官的系统发育顺序。本文只是从几个器官的起源和发育上阐述七鳃鳗作为模式动物研究的意义，有关七鳃鳗作为分子生物学、遗传学模式动物的重要价值将由本实验室今后的工作来完成。目前，我国对于七鳃鳗的研究寥寥无几，而且近几年来，七鳃鳗的数目正在急剧减少，因此对七鳃鳗的研究时间已经十分紧迫。

综上所述，七鳃鳗作为了解脊椎动物身体结构进化和发育的模式动物，在进化上因连接着脊椎动物与无脊椎动物而具有极高的研究价值。它不仅是研究脊椎动物起源与进化的关键物种，同时也是研究脊椎动物胚胎发育、器官分化的最佳模型。有关七鳃鳗模式生物的构建将占据 21 世纪脊椎动物进化和发育研究中的核心位置。

1.3　日本七鳃鳗消化系统形态学研究

由于七鳃鳗特殊的生态特性和进化地位，在世界动物学研究史上一直占据着重要地位。近几年来，日本七鳃鳗在营养、药用等方面的价值也开始受到国内外学者的广泛关注。但是有关日本七鳃鳗消化系统的研究一直都缺乏较为完善的报道。

在有关七鳃鳗各个消化器官的研究里，肝脏的研究最详细。而国外有关七鳃鳗肝脏组织学的研究主要集中在海七鳃鳗上。1979 年 Peek 等对海七鳃鳗幼鳗的肝脏细胞和窦状隙进行研究。随后，1980 年 Sidon 等又对海七鳃鳗幼鳗体内的胆管和胆囊进行研究。研究结果发现，七鳃鳗幼鳗的肝脏结构与高等脊椎动物的肝脏结构基本相同。1983 年 Sidon 和 Youson 又对海七鳃鳗变态前后肝脏内部胆管的变化进行研究。同年这两位学者又对海七鳃鳗变态前后毛细胆管的退化和肝细胞的变化进行研究，结果发现，在变态时所有的胆管都发生了退化，肝细胞进行了重新的改组形成新的肝细胞，至变态结束后其肝内所有胆管全部消失。另外，除了对于海七鳃鳗肝脏的研究外，1992 年 Eng 和 Youson 等还对美洲七鳃鳗（*L. lamottenii*）感染寄生虫前后胆管和肝脏的形态变化进行研究。

有关口腔腺的研究比较少见，只检索到在 1995 年 Potter 对短头袋七鳃鳗（*M. mordax*）的口腔腺结构进行研究，并且与其他种类的七鳃鳗口腔腺结构进行对比。结果发现，短头袋七鳃鳗的口腔腺内充满了着色深浅不一的酶原颗粒。从位置、结构、形态和着色颗粒的性质等方面比较发现，短头袋七鳃鳗与其他种类七鳃鳗的口腔腺明显不同。

有关七鳃鳗消化系统组织学的研究中海七鳃鳗的比较详细。而对于日本七鳃鳗消化系统的研究较少。1965 年 Yamamoto 首次对日本七鳃鳗肠上皮的组织结构进行研究，但是由于当时实验条件的局限和已有知识的缺乏，使得实验结果有着一定的局限性。1984 年 Ishikawa 等用扫描电镜观察了日本七鳃鳗肠腔表面；1987 年 Wake 等研究了日本七鳃鳗肝脏内星状细胞储存维生素 A 的情况；1988 年 Yui 用抗脑-肠肽和胺的血清进行日本七鳃鳗免疫组化方面的观察。尽管上述研究使我们对于日本七鳃鳗消化系统的组织结构有了一个初步的了解，但是并没有对日本七鳃鳗消化器官的组织结构进行全面系统地阐述。而国内对于日本七鳃鳗消化系统组织学的研究则是空白。

1.3.1　材料和方法

1）材料

实验用日本七鳃鳗于 12 月中下旬捕自黑龙江省松花江流域同江地区。取其中身体健康状况良好，个体较大的两条，雌雄各半，全长为 395～465 mm。全长为体高的 12.6～14.5 倍，为头长的 4.5～4.7 倍。

2）方法

解剖观察的方法如下。

（1）将日本七鳃鳗腹部向上，用解剖剪从肛门向前剪开，沿腹中线剪到眼后。

（2）使鱼侧卧，左侧向上，自肛门前的开口向背方剪去，沿脊柱下方剪至第一个鳃孔之上，再沿第一个鳃孔剪开，除去左侧体壁。

（3）轻轻将眼后下方皮剪去，露出口腔腺。

（4）观察消化系统的整体形态，同时对各器官的自然位置进行拍照。

（5）用肉眼及解剖镜进行观察、测量和描述。轻轻将整个消化系统剥离出体外，进行观察拍照。再对管道部分进行剖检。观察各器官（包括舌、咽、食管、肠、唾液腺、肝脏、胰）的形状、颜色、位置、大小和结构。测量使用钢卷尺及游标卡尺等。并拍照，记录。

1.3.2　结　　果

日本七鳃鳗的消化系统包括消化道（digestive tract）以及连附的消化腺（digestive gland）。消化道起自口（mouth），经过口咽腔（oral-pharyngealcavity）、食道(esophagus)和肠（gut），止于肛门（anus）；大型消化腺有口腔腺（buccal glands）、肝脏（liver），小型消化腺有胰（pancreas）（彩图 1）。消化道和消化腺的测量结果见表 1.1。

表 1.1　日本七鳃鳗消化道和消化腺的外部测量

鱼的编号	1	2	3	4	5	平均数
口咽腔长/头长	0.754	0.751	0.756	0.749	0.741	0.750
头长/体长	0.051	0.049	0.046	0.052	0.057	0.051
食道长/消化道长	0.143	0.123	0.137	0.140	0.132	0.135
肠长/消化道长	0.791	0.778	0.772	0.764	0.781	0.777
肠长/腹腔长	1.059	1.003	1.023	1.041	1.017	1.029
肠长/体长	0.0581	0.574	0.597	0.572	0.587	0.578
腹腔长/体长	0.548	0.572	0.583	0.549	0.577	0.566

1）口咽腔

口和咽没有明显界限，合称口咽腔。口位于头的前腹面，呈圆形吸盘状，边缘环围穗状突起，每一突起呈掌状，末端分支。无上下颌。口盘内角质齿黄色，上唇板两端各具一齿，内侧齿 3 对，均具 2 齿尖；无外侧齿；下侧齿细小，半环状排列；上侧齿数多，里大外小，呈铺石状；下唇板齿 6 枚，弧形排列，两端齿双峰形。前舌板齿半月状，中央一大尖齿两侧有数个小尖齿，鳃囊每侧 7 个，每囊具一短外鳃管，分别开孔于外。鳃孔每侧 7 个，位于眼后，头部有分散的乳头状突起的侧线管孔。

2）食道

口腔后端分背腹两管，腹管较大，是呼吸管。背管狭窄，是食道，食道壁薄，管口有触手，触手较小，食道向后伸展，绕过心脏，通过瓣膜，直到肝脏前端，进入纵直的肠管。食道不明显，与周围身体结构不易区分。食道前后在形态上没有明显的区分，粗细相同，颜色与肠相比略浅（彩图 1）。

3）肠

肠为最重要的消化和吸收器官，也是消化道中最长的器官。肠紧接着食道，绕到腹部，为一直管，约占整个消化管长度的 3/4，管壁为鲜艳的粉红色。日本七鳃鳗的肠前段未见膨大的胃，整个肠管为一直管，肠管内壁有长条旋曲的黏膜皱褶作为增加吸收养料面积的肠棱，也称为螺旋脊（彩图 1）。

4）肝脏

日本七鳃鳗的肝脏为体内最大的消化腺，位于腹腔前端，前缘以肝悬韧带连于心腹隔膜后方，并将食道与肠区分开；后端游离。单叶，长三角形，片状。腹侧表面较凸且光滑，肝脏背侧与胰的外分泌部相连。肝颜色呈黄褐色、暗褐色或紫红色。周围无胆囊。有脂肪组织分布于胰、肠前段等处（彩图 1）。

5）胰

胰的外分泌部与肝脏相连并位于食道与肠的连接处。外分泌的胰岛组织聚集成一个小叶体。据文献记载，七鳃鳗胰的内分泌部与外分泌部相分离，位于肠壁内侧弥散分布，这需要特殊的染色方法进行观察（彩图 3）。

6）口腔腺

口腔腺位于眼下，为 1 对椭圆形的深褐色腺体，腺体周围包裹着肥厚的肌肉。在腺体靠近身体外侧的一面缺乏肌肉，只有一层结缔组织薄膜将其与皮肤隔开（彩图 3）。

1.3.3 讨　论

消化道结构直接决定了动物从食物中获得能量和营养物质的效率。一般来说，动物消化器官的结构与机能是相适应的，同时结构机能又是与其食性相适应的。消化道结构在动物的消化对策中起着关键作用。日本七鳃鳗的消化道结构简单，食道壁薄，肠管直，没有分段，缺乏胃，但是出现了独立的肝脏，具有特有的口腔腺。这些结构特征，有些是由于其特殊的进化地位而呈现的低等，有些又是由于其寄生生活形成的特化。总之，日本七鳃鳗消化系统的形态特征与它的进化地位和食性密切相关。

日本七鳃鳗的消化管分口腔、食道和肠。对高等脊椎动物消化道的观察显示，似乎由前至后的分化是稳定的：食道、胃、小肠、大肠，以后是直肠和肛门。但如果把考察的范围扩展到低等脊椎动物，情况就不同了。观察鲨类和七鳃鳗类的消化道将证明低等脊椎动物没有大肠和小肠的分化，有些鱼类没有胃。文昌鱼和七鳃鳗咽后的消化管仅是一个简单的管，外表没有任何分部标志。因此，日本七鳃鳗消化管缺乏胃，食道结构简单，肠管直，没有分裂，是一种过渡形式，与其是最低等的脊椎动物的进化地位相一致。

前消化管不仅在文昌鱼和七鳃鳗类而且在许多有颌鱼类——银蛟类、肺鱼类和某些真骨鱼类，都不过是咽和肠间的一段简单管。而在其他一切现存鱼类——板鳃类和多数腹鳍鱼类，前消化管已分化出胃。到了陆生动物，食道才是明显的。由于鳃呼吸的消失，咽部仅限于头部内的一小段，随着咽部的缩小，食道与颈部相应的伸长。食道的机能是把食物由口和咽向后运送；只在一些特殊情况下，食道才有另外的机能。

吸收能力的提高，必须依靠肠上皮面积的增大。短、直且内面光滑的肠不能满足提高吸收能力的需要。因此一切脊椎动物都有增加肠上皮面积的某些方式：①肠上皮形成的皱褶有些是显微镜才能观察到的小突起；所有的脊椎动物都有这种突起，日本七鳃鳗也不例外。②肠的基本结构改变能大大增加吸收面积。较普通的有两种：一种是在原始脊椎动物体内，肠产生螺旋瓣，内部结构复杂。另一种是在真骨鱼类和四足类体内，肠呈现细长的旋曲状。但是日本七鳃鳗类有顺肠延伸的较低的螺旋脊，与螺旋瓣并不完全相同，这种结构可能是退化的螺旋瓣，也可能是雏型螺旋瓣，或者是螺旋瓣的平行发展。这需要进一步的研究才能确定。真骨鱼和陆生脊椎动物的肠都不是螺旋瓣型的，但是比较长，而且有不同程度的弯曲，总的吸收面积要比螺旋瓣大。螺旋瓣仍旧是一种低等形式。

日本七鳃鳗体内的肝脏为长三角形。肝的整体形状没有什么重要意义，它没有固定的形状，主要是按照其他器官的形状调节自己的形状，且能在腹腔内扩展到其他器官填补空隙。在文昌鱼的体内并没有真正肝脏的出现。文昌鱼的消化管只是有一个突向前端的大的囊状突起，称为肝盲囊。肝盲囊能分泌消化液，它与脊椎动物的肝脏是同源器官，但是并没有肝脏特有的代谢机能。真正的肝脏在七鳃鳗体中首次出现，这一特征与其是最低等的脊椎动物的进化地位相符。在脊椎动物体内，肝的内部有许多胆小管组成的网状结构，这些胆小管汇集肝细胞分泌的胆汁进入肝外的一根或几根肝管中。肝管通向肠的中途分出胆囊管通到胆囊。胆囊内可储存胆汁，胆汁由胆管和胆囊管的连接点经总胆管而进小肠，这是正常的结构。但是日本七鳃鳗成体内没有胆囊，这与海七鳃鳗情况相同。并且与许多特殊的鸟类和哺乳类情况相同，所以推测这可能是由环境和食性引起的一种退化。

所有脊椎动物的胰，通常是在离胃不远的肠部背系膜中的一个块状软组织，在胆管入肠处附近，以一个或几个管通至肠的近端。胰在绝大多数脊椎动物虽无一定形状，可通常是相当结实的；但在很多情况特别是在真骨鱼类，胰是比较分散的，可顺系膜分布的很薄，甚至深入到附近的肝或脾中。文昌鱼没有单独的胰，但前端肠壁内有一些细胞群具胰细胞的特性。七鳃鳗是一种过渡形式；也未形成胰，这种胰细胞集中在胆管进肠处的肠壁周围，形成丛状的许多小腺体。肺鱼类也有同样情况，胰组织埋入肠壁。软骨鱼类已开始有独立的胰脏。胰脏分泌的胰液中含有许多消化酶，参与食物的化学性消化。这说明七鳃鳗体内的胰岛可能是一种过渡形式，与其进化地位相关。

在进化过程中，七鳃鳗的口腔腺分泌物可以使寄主血流不止。鱼类还没有口腔腺。两栖类开始有口腔腺，即颌间腺。爬行类的口腔腺发达，包括唇腺、颚腺、舌腺和舌下腺，其分泌物帮助湿润食物，也作粘捕食物之用；毒蛇的毒腺是变态的口腔腺。食谷的鸟类口腔腺发达，分泌黏性液但不含消化酶的唾液，仅起滑润食物的作用。哺乳类的口腔腺发达，包括耳下腺、颌下腺及舌下腺（兔另有眶下腺），其分泌的唾液内有消化酶，在口腔中已经开始了化学性消化。七鳃鳗口腔腺与毒蛇类的毒腺一样是适应寄生生活的一种特化。

1.4 日本七鳃鳗消化系统组织学研究

1.4.1 材料和方法

1.4.1.1 材　　料

实验用日本七鳃鳗于12月中下旬捕自黑龙江省松花江流域同江地区。取其中身体健康状况良好、个体较大的4条，雌雄各半，全长为385～470 mm。全长为体高的

12.7～14.8 倍，为头长的 4.3～4.7 倍。

实验仪器：

切片机：上海医疗器械四厂 202 型；显微镜：Olympus 公司 BH-2 型。

实验药品：

石蜡为镇江市化学试剂厂产品，中性加拿大树胶为上海标本模型厂产品。所用苦味酸、甲醛、冰醋酸、无水乙醇、苏木精、甘油、伊红 Y、二甲苯、盐酸、氨水均为分析纯产品。

主要试剂的配制：

（1）Bouin 固定液：苦味酸饱和水溶液，75 ml；福尔马林，25 ml；冰醋酸，5 ml。

（2）盐酸分色液：70%乙醇，50 ml；盐酸，8 滴。

（3）氨水洗液：蒸馏水，50 ml；氨水，8 滴。

（4）Ehrlich 苏木精染液：苏木精，1 g；无水乙醇，50 ml；双蒸水，50 ml；甘油，50 ml；冰醋酸，5 ml；钾明矾，20.5 g。

（5）清洁液：重铬酸钾，100 g；浓硫酸，100 ml；自来水，1000 ml。

（6）各级浓度乙醇：除无水乙醇外，各级浓度的乙醇均由 95%乙醇加蒸馏水配成。

1.4.1.2 方　　法

制片及染色方法有以下几步。

（1）取材和固定：用刀片割取食道、肠、唾液腺、肝脏、胰腺各 5 mm 厚的组织块，迅速放入 Bouin 固定液中，依据实验材料颜色和硬度判断是否已固定好。

（2）脱色与脱水：将固定好的材料移入 70%乙醇中冲洗，至黄色为止。组织经固定、脱色后已经变硬，将多余的组织修去。脱水经 80%乙醇 1 h，95%乙醇 1 h，无水乙醇（Ⅰ）1 h，无水乙醇（Ⅱ）1 h。彻底脱水。

（3）透明：经脱水后的材料先用吸水纸吸干，经二甲苯（Ⅰ）1 h，二甲苯（Ⅱ）1 h，使组织达到透明为止。

（4）浸蜡：先将装有 65℃石蜡的 3 个蜡杯放在熔蜡箱内熔化，并使熔蜡箱的温度保持恒定（约 65℃），然后将透明了的材料放入蜡杯（Ⅰ）→蜡杯（Ⅱ）。总浸蜡时间为 2 h。

（5）包埋：经浸蜡的材料放入纸盒内，待石蜡表面凝结后，拆去纸盒即成蜡块。

（6）切片：将蜡块挤出，修剪，用火将蜡块固定在木块上，切片速度适中。在旋转式切片机上将蜡块切成 4～8 μm 的薄片。

（7）贴片和烤片：将蜡带切成等长的片段，取一片载玻片，涂匀甘油（甘油要越少越好），滴几滴水，将蜡带放在水中，一端先接触水，另一端轻轻放下。然后放到水浴锅盖上，56℃展片。待组织完全展开后，用吸水纸吸干旁边的水分，标记好，放入烘箱中，30℃烘干。

（8）染色（H. E.）：经二甲苯（Ⅰ）10 min→二甲苯（Ⅱ）10 min→无水乙醇 5 min→95%乙醇 5 min→80%乙醇 5 min→70%乙醇 5 min→60%乙醇 5 min→蒸馏水 5 min→

Ehrlich 苏木精 15 min→自来水过滤数次（待玻片上无太多蓝色止）→分色液过滤一两次→浸入氨水中数秒，待玻片上的材料变蓝即可→蒸馏水 5 min→70%乙醇 5 min→80%乙醇 5 min→伊红 Y5 min→95%乙醇（Ⅰ）5 min→95%乙醇（Ⅱ）5 min→无水乙醇（Ⅰ）5 min→无水乙醇（Ⅱ）5 min→二甲苯（Ⅰ）10 min→二甲苯（Ⅱ）10 min。

(9) 封片：用镊子将盖玻片盖在预先已滴上树胶的载玻片上。

(10) Olympus BH-2 显微镜观察拍照。在观察时，先用肉眼观察选取染色均匀、无气泡、无断裂、形状完整的切片。在低倍镜下观察，找到厚度适宜、均匀平展、无污染的样品优质区后，用高倍镜进行观察。当发现了重点目标时，进行拍照。

1.4.2 结　　果

1）食道

食道管壁分为黏膜层、黏膜下层、肌层。黏膜层向食管腔内突起形成许多纵行褶皱（彩图 1），褶皱处上皮多为两层立方上皮，褶皱基部为变移上皮，上皮细胞间有分泌细胞，细胞质被染成浅粉色（彩图 2）。上皮深部为固有膜，此层由致密结缔组织构成，纤维细而排列紧密，在固有膜中缺乏黏液腺。无黏膜肌层（彩图 3）。上皮结构与鱼类不同，鱼类食道上皮为复层扁平上皮。有些鱼类，如虹鳟在固有膜中含有腺体，而青鱼、草鱼、鲢鱼、鳙鱼、鲤鱼等鱼类缺乏这种腺体。很多真骨鱼也缺乏黏膜肌层。

黏膜下层为疏松结缔组织。固有膜和黏膜下层这两层组织连续延绵不断，两层之间的分界极不明显（彩图 3）。这与大多数鱼类情况相同。

肌层为平滑肌，肌纤维为梭形，集合成束，细胞轮廓不清。每个梭形肌纤维的宽部与另一肌纤维的尖细部镶嵌。肌纤维斜行（彩图 3）。鱼类肌层发达，多为平滑肌，内环行，外纵行。

鱼类食道有外膜，在七鳃鳗的食道结构中并未发现。

食道前段较平坦，向腔内褶成的纵行褶皱较少，后段较多。

2）肠

前肠分为黏膜层、黏膜下层、肌层和外膜。黏膜层形成许多褶皱，褶皱基部具有少量的分泌细胞（彩图 2）。上皮细胞核椭圆形，位于细胞中下部，基膜明显，上皮细胞游离面有密集的纤毛（彩图 2）。黏膜上皮由单层矮柱状细胞构成，未见杯状细胞。固有膜由致密结缔组织构成，内含有毛细血管、淋巴管、神经及肌纤维，在固有膜内有时可见到弥散或聚集的淋巴细胞（彩图 2）。未见黏膜肌层。

黏膜上皮为单层柱状上皮，包含杯状细胞，上皮游离面有小肠绒毛，无纤毛。固有膜和黏膜肌层情况与大多数鱼类相同。

黏膜下层由疏松结缔组织构成，内含有较大的血管和淋巴管，有时可以看到神经丛，这与鱼类结构相同。

肌层薄，肌纤维斜行，而鱼类肌层内环行，外纵行。

外膜由一薄层结缔组织及其外周的间皮构成，与鱼类相同。

中肠肠壁比前肠薄，褶皱多。肠壁结构与前肠相同（彩图 7）。肠腺是长而直的单管腺，开口于褶皱的基部。绝大多数真骨鱼类没有肠腺，而鳕科鱼类等具有肠腺，鳕鱼的肠腺是单管腺，开口通于皱褶间的肠腺中。

后肠肠壁较前肠、中肠薄；褶皱多。肠壁结构与前肠中肠相同。大量单管腺密集排列于后肠的固有膜中，开口于褶皱的基部。

3）肝脏

肝脏表面是一薄层结缔组织被膜，被膜在肝门处显著增厚，伸入肝内形成小叶间结缔组织。小叶间结缔组织不发达，肝小叶的界限不清。肝细胞索放射状排列不十分明显，肝细胞呈不规则的多边形，细胞核圆形，位于细胞的中央（彩图 3）。肝脏最外层是浆膜层。肝实质主要由肝细胞索及窦状隙构成（彩图 3）。肝细胞彼此相连，排列成索状。肝细胞索之间为窦状隙，窦状隙与中央静脉相通。肝细胞体积较大，呈不规则的多边形，胞质丰富，胞核大而圆，位于细胞中心附近（彩图 3）。日本七鳃鳗肝脏的组织结构除了胆管退化外，其他特征与真骨鱼类完全相同。

4）胰

内分泌性胰由若干个大小不等和形状不定的细胞团组成，着色淡（彩图 3）。胰岛周围包裹着薄层结缔组织，胰岛细胞数量的多少不定，排列成不规则的细胞索，细胞的界限不清楚，故辨别其形状是困难的，有少量结缔组织伴随着丰富的毛细血管穿入小岛盘绕在细胞索之间，便于细胞的分泌物进入血液。以上情况与大多数鱼类胰岛的组织情况相同，但有些真骨鱼除了具有同胰腺外分泌部一起弥散分布的小型胰岛之外，还能在体内的一定区域找到一个或数个特别显著的大型的胰岛。

5）口腔腺

头部两侧的口腔腺结构基本相同。由内向外依次为上皮层、结缔组织层、肌肉层和外膜。上皮层由紧密排列的一层长柱状细胞组成，细胞核圆形，位于细胞基部，口腔腺两端的细胞较大，中央较小，细胞质内充满了粉红色的酶原颗粒，不同部位的酶原颗粒着色深浅不同。上皮层形成很多褶皱，褶皱在口腔腺两端显著增多，有的甚至连在一起形成一些管泡状结构。上皮外侧为一层致密结缔组织，内含有毛细血管、淋巴管、神经等（彩图 3）。

肌肉层较发达，由骨骼肌构成，分为内层、外层两层，为环形肌。在口腔腺前段和后段的腹面一侧，只有内层环形肌，无外层环形肌（彩图 3）。肌肉层的主要作用是促进口腔腺的分泌。在口腔腺中段靠近腹面一侧，没有肌肉层。

外膜为致密结缔组织。只分布在靠近腹面的一侧（彩图 3）。在口腔腺的中段，上皮层直接与结缔组织层相连，中间没有内层环形肌。外膜的主要作用是包被口腔腺，减少分泌时口腔腺与其他器官的摩擦。

1.4.3 讨　论

在浸蜡的过程中，传统的方法将透明了的材料放入蜡杯（Ⅰ）→蜡杯(Ⅱ)→蜡杯(Ⅲ) 58℃总浸蜡时间为 2～4 h。而在本实验过程中，只使用了两个蜡杯于 65℃浸蜡 3 h；另外，传统的实验方法所采用的展片温度多为 45℃，而本实验所采用的展片温度为 56℃；本实验的染色过程也较传统方法的过程简化，这些都是在实验过程中，根据材料的大小和性质不断摸索总结出来的，并且实验结果说明，这些实验过程的简单改变，并未影响切片的质量，而且更加节省时间。这说明，在石蜡切片制作的过程中，各步骤所用的方法与时间并不是一成不变的，需要根据材料的大小和性质等在实验过程中不断摸索，具体问题具体分析。

低等无脊椎动物的食道上皮多为单层柱状上皮，鱼类和其他脊椎动物的食道上皮为复层扁平上皮，而日本七鳃鳗的食道主要为复层立方上皮。这可能是因为在不断的进化中，越高等的动物食物的组成越复杂，对于食道上皮的摩擦力就越大，因此，鱼类和高等的脊椎动物食道上皮，为耐受强力摩擦的复层扁平上皮。另外，日本七鳃鳗的食物为宿主的血液团，并且，日本七鳃鳗的口腔中又有能够分泌黏液的口腔腺，这些可能都导致了日本七鳃鳗的食物对食道的摩擦力相对较小，因此食道的上皮没有形成复层扁平上皮。食道上皮除复层立方上皮外，还有一些变移上皮区域，这应当是由于当有大量的食物通过时，食道上皮需要改变形状来扩大管腔，而这些褶皱和变移上皮区域恰好行使了这一功能。

日本七鳃鳗食道和肠的肌肉层极薄，分不出环肌和纵肌，肌纤维斜行，它不能使肠蠕动，食物在消化道内的移动主要依靠上皮游离面纤毛的摆动。本实验结果发现日本七鳃鳗肠内具有大量的肠腺。肠腺，又称李氏隐窝，是由小肠上皮凹陷在固有膜中形成的单管腺，肠腺的分泌液构成了小肠液的主要部分，含多种酶，如淀粉酶、肤酶、肠致活酶等。在无脊椎动物肠内不具有肠腺，它们只有一些单细胞腺行使消化功能；绝大多数鱼类缺乏肠腺，而鳍科鱼类等具有肠腺；哺乳动物的小肠上皮向固有膜下陷形成肠腺。因此，肠腺并不是脊椎动物一出现就产生的，而是进化的鱼类中较为高等的一些类群才产生的，但是日本七鳃鳗体内出现了肠腺，说明作为进化盲支的日本七鳃鳗可能已经具备了脊椎动物特有的与鱼类中的高等类群相同的强大的消化能力。从大体解剖上看，日本七鳃鳗的肠在外形上分界不十分明显，特别是活体时收缩性极强，更难划分，但在内壁黏膜层发达程度上表现出显著差异。肠前段黏膜层向肠腔突出，形成明显的黏膜皱褶，肠中段的黏膜皱褶低矮，远不及肠前段发达，肠后段则无明显皱褶，各段外形差异不大，所以仅把肠划分为肠前段、肠中段和肠后段。

肝脏为动物体内最大的消化腺体，在圆口纲体内首次出现肝脏，日本七鳃鳗肝脏结构除了缺乏胆管外，其他结构与鱼类基本相同，进一步说明日本七鳃鳗的消化能力比原始无脊椎动物有了一个质的飞跃。虽然七鳃鳗的成体肝脏内缺乏胆管，但是幼体情况却不同，Peek 等发现在海七鳃鳗体内肝脏是一个围绕大的胆管呈放射状排列的腺体，肝细胞呈圆锥形，并且锥形的顶点朝向胆管。1983 年 Sidon 和 Youson 对海七鳃鳗变态前后体内胆管结构进行了研究，结果发现在变态时所有的胆管都发生了退化，肝细胞进行了重新的改组形成新的肝细胞，至变态结束后其肝内所有胆管全部消失。在有胆管的动物体内，胆汁由肝细胞分泌，经毛细胆管流入肝管，再经总胆管流至十二指肠，亦可转入胆囊管而储存于胆囊。胆汁中除胆盐与脂肪的消化与吸收有关外，胆汁在消化中无重要机能。而七鳃鳗的胆汁主要由血液运输，由此可以推测，变态后的日本七鳃鳗营半寄生生活，其胆管的退化，可能是对于半寄生生活适应的一种简单化。

Potter 在短头袋七鳃鳗的口腔腺外并没有发现骨骼肌的包围，短头袋七鳃鳗口腔腺的分泌功能可能是由舌像泵一样的运动挤压导致的。但是本研究发现日本七鳃鳗口腔腺外包有骨骼肌，这与海七鳃鳗和澳洲囊口七鳃鳗（*Geotria australis*）的情况相同。因此推测海七鳃鳗、澳洲囊口七鳃鳗和日本七鳃鳗口腔腺的分泌可能是由骨骼肌的收缩引起。

1.5 日本七鳃鳗消化系统组织化学研究

1.5.1 材料和方法

1.5.1.1 材 料

实验仪器：

冰冻切片机：德国 Leica 公司 CM3050S 型；显微镜：Olympus 公司 BH-2 型。

实验药品：

石蜡为镇江市化学试剂厂产品，中性加拿大树胶为上海标本模型厂产品。所用活性炭、甲醛、冰醋酸、无水乙醇、氯仿、苏木精、甘油、升汞、溴酚蓝、叔丁醇、二甲苯、盐酸、氨水、过碘酸水均为分析纯产品。

主要试剂的配制：

（1）汞-溴酚蓝试剂：$HgCl_2$，1 g；溴酚蓝，5 g；冰醋酸，2.04 ml；双蒸水，100 ml。

（2）Harris 苏木精液：苏木精，1 g；无水乙醇，10 ml；硫酸铝钾或硫酸铝铵，20 g；蒸馏水，200 ml。

（3）苏丹Ⅲ染色液：苏丹Ⅲ，0.2～0.3 g；70%乙醇，100 ml。

配好后放置 60℃温箱中 1 h，冷后过滤，用时加 20 ml，加蒸馏水 2～3 ml。

（4）Hansen 铬矾苏木精染液：铬明矾，10 g；蒸馏水，250 ml；苏木精，1 g；蒸馏水，15 ml；10%硫酸，5 ml；重铬酸钾，0.5528 g；蒸馏水，20 ml。

（5）Schiff 试剂：碱性品红，0.5 g；沸水，0.5 g；1 mol/L HCl，110 ml；$NaHSO_3$，1 g；活性炭，0.25 g。

1.5.1.2 制片及染色方法

在解剖时迅速取出几条鱼的肝脏、肠和口腔腺各 5 mm 的组织块，放入不同的固定液中固定。

过碘酸 Schiff 染色（PAS）法显示碳水化合物：

（1）Carnoy 液固定，4℃，1～2 天。

（2）石蜡切片，6～8 μm。切片烘干后经脱蜡，梯度乙醇下行入水。

（3）0.5%过碘酸水溶液 5 min，然后用蒸馏水换洗数次。

（4）Schiff 试剂 15 min。

（5）流水冲洗 10 min，再用蒸馏水浸洗 1 次。

（6）Harris 苏木精复染 1 min。

（7）加入 95%乙醇开始脱水，然后经无水乙醇各换 2 次，每次 1～2 min。

（8）Olympus BH-2 显微镜观察拍照。

Daddi 酒精性苏丹Ⅲ显示脂类：

（1）10%福尔马林固定，冰冻石蜡切片。

（2）入经 50%乙醇数分钟。

（3）入苏丹Ⅲ染色液中 15～30 min（放置 56～60℃温箱中）。

（4）入 50%～70%乙醇洗涤片刻，蒸馏水洗。

（5）Hansen 苏木精染细胞核，水洗。

（6）纯甘油透明，湿性封片。

（7）Olympus BH-2 显微镜观察拍照。

汞-溴酚蓝法显示总蛋白：

（1）10%福尔马林固定，石蜡切片。

（2）切片按常规脱蜡，经下行乙醇入水。

（3）用汞-溴酚蓝染色 15 min 至 2 h。

（4）0.5%乙酸水溶液换洗 3 次，各 5 min。

（5）直接入叔丁醇 1 min。

（6）再在叔丁醇内换两三次，共 3 h 或过夜。

（7）二甲苯透明，封片。

（8）镜检拍照。优质切片的选取方法同上。

（9）Olympus BH-2 显微镜观察拍照。

1.5.2 结　果

1）碳水化合物

PAS 法染色显示肝脏和肠的各部分结构均被染成紫红色，呈阳性反应（彩图 4），表明肝脏与肠内都含有较多的碳水化合物。口腔腺外侧的肌肉、腺上皮均呈紫红色，但腺上皮比肌肉着色浅，表明腺上皮中碳水化合物的含量比肌肉中的少（彩图 4）。

2）脂类

Daddi 酒精性苏丹Ⅲ法显示肝脏和肠的各部分结构中均具有较多的橘黄色颗粒，呈阳性反应。表明肝脏与肠内都含有较多的碳水化合物。口腔腺上皮游离端充满橘黄色颗粒，比肌肉内的颗粒多，呈强阳性反应，表明腺上皮比肌肉脂类含量还要高（彩图 4）。

3）总蛋白

汞-溴酚蓝法显示肠内黏膜层、黏膜下层均被染成蓝色，为阳性反应，表明其中含有较丰富的蛋白质。肝脏被染成了蓝色，为强阳性反应，同样表明其中含有丰富的蛋白质。口腔腺外侧肌肉和腺上皮都被染成了蓝色，分别呈强阳性反应和阳性反应，表明肌肉中含有较丰富的蛋白质，腺上皮内的蛋白质次之。口腔腺内容物也被染成了蓝色，呈阳性反应（彩图 4）。

1.5.3 讨　　论

脂肪的主要作用是在体内氧化放能，供给机体利用。它不仅含有较高能量，而且储存在体内所占的体积也小。日本七鳃鳗的肠和肝脏内部均有较高含量的脂类，本实验所用的实验材料，为洄游产卵期的日本七鳃鳗。洄游产卵期的日本七鳃鳗基本上是不进食的，在这漫长的 6 个月内，主要是靠体内储存的脂肪供给能量。并且这些储存的能量还将用来供给日本七鳃鳗复杂的产卵活动。虽然，本实验切片制作时间为 4 月末，已经到了七鳃鳗的性成熟产卵期，但所取的实验材料尚未开始产卵，其产卵活动需耗费大量的能量，日本七鳃鳗体内储存的大量脂类将用于不久之后的产卵活动。

日本七鳃鳗口腔腺组织化学研究结果发现，只有汞-溴酚蓝法显示总蛋白时口腔腺内容物着色，其他组织化学染色均未着色。这说明口腔腺内容物主要成分为蛋白质。另外腺上皮细胞内部均含有较多的蛋白质、碳水化合物和脂类，其中脂类的含量明显高于另两种有机物，并且越接近上皮的游离端，脂滴体积越大，越密集。这与 Potter 对南半球的短头袋七鳃鳗的研究结果相同。表明口腔腺中活跃的脂类，可能与口腔腺的分泌有关。

1.6 日本七鳃鳗消化系统亚显微结构研究

1.6.1 材料和方法

1.6.1.1 材　　料

实验仪器：

超薄切片机：瑞典 LKB 公司 LKB-V 型超薄切片机；透射显微镜：日本 H-700 透

射电子显微镜。

实验药品：

石蜡为镇江市化学试剂厂产品，中性加拿大树胶为上海标本模型厂产品。所用磷酸二氢钠、戊二醛、磷酸氢二钠、双蒸水、锇酸均为分析纯产品。

主要试剂的配制：

(1) 2.5%戊二醛：0.2 mol/L 的磷酸缓冲液，100 ml；戊二醛，2.5 ml。

(2) 0.2 mol/L 磷酸缓冲液：A 液，磷酸二氢钠 1.56 g；双蒸水，50 ml；B 液，磷酸氢二钠 7.16 g；双蒸水，100 ml。

(3) 1%锇酸：0.12 mol/L 磷酸缓冲液，50 ml；锇酸，0.5 g。

(4) 0.12 mol/L 磷酸缓冲液：A 液，2.26%磷酸二氢钠水溶液；B 液，2.52%氢氧化钠水溶液；C 液，5.4%葡萄糖水溶液。

取 A 液 4.15 ml 加 B 液 8.5 ml，调至 pH 7.3；加 C 液 5 ml，即成缓冲液。

1.6.1.2 制片及染色方法

(1) 取材：迅速分段选取出日本七鳃鳗肝脏、肠和口腔腺组织块。

(2) 前固定：将选出的组织块移至小培养皿中，加入 3%戊二醛固定 1 h，用 0.1 mol/L磷酸缓冲液清洗 3 次，5 min/次。

(3) 后固定：1%锇酸固定 1 h 后，用 0.1 mol/L 磷酸缓冲液清洗 2 次，5 min/次。

(4) 预包埋：用 3%～4%琼脂预包埋，待琼脂凝固后，切成 1～3 mm 的小块。

(5) 标本经系列乙醇脱水，环氧丙烷过渡，环氧树脂 Epno812 浸透、包埋、聚合，LKB-V 型超薄切片机切片，乙酸双氧铀和柠檬酸铅双重染色，干燥后透射电镜下观察。

1.6.2 结　果

1) 肠

细胞为单层柱状，核为椭圆形，位于细胞基部，上皮细胞游离面有密集的纤毛，其形状和大小颇为一致。纤毛内有纵行排列的微管，具有一定的排列位置，即中央有 2 根单独的微管，周围有 9 组成对的微管，为典型的 9+2 结构。肠上皮纤毛的亚显微结构与高等脊椎动物纤毛结构相同（图 1.5A）。胞质内滑面内质网和线粒体丰富，滑面内质网呈小泡状，主要位于终末网与高尔基复合体之间；线粒体主要位于细胞顶部及核周，多为椭圆形，嵴为板状嵴。上皮细胞质上方有散在分布的溶酶体，溶酶体大小不一。核周和细胞基部有粗面内质网、高尔基复合体分布（图 1.5A）。肠上皮有分泌细胞（图 1.5B）。

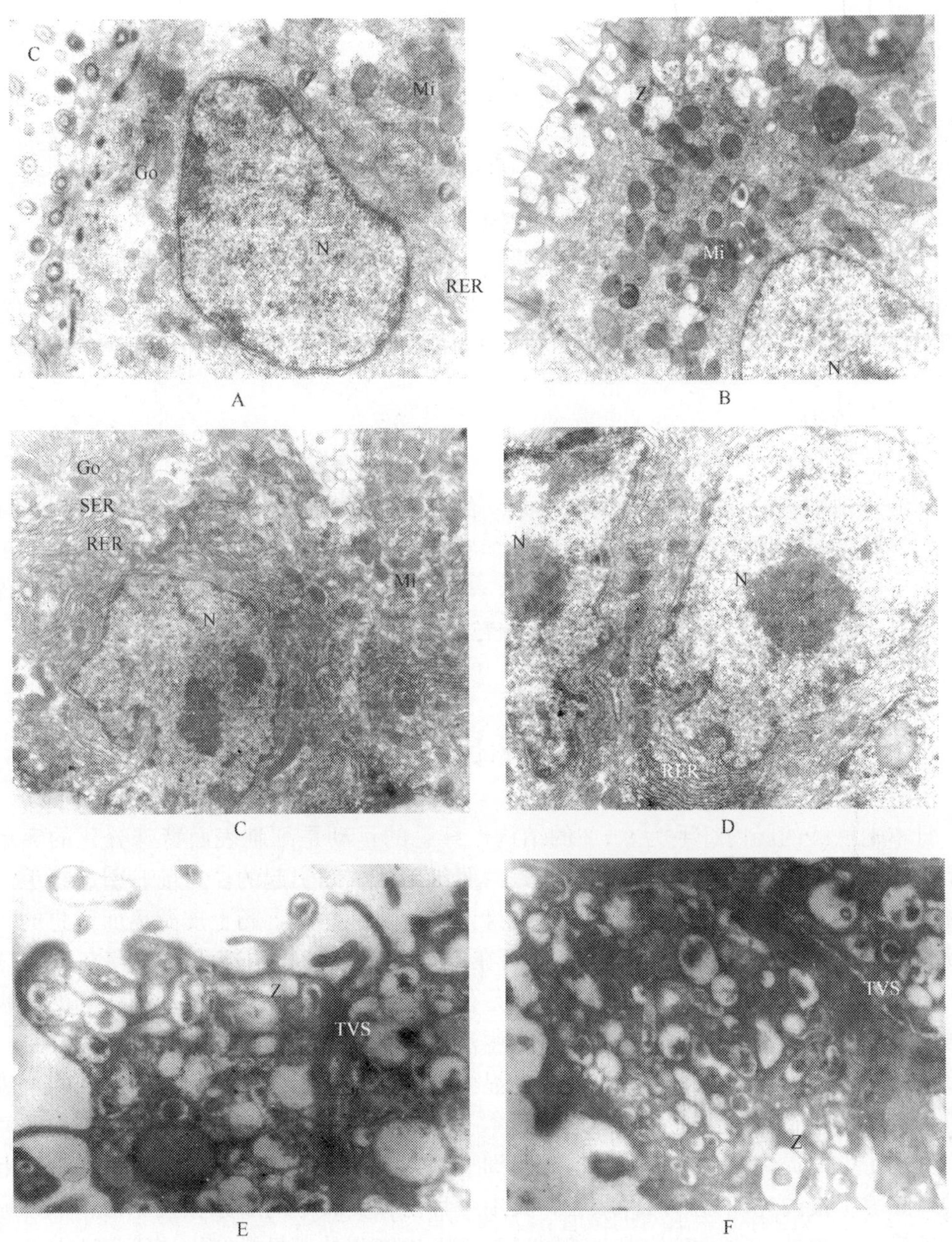

图 1.5 七鳃鳗消化系统各组织超微结构观察

A. 肝脏细胞，×9000；B. 双核细胞，×11 000；C. 肠上皮细胞，×10 000；D. 肠上皮分泌细胞，×12 000；E. 口腔腺褶皱顶端细胞，×15 000；F. 口腔腺上皮细胞，145 000。RER. 粗面内质网（rough endoplasmic reticulum）；SER. 滑面内质网（smooth endoplasmic reticulum）；Mi. 线粒体（mitochondrion）；Go. 高尔基复合体（Golgi complex）；N. 细胞核（nucleus）；TVS. 微管泡系（tubulovesicular system）；Z. 酶原颗粒（zymogen granule）；C. 纤毛（cilia）

2）肝脏

肝细胞卵圆形，核仁明显，核周隙发达，核孔清晰可见；线粒体发达，多分布于核周隙附近，圆形、椭圆形或棒状，嵴长管状，排列紧密；粗面内质网长管状，主要位于细胞核的周围，滑面内质网管泡状，多见于细胞边缘；可观察到形状各异的次级溶酶体，内含各种形状的消化物；糖原颗粒丰富（图 1.5C）。

偶见双核肝细胞，细胞核卵圆形，两个，核仁居中，核孔清晰可见，核周隙明显；线粒体发达，多分布于核周、狄氏隙附近，圆形、卵圆形或棒状；粗面内质网发达，呈板层状绕核排列，滑面内质网少见；次级溶酶体常见；糖原颗粒丰富，核糖体发达（图 1.5D）。

3）口腔腺

褶皱顶端细胞的口腔腺细胞为长柱形，细胞内有相当多的酶原颗粒，酶原颗粒多为圆形、椭圆形，酶原颗粒布满整个细胞质。有细胞间和细胞内分泌小管，细胞之间的界线不十分明显（图 1.5E）。细胞在分泌时，本身不受到任何损伤，分泌颗粒以外倾作用的方式排出，以后又重新形成新的分泌颗粒。七鳃鳗的外分泌方式为局部分泌型（图 1.5F）。

1.6.3 讨　　论

日本七鳃鳗的肠内纤毛为 9+2 的结构。纤毛的运动是细胞表面特殊分化的突起发生运动，它并不改变细胞的形状，也不是由肌细胞的收缩引起的。目前，引起纤毛运动的确切机制并不完全清楚，还停留在学说推论的阶段。总之，肠上皮游离面密集的纤毛推动食物移动在脊椎动物中十分少见，而在低等无脊椎动物中却是广泛存在的，这说明，虽然成年七鳃鳗以宿主血肉为食，但是仍旧保留了与低等无脊椎动物相同的食物运动方式，这可能是日本七鳃鳗适应半寄生生活的一种特化。

在海七鳃鳗和澳洲七鳃鳗口腔上皮亚显微结构的研究中发现，它们的口腔腺上皮内含有大量的着色暗点和脂状小泡。这在日本七鳃鳗口腔腺上皮细胞的亚显微结构研究中同样发现了上面提到的类似结构，这与澳洲短头袋七鳃鳗的情况不同，澳洲短头袋七鳃鳗的口腔腺上皮内充满另外两种颗粒，其中一种与鱼类胰中的酶原颗粒非常相似，另一种呈螺旋状。另外，通过对日本七鳃鳗口腔腺上皮细胞的亚显微结构的研究还发现，口腔腺上皮细胞间充满发达的微管泡系，口腔腺正处在分泌时期，分泌颗粒以外倾作用的方式排出。这些都说明日本七鳃鳗口腔腺上皮能够产生和分泌一些酶状的物质。这可能是日本七鳃鳗适应寄生生活的一种特化。

1.7　结　　论

本研究从日本七鳃鳗消化系统形态学、组织学入手，研究日本七鳃鳗消化系统组织学形态特点。初步探讨了日本七鳃鳗消化系统的消化吸收等方面的相关内容。研究结果可以得出以下结论。

（1）消化管结构简单，为一直管，尚未分化出胃，是一种过渡形式，与其进化地位相符。

（2）胰的结构为一种过渡类型，与进化地位相符。

（3）食道上皮为复层立方上皮，与低等无脊椎动物和脊索动物门其他生物都不相同。是由日本七鳃鳗特殊的食性造成的一种特化。

（4）肠内纤毛结构为9＋2型，食物推移方式也与低等无脊椎动物相同，食物组成与高等脊椎动物相同，为适应半寄生生活的一种特化。

（5）肠内有肠腺，与鱼类中较高等的类群相同，说明日本七鳃鳗的消化能力已经具备了某些高等的特征。

（6）胆管退化，是适应半寄生生活的一种简单化。

（7）口腔腺上皮内容物为蛋白质，外部包有肌肉。肌肉的活动导致了蛋白质分泌到口腔中。

（8）体内充满脂肪，为越冬产卵不进食期间能量的主要来源。

（9）口腔腺显微与亚显微结构表明上皮细胞为典型的分泌细胞。

综上所述，日本七鳃鳗消化系统形态组织结构的大部分特征都是与其特殊的食性和进化地位相适应的。本研究的结果是国内无颌类消化系统研究的第一手资料，期望能够填补国内外的空白，为今后全面展开日本七鳃鳗的研究提供一定的帮助。

2 日本七鳃鳗口腔腺表达序列标签分析

2.1 引 言

了解基因的详细结构和功能最直接的方法就是对其基因组进行全序列的测定，而真核生物基因组庞大，其中仅有2%～3%的序列编码基因，如人的基因组由31.647亿个碱基组成，约有2%的序列编码3.3万个基因。直接从如此众多的碱基序列中克隆基因，尤其是要确定几万个基因的表达方式及相互间的关系，则相当的费时费力。但是，如果从基因的转录物——mRNA入手，进行基因的分离纯化及功能表达模式的分析定位，则相对的经济快捷。

2.1.1 EST技术简介

基因表达遵从中心法则，在此过程中遗传信息的流向为DNA→RNA→蛋白质，即遗传信息由DNA序列经转录、剪切后流向mRNA，再经翻译产生有功能的蛋白质。一个典型的真核生物mRNA分子由5′-UTR（5′端转录非翻译区）、ORF（可读框）、3′-UTR（3′端转录非翻译区）和polyA 4部分组成，其cDNA具有对应的结构。对于任何一个基因，其5′-UTR和3′-UTR都是特定的，即每条cDNA的5′端或3′端的有限序列即可特异性地代表生物体某种组织某个时期的一个表达基因。表达序列标签（expressed sequence tag，EST）的数目可以显示所代表的基因的拷贝数，一个基因的表达次数越多，能够测到的相应EST也越多，所以分析mRNA/cDNA即可获得基因的表达情况和表达丰度。而以cDNA测序为基础的EST技术就是基于这一认识而发展起来的，同时EST也是相应物种全基因组测序计划的有益补充。

EST是指通过对cDNA文库随机挑选的克隆进行大规模单向测序所获得一些cDNA 5′端或3′端的核苷酸序列，其长度一般为300～500 bp，它代表了某个表达基因的一段信息。

EST技术则是将mRNA反转录成cDNA并克隆到质粒或噬菌体载体上从而构建成cDNA文库后，大规模的随机挑选cDNA克隆，并对其5′端或3′端进行单向测序（图2.1），然后将所获序列与已有数据库中的序列进行比对，进而获得对生物体生长、发育、

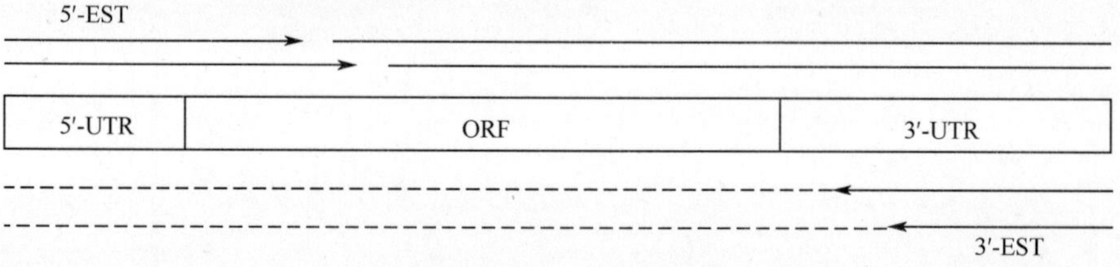

5′-EST

5′-UTR	ORF	3′-UTR

3′-EST

图2.1 EST技术原理图

代谢、繁殖、衰老及死亡等一系列生理生化过程认识的技术。

EST 技术的快速发展主要得益于两个方面的因素。一方面是大规模自动化测序技术的日趋成熟与完善。荧光燃料及毛细管技术在 DNA 测序技术中的成功应用，使得进入同一根毛细管管道中的待测样品在较短时间内即可完成 4 种不同核苷酸的快速分离与识别，这大大简化了 Sanger 双脱氧链终止测序方法的操作步骤。不同规格的毛细管全自动测序仪和与之配套的高度自动化工作站的出现，使得人们在较短时间内准确获得数量庞大的 DNA 序列成为可能。另一方面是多种模式生物基因组测序计划的启动。大规模基因组测序计划进行过程中，物理图谱的构建需要大量的位点特异性标签序列（site-specific tag sequence，STS），而 STS 的一个重要来源也是 EST。此外，大量基因组序列的功能诠释也离不开 EST 的辅助。因此，无论是在人类、模式动物，还是模式植物的全基因组序列测定计划的实施过程中，EST 技术始终扮演着非常重要的角色。

2.1.2 EST 技术的研究方法

EST 技术的本质是通过对随机挑选的 cDNA 文库中的阳性克隆进行序列测定，然后利用相关生物学软件对所获 EST 数据进行分析处理以获取大量信息，从而为某一生物实验指明方向或提供素材的过程。其基本方法是首先从组织细胞中提取 mRNA，构建成标准的 cDNA 文库，然后从中挑取大量克隆，利用载体通用引物测出插入载体的 cDNA 片段 5′端或 3′端 300～500 bp 的序列。将测序所得的 EST 与 dbEST 等数据库中的数据进行比较分析，根据核酸或蛋白质序列的同源性比较可以鉴定出哪些 EST 代表已知基因，哪些 EST 代表未知基因，并对所得 EST 进行基因表达丰度分析。

2.1.2.1 cDNA 文库的构建

用于 EST 研究的 cDNA 文库主要包括两大类。一类是普通的 cDNA 文库，包括定向插入 cDNA 文库和非定向插入 cDNA 文库。分析这类 cDNA 文库中被测定 cDNA 的丰度，可以了解特定材料、特定时期、特定细胞或组织的基因表达情况。另一类是标准化的或是经过差减而富集了的 cDNA 文库。这类文库特别适用于寻找与某个特定研究目的直接相关的低丰度表达基因。这主要是由于文库构建过程中将不同基因的表达频率进行了均一化，甚至将许多与研究目的相关性不大的基因（如管家基因）进行扣除杂交而被去除，从而使得那些表达量低，但又与研究目的密切相关的基因得以富集的缘故。

2.1.2.2 cDNA 文库中阳性克隆的单向测序

EST 一般是对 cDNA 克隆进行单向测序后所得，测序方向从 3′端或 5′端进行；

但也有些是从两端同时进行的。具体方向的确定还应该考虑到各自的特点。由于 mRNA 3′端有一段 20～250 bp 的 polyA 结构，靠近 polyA 处又有特异性末端非编码区序列几乎总是高度变异的，因此从 3′端测序所得 EST 适宜于作为基因特异探针，用于区分同一基因家族中紧密相关的各个成员以及基因图谱的绘制。相比之下，5′端序列非编码区较小，包含的信息量大，适用于寻找新基因或研究基因的差异表达。但以 5′端测序也有其不利之处，如 mRNA 5′端存在二级结构，不利于合成全长 cDNA，也影响测序反应的顺利进行；由于 cDNA 合成过程中同一基因的不同的 mRNA 分子可以产生不同长度的 cDNA，以及 mRNA 的交替拼接等原因，cDNA 文库中同一基因有时具有不同的 5′端起始序列，这样在进行序列多重比较时就会给判定是否来源于同一基因带来麻烦。

2.1.2.3 EST 数据的分析与处理

EST 研究的主要难点在于 EST 获取后如何对数量众多的序列信息进行准确、有效的分析。数据分析的具体过程如下。

1) 原始序列的预处理

原始序列的预处理主要是针对克隆的相应碱基序列而言的，预处理的主要标准是其相应的碱基序列层析图谱。单个 cDNA 克隆测序后获取的原始数据一般包含有诸如碱基的插入/缺失、载体来源序列、较高的 N 值、长的 polyA 或 polyT，以及基因组 DNA、细菌或真菌 DNA、线粒体 DNA、核糖体 RNA 等污染序列的干扰。特别是碱基的插入/缺失会造成移码突变，导致原始转录物编码信息的改变。因此，在使用这些 EST 序列前进行质量控制是不可缺少的。

随着基因组计划的相继实施，许多软件可以实现完全的自动化处理，除了表 2.1 中列出的几种常用的质量控制软件外，还有如 DNAStar、Sequencher™ 等一些商业软件可供选择（表 2.2 中的某些软件包也同样含有这类功能模块）。

表 2.1 EST 序列质量控制常用软件

软件名称	功能描述	获取方式
Phred	将序列峰图文件转化成核酸序列并生成质量控制文件，以及根据质量控制文件获取有效序列	bge@u. washington. edu
Phd2fasta	将质量控制文件转换成 FASTA 格式	bge@u. washington. edu
Cross-match	根据载体文件去除载体序列	phg@u. washington. edu
Repeat Masker	根据重复序列文件去除重复序列	mit@nootka. mbt. washington. edu
Remove polyA 和 polyT	去掉太短的序列，截取长的 polyA 和 polyT，去掉 N 值超过 95%的序列	tangjifeng@mail. caas. net. cn

表 2.2 序列拼接、聚类常用的几种软件

软件名称	功能描述	获取方式
GAP4	序列拼接，检查分析结果等功能	http://www. mrc-lmb. cam. ac. uk/pub-seq/ manual/gap4_unix_toc. html
PHRAP	序列拼接	phg@u. washington. edu
StackPACK	包含 Cross-match、d2-cluster、pharp、CRAW 程序可对序列进行质量控制、拼接等	http://www. sanbi. ac. za/dbases. html
CAP3	对序列进行质量控制和拼接	http://genome. cs. mtu. edu/sas. html
TIGR	序列拼接	http://www. tigr. org/software/assembler/
Assembler	查看测序列峰图谱，序列校正、拼接	http://www. genecodes. com
Sequencher Staden_package	包含 gap4、cap3、trev pregap4、spin 等程序，可对序列进行质量控制、拼接等，并图形化显示结果	http://www. mrc-lmb. cam. ac. uk/pub-seq/ staden_package. html
Clustal W	对核酸或蛋白质序列进行多序列比对	http://www. clustal. org/download/current/
Clustal X	是 Clustal W 图形界面化的程序	http://www. clustal. org/download/current/
BlASTclust	对核酸或蛋白质序列进行拼接聚类	ftp://ncbi. nlm. nih. gov/blast/executables

2）EST 序列的聚集、拼接及非冗余 EST 序列的获得

EST 代表了 mRNA 中的一部分信息，某一文库进行大规模序列测定后，那些表达丰度较高的基因会被多次测到。而且测序量越大，被重复测到的冗余 EST 的数量和种类就会越多，这是许多物种的 EST 计划经常遇到的问题。对于从 cDNA 两端分别测序的情况，同一基因有可能被同时从 5′端和 3′端两个方向分别测到，产生两个方向相反的 EST，甚至二者之间会有一段重叠区域。建库过程中也有可能将某个基因打断，使得同一基因的不同编码区段被随机分配到不同的克隆当中，产生不同的 EST。借助一些生物学软件可去除这些冗余的重叠片段，使某些 EST 片段得以拼接和延伸（表 2.2）。

3）与已有数据库进行序列同源性比对分析

为了搞清实验所获 EST 可能的功能，寻找新的未知基因，EST 原始序列预处理后最常用的分析方法是与国际互联网上公用数据库中的已有序列进行同源性比对，根据比对结果判断所得 EST 片段可能的生物学功能，或者判断该 EST 是否为新的基因片段。

目前较为常用的 EST 数据库包括美国国家生物技术信息中心（NCBI）的 dbEST（http://www. ncbi. nlm. nih. gov/dbEST/index. html）、欧洲生物信息学研究所 EBI 所维护的 EMBL 数据库（http://www. ebi. ac. uk/embl/）中的 EST 子数据库和日本国立遗传学研究所的 DDBJ 数据库（http://www. ddbj. nig. ac. jp）中的 EST 子数据库。这三个数据库收录了动物、植物、微生物所有的 EST 数据，并完全向公众开放。而且这三个数据库并不是隔断的，它们通过计算机网络定期相互交换数据，以保证数据的完整性。在公共数据库发展的同时，各种为特定作物或特定研究内容而建立的专业化数据库也发展了起来，并呈不断增长的趋势。数据库中的数据一方面来自大型的 EST 测序中心，另一方面来自实验室或研究者个人递交的序列，但序列均未进行拼接。

BLAST（basic local alignment search tool）程序，即基本局部相似性比对搜索工具，是目前对 EST 数据库查询时使用最多的程序。BLAST 程序运行速度快、准确度和灵敏度高，而且运行结果可信度高，易于解释，同时程序及其代码完全免费。目前绝大多数公用数据库都提供基于 BLAST 的序列查询服务。BLAST 程序种中常用的 5 种分支软件见表 2.3。

表 2.3 BLAST 程序的 5 种分支软件

BLAST 分类	提交序列	数据库
BLASTN	核酸	核酸序列数据库
BLASTP	蛋白质	蛋白质序列数据库
BLASTX	核酸（6 个 CDS 翻译）	蛋白质序列数据库
TBLASTX	核酸（6 个 CDS 翻译）	核酸序列数据库
TBLASTN	蛋白质	核酸序列数据库

4）EST 序列的同源性分类

根据 BLASTN 和 BLASTX 的同源性比较结果可以初步判断所得 EST 片段可能的生物学功能，或者是未发现的新基因。接下来就是对大量的基因功能进行分类。早期的基因功能分类大部分是以 Adams 在 1995 年发表的文章中所采用分类体系为标准，这种手工分类方法较为准确，但工作量大，仅适用于少量基因的功能分类。随着后基因组时代的到来，批量的测序，特别是 EST 的测序，逐渐成为普通实验室的日常工作，上述的分类方法就不适用了。现在通常是根据标准基因词汇体系（gene ontology，GO）（http://www.geneontology.org/），利用计算机批量处理，进行近似的分类。但是目前除了 Goblet 以外，并没有软件适合对未知序列进行批量的 GO 注释，而 Goblet 因为具有上载量的限制，以及仅仅利用 BLAST 作为预测工具，所以仍有许多不足之处。陈作舟等开发了一个软件包 GoPipe，通过整合 BLAST 和 InterProScan 的结果来进行序列注释，并提供了进一步作统计比较的工具。主程序接收任意一个 BLAST 和 InterProScan 的结果文件，并依次进行文本分析、数据整合、去除冗余、统计分析和显示等工作。还提供了统计的工具来比较不同输入对 GO 的分布来挖掘生物学意义。另外，在交集工作模式下，程序取 InterProScan 和 BLAST 结果的交集，在测试数据集中，其精确度达到 99.1%，这大大超过了 InterProScan 本身对 GO 预测的精确度，而敏感度只是稍微下降。较高的精确度、较快的速度和较大的灵活性使它成为对未知序列进行批量 GO 注释的理想的工具。上述软件包可以在网站（http://gopipe.fishgenome.org）免费获得或者与作者联系获取。

5）3′UTR 区 microRNA 靶基因的预测分析

典型的真核生物 mRNA 分子由 5′UTR、ORF、3′UTR 3 部分组成。1991 年 Kbzak 指出 mRNA 分子的 5′UTR 以及 AUG 附近的结构特征与翻译起始作用的调控密切相关。而真核生物 mRNA 的 3′UTR 区包括终止密码子、polyA 尾以及两者之间的非编码序列，它们在翻译过程中同样有着调控作用。并且近来研究也发现，在 3′UTR 区存在 microRNA 的靶标。

microRNA 是一类约 22 个核苷酸（nt）长的非编码小分子 RNA，广泛存在于动植物细胞中，通过和 3′UTR 区靶基因的不精确互补配对抑制翻译的起始。准确地预测 microRNA 靶基因和正确地认识 microRNA 及其靶基因的作用机制已成为当前研究的热点。

目前，对 microRNA 靶基因的预测还处于起步阶段。在植物中，因为 microRNA 与靶 mRNA 几乎完全配对，可以从全基因组来搜索 microRNA 靶基因。而在动物中，由于 microRNA 和靶基因是部分互补的，所以利用简单的同源寻找很难发现真正的靶基因。现在已有 TargetScan 和 miRanda 等软件（表 2.4）被用来预测可能的 microRNA 靶基因。其中 TargetScan 是 Lewis 等开发的用来预测脊椎动物的 microRNA 靶基因的软件，是最早出现的靶基因预测软件之一。它提供网络实时服务，至今仍是使用频率最高的小 RNA 靶基因预测软件；miRanda 则可被用来预测人、果蝇、斑马鱼等的 microRNA 靶基因。但这些软件在应用上仍存在很大的局限性，预测出的序列均需通过实验的检验才可确定。

表 2.4　高等生物 microRNA 靶基因预测软件

软件	适用范围	网址
miRanda	脊椎动物	http://www.microrna.org/
DIANA-microT	所有哺乳动物	http://www.diana.pcbi.upenn.edu/
RNAhybrid	所有哺乳动物	http://bibiserv.techfak.uni-bielefeld.de/rnahybrid/
TargetScan	脊椎动物	http://www.targetscan.org/
MicroInspector	所有哺乳动物	http://mirna.imbb.forth.gr/microinspector
PicTar	所有哺乳动物	http://pictar.bio.nyu.edu/
TargetBoost	线虫和果蝇	https://demo1.interagon.com/targetboost/
miTarget	所有哺乳动物	http://cbit.snu.ac.kr/miTarget/
RNA22	所有哺乳动物	http://cbcsrv.watson.ibm.com/rna22.html
microTar	线虫、果蝇和小鼠	http://tiger.dbs.nus.edu.sg/microtar/

6）比较转录组分析

随着被成功测序的模式动物种类数目的增加，相关物种间基因组的比较分析自然就成了下一步的工作重点，随之诞生了一个新的生命科学研究方向——比较基因组学。比较基因组学（comparative genomics）是在具有生物基因组图谱和成功测序前提下，比较物种基因组间的相似性和差异性，进而阐述其内在分子机制，以了解基因的功能、表达机制和物种进化的一门新兴学科。而 EST 技术主要应用在比较转录组中，进行种间表达基因的比较分析。除了可以发现新基因、利用 EST 中古老保守序列（ancient conserved region，ACR）来研究物种之间的进化关系，还可以比较物种间转录物的差异来分析其特异表达的基因和生物学意义。GoDiff 是中国科学院遗传与发育生物学研究所研发的可以通过比较两个物种的基因表达量概率来确定同一基因在不同物种间表达量关系的软件，是基于基因表达谱和GO分类的基础上通过两两比较EST数据库得到基因表达差异的软件。该软件可在http://www.fishgenome.org/bioinfo/免费获得。

2.1.3 EST的主要应用

2.1.3.1 分子遗传标记

目前最有效的基因组作图方法是STS作图。位点特异性标签序列是指基因组中易于识别的且只出现一次的一段DNA序列，长200～800 bp，具有物种特异性，在人类基因组物理图谱绘制中作为标准标记。对某一特定基因而言，EST 3′端非编码区的序列具有高度专一性，可作为STS用于基因组绘图，因而EST是很好的STS来源。EST代表了某一基因的一段信息，研究发现长度大于150 bp的EST非常有益于基因图谱的绘制。EST作为遗传标记最初应用于人类基因组遗传作图。多数EST包含大量3′端非编码区信息，EST已成为寻找多态性及分子标记的主要数据来源，被广泛应用于SNP、SSR等分子标记。

2.1.3.2 新基因的发现

发现新基因是当前国际上基因组研究的热点，而EST技术的应用使基因克隆技术发生了革命性的进步。以EST为重要来源的染色体物理图谱的建立，进一步方便了对候选基因的连锁分析，可将其确定在更狭小的染色体区段内，缩小了基因的候选范围。EST本身来源于表达基因的一部分，用其辅助cDNA全长的筛选、基因组序列的鉴定等繁琐的实验操作，可以大大提高工作效率。EST是cDNA单向一次测序的结果，不用过分追究其碱基读取的准确性，因此利用EST获得新基因具有快速、高效的特点。

分析不同组织来源、不同处理条件下的基因表达情况，不仅有利于分析不同条件下的基因表达状况，而且通过与已有数据比较，可以一次性获取多个基因或蛋白质信息，相对于传统的寻找差异表达基因的方法，利用EST技术辅助手段更易于快速发现多个新的目的基因。

2.1.3.3 基因表达谱分析

基因的时空差异表达是有机体发育、分化、衰老和抗逆等生命现象的分子基础。研究基因表达的方法有很多种：差示筛选法（differential screening）、mRNA差异显示法（differential display）、cDNA代表性差异分析（representative differential analysis）、Northern杂交（Northern blotting）、基因表达系列分析（serial analysis of gene expression，SAGE）、cDNA微阵列（cDNA microarray）等。这些方法中，有的受到所分析转录物数量的限制，有的所得序列过短，需要庞大数据库的支持，还有的费用昂贵，为一般实验工作者所不及。相对而言，EST 技术则具有多、快、好、省的特点，加之近年来基因组计划的实施和相关技术的改进，多种生物的 EST 研究相应展开，使国际公共数据库中的 EST 序列的数目更加丰富。

一般认为生物体某一生长时期的基因表达量约占全部基因总量的 15%，真核生物基因的差异表达具有典型的时空特异性。EST 序列代表了某段 mRNA 的信息，某种 EST 数目越多，表明该 EST 所代表的基因在某一特定时期的表达量越多；反之，则表明该基因的表达丰度较低。

传统的 EST 研究主要用于寻找新基因，是大规模筛选新基因的主要途径。随着 EST 数量的不断积累，通过电子手段进行模拟 Northern 分析已成为可能。特定组织或器官 cDNA 文库的构建和相应 EST 数据分析，不仅可以准确展现不同来源细胞内的基因表达上的差异，而且还可根据基因在表达上的异同之处来推测某些基因可能的生理、生化或发育功能。

2.1.3.4　基因组功能注释

功能基因组学的主要任务是基因组功能注释（genome annotation），所谓基因组功能注释就是给 DNA 序列加上生物学信息，识别并鉴定其所编码的基因及其他特点。其研究内容分三个层次：基因组组成元件的识别，即 ORF 识别；注释所有 ORF 产物的功能和基因表达特征及基因间的相互作用；基因组进化。直接从基因组区域识别可能转录的区域并非易事，因为绝大部分 DNA 不编码基因转录物，而且转录的机制和转录物加工的机制尚未完全明了，因此研究基因特别有效的材料就是 cDNA。

基因组组成元件的识别一般有两种方法：基因组中基因搜索（GenScan）和同源性比较。后者依靠查询蛋白质库和 dbEST 寻找编码区。对于人类基因组而言，理论上几乎所有的基因都在 dbEST 数据库中有其对应的 EST 片段，借助这些 EST 不仅可以判断一段 DNA 中是否含有编码区，而且能精确地给出该基因外显子与内含子的剪接方式，所以可用于前体 mRNA 剪接机制的研究。因此，EST 技术还经常被运用于基因内含子、外显子排列的精确预测，选择性剪接的识别，反常基因组排列结构的识别等方面。

EST 在基因组注释方面的精度上有一定的局限，这种局限性来源于 EST 测序方法的误差和在独立基因（unigene）的聚类拼接过程中可能将同源性较高的不同基因混杂在一起，还有许多应用程序对部分序列是不合适的。对极低丰度的 mRNA 或非常长的或较特殊的转录物，EST 技术也可能难以覆盖。

2.1.3.5　制备 cDNA 微阵列

芯片技术是近年来发展起来的一种研究功能基因组学的方法。核酸芯片主要有基因组 DNA 芯片和 cDNA 芯片两类。目前，EST 已成为制备高密度 cDNA 芯片微阵列研究基因表达的主要材料来源。cDNA 微阵列（cDNA microarray）是将 cDNA 片段、

PCR 片段、寡聚核苷酸固定在固相支持物上，形成高密度点阵列，然后与 mRNA 反转录生成的荧光素标记的第一链 cDNA 探针杂交，杂交信号被检测系统自动采集并量化分析，从而反映出待测组织某一发育时期或特定处理后的基因表达种类与频繁的过程。cDNA 微阵列技术在人类疾病基因表达谱、疾病相关新基因的发现等方面研究甚多。

2.1.3.6 基因表达的动态性研究

随着大量 EST 数据的积累，EST 数据库是检测同源基因序列、外显子作图、揭示基因差异拼接的有效工具。在真核生物中，大量基因在功能上是重复的，因此存在很多同源基因家族。RNA 拼接是真核生物基因组的动态特征，特别是交替拼接（alternative splicing）大大增加了基因功能产物的复杂性。因此 EST 所提供的关于基因组结构和功能的信息比基因组序列更具有动态感，更能真实地反映基因组的功能。

2.1.3.7 基因电子克隆

利用 EST 数据库发现新基因也被称为基因的电子克隆。其基本方法是找到属于同一基因的所有 EST 片段，再把它们连接起来。由于 EST 序列是全世界很多实验室随机产生的，所以属于同一基因的很多 EST 序列必然有大量重复的小片段，利用这些小片段作为标志就可以把不同的 EST 连接起来，直到发现了它们的全长，这样就可以说通过电子克隆找到了一个基因。如果这个基因与已知基因库比较，没有匹配的基因序列，那就找到了一个新基因。但是由于进行电子克隆程序设计复杂，计算量巨大，一般的计算机难以完成任务，因此很多基因组学和分子生物学网站开始提供网上电子克隆的服务（表 2.5），只要把自己感兴趣的序列通过网络提交，等待返回结果即可。

表 2.5 基因电子克隆的常用网址

常用资源	网址
NCBI	http://www.ncbi.nlm.nih.gov/
GenBank	http://www.ncbi.nlm.nih.gov/genbank
UNIGENE	http://www.ncbi.nlm.nih.gov/unigene/index.html
BLAST	http://www.ncbi.nlm.nih.gov/blast/
STS	http://www.ncbi.nlm.nih.gov/sts
UNIBLAST	http://gcg.tigem.it/uniblast/uniblast.html
TIGEM'S EST MACHINE	http://www.tigem.it/estmachine.html
TIGEM'S EST EXTRACT	http://gcg.tigem.it/blastextract/estextract.html
THC	http://vaster.nlm.nih.gov/chi-bin/thcblast/nph-thcblast
ESTBLAST	http://www.hgmp.mrc.ac.uk/estblast
MAGE	http://bbrp.llnl.gov/bbrp/image/

用电子克隆的方法发现新基因也存在很大的弊端，搜索相似性序列相似度的设定和序列拼接参数的设定直接影响最终的结果。如果参数限制条件太低，很可能会得到错误

结果；而参数条件限制太高，就可能没有结果。对于所拼接出来的基因还需要从生物学意义上进行分离和鉴定。

2.1.4　EST研究的局限性

EST技术在基因发现方面具有规模化、高通量、高速度等传统方法所不具备的优越性，但与其他所有技术一样，EST技术也有其自身无法突破的局限性。

一是EST序列是一次性测序所得，不可避免地包含错读碱基序列。DNA序列的错误，特别是那些导致可读框改变的移码突变会降低EST编码区与全长蛋白质序列比对的可靠性。二是EST通常只编码一个蛋白质片段，所获得的比对结果往往是不稳定的。三是当前技术上的限制使得绝大多数研究所用材料均来自不同的细胞类型、某种组织、某个器官，甚至选取整个生物体作为cDNA文库构建材料，因此所获取的EST就是一个有关许多细胞类型，参与许多生物过程的基因片段，往往无法获得某一特异生理过程中特异细胞类型的基因表达信息。四是多数基因的调控序列均位于内含子内，由mRNA反转录所得cDNA序列并不包含这部分信息，因此单单研究EST数据会丢掉许多有价值的序列信息。

2.1.5　七鳃鳗EST研究现状

七鳃鳗隶属于圆口纲（Cyclostomata），是一类因营半寄生生活而引发机体显著特化的动物。由于其一般结构甚为原始，在脊椎动物进化史上代表着动物已进入有头、有雏形脊椎骨，但还无上颌、下颌这一发展水平，故在进化史上占有特殊地位（图2.2）。从寄生习性和特化结构来看，圆口纲并不在进化的主干上，而是由古老的原始脊椎动物分化出来的一个盲支，与寒武纪晚期底栖的甲胄鱼类有共同的祖先，是现存的一类最原始的无颌类脊椎动物。通过对这类动物的研究，可使人们对于生活在5亿年前古老脊椎动物有更进一步的了解。

长期以来人们对于七鳃鳗的研究多集中于形态学方面，而在其基因组学乃至蛋白质组学方面的研究却是空白。由于七鳃鳗在脊椎动物进化史上所占据的重要地位，因此，对于七鳃鳗的研究具有其他物种研究所不可替代的作用。

在NCBI上的dbEST数据库中检索发现：截至2006年12月7日已经发表的七鳃鳗科内物种的EST序列共有32 769条，其中的绝大多数（99.96%）序列都来自海七鳃鳗（32 755条），而这部分序列又集中于骨髓、淋巴细胞、免疫激活淋巴细胞和前肠等组织以及胚胎期的幼体。日本七鳃鳗EST序列仅有1条（GenBank登录

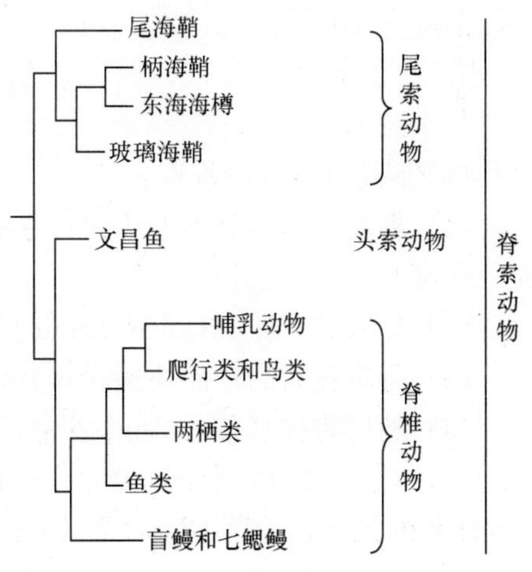

图2.2　脊索动物系统发生树

号：AB107053），来自后脑组织。除此之外，公共数据库中有关日本七鳃鳗基因或蛋白质的序列信息也很有限（共 82 条核酸序列和 80 条蛋白质序列）。值得注意的是在近一年的时间内，海七鳃鳗 EST 的数据量大幅度增长，即从 2005 年 4 月时的 10 618 条迅速增加到了 2006 年 4 月的 32 755 条。由此可见，现在越来越多的科研人员已将研究的重心转向七鳃鳗基因组和蛋白质组学方面。由于在材料获取上存在一定的困难，使得美国、加拿大、奥地利等很早就开展海七鳃鳗研究的国家的科研人员目前还未涉足日本七鳃鳗的研究领域当中。

2.2 日本七鳃鳗口腔腺 cDNA 文库的构建

2.2.1 材料与方法

2.2.1.1 材　料

试验用日本七鳃鳗（300 余条）于 12 月中下旬捕自黑龙江省松花江流域同江地区。用装有冰水的泡沫保鲜盒盛装运回。

PCR 引物：BcaBEST PrimerM$_{13\text{-}47}$，BcaBEST PrimerRV-M，Oligo dT$_{(18)}$ Linker Primer；

工具酶：反转录酶（RAV-2），DNA 聚合酶Ⅰ，T4 DNA 聚合酶，T4 DNA 连接酶、TaKaRa LA *Taq*™，Superscript Ⅱ，核糖核酸酶 H（RNase H）；

Marker：DNA Marker DL2000，DNA Marker DL15000，λ-*Hin*dⅢ digest；

试剂盒：RNA 提取试剂盒（Trizol Reagant Kit），Oligotex-dT$_{(30)}$；

克隆载体：pBluescriptⅡ SK（＋）；

菌种：*E. coli* Electro-cell JM109。

以上试剂均由宝生物工程（大连）有限公司提供。

2.2.1.2 方　法

口腔腺总 RNA 的提取：

（1）剥离新鲜的日本七鳃鳗口腔腺组织共约 6 g，迅速放入事先加有液氮的研钵中充分研磨。

（2）加入 20 ml Trizol Reagent 试剂后用铝箔纸密封待其融化，时间大约为 1 h。

（3）将融化后的样品快速转移到匀浆器中进一步匀碎。

（4）随后将样品移入 2 ml 管中，25℃恒温水浴 5 min。

（5）4℃、12 000 r/min 离心 15 min，取上清液至另外的 2 ml 管中，每个管中加入 1/5 体积的氯仿，振荡混匀后 25℃恒温水浴 3 min。

（6）4℃、12 000 r/min 离心 15 min，并加入等体积的异丙醇，25℃恒温水浴 10 min。

（7）4℃、12 000 r/min 离心 10 min，弃上清液加入冰乙醇 1 ml。

（8）4℃、10 000 r/min 离心 5 min，弃上清液待沉淀干燥后溶于适量的 DEPC 水中。

（9）取适量的总 RNA 于 65℃、10 min 热变性后进行 1%琼脂糖凝胶电泳检测。

口腔腺 mRNA 的分离纯化：

（1）取 250 μg 的总 RNA 加入 DEPC 水（DEPC 水预先处理且 RNA 专用）至 150 μl。

（2）将液体样品转移到 1.5 ml 管中，加入 150 μl 2×结合缓冲液和 15 μl Oligotex-$dT_{(30)}$。

（3）于 70℃恒温水浴 3 min，然后室温放置 10 min。

（4）室温 15 000 r/min 离心，弃上清液后加入 350 μl 洗涤缓冲液仔细混匀 Oligotex-$dT_{(30)}$，并将全部样品移入装有过滤柱的管中，室温 15 000 r/min 离心 30 s。

（5）向过滤柱中再次加入 350 μl 洗涤缓冲液仔细混匀 Oligotex-$dT_{(30)}$，室温 15 000 r/min离心 30 s。

（6）将过滤柱移入新的 1.5 ml 的管中，加入 70℃的 DEPC 水 25 μl 混匀 Oligotex-$dT_{(30)}$，随即室温 15 000 r/min 离心 30 s。

（7）重复步骤（6），即再次加入 70℃的 DEPC 水 25 μl 混匀，并室温 15 000 r/min 离心 30 s。

（8）回收后的 mRNA 总计 50 μl，1%琼脂糖凝胶电泳进行检测。

cDNA 第一链的合成：

（1）取 5 μl mRNA 溶液于离心管中，加入 2.5 μl pH7.5 的 10 mmol/L Tris-HCl 混匀后 65℃保温 5 min，随后放入冰中冷却。

（2）于该离心管中分别加入 2.5 μl 10×第一链缓冲液，2.5 μl 0.1 mmol/L DTT，1.5 μl 10 mmol/L dNTP 混合液，1 μl *Not* Ⅰ Oligo $dT_{(18)}$ Linker 引物(1.6 μg/μl)，1 μl RNase 抑制剂（40 U/μl），7 μl DEPC 水后室温静置 10 min。

（3）加入 2 μl RAV-2 反转录酶后 42℃保温 50 min。

（4）加入 1 μl SuperscriptⅡ酶后 50℃保温 30 min。

（5）将总体积 26 μl 的 cDNA 第一链的合成反应体系（表 2.6）置于冰中保存。

表 2.6　cDNA 第一链合成的总反应体系

试剂	体积/μl	试剂	体积/μl
mRNA 溶液	5(约 2.5 μg)	RNase 抑制剂/(40 U/μl)	1
10 mm Tris-HCl(pH7.5)	2.5	DEPC 水	7
10×第一链缓冲液	2.5	RAV-2 反转录酶	2
0.1 mm DTT	2.5	SuperscriptⅡ酶	1
10 mm dNTP 混合液	1.5	总体积	25
Not Ⅰ Oligo $dt_{(18)}$ linker primer/(1.6 μg/μl)	1		

cDNA 第二链的合成：

(1) 于 26 μl cDNA 第一链反应体系中分别加入 20 μl 10×第二链缓冲液，7.5 μl 0.1 mmol/L DTT，3 μl 10 mmol/L dNTP 混合液，128 μl 预冰的 dH_2O 后冰中冷却 5 min。

(2) 之后依次加入 2.5 μl RNase H (0.8 U/μl) 和 14 μl DNA 聚合酶Ⅰ (4 U/μl)，最终体积为 201 μl 的 cDNA 第二链的合成反应体系（表 2.7）于 16℃环境中反应 2.5 h。

(3) 反应液经苯酚/氯仿处理后，进行乙醇沉淀。

(4) 将沉淀溶于 30 μl 终浓度 0.1 的 TE 缓冲液中。

表 2.7　cDNA 第二链合成的总反应体系

试剂	体积/μl	试剂	体积/μl
第一链反应体系	26	预冷的 dH_2O	128
10×第二链缓冲液	20	RNase H/ (0.8 U/μl)	2.5
0.1 mmol/L DTT	7.5	DNA 聚合酶Ⅰ/ (4 U/μl)	14
10 mmol/L dNTP 混合液	3	总体积	201

双链 cDNA 的末端平滑处理：

(1) 于已制备的 30 μl 双链 cDNA 溶液中分别加入 10 μl 10×T4 聚合酶，5 μl 2.5 mmol/L dNTP 混合液，5 μl T4 DNA 聚合酶 (1 U/μl) 和 50 μl dH_2O 配制反应溶液，将该离心管置于 7℃环境中保温 30 min。

(2) 总体积为 100 μl 的反应液经苯酚/氯仿处理后，进行乙醇沉淀。

(3) 将沉淀溶于 20 μl 的 TE 缓冲液中，−20℃保存。

双链 cDNA 末端的衔接子连接：

(1) 取经电泳检测合格后的双链 cDNA 溶液 4 μl 于离心管中，随后分别加入2 μl 10× 连接酶缓冲液，2 μl 10 mmol/L Ratp，1 μl *Eco*RⅠ-*Sma*Ⅰ衔接子 (0.32 μg/μl) 和 9.5 μl dH_2O 配置反应溶液，于冰中冷却 5 min。

(2) 加入 1.5 μl T4 DNA 连接酶 (350 U/μl)，8℃环境中保温过夜反应。

(3) 70℃保温 30 min 后加入 5 μl *Not*Ⅰ和 27 μl *Not*Ⅰ补充液，37℃反应 2 h。

离心柱的准备：

(1) 反复上下颠倒旋转柱内的凝胶颗粒。

(2) 先取下上盖后，慢慢取下下盖，柱上的下盖不要丢弃。

(3) 让柱内的缓冲液自然流出（大约需要 5 min）。

(4) 安装下盖，向柱中加入 2 ml 的 TE 缓冲液后再盖上上盖，反复上下颠倒悬浊的凝胶颗粒。

(5) 重复上述操作 (2)～(4)。

(6) 取下柱的上下盖，让柱内的缓冲液自然流出。

(7) 将去盖的 1.5 ml 离心管放置于 FALCON 管中，然后将离心柱插入 FALCON 管中，将柱的下端安装于 FALCON 管中的 1.5 ml 离心管内，离心 2 min。

（8）丢弃 FALCON 管中的 1.5 ml 离心管，向 FALCON 管中放入新的去盖的 1.5 ml 离心管，再将离心柱的下端安装于 FALCON 管中的 1.5 ml 离心管内。

短链 cDNA 的去除：

（1）于上一步反应液中加入 5 μl 10×STE 缓冲液，之后用离心柱过滤去除掉 400 bp以下的 cDNA 片段。

（2）过滤液经苯酚/氯仿处理后，进行乙醇沉淀。

（3）将沉淀溶解于 21.5 μl 的 dH_2O 中。

双链 cDNA 和载体的连接：

（1）于上一步 21.5 μl cDNA 溶液中分别加入 3 μl 10×连接酸缓冲液，3 μl 10 mmol/L rATP，1 μl pBluescript Ⅱ SK（＋）载体（*Not* Ⅰ/*Eco*R Ⅰ 切割位点，200 ng/μl）配制反应溶液，于冰中冷却 5 min。

（2）加入 1.5 μl T4 DNA 连接酸（350 U/μl），12℃保温过夜。

（3）制备完毕的质粒 cDNA 文库置于－80℃超低温冰箱中保存备用。

cDNA 文库的电转化：

（1）预先将 *E. coli* Electro-cell JM109 在冰中放置 10 min 待其融化。

（2）取 50 μl 的转化细胞 *E. coli* Electro-cell JM109 加入 1 μl 的 cDNA 文库连接液，采用 1.5 V 电压细胞脉冲装置电击转化。

（3）加入 945 μl SOC 液体培养基于 37℃水浴中摇床培养 1 h。

（4）取 100 μl 菌液涂平板（含 IPTG/X-Gal 和 Amp 抗性的 LB 平板培养基），37℃过夜培养。

cDNA 文库的鉴定：

（1）查数 LB 平板培养基上白色菌落的个数，计算出文库的库容量。

（2）用灭菌牙签从 LB 平板培养基中随机挑取 30 个单菌落，置于装有 10 μl dH_2O 的小 PCR 管中涮洗。

（3）分别加入 2.5 μl 10×LA PCR 缓冲液Ⅱ（Mg^{2+}），1 μl BcaBEST 引物 $M_{13\text{-}47}$，1 μl BcaBEST 引物 RV-M，4 μl dNTP Mixture，0.25 μl TaKaRa LA *Taq*™用水补齐至 25 μl 的反应体系。

（4）进行 30 个循环的 PCR 扩增反应（反应条件见表 2.8），1%琼脂糖凝胶电泳检测 PCR 产物，借此判断载体中插入片段的长短。

表 2.8　检菌 PCR 的反应条件

步骤	温度/℃	时间
预变性	4	10 min
循环	98	10 s
（30 个循环）	55	30 s
	72	1 min
保存	4	∞

注：∞表示无穷大。

2.2.2 结　果

1）口腔腺总 RNA 的提取

制备的总 RNA（图 2.3）经 1%琼脂糖凝胶电泳检测可见清晰的 28S 和 18S 两条 RNA 条带，表明口腔腺组织总 RNA 完整性良好。

2）mRNA 的分离

经分离回收得到了总计为 50 μl 的 mRNA，经 1%琼脂糖凝胶电泳检测显示在 0.2～0.5 kb 呈现一片拖影（图 2.4），表明分离得到的 mRNA 完整性良好。

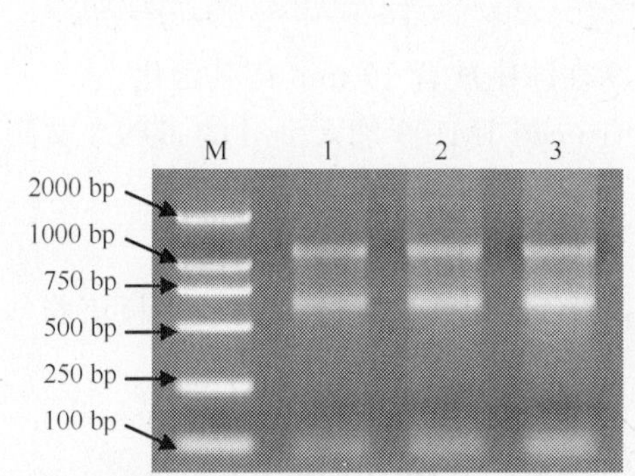

图 2.3　口腔腺中提取的 RNA

M. DL2000 Marker；1. 5 μl RNA；2. 10 μl RNA；3. 15 μl RNA

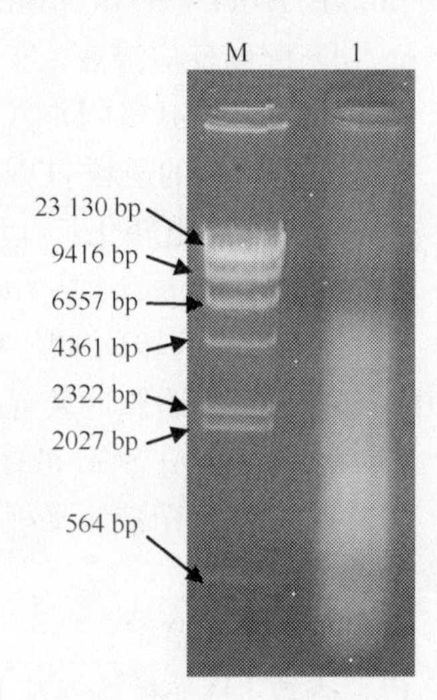

图 2.4　口腔腺 mRNA 的分离纯化

M. λ-*Hind*Ⅲ digest；1. mRNA

3）cDNA 文库的质量鉴定

取 1 μl 的 cDNA 文库液体进行电转化后涂平板培养，查数白色菌落数计算文库的库容量。本文库的库容量约为 2.1×10^6 pfu/ml。

挑选的 30 个白色菌落进行 PCR 反应后（图 2.5），计算出插入片段的平均大小约为 1.2 kb。

2.2.3 讨　　论

日本七鳃鳗口腔腺分泌物中含有多种蛋白质组分，对这些活性成分的纯化和结晶都存在很大的困难，目前还难以对各个成分进行深入的作用机制等方面的研究。此外，生化提取需要消耗大量的资源，这也不利于实施生物资源可持续性开发利用的发展策略，因此直接从基因入手不失为一种行之有效的方法。日本七鳃鳗口腔腺 cDNA 文库的构建保存了大量基因资源，在有利于野生资源保护的同时，通过进一步的 EST 分析、特

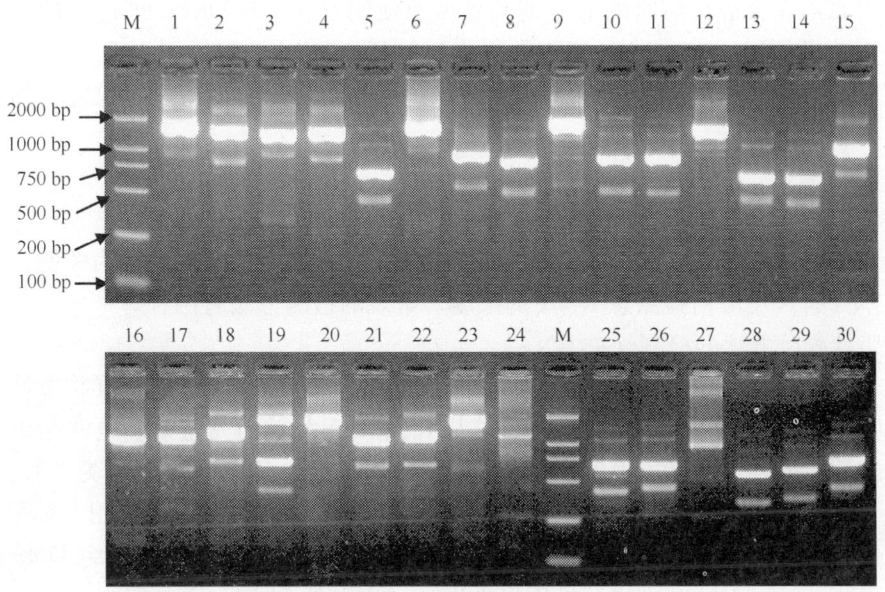

图 2.5　电泳检测经 PCR 扩增出的 cDNA 文库内克隆子中 DNA 插入片段

M. DL2000 Marker；1～30. 经 PCR 扩增出的质粒中 DNA 插入片段

异片段的 PCR 扩增、分子杂交等技术寻找有药用价值的基因并进行基因工程的生产的同时，也有效地保护了野生动物资源。

本文库是以 Gubler 和 Hoffman 的方法为基础，以带有 *Not* Ⅰ 酶切位点的 Oligo $dT_{(18)}$ Linker 引物为反转录引物，于 cDNA 片段两端添加 *Eco*R Ⅰ 连接位点，酶切后克隆于带有 *Not* Ⅰ /*Eco*R Ⅰ 酶切位点的 pBluescript Ⅱ SK(＋)载体上构建成cDNA文库。在 cDNA 第一链合成时，使用了 RAV-2 和 SuperScript Ⅱ 2 种反转录酶确保了 cDNA 第一链合成的质量（包括数量和长度）。在连接、克隆 cDNA 的片段时，首先进行了 cDNA 片段长度筛选，基本上除去了 400 bp 以下的 cDNA 短片段，借此提高了全长 cDNA 的插入效率。本文库的特点是保留了 mRNA 3′端的信息，由于受反转录酶在反转录过程中行进能力的限制，合成的 cDNA 长度平均在 1 kb 左右，所以利用该方法构建的文库通常都或多或少的缺少 mRNA 5′端的一些序列信息。因此，在测定 EST 序列时，选取 5′端测序可以获得更多的关于序列本身的信息情况。

1）cDNA 合成反应前的准备

市面出售的一次性灭菌塑料容器通常无 RNase 污染，可以直接使用。微量离心管以及吸液枪头等需要经过高温高压灭菌后方可使用。需经干热灭菌的器材（如玻璃器具等）必须在 160℃下干热灭菌 2 h 以上，不能干热灭菌的器材（如塑料制品等）需用 0.1％的 DEPC 溶液在 37℃下处理 12 h 以上后，再经高温高压灭菌后使用。做 RNA 实验时的器材必须和一般实验器材严格分开。此外，通过人手混入 RNase 的概率较大，所以进行 RNA 实验操作时，应使用一次性橡胶手套等。

用于 cDNA 合成反应时的溶液试剂尽可能使用 0.1%的 DEPC 进行处理，并经高温高压灭菌后使用。有些试剂不能进行高温高压灭菌时，应使用灭菌器具、水等配制溶液后，再进行过滤除菌处理。使用的溶液试剂和灭菌蒸馏水都要求 RNA 实验专用。

2）RNA 的纯度检测

为了得到最好的 cDNA 合成效率，制备高纯度、完整的 mRNA 极为关键，因此必须在 cDNA 合成反应前检测总 RNA 的浓度。常规的检测方法有两种。

琼脂糖凝胶电泳的检测（总 RNA）：

取 1～2 μl 总 RNA 进行热变性（65℃，10 min）然后进行琼脂糖凝胶电泳，确认 RNA 的纯度。对于真核细胞而言，如果得到的总 RNA 较为完整时，电泳结果会显示两条清晰的核糖体 RNA 电泳条带（28S 和 18S RNA），其量的比例约为 2∶1。如果 28S 和 18S RNA 的电泳条带较为模糊，说明 RNA 已被分解，不能使用。如果在 28S 的电泳条带上方还发现有电泳条带，说明提取的总 RNA 中混入了基因组 DNA，此时可使用 RNase-free DNaseⅠ进行处理后再进行 cDNA 的合成反应。

吸光度的测定检测（总 RNA 或 mRNA）：

测定制备的 RNA 样品 A_{260} 和 A_{280} 的吸光度。A_{260}/A_{280} 值为 1.8～2.1 时，说明制备的 RNA 较纯，A_{260}/A_{280} 低于 1.7 时的 RNA 样品则不能使用。

本次实验中提取的日本七鳃鳗口腔腺总 RNA 与分离纯化后的 mRNA 经电泳检测均没有发生降解的情况。

3）cDNA 文库的质量

文库的代表性是指文库中包含的重组 cDNA 分子是否能完整地反映原细胞中表达的全部信息（即 mRNA 的种类），它是体现文库质量的最重要指标。

文库的库容量是指构建出的原始 cDNA 文库中所包含的独立的重组子的克隆数。其计算公式为

$$N = \ln(1-P) \div \ln(1-n/T)$$

式中，P 为文库中包含细胞内任何一种 mRNA 序列信息的概率，通常设为 99%；N 为文库中 P 概率出现细胞内任何一种 mRNA 序列理论上应具有的最少重组子的克隆数；n 为细胞内最稀少的 mRNA 序列的拷贝数；T 为细胞内表达出的所有 mRNA 总拷贝数。

一个具有完好代表性的 cDNA 文库至少应具有 10^6 以上的库容量。

经效价测定表明，本文库容量约为 2.1×10^6 pfu/ml，插入片段的平均大小约为 1.2 kb，结果符合 cDNA 文库构建的基本要求，为下一步日本七鳃鳗口腔腺表达序列标签分析研究工作的顺利开展奠定了良好且稳固的基础。

2.3 日本七鳃鳗口腔腺表达序列标签的获得与分析

2.3.1 材料与方法

2.3.1.1 材　料

以日本七鳃鳗口腔腺为材料所构建的库容量为 2.1×10^6 pfu/ml 的 cDNA 文库。

PCR 引物：BcaBEST 引物 $M_{13\text{-}47}$，BcaBEST 引物 RV-M；

工具酶：TaKaRa LA *Taq*™；

DNA Marker：DL2000、DL15000、pUC119 marker（200ng/6 μl）；

试剂盒：DNA 回收试剂盒、质粒提取试剂盒、测序试剂盒（TaKaRa *Taq*™ Cycle Sequencing Kit）；

仪器：ABI377 型全自动遗传分析仪（PE Applied Biosystems），MegaBACE1000 DNA 测序仪。

以上试剂及仪器均由宝生物工程（大连）有限公司提供。

2.3.1.2 方　法

cDNA 文库的转化：

（1）取 1 μl 日本七鳃鳗口腔腺 cDNA 文库连接液与 50 μl 的 *E. coli* Electro-cell JM109 混合。

（2）采用 1.5 V 电压细胞脉冲装置电击转化，以提高转化效率。

（3）加入 50 ml SOC 液体培养基于 37℃水浴中摇床培养 1 h。

（4）再次用 SOC 液体培养基梯度稀释（1000 倍、500 倍、100 倍、50 倍、40 倍）菌液，从不同稀释浓度的菌液中取 100 μl 菌液涂平板（含 IPTG/X-Gal 和 Amp 抗性的 LB 平板培养基），37℃过夜培养。

克隆子的选择：

（1）用灭菌后的牙签从不同稀释倍数的平板中挑取生长状况良好、个体较大的单菌落，置于装有 10 μl dH_2O 的小 PCR 管中洗涤。

（2）分别加入 2.5 μl 10×LA PCR 缓冲液Ⅱ（含 Mg^{2+}）、1 μl BcaBEST 引物 $M_{13\text{-}47}$、1 μl BcaBEST 引物 RV-M、4 μl dNTP 混合液、0.25 μl TaKaRa LA *Taq*™用水补齐至 25 μl 的反应体系（表 2.9）。

（3）进行 30 个循环的 PCR 扩增反应（反应条件见表 2.10），1%琼脂糖凝胶电泳检测连接在载体上的目的 DNA 片段的大小。

（4）挑选插入片段长度大于 500 bp 的克隆子，进行下一步实验。

表 2.9 检菌 PCR 的反应体系

试剂	体积/μl
Template（菌）	10
10×La PCR 缓冲液Ⅱ（含 Mg^{2+}）	2.5
0.25 mm DNTP 混合液	4
Bcabest 引物 $M_{13\text{-}47}$	0.25
Bcabest 引物 RV-M	0.25
TaKaRa LA *Taq*	0.25
dH_2O	7.75
总体积	25

表 2.10 检菌 PCR 的反应条件

步骤	温度/℃	时间
预变性	4	10 min
循环	98	10 s
(30 个循环)	55	30 s
	72	1 min
保存	4	∞

注：∞表示无穷大。

质粒提取和序列测定：

(1) 用灭菌牙签挑取已选定的含有插入片段长度大于 500 bp 的克隆子，置于 3 ml 的 SOB（Amp^+）液体培养基中，200 r/min 37℃摇床过夜培养。

(2) 按质粒提取试剂盒要求提取质粒，1%琼脂糖凝胶电泳定量检测。

(3) 以载体上 F 端正向通用引物（BcaBEST 引物 $M_{13\text{-}47}$）作为测序引物，进行片段 5′端单向序列测定。

(4) 测序试剂采用 TaKaRa *Taq*™ Cycle Sequencing Kit，序列测定采用 ABI377 型全自动遗传分析仪（PE Applied Biosystems）和 MegaBACE1000 DNA 测序仪。

EST 序列分析：

应用 Sequencher™软件去除原始序列中的载体部分，将预处理后长度大于 100 bp 的 EST 序列利用 BLASTX 软件和 BLASTN 软件分别与 NCBI（http://www.ncbi.nlm.nih.gov/Blast）上的非冗余蛋白质序列数据库以及核酸序列数据库进行同源比对分析。匹配值 $P \leqslant 10^{-5}$ 的序列之间被认为具有生物学意义的相似性，并对这部分 EST 序列按其生物学功能进行分类。

2.3.2 结　果

2.3.2.1 克隆子的检测

通过细菌转化与克隆的蓝白斑筛选获取阳性克隆，随机挑选单克隆，经 PCR 扩增检测，挑选插入片段长度大于 500 bp 克隆子（图 2.6），提取质粒定量检测后（图 2.7），以载体上 F 端正向测序引物进行 5′端单向序列测定。

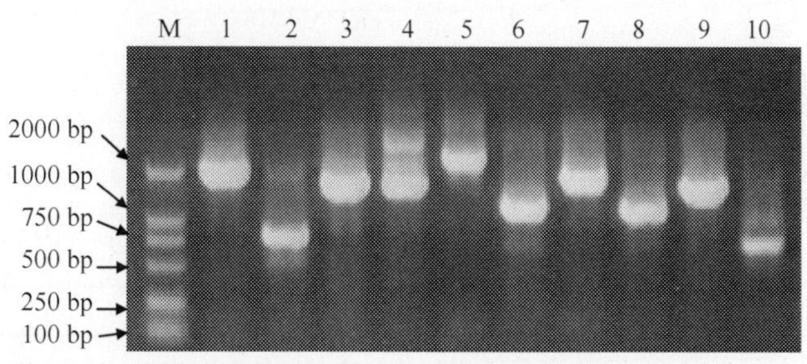

图 2.6　电泳检测经 PCR 扩增出的克隆子中 DNA 插入片段

M. DL2000 Marker；1～10. 经 PCR 扩增出的质粒中 DNA 插入片段

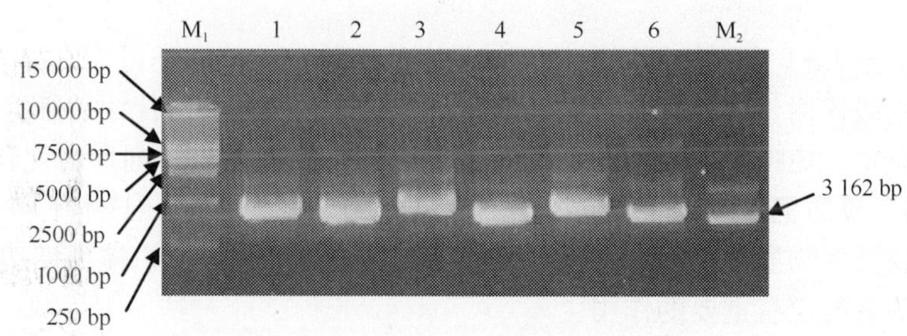

图 2.7　1%琼脂糖凝胶电泳质粒检测

M_1. DL15000 Marker；M_2. pUC119 Marker（200 ng/6 μl）；1～6. 质粒

测序后共得到 1359 条 EST 序列，经预处理后，去除长度小于 100 bp 且层析图谱不好的 EST 序列 36 条，占全部测序量的 2.65%，考虑到这部分序列提供的有效信息量太少，故未进行后续的 BLAST 分析。

2.3.2.2　同源序列比对

1323 条有效 EST 序列通过 BLASTX 和 BLASTN 软件分别在 NCBI 上的非冗余蛋白质数据库以及核酸序列数据库中进行搜索分析，发现共有 653 条 EST 序列在蛋白质或者核苷酸水平上找到了同源序列，占有效 EST 序列总数的 49.36%（表 2.11）。这部分序列分别与七鳃鳗 4 属内的 6 种物种，以及人、家鼠、挪威鼠、牛、狗、家鸡、非洲爪蛙、斑马鱼等共 50 种物种的 333 种序列同源。

表 2.11　日本七鳃鳗口腔腺 1323 条有效 EST 序列分类

EST 分类	数量/条	百分比/%
在数据库中发现同源片段的总数	653	49.36
Lampetra japonica	88	6.65
七鳃鳗属内其他物种	240	18.14
Petromyzon marinus	222	16.78

续表

EST 分类	数量/条	百分比/%
Lampetra fluviatilis	13	0.98
Lethenteron zanandreai	2	0.15
Lampetra aepyptera	2	0.15
Entosphenus tridentatus	1	0.08
其他物种	325	24.57
在数据库中无法找到同源片段的总数	670	50.64
总数	1323	100

2.3.2.3 生物学功能分类

对这 653 条 EST 序列按照同源比对结果进行生物学功能分类可大致分为 11 类（图 2.8），包括初级代谢、细胞生长分裂、蛋白质合成、转录、能量代谢、细胞结构、信号转导、细胞凋亡、免疫防卫等功能。其中与蛋白质合成有关的序列所占比例最大（182 条），其次是免疫防卫（82 条）和能量代谢（80 条）。由此可见，日本七鳃鳗口腔腺中含有多种生物活性物质，不但参与食物的消化吸收，而且在调节机体免疫功能、促进机体新陈代谢等方面也有重要的作用。

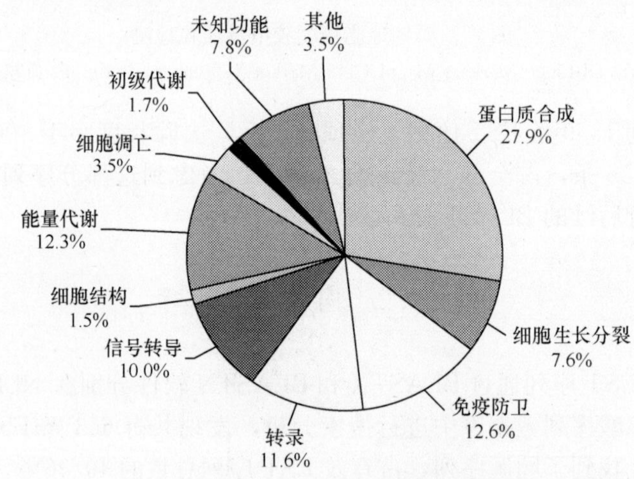

图 2.8 日本七鳃鳗口腔腺 653 条 EST 序列的生物学功能分类

2.3.2.4 片段重叠群分析

利用 Sequencher™软件对 1323 条 EST 序列进行片段重叠群（contig）分析，可大致了解日本七鳃鳗口腔腺分泌物中多种蛋白质成分以及它们的表达情况。参数设定标准为两个片段在 20 个碱基的范围内有大于 90%的一致性序列就可以进行拼接和延伸。共得到包括 547 条序列在内的 162 组片段重叠群（图 2.9），占全部有效 EST 总数的 42.35%，其余 776 条都属于单拷贝序列，这一结果表明日本七鳃鳗口腔腺中存在数种活跃表达的基因。按照同源比对结果对一部分片段重叠群进行初步功能分析（表 2.12），从中发现编码铁蛋白和肌酸激酶的基因处于高效表达状态，分别重复了 24 次和 16 次。同时经片段重叠群分析还获得了 8 条具有完整可读框的 cDNA 全长序列（表 2.12 中 * 标注的序列），其中 1 条已通过 PCR 扩增检测等手段初步确认为日本七鳃鳗血清白蛋白（前体）。

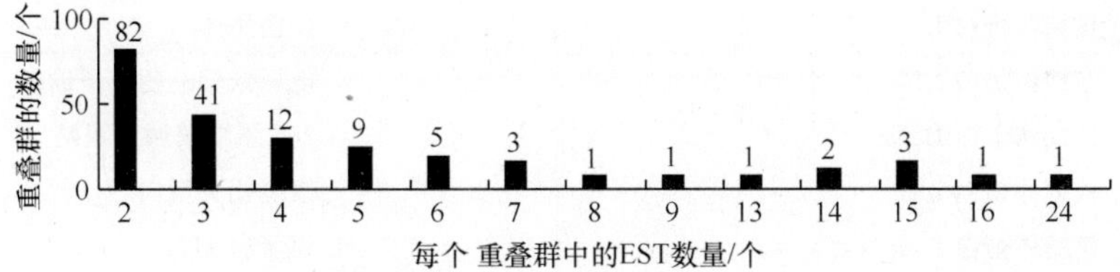

图 2.9　日本七鳃鳗口腔腺 1323 条有效 EST 序列片段重叠群分析

表 2.12　部分片段重叠群所表达蛋白的功能预测

数量	基因	数量	基因
24	铁蛋白*	4	原肌球蛋白
16	肌酸激酶	4	HMG-X 蛋白
15	HOXW10A 样基因与 Tc1 样转座子	4	核糖体蛋白 L14
14	核糖体蛋白 S3A	4	酸性核糖体蛋白 P2
14	肌动蛋白	4	血清白蛋白（前体）*
13	球蛋白	3	球蛋白*
8	热休克蛋白	3	核糖体蛋白 L3
7	组胺释放因子*	3	核糖体蛋白 L9
7	核糖体蛋白 S2	3	核糖体蛋白 L11
7	核糖体蛋白 S8	3	核糖体蛋白 L15
6	肌钙蛋白 I	3	核糖体蛋白 L18
6	酸性核糖体磷蛋白	3	核糖体蛋白 L26
6	核糖体蛋白 L27a	3	核糖体蛋白 S4
6	核糖体蛋白 L32	3	核糖体蛋白 S10
5	泛素	3	核糖体蛋白 S14
5	果糖二磷酸醛缩酶	3	核糖体蛋白 S20
5	核糖体蛋白 L5b	3	核糖体蛋白 S25
5	核糖体蛋白 L7A	3	核糖体蛋白 S28
5	核糖体蛋白 L10*	3	细胞色素 c 氧化酶
5	核糖体蛋白 L13	3	鸟嘌呤结合蛋白
5	核糖体蛋白 L41	3	热激蛋白
4	肌钙蛋白 C	3	肌浆球蛋白
4	肌钙蛋白 T*	3	反转录酶

续表

数量	基因	数量	基因
3	蛋白酶体	2	核糖体蛋白 S21
3	ATP/ADP 运输蛋白	2	核糖体蛋白 S23
3	GAPDH	2	核糖体蛋白 112
2	核糖体蛋白 L4	2	ATP 合酶 F0
2	核糖体蛋白 L6	2	钙调蛋白 α
2	核糖体蛋白 L13a	2	谷胱甘肽过氧化物酶
2	核糖体蛋白 L17	2	蛋白酶体
2	核糖体蛋白 L18a	2	电压依赖的阴离子通道
2	核糖体蛋白 L23a	2	26S 蛋白酶调节亚基
2	核糖体蛋白 L31	2	衰老相关蛋白
2	核糖体蛋白 L34	2	组蛋白 H3
2	核糖体蛋白 S3	2	肌浆球蛋白调节轻链
2	核糖体蛋白 S5	2	载脂蛋白*
2	核糖体蛋白 S12	2	磷脂囊泡*

*具有完整可读框的 cDNA 全长序列。

2.3.3 讨　　论

2.3.3.1 EST 序列的获得

EST 的获得主要涉及两个方面的工作：质粒提取和序列测定。

质粒提取的最终目的是为了对其进行序列测定，获得的质粒 DNA 质量的高低将直接影响到测序结果的好坏。

大多数情况下，利用碱裂解法提取的质粒一般有三种构型：线状、开环和超螺旋。理想状态下超螺旋状态在所提质粒中应占绝对多数，线状和开环两种形式的质粒只占很小比例。虽然质粒以多种构型形式存在，但本质上仍然只代表单一序列。

如果测序用模板（所提质粒）不单一，其中包含多个序列不同的 DNA，那么测序 PCR 反应中就会产生不同的产物，生成的峰图文件中序列峰就会十分杂乱，同一碱基位点处可能会有两个以上的峰出现，软件分析时自然不能辨别该位点处应该读作其中哪一个碱基，从而判读为不确定碱基 N，同时伴随读取的测序信号的提前终止。

如果实验所提质粒在电泳时呈现多种构型形式（超过基本的三种形式），有两种可能的原因：①重组菌的培养浓度过大，培养时间过长，质粒 DNA 分子之间发生重组，产生了一些质粒多聚体和寡聚体；②质粒提取操作过程中的机械剪切也可能造成质粒的多种构型形式。严格控制重组菌的培养条件和菌体终浓度有助于改善质粒的这种多构型状态，但并不能完全改观。

2.3.3.2　序列测定

有了单一的模板并不一定能获得好的序列结果。质粒模板的浓度和纯度是影响测序成功与否最为关键的因素。由于测序 PCR 反应是半个 PCR 的过程，反应中只加入一端引物（5′端或 3′端引物），同时反应缓冲液中又加有双脱氧核糖核苷酸（ddNTP），反应效率较常规 PCR 要低很多，因此反应中要求加入较多的质粒模板，同时不能含有酚、较多的盐类及蛋白质等杂质。由于测序仪使用毛细管电泳技术来分离测序 PCR 产物，若质粒 DNA 模板中含有多余的杂蛋白，通过疏水作用它们就可与毛细管壁上的硅醇基团结合，大大降低毛细管的使用寿命。此外，盐离子过多时则会在电动进样的过程中与测序 PCR 反应终产物竞争性的进入毛细管，在相对减少了上样量的同时，还能通过离子作用干扰毛细管内的电泳过程，从而大大影响信号质量。盐离子还会影响测序引物结合模板的特异性以及聚合酶的合成能力，从 PCR 水平上直接干扰测序的顺利进行。

一定范围内，测序 PCR 反应中模板量越大，反应产生的 Sanger 片段越多，序列读取长度就会越长。过少的模板量将导致碱基序列峰图信号极弱，读取碱基数减少。但是测序模板用量过多则可能导致 PCR 反应前段时间内消耗过多的荧光标记 ddNTP，而反应后期 ddNTP 相对不足，产生的峰图文件呈现出前强后弱的分布趋势，从而影响后端序列的读取。如果模板用量继续加大，过多的以超螺旋形式存在的质粒模板将会阻塞毛细管泳道，导致出峰时间滞后，可识别的碱基数减少。这类情况可通过再加入适量甲酰胺以稀释进样混合物的方法而获得理想的测序峰图。

除了模板对测序反应的影响外，引物也是一个重要影响因素。引物选取除考虑到其 T_m 值、内部发卡结构及 GC 含量等重要参数外，在序列匹配的条件下，长度最好设在 18～22 bp，且趋向于较短为好。经一定手段修饰过的测序酶非复制性的引物可以实现模板片段的线性扩增，抑制非模板片段的指数生长。此外，测序引物的选取还需考虑其与待测序列之间的距离。

总之，测序结果受多种因素的影响。其中，模板的纯度和用量是制约测序成功与否的两个最为关键的因素。

2.3.3.3　测序仪的选择

本次测序过程中选择了两种测序仪，分别是 ABI377 型全自动遗传分析仪和 MegaBACE 1000 DNA 测序仪。根据所得 EST 序列的情况，总结出两种测序仪的差别如下。

对于大规模的测序而言，选择与 MegaBACE 1000 DNA 测序仪配套的高效质粒提取方法（一次性提取 96 个质粒）进行测序可以节省大量的时间、节约一定的费用。但是对于本次研究而言，由于每个质粒都是单独提取的，因此选择 MegaBACE 1000 DNA 测序仪进行测序前还需对每个质粒进行浓度的均一化，这反而造成实验过程的繁琐。

2.3.3.4　EST 序列的分析

目前，有许多分析软件可进行 EST 序列的分析，特别是 CAP3 程序应用较多。本次研究选择了 Sequencher™软件进行数据处理，其原因一是 Sequencher™可以直接读取碱基序列峰谱图文件和文本文件，同时分析结果也能以文本文件的形式输出，而不需要借助其他软件进行格式转换；二是 Sequencher™软件的运行界面更为直观，相对于 CAP3 需要在 Dos 系统中运行更为方便；三是 Sequencher™软件的功能比较强大，从序列的预处理到序列的聚类拼接都可以使用该软件。

本次研究所得的 1323 条 EST 序列用 CAP3 程序重新处理，得到 179 个重叠群。与 Sequencher™处理所得 162 个重叠群有一定出入，这可能是由于参数设定的不同所造成的。实验中 Sequencher™软件设定的参数较高（参数设定标准为两个片段在 20 个碱基的范围内有大于 90％的一致性序列就可以进行拼接和延伸）。

为了从所获得的大量 EST 数据中获取日本七鳃鳗口腔腺基因表达信息，我们采用了国际上比较通用的分析程序：首先在蛋白质水平上对 EST 进行 BLASTX 分析，挑选同源性最高的蛋白质作为 EST 最有可能的编码产物。然后对于蛋白质水平上无法获得较高可信度结果的 EST，再在核酸水平上利用 BLASTN 程序进行分析，以寻找其可能的同源物。BLASTX 分析是推测所得序列编码产物功能的最快捷、准确的一种方法，相比而言，虽然 BLASTN 的比对结果可信度较 BLASTX 可信度低，但由于 EST 序列读取过程中常见的碱基插入/缺失现象，或者由于 EST 序列长度偏短等原因，常常造成 BLASTX 分析后得分值偏低，核酸水平上的 BLASTX 搜索可以一定程度地弥补这类缺漏。

目前国际上有许多的公共数据库，其中 NCBI 网站的数据量最大且更新速度很快，因此我们选择了 NCBI 的非冗余序列数据库进行 EST 的比对。国内的一些研究还会选择 dbEST 数据库进行比对，但是 dbEST 数据库中的序列没有加注具体的诠释，这对于下一步的序列功能划分并没有帮助。本次研究并没有选择 dbEST 数据库，也是因为目前 dbEST 数据库中有关日本七鳃鳗的信息非常少。

2.3.3.5　新基因的发现

大量的实验表明，单向的 DNA 测序已经证实是获得 cDNA 克隆最初资料的有效方法，150～400 bp 长度的 EST 序列包含了序列鉴定及其基因定位所需的足够信息。本研究获得的 EST 序列长度都在 100 bp 以上，能够提供足够数量的信息用于获取其全长 cDNA，进而获得其全长基因序列以用于功能研究。通过 BLAST 同源比对分析，本研究中约有 50.64％的 EST 序列不能在数据库中找到同源序列，或是不能根据同源蛋白序列相似性比对鉴定功能，这部分序列极有可能是一些尚未报道的新基因序列，通过一级结构的分析可对其功能进行初步的预测。

日本七鳃鳗吸食寄主血肉时分泌的口腔中含有许多重要的活性成分，如食物初步消化的酶类、与宿主凝血系统作用的功能因子等。本研究中发现了某些 EST 序列所编码的蛋白质具有与泛素、凝溶胶蛋白、翻译控制肿瘤蛋白、细胞凋亡调节蛋白、Scorcin 蛋白相似的功能，特别是发现包含 Arg-Gly-Asp（RGD）三肽模体（图 2.10）的序列，这种序列所编码的蛋白质属于去整合素类物质，能够抑制血小板的黏附和聚集，抑制肿瘤细胞与胞外基质的黏附以及肿瘤的转移，从而具有抗凝血、抑制肿瘤的功能。随着近年来人类对海洋生物研究开发的深入，许多的海洋生物活性物质被应用到医药领域，本次发现的这些新的功能蛋白具有新药物开发应用的前景。由于这部分序列同源比对分析时没有发现同源片段，说明这是一些与目前已报道的具有相同功能的基因所不同的全新基因，其全部的生理功能还有待更为深入的研究。

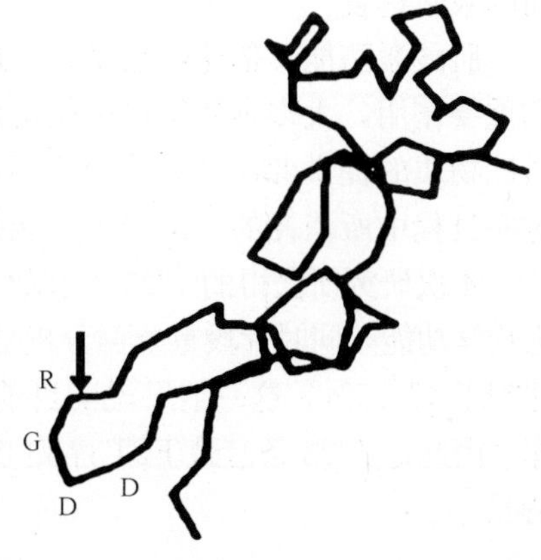

图 2.10　去整合素类蛋白质的氨基酸二级结构模型

R. Arg，精氨酸；G. Gly，甘氨酸；D. Asp，天冬氨酸；箭头示 RGD 模体

2.3.3.6　已知功能 EST 序列分析

在 653 条已知功能 EST 序列中，包含有线粒体基因、tRNA 基因和 rRNA 基因，以及一部分参与初级代谢、蛋白质合成、能量代谢、细胞结构、转录等功能的管家基因，这说明日本七鳃鳗口腔腺中与物质代谢和能量代谢有关的基因进行着大量的表达，也证明了它作为消化代谢中心而起着重要的作用。共有 349 条序列与其同源序列之间的同源率到达 85％以上，占已知功能序列总数的 53.45％。其中 153 条与核糖体蛋白同源的 EST 序列均具有非常高的同源率，说明核糖体蛋白在生物进化中具有高度的保守性。例如，编号为 Z26、T35 的序列与人类核糖体大亚基蛋白 L37a 和 L23 的同源率分别为 97％和 98％；编号为 D20、E20、K3 和 D33 的序列不但与海七鳃鳗核糖体蛋白有 97％以上的同源性，而且分别与斑马鱼核糖体大亚基蛋白 L13、非洲爪蟾核糖体大亚基蛋白 L5b、鸡核糖体小亚基蛋白 S4 及人核糖体小亚基蛋白 S3 的同源率达到 69％、77％、84％和 93％。核糖体蛋白在生物进化的过程中具有重要的地位，越来越多的实验证据表明，许多种类的核糖体蛋白除了组成核糖体、调控蛋白质的生物合成外，还具有参与基因的复制、转录和机体的发育调控等功能。

2.3.3.7　片段重叠群分析中的两种优势表达蛋白

铁蛋白是生物体内不可或缺的物质，能维持机体正常生理功能。铁蛋白家族当中的乳铁蛋白具有镇痛作用，据此推测日本七鳃鳗口腔腺中大量表达的铁蛋白可能也具类似的镇痛作用。当七鳃鳗吸附于其他鱼类身体上时，铁蛋白的镇痛作用使得寄主感觉不到疼痛，同时铁蛋白的抗菌、消炎作用也使寄主的伤口不致感染发炎，有助于七鳃鳗长时间的吸附进食。

肌酸激酶能够催化磷酸基在 ADP 和磷酸肌酸间可逆性转移，在能量代谢的过程中起重要作用，大多富集于作为能量代谢中心的组织中。作为食物初步分解消化所需各种活性物质的提供者，口腔腺内需要进行高效的蛋白质、酶类的合成从而协助物质代谢，这一过程中所消耗的大量能量可能是通过肌酸激酶的作用来获得。

本次研究所获得的 1323 条有效 EST 序列经功能分析已囊括了口腔腺所应具有的几种生物学功能，同时片段重叠群分析结果显示 547 条序列得到了拼接和延伸，序列总重复率达到了 42.35%。这一结果说明目前所测序列的覆盖程度已涉及了几乎整个的 cDNA 文库，因此这 1323 条有效 EST 序列基本能够反映出日本七鳃鳗口腔腺中全部基因的表达情况。

2.4　日本七鳃鳗口腔腺分泌物成分与 EST 序列的比对分析

2.4.1　材料和方法

2.4.1.1　材　　料

使用 1 ml 注射器从新鲜的日本七鳃鳗口腔腺中抽取腺体内包裹的液体分泌物。

实验分析所得 1323 条日本七鳃鳗口腔腺 EST 序列。

2.4.1.2　方　　法

SDS-PAGE 电泳缓冲液的配制：

(1) 100 ml 30%丙烯酰胺溶液（A 液）：分别称取 29.2 g 丙烯酰胺和 0.8 g 双丙烯酰胺，加入去离子水至 100 ml，缓慢搅拌直至丙烯酰胺粉末完全溶解，过滤后 4℃保存于棕色瓶内。

(2) 100 ml 4×分离胶缓冲液（B 液）：75 ml 2mol/L Tris-HCl（pH8.8）、4 ml 10%SDS 和 21 ml 去离子水，4℃保存。

(3) 100 ml 4×浓缩胶缓冲液（C 液）：50 ml 1mol/L Tris-HCl（pH8.8）、4 ml 10%SDS 和 46 ml 双蒸水，4℃保存。

(4) 10%过硫酸铵溶液：称取 0.5 g 过硫酸铵，加入 5 ml 去离子水。

(5) 1L 电泳缓冲液：分别称取 3 g Tris-碱、14.4 g 甘氨酸和 1 g SDS，加蒸馏水至 1 L，调至 pH8.3 左右。

(6) 10 ml 2×样品缓冲液：2 ml 1 mol/L Tris-HCl（pH6.8）、2 ml 甘油、0.4 g SDS、0.2 ml 2-ME、10 μl 1%溴酚蓝，加入去离子水至 10 ml。配好后将溶液分装成 1 ml，于－70℃保存。

SDS-PAGE 电泳胶的配制：

分别配制10%的分离胶和5%的浓缩胶制成胶板。具体配制方法见表2.13和表2.14。

表2.13　10% SDS-PAGE电泳分离胶配制表

成分	体积
A液	3.3 ml
B液	2.5 ml
双蒸水	4.15 ml
10%过硫酸铵	50 μl
TEMED	5 μl
总体积	10 ml

表2.14　5% SDS-PAGE电泳浓缩胶配制表

成分	体积
A液	0.67 ml
C液	1.0 ml
双蒸水	2.295 ml
10%过硫酸铵	30 μl
TEMED	5 μl
总体积	4 ml

电泳：

（1）取100倍稀释的口腔腺分泌物20 μl与2×的样品缓冲液混匀，于100℃水浴中加热3～10 min。

（2）1 μl上样，150 V稳压电泳2 h。

（3）考马斯亮蓝染色2 h，脱色。

（4）使用凝胶成像仪分析结果。

蛋白质的切胶回收：

（1）配制7%分离胶（表2.15）和5%浓缩胶制成胶板。

表2.15　7%SDS-PAGE电泳分离胶配制表

成分	体积
A液	2.3 ml
B液	2.5 ml
双蒸水	5.45 ml
10%过硫酸铵	50 μl
TEMED	5 μl
总体积	10 ml

（2）取50倍稀释的口腔腺分泌物200 μl与5×的样品缓冲液混匀上样，150 V稳压电泳2 h。

（3）电泳结束后，从凝胶的两侧各切下1 cm左右的胶条染色。

（4）染色结束后，将胶条与原胶板比对，切下含蛋白质成分较多的两组胶条，并将其尽可能地切碎。

（5）切碎的胶条放入 0.5 ml 0.15 mol/L 的 NaCl 溶液中，4℃过夜。

蛋白质的质谱测序：

将两种高表达蛋白质酶解后，各自随机挑选 4 条多肽段进行质谱测序（由军事医学科学院完成）。

多肽段与 EST 结果的核对：

将测序得到的多肽段与已分析的 EST 数据库中的序列进行核对，寻找与多肽段序列一致的 EST 序列，进而获得编码该蛋白质的基因序列。

2.4.2 结　　果

1）口腔腺分泌物的电泳结果

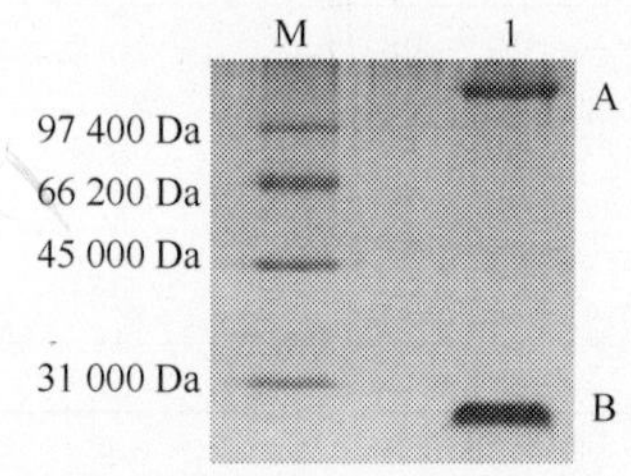

图 2.11　日本七鳃鳗口腔腺分泌物 SDS-PAGE 电泳

M. Marker；1. 口腔腺分泌物；A、B. 两种蛋白质

日本七鳃鳗口腔腺分泌物 SDS-PAGE 电泳（图 2.11）后发现有两种蛋白质处于优势表达，这两种蛋白质在口腔腺中的高效表达说明它们能够参与物质和能量代谢，与食物的消化吸收密不可分。

2）多肽段与 EST 序列的比对结果

经质谱测序后，发现图 2.11 中蛋白质 A 与本研究中已获得的日本七鳃鳗血清白蛋白匹配，蛋白质 B 与编号 M20 的序列匹配，经分析该序列与环指型泛素连接酶 E3 有同源性。

2.4.3 讨　　论

通过重叠群分析所得到的口腔腺分泌物中蛋白质种类及其表达情况与 SDS-PAGE 电泳所得结果不同，原因有两种：第一种，电泳采用考马斯亮蓝染色，一部分表达量低的蛋白质未被染色，造成了电泳结果中蛋白质条带缺失；第二种，重叠群分析中大部分的序列并未拼接成具有完整可读框的全长 cDNA 序列，很多基因由于转录过程中 mRNA 的长短不同造成其在反转录后 cDNA 片段的长短不同，因而进行 5′端测序后得到了不同的几条 EST 片段，它们于 20 个碱基的范围内有大于 90%一致性的参数标准下无法得到拼接或延伸。日本七鳃鳗口腔腺中大量表达的几种蛋白质能够在长期的进化过程中保留下来的，说明它们是与日本七鳃鳗独特的寄生生活息息相关、密不可分的。

2.4.3.1　日本七鳃鳗血清白蛋白

本研究获得的日本七鳃鳗血清白蛋白（前体）由 1408 个氨基酸构成，与 NCBI 中已登录的海七鳃鳗血清白蛋白（前体）(1423 个氨基酸，GenBank 登录号：AAA49271）的同源性为 75％。而 GenBank 上登录的几种哺乳动物血清白蛋白的氨基酸构成大多在 608 个左右（表 2.16）并且在其组成结构上具有高度的保守性。日本七鳃鳗血清白蛋白（前体）不但在序列长度上远远大于这几种哺乳动物血清白蛋白，而且进行对比后发现它们之间也不具有相应的保守位点，这显示出七鳃鳗在进化上独特且原始的地位（图 2.12）。血清白蛋白（前体）在口腔腺中的大量表达证明这种蛋白质不仅能够维持血液的正常渗透压，还能参与到食物的消化吸收过程中，具有解毒、参与脂类代谢、运输血浆中微溶物质、维持消化代谢过程中的酸碱平衡等作用。

表 2.16　几种哺乳动物血清白蛋白前体氨基酸数量列表

物种	长度/个氨基酸	NCBI 登录号
Canis familiaris (dog)	608	CAB64867
Oryctolagus cuniculus (rabbit)	608	AAB58347
Felis catus (cat)	608	CAD32275
Macaca mulatta (rhesus monkey)	600	AAA36906
Ovis aries (sheep)	607	CAA34903
Sus scrofa domestica (domestic pig)	605	CAA30970
Equus caballus (horse)	607	AAG40944
Bos taurus (cow)	607	AAA51411
Rattus norvegious (Norway rat)	608	AAH85359
Merione unguiculatus (Mongolian gerbil)	609	BAA21765

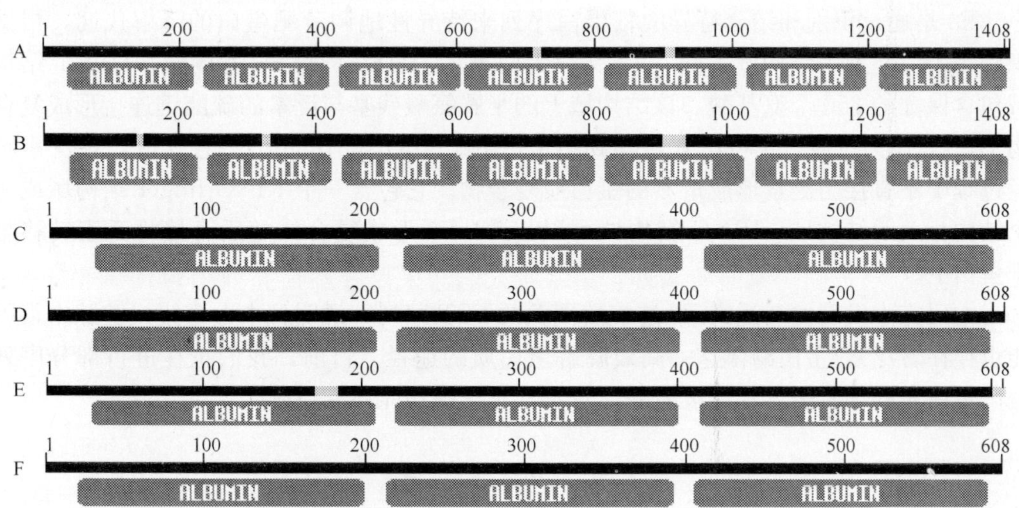

图 2.12　日本七鳃鳗血清白蛋白（前体）氨基酸序列结构域与几种哺乳动物的血清白蛋白氨基酸结构域的比较

A. 日本七鳃鳗；B. 海七鳃鳗；C. 狗；D. 家兔；E. 家猫；F. 恒河猴

2.4.3.2 环指型泛素 E3 连接酶的同源序列

泛素-蛋白酶体途径（ubiquitin-proteasome pathway）是一个新近受到关注的调节蛋白质降解与功能的重要系统。与蛋白质降解酶参与完成的蛋白质降解过程不同的是，泛素蛋白酶体途径是一种高效率、指向性很强，同时消耗能量的蛋白质降解过程。其主要作用于细胞内一些半衰期短的调节蛋白和一些结构异常、错构或受损伤的蛋白质。其过程是以共价键形式连接多个泛素分子形成靶蛋白多聚泛素链，即泛素化后，再输送到 26S 蛋白酶体上被消化降解。这一途径在很多细胞生命过程中起调节作用，包括细胞周期循环、信号转导、核酸密码翻译、DNA 损伤修复、异常蛋白质代谢、抗原递呈及细胞受体功能等，并与许多疾病的发生发展密切相关。因此对该系统的调节及其意义的研究已成为医学研究的一个热点。

泛素是由 76 个氨基酸组成的球形热稳定蛋白，其结构在真核细胞中高度保守。它是通过一系列泛素启动酶的作用而与靶蛋白连接的。泛素启动酶包括 E1 泛素激活酶（ubiquitin-activating enzyme）、E2 泛素结合酶（ubiquitin-conjugating enzyme）、E3 泛素连接酶（ubiquitin-ligase enzyme）。首先，在 ATP 的参与下，游离的泛素被 E1 激活，即 E1 的半胱氨酸残基与泛素的 C 端甘氨酸残基形成高能硫酯键。然后，活化的泛素被转移到 E2 的活性半胱氨酸残基上，形成高能硫酯键。接着，E2 再将泛素传递给相应的 E3。E3 可直接或间接地促进泛素转移到靶蛋白上，使泛素的 C 端羧酸酯与靶蛋白赖氨酸的 ε 氨基形成异肽键，或转移到已与靶蛋白相连的泛素上形成多聚泛素链。

E3 是通过识别和结合特异的靶蛋白序列来特异性地调节靶蛋白的降解代谢。根据识别靶蛋白序列中结构域不同，E3 又分为两类。①HECT 型 E3 连接酶，HECT 结构域包含保守的 350 个氨基酸。该结构域上的半胱氨酸残基与泛素的硫酯键连接形成复合物 Ub-E3 作为过渡，再将泛素转移到靶蛋白上。②RING-finger E3 连接酶，在泛素转运过程中不直接与泛素形成过渡的蛋白质复合物。它包含一个 RING-finger 结构域或一个结构相关的结构域，RING 结构域可以与 Ub-E2 形成复合体随后直接将泛素转移至靶蛋白上。

本研究中发现的与泛素 E3 连接酶同源的 EST 序列，说明日本七鳃鳗口腔腺中很可能也存在着泛素-蛋白酶体这一高效降解蛋白质的途径。目前，我们正在进行部分序列编码蛋白质的细胞表达等后续研究，对于其真正的功能还有待确定。

2.5 结　论

2.5.1 完成了 cDNA 文库的后续处理和序列测定工作

利用电转化技术完成了以质粒形式保存的日本七鳃鳗口腔腺 cDNA 文库转化进入 *E. coli* Electro-cell JM109，通过大量培养提取质粒。经过一系列的条件摸索，筛选出了适合于质粒提取、测序的最佳方案。随机挑选质粒进行序列测定分析后共获得了

1359条EST序列。手工去除所得序列中载体来源部分后，去除测序片段长度小于100 bp且层析图谱不好的EST序列36条，实验共计获得1323条可用于后续分析的有效EST序列。

2.5.2 完成了对所获表达序列标签的同源性比对分析

1323条有效EST序列通过BLASTX和BLASTN软件分别在NCBI上的非冗余蛋白质数据库以及核酸序列数据库中进行搜索分析，发现共有653条EST序列在蛋白质或者核苷酸水平上找到了同源序列，占有效EST序列总数的49.36%。

对这653条EST序列按照同源比对结果进行生物学功能分类可大致分为11类，包括初级代谢、细胞生长分裂、蛋白质合成、转录、能量代谢、细胞结构、信号转导、细胞凋亡、免疫防卫等功能。其中与蛋白质合成有关的序列所占比例最大（182条），其次是免疫防卫（82条）和能量代谢（80条）。

利用Sequencher™软件对1323条EST序列进行片段重叠群分析，共得到包括547条序列在内的162组片段重叠群，占全部有效EST总数的41.35%，其余776条都属于单拷贝序列。按照同源比对结果对一部分片段重叠群进行初步功能分析，从中发现编码铁蛋白和肌酸激酶的基因处于高效表达状态，分别重复了24次和16次。同时经片段重叠群分析还获得了8条具有完整可读框的cDNA全长序列，其中1条已通过PCR扩增检测等手段初步确认为日本七鳃鳗血清白蛋白（前体）。

3 日本七鳃鳗肝脏表达序列标签分析与比较转录组研究

3.1 引 言

了解基因的详细结构和功能最直接的方法就是对其基因组进行全序列的测定。2003年4月15日人类基因组图谱的绘就，标志着人类探索自身奥秘史上的一个重要里程碑。然而一个基因组的所有碱基中一般只有大约2%组成编码蛋白质的那部分基因，剩余的98%被称为“junk DNA”。因此，测序基因组已不再是一种创建基因目录的有效途径。而如何快速、高效地获取生物学信息，已成为一个急迫而富有挑战性的课题。

七鳃鳗是迄今所知最原始的无颌脊椎动物，隶属于脊索动物门、脊椎动物亚门、圆口纲、七鳃鳗目、七鳃鳗科、七鳃鳗属，是最原始的脊椎动物类群，是联系无脊椎动物与脊椎动物之间的重要桥梁。其最早的化石记录可以追溯到奥陶纪，与寒武纪晚期底栖的甲胄鱼类有共同的祖先。而且最近的考古发现，现代的七鳃鳗与3.6亿年前的祖先相比没有太大的差别，是名副其实的“活化石”。

七鳃鳗印记了从无脊椎动物向脊椎动物的进化历史，包含了各种功能基因的进化信息。但由于其营半寄生生活而引发机体显著特化的形态特点和独特的生活方式，直到19世纪末人们对它的研究才兴起，而且主要集中在比较形态学、解剖学、生理学、生态学、系统发育学、古生物学、胚胎发育学、神经系统的研究等方面，尤其在早期脊椎动物适应性免疫系统起源方面取得重大突破。最近英国*Nature*杂志报道，通过对七鳃鳗所含有的脊椎动物免疫系统的原始元素进行新的搜索，Pancer等发现了一类新型可变淋巴细胞受体（VLR）。研究表明无颌类和有颌类的脊椎动物采用不同的进化策略来产生高度不同的淋巴细胞受体，前者通过亮氨基富集重复（leucinerich repeat，LRR）重排的模式，而后者通过重排免疫球蛋白基因片段的模式。证明七鳃鳗具有一种不同于有颌类特有的适应性免疫应答。

目前七鳃鳗科内物种研究最多的是海七鳃鳗，如在NCBI上的dbEST数据库中检索发现：已经发表海七鳃鳗EST序列共有120 731条，集中于骨髓、淋巴细胞、免疫激活淋巴细胞和前肠等组织以及胚胎期的幼体（目前海七鳃鳗基因组已基本测序成功，它的基因组信息将有助于了解生物基因组的进化过程，为进一步研究脊椎动物的起源和进化作出贡献）。而日本七鳃鳗由于在材料获取上存在一定的困难，同时资源量相当匮乏，涉足日本七鳃鳗研究领域的还不多。NCBI中也仅有一条EST序列（GenBank登录号：AB107053），来自后脑组织。我们率先构建了日本七鳃鳗口腔腺和肝脏的cDNA文库，已经完成了口腔腺1280条EST序列的生物信息学分析，为研究日本七鳃鳗口腔腺的功能基因和蛋白质组学奠定了基础。

由于七鳃鳗是迄今所知的最原始的无颌类脊椎动物，在脊椎动物进化史上占据重要地位。因此，对于七鳃鳗的研究具有其他物种研究所不可替代的作用。长期以来，人们对于七鳃鳗的研究多集中于形态学方面，而对于其基因组学乃至蛋白质组学方面的研究却报道很少。国内外现已发表了海七鳃鳗肠以及日本七鳃鳗口腔腺转录组的研究，但尚未见最大的消化腺——肝脏相关基因的报道。而肝脏作为机体重要的代谢器官也日益引起人们的重视，肝脏具有非常复杂的生理、生化功能，所含丰富的酶和蛋白质，参与几乎所有的物质代谢，肝脏还有解毒和凝血功能，同时肝脏也肩负一线免疫防御的功能，所以借助生物信息学方法通过 EST 技术在分子水平上对七鳃鳗肝脏基因的表达特性进行分析，可以更好地了解脊椎动物出现初期肝脏的功能基因组成和表达的变化，探索基因组进化模式。

本研究着手于对日本七鳃鳗肝脏转录组的研究，首次成功构建了日本七鳃鳗肝脏的 cDNA 文库，在文库中随机挑选克隆子进行测序共得到 10 077 条有效 EST 序列。通过 EST 序列注释和分类反映了日本七鳃鳗肝脏中蛋白质的大致表达情况并找到大量表达的蛋白质，对 3′UTR 区的分析找到与人类癌症基因调控相关的 microRNA 家族的靶标位点，与其他物种肝脏转录组的比较找到日本七鳃鳗比其他物种优势表达的甲壳质酶基因，推测日本七鳃鳗在免疫方面进化的阶段和特有的应答模式。本研究为发现新基因与功能研究以及揭示脊椎动物肝脏的起源和进化提供理论依据，为进一步开展日本七鳃鳗功能基因学、蛋白质组学与海洋生物制药开发的研究奠定基础，同时也将为有效地挖掘、保护和开发我国特有的功能基因资源提供有效途径。因此本研究具有较大的理论和实践意义。

3.2　日本七鳃鳗肝脏 cDNA 文库的构建与 EST 测序

3.2.1　材料与方法

3.2.1.1　材　料

实验对象为日本七鳃鳗，于 12 月中下旬捕于黑龙江省松花江流域同江地区，取其新鲜的肝脏组织。

PCR 引物：BcaBEST 引物 M13-47，BcaBEST 引物 RV-M，Oligotex dT Linker 引物；

工具酶：反转录酶（RAV-2），DNA 聚合酶Ⅰ，T4 DNA 聚合酶，T4 DNA 连接酶、TaKaRa LA *Taq*™，Superscript Ⅱ，RNase H；Marker：DNA Marker DL2000，DNA Marker DL15000，*Hin*dIII digest；

试剂盒：RNA 提取试剂盒（Trizol Reagant Kit），Oligotex-dT（30）；

克隆载体：pBluescript ll SK（+）；

菌种：*E. coli* JM109 Electro-cell。

以上试剂均由宝生物工程（大连）有限公司提供。

3.2.1.2　方　法

（1）剥离日本七鳃鳗肝脏组织，液氮研磨，使用 Trizol Reagent 试剂提取总 RNA。

(2) 利用 Oligotex-dT$_{(30)}$进行 mRNA 的分离和纯化后，以带有 *Not* Ⅰ酶切位点的 Oligotex-dT Linker 引物为反转录引物合成 cDNA 第一链，并进一步合成双链 cDNA。

(3) 于 cDNA 片段两端添加 *Eco*R Ⅰ连接位点，酶切后克隆于带有 *Not* Ⅰ/*Eco*R Ⅰ酶切位点的 pBluescript Ⅱ SK（+）载体上构建成 cDNA 文库。文库构建参照第 2 章中所采用的方法。

(4) 随机挑选 cDNA 文库中的克隆，以载体两端通用引物进行 PCR 扩增。挑选插入片段长度大于 500 bp 克隆子提取质粒，进行片段 5′端单向序列测定。测序试剂采用 TaKaRa *Taq*™ Cycle Sequencing Kit，序列测定采用 ABI377 型全自动分析仪。

3.2.2 cDNA 文库的质量鉴定

1）文库的效价

取 1 μl cDNA 文库液体进行电转化后涂平板培养，查数白色菌落数计算文库的库容量。本文库的库容量约为 4.6×10^6 pfu/ml。

2）文库中 cDNA 片段长度的检测

挑选的 30 个白色菌落进行 PCR 反应后，计算出插入片段的平均大小为 1.2 kb，符合建库标准。

3.2.3 讨 论

日本七鳃鳗肝脏中含有多种蛋白质成分，对这些蛋白质成分的纯化和结晶都存在很大的困难，目前还难以对各个成分作用机制等方面进行深入的研究。此外，生化提取需要消耗大量的资源，这也不利于实施生物资源可持续性开发利用的发展策略，因此直接从基因入手不失为一种行之有效的方法。

对于 EST 研究来说，根据研究目的不同，可以将 cDNA 文库分为两种类型，即非标准化cDNA文库和标准化 cDNA 文库。非标准化 cDNA 文库是指在文库构建完成后未经任何处理直接用来测序的 cDNA 文库。本实验需要获得全部信息的 EST，研究表达基因的丰余度和特异基因表达的全部信息。因此构建了日本七鳃鳗肝脏非标准化 cDNA 文库，经效价测定表明，结果符合 cDNA 文库构建的基本要求，获得了大量基因资源。测得的日本七鳃鳗肝脏表达序列标签 EST 为下一步生物信息学分析奠定了基础。目前日本七鳃鳗资源量相当匮乏，处于易危状态，且尚无有效的保护措施，建立日本七鳃鳗不同组织的 cDNA 文库不仅为进化遗传学的研究提供依据，也将为这一物种遗传资源的保存作出努力。

3.3　日本七鳃鳗肝脏表达序列表达标签（EST）分析

3.3.1　方　　法

1）原始数据的预处理

手工去除测序文本文件（*. seq 序列文件）中载体来源的序列及插入片段中的 polyA 序列，同时对照序列峰图文件修正部分不确定碱基 N。挑选插入片段长度大于 100 bp 的 EST 序列进行后续分析。

2）EST 拼接及全长 cDNA 的检测

使用 CAP3 高质量的序列拼接软件对所有有效的 10 077 条 EST 进行片段重叠群分析（contig analysis）。将 EST 拼接成重叠群和单一序列，再将单一序列继续拼接直到不再产生新的重叠群为止，装配（assembling）参数设为：最小序列长度（minimum sequence length）为 25 bp，最小匹配百分比（minimum match percentage）为 75%。即在至少 25 个核苷酸的重复区域内，最小匹配百分比大于 75%的 EST 序列可进行拼接和延伸。

用在线工具 TargetIdentifier（https://fungalgenome. concordia. ca/tools/TargetIdentifier. html）进行拼接后的全长检测，预测出全长的 cDNA 序列。参数设为默认值。

3）ORF 的预测和 3′UTR 分析

根据 NCBI 上 ORF finder 软件预测所有拼接后预测为全长序列的可读框，取最大的可读框，并分离出 microRNA 主要的调控作用区域 3′UTR 区，从而进行 microRNA 靶标的预测识别。TargetScan 软件（http://www1. ncifcrf. gov/app/htdocs/appdb/drawpage. php? appname＝miRNA）将已知库中除植物外的所有 microRNA 序列与分离出的 3′UTR 区进行比对，得到对应的 microRNA 和靶标。

4）EST 注释、功能分类及新基因的寻找

采用本地下载的 BLASTX 程序，将拼接后的一致序列以可能的 6 个可读框进行翻译，然后与登录在 NCBI 非冗余数据库（nr）中的序列进行比对。对于有同源性的序列，取同源性最高的已知功能的基因注释这一基因功能。其余的为功能未知的蛋白质序列。如果有些序列在 BLASTX 和 BLASTN 程序的搜索中都没有比对到同源产物，再将这部分序列在 InterProScan（http://www. ebi. ac. uk/InterProScan/）搜索界面上搜索，如果也没有找到同源的蛋白质结构域，就被认为是首次发现的 EST 序列。

根据标准基因词汇体系，我们把具有 BLASTX 注释信息的基因进行分类，应用 Gopipe 软件（1. 2 版）（http://www. Fishgenome. org/bioinfo/）将其分为生物学途径、分子功能、细胞组件三类。

5）转录组的比较分析

为进行转录组比较，我们从 NCBI 的 UniGene 数据库下载其他物种肝脏的 EST 序列，分别下载底鳉（*Fundulus heteroclitus*）33 369 条、鼠（*Mus musculus*）123 756 条、牛（*Bos taurus*）4878 条、人（*Homo sapiens*）251 224 条，然后利用 Godiff 软件（http://www.fishgenome.org/bioinfo/）寻找功能差异基因。Godiff 软件是通过比较两个物种的基因表达量概率来确定同一基因在不同物种间表达量关系的软件。将日本七鳃鳗的肝脏 EST 与上述 4 种物种的肝脏 EST 进行两两比较。确定相关性并对结果进一步统计分析，与底鳉、鼠、牛、人的肝脏转录组比较，从进化上分析表达量低的基因，再从同源性搜索、蛋白质结构域、分子功能和参与的生物过程等方面分析表达量高的基因，试图在进化上揭示日本七鳃鳗肝脏与环境适应的特异表达模式。我们还应用 BLAST 2 SEQUENCES 同源性比对程序和 clustalW 比较了日本七鳃鳗与文昌鱼（Amphioxus）、鸡（*Gallus gallus*）、牛和人中都高度保守真核转录起始因子（eIF-5）的同源性，分析其原始性。

3.3.2 结果与分析

3.3.2.1 日本七鳃鳗肝脏 cDNA 文库 EST 测序

目前，除人类及少数的模式动植物、微生物之外，大多数生物的基因组测序工作尚未完成。日本七鳃鳗在进化上处于特殊的地位，所以构建 cDNA 文库具有相当重要的意义。文库中 cDNA 的 5′端与 3′端均可作为 EST 的测序起点，选择哪端作为测序起点，有两个问题需要考虑：首先是 EST 编码蛋白质的信息应满足同源序列比较分析；其次取决于用 EST 来进行研究的目的。5′端非编码区小，所含信息多，一般在寻找新基因或研究基因差异表达时用 5′端 EST 好，大部分 EST 计划都是选用 5′端进行测序的。3′端 mRNA 有一 20～200 bp 的 polyA 结构，同时靠近 polyA 又有特异性的非编码区，所以从 3′端测得含有编码的信息较少。本研究的主要目的是研究日本七鳃鳗基因的表达情况，因此从 cDNA 文库中随机挑取克隆从 5′端单向测序，去除低质量序列、载体来源和污染序列最后共得到 10 077 条有效 EST 序列。

3.3.2.2 EST 拼接、片段重叠群分析和全长 cDNA 拼接检测

利用 CAP3 软件对 10 077 条 EST 序列进行拼接共得到 648 个重叠群和 1562 条单一序列（singlet），共 2210 条单一的转录物，冗余序列占全部 EST 总数的 78.1%。重叠群全长为 641 486 bp，平均长度 990 bp。经过后续的 BLAST 分析发现所形成的重叠群长度与同源基因的同源部分的序列匹配长度差异不大，也说明本实验中拼接是比较成功的。重叠群分布（表 3.1）表明大部分重叠群由两个 EST 组成，占全部重叠群的 40.59%，说明大部分基因的表达丰度比较低。其中高重叠群所对应的同源蛋白见表

3.2。从表中可以看出其中最高重叠群 401 是由 3255 个 EST 拼接而成，比对的同源蛋白为血浆阿朴脂蛋白 LAL2，接下来重叠群 35 由 777 个 EST 组成为纤维蛋白原，通常情况下，mRNA 的相对丰度可由其相应 cDNA 的丰度反映出来，而 cDNA 文库中某一 cDNA 克隆的丰度与该基因的表达量呈正相关，从组成同源蛋白的 EST 数目可以大致估计该蛋白质的表达量，所以研究结果显示血浆阿朴脂蛋白 LAL2、纤维蛋白原、卵黄蛋白原、核糖体蛋白 L4、胸腺细胞 cDNA、酸性哺乳动物甲壳质酶这几种基因在七鳃鳗肝脏中为高丰度表达转录物，其 cDNA 序列被多次测到。另外，建库过程中的机械剪切或者反转录过程不完全等原因也会使得同一转录物被分散到不同的 cDNA 克隆中，从而产生另外一种形式的冗余现象。这可能就是拼接后产生如此高冗余比例的原因。进一步分析表明 1562 个 EST 为单拷贝序列，说明这些 EST 片段所代表的基因在核苷酸水平上彼此之间相似性较低，属于不同的基因。相信随着对 cDNA 文库的进一步分析，种类更多的基因还将会被相继测到。

表 3.1　重叠群分布情况表

重叠群含 EST 数目	重叠群数目	占全部重叠群比例/%	EST 数目	占全部 EST 比例/%
2	263	40.59	526	5.22
3	103	15.90	309	3.07
4	59	9.10	236	2.34
5	27	4.17	135	1.34
6	26	4.01	156	1.55
7	14	2.16	98	0.97
8	9	1.39	72	0.72
9	12	1.85	108	1.07
10	7	1.08	70	0.69
>10	128	19.75	8367	83.03
合计	648	100	10 077	100

表 3.2　高重叠群的 EST 数目

重叠群序列	含有 EST 数目	长度/bp	同源蛋白功能
contig401	3255	1077	血浆阿朴脂蛋白 LAL2
contig35	777	5385	纤维蛋白原
contig547	669	6050	卵黄蛋白原
contig277	265	3425	核糖体蛋白 L4
contig168	202	2958	胸腺细胞 cDNA
contig582	191	3454	酸性哺乳动物甲壳质酶

运用在线工具 TargetIdentifier 对拼接好的序列进行全长检测，共预测出 1040 条全长 cDNA，其中 65.12%的片段重叠群（422 条）和 39.56%的单一序列（618 条）预测为全长序列，将近 50%的转录物预测为全长，表明拼接为全长的序列很多，拼接的完整性较好。根据 ORF 的分布结果（表 3.3），可以看出编码框大多集中在 100～600 bp，

表 3.3 ORF 分布

ORF 核苷酸数目/bp	全长序列数目/条	百分比/%
>1000	29	2.79
1000～600	87	8.37
600～300	511	49.13
300～100	405	38.94
<100	8	0.77
总计	1040	100

大于 300 bp 的 ORF 有 627 条。本研究是从 5′端测序，因此 EST 序列所包含的非编码区序列相对较短，编码框较长，推测大部分会包括编码蛋白质的序列，具体结果还有待于进一步的分析。大于 1000 bp 的 ORF 有 29 条，按照同源比对结果对这 29 条序列进行初步分析（表 3.4），其中几种较长的序列预测功能分别为核糖体蛋白、纤维蛋白原、热激蛋白、甲壳质酶和巨噬细胞 cDNA 等，而且其分值和期望值（*E*）都说明序列的相似度极高，证实了拼接之后序列的可信度。

表 3.4 ORF 大于 1000 bp 基因的功能预测

序列	核苷酸数目/bp	同源蛋白功能	*E* 值	分值
502	4955	核糖体蛋白 S27	3×10^{-62}	239
65	2452	纤维蛋白原-1 链前体	0	817
187	1791	40S 核糖体蛋白 S4	1×10^{-138}	493
119	1731	热激蛋白 90-α	0	827
582	1575	酸性哺乳动物甲壳质酶前体	1×10^{-109}	400
504	1508	甜菜碱-高半胱氨酸转甲基酶	0	638
515	1488	纤维蛋白原链	0	914
252	1392	核糖体蛋白 S6	1×10^{-112}	411
34	1371	丝氨酸蛋白酶抑制剂	0	686
208	1347	骨髓巨噬细胞 cDNA	0	800
447	1323	丝氨酸蛋白酶抑制剂	4×10^{-87}	325
410	1318	α-2 微管蛋白	0	810
439	1302	*S*-腺苷高半胱氨酸水解酶	0	765
35	1299	纤维蛋白原链	0	796
325	1241	核糖体蛋白 L5a	1×10^{-129}	463
308	1224	丝氨酸蛋白酶抑制剂	6×10^{-37}	157
250	1218	真核翻译起始因子 3	1×10^{-84}	317
470	1215	染色体 3 SCAF14679	0	635
296	1185	控制翻译的肿瘤蛋白	1×10^{-61}	250
401	1164	血浆阿朴脂蛋白 LAL2 前体	5×10^{-78}	295
514	1155	眼科新糖蛋白	1×10^{-58}	138
218	1125	核糖体蛋白 L17	6×10^{-79}	298
360	1125	肌动蛋白	0	553
518	1095	纤维蛋白原链多肽	9×10^{-58}	144
321	1059	血浆阿朴脂蛋白 LAL2 前体	5×10^{-6}	55
595	1050	ADP/ATP 移位酶	1×10^{-147}	523

续表

序列	核苷酸数目/bp	同源蛋白功能	*E*值	分值
280	1020	MGC81823 蛋白	1×10^{-145}	518
22	1014	细胞色素 P450，4 家族	1×10^{-102}	373
21	1005	血清凝集素前体	0	661

3.3.2.3　3′UTR 区 microRNA 靶标分析

通过 TargetScan 软件将库中除植物外的所有 microRNA 通过不完全碱基配对的方式和分离得到的 791 条 3′UTR 区序列比对，其中 611 条和 2568 种 microRNA 对应了 25 500 个靶标位点。配对到动物 microRNA 的靶标位点有 23 107 个，线虫 1895 个，病毒 498 个。不同物种的 microRNA 具有高度的保守性，统计筛选出有 18 种物种的 miR-92 家族 microRNA 分别对应同一靶标位点。其次 17 种物种的有 miR-7 家族、miR-18 家族；接下来 16 种物种的有 miR-19a 家族；15 种物种的有 miR-16 家族、miR-17 家族；14 种物种的有 miR-15a 家族、miR-20 家族、miR-29 家族、miR-100 家族、miR-103 家族、miR- 181 家族和 miR-106 家族等。

3.3.2.4　EST 的注释、蛋白质功能分类和新基因的发现

利用 BLASTX 程序进行同源性比对后发现，共有 2053 条转录物在数据库中可以找到同源物，占总数的 92.9%，其中 1686 条转录物推测的蛋白质编码产物与数据库中功能已知的蛋白质序列具有同源性，367 条与推测的、假想的或功能未知的蛋白质序列具有同源性。统计 BLASTX 比对后的结果，发现有许多转录物的比对产物为同一蛋白质产物，其中数目最多的是核糖体蛋白的各个亚型共 123 条，其次是巨噬细胞 cDNA 51 条，NADH 脱氢氧化酶 38 条，胸腺细胞 cDNA 32 条，血浆阿朴脂蛋白 28 条，与甲壳质代谢相关的酶 22 条等。另外还发现 T 细胞受体（TCR）、B 细胞受体（BCR）、主要相容性复合物（MHC-Ⅰ、MHC-Ⅱ）、补体因子（C3）、补体因子 B（CFB）、转铁蛋白、热激蛋白及与免疫相关的因子和蛋白质等。

到目前为止，Gene Ontology Consorbium（GO 的发起组织）的数据库中有三大独立的 Ontology 被建立起来，就是分子功能、生物学途径、细胞组件。分子功能就是基因产物个体的功能，如与碳水化合物结合或 ATP 水解酶活性等，生物学途径就是分子功能的有序组合，达成更广的生物功能，如有丝分裂或嘌呤代谢等，细胞组件就是亚细胞结构、位置和大分子复合物，如核仁、端粒和识别起始的复合物等。将上面 BLASTX 的结果用 Gopipe 软件进行功能分类，结果显示生物学途径 693 条，分子功能 764 条，细胞组件 565 条。在生物学途径中（图 3.1）最多的是生理过程（664 条），其次是新陈代谢（526 条）、细胞生长（220 条）、转运（158 条）。在分子功能中（图 3.2）最多的是绑定功能（356 条）。细胞组件中最多的是细胞内结构的组成（427 条）（图 3.3）（每个基因注释的不同功能可以在 3 种分类中交叉体现）。

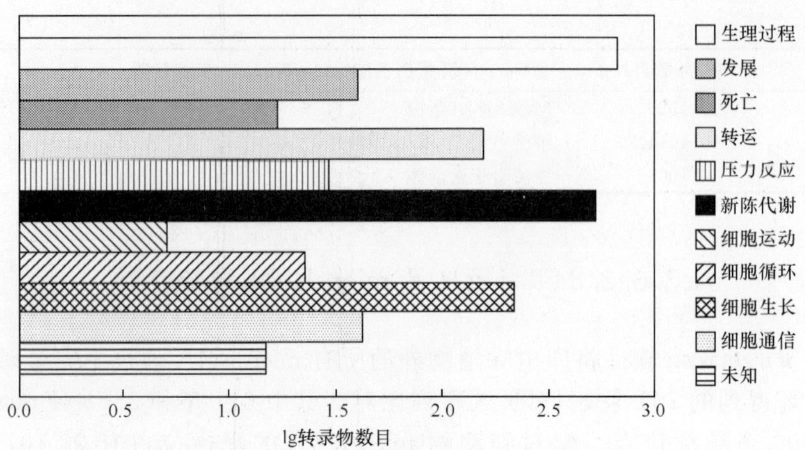

图 3.1　生物学途径

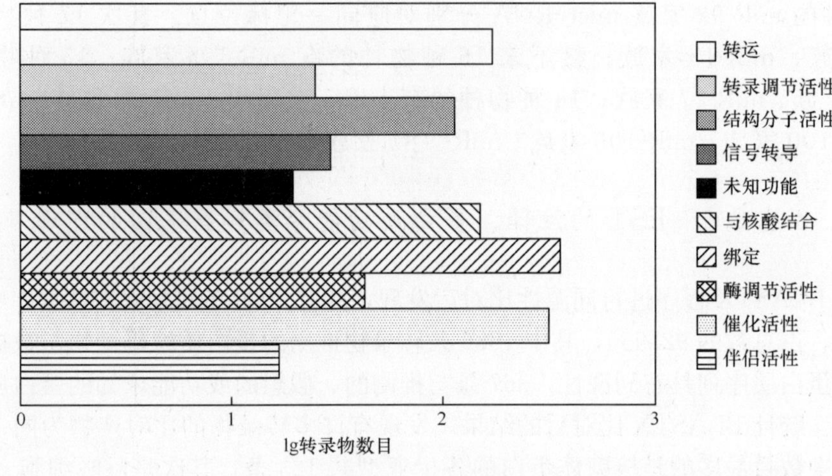

图 3.2　分子功能

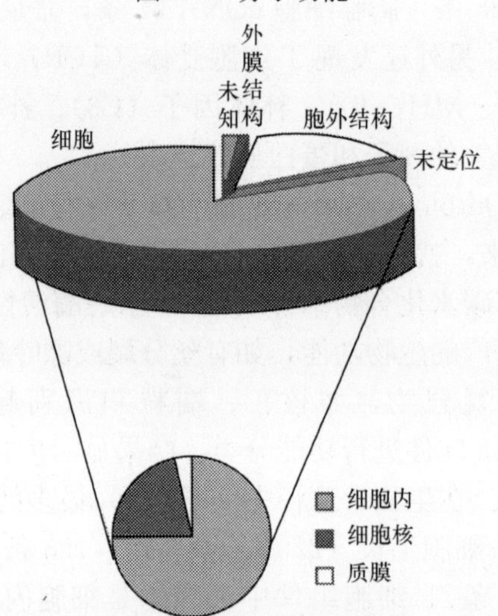

图 3.3　细胞组件

发现新基因是当前国际上基因组研究的热点，使用生物信息学的方法是发现新基因的重要手段。而利用 EST 数据库发现新基因被称为基因的计算机克隆。EST 序列是基因表达的短 cDNA 序列，它们携带着完整基因的某些片段的信息。到 2008 年 4 月，GenBank 的 EST 数据库中 EST 序列已达到 51 116 797 条，它几乎覆盖了基因组的大部分。而且 EST 是 cDNA 单向一次测序的结果，不用追究其碱基读取的准确性，故利用 EST 获得新基因具有快速、高效的特点。但是一次测序所造成的序列不精确，也可能在识别 EST 代表已知基因还是新基因时造成误差。本研究在采用大规模测序产生 EST 和利用生物信息学方法拼接全长序列的基础上进行数据库检索：一级序列联配（BLASTN、BLASTX）及蛋白质功能结构域二级结构比对（InterProScan）可筛选新的基因，结果是在 BLASTX 和 BLASTN 程序的搜索中都没有比对到同源产物的有 18 条。将这 18 条序列在 InterProScan 搜索界面上搜索。又有 4 条能找到同源的蛋白质结构域。剩下的 14 条 ORF 大于 300 bp 的有 8 条，为下一步新基因的克隆和功能研究提供了基础。

这些 EST 所代表的基因很有可能是一些先前从未报道的新的基因。这些片段长度已能够提供足够数量的信息用于获取其全长 cDNA，进而获得其全长基因组序列以用于生物学功能研究。筛选出全长新基因还需要通过计算分析从基因组 DNA 序列中确定新基因编码区，但目前七鳃鳗的基因组尚未测序完成，因此我们将这 8 个新基因分别与斑马鱼和人的基因组比较分析，仅有一条与斑马鱼的基因组（斑马鱼 3 号、14 号、22 号染色体上未知功能的序列）有同源性，其他都没有显著的相似性。有关新基因的确定还有待于进一步研究。强调一点，与某些研究中新基因候选克隆产生的原则相比，本研究中不仅从一级结构上相似形搜寻，而且还从二级结构域上筛选，因此所采取的策略是比较严谨的（候选新基因分别为 contig68、contig600、LLLNSEM008FB09、LLLNSEM011FG11、LLLNSEM055FD08、LLLNSEM134 FD10、LLLNSEM120FF10 和 LLLNSEM064FD09）。

3.3.2.5 转录组比较分析

将日本七鳃鳗与登陆在 NCBI 中 UniGene 库中肝脏 EST 测序成功的底鳉、鼠、牛、人 4 种物种进行大规模肝脏转录组 EST 序列的比较分析。结果显示在日本七鳃鳗肝脏中低量表达的是与 RNA 剪接、DNA 修复、细胞凋亡的负调节等相关的序列；表达量相差不多的主要是一些细胞内外定位基因和阳离子、金属离子等结合功能的基因。而高表达的则大都是多糖水解活性蛋白，包括甲壳质代谢酶以及氨基葡萄糖代谢酶等，它们的表达量远远大于其他物种（表 3.5）。表达上述功能的序列共有 22 条，其中 12 条同源性搜索结果为酸性哺乳动物甲壳质酶，其表达量分别是底鳉、鼠、牛和人的 123 倍、142 倍、70 倍和 166 倍。保守结构寻找发现，日本七鳃鳗肝脏中的甲壳质酶与人类甲壳质酶有同样的蛋白质结构域，都属于多糖水解结构域 18 家族。除此之外，我们还比较了日本七鳃鳗与文昌鱼、鸡、牛和人中都高度保守真核转录起始因子（eIF-5），结果发现相似度分别是 82%、80%、76%和 76%，分值依次降低。clustalW 比对结果日本七鳃鳗的基因与文昌鱼更具有一致性。

表 3.5　日本七鳃鳗肝脏转录组表达量高于其他物种的基因功能

GO 号	GO 功能	底鳉/倍	鼠/倍	牛/倍	人/倍
272	多糖分解代谢	62.74	72.45	44.91	79.49
44247	细胞内多糖分解代谢	124.53	71.90	65.14	123.96
4568	甲壳质酶激活	123.57	160.53	70.03	246.01
5529	糖结合	81.77	21.34	22.41	23.94
6030	甲壳质代谢	123.57	142.70	70.03	166.65
6032	甲壳质分解代谢	123.57	160.53	70.03	246.01
6040	氨糖代谢	41.19	36.69	28.01	35.14
6041	葡萄糖胺代谢	41.19	45.87	28.01	41.00
6043	葡萄糖胺分解代谢	123.57	160.53	70.03	172.20
6044	乙酰氨基葡萄糖胺代谢	41.19	45.87	28.01	44.16
6046	乙酰氨基葡萄糖胺分解代谢	123.57	160.53	70.03	246.01
46348	氨糖分解代谢	123.57	160.53	70.03	172.20
8061	甲壳质结合	123.57	1284.28	120.05	469.65

3.3.3 讨　论

3.3.3.1　拼接软件的选择

本研究测序得到去除低质量序列后 10 077 条日本七鳃鳗肝脏 EST 序列，由于特定物种（组织）的 EST 序列代表可随机取样的各种转录产物 mRNA，可能会有多个 EST 代表同一个转录产物，因此通过聚类拼接，既可以组成更长、更高质量的序列，也减少了 EST 的冗余。本研究选择的是 CAP3 拼接软件，该软件是 CAP（contig assembly programme）的改进版本，可在线进行，也可下载到本地进行拼接。该软件适用于 EST 拼接，可快速去除不能拼接在一起的序列，运用动态规划算法可容忍序列的部分错误，可剪切掉所判断序列中 5′端和 3′端碱基质量不高的区域。它在计算重叠时使用碱基质量值加以控制，建立多重比对，产生一致序列。并且它可使用正反向约束修正拼接错误和连接片段重叠群。PHRAP 可以产生较长的重叠群，而 CAP3 拼接起来的一致性错误比较少，同时它运用正反向约束机制来处理低质量序列时更容易得到结构框架。本研究 EST 拼接结果显示 8515 条序列得到了拼接和延伸，序列总重复率高达 84.50%，如此高的重复率证明其拼接的必要性。经过可读框分析和全长 cDNA 的预测有将近 50%的转录物预测为全长序列。由此可见拼接结果相对较好。

更精确的基因种类应通过 EST 序列定位于日本七鳃鳗基因组的方式获得，但目前日本七鳃鳗全基因组序列测定还未完成，利用电子手段将所有 EST 进行精确定位的目标暂时还无法实现，只能进一步通过与可信度较高的 BLASTX 比对结果进行比较的方法手工校正某些明显的错误。

3.3.3.2 全长 cDNA 的预测以及 ORF 分析

通常，所测定的 EST 基因片段往往只对应于 cDNA 序列的一段。nr 数据库中所收录的 cDNA 序列也有相当一部分不是全长 cDNA（full-length cDNA）序列。但是随着序列分析的深入进行，发现全长 cDNA 序列对于后续研究是十分重要的。通过常规方法或通过实验研究可以获得全长 cDNA 序列，也可以直接基于 EST/cDNA 数据库进行预测。本研究中应用的 TargetIdentifier 就是一个用来鉴定 EST 所组成的重叠群与单一序列是否为全长 cDNA 的网页伺服器，利用 BLAST 作为后端的计算的工具，寻找蛋白质的翻译区域可能的起始密码子与终止密码子，根据计算结果使用户可以判断该序列是否为全长 cDNA。标准是如果一条序列在预测的 5′UTR 区有一个或多个终止密码子，有一个完整的编码蛋白质的可读框和 3′UTR 区，就可以预测它是全长 cDNA 的序列。结果预测有将近 50% 的转录物为全长序列，可用于后续核酸序列的可读框、3′UTR 区等分析。

基因序列的 ORF 分析是基因分析的一个重要部分。基于遗传密码表，可通过计算机方便地分析基因序列的 ORF。对于真核生物而言，一条全长 cDNA 序列将只含有单一的 ORF。在细菌基因组中，蛋白质编码基因从起始密码子 ATG 到终止密码子平均有 1000 bp，而长于 300 bp 的 ORF 平均每 36 kb 才出现一次。所以只要找出序列中最长的 ORF（>300 bp）就能相当准确地预测出基因，因为过短的 ORF 不太可能翻译成蛋白质。因此本文选择大于 300 bp 的 ORF 作为有效的 ORF。在进行 ORF 分析过程中，往往由于测序错误而导致编码区分析失败。例如，相位错位或者错误的终止密码子出现均可导致氨基酸序列截短，以及在 cDNA 序列中出现几个不一致的 5′端。此种错误往往可以通过 BLASTX 程序对蛋白质序列数据库搜索后进行校正。

3.3.3.3 3′UTR 区 microRNA 靶标预测的意义

microRNA 是一类内生的、长度约为 22 个核苷酸的小 RNA。自 1993 年在秀丽线虫中发现第一个 microRNA lin-4 以来，研究人员在水稻、拟南芥、线虫、果蝇、褐家鼠、小家鼠、人和 EBV 病毒中发现了共计 1300 多个 microRNA。microRNA 参与生物体中很多基本生命过程的调控，在生命活动中起着非常重要的作用。然而，与新的 microRNA 的频频发现相比，microRNA 的功能研究相对缓慢。在发现的 1300 多个 microRNA 中，确定功能的 microRNA 仅有 10 个，导致 microRNA 功能研究进展缓慢的非常重要的原因是 microRNA 的作用靶标难以确定。到目前为止，通过实验方法确定 microRNA 的作用靶标非常耗时，尚无高通量的靶标鉴定方法，因此，通过理论方法预测成为当前识别 microRNA 作用靶标的较为理想的途径。绝大多数动物中的 microRNA 并不导致靶 mRNA 的降解，仅降低其靶基因的蛋白质表达水平，其 mRNA 水平几乎没有受到什么影响，所以在 EST 水平我们就可以通过预测出 microRNA 相应的靶标，来寻找可能的负调控表达模式。

本研究利用 TargetScan 软件对日本七鳃鳗肝脏转录组中 3′UTR 区进行 microRNA 靶标识别，预测出 25 500 个靶标位点。结果发现了与人类癌症基因调控同源的靶标。俄亥俄州立大学的 Volinia 等通过分析来自肺部、胸部、胃部、前列腺、结肠和胰腺等处的癌细胞样品 540 份，发现了由过量表达的大部分 microRNA 组成的实体癌症信号，在这些 microRNA 中包括 miR-17-5p 家族、miR-20a 家族、miR-21 家族、miR-92 家族、miR-106a 家族和 miR-155 家族。而在我们的结果中找到 miR-92 家族、miR-17 家族、miR-20 家族和 miR-106 家族的 microRNA 分别对应的靶标位置。成年型 B 细胞慢性淋巴型白血病（CLL）患者常有 miR-15a 和 miR-16-1 基因簇的缺失或是表达下调。我们也发现 miR-15a 家族和 miR-16 家族的靶标位置。日本七鳃鳗和人类癌症基因调控的 microRNA 家族如此的相似，这为研究人类癌症提供了有益的线索。因此可以成为一种新的与人类癌症疾病相关的动物研究模型。而且对应的 25 500 个靶标位点还可以成为通过生物信息学和实验相结合的方法鉴定靶标基因来研究 microRNA 功能的基础。

3.3.3.4 日本七鳃鳗肝脏转录组的注释

基因注释即利用 BLAST 等序列联配工具，通过将拼接所产生的一致性序列与已知的数据库进行同源性比对，从而赋予这些一致性序列一定的基因功能信息。美国国家生物技术信息中心提供了 BLAST 在线服务，用户可以直接在网上提交一段核苷酸或氨基酸序列与 NCBI 的数据库比对。结果中包括比对上的序列、相似性的统计说明、显著性的高低等。但是在 Windows 操作系统下通过 Internet 每次只能做单条序列的提交，而在我们的研究中需要对大量 EST 作分析，所以我们采用本地运行 BLAST 对数据进行批量处理。获得了日本七鳃鳗肝脏组织的基因表达信息。

通常情况下，mRNA 的相对丰度可由其相应 cDNA 的丰度反映出来，而 cDNA 文库中某一 cDNA 克隆的丰度与该基因的表达量呈正相关，因此通过计数非标准化 cDNA 文库中某一克隆的 EST 出现的频率即可以估算出这一基因表达的相对量。我们通过序列同源性比对，发现核糖体蛋白、血浆阿朴脂蛋白 LAL2、纤维蛋白原、卵黄蛋白原、NADH 脱氢氧化酶、胸腺细胞 cDNA、巨噬细胞 cDNA、酸性哺乳动物甲壳质酶等几种蛋白质在日本七鳃鳗肝脏中表达量较高。更进一步研究揭示日本七鳃鳗肝脏中也存在与有颌类脊椎动物免疫相关基因同源的表达片段，包括上面高表达量的巨噬细胞 cDNA、胸腺细胞 cDNA、甲壳质代谢酶以及热激蛋白、TCR、BCR、MHC-Ⅰ、MHC-Ⅱ，补体因子 C3、C2、CFB、干扰素和转铁蛋白等（表 3.6）。肝脏内富有巨噬细胞，利用它可以吞噬消化和清除血中及经肠道吸收的微生物异物等有害物质，通过吞噬、隔离消除来改造入侵和内生的各种抗原；未成熟的 T 淋巴细胞在胸腺中培育而且胸腺素还能提高淋巴细胞的杀伤能力，诱导 B 细胞成熟。甲壳质是动物食用纤维，具有多种生物活性，有强化生物体免疫功能，提高生物体抗病能力，因此甲壳质代谢也与免疫相关。这三种基因表达量如此之高说明它们在日本七鳃鳗肝脏免疫方面起着重要的防御作用。

表 3.6　日本七鳃鳗肝脏中免疫相关基因

数目	基因	数目	基因
51	骨髓巨噬细胞 cDNA	1	杀伤细胞免疫球受体
32	胸腺细胞 cDNA	1	干扰素-诱导蛋白
18	CD11c +ve 抗原	1	人类白细胞抗原 B 关联性转录物 1
12	酸性哺乳动物甲壳质酶	1	MHC-Ⅰ 类抗原
7	热激蛋白	1	MHC-Ⅱ 类抗原
6	蛋白酶体 26S ATP 酶	1	淋巴毒素
5	ABC 转运子	1	杀伤细胞凝集素受体
4	C3 补体前体	1	B 细胞移动基因蛋白
2	巨噬细胞激动蛋白	1	B 细胞受体
2	七鳃鳗蛋白酶体 LMPX（7）	1	CD3 信号传感器
2	补体因子 B	1	树突状细胞蛋白（GA17protein）
1	CD9-蛋白	1	补体调节 GPI-锚定蛋白
1	CD63-蛋白	1	补体受体 2
1	胸腺素	1	补体受体 1
1	T 细胞受体	1	补体因子 H-related 5
1	蛋白酶体　4 亚型（PSMB4）	1	C2 补体前体
1	蛋白酶体　7 亚型（PSMB7）	1	CD81 抗原
1	蛋白酶体　2 亚型（PSMA2）	1	CD68 抗原
1	蛋白酶体　3 亚型（PSMA3）	1	转铁蛋白
1	可变淋巴受体 B	1	CD98 抗原

补体系统是先天免疫系统中的中心辅助系统，其进化史可以追溯到棘皮动物（海胆）、非脊椎动物（棘皮动物、海鞘类）和圆口纲动物，它们拥有最原始的补体系统（凝集素途径）；干扰素系统是目前所知的机体防御反应中出现最早的细胞功能调节系统，也是在生物中普遍存在的一个很保守的先天免疫系统；转铁蛋白具有抗菌杀菌、自我保护的抗病性能，是抑制细菌繁殖的重要因子。由此可知日本七鳃鳗非特异性免疫系统在其自身抗病作用中发挥更大作用。日本七鳃鳗属于半寄生性动物，主要靠吸食其他鱼类血肉为食，非特异性防御机制在防止感染中扮演重要角色，潜在的非特异性防御机制可以在微生物入侵时发生作用，能更有效地清除、降解病原微生物和其他有害物质。

七鳃鳗已经表现出适应性免疫系统的一些特征，它们有一种适应性免疫响应，但不是我们在有颌类脊椎动物中看到的重组抗原受体，而是利用一种不寻常的基因重组过程来产生受体多样性。Mayer 报道在海七鳃鳗肠中发现有与小鼠类似的淋巴细胞，但没有发现 B 细胞、T 细胞受体和 MHC 等关键因子，所以认为免疫系统还没进化到有颌类阶段。而我们的研究却发现上述各种因子在日本七鳃鳗肝脏中都存在，不过量很少，相似度也很低。在基因注释中发现热激蛋白的数目还是比较多的。越来越多的证据表明，热激蛋白能参与特异性和非特异性免疫反应，有研究证明热激蛋白之所以能促进特异性免疫反应，是因为它能作为分子伴侣携带抗原信息，激发机体的免疫反应，但有时候热激蛋白也可以直接激发免疫反应。由于七鳃鳗中存在极少的 B 细胞、T 细胞受体和 MHC

等关键抗原递呈分子，推测日本七鳃鳗在适应性免疫的早期阶段尝试用热激蛋白作为抗原递呈分子或直接激活适应性免疫反应。以上证据表明日本七鳃鳗已经具备了但不同于有颌类适应性免疫的一些免疫应答机制，这仍需更进一步的实验验证。

联系以上 MHC-Ⅰ、MHC-Ⅱ、C3、CFB、干扰素、转铁蛋白、热激蛋白以及与免疫相关的蛋白和因子参与免疫应答的证据，此外根据日本七鳃鳗具有一定的适应性免疫能力以及存在适应免疫所必备的因子，推测日本七鳃鳗可能已经进化到一个接近但不同于高等有颌类适应性免疫的原始阶段。

表达量高的另一类为参与物质代谢的血浆阿朴脂蛋白 LAL1 和 LAL2、核糖体蛋白以及能量代谢的 NADH 脱氢氧化酶、细胞色素氧化酶和 ATP 合成酶等。以前的研究发现血浆阿朴脂蛋白 LAL1 和 LAL2 在七鳃鳗的血液中大量表达，我们的结果也发现在日本七鳃鳗肝脏中它们也是高表达。小鼠肝脏 SAGE 数据分析也显示阿朴脂蛋白 mRNA 的表达占总表达的百分比＞3.8％，阿朴脂蛋白是由阿朴 E 基因控制，在肝脏中分泌，主要起着转运、溶解胆固醇和磷脂的作用。而且脂蛋白还诱导巨噬细胞胆固醇酯蓄积，显著促进巨噬细胞增殖，增强非特异性免疫机制。日本七鳃鳗肝脏中高表达的基因也编码血浆蛋白。此外，我们的研究结果也显示共有 123 条序列与核糖体蛋白的 73 个亚型匹配。

最后一类为凝血因子，包括纤维蛋白原的 α、β、γ 链、凝血因子ⅤⅡa 和Ⅸa 以及凝血素等。纤维蛋白原的高表达是因为肝脏是体内合成凝血因子的场所，其中最重要的就是纤维蛋白原，所以本研究也说明了日本七鳃鳗的凝血机制可能已较为完善。

还有一些低表达的基因，如仅有一条 EST 序列注释的基因有 634 个，两条的有 108 个，表明肝脏中表达的基因种类繁多。大量注释基因的获得为进一步了解七鳃鳗肝脏的机制及获取相关基因提供了重要的序列信息。

序列分析中，预测的新基因、推测为假想功能的基因或与已知功能蛋白质的整体序列相似性很低的蛋白质，由于功能的需要保留了与功能密切相关的序列模式，可以进一步在 Prosite 数据库中进行有生物学意义的保守性氨基酸修饰位点搜索，找到隐含的功能基序，根据这些位点和模式快速和可靠地鉴别这些未知功能的蛋白质序列应该属于哪一个蛋白质家族；还可以进行启动子区特征分析，通过 RPS-BLAST 程序预测其翻译后的蛋白质结构及功能等。

BLAST 相似性搜索和 PROSITE 的搜索注释是一种推测查询序列生物学功能的快速、有效的方法。但只是为确定其编码蛋白质的功能提供暂定的线索，真正的功能必须经过一系列的生化和遗传学方法确认后方能赋予。

3.3.3.5　转录组的比较

通过不同基因组之间的比较可以获得大量的遗传进化信息，对系统发育中代表性物种之间全方位表达基因和基因家族的比较分析更可以揭示转录组和表达基因在进化过程中的演变，为探讨脊椎动物起源提供一些重要的启示。七鳃鳗在脊椎动物进化史上代表着已进入有头、有雏形脊椎骨，但还无上颌、下颌这一发展水平，和古老的文昌鱼进化地位相近，故在脊椎动物的进化史上占有原始性地位，又因为它是一类因营半寄生生活而引发机体显著特化的动物，所以又具有特化性。真核转录起始因子（eIF-5）是细胞存活和增殖所必需的一种重要分子，对蛋白质合成的起始有促进作用，在所有的真核生物中都高度保守，因此我们选定这个基因，应用 BLAST 2 SEQUENCES 同源性比对程序，分析了日本七鳃鳗分别与文昌鱼、鸡、牛、人的真核转录起始因子（eIF-5）的同源性，发现相似度分别是 82%、80%、76%、76%，分值依次降低。clustalW 多序列比对也可以看出七鳃鳗的真核转录起始因子更接近文昌鱼的基因组，二者都属于无颌类脊椎动物，因此该例子说明了七鳃鳗的基因组具有原始性。

仅通过一个基因的比较是远远不够的，所以我们将日本七鳃鳗和现有完整肝脏转录组的底鳉、鼠、牛和人进行大规模转录组比较分析，可以进一步发现其特化性、追踪进化过程中某些基因的变化和有关脊椎动物起源与进化的线索。

因为 EST 通过随机挑取克隆进行测序产生，所以对非标准化 cDNA 文库进行大规模 EST 测序所获得的 EST 序列可用于基因表达水平的估计。但是，某一基因 EST 丰度仅是对该基因表达水平的近似估计，所以我们只分析了那些对应的 EST 丰度较高而且在各个 cDNA 文库间差异较显著的基因，这些分析结果才更趋近于基因的真实表达水平。虽然一些表达丰度较低或是文库间差异不明显的基因可能也有重要的作用，但是在本研究中，考虑到文库构建和测序量可能会对低表达基因的影响，我们未对这些基因进行详细的分析。我们通过比较发现在日本七鳃鳗肝脏中比其他物种表达量少的基因有 RNA 剪接、DNA 修复、细胞凋亡的负调节等，而且随着进化地位的上升其表达量也逐级升高，这说明肝脏在这些方面的功能进化机制越来越完善。在七鳃鳗和其他物种中蛋白质表达含量相差不多的主要是一些细胞内外定位基因和阳离子、金属离子等结合功能的基因。亚细胞定位作为蛋白质的一个基本特征，与其功能密切相关。通常蛋白质只有在特定的亚细胞位点（如细胞核、线粒体、细胞质等）才能参与正常的生命活动。金属离子和钙离子的结合绑定功能也是非常保守的；而筛选出日本七鳃鳗肝脏中特异性高表达的则大都是多糖水解活性，包括甲壳质代谢以及氨基葡糖代谢等，它们的表达量比其他物种大 100 倍左右。在前面 BLASTX 的同源注释中发现它本身的表达量也较高，所以推测甲壳质酶在日本七鳃鳗肝脏中的大量表达定有它重要的作用机制。

甲壳质酶是普遍存在的以甲壳质为底物的糖苷水解酶，为单基因所编码。在日本七鳃鳗肝脏中优势表达的甲壳质酶根据同源性分析多为酸性哺乳动物甲壳质酶，简称 AMCase，该酶 2001 年首次在人体中发现，推测在胃肠消化管和肺脏中起消化和防卫作用。同年 Suzuki 等报道 AMCase 基因在牛的肝脏中表达，推测牛可以防御甲壳类病原微生物。在小鼠中克隆和表达酸性哺乳动物甲壳质酶可以水解红色毛癣菌和白念珠菌细胞壁，具有潜在的抗真菌功能。Yang 等发现了一种在感染丝虫机体中特异高表达的甲壳质酶 CV-CHI-I，在正常情况下数据显示该酶表达可以达到 22%，但感染后可达到 42%～62%。同时 IgG3 表达量增高，外周单个核细胞（PBMC）也增多，巨噬细胞在七鳃鳗肝脏中的优势表达就是一个有利证据，而且被酶分解的甲壳质的免疫功能已被国际所公认。Nishimura 等往小鼠腹腔内注射经乙酸处理的脱乙酰基几丁质的多孔珠，结果发现该物质可刺激小鼠产生白介素 1 及增强体内巨噬细胞的活性。几丁聚糖的分解产物氨基葡萄糖也能活化自然杀伤细胞（NK）、淋巴因子激活的杀伤细胞（LAK）。壳多糖还能诱发局部巨噬细胞增生，并使其活性增强，有免疫功能。所以甲壳质酶与免疫相关。

综合以上结果可推测日本七鳃鳗肝脏中甲壳质酶免疫的代谢途径：首先由甲壳质酶完成甲壳类病原微生物细胞壁的“瓦解任务”，接下来壳多糖刺激巨噬细胞增生，使肝脏中大量巨噬细胞被激活，再利用它吞噬消化和清除血中及经肠道吸收的微生物异物等有害物质来进行非特异性免疫。日本七鳃鳗肝脏内分解该活性物质的甲壳质酶高表达可能也与日本七鳃鳗特异的生活方式有关，甲壳质广泛存在于自然界低等菌类、虾、蟹、昆虫等甲壳动物的外壳及高等植物的细胞壁中。我们知道仔七鳃鳗营泥沙中生活主要以浮游类为食物，待到成体时大部分日本七鳃鳗为半寄生性动物，既营寄生生活，又能独立生活，寄生时经常用吸盘附在其他鱼体上，用吸盘内和舌上的角质齿锉破鱼体，吸食其血与肉。营独立生活时，则以浮游生物为食，所以推测吸取血液中的病原微生物和浮游类生物可能是甲壳质的来源。可以初步推断日本七鳃鳗免疫中占有重要地位的可能是非特异性机制，特有的免疫应答应与甲壳质代谢有关。

3.3.3.6 展　望

通过对日本七鳃鳗肝脏 10 077 条 EST 序列的生物信息学分析，我们发现了 8 个大于 300 bp 的可能新基因片段，已能够提供足够数量的信息用于获取其全长 cDNA，进而获得其全长基因组序列以用于生物学功能研究；在肝脏中高丰度表达和低丰度表达的功能基因以及与其他物种肝脏比较中优势表达的甲壳质酶等；与有颌类脊椎动物适应性免疫相关的各种蛋白质和因子。下一步的工作，我们可以通过基因功能模块的方式系统地研究这些基因序列在日本七鳃鳗肝脏中的原始和特有功能，为进一步功能基因的克隆表达以及海洋生物制药开发的研究奠定基础。

我们接下来还可以研究选择性剪接相关的内容。mRNA 前体的选择性剪接（又称可变剪/拼接）是真核生物的一种基本而又重要的调控机制，一个 mRNA 前体经过选择性剪接可被加工成多种不同类型的 mRNA，通过反转录就可以获得多个新异构体cDNA 序列。对不同 EST 克隆其全长 cDNA，先与同源的 DNA 序列比较，再与经典的全长 cDNA 序列比较，根据序列的匹配情况就可以确定剪接方式，识别剪接位点。通过不同的剪接方式我们可以识别它精细协调蛋白质表达多样化的功能。

而且随着各物种 EST 和基因组序列的不断开发及研究的深入，还可以通过比较转录组和基因组的方法研究脊椎动物肝脏系统起源机制以及研究物种间某个特定功能基因的进化关系。

3.4 结　论

3.4.1 完成了 cDNA 文库的构建和后续序列测定工作

本研究成功构建了日本七鳃鳗肝脏的 cDNA 文库，从中随机挑取克隆从 5′端单向测序，去除低质量序列、载体来源和污染序列最后共得到 10 077 条有效 EST 序列。

3.4.2 完成了对所获表达序列标签的生物信息学分析

本研究通过对日本七鳃鳗肝脏 10 077 条 EST 的序列分析有三个方面的发现：一是通过拼接、注释和功能分类揭示了日本七鳃鳗肝脏中蛋白质的表达特点，并分析了蛋白质高效表达的原因和机制；二是通过对 3′UTR 区的分析发现了与人类癌症基因调控相关的 microRNA 家族的靶标位点，希望由此能为治疗人类各种癌症带来福音；三是通过与其他物种肝脏转录组的比较发现了一些日本七鳃鳗特异表达的功能基因，并着重分析了在日本七鳃鳗肝脏中比其他物种优势表达的甲壳质酶。进一步根据功能注释的信息推测日本七鳃鳗在免疫方面进化的阶段和特有的应答模式。我们首次对日本七鳃鳗不同组织转录组做了系统的研究，有着重要的学术意义和应用前景，为下一步功能基因的克隆筛选和蛋白质组学的研究以及海洋生物制药开发的研究奠定了基础。

4 日本七鳃鳗类淋巴细胞特异性免疫相关基因的差异表达

4.1 引　言

长期以来，有关适应性免疫的起源与进化问题一直是人们研究的热点。以前人们普遍认为适应性免疫系统起源于硬骨鱼类。但随着研究的不断深入，人们发现以七鳃鳗和盲鳗为代表的无颌类脊椎动物处在进化出适应性免疫系统的边缘，无颌类脊椎动物在一定范围内存在适应性免疫的现象和多种参与适应性免疫相关的免疫因子，这可能提供揭示人类适应性免疫系统演化起源的关键线索。早在 1972 年，Good 等便对七鳃鳗的免疫反应进行了初步研究，发现它对同种异体间的组织移植物有排斥和超敏感反应。1990 年，Varner 等运用蛋白质分离与纯化等技术从盲鳗的血液中分离出了一种血清蛋白，鉴定它与免疫球蛋白在结构与序列上具有同源性。在七鳃鳗类淋巴细胞中，发现有多种与脊椎动物淋巴细胞的分化、增殖、迁移和信号转导相关的同源基因的表达，但是与抗原多样性相关重组免疫球蛋白同源基因却一直没有在七鳃鳗中被发现。近年来，人们发现无颌类脊椎动物存在一种适应性免疫响应，但是在免疫应答过程中产生的抗原受体，并不是我们在有颌类脊椎动物中看到的重组抗原受体，而是在类淋巴细胞上发现了新型可变受体，利用一种不寻常的基因重排过程来产生受体多样性。随着基因组计划和生物信息学的迅猛发展，为免疫基因的进化研究提供了便捷有效的方法后，相继在盲鳗、七鳃鳗等无颌类脊椎动物的淋巴样细胞中证实有与 T 细胞受体、CD4 等免疫相关基因的同源基因的表达。这些免疫相关基因的发现，为研究适应性免疫在无颌类脊椎动物中的起源与进化提供了可能的证据。

4.1.1 无颌类脊椎动物免疫器官的进化

高等脊椎动物的主要适应性免疫组织和器官有骨髓、胸腺、淋巴结、脾及扁桃体等；硬骨鱼类的主要免疫器官有胸腺、肾、脾脏及黏膜相关淋巴组织，它与高等哺乳动物在免疫器官组成上的主要区别在于没有骨髓和淋巴结。然而作为脊椎动物中最低等的一个类群——无颌类，虽然没有进化出完善的免疫组织和器官，但是它们具有独特的呼吸器官——鳃囊，在幼体时期有胸腺样组织的形成。没有完善的淋巴结，只有弥散的淋巴细胞，在鳃囊组织中有小淋巴细胞的产生。这些小淋巴细胞的产生，为无颌类适应性免疫的进化提供了组织基础。

4.1.2 无颌类脊椎动物淋巴细胞的进化

适应性免疫是通过淋巴细胞表达特异性受体来识别外界抗原的。淋巴细胞作为一类特殊的具有免疫活性的细胞，其在进化过程出现的具体时间目前尚没有明确的证明。在无颌类脊椎动物中，虽然尚未发现胸腺、脾脏、淋巴结等免疫组织，但已出现了小淋巴细胞。盲鳗消化道的固有层组织，七鳃鳗鳃囊附近的造血组织，其周围常见有小淋巴细胞集聚。这些小淋巴细胞在结构上，有一个浓缩染色质的细胞核，周围包被一层薄染色质，其中有相关的细胞器结构。这些类淋巴细胞在受到外界抗原或异物刺激时，能够形成成熟的淋巴细胞，完成一系列活化和增殖等过程。从形态学上分析，无颌类的这些类淋巴细胞，主要产生于一些造血组织。例如，幼鳗期的褶皱前肠，成体期的脊椎弓和鳃囊等组织都能被发现有小淋巴细胞的产生。Shintani 等于 2000 年，在七鳃鳗的消化管淋巴样细胞中发现 PU. 1/Spi-B 同源基因的表达，PU. 1/Spi-B 基因是在高等脊椎动物淋巴细胞中特异表达的一类蛋白质基因家族，它的研究成果在分子水平上进一步验证了淋巴细胞在无颌类脊椎动物中的存在。

早在 1982 年，国外学者 Fujii，就通过电子显微镜观察了七鳃鳗幼体——沙隐虫的血细胞。我国学者文兴豪等也于 1997 年对日本七鳃鳗的全血细胞进行了显微、亚显微研究，也证实其有类淋巴细胞存在。作为适应性免疫的重要免疫细胞，七鳃鳗类淋巴细胞的存在，是研究其免疫进化的重要基础。要研究七鳃鳗的免疫机制，获得足够数量、纯度高的淋巴细胞是基本条件。国外学者较早报道了鱼类血液中淋巴细胞有效分离技术，国内也有分离草鱼（*Ctenopharyngodon idellus*）、鲤鱼（*Cyprinus carpio*）和真鲷（*Pagrosomus major*）淋巴细胞的研究报道。有关日本七鳃鳗血液中类淋巴细胞的分离纯化及细胞异质性分析目前尚未见报道。

4.1.3　无颌类脊椎动物免疫相关因子的研究

在无颌类脊椎动物的类淋巴细胞中，有大量与高等脊椎动物淋巴细胞的分化、增殖、迁移、信号传递等相关的同源基因表达。高等脊椎动物免疫应答的特异性建立在 T、B 淋巴细胞表面抗原识别受体多样性的基础上，而抗原识别受体的多样性又是通过抗原识别受体编码基因的 V、J、C 基因片段的重组来实现的。在无颌类中，它的类淋巴细胞尚未完成成熟 T、B 淋巴细胞的进化，虽然发现有 T 细胞抗原受体（TCR）等适应性免疫相关同源基因的表达，但是 T、B 淋巴细胞表面抗原识别受体的重组机制在无颌类的免疫系统中却不存在。那么无颌类是如何实现它的适应性免疫的呢？无颌类通过其特有的重组机制，来产生一系列多样的抗原识别受体，实现特异性免疫。

1）T 细胞受体（TCR）和 CD4

T 细胞表面的抗原识别分子称为 T 细胞抗原受体（TCR）。未分化成熟的前 T 细胞中都含有胚系基因（germ line gene），每种胚系基因都由许多分隔状态的带有编码前导肽（L）的可变区基因（V）、连接恒定区基因（C）的连接基因（J）、多样性基因（D）等组成。胚系基因无转录和表达功能，转录前必须经过基因重排（gene rearrangement），形成含有 VJC 或 VDJC 基因的完整 DNA 才能转录 mRNA，翻译 TCR 的一条肽链。通过重组构成不同的 TCR 分子，由此决定了 T 细胞识别抗原的多样性和特异性，从而可对环境中千变万化的抗原产生特异性应答。CD4 分子是 T 细胞的分化抗原，分布于部分 T 细胞和胸腺细胞表面，在免疫识别中为辅助受体，分别与 TCR 共同组成复合抗原受体。

2004 年，Pancer 等对海七鳃鳗肠壁组织类淋巴细胞和血液免疫激活类淋巴细胞的转录产物进行了研究，鉴定出 TCR 和 CD4 同源基因的表达。序列结构特征分析表明七鳃鳗的类 *TCR* 和类 *CD4* 基因具有适应性免疫抗原受体基因序列的基本特征，暗示其可能是 *TCR* 基因和 *CD4* 基因的祖先基因。将七鳃鳗中表达的 TCR-like 基因与其他脊椎动物的 *TCR* 基因作多序列比对，发现前者在序列结构上包含可变区 V、连接区 J 和跨膜区 TM 三段与后者同源的基因片段，而 *CD4* 同源基因则包含 V、C、TM 三段同源的基因片段。从序列结构的特征分析，七鳃鳗的 *TCR-like* 和 *CD4-like* 基因具有适应性免疫抗原受体基因序列的基本特征，鉴定其很可能是现代 TCR 和 CD4 基因的祖先基因。但是，分析发现，在海七鳃鳗中发现的这种 *TCR-like* 基因，它的可变区 V，只具备一个单拷贝序列，因此无法像脊椎动物 *TCR* 基因一样，通过不同的 V 区基因与 C、J 基因的重排，来实现多样抗体的表达。因此推测，海七鳃鳗的这种 TCR-like 基因仅仅只是现代 *TCR* 基因的前体，但在功能上还没有达到免疫活性的进化。

2）B 细胞受体

目前，在无颌类的类淋巴细胞中，尚未发现有高等脊椎动物 B 细胞表面受体的同源基因的表达。那么，我们是否就能断定，在无颌类免疫系统中就不存在由 B 淋巴细胞介导的适应性体液免疫的进化痕迹呢？磷脂酰肌醇-3-激酶 B 细胞接头（BCAP）的发现，为我们提出了进一步的思考。BCAP 是一种新型的 B 细胞接头蛋白，其主要功能是使抗原受体结合的蛋白质酪氨酸磷酸化，可以调控下游的效应分子，同时介导纤维原细胞生长因子受体间的信号传递。2002 年，Uinukool 等在海七鳃鳗淋巴样细胞中发现了 BCAP 同源基因的表达，鉴定其与家鸡的 BCAP 基因有 37%的同源性，同时将其翻译成蛋白质，其蛋白质结构和特性与人类、家鸡、大鼠的 BCAP 蛋白相似，包括336～404 个氨基酸残基间的锚蛋白重复区，636～666 个残基间的盘绕区，436～453 个残基间的脯氨酸富集区，和 3 个酪氨酸磷酸化位点 Tyr-378、Tyr-423 和 Tyr-448。2005 年，Cannon 等从七鳃鳗的 cDNA 文库中筛选出一段信号肽序列，它与哺乳动物的 VpreB 基因在结构上具有同源性，包含有一段具有识别位点的跨膜结构域。BCAP、VpreB 在七鳃鳗中的表达，暗示在无颌类脊椎动物中也有可能存在 B 细胞介导的适应性免疫应答。

3）可变淋巴受体（VLR）

有颌类脊椎动物通过淋巴细胞表面抗原识别受体编码基因的 V、J、C 基因片段的重组来产生多样的抗原识别受体。然而对于无颌类脊椎动物，也存在一种适应性免疫响应，但不是我们在有颌类脊椎动物中看到的重组抗原识别受体，而是在类淋巴细胞上发现了一种新型可变受体，利用一种不寻常的基因重排过程来产生受体多样性。这种新型可变受体被称为可变淋巴受体（variable lymphocyte receptor，VLR），它通过另一种不同的方式来生成多种抗原识别受体，实现自身的适应性免疫。这种可变淋巴受体的重组方式是在一个发育不完全的胚系细胞可变淋巴受体基因（germline VLR gene，gVLR）中，随机插入亮氨酸富集重复单元，产生多种成熟的可变淋巴抗原识别受体。通过这种方式，理论上来说，一个胚系淋巴细胞可变受体基因就可以生成 1014 个特异性抗原受体，其多样性足以应对外界多变的抗原。研究发现，海七鳃鳗具有一个胚系细胞可变淋巴受体基因，而盲鳗具有两种，分别是 VLR-A 和 VLR-B。成熟可变淋巴受体的基本结构是由多个亮氨酸重复单元的插入形成，它包括 30～38 个残基的 N 端 LRR（LRRNT）、18 个残基的首位 LRR（LRR1）、24 个残基的可变 LRR（LRRV）、13 个残基连接肽（CP）和 48～65 个残基的 C 端 LRR（LRRCT）。由于这种可变淋巴受体的存在，为无颌类脊椎动物提供了大量的多样性抗原识别受体，为适应性免疫的发展提供了分子基础。

4）其他免疫因子

此外，在无颌类脊椎动物中，还发现存在与适应性免疫相关的多种免疫因子。Uinuk-ool 等在海七鳃鳗淋巴细胞中还发现 CD45 免疫因子的表达，它是脊椎动物免疫系统主要的跨膜酪氨酸磷酸酶（PTP），用来调节 T 细胞和 B 细胞的激活与增殖。成熟的 CD45 蛋白由 1281 个氨基酸残基组成，一段跨膜序列（TM）将一条肽链分割成 N 端胞外区（EC）和 C 端胞质区。七鳃鳗中的 CD45 同源蛋白在 C 端胞质区 906～972 和 1104～1661 两段氨基酸残基处与人类的 CD45 具有同源性。将七鳃鳗 CD45 的基因与其他物种的一起作 neighbor-joining（NJ）树，可以看出它的进化地位。

最近，Cooper 等运用生物信息学等方法，分析海七鳃鳗免疫相关的 EST 数据，发现 CD8、CD98、TAP 等适应性免疫相关因子的同源基因也在七鳃鳗淋巴细胞中有表达，在高等动物中，这些因子对淋巴细胞的活化、迁移、分化等具有调解作用。

4.1.4　无颌类脊椎动物适应性免疫机制

适应性免疫是通过淋巴细胞表面各种不同的抗原受体识别异物，多种多样的抗原受体则通过一系列重组机制产生。在高等脊椎动物中，通过免疫球蛋白和 T 细胞受体胚系基因的 V、J、C 等基因片段的重组来产生多样的抗原受体。然而，在无颌类脊椎动物中发现的一些与适应性免疫相关的可变受体基因（TCR-like gene），虽然它们的结构与有颌脊椎动物的可变受体基因有一定的相似性，都具有可变区 V、连接区 J、固定区 C。但是类 *TCR* 基因的可变区只有一个拷贝，因此它不能像高等脊椎动物的 TCR 基因那样，以 V、J、C 基因片段重组的方式发生重排，以产生多种可变受体。后来研究发现，在无颌类脊椎动物的免疫系统中却存在着另一种重组方式用以生成多种可变受体，其抗原受体是可变淋巴受体。它的重组方式是在一个不完全胚系细胞可变淋巴受体基因（incomplete germline VLR gene）中插入亮氨酸富集重复单元，以产生多种体细胞可变淋巴受体，来对外界多种抗原产生适应性免疫反应。无颌类所特有的这种抗原识别受体编码基因的重组机制与高等脊椎动物的重组方式类似，推测无颌类脊椎动物的这种重组受体的方式，与有颌类脊椎动物的适应性免疫有一定的进化关系，很可能是一种适应性免疫的初级形式。

4.1.5 限制片段差异显示聚合酶链反应在基因差异表达方面的研究

1992 年由 Liang P 和 Pardeen AB 建立的 mRNA 差异显示 PCR（differential display PCR，DD-PCR）是分离编码产物未知目的基因的一种快速而有效的方法。它可从一对细胞群体或一对基因型各自产生的所有 mRNA 中有效地鉴定并分离出差异表达的基因。该方法建立以来已成功地分离到多种基因，目前在基因研究领域已被广泛采用。但 DD-PCR 的主要缺点是存在较高的假阳性。限制性片段差异显示技术（restriction fragment differential display PCR，RFDD-PCR）是近年来发展起来的一种新技术，它充分利用了限制性片段长度多态性分析（restriction fragment length polymorphism，RFLP）的可靠性和 PCR 的高效性，对基因组 DNA 酶切片段进行选择性扩增，被称为第二代差异显示技术，它解决了在标准差异显示中重复性的问题，在第二代差异显示中，使用特殊设计的与 cDNA 配对接头和一系列特殊设计的引物，特异性的 PCR 引物的使用和下游的 PCR 反应使 RFDD-PCR 分析具有高度的重复性。因为 RFDD-PCR 技术不使用以 polyA 为引物的 PCR 扩增，因而该系统对原核和真核系统皆适用。由于在原核组织中有相对较低 mRNA 拷贝，因此只需要 32 个表达窗，而在真核生物中需 64 个表达窗。特点：高度严谨的 PCR 可以产生结果一致的基因表达图谱；重点放大和展示编码区；对原核及真核 RNA 都有用；完全消除假阳性。由于使用了限制性内切酶和选择性碱基，RFDD-PCR 极大程度地改进了 DD 假阳性高及基因确认困难等缺陷，能以较高的覆盖率显示各转录子的情况，基本达到对基因表达谱进行普查的要求。本研究旨在利用 RFDD-PCR 这一新技术，并通过生物信息学分析比较，日本七鳃鳗在免疫刺激条件下与正常生长条件之间基因表达的差异，以此来筛选与日本七鳃鳗特异性免疫相关的候选基因，为日本七鳃鳗适应性免疫系统的发生机制研究提供新线索。

4.1.6 讨 论

根据目前的研究成果不难看出，在无颌类脊椎动物中明显存在着适应性免疫的现象和多种参与适应性免疫相关的免疫因子。虽然在无颌类脊椎动物中还没发现真正抗体的存在，但在许多结构上与脊椎动物适应性免疫分子具有同源性或与其具有相同结构域的免疫因子，或在功能上与其类似的免疫分子陆续得以分离、纯化和鉴定，这为探索无颌类脊椎动物的特异性免疫机制奠定了基础。

一直以来，人们普遍认为存在于高等脊椎动物中的适应性免疫是由先天免疫系统进化来的。然而，无颌类脊椎动物可变淋巴受体及其重组机制的发现，使得先天性免疫进化学说受到冲击，这种在无颌类脊椎动物中的亮氨酸插入重组机制，极有可能是现代适应性免疫的进化起源。至于其存在的普遍性、具体的免疫分子、免疫机制以及与脊椎动物适应性免疫之间的异同尚无定论。而且，在七鳃鳗中还缺少一个编码淋巴细胞表面使免疫系统能够区分和记住不同入侵细胞的关键受体基因。因此有关适应性免疫的起源问题，还需要更为深入的研究。主要有以下三个方面：第一，无颌类类淋巴细胞的起源问题，未分化的淋巴干细胞来源于何种组织？第二，类淋巴细胞成熟分化的信号转导途径如何？与现代适应性免疫的T、B淋巴细胞的分化有何联系？第三，无颌类适应性免疫相关基因及标记性作用分子之间的相互作用，它们是通过怎样的协调来对外界抗原作出免疫应答的？以上三个方面的研究对于我们深入探究适应性免疫的起源与进化，会有很大启示。

近年来，随着生物信息学与基因组学研究的快速发展，也为我们对免疫相关基因的进化研究提供了一个方便有效的平台与方法，相信在不久的将来，有关适应性免疫的进化起源和进化机制问题必定会被阐明。

4.2 日本七鳃鳗类淋巴细胞的分离、纯化及细胞学特征

4.2.1 材料与方法

4.2.1.1 材 料

日本七鳃鳗采自黑龙江省松花江流域同江地区，选取健康、体表完整的个体10条，置于水温10℃的水缸中充气饲养，观察7天，证实无病后用于实验。

采血抗凝管购自南昌市赣达医疗器械有限公司；通用型细胞分离液LTS113为天津市灏洋生物制品公司产品；Giemsa染液、瑞氏染液及台盼蓝为Solarbio公司产品；其余试剂均为市售纯度最高的产品。

不同密度的细胞分离液：将通用型细胞分离液LTS113（相对密度1.113）按厂商说明书要求加不同体积比的PBS（100 mmol/L，无Ca^{2+}、Mg^{2+}，pH 7.2），配成相对密度为1.077、1.080、1.085、1.092和1.110的细胞分离液。0.2%的台盼蓝染液：用上述的PBS配制。

4.2.1.2 方 法

类淋巴细胞形态的光镜观察：

七鳃鳗外表消毒后，断尾取血，抗凝管收集血液，加2倍体积Hank液稀释。分别用Giemsa染液、瑞氏染液染色，光学显微镜观察细胞种类及形态。

外周血白细胞的分离：

七鳃鳗外表消毒后，断尾取血，抗凝管收集血液，加2倍体积Hank液稀释。取不同密度的分离液各3 ml，分别置于离心管中，用移液器取稀释血液4 ml，沿管壁缓缓地叠加到淋巴细胞分离液界面上。水平转头离心15 min（20℃，1200 r/min）。用微量移液器小心吸取中间白膜状单个核细胞层到1.5 ml离心管中，加5倍体积以上的Hank液重悬洗涤细胞，然后1300 r/min离心10 min收集细胞。将其重悬于适量Hank液中

再行洗涤 1 次，定量加入 Hank 液重悬混匀细胞。并通过改变分离时的离心温度、速度、时间，及洗涤细胞时的离心温度、速度、时间，以此来确定最佳分离条件。

细胞计数：

取 1 滴细胞悬液与 1 滴 0.2%台盼蓝染液混合均匀，加到血球计数板上，按公式细胞密度（细胞数/ml）＝ 4 个大方格内的细胞总数/4×10^4×2（稀释倍数）进行计算。同时进行细胞活力检测，死的细胞可被染成蓝色，活细胞不着色，按公式活细胞百分率＝活细胞数/总细胞数×100%，计数 400 个白细胞，计算出活细胞的百分率。

类淋巴细胞的流式细胞仪分选：

将通过密度梯度离心得到的单个核细胞层的细胞离心，用 100 mmol/L 的 PBS 洗涤 2 次后重悬，吹打均匀后调整细胞浓度为 1×10^6 个/ml。用 FACS Vantage SE 分选型流式细胞仪（美国 BD 公司），根据仪器手册设置好各项参数，安装分选器，使用标准荧光球来调试最佳滞后时间（delay time）和驱动（drive）值。将上述单个核白细胞用常规方法进行分析，细胞经前向光散射特征（FSC）和侧向光散射特征（SSC）在二维 Dot-Plot 图中划出类淋巴细胞区，然后对其进行分选预试验，如显示良好的分离效果，则进行大批量的分选。收集完后测定类淋巴细胞的含量，计算回收率、细胞纯度，用台盼蓝测定细胞活率，瑞氏染色观察形态。

类淋巴细胞形态的透射电镜观察：

将分选后的类淋巴细胞离心后，去除上清液，细胞团用 2.5% 的戊二醛固定，按常规方法制成透射电镜样品，在 JEM-2000EX 型透射电镜下观察并拍照。

4.2.2 结　果

4.2.2.1 日本七鳃鳗全血细胞的观察

采用 Giemsa 染色法在 100 倍光学显微镜下观察日本七鳃鳗的全血细胞，初步从形态上能够区分出红细胞、类淋巴细胞、单核细胞、血栓细胞和粒细胞。红细胞数量占血细胞总数的 90%以上，为圆形或椭圆形，一侧凹陷，似豌豆状，大小不均，直径 7～15 μm，表面光滑，有一细胞核。类淋巴细胞是白细胞中数量最多的一种，圆形或椭圆形，直径 6～8 μm，核较大，位于细胞中央，周围包被一层薄细胞质。单核细胞近似椭圆形或梨形，体积较大，10 μm 左右，细胞表面有凸起。粒细胞，不规则形，6～10 μm，表面有伪足。各类细胞的数量及形态的结果和 Fujii 与文兴豪所报道的一致。

4.2.2.2 外周血单个核细胞的密度梯度分离效果

用配制的 5 种不同相对密度的分离液来分离日本七鳃鳗的血细胞。从图 4.1 可见，只有当分离液相对密度为 1.092 以上时，在血浆与分离液交界处可以观察到单个核细胞层。

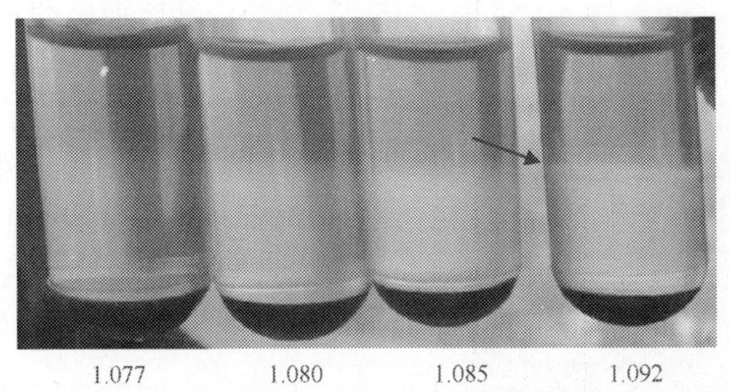

图 4.1　4 种不同相对密度分离液的分离效果

箭头所指处为单核细胞层；图下数字为相对密度

经光镜检验，在分离液相对密度为 1.092 时，单个核细胞层中含大量的类淋巴细胞（75%～90%）、少部分的单核细胞（10%～25%）、极少部分的血栓细胞和个别的红细胞，分离液层中无任何细胞，粒细胞层紧贴在压积的红细胞层上，呈一层很薄的白膜。用相对密度低于 1.092 的分离液进行细胞分离，发现单个核细胞层不明显，有时看不到细胞层，镜检单个核细胞数量也很低。而用相对密度为 1.110 的分离液分离细胞时，发现单个核细胞层明显，镜下类淋巴细胞及粒细胞数量均增多，分离液中也有相当数量的粒细胞。由此可见，日本七鳃鳗类淋巴细胞的相对密度大约为 1.092。

4.2.2.3　类淋巴细胞的流式细胞仪分选

为尽可能多地获取类淋巴细胞，采用相对密度为 1.110 的分离液分离得到的单个核细胞层细胞用流式细胞仪进行了分选试验。根据 FSC 及 SSC 可将日本七鳃鳗单个核细胞大致分为 3 个区域（图 4.2A）；分选前的细胞中类淋巴细胞约占 64.46%，粒细胞约

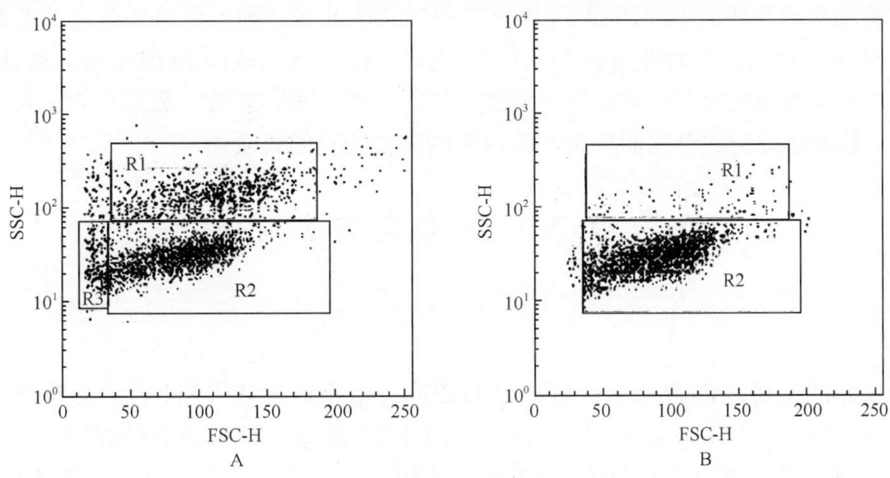

图 4.2　流式细胞仪分选纯化类淋巴细胞

A. 分选前；B. 分选后；R1. 粒细胞；R2. 类淋巴细胞；R3. 单核细胞

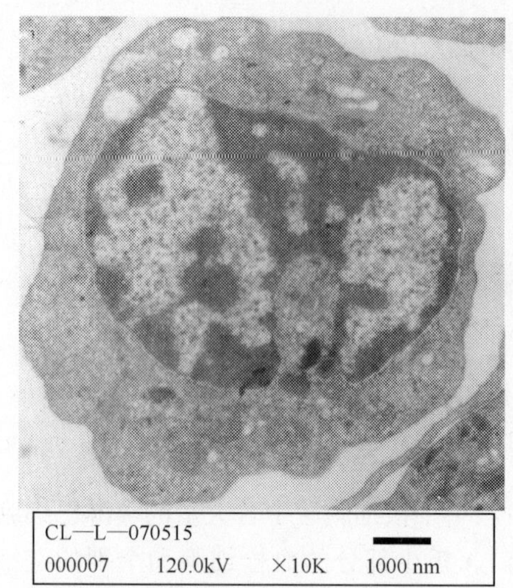

图 4.3　日本七鳃鳗类淋巴细胞透射电镜照片（×10 000）

占 26.78%，单核细胞约占 8.11%。分选后，类淋巴细胞比例上升到大约 95.68%（图 4.2B）。经多批次大量分选后的统计数字表明，采用本方法可从每毫升外周血中纯化得到 2.4×10^{6} 个类淋巴细胞。

4.2.2.4　类淋巴细胞的透射电镜观察

分选后的类淋巴细胞在 1 万倍透射电镜下观察，细胞为圆形或椭圆形，直径为 7～9 μm；细胞表面有突起、无微绒毛，胞质较少，内含有少量颗粒和液泡；细胞核形状规则，直径为 6～7 μm，呈椭圆形或蚕豆形，位于细胞中央，核中异染色质块明显，靠近核膜或呈块状散在于核中（图 4.3）。若在 10 万倍条件下观察，细胞质中可见到少量线粒体，体积较小，呈杆状或椭圆形，板层状嵴结构清晰，胞质内还可见粗面内质网片段、游离核糖体等。

4.3　日本七鳃鳗类淋巴细胞的异质性分析

T 淋巴细胞质内含有酯酶，可以水解 α-乙酸萘酯，产生 α-萘酚，α-萘酚又可与重氮副品红偶联生成不溶性的偶氮副品红萘酚，在 T 淋巴细胞质酯酶存在的部位生成不溶性的黑红色的颗粒沉淀，而 B 淋巴细胞无此反应，以资鉴别。

在细胞免疫学研究中，PHA 可作为 T 淋巴细胞的激活剂，促使 T 细胞应答转化后增殖；SPA 可以激活 B 细胞复制 DNA，但对 T 细胞不起作用，淋巴细胞的激活与否，使用 MTT 比色法来检测，方法简便可靠。因此，用 PHA 与 SPA 做刺激剂，可以分别激活 T、B 淋巴细胞的转化而分裂，借以检测淋巴细胞的异质性。

4.3.1　材料与方法

4.3.1.1　材　　料

分选好的类淋巴细胞悬液；MTT、DMSO、植物凝集素（PHA）、金黄色葡萄球菌蛋白 A（SPA）为 Sigma 公司产品；RPMI 1640 液体培养基为 GIBCO BRL 公司产品，先配制成不完全 RPMI 1640 培养液，使用前加入 20%（体积比）灭活小牛血清，加入青霉素 100 μg/ml 和链霉素 100 μg/ml ；PHA 和 SPA 均用不完全 RPMI 1640 培养液配制成 1 mg/ml 的溶液，过滤除菌后分装，－20℃下保存。福尔马林-丙酮固定液

(pH 6.6)：称取 100 mg KH_2PO_4 和 20 mg Na_2HPO_4，先溶解于 30 ml 水中，然后加入 45 ml 丙酮和 4%甲醛 25 ml，充分混合后，调 pH 至 6.6，置于 4℃冰箱中保存；副品红溶液：称取 4 g 副品红加入到 100 ml 2 mol/L HCl 中，水浴溶解过滤后，置于 4℃冰箱中保存；六偶氮副品红溶液（临用前配制）：取 4%亚硝酸钠溶液 3 ml，慢慢滴入 3 ml副品红溶液中，边滴边摇，充分振荡 1 min；2% α-乙酸萘酯溶液：称取 2 g α-乙酸萘酯溶于 100 ml 乙二醇单甲醚中，置 4℃ 避光保存；ANAE 孵育液（临用前配制）：取 100 mmol/L，pH 7.6 磷酸盐缓冲液 89 ml，加入染色缸中，缓缓加入六偶氮副品红液 6 ml，充分混匀后再慢慢滴入 2% α-乙酸萘酯溶液 2.5 ml，充分混匀后，调 pH 至 6.1；2%甲基绿染色液：取甲基绿 2 g，溶解于 100 ml 热蒸馏水中，溶解后 4℃保存备用。

4.3.1.2 方 法

类淋巴细胞的 ANAE 染色：

取细胞悬液涂片，自然干燥。然后将涂片用冷的福尔马林-丙酮固定液固定 5 min，用水冲洗后室温下干燥。将干燥好的涂片放入孵育液中，37℃，2 h。取出涂片立刻在自来水下冲洗，用 2%甲基绿染色液将涂片复染 2 min，再用自来水冲洗晾干，观察计数。

类淋巴细胞的转化试验：

流式细胞仪分选后的类淋巴细胞马上通过离心（1300 r/min，10 min）收集细胞。用 RPMI 1640 培养液（含 20%小牛血清）调整细胞浓度至 5.0×10^6 个/ml。细胞移入 96 孔培养板中，T 淋巴细胞转化试验组加入 PHA 作为刺激剂，浓度分别为 20 μg/ml、60 μg/ml、80 μg/ml、100 μg/ml、120 μg/ml、160 μg/ml、200 μg/ml 及 260 μg/ml；B 淋巴细胞转化试验组加入 SPA 作为刺激剂，浓度同上；另设不含诱导素的对照组，每个浓度均设 3 个重复孔。将培养板放入 18℃，5% CO_2 培养箱中培养。68 h 后，每孔加入 50 μl 浓度为 5 mg/ml 的 MTT，继续培养 4 h。培养结束后，加入 150 μl DMSO，振荡 5 min，酶标仪测定 570 nm 的 OD 值。结果用刺激指数 SI 表示，SI＝试验孔的 OD 均值/对照孔的 OD 均值。

4.3.2 结 果

1）日本七鳃鳗的类淋巴细胞的 ANAE 染色观察

日本七鳃鳗类淋巴细胞经 ANAE 法染色后，细胞核染呈深绿色，细胞质为淡黄绿色，未见局限性棕红色或深棕色阳性颗粒。说明其类淋巴细胞呈 ANAE 阴性反应。

2）日本七鳃鳗的类淋巴细胞的体外转化

日本七鳃鳗类淋巴细胞经 PHA、SPA 刺激培养后用 MTT 法检测，结果用刺激指数 SI 表示列于表 4.1。经双样本 t 检验分析，各浓度组的刺激指数与对照组的刺激指数之间差异无显著性（P 值均>0.05）。说明 PHA 与 SPA 在日本七鳃鳗类淋巴细胞的转化增殖中作用不显著。

表 4.1 不同浓度 PHA、SPA 刺激下的类淋巴细胞的刺激指数

PHA/（μg/ml）	SI	SPA/（μg/ml）	SI
0	1.00±0.018	0	1.00±0.006
20	1.03±0.014	20	1.00±0.014
60	1.00±0.009	60	0.97±0.026
80	0.96±0.032	80	0.94±0.023
100	1.01±0.022	100	0.97±0.017
120	0.93±0.030	120	1.04±0.052
160	0.98±0.009	160	1.10±0.046
200	0.98±0.012	200	1.04±0.025
260	1.00±0.012	260	0.99±0.007

4.3.3 讨 论

目前，Ficoll 密度梯度离心法是分离动物全血中单个核细胞的常用技术，但是，分离不同动物种属的单个核细胞使用的分离液的相对密度也多有不同，如人以 1.077 为最佳，小鼠为 1.088，马为 1.090，鲤鱼为 1.085，牙鲆（*Paralichthys oliveaceus*）为 1.083。相对密度为 1.113 的细胞分离液是市售的通用型细胞分离液，可根据使用说明书添加不同量的磷酸缓冲液配制所需要的密度。本研究共配制 5 个密度梯度，发现相对密度为 1.092 的分离液可有效地分离七鳃鳗外周血单个核细胞，由此得出日本七鳃鳗类淋巴细胞的相对密度约为 1.092。在研究中发现，其他因素，如外周血液的黏稠度、离心力、离心时间、环境温度都会影响分离单个核细胞的数量和纯度。通过实验得出，用 2 倍 Hank 液稀释的抗凝血比等倍稀释的抗凝血能减少红细胞的污染，室温下离心与 4℃下离心相比也能减少红细胞的污染；延长离心时间可在不损失类淋巴细胞数量的基础上减少粒细胞的含量等。此法分离的单个核细胞纯度高且数量大，可以满足进一步研究的需要。

流式细胞术的发展使得淋巴细胞亚群的鉴定和分离纯化增加了一个新的途径。流式细胞仪能够快速分析几万个细胞的 FSC、SSC 以及荧光信号等多个参数，具有快速、灵敏、准确及重复性好等特点。利用流式细胞术分析血液标本中淋巴细胞亚群的方法很多，常用的有 CD45/SSC 设门法和 FSC/SSC 设门法。FSC/SSC 设门法由于没有考虑细胞的生物学特性，容易受到多种因素，如细胞碎片、有核红细胞、单核细胞、小的粒细胞等的干扰，无法将具有相同光散射特性的淋巴细胞和干扰杂质准确区别开来的缺陷。但是，由于七鳃鳗类淋巴细胞表达的类 CD45 基因与哺乳类的 CD45 同源性较低，人的 CD45 单克隆抗体不能识别七鳃鳗的类 CD45，所以无法采用 CD45/SSC 设门这一更准确的方法来进行分选。在本分选实验中，由于优化了密度梯度离心分离方法，可以最大可能地去除细胞碎片、有核红细胞的污染。另外，采用降低待分选细胞浓度，定时调整分选参数以及准确划分类淋巴细胞区等措施，经 FSC/SSC 设门分选后，在光镜下染色计数只发现极少量单核细胞和粒细胞（小于 5%）。这个结果说明，FSC/SSC 设门法在本例中基本满足分选的需要。

高等脊椎动物的淋巴细胞分为两大类群：T 细胞和 B 细胞。从系统发生看，最低等的脊椎动物（七鳃鳗）已经进化出现类淋巴细胞，然而其淋巴细胞的异质性如何？是否也存在 T、B 淋巴细胞两大类群？这都是免疫进化研究的重要问题，目前尚无定论。在哺乳动物中，T 细胞和 B 细胞的超微结构有细微的不同；T 细胞表面有突起但无微绒毛，而 B 细胞的表面有微绒毛。在日本七鳃鳗的类淋巴细胞亚群中，我们没有发现带有微绒毛的细胞类型。另外，其类淋巴细胞的 ANAE 染色结果也没有出现类似高等脊椎动物 T 细胞所具有的阳性棕红色反应颗粒。在细胞免疫学研究中，PHA 可作为 T 淋巴细胞的激活剂，促使 T 细胞应答转化后增殖；SPA 可以激活 B 细胞复制 DNA，但对 T 细胞不起作用，淋巴细胞的激活与否，使用 MTT 比色法来检测，方法简便可靠。因此，用 PHA 与 SPA 做刺激剂，可以分别激活 T、B 淋巴细胞的转化而分裂，借以检测淋巴细胞的异质性。日本七鳃鳗外周血类淋巴细胞经 PHA、SPA 刺激后，SI 值均无显著提高，表明它们在日本七鳃鳗的类淋巴细胞转化中没有明显的作用。综合以上结果，我们认为在日本七鳃鳗的类淋巴细胞中可能尚未分化出 T、B 两大类群。当然，本实验仅仅从细胞形态和组织化学研究等侧面分析了七鳃鳗类淋巴细胞的异质性，最终的结论有待于进一步从分子水平进行证实。

4.4 RFDD-PCR 方法分析日本七鳃鳗类淋巴细胞特异性免疫相关基因的差异表达

RFDD-PCR 方法是建立在 DD-PCR 基础上的一种新技术。由于使用了限制性内切核酸酶和选择性碱基，RFDD-PCR 极大程度地改进了 DD 假阳性高及基因确认困难等缺陷，能以较高的覆盖率显示各转录子的情况，基本达到对基因表达谱进行普查的要求。本研究旨在利用 RFDD-PCR 这一新技术，并通过生物信息学分析比较，日本七鳃鳗在免疫刺激条件下，与正常生长条件之间基因表达的差异，以此来筛选与日本七鳃鳗特异性免疫相关的候选基因，为日本七鳃鳗适应性免疫系统的发生机制研究提供新线索。

4.4.1 材料与方法

4.4.1.1 材　　料

选取健康、体表完整的个体 6 条，置于水温 10℃的水缸中充气饲养，观察 7 天，证实无病后用于实验。用 1 ml 注射器，抽取 100 μl 混合抗原（含有 10^7 的大肠杆菌 BL21、50 μg 的植物血球凝集素 PHA、10^7 的酵母），注射进入腹部。以一周为间隔，免疫刺激 4 次，于最后一次免疫刺激后的 3～4 天，取血做实验。总 RNA 提取用的 Trizol 试剂购自 GIBCO BRL，cDNA 双链反转录试剂盒购自宝生物工程（大连）有限公司，DEPC、丙烯酰胺、甲叉双丙烯酰胺、尿素、过硫酸铵均购自 BIO-RAD 公司。PCR 仪（TaKaRa）、高速台式冷冻离心机 Biofuge Stratos（Heraeus）、洁净工作台（1671-CHA）、高压垂直电泳仪、电泳槽（北京市六一仪器厂）。

4.4.1.2 方 法

提取正常和免疫日本七鳃鳗的类淋巴细胞：

采用密度梯度离心法分别提取正常和免疫的日本七鳃鳗的类淋巴细胞（具体方法同上）。

提取，纯化 RNA：

(1) 离心沉淀细胞（5×10^6～10×10^6 个），弃上清液，加 1 ml Trizol 试剂反复吹打来裂解细胞，颠倒混匀，室温静置 5 min。

(2) 加 0.2 ml 氯仿（总体积的 1/5），盖紧样品管盖，用力摇晃 15 s，室温静置 2～5 min。4℃，12 000 *g* 高速冷冻离心 15 min。分三层：RNA 存在于上层无色水样层；中层为变性蛋白质；下层为红色苯酚-氯仿层。

(3) 转上层水相（约 400 μl）于另一 EP 管，加等体积异丙醇（400～500 μl），混匀，室温静置 10 min。4℃，12 000 *g* 高速冷冻离心 10 min。RNA 沉淀附着于管壁和管底。

(4) 弃上清液，加冰预冷的 75%乙醇（DEPC 水配）1 ml。4℃，7500 *g* 离心 5 min。

(5) 弃上清液，空气干燥 5～10 min（不能完全干燥）。溶于 DEPC 水中至 20 μl（55～60℃水浴，＜10 min 助溶）。

(6) 鉴定浓度及完整性：紫外分光光度计检测纯度；1.5%琼脂糖电泳鉴定完整性。

反转录 cDNA 第一链：

总 RNA（0.5～1.0 μg）	10 μl
锚定引物：5′ T25V（12.5 μmol/L）	1.5 μl
10×cDNA 缓冲液 1	2.5 μl
dNTP 混合物（每种 5 mmol/L）	5.0 μl
反转录酶（100 U/μl）	1.0 μl
DEPC 无菌水	5.0 μl
总体系	25.0 μl

孵化反应：42℃，2 h

合成 cDNA 第二链：

第一链合成产物	25 μl
10×cDNA 缓冲液 2	7.5 μl
dNTP 混合物（每种 5 mmol/L）	2.5 μl
DNA 聚合酶（10 U/μl）	1.2 μl
RNase H（2 U/μl）	0.4 μl
无菌水	38.4 μl

总体系	75.0 μl

孵化反应：16℃，2 h

酚/氯仿抽提 cDNA：

75 μl　双链合成产物

125 μl H_2O

200 μl　酚/氯仿（pH8.0）

高速离心 5 min，取水相

乙醇沉淀：

1 倍体积 3 mol/L NaAc（pH5.2）

2 倍体积 96% EtOH

－20℃沉淀，过夜。离心，弃沉淀。50 μl 70%乙醇洗涤，离心，弃上清液。

20 μl H_2O 重悬

取 10 μl cDNA 产物做琼脂糖检测鉴定 cDNA 合成质量

模板制备：

(1) 连接接头的设计：

EP 接头：

5′ACTGGTCTCGTAGACTGCGTACC 3′

3′CTGACGCATGGGC 5′

(2) 标准接头：

5′CGGTCAGGACTCAT 3′

3′CAGTCCTGAGTAGCG 5′

(3) 限制性酶切反应：

10×缓冲液 3	2.0 μl
cDNA 产物	10.0 μl
Taq 1 (10 U/μl)	0.5 μl
无菌水	7.5 μl
总体系	20.0 μl

孵化，65℃，2 h。

(4) 连接接头：

酶切产物	20.0 μl
10×缓冲液 3	0.75 μl
衔接子混合物（15 μmol/L）	0.75 μl
ATP（10mmol/L）	1.25 μl
T4 DNA 连接酶（1 U/μl）	0.30 μl
无菌水	4.45 μl
总体系	27.5 μl

孵化，37℃，3 h

(5) 模板控制引物扩增检测模板质量：

10×PCR 反应缓冲液	2.0 μl
dNTP 混合物（每种 5mmol/L）	0.8 μl
对照引物（1 μmol/L）	8.0 μl
Taq DNA 聚合酶（5 U/μl）	0.15 μl
模板稀释 10 倍	2 μl
无菌水	7.05 μl
总体系	20.0 μl

PCR：

变性，94℃，30 s

30 循环：94℃，30 s

55℃，30 s

72℃，1 min

延伸，72℃，5 min

取 10 μl 进行 1.5%琼脂糖检测：50～1000 bp 弥散条带（figure below）

PCR 扩增模板：

(1) 根据接头设计引物。

5′引物：

5′GACTGCGTACCCG 3′

3′引物（32 组）：

32 种 3′引物	序列
3′引物 1	TGAGTCCTGACCGAAA
3′引物 2	TGAGTCCTGACCGAAT
3′引物 3	TGAGTCCTGACCGAAC
3′引物 4	TGAGTCCTGACCGAAG
3′引物 5	TGAGTCCTGACCGAAA
3′引物 6	TGAGTCCTGACCGAAT
3′引物 7	TGAGTCCTGACCGAAC
3′引物 8	TGAGTCCTGACCGAAG
3′引物 9	TGAGTCCTGACCGAAA
3′引物 10	TGAGTCCTGACCGAAT
3′引物 11	TGAGTCCTGACCGAAC
3′引物 12	TGAGTCCTGACCGAAG
3′引物 13	TGAGTCCTGACCGAAA
3′引物 14	TGAGTCCTGACCGAAT
3′引物 15	TGAGTCCTGACCGAAC
3′引物 16	TGAGTCCTGACCGAAG
3′引物 17	TGAGTCCTGACCGTAA
3′引物 18	TGAGTCCTGACCGTAT

3′引物 19　TGAGTCCTGACCGTAC
3′引物 20　TGAGTCCTGACCGTAG
3′引物 21　TGAGTCCTGACCGTTA
3′引物 22　TGAGTCCTGACCGTTT
3′引物 23　TGAGTCCTGACCGTTC
3′引物 24　TGAGTCCTGACCGTTG
3′引物 25　TGAGTCCTGACCGTCA
3′引物 26　TGAGTCCTGACCGTCT
3′引物 27　TGAGTCCTGACCGTCC
3′引物 28　TGAGTCCTGACCGTCG
3′引物 29　TGAGTCCTGACCGTGA
3′引物 30　TGAGTCCTGACCGTGT
3′引物 31　TGAGTCCTGACCGTGC
3′引物 32　TGAGTCCTGACCGTGG

(2) 反应体系：

10×PCR 反应缓冲液	2.0 μl
dNTP（每种 5 mmol/L）	0.8 μl
5′引物（4 μmol/L）	1.0 μl
Taq DNA 聚合酶（5 U/μl）	0.15 μl
差异引物（16 种）（1 μmol/L）	4.0 μl
模板	0.2 μl
无菌水	11.85 μl
总体系	20.0 μl

PCR：变性，94℃，1 min
10 个循环：94℃，30 s
　　60℃，30 s（以后每个循环降 0.5℃，10 个循环后，温度降到 55℃）
　　72℃，1 min
25 个循环：94℃，30 s
　　55℃，30 s
　　72℃，1 min
　　延伸：72℃，5 min

加 15 μl 上样缓冲液，85℃，5 min，置于冰上。取 5 μl 上样。

RFDD-PCR 产物的聚丙烯酰胺凝胶电泳分析：

1）配制储备液

(1) 40%丙烯酰胺凝胶

丙烯酰胺（Acr）	380 g
N，*N*-亚甲双丙烯酰胺（Bis）	20 g

双蒸水	补齐至 1000 ml
过滤，4℃储存备用	
(2) 0.5 mol/L EDTA	
EDTA-Na_2 · $2H_2O$	186.1 g
双蒸水	补齐至 1000 ml
用 NaOH 调至 pH8.0，灭菌。	
(3) 10×TBE	
Tris 碱	216 g
硼酸（boric acid）	110 g
0.5 mol/L EDTA（pH8.0）	74.5 ml
双蒸水	补齐至 2000 ml
(4) 聚丙烯酰胺储液	
40%丙烯酰胺凝胶	15 ml
尿素	48 g
10×TBE	10 ml
ddH_2O	补齐至 100 ml
(5) 10%过硫酸铵（现用现配）	
过硫酸铵	1 g
H_2O	9 g
−20℃分装保存。	

2）玻璃板的清洁准备

用洗涤灵将玻璃板清洗干净，用水冲掉洗涤剂，再用去离子水冲洗干净，最后用 95%乙醇擦洗干净，自然晾干。

在平玻璃板上涂上 1.5 ml 0.2%亲合硅烷（在 1.5 ml 离心管中加入 3 μl 亲合硅烷和 3 μl 冰醋酸，补足 95%乙醇至 1.5 ml），4～5min 后，然后再用 95%乙醇冲洗 3 次；耳朵板涂上 2%的剥离硅烷（在 1.5 ml 离心管中加入 30 μl 剥离硅烷和 3 μl 冰醋酸，补足 95%乙醇至 1.5 ml），5～10 min 后，再用 95%乙醇擦干，装配两块玻璃板。

3）灌胶

两块玻璃板之间两侧各加上一个 0.4 mm 厚与胶板等长的塑料间隔片，用胶布将三面封死，用铁夹夹紧。

在 100 ml 配好的聚丙烯酰胺储液中加入 0.5 ml 10%过硫酸铵，轻摇混匀，再加入 50 μl TEMED，轻摇混匀，注意不起气泡。

将玻璃板 30°角倾斜放置，从顶端一角缓慢灌入凝胶溶液，注意防止产生气泡，灌满后放平玻璃板，立即插入梳子，待胶凝固，聚合至少 2h 以上。

4）上样、电泳

在扩增产物中加入 1 μl 上样缓冲液，95℃变性 8 min 后立即置冰上。将胶板安装在电泳槽内，准备电泳，电泳缓冲液为 1×TBE。

预电泳：恒定功率 1900 W 约 30 min。

加入已变性的扩增产物 6 μl，1900W 恒功率电泳约 5 h。

电泳结束后，小心分开两块玻璃板，胶将粘在平玻璃板上。

5）银染检测

（1）脱色与固定：电泳后将平板放入 10％的冰醋酸中，胶面朝上，在水平摇床上脱色 30 min 至指示剂无色。

（2）水洗：蒸馏水洗 2 次，各 5 min。

（3）银染：将平板放入银染液中（1 g $AgNO_3$ ＋ 1.5 ml 37％甲醛 ＋ 1 L H_2O），于摇床上轻轻摇动 30 min。

（4）显影：在蒸馏水中冲洗［＜10 s＝立即放入预冷的显影液中（30 g 无水碳酸钠溶入 1 L 水 ＋ 1.5 ml 甲醛 ＋ 200 μl 10 mg/ml 硫代硫酸钠，置于 4℃）］直至 DNA 条带显出。

（5）定影：将胶板拿出放入 10％的冰醋酸固定液，轻摇 1～2 min。

（6）冲洗：用蒸馏水冲洗 1～2 min。

（7）胶的干燥：室温下自然晾干。

（8）照相，保存图像。

差异 cDNA 片段的回收：

用刀片将要回收的目标条带割下，小心移至 0.5 ml 离心管中，加入 20 μl 无菌水，100℃水浴煮 15 min，取出，冷却后保存于－20℃备用。

4.4.2 结　果

4.4.2.1 类淋巴细胞 RNA 浓度及完整性

（1）紫外分光光度计检测纯度和浓度。

各波长吸光度如下：

波长	230	260	280	320
OD 值	0.380	0.282	0.168	0.059

RNA 纯度＝OD_{260}/OD_{280}＝1.68＜2.0，结果表明纯度较好且未降解。

RNA 浓度＝（$OD_{260}－OD_{320}$）×500×0.04 μg/μl＝4.46 μg/μl。

（2）琼脂糖电泳鉴定完整性（图 4.4）。

（3）琼脂糖检测鉴定 cDNA 合成质量（图 4.5）。

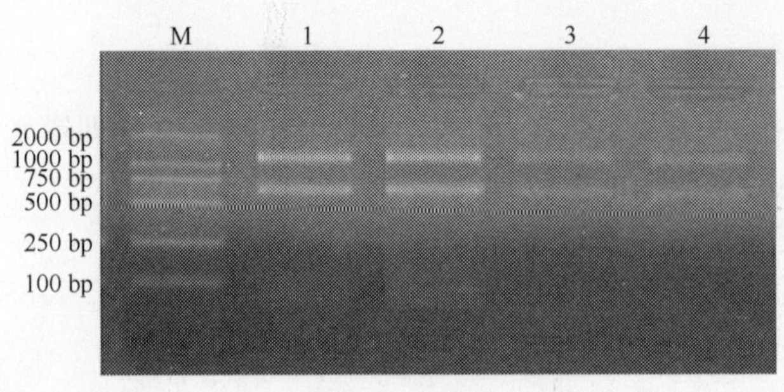

图 4.4　总 RNA 的琼脂糖电泳

M. DL2000 Marker；1、2. 免疫鱼的 RNA；3、4. 正常鱼的 RNA

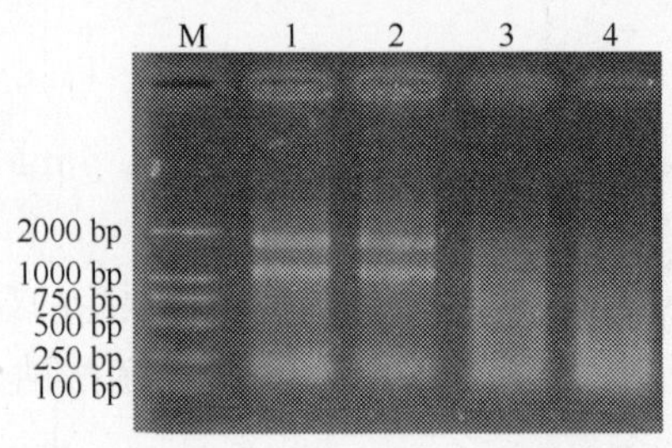

图 4.5　cDNA 的琼脂糖电泳

M. DL2000 Marker；1、2. 免疫鱼的 cDNA；3、4. 正常鱼的 cDNA

4.4.2.2　日本七鳃鳗类淋巴细胞差异表达基因的生物学分析

1）免疫处理日本七鳃鳗血液类淋巴细胞的电泳条带数目统计

通过对 32 种不同 3′端引物的扩增，经聚丙烯酰胺凝胶电泳显示差异条带明显。切胶回收了 40 条差异条带，以差异条带为模板，再次 PCR，得到产物进行纯化、测序。

从片段电泳图像的数目上看，共获得了有意义的电泳条带 1683 条，并测量记录了条带相关数据，条带大小集中在 50～1000 bp，各条带间分离效果好，易于完整地从凝胶上切取条带（图 4.6）。

2）差异基因的功能分类

对回收的 97 条差异条带测序，并按照同源比对结果进行生物学功能分类，有 64 条（约 66.9%）序列能够通过同源比对获得其生物学功能信息，大致分为 8 类（表 4.2），包括初级代谢、蛋白质合成、转录、能量代谢、细胞结构、信号转导、细胞凋亡、免疫防卫功能。另有 33 条（约 34.1%）不能在数据库中找到同源序列，或是不能根据同源序列相似性比对鉴定功能，这部分序列极有可能是一些尚未报道的新基因序列，有待进一步研究。

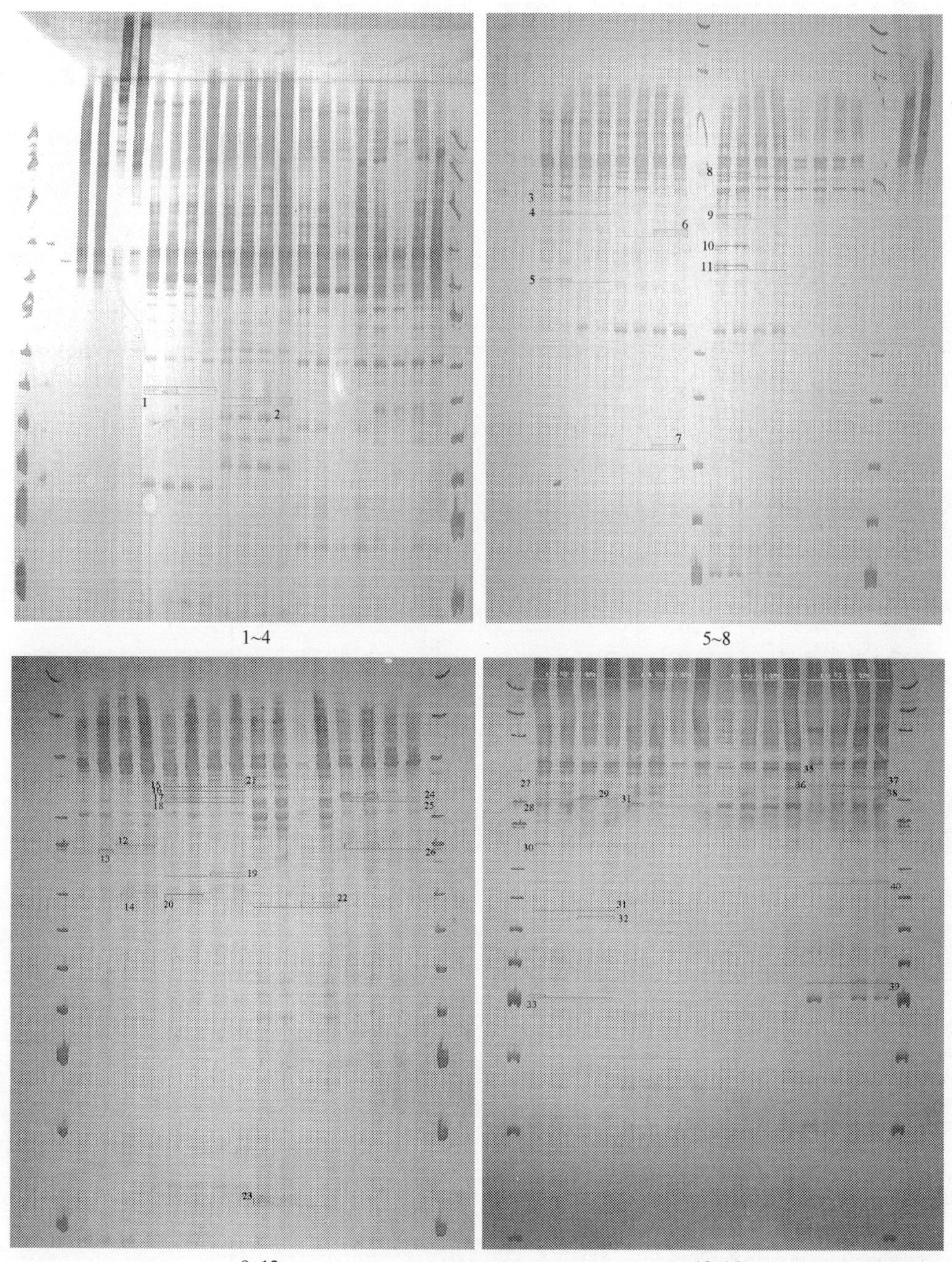

1~4　5~8

9~12　13~16

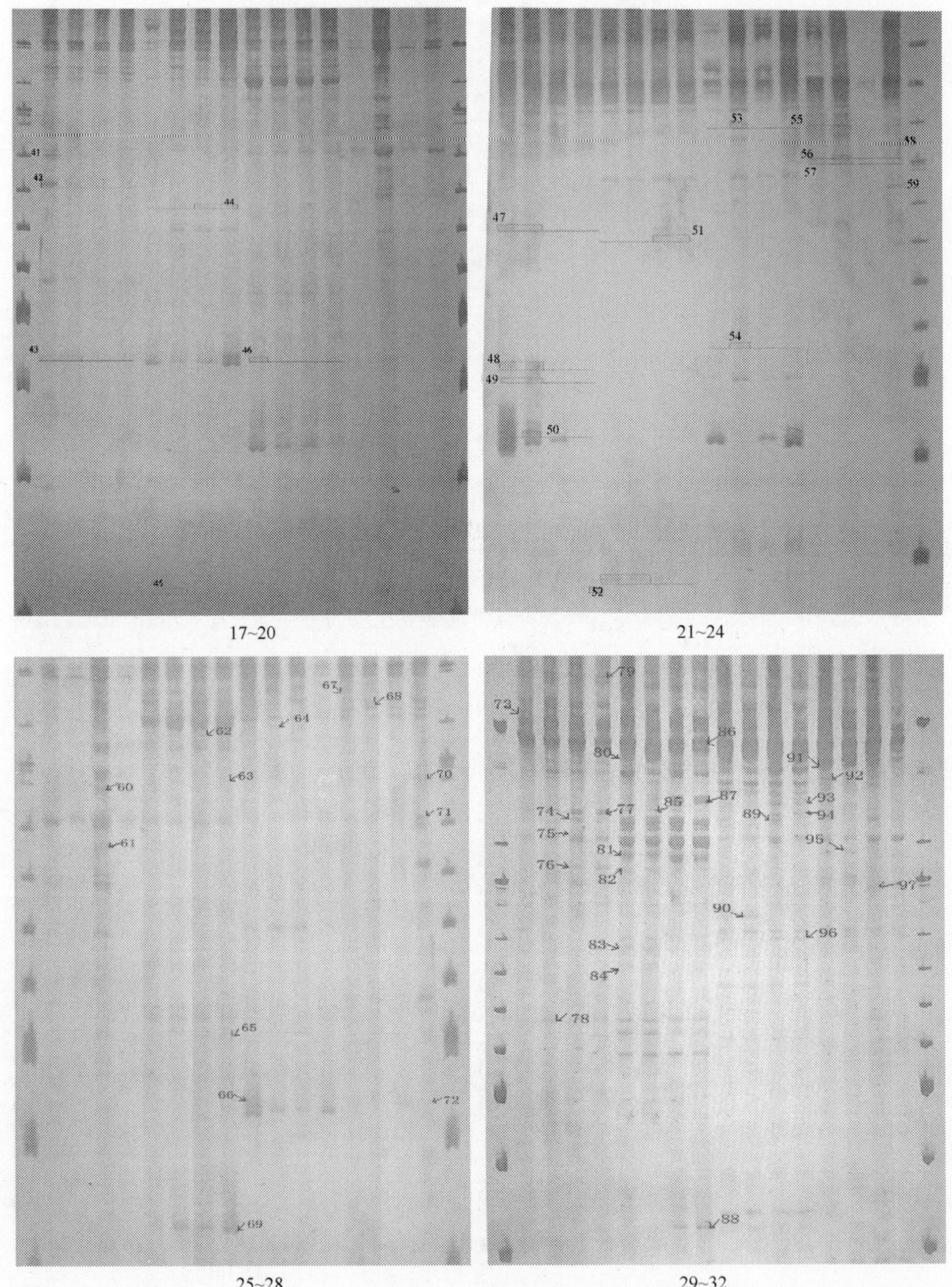

17~20　　　　　　　　　　　　21~24

25~28　　　　　　　　　　　　29~32

图 4.6　日本七鳃鳗血液类淋巴细胞的聚丙烯酰胺凝胶电泳

图中方框及数字编号标记的条带为差异表达条带；图下数字表示所用引物的序号

表 4.2 已知序列的生物学功能分类

功能	数目/条	比例/%
细胞结构	5	7.80
能量代谢	11	17.2
蛋白质合成	14	21.9
转录	6	9.38
信号转导	10	15.6
细胞凋亡	2	3.13
初级代谢	3	4.69
免疫防卫	13	20.3

3）可变淋巴受体基因的同源基因

通过同源比对分析，得到 2 条七鳃鳗适应性免疫相关的抗原受体基因片段，分别和海七鳃鳗的 VLR 基因的同源相似性达 68%和 84%（图 4.7、图 4.8）。初步认定其为日本七鳃鳗适应性免疫的相关候选基因。

```
Query  263    PDPDACCCIFAHLSRWWHGFFS****F*SIWLLYIST**KNKPLRRAIIC 114

              P+PDAC   +   LS+W  GFFS****F*SIWL+Y+ST**++KPLRRAIIC

Sbjct 43848   PEPDACIFVV*ILSQWSRGFFS****F*SIWLIYVST**RDKPLRRAIIC  43673
```

图 4.7 3 号差异片段与海七鳃鳗 VLR 基因片段的同源比对

序列的一致性= 32/47 (68%)，同源性 = 39/46 (85%)，缺口 = 0/47 (0%)

```
Query14       FMFLFDHYITCIFSFLKYSQQLSNTLITA*VTFRW*LRV*FYEFMPEELSILSPNTL  184

              ++F+  +YITCIFS LKYSQQL NTLITA*VTFRW*LRV*FYEFMP ELSILSPNTL

Sbjct38705    YVFIRSNYITCIFSSLKYSQQLCNTLITA*VTFRW*LRV*FYEFMPGELSILSPNTL 38875
```

图 4.8 5 号差异片段与海七鳃鳗 VLR 基因片段的同源比对

序列的一致性 = 48/57 (84%)，同源性 = 52/57 (91%)，缺口 = 0/57 (0%)

4.4.3 讨　　论

近十几年来，差异显示法被广泛应用于疾病相关基因的筛选。与之相比，RFDD 技术由于使用特殊设计的 cDNA 配对接头和一系列特殊设计的引物，能重点放大和展示编码区而具有高度的重复性，且无产物的近 3′端扩增现象，被称为第二代差异显示技术。在本实验过程中，对 RNA 提取、cDNA 合成、酶切连上接头、降落 PCR 等各个步骤进行了步步验证，均得到较好的结果。最后实验结果亦显示，经测序的 3 条差异片段亦无聚 T 现象。由此看来 RFDD-PCR 的确具有更多优点。

本文将限制片段差异显示聚合酶链反应技术应用于日本七鳃鳗类淋巴细胞特异性免

疫基因的研究。建立了免疫处理后的日本七鳃鳗血液类淋巴细胞的基因表达谱，获得基因片段 1683 个，其中与正常饲养日本七鳃鳗血液类淋巴细胞有表达差异的片段为 97 个，占表达数的 5.76%。初步分析比较在混合抗原特异性免疫刺激条件下，日本七鳃鳗类淋巴细胞差异表达基因的特征，97 条差异条带中有 64 条（约 66.9%）序列能够通过同源比对获得其生物学功能信息，大致分为 8 类（表 4.2），包括初级代谢、蛋白质合成、转录、能量代谢、细胞结构、信号转导、细胞凋亡、免疫防卫等功能。其中属免疫防卫功能的基因有 13 条，约占差异数的 20.3%，并筛选出 2 条特异性表达相关的候选基因 VLR，与海七鳃鳗的 VLR 基因有很高的同源相似性。同时得到一些可能是新基因的候选片段，有待进一步研究证实。以此来推断和研究无颌类适应性免疫系统产生的机制与发生机制，为进一步研究提供线索。

4.5 结　　论

4.5.1 成功分离和纯化日本七鳃鳗的类淋巴细胞，并确定其单个核细胞层的最佳分离液相对密度为 1.092

采用 Ficoll 密度梯度离心法分离出日本七鳃鳗单个核细胞层，并得到分离单个核细胞层的最佳分离液相对密度为 1.092。利用流式细胞仪对分离到的单个核细胞层细胞进行分选，根据细胞的前向光及侧向光散射特征成功分选出类淋巴细胞，分选效率为 95.68%，每毫升外周血可分离纯化得到类淋巴细胞 2.4×10^6 个。通过透射电镜观察七鳃鳗类淋巴细胞，细胞为圆形或椭圆形，细胞表面有突起、无微绒毛，胞质内含有板状嵴线粒体、粗面内质网、游离核糖体和液泡等。

4.5.2 从细胞形态和组织化学研究等侧面分析了七鳃鳗类淋巴细胞的异质性

在日本七鳃鳗的类淋巴细胞亚群中，我们没有发现带有微绒毛的 B 细胞类型。另外，其类淋巴细胞的 ANAE 染色结果也没有出现类似高等脊椎动物 T 细胞所具有的阳性棕红色反应颗粒。日本七鳃鳗外周血类淋巴细胞经 PHA、SPA 刺激后，SI 值均无显著提高，表明它们在日本七鳃鳗的类淋巴细胞转化中没有明显的作用。综合以上结果，我们认为在日本七鳃鳗的类淋巴细胞中可能尚未分化出 T、B 两大类群。当然，本实验仅仅从细胞形态和组织化学研究等侧面分析了七鳃鳗类淋巴细胞的异质性，最终的结论有待于进一步从分子水平进行证实。

4.5.3 RFDD-PCR 方法建立日本七鳃鳗类淋巴细胞特异性免疫相关基因的表达谱并筛选得到 VLR 同源基因

本文将限制片段差异显示聚合酶链反应技术应用于日本七鳃鳗类淋巴细胞特异性免

疫基因的研究。初步分析比较在混合抗原特异性免疫刺激条件下，日本七鳃鳗类淋巴细胞表达谱的特征，筛选特异性表达候选基因，以及日本七鳃鳗在特异性免疫应答产生的过程中，免疫相关基因的差异表达。经差异片段的生物学分析，已筛选出日本七鳃鳗部分特异性免疫相关基因，如 VLR，以及一些可能是新基因的候选片段，有待进一步研究证实。以此来推断和研究无颌类适应性免疫系统产生的机制与发生机制，为进一步研究提供线索。

5 脊椎动物激肽原基因的系统发育分析

5.1 引　言

激肽原在1937年被首次发现，当时认为激肽原是天然存在于血清中的一种蛋白质，能被激肽释放酶作用释放出一种调控肌肉收缩的蛋白质，也即缓激肽。之后，人们对人以及牛、小鼠和大鼠等模式生物的激肽原进行研究，发现激肽原是一种多功能的单链血浆糖蛋白，分为高分子质量激肽原（high molecular weight kininogen，HK）和低分子质量激肽原（low molecular weight kininogen，LK）两种，广泛存在于各种哺乳动物的肝脏、肾脏和血液等组织中。HK和LK都是由激肽原K基因通过选择性剪接而产生的。在大鼠中，除了K基因外，还存在一类与K基因同源性非常高的T基因，其只编码一种激肽原LK。激肽原可以抑制半胱氨酸蛋白酶的活性，并可与内皮细胞、血小板、前激肽释放酶（PPK）和凝血因子XI（FXI）等相互作用，调控凝血、溶血以及血压的高低等。近年来，还在两栖动物、鱼类和昆虫中发现了激肽原。然而，不同物种中的激肽原在结构和功能上却存在很大的差异。

5.1.1 哺乳动物激肽原基因研究概况

5.1.1.1 哺乳动物激肽原基因结构

人类的激肽原基因定位于第3号染色体上，激肽原K基因由11个外显子和10个内含子组成，总长度为27 kb，其中外显子1～9编码激肽原氨基端的5′端非翻译区、信号肽和蛋白质编码区，外显子10的5′端的78 bp称为外显子10_{BK}，编码缓激肽(bradykinin，BK)，紧接着的3′端称为外显子10_{HMw}，特异性的编码HK的羧基端，而外显子11则特异性的编码LK的羧基端。

真核生物的单基因可以通过选择性剪接产生许多不同形式的mRNA，进而编码出许多功能相关但不相同的蛋白质。所以选择性剪接被认为是增加真核基因表达多样性的一个主要方式。因此，自从发现了HK和LK是由激肽原K基因经选择性剪接产生之后，关于其机制的研究也随之而来。Akira Kakizuka等通过实验证明，外显子10_{HMw}和外显子11的内部序列在决定激肽原基因选择性剪接产生HK或LK方面起重要作用。在外显子10_{HMw}中有5个重复序列，这些序列与U1snRNA的5′端区域高度互补。基于这5个重复序列的特性及一般的剪接机制，推论出激肽原基因的选择性剪接机制。在K基因的表达过程中，U1snRNP与5′端剪接位点结合，起始LK mRNA的产生，此外U1snRNP还与外显子10_{HMw}中的5个重复序列结合，U2snRNP则结合在外显子11的5′端。U1snRNP和U2snRNP与其他的剪接因子结合，形成功能性剪接复合体，剪接产生 LK，而一旦剪接反应停在外显子 10_{HMw} 的重复序列，则形成一个非功能性的剪接复合体，在外显子 10_{HMw} 的 3′端加上 polyA 尾巴，剪接产生 HK（图 5.1）。

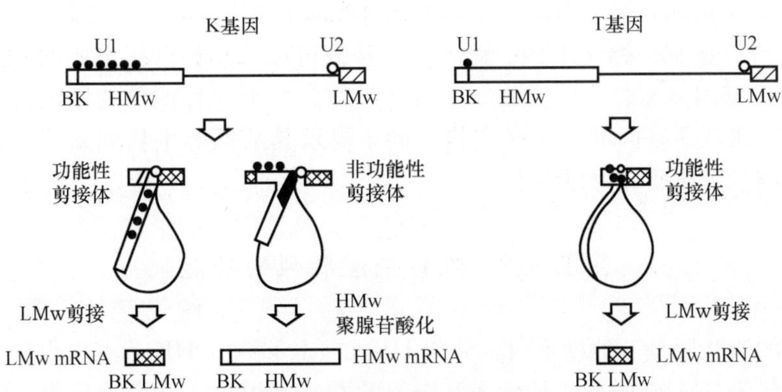

图 5.1　激肽原基因 K 和 T 的剪接机制示意图

BK. 缓激肽；HMw. 高分子质量；LMw. 低分子质量；U1 和 U2. 5′和 3′非翻译区

在其他哺乳动物中，激肽原基因的结构和选择性剪接机制与人类的相似。在牛的 1 号染色体上有 *K1* 和 *K2* 两种激肽原基因。这两种基因的同源性很高，可能是通过基因复制而来，它们所编码的蛋白质也非常相似，无论是两种 HK 还是两种 LK，都只有一些氨基酸残基的替换以及在重链上两个氨基酸残基长度的差异。与人类中的激肽原基因 K 相比，牛的激肽原基因 *K1* 和 *K2* 都只是在个别的位点有所差异，而它们的选择性剪接机制也与人类中的激肽原基因 K 相似。

在小鼠中，存在两种高度同源的激肽原基因，其中在 cDNA 序列上与已知的 K 基因 100％相同的称为 *K1* 基因，有 85％同源性的称为 *K2* 基因。它们都定位在小鼠的第 16 号染色体上，相距 30 kb，呈头对头的方式排列。这种排列方式表明它们可能是在小鼠这个物种形成之后，通过基因复制由 *K1* 产生了 *K2*，这种复制的方式不同于以往的经典方式，新产生的这两种基因都可以独立的行使原有的功能。最近的研究发现，*K1* 和 *K2* 基因由于基因结构和组织特异性表达的不同，通过选择性剪接产生了 6 种不同的 mRNA，即除了 HK1 mRNA、HK2 mRNA、LK1 mRNA 和 LK2 mRNA 之外，还存在两种分别由 HK1 mRNA 和 HK2 mRNA 部分降解产生的 HK1a mRNA 和 HK2a mRNA。而在人中也发现了除了 HK mRNA 和 LK mRNA 之外的其他形式的 HK mRNA，所以这种多形式的 HK mRNA 现象可能也存在于其他的哺乳动物中。

大鼠中除了有激肽原基因 K 之外，还有另一类激肽原基因 T，分为 *T1* 和 *T2* 两种，其核苷酸序列略有差别，但在表达模式上没有什么不同。基因 T 和基因 K 有较高的同源性，主要的差别在于外显子 10。在基因 T 中，外显子 $10\Psi_{HMw}$ 取代了基因 K 中的外显子 10_{HMw}，直接连接在了外显子 10BK 的 3′端。与外显子 10_{HMw} 相比，外显子 $10\Psi_{HMw}$ 的 5 个重复序列上的一些核苷的突变和插入，使得这 5 个重复序列不再能和 U1snRNP 结合，故而只能形成功能性剪接复合体，剪接产生 LK（图 5.1）。所以无论是激肽原基因 *T1* 还是 *T2*，都只有 LK mRNA 这一种编码产物。因此，似乎可以将基因 T 看成是在大鼠和小鼠分化时作为 K 基因的副本进入到大鼠中的。大鼠的激肽原基因 K 和 *T1*、

T2 都定位在其第 11 号染色体上。

对不同物种中激肽原基因的比较可以得出，人中只有一类激肽原基因 K，牛和小鼠中虽然也只有 K 基因，但却有两个序列不完全相同的 K 基因 *K1* 和 *K2*，而在大鼠中除了 K 基因之外，还有一类 T 基因。此外，K 基因可以选择性剪接编码两种激肽原蛋白质产物，而 T 基因只编码一种激肽原蛋白质产物。产生这种现象的原因还不是十分清楚，因此对于激肽原基因的深入研究将有助于揭示其从低等生物到高等生物的进化机制，并为基因的进化研究提供参考。

5.1.1.2 人体内激肽原的功能

人体内的激肽原是一种糖蛋白，分为 HK 和 LK 两种。HK 由 626 个氨基酸残基组成，分子质量为 120 000Da，LK 由 409 个氨基酸残基组成，分子质量为 68 000Da。在 HK 和 LK 之前均有一个由 18 个氨基酸残基组成的信号肽。HK 由 6 个结构域组成，分别为 D1、D2、D3、D4、$D5_H$ 和 $D6_H$，LK 由 5 个结构域组成，分别为 D1、D2、D3、D4 和 $D5_L$，两种激肽原的结构域 D1～D4 都是相同的。两种激肽原的结构和功能如图 5.2所示，各结构域的氨基酸残基范围如表 5.1 所示。HK 的重链有 17 个半胱氨酸残基，第一个与轻链的半胱氨酸残基形成二硫键，其余的从第二个开始，每相邻的两个形成二硫键。

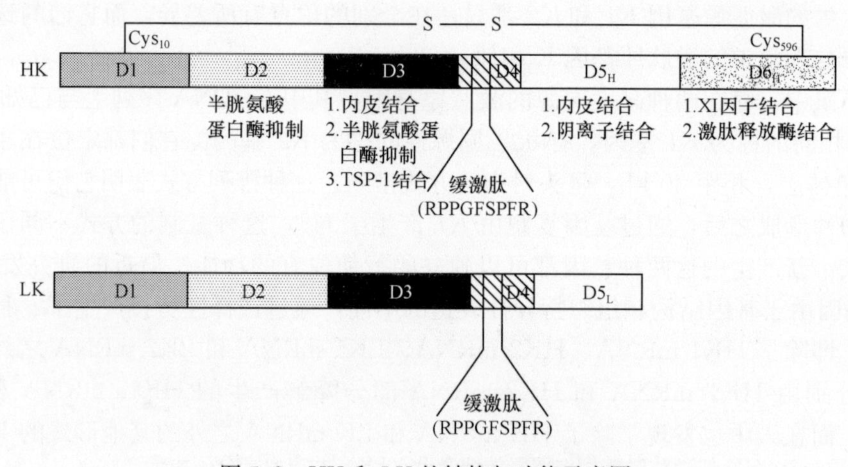

图 5.2 HK 和 LK 的结构与功能示意图

TSP-1. 凝血栓蛋白；XI 因子. 凝血因子 11

表 5.1 激肽原各结构域的氨基酸残基范围

结构域	D1	D2	D3	D4	$D5_H$	$D6_H$	$D5_L$
氨基酸残基范围	1～118	119～240	241～362	363～383	384～497	498～626	384～409

三个结构域 D1、D2 和 D3 的内部序列之间非常相似，并且每一个都与半胱氨酸蛋白酶抑制蛋白有同源性，所以激肽原被归为半胱氨酸蛋白酶抑制蛋白超家族中家族 3 的成员。虽然结构域 D1、D2 和 D3 非常相似，但是其对半胱氨酸蛋白酶的抑制功能却不

完全相同。D2 和 D3 都可以抑制木瓜蛋白酶和组织蛋白酶 B、H、L 的活性，此外 D2 还可以抑制钙蛋白酶的活性，而 D1 只是有一个弱的 Ca^{2+} 结合位点，对蛋白酶并没有抑制作用。这是因为结构域中的基序 QVVAG 构成了半胱氨酸蛋白酶抑制蛋白超家族的保守反应位点的一部分，用来与各种蛋白酶结合，结构域中其他的不同基序负责起到抑制不同蛋白酶的作用，而在这 3 个结构域中，D1 不具有基序 QVVAG，D2 和 D3 虽然都具有基序 QVVAG，但其所具有的抑制基序却有所区别，所以对不同蛋白酶的抑制作用也有所不同。此外，结构域 D3 还具有两个功能截然不同的位点，一个是作为内皮细胞结合到血小板的功能位点，另一个是抑制凝血酶结合到血小板的功能位点。结构域 D3 还可以与凝血栓蛋白（thrombospordin-1，TSP-1）结合。TSP-1 是一种血管生成抑制剂，它能抑制内皮细胞对血管生成因子 B（FGF-B）的增生效应，故而能起到降低肿瘤生长与转移的作用。结构域 D4 包含一个缓激肽序列，当激肽原与前激肽释放酶结合，相互作用时，D4 释放缓激肽。缓激肽是一类激素，由一个包含 9 个氨基酸残基的肽段 RPPGFSPFR 组成，其半衰期很短，只有不到 15 s，通过与其受体 B1、B2（主要是 B2）结合，行使功能。结构域 $D5_H$ 富含甘氨酸、组氨酸和赖氨酸，是激肽原与内皮细胞和负离子表面的结合位点，作为一个接触相反应系统的非酶辅因子发挥功能。此外，HK 可被激肽释放酶作用，释放缓激肽后，成为由一个二硫键相连的两个链，即 HKa（图 5.3）。HKa 能抑制新生的内皮细胞增殖，主要方式是诱导新生的内皮细胞凋亡，还能抑制血管新生，但是具体机制尚不清楚。由于肿瘤生长依赖于血管新生，所以 HKa 可以起到抑制肿瘤的作用。最近的研究发现，$D5_H$ 还具有抗细菌功能。结构域 $D6_H$ 有接触因子血浆前激肽释放酶和凝血因子 11（factor XI，FXI）的交叠结合位点。结构域 $D5_H$ 和 $D6_H$ 使 HK 具有凝血活性。结构域 $D5_L$ 与大鼠激肽原基因 T 编码的激肽原结构域 $D5_T$ 相似，但功能不是很清楚。

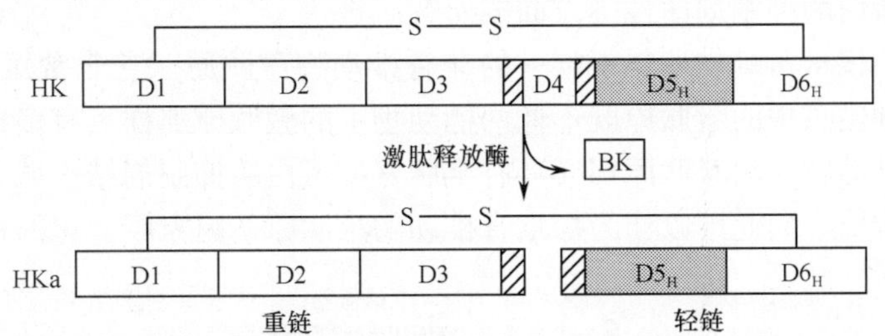

图 5.3 HK 与激肽释放酶作用释放缓激肽（BK）并产生高分子质量激肽原 a(HKa)

正因为激肽原具有多个结构域，是一个多功能蛋白质，在人体内行使多种功能，所以对于其功能的研究将有利于了解体内的一些生理和病理过程，对治疗某些疾病的药物开发提供理论基础。

近年来，由于分子生物学和基因克隆技术的发展，使得对蛋白质功能研究的手段更加丰富，除了激肽原之外，对于其各种形式降解产物（BK、HKa 等）功能的研究也取得了一定的成果。研究发现，虽然在人体血浆高分子质量激肽原的各种形式中 HK 的含量是最高的，但是在病理状态下，起主要调控作用的却是 HK 其他形式的降解产物。

不同形式的 HK，不仅其功能特异，而且细胞表面的受体也不同。因此对于不同形式的 HK 降解产物的深入研究是非常重要的。新近的研究还发现 HKa 能通过诱导新生细胞凋亡的方式来抑制新生内皮细胞的增殖，从而起到抗肿瘤的作用，对于其具体机制的研究将会对新型抗肿瘤药物的开发起到推动作用。虽然对激肽原功能的研究取得了比较大的进展，但是这些进展主要集中在 HK 上，对 LK 特别是 LK 的结构域 $D5_L$ 的功能研究则相对较少，这也应该是下一步需要研究的一个重要方向。

5.1.2 非哺乳动物激肽原基因研究进展

在两栖动物的血液中不存在类似于脊椎动物的激肽释放酶-激肽系统。但是在两栖动物皮肤分泌物中却存在一种缓激肽相关肽（bradykinin-related peptides，BRP），它们与常规的哺乳动物缓激肽在蛋白质的一级结构上存在着诸如氨基酸残基替换、切断和向 N 端和（或）C 端等的差异。在过去的几年中，从两栖动物的皮肤里克隆出了许多编码激肽原的 cDNA 序列，它们中的大部分都具有由成熟的缓激肽和一段间隔肽组成的多个串联重复序列。除了缓激肽结构域之外，两栖动物中的激肽原与哺乳动物中的激肽原只有很低的结构相似性。在两栖动物中，BRP 是激肽原的主要存在形式，而在哺乳动物中激肽原则是以 BRP 的前体形式——激肽原本身存在。此外，在不同的，甚至是相同的两栖动物中，BRP 也并非是 100％的相同。两栖动物分居于世界不同的地区，它们的皮肤在防御捕食者对其吞食方面起到很关键的作用，因此 BRP 的差异可能反映了两栖动物在防御捕食者方面的适应性。然而，BRP 的功能仍不清楚。

仅有两篇关于鱼类激肽原的文献报道，内容涉及从大西洋鲑鱼、大西洋鳕鱼和斑点狼鱼的皮肤中分离出了激肽原，以及对其分子质量和氨基酸序列测定、糖型结构、等电点和半胱氨酸蛋白酶抑制剂活性等方面的研究。

目前为止，仅从黄蜂中获得了唯一的非脊椎动物激肽原，它非常短，仅由 55 个氨基酸组成。这种昆虫中的激肽原既不像两栖动物中的激肽原那样具有多拷贝缓激肽结构域，也不像哺乳动物中的激肽原那样具有半胱氨酸蛋白酶抑制剂结构域。它只具有单拷贝的缓激肽结构域，因此可以作为探索脊椎动物激肽原基因家族进化的良好参照。

5.1.3 小　　结

如上所述，不同物种中的激肽原差异很大，其在结构和功能方面都有所不同，特别是在哺乳动物和两栖动物间，这两个方面的差异尤为显著，主要反映在以下三个方面：首先，它们的一级结构不同，哺乳动物激肽原除具有缓激肽结构域之外，还有半胱氨酸蛋白酶抑制剂结构域，而两栖动物激肽原虽不具有半胱氨酸蛋白酶抑制剂结构域，但却有多个拷贝的缓激肽结构域；其次，它们存在的组织不同，哺乳动物激肽原存在于血液系统中，而两栖动物激肽原存在于皮肤中；再次，它们的存在形式不同，哺乳动物激肽原以完整的结构存在，当它们需要行使功能时，才通过酶的剪切，释放出缓激肽，而两栖动物激肽原常以被剪切之后的 BRP 形式存在。基于此，Chen 等甚至提出哺乳动物激肽原和两栖动物中的缓激肽前体并非生物学意义上的同源蛋白。然而，考虑到它们都具有保守的缓激肽结构域，这种观点令人难以信服。也正是因为激肽原具有高度保守的缓激肽结构域，所以它是脊椎动物系统发育研究的有效工具。因此，现在对激肽原基因家族进行系统发育分析是十分必要的。

5.2　脊椎动物激肽原基因的系统发育分析

由于缺少非哺乳动物激肽原的相关数据，之前所有关于激肽原进化的研究都集中于哺乳动物，而且主要是以氨基酸序列作为分子标记。虽然氨基酸序列可以单独作为分子标记来进行系统发育分析，但在某些特殊的情况下（如对同源关系较远或相似性较低的蛋白质进行系统发育分析），其通常难以满足研究的要求。因此，其他一些分子标记也被用来进行系统发育分析，特别是氨基酸和基因序列的结合使用。

5.2.1　材料和方法

1）激肽原的识别

除了未被提交到任何数据库中的鲸的激肽原序列是从文献中获得外，本研究中所用的其他序列均来自于 UniProt Knowledgebase（UniProtKB，版本 10.4；http://www.expasy.uniprot.org/），其包括 SwissProt 和 TrEMBL 两个蛋白质数据库、the Institute for Genomic Research（TIGR，http://www.tigr.org/）和 Ensembl genome browser（http://www.ensembl.org/）。为了获得最大的命中数量，本研究中分别使用 kininogen、preprobradykinin 和 bradykinin-like 作为关键词搜索激肽原氨基酸序列。

为了识别出新的激肽原序列，本研究中以不同的激肽原氨基酸序列（来自于 UniProtKB）作为查询，用 tBLASTN 程序搜索 TIGR 中每个脊椎动物的基因索引，参数为默认值。由于哺乳动物激肽原的氨基酸序列有很高的相似性，因此用每个哺乳动物序列作为查询都得到了相似的结果，而用两栖动物激肽原作为查询时却无一命中。更多的激肽原序列是从 Ensembl 激肽原家族（家族 ID：ENSF00000004367，版本 44，2007 年 4 月）中获得的。在初步的筛选之后，所有不完整的序列和潜在的假基因均被排除，一些预测的序列也根据之前已被证实的序列进行了手动的修改。

2）序列比对和系统发育分析

收集到的激肽原氨基酸序列用 ClustalX 1.81 软件进行多序列比对，除蛋白质权重矩阵设为单位矩阵外，其余参数均为默认值。多序列比对结果被转换为 mega 格式并输入到 MEGA 3.1 软件中构建系统发育树，使用的是邻接法，自展重复 1000 次。

3）基因结构分析

哺乳动物激肽原 K 基因通过选择性剪接产生了两种异型蛋白，HK 和 LK。K 基因的相同部分在 HK 中是外显子，而在 LK 中则成了内含子。为了呈现出所有被剪接的内含子，基于HK和LK的可读框序列和K基因的基因组序列的比对结果，对激肽原基因的内含子重新进行了定义。然后，从Ensembl genome browser获得了包括内含子-外显子边界和内含子相位在内的基因结构。对于从Ensembl激肽原家族中获得的激肽原序列来说，基因结构来自于自动注释的结果，并且对其进行了相似的手动修改；对于其他来源的序列，以激肽原氨基酸序列作为查询，用tBLASTN程序搜索ensembl genome browser中其相应的基因组数据库，参数设为默认值，根据结果识别出其基因结构。

为了研究基因结构，用ClustalX 1.81软件对哺乳动物、鸟类和鱼类中的激肽原氨基酸序列比对，除了使用单位蛋白质权重矩阵外，其余参数均为默认值。根据多序列比对的结果，对不同物种中激肽原基因内含子的位置和相位进行比较。本研究中对内含子相位的设定是：位于两个连续密码子之间的内含子相位为0；位于一个密码子的第一和第二个核苷酸之间的内含子相位为1；位于一个密码子的第二和第三个核苷酸之间的内含子相位为2。

4）信号肽预测和基序分析

用SignalP 3.0在线软件预测激肽原序列的信号肽，使用神经网络模型，参数设为默认值。在去除信号肽序列之后，用MEME3.5.4在线软件对不含信号肽的激肽原序列进行保守基序的分析，除了基序出现的分布设为任意次数的重复，基序的最小宽度和最大宽度设为6和30，不同基序的数目设为15之外，其余参数均设为默认值。

5）两栖动物缓激肽结构域的变化位点分析

根据缓激肽或类缓激肽的已知结构，从两栖动物激肽原中手动识别出这部分序列。虽然BRP除了缓激肽或类缓激肽之外，还包括在N端和（或）C端的氨基酸残基段延伸，但本研究中仅选用最保守的那9个氨基酸残基用来分析其变化位点，因为共有的序列常常具有相似的功能。所有两栖动物激肽原中的这个9肽比对标识由WebLogo 2.8.2在线软件得出，参数设为默认值。

5.2.2 结　果

5.2.2.1　激肽原家族新成员的识别与系统发育分析

除了从UniProtKB和文献中获得了已经证实的激肽原序列之外，还从TIGR和ensembl genome browser中识别出了新的激肽原序列。经过筛选之后，共获得了来自于19种物种（10种哺乳动物、1种鸟类和8种鱼类）中的19个新的激肽原序列。为了探寻脊椎动物激肽原的进化史，共有57个激肽原氨基酸序列被用来构建系统发育树。邻接树（图5.4）的拓扑结构揭示了脊椎动物激肽原的进化关系，高的自展验证值支持了其拓扑结构的准确性和预测获得的激肽原序列的可靠性。与预计的结果相似，所有的激肽原清晰地分为两簇，其中一簇（以下称为第Ⅰ簇）包括哺乳动物、鸟类和鱼类，另外一簇（以下称为第Ⅱ簇）仅包括两栖动物。

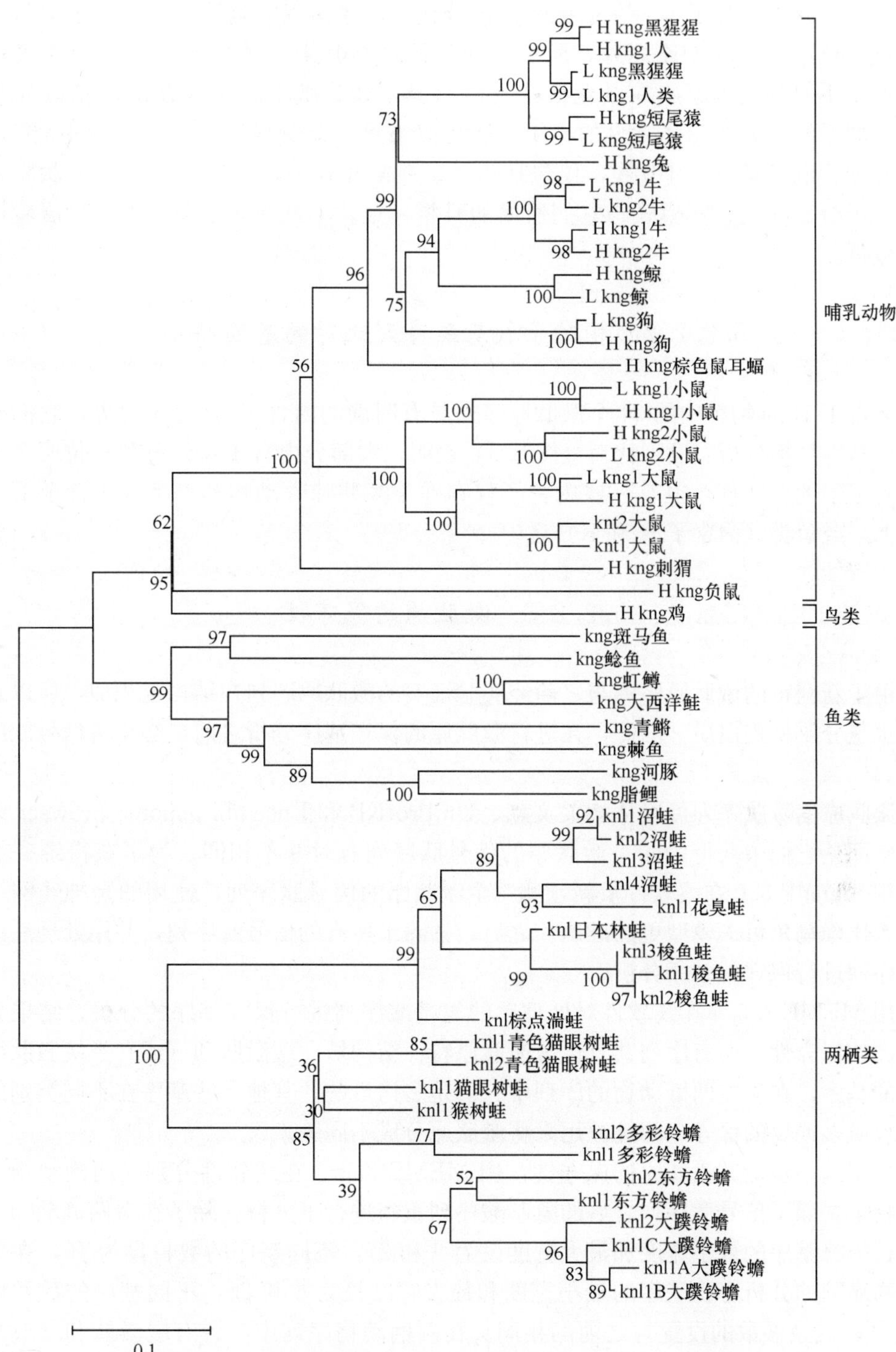

图 5.4 基于邻接法构建的 57 个激肽原氨基酸序列的系统发育树

L. 低分子质量；H. 高分子质量；kng、knt、knl. 激肽原

标尺表示千个氨基酸残基替代率，单位：%

在第Ⅰ簇中，除了本应在小鼠和大鼠分化之后才出现的刺猬的 HK 和本应与小鼠和大鼠接近的家兔的 HK 之外，所有的激肽原都与其来源动物的系统发育模式相一致。由于不同的基因家族在进化模式上的差异，如此微小的区别在由单基因或蛋白质构建的系统发育树中是常见的。第Ⅰ簇可以被进一步分成两个亚簇：第Ⅰa 簇，包括哺乳动物和鸟类；第Ⅰb 簇，仅包括鱼类。在第Ⅱ簇中，两栖动物中的激肽原可以被进一步分成 3 支，其模式与它们所属的科相一致，不过在几个节点上的自展验证值相对较低。

5.2.2.2　相对于氨基酸序列比对的基因结构

来自于 16 种物种中的 24 个激肽原序列具有明确的内含子-外显子边界，它们被用来进行基因结构分析。序列比对（图 5.5）表明，大部分内含子在位置和相位两个方面都具有很强的保守性，也有一些内含子仅存在于某些哺乳动物和鸟类（内含子 E、F、G 和 K）或鱼类（内含子 A 和 K）之中。

5.2.2.3　激肽原的保守性

由于新获得的激肽原序列与之前经实验证实的激肽原序列在结构上相似，所以它们可能也是分泌型蛋白质。因此，在进行激肽原的保守基序分析之前，必须将信号肽序列去除。

激肽原信号肽序列可以从相关文献、UniProtKB 和 Ensembl genome browser 中获得，然而从它们中获得的同一激肽原的信号肽序列有时并不相同。为了获得统一的数据，用 SignalP 3.0 在线软件重新预测每个激肽原的信号肽序列，使用的是神经网络模型，它比隐马尔可夫模型更加准确。之后，去除了所有的信号肽序列，并用处理后的氨基酸序列进行保守的基序分析。

用 MEME 3.5.4 在线软件对处理后的氨基酸序列进行保守基序的分析，结果显示出很高的保守性。所有序列共有包含激肽原特征结构域［缓激肽和（或）类缓激肽结构域］的基序，在某些两栖动物的序列中它们是多拷贝的。其他一些基序在不同类别的动物中也或多或少的保守，因此被用来将激肽原分成不同簇。

为了进一步探究激肽原的保守性，用 MEME 3.5.4 在线软件分别对两栖动物和其他动物中去除了信号肽序列之后的氨基酸序列重新进行了分析。除了在对两栖动物序列的分析中将基序的最小宽度和最大宽度设为 9 和 25，不同基序的数目设为 10，在对其他动物序列的分析中将基序的最小宽度和最大宽度设为 6 和 20，不同基序的数目设为 15 之外，其余参数的设置与之前的相同。在两栖动物序列中，含有缓激肽和（或）类缓激肽结构域基序的数量从 1～8 个不等。根据基序的类型和分布，两栖动物激肽原序列被分为与系统发育树中的拓扑结构相似的 3 组。

```
                                                                  C
H_kng_1_人        SDT--FYSFKYEIKEGDCPVQSGKT---------WQDCEYKDAA--KAATGECTATVGKRSSTKFSVATQTCQIT
H_kng1黑猩猩      SDI--FYSFKYEIKEGDCPVQSGKI---------WQDCEYKDAA--KAAIGECIAIVGKRSSIKFSVAIQICQII
L_kng1人          SDT--FYSFKYEIKEGDCPVQSGKT---------WQDCEYKDAA--KAATGECTATVGKRSSTKFSVATQTCQIT
L_kng黑猩猩       SDT--FYSFKYEIKEGDCPVQSGKT---------WQDCEYKDAA--KAATGECTATVGKRSSTKFSVATQTCQIT
L_kng短尾猿       SDT  FYSFKYEIKEGDCPVQSGKT           WQDCDYKDAA  EAATGECTATVGKRASMKFSVATQTCQIT
H_kng_短尾猿      SDT--FYSFKYEIKEGDCPVQSGKT---------WQDCDYKDAA--EAATGECTATVGKRASMKFSVATQTCQIT
H_kng_兔          IDV  FYSLLYQIKEGDCPVQSDKI           WQDCNYKDAL  EAAIGECIAIVGKRSNGKISVAIQICQIT
L_kng犬           PDT--FYSFKYQIREGNCSVQSGKT---------WQDCDYKEST--QAATGECSATVGKRGKTKFSVATQTCQIT
H_kng犬           PDI--FYSFKYQIREGNCSVQSGKI---------WQDCDYKESI--QAAIGECSAIVGKRGKIKFSVAIQICQII
H_kng棕色鼠耳蝠   RNI--FYSVKYEIKEGDCPAQSGKT---------WQDCDYKEPE--QAATGECNATIAKKDNMEFSVTTQTCHIT
H_kng_刺猬        NHP--FYTFKYQIKEGDCSVQSGKS---------WQDCDYKDSA--AAATGECTATVGERNLKKFLVATQTCQIT
L_kng1_小鼠       SPT  FYSFKYLIKEGNCSAQSGLA           WQDCDFKDAE  EAATGECTATVGKREN EFFIVTQTCKIA
H_kng1_小鼠       SPT--FYSFKYLIKEGNCSAQSGLA---------WQDCDFKDAE--EAATGECTATVGKREN-EFFIVTQTCKIA
H_kng2小鼠        SAI  FYSFNYQIKEGNCSAQRGLA           WQDCDIKDSE  EAAIGECIAINGKKEN KIIIVIQICKIT
L_kng2小鼠        SAT--FYSFNYQIKEGNCSAQRGLA---------WQDCDFKDSE--EAATGECTATNGKKEN-KFFIVTQTCKIT
knt2大鼠          AEI--LYSFKYQIKEGNCSVQSGLI---------WQDCDFKDAE--EAAIGECITILGKKEN-KFSVAIQICNII
Knt1_大鼠         AET--LYSFKYQIKEGNCSVQSGLT---------WQDCDFKDAE--EAATGECTTTLGKKEN-KFSVATQICNIT
Hkng_鸡           PDK--QFYVKYKIRETTCATEENKL---------WKDCDYKAPA--EAKTGECTAQVHHNNAEKTSNVSQDCKIV
Hkng_负鼠         SQR  TFTVTYNIQEGDCHVANGKN           WKTCGIKKDL  NKTAGQCTAIVKSHNTNETTITEQHCKII
kng红鳍东方鲀     ----FKYPNRIWRRAGVFTAVHQQEEALPSAG--PCA-TVTTCP--DESPVPCSAIVH----------------
kng黑青斑河豚         DFTILRIWRRCGVHIAVHQQEDALPSAKQQILDGLALPAL   ALKPAPCSAIVH
kng三刺鱼         CSD-SVYSLQFTSRRSNCPAESATP---------WTDCDYLPLG--PEKPISCNATVY----------------
kng青鳉           DSDPGGYYVEFISRASNCPAGSSVP---------WIECDHLKHGGKPVKPFSCNAIAH----------------
kng_斑马鱼        FSG-DVIIVRFSSRETDCPAC---------CFKTWHFCDYIQQA--DKALRTCHAKVD----------------

               D                                                   E
H_kng1_人         PAEGPVVTAQYDCLGCVHPISTQSPDLEPILRHGIQYFNNNTQHSSLFMLNEVKRAQRQVVAGLNFRITYSIVQT
H_kng1_黑猩猩     PAEGPVVTAQYDCLGCVHPISTQSPDLEPVLRHGIQYFNNNTQHSSLFTLNEVKRAQRQVVAGLNFRITYSIVQT
L_kng1_人         PAEGPVVTAQYDCLGCVHPISTQSPDLEPILRHGIQYFNNNTQHSSLFMLNEVKRAQRQVVAGLNFRITYSIVQT
L_kng_黑猩猩      PAEGPVVTAQYDCLGCVHPISTQSPDLEPVLRHGIQYFNNNTQHSSLFILHEVKRAQRQVVAGLNFRITYSIVQT
L_kng_短尾猿      PAEGPVVTAQYNCLGCVHPISTQSPDLEPTLRHGVQYFNNKTQHSSLFTLSEVKRAQRQVVAGWNFLITYSIVQT
H_kng短尾猿       PAEGPVVTAQYNCLGCVHPISTQSPDLEPILRHGVQYFNNKTQHSSLFTLSEVKRAQRQVVAGWNFLITYSIVQT
H_kng兔           PAEGPVVTAQYNCLGCVHPVSTKSPDLEPILSHAVQHFNNRTDHSYLFALKEVKRAQRQVVAGWNFQITYTIAQT
L_kng_犬          PAEGPVVTAQYDCLGCVHPISIASPELEPVLRHAIEHFNNNTDRSALFALREVKKAHRQVVTGWNYEITYSIEQT
H_kng_犬          PAEGPVVTAQYDCLGCVHPISIASPLLEPVLRHAIEHFNNNTDRSALFALRLVKKAHRQVVTGWNYEITYSIEQT
H_kng棕色鼠耳蝠   PAKGPVVTSQYDCYGCIVTTATVPPDFDPVLRHAIEHFNNHTNHSHLFALKEVKRAQRFVVSGSNYEVTVITQQT
H_kng_刺猬        PAASARHVDPTGCPGCPSPISSSDPELQSVLRHALQHFNTHHMKQPHLFSLREIKSAQHQVVAGWNYDVIYSIEQT
L_kng1_小鼠       PSKAPILKAYFPCIGCVHAISTDSPDLEPVLKHSIEHFNNNTDHSHLFTLRKVKSAHRQVVAGLNFDITYTIVQT
H_kng1_小鼠       PSKAPILKAYFPCIGCVHAISTDSPDLEPVLKHSIEHFNNNTDHSALFTLRKVKSAHRQVVAGLNFDITYTIVQT
H_kng2_小鼠       PGKGPIVTELYHCASCVHPISADHPDLEPVLKHAILYFNNNTGHSHLFALRLVKSAQGQVVGGLNIDIIYTIVQT
L_kng2_小鼠       PGKGPIVTEEYHCASCVHPISADNPDLEPVLKHAIEYFNNNTGHSHLFALREVKSAQGQVVGGLNFDTIYTIVQT
knt2_大鼠         PGKGPKKTEEDLCVGCFQPIPNVSSDLKPVLKHAVEHFNNNTKHTHLFALIEVKSAHSQVVAGMNYKIIYSIVQT
Knt1大鼠          PGKGPKKTEEDLCVGCFQPIPNDSSDLKPVLKHAVEHFNNNTKHTHLFALREVKSAHSQVVAGMNYKIIYSIVQT
H_kng_鸡          PVQPLIPFTDCICLGCFHTISTONSDVAEILKKAIQKFNKHSTETVLFKLVEITTAQRQVVAGWNYKIKVEIEET
H_kng_负鼠        PVNDEVIAVNVPCLGCYHPISANDEDLQAVLNHAVLQFNYQSQSDHLVTLKDVLKALHQVVRGWNYDLLFTVVLT
kng_红鳍东方鲀    VTATEVHTRHVECQTDGHFTPEKAP---------------------------------------------------
kng_黑青斑河豚    VIPAEVHTRQVECVFEGQVIPEKAP---------------------------------------------------
kng_三刺鱼        MTFTEADTKQVDCQLFDVITADRAR
kng_青鳉          VTETRTFIKHVYCHFGQLIFPERAP---------------------------------------------------
kng斑马鱼         IILAGLLLLLHDC-ELPAIIASVAP

                                    H                                    I
H_kng1人          ETLTHTITKLNAENNATFYFKIDNVKKARVQVVAGKKYFIDFVARETTCSKESNEELTESCETKK-LGQSLDCNA
H_kng1_黑猩猩     ETLTHTITKLNAENNATFYFKIDKVKKARVQVVAGKKYFIDFVARETTCSKESNEELTESCETKK LGQSLDCNA
L_kng1_人         ETLTHTITKLNAENNATFYFKIDNVKKARVQVVAGKKYFIDFVARETTCSKESNEELTESCETKK-LGQSLDCNA
L_kng黑猩猩       ETLTHTITKLNAENNATFYFKIDKVKKARVQVVAGKKYFIDFVARETTCSKESNEELTESCETKK LGQSLDCNA
L_kng_短尾猿      ETLTHTITKLNAENNATFYFKIDNVKKARVQVVAGKKYFIDFVARETTCSKESNEELTESCETKK-LGQSLDCNA
H_kng短尾猿       ETLTHTITKLNALNNATFYFKIDNVKKARVQVVAGKKYFIDFVARLTTCSKESNELLTESCETKK LGQSLDCNA
H_kng兔           EVLTHSVAKLNAENNETFFFKIDTVKRATVQVVAGQKFAIEFTASETSCSKESNEELTESCEIKS-PQQSLHCNA
L_kng犬           VPLIHSIAKLNAENNGIFYFKIDSVQSATVQMVAGEKFFIQFVARETMCSKESNEELAESCQINK-YGEQLKCEA
H_kng犬           VPITHSIAKLNAENNGTFYFKIDSVQSATVQIVAGEKFFTQFVARETMCSKESNEEIAESCQINK-YGEQIKCEA
H_kng_棕色鼠耳蝠  DALTHSITKLNAAHNATFYFKIDIVHAATSQHVAGTKYFVDFTARETTCSKESNKELTESCEINK-LGEILACTA
H_kng_刺猬        FAITHSIRHLNAENNGTFYFKIDAVTKATKQVVAGHKYSITFTARETVCSKGSNIEIIFTGGINK IGQVITCEA
L_kng1小鼠        EVLGHSIAQLNAENDHPFYYKIDTVKKATSQVVAGTKYVIEFIARETKCSKESNTELAEDCEIKH-LGQSLDCNA
H_kng1小鼠        EVLGHSIAQLNAINDHPFYYKIDIVKKATSQVVAGTKYVIEFIARETKCSKESNIEIIAEDCEIKH LGQSLDCNA
H_kng2_小鼠       EVLGHSIAQLNTENDHPFYFKIDTVKKATSQVVAGTNYVIEFIARETKCSKESNTELTEDCEIKH-LGQSLDCNA
L_kng2_小鼠       EVLGHSIAQLNTLNDHPFYIKIDIVKKATSQVVAGTNYVIEIIARLTKCSKESNILLIEDCEIKH LGQSLDCNA
knt2_大鼠         EALGHSIAQLNAQHNALFYFKIDTVKKATSQVVAGTKYVIEFIARETNCSKQTNTELTADCETKH-LGQSLNCNA
Knt1大鼠          EALGHSIAQLNAQHNHIFYFKIDIVKKATSQVVAGVIYVIEFIARETNCSKQSKIELTADCETKH-LGQSLNCNA
Hkng鸡            FIIKASVFKFNIFSNDDFYYQAFFIFSATVQVVAGQNYHITFFVQKTNCSKKFFFKINFDCFATT-NSIPIRCFA
H_kng_负鼠        ESLAAALENFHSEHESDFYFKPSILLKA-HLVEPGEKHSIEIQVQETECSKE-KGQFSEDCEFKT-DGRVLQCIV
kng_红鳍东方鲀    SPISVSITKYNSHSHSLHIFTINSVGYATAQVVAGFAFKIAFDMKKTTCAKSQNSDISDICVPDDQNMFFANCNS
kng黑青斑河豚     SPLSVSITKYNSHSDSTHLFALHSVVYATAQVVAGFAFKMAFDMKKTTCAKAENRELSELCAPDDQDVEFANCNS
kng_三刺鱼        LPISVSISKYNSQSDSTHIFTINSVGYSTAQVVAGFAFKIAFDMKKTTCTKTFNKDINDICVPDEFHTCYANCNS
```

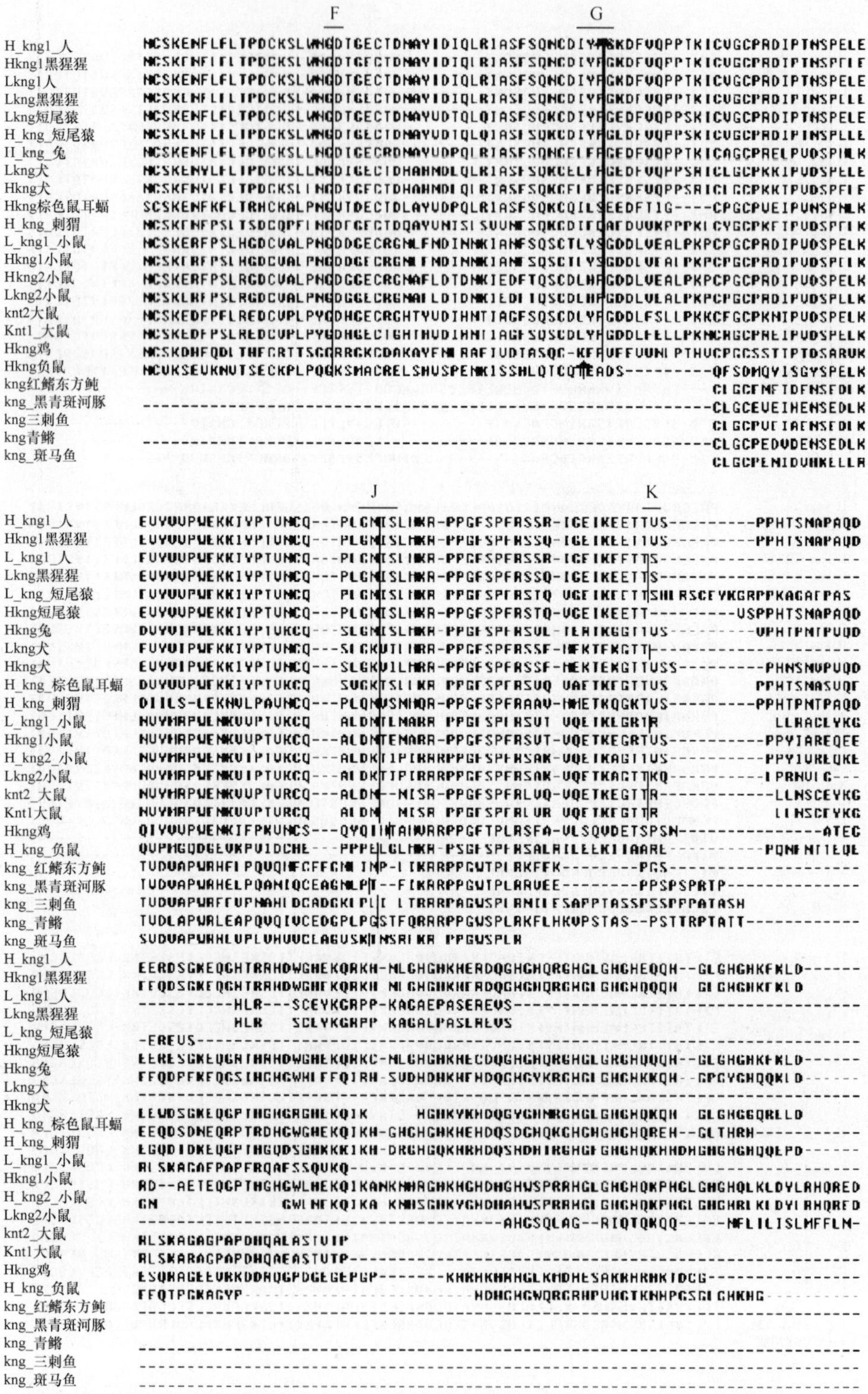

```
                                F                              G
H_kng1_人        NCSKENFLFLTPDCKSLWNGDTGECTDNAYIDIQLRIASFSQNCDIYAGKDFVQPPTKICVGCPRDIPTNSPELE
Hkng1黑猩猩      NCSKENFLFLTPDCKSLWNGDTGECTDNAYIDIQLRIASFSQNCDIYAGKDFVQPPTKICVGCPRDIPTNSPELE
Lkng1人          NCSKENFLFLTPDCKSLWNGDTGECTDNAYIDIQLRIASFSQNCDIYAGKDFVQPPTKICVGCPRDIPTNSPELE
Lkng黑猩猩       NCSKENFLFLTPDCKSLWNGDTGECTDNAYIDIQLRIASFSQNCDIYAGKDFVQPPTKICVGCPRDIPTNSPELE
Lkng短尾猿       NCSKENFLFLTPDCKSLWNGDTGECTDNAYVDTQLQIASFSQKCDIYAGEDFVQPPSKICVGCPRDIPTNSPELE
H_kng_短尾猿     NCSKENFLFLTPDCKSLWNGDTGECTDNAYVDTQLQIASFSQKCDIYAGEDFVQPPSKICVGCPRDIPTNSPELE
H_kng_兔         NCSKENFLFLTPDCKSLLNGDIGECRDNAYVDPQLRIASFSQNCELFAGEDFVQPPTKICAGCPRELPVDSPNLK
Lkng犬           NCSKENYLFLTPDCKSLLNGDIGECTDHAHNDLQLRIASFSQKCELFAGEDFVQPPSAICLGCPKKIPVDSPELE
Hkng犬           NCSKENYLFLTPDCKSLLNGDIGECTDHAHNDLQLRIASFSQKCELFAGEDFVQPPSAICLGCPKKIPVDSPELE
Hkng棕色鼠耳蝠   SCSKENFKFLTRHCKALPNGVTDECTDLAYVDPQLRIASFSQKCQILSEEDFTIG----CPGCPVEIPVNSPNLK
H_kng_刺猬       NCSKENFPSLTSDCQPFLNGDFGECTDQAYVNISLSVVNFSQKCDIFQAEDVVKPPPKICYGCPKEIPVDSPELK
L_kng1_小鼠      NCSKERFPSLHGDCVALPNGDDGECRGNLFNDINNKIANFSQSCTLYSGDDLVEALPKPCPGCPRDIPVDSPELK
Hkng1小鼠        NCSKERFPSLHGDCVALPNGDDGECRGNLFNDINNKIANFSQSCTLYSGDDLVEALPKPCPGCPRDIPVDSPELK
Hkng2小鼠        NCSKERFPSLRGDCVALPNGDGGECRGNAFLDTDNKIEDFTQSCDLHAGDDLVEALPKPCPGCPRDIPVDSPELK
Lkng2小鼠        NCSKERFPSLRGDCVALPNGDGGECRGNAILDTDNKIEDITQSCDLHAGDDLVLALPKPCPGCPRDIPVDSPELK
knt2大鼠         NCSKEDFPFLREDCVPLPYGDHGECRGHTYVDIHNTIAGFSQSCDLYAGDDLFSLLPKKCFGCPKNIPVDSPELK
Knt1_大鼠        NCSKEDFPSLREDCVPLPYGDHGECIGHTHVDIHNTIAGFSQSCDLYAGDDLFELLPKNCHGCPHEIPVDSPELK
Hkng鸡           NCSKDHFQDLTHFCRTTSGGRRGKCDAKAYFNIRAFIVDTASQC-KFAVFFVVNLPTHVCPGCSSTIPTDSARVK
Hkng负鼠         NCVKSEVKNVTSECKPLPQGKSMACRELSHVSPENKISSHLQTCQTEADS---------QFSDMQVISGYSPELK
kng红鳍东方鲀                                                                      CLGCEMFIDENSEDLK
kng_黑青斑河豚   ------------------------------------------------------------CLGCEVEIHENSEDLK
kng三刺鱼                                                                          CLGCPVEIAENSEDLK
kng青鲻          ------------------------------------------------------------CLGCPEDVDENSEDLK
kng_斑马鱼                                                                         CLGCPENIDVHKELLA

                            J                   K
H_kng1_人        EVYVVPWEKKIYPTVNCQ---PLGMISLIMKR-PPGFSPFRSSR-IGEIKEETTVS---------PPHTSMAPAQD
Hkng1黑猩猩      EVYVVPWEKKIYPTVNCQ---PLGMISLMKR-PPGFSPFRSSQ-IGEIKEETTVS---------PPHTSMAPAQD
L_kng1_人        EVYVVPWEKKIYPTVNCQ---PLGMISLIMKR-PPGFSPFRSSR-IGEIKEETTS---------------------
Lkng黑猩猩       EVYVVPWEKKIYPTVNCQ---PLGMISLMKR-PPGFSPFRSSQ-IGEIKEETTS---------------------
L_kng_短尾猿     EVYVVPWEKKIYPTVNCQ   PLGMISLIMKR PPGFSPFRSTQ VGEIKEETTSHLRSCEYKGRPPKAGAEPAS
Hkng短尾猿       EVYVVPWEKKIYPTVNCQ---PLGMISLIMKR-PPGFSPFRSTQ-VGEIKEETT---------VSPPHTSMAPAQD
Hkng兔           DVYVIPWEKKIYPTVKCQ---SLGMISLMKR-PPGFSPFRSVL-IEAIKGGTTVS---------VPHTPNTPVQD
Lkng犬           EVYVIPWEKKIYPTVNCQ---SLGKVILMRA-PPGFSPFRSSF-MEKTEKGTT----------------------
Hkng犬           EVYVIPWEKKIYPTVNCQ---SLGKVILMRA-PPGFSPFRSSF-MEKTEKGTTVSS---------PHNSMVPVQD
H_kng_棕色鼠耳蝠 DVYVVPWEKKIYPTVKCQ   SVGKTSLIKR PPGFSPFRSVQ VAETKEGTTVS         PPHTSMASVQE
H_kng_刺猬       DIILS-LEKNVLPAVNCQ---PLQMVSMMQR-PPGFSPFRAAV-MMETKQGKTVS---------PPHTPNTPAQD
L_kng1_小鼠      NVYMAPWENMKVVPTVKCQ  ALDMTLMARR PPGFSPFRSVT VQETKEGRTR                LLRACEYKG
Hkng1小鼠        NVYMAPWENMKVVPTVKCQ---ALDMTEMARR-PPGFSPFRSVT-VQETKEGRTVS----------PPYIAREQEE
H_kng2_小鼠      NVYMAPWENMKVIPTVKCQ---ALDKTIPIRRRPPGFSPFRSAK-VQETKAGTTVS----------PPYIVREQKE
Lkng2小鼠        NVYMAPWENMKVIPTVKCQ---ALDKTIPIRRRPPGFSPFRSAK-VQETKAGTTKQ----------IPRNVIG---
knt2_大鼠        NVYMAPWENMKVVPTVRCQ---ALDM--MISA-PPGFSPFRLVQ-VQETKEGTTR-------------LLNSCEYKG
Knt1大鼠         NVYMAPWENMKVVPTVRCQ   ALDM  MISA PPGFSPFRLVR VQETKEGTTR              LLNSCEYKG
Hkng鸡           QIVVVPWENMKIFPKVNCS---QYQIIMTAIWRRPPGFTPLRSFA-VLSQVDETSPSN----------------ATEC
H_kng_负鼠       QVPMGQDGEVKPVIDCHE---PPPELGLMKR-PSGFSPFRSALRILEEKIIAARE----------PQNFNITEQL
kng_红鳍东方鲀   TVDVAPWRHFIPQVQIMFCFFGMIMP-IIKRRPPGWTPIRKFFK--------PGS------------------
kng_黑青斑河豚   TVDVAPWRHELPQANIQCEAGMLPT--FIKRRPPGWTPLRRVEE--------PPSPSPRTP------------
kng_三刺鱼       TVDVAPWRFFVPNAHIDCADGKIPLI LTRRRPAGWSPIRNIIESAPPTASSPSSPPPATASH
kng_青鲻         TVDLAPWRLEAPQVQIVCEDGPLPGSTFQRRRPPGWSPLRKFLHKVPSTAS--PSTTRPTATT-----------
kng_斑马鱼       SVDVAPWRHLVPLVHVVCLAGVSKINSRIKR PPGWSPLR
H_kng1_人        EERDSGKEQGHTRRHDWGHEKQRKH-NLGHGHKHERDQGHGHQRGHGLGHGHEQQH--GLGHGHKFKLD------
Hkng1黑猩猩      EEQDSGKEQGHTRRHDWGHEKQRKH NLGHGHKHERDQGHGHQRGHGLGHGHQQQH  GLGHGHKFKLD
L_kng1_人        ----------HLR---SCEYKGRPP-KAGAEPASEREVS------------------------------------
Lkng黑猩猩                 HLR   SCEYKGRPP KAGAEPASEREVS
L_kng_短尾猿     -EREVS----------------------------------------------------------------------
Hkng短尾猿       EERESGKEQGHTRRHDWGHEKQRKC-NLGHGHKHECDQGHGHQRGHGLGRGHQQQH--GLGHGHKFKLD------
Hkng兔           EEQDPEKEQGSIHGHGWHIEEQIRH-SVDHDHKHEHDQGHGYKRGHGLGHGHKKQH--GPGYGHQQKLD------
Lkng犬           ----------------------------------------------------------------------------
Hkng犬           LEWDSGKEQGPTHGHGRGHLKQIK       HGHKYKHDQGYGHNRGHGLGHGHQKQH  GLGHGGQRLLD
H_kng_棕色鼠耳蝠 EEQDSDNEQRPTRDHGWGHEKQIKH-GHGHGHKHEHDQSDGHQKGHGHGHGHQREH--GLTHRH-----------
H_kng_刺猬       EGQDIDKEQGPTHGQDSGHKKKIKH-DRGHGQKHRHDQSHDHIRGHGHGHGHQKHHDHGHGHGHQQEPD------
L_kng1_小鼠      RLSKAGAEPAPERQAESSQVKQ------------------------------------------------------
Hkng1小鼠        RD--AETEQGPTHGHGWLHEKQIKANKNMRGHKHGHDHGHWSPRRHGLGHGHQKPHGLGHGHQLKLDYLRHQRED
H_kng2_小鼠      GN          GWLHEKQIKA KNMISGHKYGHDHAHWSPRRHGLGHGHQKPHGLGHGHRLKLDYLRHQRED
Lkng2小鼠        ----------------------------------AHGSQLAG--RIQTQKQQ-----MFLILISLMFFLM-
knt2_大鼠        HLSKAGAGPAPDHQALASTVIP
Knt1大鼠         RLSKARAGPAPDHQAEASTVTP-----------------------------------------------------
Hkng鸡           ESQHAGEEVRKDDRQGPDGEGEPGP-------KHRHKHRHGLKHDHESAKRHRHKIDCG------------------
H_kng_负鼠       FEQTPGKAGYP-----------------------HDHGHGWQRGRHPVHGTKNHPGSGIGHKHG-----------
kng_红鳍东方鲀   ----------------------------------------------------------------------------
kng_黑青斑河豚   ----------------------------------------------------------------------------
kng_青鲻         ----------------------------------------------------------------------------
kng_三刺鱼       ----------------------------------------------------------------------------
kng_斑马鱼       ----------------------------------------------------------------------------
```

```
                                                                                                  L
Hkng1人            -----DDLEHQGGHVLDHGH----------KHKHGHGHGKHKNKGKKNGKHNGWKTEHLASSSEDSTTPSAQTQE
Hkng1黑猩猩        -----DDLEHQGGHVLDHGH----------KHKHGHGHGKHTNKGKKNGKHNGWKTEHLASSSEDSTTPSAQTQE
L_kng1_人          ---------------------------------------------------------------------------
L_kng_黑猩猩       ---------------------------------------------------------------------------
Lkng短尾猿         ---------------------------------------------------------------------------
Hkng短尾猿         -----DDLEHQGGHVLDHGH----------KHKHGHGHGKHKNKGKKNGKHNGWKTEHLASSSEDSTTPSAQIQE
Hkng兔             -----YDLEPQGGHGPDHGHQGGRGLAHGRKHKHDHGHGKHKNKNKKHGKH-------LASSSEES-TASAEMQE
L_kng_犬           -----------RALRL----------------------CEYK----------GRPQE--AG--------------
H_kng_犬           -----FDLEHQRRHGLGHGHQRGHGLAHGHKYEHGHGHEKYKNKRKDNGKNNGRKTENLAGSPEDSTTSSAQTQE
H_kng_棕色鼠耳蝠   ------------------------------KHEHGHGHVKHNNKGKQNGKHNDWRT----SSSEDS-TTSAQTPE
Hkng刺猬           -----YNLQFQVRPGLGHGHQGGHALAHG--HKHGHDHGKHKKKDKHSEKHNGWRTEHLASLSEDSTTASRHTPE
H_kng1_小鼠        ---------------------------------------------------------------------------
H_kng1_小鼠        GDDHTHTVGHGHGHGHGHGHGHGHGHGHGHGHGHGHGHGKHTNKDKHSVKQTTQRTESLASSSEYS-TTSTQMQG
H_kng2_小鼠        GSDHTHTEGHGYGHGHGHGHGHGH------SHGLGHGHDKQTHKDKSSVKQTAQRTEPLASSSEYS-TTSTQIQE
L_kng2_小鼠        ------------------------------LHSLGS----FTN-VLPAFLSTAQ---------------------
knt2大鼠           ---------------------------------------------------------------------------
Knt1大鼠           ---------------------------------------------------------------------------
H_kng_鸡           ---------------------------------HANDHRCGHQKHGKHGKHKHHKSE----SSEESTERVLSQKE
H_kng_负鼠         -------------HMHSHGRHAGHDLGQGHKHKHGQGHWKHEKKPKKNRKSWMDEVP---YSPTEENFPSSPMQE
kng_红鳍东方鲀     --------------------------------------------------------AAKEESSEEDTAAAKPSAS
kng黑青斑河豚      --------------------------------------------------------GAKEESSEEDT--------
kng三刺鱼          --------------------------------------------------KASDKAPDKEESSEEDSTASKPPAS
kng_青鳉           --------------------------------------------------------AATKESSEEEIGLAEPSN-
kng斑马鱼          ------------------------------------------------------MLPQAKESSEESKESISPPK-

H_kng1_人          KTEGPTPIPSLAKPGVTVTFSDFQDSDLIATMMPPISPAPIQSDDD---------WIPDIQTDPNGLSFNPISDF
Hkng1黑猩猩        KTEGPTPIPSLAKPGVTVTFSDFQDSDLIATMMPPISPAPTQSDDD---------WIPDIQIDPNGLSFNPISDF
L_kng1_人          ---------------------------------------------------------------------------
Lkng黑猩猩         ---------------------------------------------------------------------------
L_kng_短尾猿       ---------------------------------------------------------------------------
Hkng短尾猿         KTEGPTPIPSLAQPGVADTFSDFQDSDLIVTMMPPIPPTPTESDDD---------WIPDIQIEPNGLSFNPISDF
Hkng兔             KTEGP---AALVQADRAATFSDLEDFDLIDALMPNTAPAPTESADD---------WIPDVRIEPTIPSFNLISDF
Lkng犬             -----------AEP------------------EP-----APES--------------------------------
Hkng犬             KTQGPTTLPSLAQPGIAVTMPDFQDSDLFAAVMPNIPPTATESDDD---------WIPDIQIKPNSLSFNLISDF
H_kng_棕色鼠耳蝠   KTEGPKSLPSLAPSGVEVAFPEFADLDLIAAMMTNTAPTPTENDDS---------WIPEIQIEPNSLSFNLISDF
H_kng_刺猬         NSEGPTPTPSLAQQGVAVTYPGFLNSDLIATAMPNIPPTPTETDDV---------WIPNIQIEPNSLSFSLIPDF
L_kng1_小鼠        ---------------------------------------------------------------------------
Hkng1小鼠          RTEGPTLTPPRAQP--TVTSSGFQDSDFIEDVVATTPPYDTGAHDD---------LIPDIHVQPDSLSFKLISDF
H_kng2_小鼠        RTEGPTLTPPRAQP--TVTSSGFQDSDFIEDVVAITPPYDTGAPDD---------LIPDIHVQPDSLSFKLISDF
Lkng2小鼠          ---AQTL--------------------------------------------------------------------
knt2_大鼠          ---------------------------------------------------------------------------
Knt1大鼠           ---------------------------------------------------------------------------
Hkng鸡             TLPSSTAETALELVMPDVVRTETG--------------TPTEPVNS-----------------PDISSFNGLLDH
H_kng_负鼠         ETQGPPPPQSPSQQGVDVTPSYFQDFDLLDPNPTNIPVEPTAEQKTGGEEAEEEVLFPDIPIVPKSPLFTLMPDF
kng_红鳍东方鲀     PVV------------------------------------------------------------------------
kng_黑青斑河豚     ---------------------------------------------------------------------------
kng_三刺鱼         PAVAA----------------------------------------------------------------------
kng青鳉            ---------------------------------------------------------------------------
kng_斑马鱼         ---------------------------------------------------------------------------

H_kng1_人          PDTT--SPKCPGRPWKSVSEI----------------------------MPTTQMKESYYFDLTDGLS---
Hkng1黑猩猩        PDTT--SPKCPGRPWKSVSEI----------------------------MPTTQMKESYYFDLTDALF---
L_kng1_人          -----------------------------------------------------------------------
Lkng黑猩猩         -----------------------------------------------------------------------
L_kng_短尾猿       -----------------------------------------------------------------------
Hkng短尾猿         PDTT--SPKCPGRPWKSVSEM----------------------------MPTTKMKESYDFMLADALY---
Hkng兔             PETT--SPRCPGRPWKPVNGA----------------------------GPSTETKEFHDFDLSEALN---
Lkng犬             -----------------------------------------------------EVS---------------
Hkng犬             PEQT--SPKCPGRPWKPVHGM----------------------------MPTVEVKEFHDFDLSDAL----
H_kng_棕色鼠耳蝠   PEIT--SPKCPGRPWKPVNGM----------------------------MPTVETKEFHDFDLSDAFY---
H_kng_刺猬         PETA--SPKCPGHTWKPVNKK----------------------------DPTVEKEDFSDFDLSDALY---
L_kng1_小鼠        -----------------------------------------------------------------------
Hkng1小鼠          PEAT--SPKCPGRPWKPASWK----------------------------DPNTETTEFSDFDLLDALS---
H_kng2_小鼠        PEAT--SQKCPGRPWKPASWK----------------------------DPNTETTEFSDFDLLDVLS---
Lkng2小鼠          -----------------------------------------------------------------------
knt2_大鼠          -----------------------------------------------------------------------
Knt1大鼠           -----------------------------------------------------------------------
Hkng鸡             TESP--LPKCPGKPWKPILDLPIPSSLPREFLNEDLLPSVTEHIDLTTENPPPPENEEMSFDLADALQ---
H_kng_负鼠         PEPEPIVPKCPGSPWQPITVMN----------------------------PVTEESQNEDFELSDALS---
kng_红鳍东方鲀     DVVPDDPLHCPSKPWKVFNPPSPVAPTDAP---------------NNTADAP----VLSDTDLLA------
kng_黑青斑河豚     -----------SKPWKPFNPPSAAAPTDAPT--------------QPAADAP----ALSDKDLLA------
kng_三刺鱼         DAVHDGPFHCPSKPWKPFTLVHPEAPTKAAT--------------EEATSPPSADGAFSDTDLLA------
kng青鳉            ------PYQCPSKPWKPIKRQRHFGRPKAQ--------------------KPPVEGALSDTDLLSPDLSLS
kng_斑马鱼         ----HVPLNCPTKPWKEFKP--IIAPPNAT-----------------EPSEPSADTALSDLDLIR------
```

图 5.5 基于激肽原氨基酸序列比对的内含子-外显子边界比较

直线代表内含子插入的位置；无箭头的直线、箭头向上的直线和箭头开口的直线分别表示内含子的相位为 0、1 和 2；箭头向下的直线代表被忽略的内含子，每个内含子都根据其同源性分别命名为 A-L。

L. 低分子质量；H. 高分子质量；kng、knt. 激肽原在其他动物的序列中，除了含有缓激肽结构域的基序8之外，其他几个基序，如具有半胱氨酸蛋白酶抑制剂结构域的基序1、基序2（或7）、基序3（或11）、基序4、基序7和基序11，也都普遍存在于几乎所有的序列之中（图5.6和表5.2）。特别地，在除

代码	基序																							
H _ kng _ chimpanzee	7	11	4	10	6	2	3	1	15	10	6	2	3	1	12	5	8	9	9	9	9	6	14	13	
H _ kng1 _ human	7	11	4	10	6	2	3	1	15	10	6	2	3	1	12	5	8	9	9	9	9	6	14	13	
L _ kng _ chimpanzee	7	11	4	10	6	2	3	1	15	10	6	2	3	1	12	5	8								
L _ kng1 _ human	7	11	4	10	6	2	3	1	15	10	6	2	3	1	12	5	8								
H _ kng _ macaque	7	11	4	10	6	2	3	1	15	10	6	2	3	1	12	5	8	9	9	9	9	6	14	13	
L _ kng _ macaque	7	11	4	10	6	2	3	1	15	10	6	2	3	1	12	5	8								
H _ kng _ rabbit	7	11	4	10	6	2	3	1	15	10	6	2	3	1	12	5	8	9	9	9	10	6	14	13	
L _ kng1 _ cow	7	11	4	10	6	2	3	1	15	10	6	2	3	1	12	5	8								
L _ kng2 _ cow	7	11	4	10	6	2	3	1	15	10	6	2	3	1	12	5	8								
H _ kng1 _ cow	7	11	4	10	6	2	3	1	15	10	6	2	3	1	12	5	8	9	9	9			14	13	
H _ kng2 _ cow	7	11	4	10	6	2	3	1	15	10	6	2	3	1	12	5	8	9	9	9			14	13	
H _ kng _ whale	7	11	4	10	6	2	3	1	15	10	6	2	3	1	12	5	8	9	9	9	9		14	13	
L _ kng _ whale	7	11	4	10	6	2	3	1	15	10	6	2	3	1	12	5	8								
L _ kng _ dog	7	11	4	10	6	2	3	1	15	10	6	2	3	1	12	5	8								
H _ kng _ dog	7	11	4	10	6	2	3	1	15	10	6	2	3	1	12	5	8	9	9	9			14	13	
H _ kng _ microbat	7	11	4	10	6	2	3	1	15	10	6	2	3	1	12	5	8	9	9				14	13	
L _ kng1 _ mouse	7	11	4	10	6	2	3	1	15	10	6	2	3	1	12	5	8								
H _ kng1 _ mouse	7	11	4	10	6	2	3	1	15	10	6	2	3	1	12	5	8	9	9	9	9	9	14	13	
H _ kng2 _ mouse	7	11	4	10	6	2	3	1	15	10	6	2	3	1	12	5	8	9	9	9	9		14	13	
L _ kng2 _ mouse	7	11	4	10	6	2	3	1	15	10	6	2	3	1	12	5	8								
L _ kng1 _ rat	7	11	4	10	6	2	11	1	15	10	6	2	3	1	12	5	8	12							
H _ kng1 _ rat	7	11	4	10	6	2	11	1	15	10	6	2	3	1	12	5	8	9	9	9			14	13	
knt2 _ rat	7	11	4	10	6	2	11	1	15	10	6	2	3	1	12	5	8								
knt1 _ rat	7	11	4	10	6	2	11	1	15	10	6	2	3	1	12	5	8								
H _ kng _ hedgehog	7	11	4	10	6	2	11	1	15	10	6	2	3	1	12	5	8	9	9	9			14	13	
H _ kng _ opossum	7	11	4	10	6	2	11	1			6	7	3		4		8	9	9	9			14	13	
H _ kng _ chicken	7	11	4	10	6	2	11	1		10		2	3	1	15	5	8	9	9					13	
kng _ zebrafish	7	11	4									2	11	1			8							13	
kng _ catfish	7	11	4									2	3	1	15	10	8							13	
kng _ rainbow _ trout	7	11	4									2	3	1			8							13	
kng _ Atlantic _ salmon	7	11	4									2	3	1			8							13	
kng _ medaka	7	11	4									2	11	1			8							13	
kng _ stickleback	7	11	4									2	11	1			8							13	10
kng _ fugu	7	11										7	3	1			8							13	
kng _ tetraodon	7	11										7	11	1			8							13	

图5.6　运用MEME在线软件，在哺乳动物、鸟类和鱼类激肽原氨基酸序列（无信号肽序列）中发现的保守基序的类型和分布

每个数字代表一个基序，一个序列中出现多个相同的数字代表该基序在这个序列中是多拷贝的

了负鼠之外的哺乳动物和鸟类中，基序 1、基序 2（或 7）、基序 3（或 11）都具有 2 个拷贝，它们可能是由基因复制产生的。在 HK 序列中，代表组氨酸富集区的基序 9 具有多个拷贝。基序 13 存在于 HK 和鱼的序列之中，这表明鱼的激肽原与 HK 的关系可能比其与 LK 的关系更为密切。

表 5.2 运用 MEME 在线软件，在哺乳动物、鸟类和鱼类激肽原氨基酸序列（无信号肽序列）中发现的保守基序

基序[a]	宽度	最匹配序列
1	20	QVVAGWNYRITYIIRQTNCS
2	20	GCPHPIPVDSPDLEPVLRHS
3	20	FNAENNHTFYFKIDEVKRAT
4	20	IKEGDCPVQSGKTWQDCDYK
5	20	VYMVPWENKIYPTVNCQPLG
6	20	RISVFSQTCDIYPGEDFVVT
7	20	QEIDCNDEDVFKAVDAALKK
8	15	MRRPPGWSPFRSVQV
9	15	HGLGHGHKHGHGWGH
10	15	WNAATGECTATVYMR
11	20	YNNMLKSGNQFVLYRITEAT
12	20	KESNEELTESCEINKLGQSL
13	20	TSPKCPGRPWKPVNWMNPTT
14	20	WIPDIQIEPNSLSFNLISDF
15	11	KENFLFLTPDC

a 表示与图 5.6 中描述的基序相对应的数字。

5.2.2.4 两栖动物缓激肽的结构多样性

如上所述，两栖动物中的激肽原在结构和功能上都与其他类别物种中的激肽原有巨大的差异，它们的缓激肽结构域的拷贝数和个别氨基酸残基也是可变的。考虑到它们独特的功能，一些研究者提出，来自于两栖动物皮肤分泌物中的缓激肽结构的多样性可能与两栖动物抵御特异的捕食者对其吞食有关。本研究中，我们从 11 种两栖动物的 22 个激肽原氨基酸中，总共分选出 82 个缓激肽序列。代表这 82 个缓激肽序列比对的氨基酸标识（图 5.7）直观地展示了缓激肽 9 肽的相对保守性，其中第 2、第 4、第 7、第 9 个氨基酸残基是严格保守的，其他的氨基酸残基虽有变化，但也呈现出一定的保守性。一致的氨基酸序列是符合常规的，即与哺乳动物的缓激肽相似。

图 5.7 展现所有两栖动物缓激肽序列比对的氨基酸标识

序列比对中的每个位置上都由一系列堆叠在一起的字母组成，它们的高度与其相对应氨基酸残基在缓激肽序列中出现的频率成正比。出现频率由上至下逐渐递减，所以两栖动物缓激肽的一致序列是 RPPGFSPFR。五角星下面的氨基酸残基严格保守，按照出现频率递减的排列顺序，第 1、第 3、第 5、第 6 和第 8 位上的氨基酸残基分别是 RLV、PAT、FL、ST 和 FLW。

5.2.3 讨　论

5.2.3.1 不同数据库中序列的差异

本研究从哺乳动物、鸟类和鱼类中识别出了新的激肽原数据，并结合使用氨基酸序列和基因结构作为分子标记探寻了脊椎动物激肽原基因的系统发育史。Ensembl genome browser 中有一些序列与 SwissProt 蛋白质数据库中的 H _ kng1 _ rat、L _ kng1 _ rat、H _ kng1 _ cow、L _ kng1 _ cow、H _ kng2 _ cow 和 L _ kng2 _ cow 相似但不完全一致。由于它们有较大程度的差异，因此这可能是因为所使用的动物品系不同，而非大规模自动测序过程中的错误。

5.2.3.2 激肽原的系统发育关系

为了对激肽原基因的进化有个整体的印象，首先构建了一个系统发育树，所有的激肽原清楚地分成了两簇，第Ⅰ簇包括哺乳动物、鸟类和鱼类激肽原，第Ⅱ簇包括两栖动物激肽原。按照经典的物种进化理论，两栖动物的进化位置应处于鱼类和鸟类之间。两栖动物和其他动物激肽原的功能也有着多个方面的差别。这些结果似乎表明，在脊椎动物世系中，第Ⅰ簇中的激肽原与第Ⅱ簇中的激肽原是外旁系同源的关系。在牛和小鼠中，存在两个激肽原 K 基因，它们是通过基因复制产生的。在其他哺乳动物的基因组中并没发现有第二个 K 基因存在，因此，这个复制事件是否普遍存在仍有待于进一步的研究。

5.2.3.3 激肽原基因内含子位置和相位的进化趋势

在所有用来进行分析的激肽原中，有 5 个内含子的位置和相位是保守的，而另外 7

个内含子（内含子A、B、E、F、G、K和L）则有不同程度的差异。内含子A（鱼类特有的）存在于除斑马鱼之外的所有的鱼类激肽原中，这表明它可能是在斑马鱼和其他4种鱼分化之后插入到斑马鱼激肽原中的。内含子B除了在红鳍东方鲀和黑青斑河豚的激肽原中，由于内含子滑动，使相位从0变为1外，在其他物种的激肽原中，位置和相位都是保守的，这个滑动事件发生于红鳍东方鲀和黑青斑河豚分化之前（它们同属于鲀形目，分化时间仅为1800万～3000万年前）。内含子E、F和G只存在于哺乳动物和鸟类的激肽原中，而不存在于任何鱼类的激肽原中，这似乎表明它们不是由简单的插入产生的，而是起源于其他机制。内含子K（位于选择性剪接区域）仅存在于LK和TK中。再加上哺乳动物激肽原K基因的选择性剪接，这种现象似乎支持这样一个观点，即K基因第一个polyA尾巴后的序列是在哺乳动物产生之后，通过基因融合加到那里的。然后，K基因上潜在的5′端剪接位点在新融合序列中的3′端剪接位点和polyA尾的作用下而激活。至此，K基因由组成性剪接基因转变为选择性剪接基因。内含子L仅存在于黑青斑河豚的激肽原中，这表明它是在红鳍东方鲀和黑青斑河豚分化之后插入产生的。

5.2.3.4　激肽原结构域的进化

用MEME 3.5.4在线软件，以不同的参数设置，分别分析鱼类、鸟类和哺乳动物激肽原以及两栖动物激肽原的保守基序。与鸟类激肽原和其他哺乳动物激肽原相比，H_kng_opossum的基序有一些缺失和替换现象存在，而且其内含子的位置也有微小的变化。这些结果可能是在有袋动物和真兽亚纲在1.8亿年前分化之后，它们分别是在不同的大陆进化过程中产生的。

如图5.6所示，基序1、基序2（或7）和基序3（或11）在鸟类和哺乳动物激肽原中有2个拷贝，而在鱼类激肽原中却是单拷贝的，这表明另外的1个拷贝可能是由外显子的串联复制产生。因此，新产生序列中的内含子E、F和G可能也是在同一复制事件中，由原有序列中的内含子H、I和J复制而产生的。然而，并未发现这两组内含子的序列存在任何相关性，这可能是因为在进化过程中内含子序列比外显子序列受到的选择压力更小。半胱氨酸蛋白酶抑制剂结构域同时存在于新产生序列和原有序列之中，表明其加倍事件是发生在哺乳动物和鸟类出现之前。含有组氨酸富集区的基序9仅存在于HK中，并且是多拷贝的，这既暗示它们的插入产生和半胱氨酸蛋白酶抑制剂结构域的加倍事件是发生在同一时间点，这又支持了这样一种观点，即它们是由较小的结构单元（可能是甘氨酸-组氨酸二肽）通过基因多倍化产生的。由于在整个物种进化的过程中，基序9的数量没有明显的增加或减少的趋势，所以基因多倍化的过程可能是在各物种中独立发生的，并不具有遗传性。基因多倍化使得激肽原产生了抑制细胞黏附的新功能。在Ensembl激肽原家族中，有一个与鸟类和哺乳动物激肽原结构相似的两栖动物激肽原（kng¬_western_clawedfrog）。然而，之前的研究表明两栖动物中不存在激肽释放酶-激肽系统，因此，kng¬_western_clawedfrog可能由一个假基因手动翻译而来。在它羧基末端的氨基酸序列中存在组氨酸富集区，但其仅有2个半胱氨酸蛋白酶抑制剂结构域，且缓激肽结构域也有多个氨基酸残基的变化。然而，它具有与鸟类和哺乳动物激肽原相似的10个外显子和9个内含子的基因结构。由于频繁突变的快速积累，假基因可能逐步退化。因此，原始的kng¬ _ western _ clawedfrog可能具有3个半胱氨酸蛋白酶抑制剂结构域和1个常规的缓激肽结构域，在其变为假基因后，便逐渐失去了一些氨基酸序列上的特征，但基因结构仍然保守。至此，可以更加确定地说，半胱氨酸蛋白酶抑制剂结构域的复制和组氨酸富集区的插入发生在鱼类和两栖动物分化之后。

如两栖动物激肽原保守基序分析所示，在单一激肽原氨基酸序列中，缓激肽和（或）类缓激肽结构域的数量从1～8个变化。这种多个结构域的串联重复可能是由转录/翻译过程中发生的外显子复制事件所产生的。Chen等提出哺乳动物激肽原和两栖动物缓激肽前体并不是同源蛋白，然而这种观点很难让人信服。首先，除了保守的缓激肽结构域之外，哺乳动物和两栖动物激肽原在结构上的低相似性表示它们具有不同的功能，这种现象也存在于其他蛋白质家族中，如冷休克蛋白。其次，哺乳动物缓激肽仅作用于产生它的动物本身，而两栖动物缓激肽则需要分泌到皮肤表面，作用于捕食者。再次，作为多功能的血浆糖蛋白，哺乳动物激肽原必须保持其完整的存在形式以行使正常的功能。相反，两栖动物激肽原只是通过缓激肽结构域行使单一的功能，因此，为了以适当的形式存在，在单一的两栖动物激肽原中必须存在多个缓激肽和（或）类缓激肽结构域，并通过剪接产生多个具有独立功能的结构域单体，以行使正常的功能。鉴于此，外旁系同源蛋白应该是哺乳动物和两栖动物激肽原之间最恰当的关系。随后，又以仅含单拷贝缓激肽结构域的两栖动物激肽原序列作为查询，以默认参数设置检索鱼类、鸟类和哺乳动物的基因组序列，但并未识别出相关的序列。这个结果表明，类两栖动物激肽原并不存在于两栖动物之外的物种中。

5.2.3.5 两栖动物缓激肽的多样性

为了探寻两栖动物原有激肽原基因的进化过程，对其缓激肽的结构进行了分析。两栖动物缓激肽在一级结构上的多样性可能在一定程度上反映了其对捕食者的选择性作用。不同的缓激肽可以优先激活不同的缓激肽受体。Conlon提出两栖动物对特异捕食者的防御机制可能是缓激肽受体依赖型的。也就是说，不同的缓激肽能选择性地与来自特异捕食者的受体结合，从而使两栖动物免于被吞食。对缓激肽一级结构多样性的分析表明，在缓激肽9肽中，第2、第4、第7和第9个氨基酸残基是严格保守的，而其他的氨基酸残基则有一定程度的变化。据此推测，在缓激肽与其相应受体结合的过程中，保守的氨基酸残基起结合的作用，而变化的氨基酸残基起到对不同受体特异性识别的作用。两栖动物激肽原通过一次转录/翻译事件可以产生多个具有不同一级结构的缓激肽，从而防御一系列的捕食者，这反映了高度的转录经济性。

5.2.4 小　结

概括地说，本研究的结果为阐明脊椎动物激肽原基因的进化动力提供了实质性的线索（图 5.8）。在非脊椎动物的黄蜂中，原始的激肽原基因编码的是含有 55 个氨基酸残基的蛋白质，其中仅含一个缓激肽结构域。

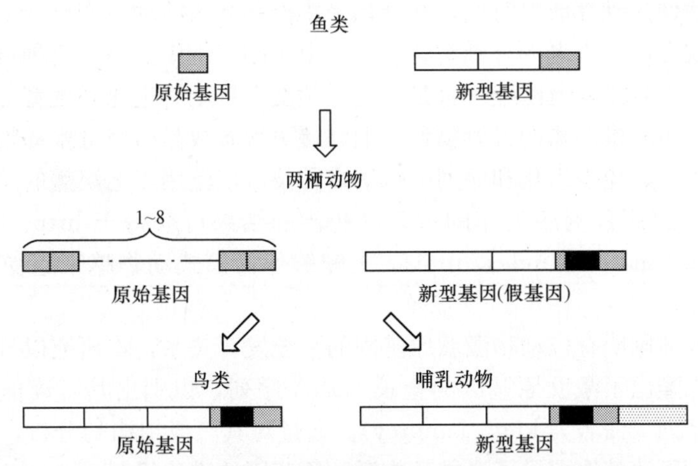

图 5.8 推测的脊椎动物激肽原基因的进化通路

灰色、白色和黑色的矩形分别代表缓激肽结构域、半胱氨酸蛋白酶抑制剂结构域和组氨酸富集区的编码序列；带点的矩形代表新融合的带有 3′端剪接位点和 polyA 尾巴的序列，这段序列的融合使激肽原 K 基因转变成选择性剪接基因。详细说明见正文。图示未反映实际大小

在鱼类中，除了原始的激肽原基因之外，还存在一种与之平行的新型的激肽原基因，它包含两个半胱氨酸蛋白酶抑制剂结构域和一个缓激肽结构域的编码区。在鱼类和两栖动物分化之后，鱼类失去了原始的激肽原基因，而在两栖动物中，原始的激肽原基因发生了缓激肽结构域编码区多倍化（外显子复制事件），并伴随着微小的序列改变。两栖动物新型的激肽原基因获得了一个半胱氨酸蛋白酶抑制剂结构域和组氨酸富集区的编码区（插入事件）。然而，在这些事件之后，它却成为了一个假基因，并且在序列发生了极大的退化。在鸟类中，原始的激肽原基因消失了，而新型的激肽原基因保留了下来。在哺乳动物中，原始的激肽原基因消失了，而新型的激肽原基因在融合了一段序列之后，由组成性剪接基因转变为选择性剪接基因。在某些物种中，类似于内含子的插入和滑动，外显子的多倍化和基因的复制等突变事件贯穿于整个进化过程。本研究的结果为进一步揭示激肽原及其他基因家族的分子进化机制提供了有益的启示。

5.3 日本七鳃鳗肝脏组织中激肽原基因的克隆与分析

日本七鳃鳗隶属于圆口纲、七鳃鳗目、七鳃鳗科、七鳃鳗属。成鳗生活在海洋中，每年 12 月间，常聚集成群，由海入江进行繁殖，在具有粗砂砾石的河床及水质清澈的环境中，先用口吸盘移去砾石造成浅窝，雌鳗吸住窝底的石块，雄体又吸在雌鳗的头背上，两者相互卷绕，肛门彼此靠拢，急速摆动鳗尾，排出精子和卵子，在水中受精。亲鳗在生殖季节里，消化道极其萎缩，绝食时间长达数月，经过生殖后，疲惫衰竭，终至死亡，无一生还。受精卵先发育成体长较短的幼鳗，其形态和构造均与成鳗相差甚远。

幼鳗曾被误认为是一种原索动物而命名为沙隐虫，其摄食和独立的生活方式与文昌鱼大致相似。沙隐虫在返回海中生活 3～7 年后，才在秋冬之际经过变态成为成体，再经数月的半寄生生活便达到性成熟时期，并开始了集群和繁殖活动。

七鳃鳗是现存的最古老的脊椎动物之一，由于圆口纲中的另一物种盲鳗的胚胎难以获得，所以 100 多年来，七鳃鳗一直是研究无颌类脊椎动物进化和发育的唯一物种。作为原索动物进化至脊椎动物的过渡物种，七鳃鳗更被看成是研究脊椎动物进化和发育的活化石。基因表达、免疫组化和序列分析等多种技术广泛用于七鳃鳗的研究工作中。随着海七鳃鳗基因组序列测序工作的进行（初步的结果可获得于 http://pre.ensembl.org/Petromyzon_marinus/index.html），七鳃鳗作为模式动物越来越受到各个领域科学家的广泛关注。

为了更深入地阐明脊椎动物激肽原基因的系统发育关系，本研究以日本七鳃鳗肝脏为实验材料，克隆出了激肽原基因的全长 cDNA 序列，识别出其可读框，并将其手动翻译成氨基酸序列（命名为 kng_lamprey）。通过对其三级结构的分析，并结合第 2 章中的研究结果，更清楚地揭示了脊椎动物激肽原基因的进化机制。

5.3.1　材料和方法

5.3.1.1　材　　料

实验用日本七鳃鳗于 12 月中下旬捕自黑龙江省松花江流域同江地区。

PCR 引物：F584：5′TCGGCTGCTTGCTGTACTGCTGT 3′(24 nt，10 μmol/L)
R809：5′ATTCGCAGGTGGATGGGTTCTTTC 3′(24 nt，10 μmol/L)
3′RACE GSP：5′GAGCTCCAACAACCGAACCT 3′(20 nt，10 μmol/L)
5′ RACE GSP outer：5′ GCTCCTTCGTTTCTGGTTTGC 3′ (21 nt，10 μmol/L)
5′ RACE GSP iuter：5′ GCGTTTGTGTTGCTCTTGGTTAG 3′ (23 nt，10 μmol/L)
Fz：5′AGAAGGGATATTTCAGCAAC 3′(20 nt，10 μmol/L)
Rz：5′ATTAACAGCATCAAAGGGAG 3′(20 nt，10 μmol/L)
BcaBEST 引物 M13-47
BcaBEST 引物 RV-M

工具酶：反转录酶 M-MLV（RNase H^-）
TaKaRa LA *Taq*™

Marker：DNA Marker DL2000
λ-*Hin*d Ⅲ DNA Marker

试剂盒：TaKaRa Agarose Gel DNA Purification Kit Ver. 2.0
TaKaRa 3′-Full RACE Core Set Ver. 2.0
TaKaRa 5′-Full RACE Core Set Ver. 2.0

克隆载体：pMD 20-T 载体

菌种：*E. coli* 感受态细胞 JM109

上述试剂除 Ambion First Choice® RLM-RACE Kit 购买于 Ambion 公司外，其他均购于宝生物工程（大连）有限公司。

5.3.1.2 方　法

总 RNA 的提取：

以七鳃鳗肝脏组织为材料，用 TRIZOL® Reagent（Invitrogen，Carlsbad，CA）提取总 RNA。用紫外分光光度计和 1%的琼脂糖凝胶甲醛变性电泳检测 RNA 质量。

已知序列验证：

在本实验室先期构建的肝脏 cDNA 文库中，有多个片段重叠群在 NCBI 上的 BLASTX 结果为激肽原。通过对这些片段重叠群的序列进行比对，找出一段共有序列，将其作为已知序列，在七鳃鳗肝脏中进行激肽原全长 cDNA 序列的扩增。在此之前，需用 RT-PCR 对该序列是否真实存在于七鳃鳗肝脏组织中进行验证。

以 R809 为引物，进行反转录反应，体系及条件如下：

反应组分	用量
总 RNA	2 μl
引物（R809）	2 μl
RNase Free dH_2O	2.5 μl
总体积	6.5 μl

70℃保温 10 min，迅速转至冰上冷却 2 min

反应组分	用量
上述混合液	6.5 μl
5×M-MLV 缓冲液	2 μl
dNTP 混合物（10 mmol/L）	1 μl
RNase 抑制剂	0.25 μl
M-MLV（RNase H^-）	0.25 μl
总体积	10 μl

42℃ 60 min，70℃ 15 min，4℃ ∞

以上述反转录产物 cDNA 为模板，以 F584 和 R809 为引物，进行 PCR 反应，反应体系及条件如下：

反应组分	用量
cDNA	2 μl
1×cDNA 溶解缓冲液Ⅱ	8 μl
10×LA PCR 缓冲液Ⅱ（Mg^{2+} free）	4 μl
$MgCl_2$（25 mmol/L）	3 μl
TaKaRa LA *Taq*™（5 U/μl）	0.25 μl

F引物（F584）	2 μl
R引物（R809）	2 μl
dH_2O	28.75 μl
总体积	50 μl

94℃ 3 min

94℃ 30 s，55℃ 30 s，72℃ 30 s，30个循环

72℃ 10 min，4℃ ∞

取5 μl的PCR产物，用3%琼脂糖凝胶电泳检测，余下的45 μl产物用TaKaRa Agarose Gel DNA Purification Kit Ver. 2.0切胶回收，并用F584和R809测序回收产物。

cDNA 3′端快速扩增反应（3′RACE）：

以3′RACE GSP为引物，使用TaKaRa 3′-Full RACE Core Set Ver. 2.0进行3′RACE。

反转录体系及条件如下：

反应组分	用量
总RNA	1 μl
3′RACE接头（10p）	1 μl
无RNase Free dH_2O	4.5 μl
总体积	6.5 μl

70℃ 10 min，迅速转至冰上冷却2 min

反应组分	用量
上述混合液	6.5 μl
5×M-MLV缓冲液	2 μl
dNTP混合物（10 mmol/L）	1 μl
RNase抑制剂	0.25 μl
M-MLV（RNase H^-）	0.25 μl
总体积	10 μl

42℃ 60 min，70℃ 15 min，4℃ ∞

以上述反转录产物cDNA为模板，进行PCR反应，反应体系及条件如下：

反应组分	用量
cDNA	2 μl
1×cDNA溶解缓冲液Ⅱ	8 μl
10×LA PCR缓冲液Ⅱ（不含Mg^{2+}）	4 μl
$MgCl_2$（25 mmol/L）	3 μl
TaKaRa LA *Taq*™（5 U/μl）	0.25 μl
F引物（F584）	2 μl
R引物（R809）	2 μl
dH_2O	28.75 μl
总体积	50 μl

94℃ 3 min

94℃ 30 s，55℃ 30 s，72℃ 90 s，30 个循环

72℃ 10 min，4℃ ∞

取 5 μl 的 PCR 产物，用 3%琼脂糖凝胶电泳检测，余下的 45 μl 产物用 TaKaRa Agarose Gel DNA Purification Kit Ver. 2.0 切胶回收，将回收产物与 pMD 20-T 载体连接，热转化至 *E. coli* 感受态细胞 JM109 中，涂布平板，37℃过夜培养。挑选阳性菌落植菌，提取质粒后使用 BcaBEST 引物 M13-47 和 BcaBEST 引物 RV-M 测序。

cDNA5′端快速扩增反应（5′RACE）：

以 5′RACE GSP outer 和 5′RACE GSP iuter 为引物，使用 TaKaRa 5′-Full RACE Core Set Ver. 2.0 进行 5′RACE。按操作手册进行反应。

取 5 μl 的 PCR 产物，用 3%琼脂糖凝胶电泳检测，余下的 45 μl 产物用 TaKaRa Agarose Gel DNA Purification Kit Ver. 2.0 切胶回收，将回收产物与 pMD 20-T Vector 连接，热转化至 *E. coli* 感受态细胞 JM109 中，涂布平板，37℃过夜培养。挑选阳性菌落植菌，提取质粒后使用 BcaBEST 引物 M13-47 和 BcaBEST 引物 RV-M 测序。

序列拼接及最终验证：

将 3′RACE 和 5′RACE 的结果与已知序列进行拼接，并在其可读框两侧设计引物 Fz 和 Rz，进行 PCR 扩增，以确定该拼接产物确实存在于七鳃鳗肝脏组织中。

以 3′RACE 中的反转录产物 cDNA 为模板，进行 PCR 反应，反应体系及条件如下：

反应组分	用量
cDNA	3 μl
dNTP 混合物（2.5 mmol/L）	8 μl
10×LA PCR 缓冲液（含 Mg^{2+}）	5 μl
TaKaRa LA *Taq*™（5 U/μl）	0.5 μl
F 引物（Fz）	1 μl
R 引物（Rz）	1 μl
dH_2O	31.5 μl
总体积	50 μl

94℃ 3 min

94℃ 30 s，55℃ 30 s，72℃ 1 min，35 个循环

72℃ 10 min，4℃ ∞

取 5 μl 的 PCR 产物，用 1%琼脂糖凝胶电泳检测，余下的 45 μl 产物用 TaKaRa Agarose Gel DNA Purification Kit Ver. 2.0 切胶回收，把回收产物与 pMD 20-T Vector 连接，热转化至 *E. coli* Competent Cells JM109 中，涂布平板，37℃过夜培养。挑选阳性菌落植菌，提取质粒后使用 BcaBEST 引物 M13-47 和 BcaBEST 引物 RV-M 测序。

三级结构预测：

识别出上述最终验证所得序列的可读框，手动翻译成氨基酸序列（kng_lamprey），并用 3DJigsaw 在线软件预测其三级结构。

序列比对和系统发育分析：

将 kng _ lamprey 和第 2 章中所用到的激肽原氨基酸序列一起用 ClustalX 1.81 软件进行多序列比对，除蛋白质权重矩阵设为单位矩阵外，其余参数均为默认值。多序列比对结果被转换为 mega 格式并输入到 MEGA 3.1 软件中构建系统发育树，使用的是邻接法，自展重复 500 次。

5.3.2 结　果

5.3.2.1 七鳃鳗肝脏总 RNA 的提取

用紫外分光光度计测定 RNA 纯度和浓度，结果表明 OD_{260}/OD_{280} 为 1.8～2.0，加入去 RNase 水将总 RNA 浓度稀释至 1 μg/μl，置于－80℃保存备用。用 1%的琼脂糖凝胶电泳检测，结果（图 5.9）基本无降解，可以用于后续实验。

5.3.2.2 七鳃鳗肝脏激肽原的扩增及蛋白质结构域预测

对肝脏 cDNA 文库中预测的激肽原序列进行验证，测序结果与 cDNA 文库中的序列一致，表明其确实存在于七鳃鳗肝脏中，可以作为已知序列进行全长 cDNA 的扩增。

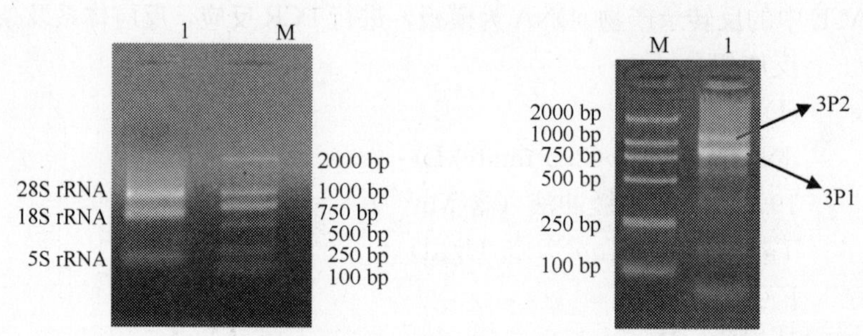

图 5.9　总 RNA 电泳结果

1. 总 RNA；M. DNA Marker DL2000

图 5.10　3′RACE 电泳结果

1. 3′RACE；M. DNA Marker DL2000

通过对已知序列 3′端的扩增，得到约 850 bp 和1.2 kb的两个片段（图 5.10），分别命名为 3P1 和 3P2，各挑选两个克隆子进行测序，结果表明它们的 5′端部分完全相同，差异存在于 3′端部分。通过对已知序列 5′端的扩增，得到约 250 bp 的片段（图 5.11）。

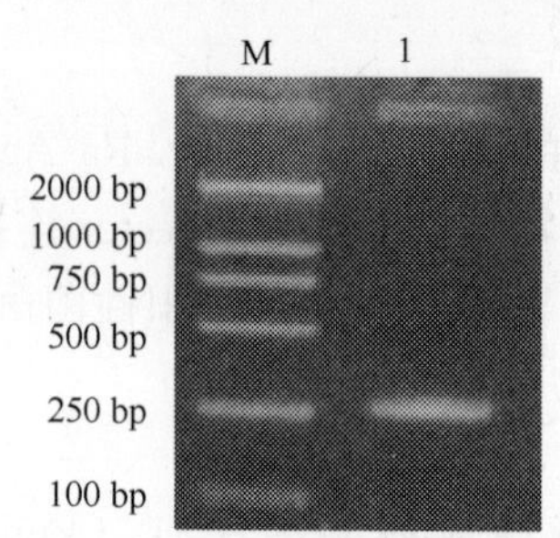

图 5.11　5′RACE 电泳结果

1. 5′RACE；M. DNA Marker DL2000

用 Sequencher 4.2 软件对上述 3 段序列进行拼接后，手动识别其可读框（546 bp），发现 3′RACE 产物序列的差异在 3′端非翻译区，可读框内的序列完全一致。为了证实拼接后的序列确实存在于七鳃鳗肝脏组织中，又在该序列的可读框两侧设计引物，进行 PCR 扩增。扩增产物的测序结果与之前拼接的结果完全一致，表明该序列确实存在于七鳃鳗肝脏组织中。手动翻译可读框中的序列，得到 kng _ lamprey，共含 181 个氨基酸序列（图 5.12）。3DJigsaw 在线软件识别出 kng _ lamprey 具有一个半胱氨酸蛋白酶抑制剂结构域，但其一级结构中并不具有与哺乳动物激肽原类似的常规的半胱氨酸蛋白酶结合位点（QVVAG），若根据哺乳动物中的情况推测，kng _ lamprey 应该不具有抑制活性，但考虑到七鳃鳗所处的特殊的进化地位，其在各方面都与哺乳动物存在很大的差异，所以 kng _ lamprey 是否能够抑制半胱氨酸蛋白酶还需要通过进一步的功能实验来检验。

```
1   ATG GGG CCA GCT GTT TTT CTC GGG CTG CTT GCT GTA CTG CTG TGC CAT TGC AGT ACA GCT
1    M   G   P   A   V   F   L   G   L   L   A   V   L   L   C   H   C   S   T   A
61  CAT TCA GCA CGT CTA AAT GAC AAG CTG ATG GCA GTG ATT ATT AAG AAG GCC AAT TCG GAG
21   H   S   A   R   L   N   D   K   L   M   A   V   I   I   K   K   A   N   S   E
121 CTC CAA CAA CCG AAC CTG TTT GGG GTC TAC AAA GTC AAG AAA GTG AAG GTG GGG AGT GGC
41   L   Q   Q   P   N   L   F   G   V   Y   K   V   K   K   V   K   V   G   S   G
181 AAA ATG GGA TCC GCC AGC TTC GTG GAC TTT GAA CTG AAG GAG ACT CTC TGC CCT CGC TCC
61   K   M   G   S   A   S   F   V   D   F   E   L   K   E   T   L   C   P   R   S
241 AGT GGA AAG AAC CCA TCC ACC TGC GAA TTC AAC CCG GCA GCA TAT CCC GCG CTA TGG GAG
81   S   G   K   N   P   S   T   C   E   F   N   P   A   A   Y   P   A   L   W   E
301 TGC AAA GCG ATC CTA ACC AAG AGC AAC ACA AAC GCC CCT GTG GTG TCG GAC CTG TCA TGC
101  C   K   A   I   L   T   K   S   N   T   N   A   P   V   V   S   D   L   S   C
361 GAC CAG GAG AGC AGC GAG GAG TCG GAT AGC GAC AGC CAC GAC GAC ACT TTC GGC CGG TTC
121  D   Q   E   S   S   E   E   S   D   S   D   S   H   D   D   T   F   G   R   F
421 ATG AAT CGG CGG TCA AAG AGA GCA GAG CCT CAA GAT GGC AAA AAG AAA CCA GCA CGA AGA
141  M   N   R   R   S   K   R   A   E   P   Q   D   G   K   K   K   P   A   R   R
481 CCT GGG TTC ATG CAT ATT GCC GGC CGC CCT AGC AAA CCA GAA ACG AAG GAG CAA ATT TCG
161  P   G   F   M   H   I   A   G   R   P   S   K   P   E   T   K   E   Q   I   S
541 ATT TGA
181  I   *
```

图 5.12 七鳃鳗激肽原可读框的核苷酸序列及翻译的氨基酸序列

核苷酸序列（上排）和氨基酸序列（下排）从起始密码子开始编号，* 表示终止密码子，单下划线对应的氨基酸序列（28～110）和双下划线对应的氨基酸（159～167）分别是预测的半胱氨酸蛋白酶抑制剂结构域和缓激肽结构域

5.3.2.3 系统发育分析

为了更加完整地研究脊椎动物激肽原基因的进化，把 kng _ lamprey 与第 2 章所用的激肽原序列放在一起，重新进行系统发育分析。在多序列比对中可以看到，预测的 kng _ lamprey 的半胱氨酸蛋白酶抑制剂结构域恰好与其他物种中不具有保守基序的该结构域相对应。加入 kng _ lamprey 后的邻接树（图 5.13）显示，kng _ lamprey 在系统发育树中所处的位置与物种的进化地位相符。这个结果从另一个角度证实了 kng _ lamprey 确为七鳃鳗肝脏激肽原，同时也对进一步研究其他物种中激肽原基因奠定了基础。

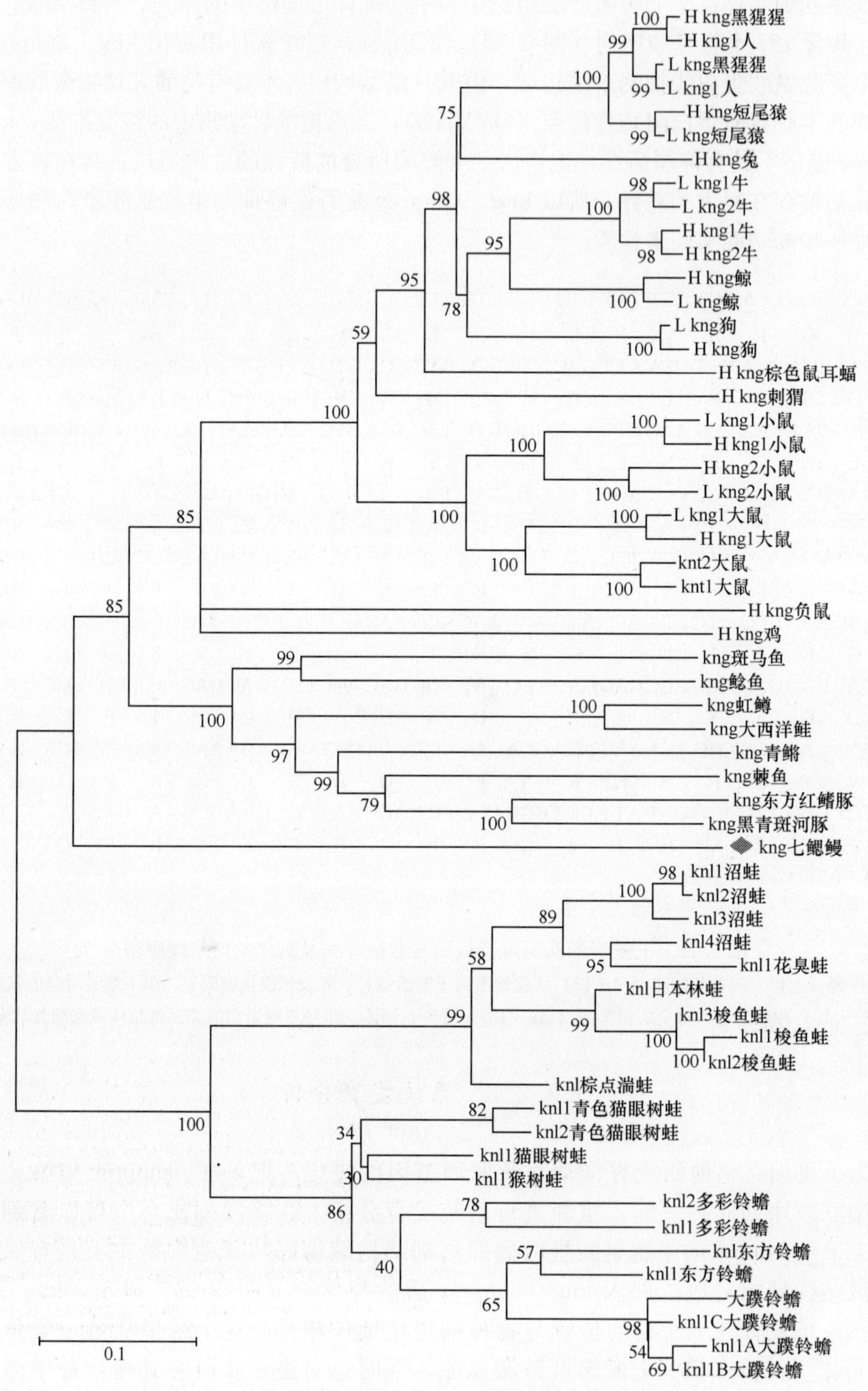

图 5.13　基于邻接法构建的 58 个激肽原氨基酸序列的系统发育树

标尺表示千个氨基酸残基替代率，单位：%

5.3.3 讨 论

5.3.3.1 3′端非翻译区的可变性

对 3′RACE 实验中所测得的 4 个克隆子的序列进行比对，结果表明它们的 3′端非翻译区有较大的差异，而可读框中的序列除去个别碱基差异外（测序导致），其余完全一致。3′端非翻译区存在的序列差异主要体现在两个水平上，一个是大段序列的缺失（或者说是插入），这可能是由激肽原基因在 3′端非翻译区的选择性剪接所造成的；另一个是个别碱基和小段序列的差异，这可能是由 3′端非翻译区的多态性造成，同样的现象广泛存在于多种基因中。mRNA 3′端非翻译区的蛋白质结合位点和二级结构能促进或抑制其自身的降解，从而影响着其自身的稳定性，这将在蛋白质表达量的水平上影响其所编码蛋白质的功能。在特定的生理条件下，基因会表达出适量的蛋白质以适应该生理条件的需要，而 mRNA 3′端非翻译区的多肽性也是蛋白质表达量的调控机制之一。所以激肽原 3′端非翻译区在上述两个水平的差异可能与激肽原基因在不同生理条件下的表达调控有关。

5.3.3.2 kng _ lamprey 结构域的特点

kng _ lamprey 中有一个半胱氨酸蛋白酶抑制剂结构域，所以属于新型的激肽原（见第 2 章中结论），其一级结构中不具有常规的结合位点。鱼类激肽原中有两个半胱氨酸蛋白酶抑制剂结构域，其中，相对位置在 N 端的不具有常规的结合位点，在 C 端的具有常规的结合位点。所以鱼类激肽原中具有常规结合位点的那个半胱氨酸蛋白酶抑制剂结构域更可能是在鱼类出现之后插入产生的，而不是由不具有常规结合位点的那个半胱氨酸蛋白酶抑制剂结构域复制产生。在两栖动物出现之后，具有常规结合位点的那个半胱氨酸蛋白酶抑制剂结构域通过复制产生了另一个具有常规结合位点的半胱氨酸蛋白酶抑制剂结构域，即两栖动物的新型激肽原中存在 3 个半胱氨酸蛋白酶抑制剂结构域，相对位置在 N 端的那个不具有常规的结合位点，另外两个具有常规的结合位点，这种结构在鸟类和哺乳动物中得到了延续。

kng _ lamprey 的缓激肽结构域与其他哺乳动物激肽原的相比有较多氨基酸残基的不同，但考虑该结构域在不同类别的物种中也具有较大的差异，以及七鳃鳗在物种进化中处于旁支地位，这种不同是可以接受的。此结果对于研究七鳃鳗中其他基因同样具有重要的启示，即在借鉴高等动物中基因的模式来研究七鳃鳗中基因的同时，更要结合七鳃鳗这个物种在进化中的特殊地位进行全面的分析。

5.3.3.3 七鳃鳗中是否存在原始的激肽原基因

因为在昆虫、鱼类和两栖动物中都存在原始的激肽原基因（前者中的现已消失），所以七鳃鳗中最初也应该有原始的激肽原基因存在，即七鳃鳗同时具有新旧两种激肽原基因。但在本实验室先期建立的七鳃鳗肝脏 cDNA 文库中并未发现原始的激肽原基因序列，因为不能确定在其他组织中其是否有表达，所以无法断定现今的七鳃鳗中是否仍有原始的激肽原基因存在。更多组织的 cDNA 文库的建立和全基因组测序的完成将有助于解开这个谜题。

5.3.4 小　结

本实验在七鳃鳗肝脏中扩增出了激肽原基因的全长 cDNA 序列，识别出其可读框含 546 个碱基序列，编码 181 个氨基酸序列。在一级结构、三级结构和系统发育水平上都证实了其确为激肽原基因。通过序列分析发现其具有一个半胱氨酸蛋白酶抑制剂结构域（无常规的结合位点）和一个缓激肽结构域（与常规的哺乳动物缓激肽有差异），属于新型的激肽原基因。由于七鳃鳗是现存最古老的脊椎动物之一，所以七鳃鳗肝脏激肽原基因的成功克隆，为更加完整地了解脊椎动物激肽原基因的系统发育提供了最关键的材料。

5.4 结　　论

长期以来，对于激肽原的研究主要集中在哺乳动物中。直到 21 世纪初，第一个两栖动物激肽原基因克隆之后，又在多种两栖动物中克隆出了大量的激肽原基因，掀起了两栖动物激肽原研究的高潮。但是除了缓激肽结构相似之外，上述两类物种中的激肽原之间再无其他结构相同，而且它们存在的组织和形式也有所差异。因此，有的学者提出不应把它们看作是同源基因。然而，它们缓激肽结构的同源性使这种观点难以令人信服。鉴于此，有必要对脊椎动物激肽原基因的系统发育关系进行深入细致的分析，以利于对激肽原的进一步研究。

本文首先获取了全部已知的激肽原序列，并根据其结构特点，在 EST 和基因组数据库中识别出新的激肽原。通过这种方法，共获得了来自于哺乳动物、鸟类、两栖动物和鱼类的激肽原氨基酸序列 57 个，其中 24 个具有明确的基因结构。结合使用氨基酸序列和基因结构作为分子标记，对收集到的激肽原基因进行系统发育分析，阐明了它们之间的系统发育关系。

为了更加完整的揭示脊椎动物激肽原基因的进化机制，本文又从现存最古老的脊椎动物七鳃鳗肝脏中克隆出了激肽原基因的全长 cDNA 序列，识别出其可读框含 546 个碱基，编码 181 个氨基酸序列。序列分析发现其具有一个半胱氨酸蛋白酶抑制剂结构域（无常规的结合位点）和一个缓激肽结构域（与常规的哺乳动物缓激肽有差异），属于新型的激肽原基因。

至此，共获得了 58 个脊椎动物激肽原氨基酸序列，再结合昆虫中激肽原氨基酸序列的特点，完整地揭示了从最低等的脊椎动物七鳃鳗到最高等的脊椎动物人类的激肽原基因系统发育关系。

在非脊椎动物的黄蜂中，原始的激肽原基因编码的是含有 55 个氨基酸残基的蛋白质，其中仅含一个缓激肽结构域。在最低等的脊椎动物七鳃鳗中，还存在一种与之平行的新型的激肽原基因，它包含一个无常规结合位点的半胱氨酸蛋白酶抑制剂结构域和一个缓激肽结构域的编码区，而原始的激肽原基因现在是否存在还不能确定。在鱼类中，新型的激肽原基因在无常规结合位点的半胱氨酸蛋白酶抑制剂结构域编码区的 3′端插入了一个有常规结合位点的半胱氨酸蛋白酶抑制剂结构域的编码区。在鱼类和两栖动物分化之后，鱼类失去了原始的激肽原基因，而在两栖动物中，原始的激肽原基因发生了缓激肽结构域编码区多倍化（外显子复制事件），并伴随着微小的序列改变。两栖动物新型的激肽原基因通过有常规结合位点的半胱氨酸蛋白酶抑制剂结构域编码区的复制，获得了另一个有常规结合位点的半胱氨酸蛋白酶抑制剂结构域编码区，通过插入事件，获得了组氨酸富集区的编码区。然而，在这些事件之后，它却成为了一个假基因，并且序列发生了极大的退化，但其基因结构仍然保守。在鸟类中，原始的激肽原基因消失了，而新型的激肽原基因保留了下来。在哺乳动物中，原始的激肽原基因消失了，而新型的激肽原基因在融合了一段序列之后，由组成性剪接基因转变为选择性剪接基因。在某些物种中，类似于内含子的插入和滑动，外显子的多倍化和基因的复制等突变事件贯穿于整个进化过程。本研究的结果，为激肽原及与其类似的基因家族的进一步研究提供了有益的线索。

6　日本七鳃鳗口腔腺分泌液纤溶酶活性及其组分的分离鉴定

6.1　引　　言

近年来，血栓性疾病的发病率呈上升的趋势，溶栓剂尤其是纤溶酶是治疗血栓性疾病安全而有效的手段，但是由于这些药物具有潜在的出血性以及服药后血栓再生等不利因素，大大降低了此类蛋白质药物的应用价值。目前利用基因重组技术或化学偶联的方法构建的嵌合体纤溶酶被广泛的研究。这种嵌合体蛋白质可根据其形成方式的不同分为两种：重组型和化学偶联型嵌合体纤溶酶。又可根据其结合功能多肽的类型不同分为5类：①酶原型嵌合体纤溶酶，是纤溶酶与其酶原结构域结合，可有效控制其活性发挥作用的时间；②特异识别纤维蛋白型嵌合体纤溶酶，是纤溶酶与特异识别纤维蛋白的肽段结合，可有效地聚集到血栓附近，提高血栓附近纤溶酶的浓度；③抗凝血酶型嵌合体纤溶酶，是纤溶酶与具有抗凝血酶活性的多肽结合；④抗血小板聚集型嵌合体纤溶酶，是纤溶酶与抗血小板聚集的多肽结合；⑤抗凝血酶、抗血小板聚集型的多效嵌合体纤溶酶。后三类可因其发挥抗凝血酶活性和（或）抗血小板聚集活性而有效地抑制血栓再生。最近几年，嵌合体纤溶酶的发展取得了一定的研究成果，为将来溶栓药物的发展方向提供了至关重要的信息。

6.1.1　酶原型嵌合体纤溶酶——Pro-ACLF

ACLF是来自南美洲 *Agkistrodon contortrix laticinctus* 蛇毒中的，具有纤溶活性的金属蛋白酶。2000年Selistre-de-Araujo等构建了rACLF，通过这种方法产生的成熟蛋白质由于快速地自降解而不能够保持活性。2003年，Ramos等通过重组表达得到了含有酶原结构域的Pro-ACLF蛋白质包含体。不同的是，这次用于重组的编码区基因片段要比Selistre-de-Araujo构建rACLF所采用的片段多一个编码酶原结构域的序列。因此，蛋白质在重新折叠过程中，能够自激活，成为有纤溶活性的蛋白质水解酶。在Pro-ACLF折叠过程中快速去除变性因子，蛋白质则以酶原的形式存在；需要有活性酶的时候，加入 Zn^{2+} 和 Ca^{2+}，酶原即转变为酶，从而有利于控制酶作用的时间。

6.1.2　特异识别纤维蛋白型嵌合体纤溶酶

6.1.2.1　fβ/scuPA-32K

fβ/scuPA-32K是将纤维蛋白（fibrin）β链片段（Gly15～Arg42）与5个氨基酸的

连接序列结合，再连接到低分子质量单链尿激酶（scuPA-32K，Leu144～Leu411）分子的N端。由于fibrin β（Gly15～Arg42）能够阻止纤维蛋白聚合体的产生，所以基于fibrin β链N端序列合成的多肽Gly15～Arg42是纤维蛋白形成有效的抑制剂。也就是含有这个多肽的重组蛋白质可延缓纤维蛋白凝块的形成。fibrin β（Gly15～Arg42）对纤溶酶原的Lys结合部位有较高地亲和性，所以fβ/scuPA-32K的纤溶酶原激活活性高于scu-PA32K。此外，fβ/scuPA-32K既可用这个多肽识别纤维蛋白，增强其对纤维蛋白的亲和性，又能抑制血小板聚集，并较少地消耗血浆中的纤维蛋白原。

6.1.2.2　GHRP-scu-PA-32K

GHRP-scu-PA-32K是将纤维蛋白β链的Gly15-His16-Arg17-Pro18（GHRP）结合到scu-PA-32K的N端（Leu144～Leu411），可阻止纤维蛋白聚合的发生。β链的His16在纤维蛋白交联过程中起重要作用。由于GHRP以纤维蛋白为目标，所以GHRP-scu-PA-32K结合纤维蛋白的活性高于scu-PA-32K。较高浓度的GHRP-scu-PA-32K可延长纤维蛋白聚合的时间，表明GHRP具有抗凝作用。此外，GHRP-scu-PA-32K因较少地消耗血浆中的纤维蛋白原而具有更高的应用价值。

6.1.2.3　SAKM3-L-K1

SAKM3-L-K1是将人类纤溶酶原的kringle-1结构域通过20个氨基酸的连接序列与葡激酶（staphylokinase，SAK）C端融合，并将N端糖基化位点Thr30突变为Ala，形成非糖基化的、有生物活性的融合蛋白。如果N端糖基化位点未发生突变，在*P. pastoris*中表达的融合蛋白则发生N连接糖基化，导致融合蛋白的SAK活性减弱。这是由于寡聚糖的存在能够导致纤溶酶定位的微小变化，所以表达的糖基化嵌合体削弱了SAK的活性。Asn28和Thr30是形成糖基化的关键残基，而且Asn28关系着SAK的重要功能。由于Asn28既与微纤溶酶的Gly174和Gln177形成氢键，又与链内Met26发生相互作用，如果用Asp或Ala替代Asn28，则减弱SAK的活性。将Thr30突变为Ala，则能够产生非糖基化的有功能的SAKM3-L-K1。将含有20个氨基酸的连接子插入到SAK和kringle-1之间可使融合蛋白中每一个结构域都能够独立折叠，这就保证了每一个结构域都有足够的空间与它们的目标相互作用。kringle-1结构域有一些氨基酸具有结合Lys的能力，对由纤溶酶水解纤维蛋白C端而产生的大量Lys有较高的亲和性，因此，SAKM3-L-K1较高的溶栓效率可以看作是纤维蛋白凝块附近纤溶酶原激活剂浓度提高的结果。尽管SAK在人体内引起免疫反应，但是已有关于SAK突变体具有较低免疫原性的报道。用这些SAK的突变体与来自人类纤溶酶原的kringle-1结构域融合也许有助于开发新型高效的，免疫原性低的溶栓蛋白。

6.1.3　抗凝血酶型嵌合体纤溶酶

6.1.3.1　H6-Sak-Dip-Ⅰ＋Ⅱ

H6-Sak-Dip-Ⅰ＋Ⅱ是利用 6 个氨基酸（含有 Xa 因子裂解部位序列）将 Kazal 型凝血酶抑制剂——dipetalin（Dip）的 C 端融合到 SAK 分子上的嵌合体。NMR 检测结果显示融合蛋白中每一个组分的分子结构都与单体分子相同，而且在与功能相关的结构域中，各组分间没有发生相互作用。这 6 个氨基酸的序列和 Dip 两个柔性高的结构域能够减弱独立功能因子间的位阻，因此保留了融合蛋白中每一组分的活性。H6-Sak-Dip-Ⅰ＋Ⅱ具有同单体分子相同的抗凝血酶活性和纤溶酶原激活活性。虽然凝血酶是有效的血小板激活因子，但是在其较低的浓度条件下，H6-Sak-Dip-Ⅰ＋Ⅱ能够破坏由凝血酶引起的血小板聚集和内皮舒张。由此可见，H6-Sak-Dip-Ⅰ＋Ⅱ因具有溶栓并抑制血液中血栓再生的特性而有可能被应用于临床治疗。

6.1.3.2　HLS-2

HLS-2 是同时具有纤溶酶原激活活性和抗凝活性的嵌合体纤溶酶。它是由凝血酶抑制剂水蛭素（hirudin）的衍生物、6 个氨基酸组成的空隙、SAK 和由 13 个氨基酸组成的 C 端的表达标签（expression tag）所构成。以往构建的所有嵌合体衍生物与天然的水蛭素相比，都具有较低的抗凝血酶活性。主要原因是：①没有一个嵌合体衍生物含有水蛭素的全序列，它们所含有的只是组成水蛭素羧基末端区域的肽段，或者是这个肽段能结合以凝血酶活性部位为目标的短肽。水蛭素小片段衍生物对凝血酶的亲和性比完整的水蛭素至少降低了一个数量级。②水蛭素和另一个功能多肽间的连接方式对嵌合体纤溶酶的抗凝血酶活性有重大的影响。前期研究是将溶栓蛋白结合到水蛭素衍生肽的 N 端，但是水蛭素 N 端的加长，哪怕只是一个氨基酸的增加都能够显著地降低其对凝血酶的亲和性；另外，N 端加长还可引起蛋白质的降解和错误折叠。而 C 端加长则不降低其抗凝血酶活性，因此水蛭素的 C 端与 SAK 连接所形成的 HLS-2 具有抗凝和溶栓的双重功效。此外，由于 HLS-2 较大的分子能够被缓慢地降解，可能有助于减少药物剂量和降低服药的频率。

6.1.3.3　HE-SAKK

HE-SAKK 是将 HE（E-coil 结合到水蛭素的 C 端）与 SAKK（K-coil 结合到 SAK 的 C 端）通过共价二硫键的连接，形成的 Y 形嵌合体分子。HE-SAKK 中的水蛭素和 SAK 具有与双亲分子相同的生物活性，能有效地作用于富含凝血酶的纤维蛋白凝块，使纤溶过程中血栓再生的概率降到最低。由于水蛭素 N 端的 α-氨基基团可与凝血酶催化部位的 Ser195 形成氢键，所以通过乙酰化作用或者在 N 端添加一个额外的氨基酸，就可去掉N端α-氨基的正电荷，这能减弱水蛭素对凝血酶的抑制作用；SAK的N端也必须加工成ΔN10SAK才有活性。所以对水蛭素和SAK来说，N端的自由对于维持其活性是必需的。水蛭素的C端通过静电作用可结合到凝血酶阴离子外源结合位点。通过灵活的连接序列将二聚体结构域结合到水蛭素的C端对水蛭素的活性影响最小。Sako和Gase等认为SAK C端的氨基酸在蛋白质折叠和三维结构的稳定中起着重要作用，敲除Lys135和（或）Lys136可引起其活性的损失。然而若在C端结合有其他的连接序列时，SAK和另一个结构域间的相互作用达到最小，从而保留SAK的生物活性。为了保证每一个组分的结构域都能够独立折叠，亲水的（STSGG）2STSPG被插入到水蛭素和E-coil之间；（GSTSG）3SGSPG被插入到SAK和K-coil之间。但由于HE中水蛭素的Cys错配，HE对凝血酶的抑制活性比水蛭素的要低。体外改组二硫键是解决这个问题的简单而有效的方法，而且不需要二硫键异构酶或二硫键氧化还原酶的参与。

6.1.4 抗血小板聚集型嵌合体纤溶酶——Fibrolase嵌合体衍生物

Fibrolase嵌合体衍生物是通过化学偶联的方法将fibrolase（从*Agkistrodon contortrix*蛇毒中分离得到的纤溶酶）与RGD（Arg-Gly-Asp）多肽类似物经连接子N-(γ-maleimidobutyryloxy) sulfosuccinimide ester（S-GMBS）连接所形成的嵌合体纤溶酶。这种fibrolase嵌合体衍生物既保留了fibrolase的纤溶酶活性，又保留了RGD多肽类似物的抗血小板聚集活性。RGD多肽类似物与距离fibrolase酶活性部位较远的Lys183接触，因此这种共价作用对酶的纤溶活性和肽对血小板聚集的抑制活性无任何影响。嵌合体是通过RGD多肽类似物与血小板纤维蛋白原受体GpⅡb/Ⅲa结合，竞争性抑制纤维蛋白原与GpⅡb/Ⅲa间的相互作用，从而破坏血小板聚集。Fibrolase嵌合体能够在RGD多肽类似物的作用下，有效地移动到富含血小板的血栓附近，使局部区域内酶的浓度升高，提高了酶的作用效率，降低纤维蛋白（原）降解的趋势。采用20Å的交叉连接子将RGD多肽与fibrolase连接所形成的嵌合体衍生物无纤溶酶活性和抑制血小板聚集的活性，而所选用的起作用的嵌合体是10.2Å。这是因为长的连接子可使连接肽运动，导致酶活性部位的改变。

6.1.5 抗凝血酶和抗血小板聚集型多效嵌合体纤溶酶

PLATSAK（antiplatelet-antithrombin-staphylokinase）是将激活纤维蛋白水解的SAK、抑制血小板聚集的RGD序列和抗凝血酶活性的、抗血栓形成的多肽结合所得的多效嵌合体，可在止血过程中的3个阶段都起作用。PLATSAK的分子组成为：SAK-Xa裂解部位-RGD-fibrinopeptideA（8～16）-水蛭素（54～65）。其中SAK能够将嵌合体转移到富含Xa因子的血栓区域；Xa因子裂解部位连接SAK和具有抗血小板聚集和抗凝血酶活性的多肽，经Xa因子裂解后释放出具有抗血小板聚集和抗凝血酶活性的多肽，抑制血小板聚集和纤维蛋白的形成；RGD序列在多肽N端可结合纤维蛋白原受体（GpⅡb/Ⅲa），阻止血小板聚集；fibrinopeptideA（8～16）可抑制凝血酶的活性部位；C端的水蛭素（54～65）可结合并破坏凝血酶的阴离子结合部位。由此可见，PLATSAK是同时具有纤溶活性、抗血小板聚集活性和抗凝血酶活性的多效嵌合体纤溶酶。

6.1.6 展　望

利用基因重组技术或化学偶联方法获得的嵌合体纤溶酶不仅能够较大程度地发挥其溶栓功效，而且还获得了结合多肽的生物活性。如何使嵌合体蛋白质中每一组分的生物活性都不受另一组分的影响，这是形成新型有功能嵌合体的关键因素。由于新型嵌合体纤溶酶比以往的溶栓药物具有更高的溶栓效率，并且随着对新型抗凝、溶栓功能因子研究不断地深入，研究者会开发出更多新型高效的溶栓因子，这也许有助于临床血栓疾病的治疗。

6.2 日本七鳃鳗口腔腺分泌液纤溶酶及组织溶解活性的研究

七鳃鳗（lampreys）是圆口纲头甲亚纲（Cephalaspidomorphi）的代表动物之一。它是一种现存的，没有上下颌的低等脊椎动物。它们的生活方式和身体结构已有3.5亿年的历史，主要生活于海洋和淡水中，有些种类具有洄游习性。

七鳃鳗主要分为两种类型：寄生型和非寄生型。寄生型七鳃鳗，如日本七鳃鳗，成体在海洋中生活，秋冬季大量聚集溯河而上。成体七鳃鳗在头部腹面有杯形的口漏斗（buccal funnel），这是一种吸盘式的构造，周边附生着具有感觉功能和吸附功能的穗状皮褶。穗状皮褶和类似于舌结构的表面覆盖有大量的角质齿。成体七鳃鳗用穗状皮褶和角质齿吸附于寄主体表，并用舌锉掉鱼体表面的鳞屑。通过舌部有节奏的锉动以及口吸盘所产生的负压力脉冲，七鳃鳗可将宿主的血液吸入到口腔中。在变态过程中，七鳃鳗的口腔表皮内陷，最终形成1对口腔腺体（buccal gland）。七鳃鳗（*L. fluviatilis*）头部侧面（图6.1 A）、横向（图6.1 B）及其腹面（图6.1 C）解剖图表明其口腔腺体是位于七鳃鳗眼眶下方的口腔内。如图6.2所示，每个口腔腺体都向前伸出一个导管并且开口于口腔。Lennon将七鳃鳗口腔腺分泌液命名为lamphredin。lamphredin主要是通过口腔腺括约肌的收缩而分泌到这对导管中。到目前为止，大部分关于吸血动物唾液腺的研究工作主要集中于水蛭（环节动物门）、昆虫（节肢动物门）和吸血蝙蝠（哺乳动物）。研究表明，这些吸血动物唾液腺所分泌的活性物质分别在血液凝固级联反应的不同阶段（图6.3）具有不同的抗凝血功能，且部分活性物质已被用于临床血栓疾病的治疗。

在七鳃鳗吸附宿主，吸食其血肉的过程中，七鳃鳗口腔腺分泌的活性物质lamphredin起着非常重要的作用。这主要是由于lamphredin具有抗凝活性以及对宿主肌肉、血管、粘连组织和表皮覆盖物的细胞溶解活性。到目前为止，Rathke是第一个研究

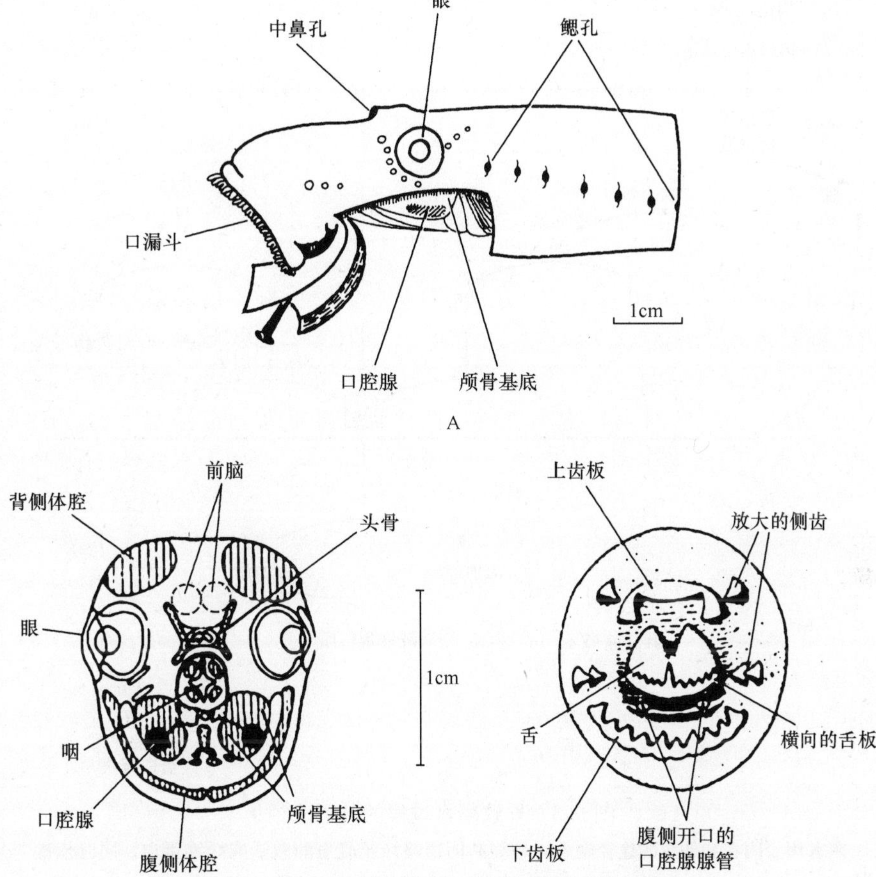

图 6.1　七鳃鳗性成熟个体的口腔腺解剖图

A. 头部侧面观察口腔腺；B. 眼部所做头部横切面示口腔腺位置；C. 颊漏斗内部俯视图显示口腔腺腺管口位置（Baxter，1956）

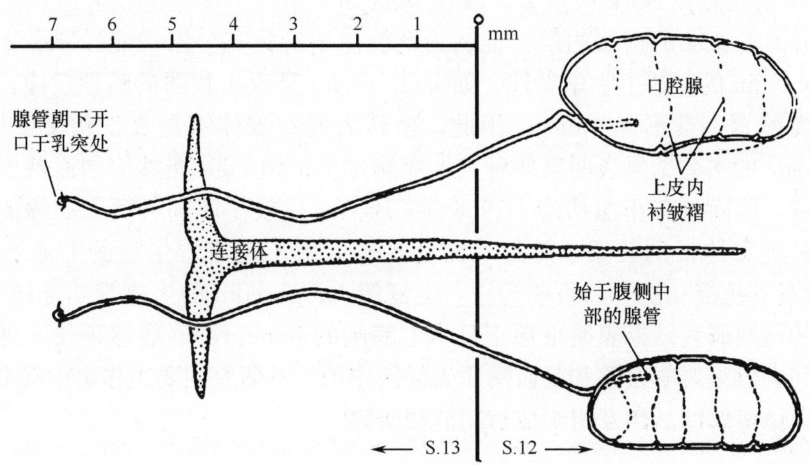

图 6.2　*L. fluviatilis* 性成熟个体口腔腺和其导管背面观示意图

S. 12＝系列横切面；S. 13＝系列纵切面（Baxter，1956）

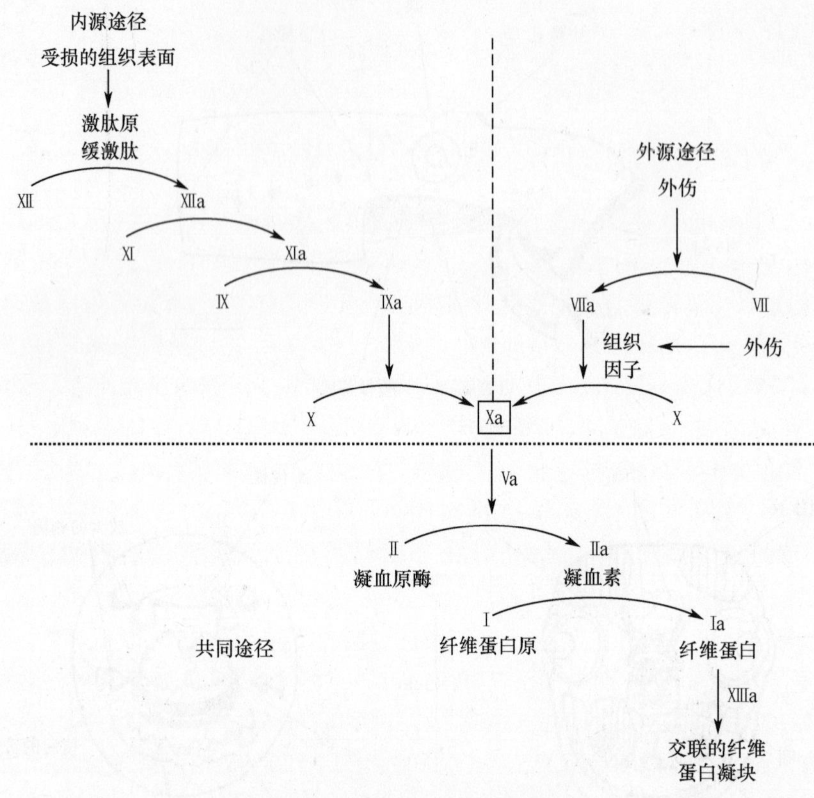

图 6.3　导致凝血过程的分子途径

在 X 因子内在和外在的途径融合，最终共同通路涉及凝血酶激活成纤维蛋白，同时依次交联，形成血凝块丝状排列的聚集和纤维蛋白原转化

七鳃鳗口腔腺体并对其功能作出预测的学者。他认为七鳃鳗的口腔腺体只是单纯储存唾液的蓄水池，而其唾液则由口吸盘表面的腺体所分泌。关于七鳃鳗口腔腺分泌液的来源，Rathke 的观点被 Born 所置疑。Born 观察到大型海七鳃鳗的口腔腺体通常含有棕色的液体并具有微小的褶皱内层。他认为此腺体本身具有分泌功能。Haack 初步检测到了 lamphredin 的一些生物学特性，如 lamphredin 呈现出较弱的酸性反应，缺乏唾液所具有的发酵素，且不含 muicn。因此，他认为这对腺体不是真正意义上的唾液腺。Gage 和 Gage 的实验结果表明某些种类七鳃鳗的 lamphredin 能够抑制血液中纤维蛋白凝块的形成，因而具有止血功能。1956 年，Baxter 比较了不同种类七鳃鳗的口腔腺体与时期、种类和体长的关系，并发现无论是寄生型还是非寄生型的七鳃鳗，其 lamphredin 都具有抗凝功能。到目前为止，七鳃鳗 lamphredin 的生物学功能还不为人知。本实验室的前期研究结果表明来源于日本七鳃鳗的 lamphredin 能够延长人外周静脉血的凝固时间，但是对凝血酶和凝血酶原无任何作用。本研究主要工作集中在 lamphredin 的纤维蛋白原溶解酶活性及组织溶解功能的研究。

6.2.1 材料和方法

6.2.1.1 材　料

DTT（Promega）；Triton X-100（FARCO chemica supply）；Tris（GIBCO）；BSA（Boehinger Mannheim）；NaCl（北京益利精细化学品有限公司）；甘氨酸（pharmacia）；KH_2PO_4（北京益利精细化学品有限公司）；标准分子质量蛋白质（中国科学院上海生化所）；Tween 20（Sigma）；甲醇，乙醇（北京益利精细化学品有限公司）；硝酸纤维素膜（Amersham）；SDS（Serva）；丙烯酰胺（Boehinger Mannheim）；N，N′-甲叉双丙烯酰胺（Sigma）；脱脂奶粉（OXOID）；丽春红 S（Ponceau S）（Sigma）；DAB（北京中山生物技术有限公司）；辣根过氧化物酶标羊抗兔 IgG（北京中山生物技术有限公司）；TRITC-Go-to-Mo 二抗（购自 Santa Cruz Inc）；DMEM、新生牛血清、胎牛血清、MTT（购自 Hyclone 公司）；人纤维蛋白原、人凝血酶、标准尿激酶和标准蚓激酶（购于中国生物药品检验检定所）；普通其余试剂均购于北京红星化工厂（分析纯）。细胞培养板、酶联板为 Costar 产品；其他为国产耗材；人成神经瘤细胞 SH-SY5Y 由美国 Sloan Kettering 癌症中心的 Biedler 博士馈赠；人类子宫颈癌细胞 HeLa 由中国科学院动物研究所徐丽博士馈赠。

F-4500 荧光分光光度计（Hitachi 公司）；TU-1900 双光束紫外分光光度计（北京普析通用仪器有限责任公司）；SZH-82 空气浴振荡恒温培养箱（深圳国华仪器厂）；Sotemp-6500 恒温培养箱（Fisher 公司）；PHZ-H 冷冻恒温振荡器（江苏太仓市实验设备厂）；KS250 型台式水平摇床（IKA）；pH 计（Fisher 公司）；Biofuge 高速离心机（Heraseus 公司）；SORVALL T21 高速离心机 T（Dupont 公司）；电泳仪；转膜电泳仪；（BIO-RAD 公司）；氨基酸序列测序仪（Applied Biosystems Procise-PRocISE）；Time-of-Flight（TOF）质谱仪（REFLEX Ⅲ型，Bruker 公司）；扫描仪（Hewlett-Packard Scanjet Ⅱ-P）；酶标仪（Thermo，China）；Olympus 倒置相差显微镜；冷冻切片机。

6.2.1.2 方　法

lamphredin 的制备：

本实验室于 2003 年 12 月在中国黑龙江省松花江同江流域捕获处于洄游期的成体日本七鳃鳗数条。然后剥离位于眼眶下、口腔内、呈豆子形状的口腔腺体，用注射器将腺体内的液体抽出，并于−80℃保存。

电泳分析：

将稀释 100 倍的 lamphredin（12 μg）应用 BIO-RAD mini-PROTEAN II 细胞电泳仪分析。在电压为 120 V 的条件下分别进行 12%十二烷基磺酸钠-聚丙烯酰胺凝胶电泳（sodium dodecyl sulphate polyacrylamide gel electrophoresis，SDS-PAGE）和非变性-

聚丙烯酰胺凝胶电泳（polyacrylamide gel electrophoresis，PAGE）。考马斯亮蓝 R-250 显色，后脱色观察并扫描保存。

分子质量测量：

（1）SDS-PAGE 检测分子质量。根据 Laemmli 测定蛋白质分子质量的方法，采用低分子质量蛋白质 Marker 作为参照估算分泌液中蛋白质的分子质量。

（2）质谱分子质量（MS）。根据 He-Qing Huang 的方法对 BGSP-2 进行基质辅助激光解吸电离飞行时间（time-of-flight matrix-assisted laser desorption/ionization，TOF-MALDI）质谱分析。以饱和的 α cyano-4-hydroxycinnamic acid（CCA）为基质。蛋白质样品（1 mg/ml）与基质 1∶4（V/V）混合，取 1 μl 上样测得（于军事医学科学院仪器测试中心）。

BCA 法测定蛋白质含量：

（1）制作标准曲线：将 25 μl 不同浓度的 BSA 标准液加入 96 孔板中；试剂 A 与试剂 B 按 50∶1 的比例混合；将 200 μl 此混合液加入 BSA 标准液中，于 37℃放置 30 min；应用酶标仪测定其在 590 nm 下的吸光度值。以蛋白质浓度为横坐标，吸光度值为纵坐标，绘制标准曲线作为定量的依据。

（2）按以上方法测定未知样品的蛋白质浓度。

蛋白质 N 端测序：

（1）当 PAGE 结束时，切 6 张相同的 Whatman 3MM 滤纸和一张 PVDF 膜，其大小应比相应的凝胶大小略小约 5 mm。

（2）将 PVDF 膜在无水甲醇中浸泡 5 s，然后迅速浸到转移缓冲液中，将滤纸、海绵和 PVDF 膜分别浸泡于缓冲液中 15～30 min。

（3）安装转移设备，其顺序为：负极—海绵—三层滤纸—胶—PVDF 膜—三层滤纸—海绵—正极，开始电转移：100 V，1.5 h，4℃。期间配制染色液和脱色液。

（4）电转移后，将 PVDF 膜浸泡在去离子水中，5 min×3 次；浸入染色液中摇摆待有蛋白质带出现，然后迅速放到脱色液中，摇摆清洗 10 min×3 次。

（5）用去离子水将 PVDF 膜冲洗干净，晾干，用于蛋白质测序。应用氨基酸序列测序仪（Applied Biosystems Procise-PROCISE）测序（于北京大学蛋白质工程及植物基因工程国家重点实验室）。

电洗脱法纯化：

进行 PAGE，120 V，4℃；待电泳结束后，将位于凝胶两端的泳道切下。染色。然后根据蛋白质带的位置切下含有目的蛋白质的凝胶片段，并将凝胶切碎；安装电洗脱装置；洗脱蛋白质，100 V，4℃，6 h；将含有蛋白质的洗脱液进行透析，并于冷冻干燥机中干燥。SDS-PAGE 检测。

凝胶过滤层析（分子筛）纯化：

将口腔腺分泌液用 50 mmol/L Tris-HCl，50 mmol/L NaCl（pH 7.4）的缓冲液稀释到 12 mg/ml，并离心（10 000 r/min，4℃，10 min）。将上清液（约 380 μl）加入到 Sephadex G-75 层析柱（1×40 cm）中。样品流速为 625 μl/min，每个 Eppendorf 管大约富集 1.2 ml 的洗脱液。12% SDS-PAGE 及 20% Tris-Trincin SDS-PAGE 检测，及转

膜测 N 端序列。

制备多克隆抗血清：

通过皮下注射免疫雄新西兰白兔来制备 BGSP-2 的抗血清（于中国科学院遗传与发育生物学研究所制得）。

间接酶联免疫吸附法（enzyme linked immunoabsorbent assay，ELISA）测定多克隆抗体效价：

（1）将 BGSP-2 稀释至 0.5 μg/ml，向 96 孔板的每孔中加入 50 μl 的抗原溶液，并摇动平板使抗原均匀分布。于 37℃放置 2 h 或 4℃过夜。

（2）清洗：倒尽包被液，每孔加入 200 μl 0.2% Tween 20 的 PBS 缓冲液清洗，室温振荡，5 min×3 次。

（3）封闭：在每孔加入 200 μl 封闭液（5%脱脂奶粉-PBS 缓冲液），于 37℃温育 30 min；清洗同（2）。

（4）加入一抗：将所得多克隆抗体用含 0.2% Tween 20 的 PBS 缓冲液稀释为一系列梯度：100 倍、200 倍、500 倍、1000 倍、2000 倍、5000 倍和 10 000 倍。每孔加入 50 μl 的一抗，于 37℃温育 40 min；清洗同（2）。

（5）加入二抗：每孔加 1∶5000 的羊抗兔 IgG-HRP 二抗各 100 μl，于 37℃温育 30 min；清洗同（2）。

（6）显色：每孔各加入 100 μl 的显色液，避光轻摇 10 min。

（7）终止：每孔再加入 50 μl 终止液以终止反应。

（8）测定：用酶标仪在 450 nm 下进行定量监测。

免疫印迹反应（蛋白质印迹）：

（1）蛋白质从 SDS-PAGE 向硝酸纤维素膜的转移。当 SDS-PAGE 即将结束时，切 6 张 Whatman 3MM 滤纸和一张硝酸纤维素膜，其大小应比相应的凝胶大小略小；在平皿中加入一定量的转移缓冲液，浸泡滤纸，海绵和硝酸纤维素膜大于 15 min；安装转移装置（100 V，4℃，1.5 h），顺序同 N 端转移测序。

（2）检测转移到硝酸纤维素膜上的蛋白质。把硝酸纤维素膜浸到含有 1×丽春红 S 使用液的平皿中染色 5 min，轻轻摇动；蛋白质带出现后，用铅笔标出分子质量标准蛋白质带的位置，在室温下用去离子水漂洗硝酸纤维素膜；用含有 0.2% Tween 20 的 PBS 缓冲液洗膜 2 次，每次 10 min。

（3）第一抗体和靶蛋白的结合。把硝酸纤维素膜放入平皿中，加入一定量的封闭液（0.2% Tween，5%脱脂奶粉），平放在缓慢摇动的摇床上于 4℃温育过夜；弃去封闭液，立即加入溶于 PBS（0.2% Tween，5%～10%羊抗兔血清，1%BSA）的抗 BGSP-2 的抗体溶液（1∶3000 稀释），室温温育 1 h。

（4）二级免疫反应。弃去封闭液和一抗，用封闭液洗膜 5 次，每次 10 min；把硝酸纤维素膜重新放入另一平皿中，用含有 0.2% Tween，5%～10%的羊抗兔血清和 2%的封闭因子的 PBS 室温封闭 1 h，然后加入溶于此封闭液的辣根过氧化物酶标记的羊抗兔 IgG（1∶5000）。平放在缓慢摇动的摇床上于室温温育 1 h；用含有 0.2% Tween 20 的 PBS 缓冲液洗膜 5 次，每次 10 min。

(5) 显色。将漂洗后的硝酸纤维素膜移入干净平皿中，加入显色液（400 μg/ml DAB，0.03 % H_2O_2），室温避光轻摇温育；观察反应过程，当蛋白质带的颜色深度达到要求时，即用水略微漂洗。然后转移至PBS缓冲液中，拍摄滤膜照片。

免疫组织化学（immunohisto chemistry）：

(1) 固定。将剥离的日本七鳃鳗口腔腺体在PBS中冲洗干净，并用4%的多聚甲醛在4℃固定过夜，后加入到20%的蔗糖中4℃过夜，待组织沉到管底后，用OCT化合物包埋。

(2) 冰冻切片。在冰冻切片机切片，14 μm厚，贴到经过多聚赖氨酸包被的载玻片上；切片在室温中放置2.0 h后，放到−80℃冰箱中保存，备用。

(3) 免疫组化。①将湿纸巾铺于载玻片盒底部做成加湿盒。从冰箱中取出切片，每组取两张，平衡置室温干燥；②置载玻片于载玻片盒中，用含有0.1% Triton X-100，0.2% BSA的PBS浸泡切片10 min；③阻断内源HRP，用含有0.3 % H_2O_2，0.3%血清的PBS在室温浸泡切片30 min；④将切片浸泡于玻片缸中，用含有0.1% Triton X-100，0.2% BSA的PBS浸泡切片，每10 min更换液体，共3次；⑤用含有0.1% Triton X-100，0.2% BSA，5%血清的PBS室温浸泡切片1.5 h；⑥用制备的多克隆抗体以1∶250的比例稀释，加盖封口膜，避光4℃过夜；⑦将切片浸泡于玻片缸中，用含有0.1% Triton X-100，0.2% BSA的PBS浸泡切片，每10 min更换液体，共3次；⑧用辣根过氧化物酶标记的羊抗兔抗体以1∶250的比例稀释，室温孵育2.0 h；⑨将切片浸泡于玻片缸中，用含有0.1% Triton X-100，0.2% BSA的PBS浸泡切片，每10 min更换液体，共3次；⑩用含有30% DAB（10 mg/ml），0.03 % H_2O_2的PBS避光染色10 min；⑪用PBS终止反应，每次10 min，共3次；⑫用双蒸水洗3次，每次10 min；⑬用50%、75%和100%的乙醇逐级脱水，待玻片晾干后，用封片剂封片；⑭在Olympus显微镜下观察拍片。

光散色法纤溶活力测定：

人纤维蛋白原（2.5 mg/ml，终浓度）分别与不同浓度的lamphredin、BGSP-1、BGSP-2和低分子质量多肽在50 mmol/L Tris-HCl，50 mmol/L NaCl（pH 7.4）的缓冲液中，在37℃保温10 min后，加入凝血酶，立即在荧光分光光度计中测定480 nm处的光散射变化。以标准的蚓激酶（1.2×10^3 U/mg）为对照，作出标准曲线，来比较lamphredin的活力单位。

纤维平板法纤溶活力测定：

按照Deogny等的纤维平板法，加以改进：将溶于缓冲液B的琼脂糖溶液（100 ml）在微波炉中加热熔解，在60℃的水浴中至少保温25 min；迅速加入15.0 ml溶于缓冲液A的纤维蛋白原溶液和0.5 ml凝血酶溶液，轻轻晃动混匀；将混合液迅速倒入8块灭菌的塑料平皿中（ø =10.0 cm），待其冷却凝固后，于4℃下保存备用，此平板为不含纤溶酶原的阴性（−）平板（plasminogen-free plate）。为避免市售的纤维蛋白原中可能含有纤溶酶原，将制好的平板放在80℃下灭活30 min；测活时，将15 μl的待测样品滴在平板上，并做好标记。于37℃下保温24 h和48 h后取出，测量溶圈的互为垂直的两个直径，以其积作为纤溶活性的大小。定量测量，可先在一板上加入不同量的标准尿激酶（185 U/mg）和蚓激酶溶液，根据溶圈的面积大小，作出标准曲线。未知样品的活力则通过溶圈大小的比较而得出。

lamphredin 的纤维蛋白原溶解酶活性与时间和浓度的关系：

将不同浓度的 lamphredin 加入到人纤维蛋白原溶液（2.5 mg/ml，终浓度）中，在 37℃恒温器中孵育 30 min 后取样，用 12% SDS-PAGE 检测。将 lamphredin（3 mg/ml，终浓度）加入到人纤维蛋白原溶液（2.5 mg/ml，终浓度）中，在 37℃的恒温器中温育，于 5 min、10 min、30 min、60 min、120 min、720 min 和 1440 min 时取样，用 12% SDS-PAGE 检测。

lamphredin 降解纤维蛋白原酶切位点的分析：

将 lamphredin（3 mg/ml，终浓度）加入到人纤维蛋白原溶液（2.5 mg/ml，终浓度）中，在 37℃的恒温器中温育，于 120 min 时取样。用 12% SDS-PAGE 检测；将胶上的蛋白质条带转移到聚二氟乙烯（PVDF）膜上，测定膜上产物条带的 N 端序列；根据所得的酶切片段的 N 端序列以及人纤维蛋白原的氨基酸全序列，确定 lamphredin 的酶切位点和作用方式。

金属离子螯合剂对 lamphredin 纤溶酶活性的影响：

将不同浓度的 EDTA-Na_2（从 0.25 mmol/L 到 12.5 mmol/L，终浓度）加入到 lamphredin 与人纤维蛋白原的反应体系中，在 25℃恒温器中孵育 1 h 后取样，用 12% SDS-PAGE 检测。

二价阳离子对由 EDTA-Na_2 引起的 lamphredin 纤溶酶活性损失的恢复：

将不同浓度的二价金属阳离子，如 Mg^{2+}、Ca^{2+} 或 Zn^{2+} 加入到 EDTA-Na_2、lamphredin 和人纤维蛋白原的反应体系中，在 25℃恒温器中孵育 1 h 后取样，用 12%SDS-PAGE 检测。

lamphredin 对神经 tau 蛋白、BSA 和血红蛋白的降解作用：

将一定浓度的 lamphredin 分别与神经 tau 蛋白、BSA 和血红蛋白在 37℃恒温器中孵育，间隔不同时间取样，进行 SDS-PAGE 电泳检测。

MTT 分析 lamphredin 对细胞生长的影响：

本实验采用人类神经瘤细胞株（SH-SY5Y）和人类子宫颈癌细胞株（HeLa）于 96 孔平底板培养，四氮唑盐比色法观察 lamphredin 对癌细胞的杀伤或增殖抑制作用。MTT 法是以代谢还原为基础。活细胞的线粒体中存在与 NADP 相关的脱氢酶，可将黄色的 MTT 还原为不溶性的蓝紫色的甲臜（fromazan），而死亡细胞此酶消失，MTT 不被还原，用 DMSO 溶解甲臜后，可用酶标仪在 590 nm 处检测吸光度的大小。

（1）按不同的癌细胞生长速率，将一定数量处于对数生长期的癌细胞以每孔 200 μl 接种于 96 孔培养板，在 5% CO_2，37℃培养箱内培养 24 h；

（2）每孔分别加入含不同浓度的 lamphredin 或 BSA 的培养液（不含新生牛血清）200 μl，每个浓度设 4 个平行组；

（3）继续培养，72 h 后，弃培养液，加入 200 μl MTT（500 μg/ml），再在培养箱中培养 4 h；

（4）弃去培养基，加入 200 μl DMSO，振荡 10 min；

(5) 于酶标仪在 590 nm 读吸光度值；

(6) 根据测得的吸光度值计算存活率；

$$存活率 = \frac{实验组吸光度值 - 空白组吸光度值}{对照组吸光度值 - 空白组吸光度值} \times 100\%$$

相差显微镜观察 lamphredin 对细胞凋亡的影响：

(1) 将 HeLa 细胞接种于四孔板中，待细胞长至 80%～90%时，加入 lamphredin；

(2) 待 72 h 后，用 PBS 洗 5 min；

(3) 用 4%的多聚甲醛固定 15 min；

(4) 用 PBS 清洗 3 次，每次 5 min；

(5) 用含有 0.2%的 Triton X-100 的 PBS 通透 15 min；

(6) 用 5% BSA 在 37℃封闭 1 h；

(7) 以 1∶20 的比例稀释抗鼠源微管结合蛋白，每孔 15 μl，37℃孵育 2 h；

(8) 用含有 0.2%的 Triton X-100 的 PBS 洗 3 次，每次 5 min；

(9) 按 1∶50 的比例稀释 GO-MO-TRITC，37℃孵育 30 min；

(10) 用含有 0.2%的 Triton X-100 的 PBS 洗 3 次，每次 5 min；

(11) 用 Hoechst 33258 (10 μg/ml) 染色 5 min；

(12) 用含有 0.2%的 Triton X-100 的 PBS 洗 3 次，每次 5 min；

(13) 用封片剂封片，观察，摄片。

6.2.2 结　果

6.2.2.1 lamphredin 的制备

本实验室于 2003 年 12 月在中国黑龙江省松花江同江流域捕获处于洄游期的日本七鳃鳗数百条。然后剥离位于眼眶下、口腔内、呈豆子形状的口腔腺体，用注射器将腺体内的分泌液抽出，并于－80℃保存。

6.2.2.2 lamphredin 的蛋白质组分分析

1) 电泳分析

采用 PAGE，是为了检测日本七鳃鳗 lamphredin 在天然状态下所含蛋白质的种类以及其在凝胶上的位置。如图 6.4 B 所示，lamphredin 在 PAGE 上主要呈现出两条蛋白质条带，本实验室暂时将它们分别命名为口腔腺分泌液蛋白质-1 (buccal gland secretion protein-1，BGSP-1) 和口腔腺分泌液蛋白质-2 (buccal gland secretion protein-2，BGSP-2)。根据电泳结果，我们发现这两条蛋白质带在 10% PAGE 上的位置比较近。由于 PAGE 是根据蛋白质分子质量的大小、形状和电荷三种因素来分离蛋白质，所以不能用此作为测定蛋白质分子质量的依据。采用 12 % SDS-PAGE，主要显示在变性条件下 lamphredin 所含的蛋白质的分子质量大小。如图 6.4 A 所示，lamphredin 在 SDS-

PAGE 胶上也主要呈现出两条蛋白质条带，并且这两条蛋白质条带间的位置相隔较远。为了了解在 PAGE 胶上的蛋白质条带与在 SDS-PAGE 胶上的蛋白质条带间的对应关系，我们将 PAGE 胶上含量较为丰富的两个蛋白质条带分别切下，并用电洗脱装置回收，经透析除盐和冷冻干燥后，分别进行 SDS-PAGE。结果表明 BGSP-1 在 PAGE 胶和 SDS-PAGE 胶的位置相同，而 BGSP-2 在这两种凝胶上的位置却不同（图 6.4 C）。但是 BGSP-2 是否为多聚体还需要其他实验去证明。

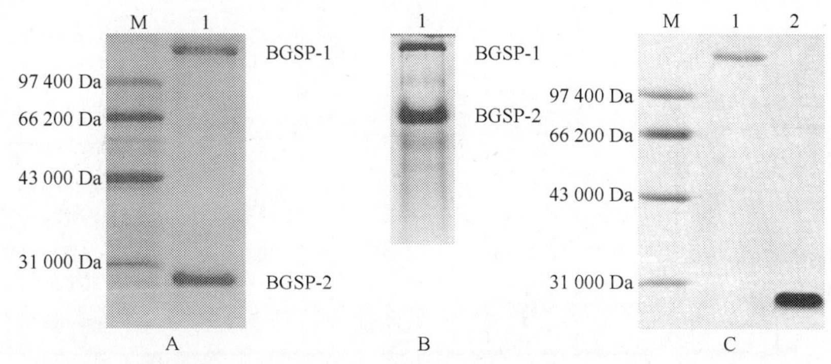

图 6.4 口腔腺分泌液中蛋白质的 SDS 和非变性聚丙烯酰胺凝胶电泳图

A. 分泌液总蛋白质的 12% SDS-PAGE 电泳；B. 分泌液总蛋白质的 10% native-PAGE 电泳；M. 分子质量标准；1. 分泌液蛋白；C. 用电洗提装置从 native-PAGE 上纯化 BGSP-1 和 BGSP-2 后进行 12% SDS-PAGE 电泳结果；M. 分子质量标准；1. BGSP-1；2. BGSP-2

2）分子质量测量

根据 Laemmli 通过 SDS-PAGE 计算蛋白质分子质量的方法，我们初步推算出 BGSP-1 和 BGSP-2（或其亚基）的表观分子质量分别为 140 000 Da 和 27 500 Da。

为了检测 BGSP-2 是否为多聚体蛋白质，我们采用不破坏蛋白质各亚基间相互作用的基质辅助激光解吸电离飞行时间质谱（MALDI-TOF-MS）来鉴定天然状态下 BGSP-2 的分子质量为 25 660 Da（图 6.5）。这与通过 SDS-PAGE 推算的 BGSP-2（或其亚基）的表观分子质量相近。BGSP-2 很可能为单体蛋白质。

3）BCA 法测定蛋白质浓度

通过 BCA 法测定 lamphredin 中总蛋白质的浓度为 120 mg/ml。

4）N 端序列分析

将 BGSP-1 和 BGSP-2 分别转膜后，用氨基酸序列测定仪（Applied Biosystems Procise-PROCISE）进行测序的实验结果显示：BGSP-1 的 N 端氨基酸序列为：EAESF QNLKT RICGG LNGLG，而 BGSP-2 的 N 端氨基酸序列为 TSVND WKLLD TKLSA NRKVI（data not shown）。这表明 lamphredin 中含量较高的蛋白质是两种不同的蛋白质，且仅从 N 端的 20 个氨基酸序列，BGSP-1 和 BGSP-2 在 NCBI 中找不到与之同源的蛋白质。

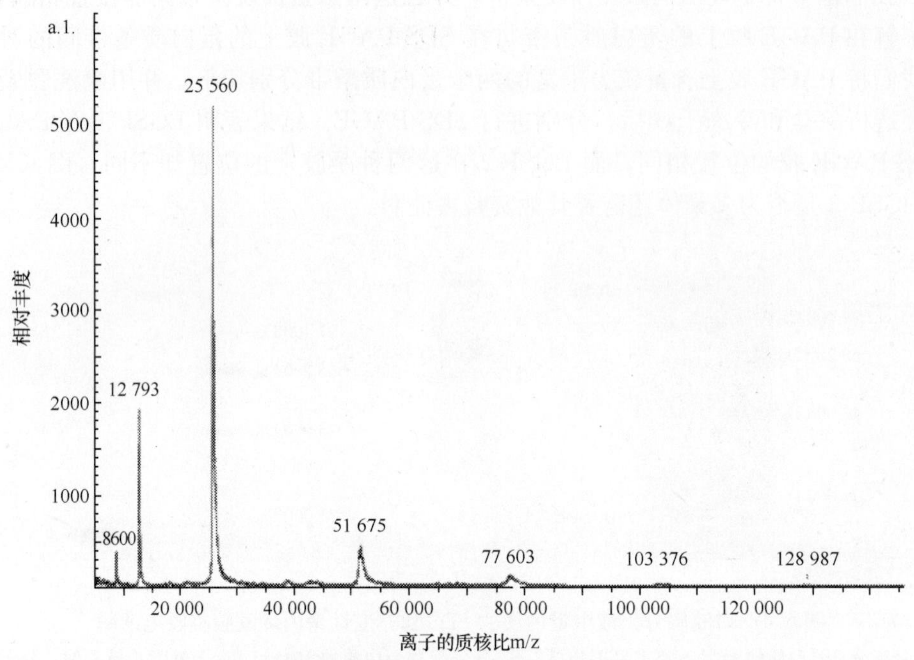

图 6.5 BGSP-2 亚基及聚合体的 MALDI-TOF-MS 质谱图

峰上数字表示分子质量；相对分子质量为 25 560 的主峰为带一个电荷（M^+）的 BGSP-2，相对分子质量为 12 793 的次峰为带两个电荷（M^+）的 BGSP-2，相对分子质量为 8600 的峰为带三个电荷（M^+）的 BGSP-2，相对分子质量为 51 675、77 603、103 376 和 128 987 的峰分别代表具有一个电荷的二聚体（$2M^+$）、三聚体（$3M^+$）、四聚体（$4M^+$）和五聚体（$5M^+$）结构

6.2.2.3 纯 化

将 lamphredin 进行 PAGE，然后切割下目的蛋白，用电洗脱仪洗脱，经透析，冷冻干燥后得到电泳纯的 BGSP-1 和 BGSP-2，但是这两种蛋白质的回收率特别低（data not shown）。通过不破坏蛋白质亚基间相互作用的质谱实验得知 BGSP-2 的分子质量是 25 600 Da，所以我们利用凝胶过滤层析（Sephadex G-75）来分离纯化 lamphredin 中含有的 BGSP-1 和 BGSP-2，并在 280 nm 下检测（图 6.6 A）。将第一个峰，第二个峰和第三个峰分别进行 12% SDS-PAGE 检测，结果表明第一个峰和第二个峰分别含有 BGSP-1 和 BGSP-2，且能得到较单一的蛋白质条带（图 6.6 B）。通过 N 端测序可得知每个蛋白质条带都是单一的蛋白质。通过凝胶过滤层析所得到的第三个峰在 12 % SDS-PAGE 上，甚至在 20% Tris-Trincin SDS-PAGE（图 6.6 C）上都没有显示出任何蛋白质条带。但是其在 280 nm 下的吸收值却特别高，而在 260 nm 下其吸收值却很低（data not shown），我们怀疑其含有一些低分子质量的多肽。

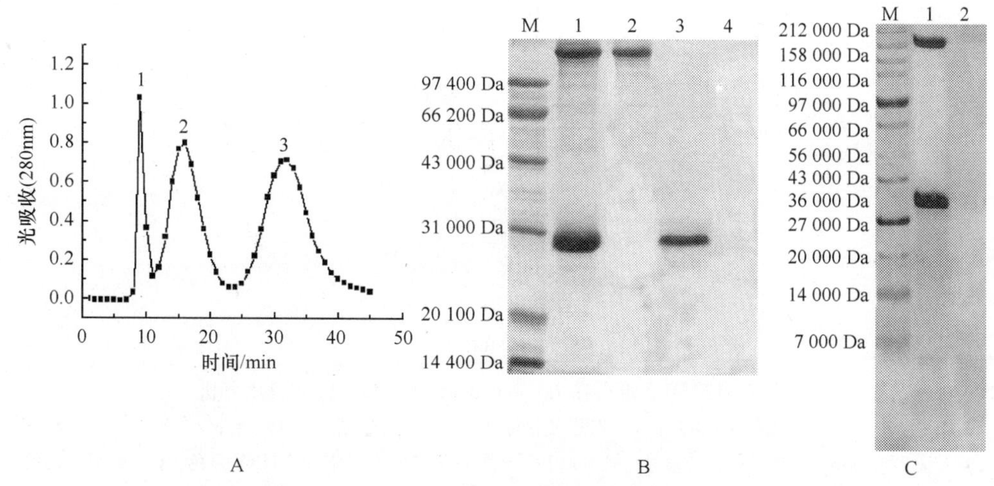

图 6.6 从 *L. japonica* 口腔腺分泌物中纯化 BGSP-1 和 BGSP-2

A. *L. japonica* 口腔腺分泌蛋白质用 Sephedex G-75 凝胶柱分离洗脱结果。B. 三个洗脱峰的 12%SDS-PAGE 电泳结果；M. 分子质量标准；1. 口腔腺总蛋白质（12 μg）；2. BGSP-1，5 μg；3. BGSP-2，6 μg；4. 3 号峰（5 μg）。C. 3 号峰的 20% Tris-Trincin SDS-PAGE 电泳；1. 口腔腺总蛋白质（12 μg）；2 号、3 号峰（10 μg）

6.2.2.4 BGSP-2 的抗原性研究

制备多克隆抗血清及 ELISA 测定多克隆抗体效价：

无论制备 BGSP-1 和 BGSP-2 的抗体还是其他的研究，都需要得到纯度很高的 BGSP-1 和 BGSP-2。纯化后的 BGSP-1 和 BGSP-2 在 SDS-PAGE 上呈现单一条带，转移到硝酸纤维素膜上也是一条带，故可用制备多克隆抗体。由于 BGSP-1 的稳定性不如 BGSP-2，所以目前只作了 BGSP-2 的抗体。ELISA 是免疫酶技术的一种，其特点是利用聚苯乙烯微量反应板吸附抗原、抗体，使之固相化，免疫反应和酶促反应都在其中进行。在每次反应后都要反复洗涤，这既保证了反应的定量关系，也避免了未反应的游离抗体抗原的分离过程。在 ELISA 法中，酶促反应只进行一次，而抗原、抗体的免疫反应可进行一次或数次，即可用二抗再次进行免疫反应。利用 ELISA 测得第四次加强后兔抗 BGSP-2 的血清滴度为 1∶10 000，而后杀兔取血清，离心后收集兔抗 BGSP-2 的多克隆血清。

免疫印迹反应及免疫组织化学：

将纯化后的 BGSP-2、lamphredin 和日本七鳃鳗肝脏总蛋白分别与兔抗 BGSP-2 多克隆抗体进行免疫杂交，结果见图 6.7 A。硝酸纤维膜在 27 500 Da 左右有一条带具有免疫活性。在相同条件下，lamphredin 的同一位置也可见此带，但是在其他位置有不甚清晰的条带，表明该抗体可与 BGSP-1 发生非常微弱的交叉反应。肝脏总提取物无任何免疫条带，表明在 BGSP-2 不存于在肝脏中。免疫组织化学结果表明 BGSP-2 的免疫信号主要存在于日本七鳃鳗口腔腺体内（图 6.7 B 和图 6.7 C）。

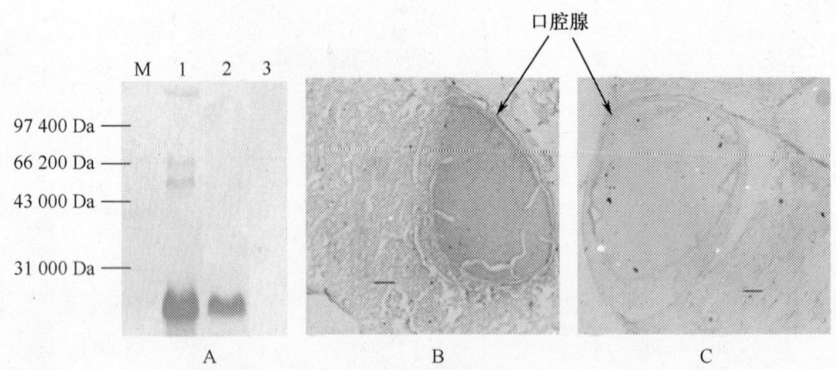

图 6.7 BGSP-2 蛋白在 *L. japonica* 口腔腺的免疫组化分析

A. 用 BGSP-2 抗体进行蛋白质印迹检测；M. 分子质量标准；1. 口腔腺总蛋白（15 μg）；2. 纯化后的 BGSP-2；3，*L. japonica* 肝脏总蛋白。B. BGSP-2 通过一抗 anti-BGSP-2 偶联二抗羊抗兔 IgG-HRP 显色。C. 未用一抗的口腔腺切片作为对照，Bar=20 μm

6.2.2.5 lamphredin 纤溶活力测定

性腺未发育成熟的寄生型七鳃鳗主要依靠吸食鱼类的血肉生存，而性腺发育成熟的七鳃鳗在生殖期通常不进食。但是无论其寄生与否，七鳃鳗口腔腺分泌液都具有抗凝活性。本实验室的前期实验结果表明 lamphredin 无抑制凝血酶和凝血酶原活性。由于纤维蛋白原是血液级联反应中的关键蛋白质，所以如果 lamphredin 具有纤维蛋白原溶解酶活性，那么七鳃鳗才能相对有效地吸食宿主的血液。

1）光散色法

凝血酶识别并水解纤维蛋白原特定的部位 Arg-Gly 之间的肽键，使纤维蛋白的 N 端失去两个纤维肽 A 和两个纤维肽 B，分子所含有的电荷发生改变，导致分子的聚集，产生凝集作用。其变化过程是具有弛豫过程的 S 形曲线。在一定浓度下的纤维蛋白原的溶液中，光散射强度的变化速度与加入凝血酶的量成正比；在一定浓度下的纤维蛋白原和凝血酶的溶液中，加入标准蚓激酶会降低光散射强度的增加速度，且加入量与光散射强度的变化速度成反比，然后取其最大斜率在一定时间内的截距。通过与标准蚓激酶比较来计算 lamphredin 及其组分相对的纤溶活力。

(1) 标准蚓激酶的标准曲线。如图 6.8 和图 6.9A 所示，凝血酶加入后，反应初期有一小段弛豫过程，体系的散射光强度基本不变；随之光强急剧增加，然后逐渐变缓趋于平台。光强急剧增加的阶段基本为直线过程，其斜率最大。因此，用斜率最大处每分钟光散射强度变化值来计算其活力。首先，我们用纤维蛋白原与不同浓度的标准蚓激酶（药检所购，活力为 1.2×10^3 U/mg）在 37℃保温 10 min，再加入凝血酶，可观察到随着标准蚓激酶活力的增强，其光强增加的速度减缓。然后采用每分钟光散射强度变化对标准蚓激酶的活力大小，作出标准蚓激酶的反应速度的标准曲线，标准蚓激酶对凝血酶-纤维蛋白原体系的抑制作用是呈一级反应速率的。

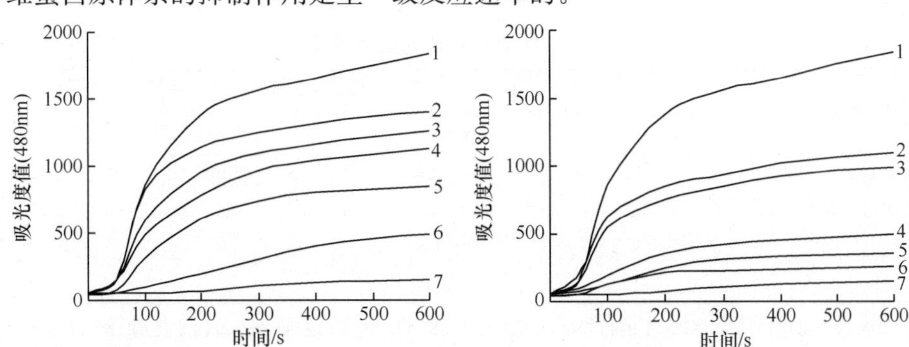

图 6.8　光散射法光散射检测标准蚓激酶及七鳃鳗口腔腺分泌蛋白

A. 纤维蛋白原酶检测系统在 480 nm 处检测蚓激酶；曲线 1～7：标准蚓激酶（终浓度分别为 0 U/ml、1 U/ml、5 U/ml、25 U/ml、50 U/ml、125 U/ml 和 250 U/ml）孵育 10 min 的纤维蛋白原。B. 采用相同的条件检测七鳃鳗口腔腺分泌物；曲线 1～7 表示分泌蛋白终浓度分别为 0 mg/ml、0.06 mg/ml、0.12 mg/ml、0.6 mg/ml、0.9 mg/ml、1.2 mg/ml 和 3 mg/ml

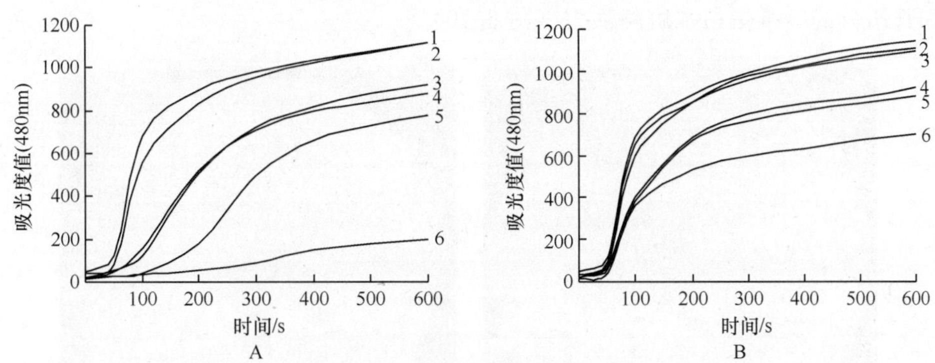

图 6.9　光散射法检测标准蚓激酶凝血酶及 BGSP-1

A. 纤维蛋白原酶检测系统在 480 nm 处检测蚓激酶；曲线 1～6：标准蚓激酶（终浓度分别为 0 U/ml、5 U/ml、25 U/ml、50 U/ml、125 U/ml 和 250 U/ml）孵育 10 min 纤维蛋白原。B. 采用相同的条件检测 BGSP-1；曲线（1～6）表示最后的 BGSP-1 浓度分别为 0 μg/ml、4.5 μg/ml、45 μg/ml、90 μg/ml、225 μg/ml 和 450 μg/ml

（2）lamphredin、BGSP-1、BGSP-2 和低分子质量多肽的活力测定。采取相同的方法，用与制作标准蚓激酶曲线相同浓度的纤维蛋白原和凝血酶溶液，测定 lamphredin（图 6.8B）、BGSP-1（图 6.9B）、BGSP-2 和低分子质量多肽的活力。用最大斜率处每分钟光散射强度变化值在蚓激酶标准曲线上查其相应的活力，得出 lamphredin 和 BGSP-1 的活力大小分别为 46.2 U 和 70.6 U（K_m 为 2.3×10^{-6} mol/L；K_{cat} 为 2.77×10^{9} mol/s），而 BGSP-2 和低分子质量多肽几乎没有活力。根据纯化结果，lamphredin 约含有 12 % BGSP-1、36% BGSP-2 和 52 %的小肽。根据 lamphredin 中 BGSP-1 的含量，可推算出 BGSP-1 在混合液中的活性约为 385 U，约是经纯化后 BGSP-1 的活性的 5 倍（表 6.1）。这就是说，在相同条件下，BGSP-1 在 lamphredin 中具有更好的生物学功能。所以除非特别说明，这部分实验我们没有采用纯化后的 BGSP-1 进行研究，而是直接选用 lamphredin 来研究其生物学功能。

表 6.1　标准蚓激酶的酶活性测定

测定项目	口腔腺分泌蛋白	用 Sephadex G-75 柱进行凝胶层析		
		BSGP 1	BSGP 2	小肽
蛋白质浓度/(mg/100 μl)	12	1.44	4.32	6.24
蛋白质相对浓度/%	100	12	36	52
特异活性/U	46.2	70.6	—	—
总活性/U	554.4	101.6	—	—

注：口腔腺分泌蛋白质中 BGSP-1 的特异活性预测约为 385 U，因为口腔腺分泌蛋白质是由 12%BGSP-1 组成的。

2）纤维平板法

纤维蛋白平板法是目前最为经典的测定纤溶酶活力的方法，其原理是利用凝血酶引起纤维蛋白原形成纤维蛋白制成平板以检测纤维蛋白水解酶活性。我们选用标准蚓激酶（1.2×10^3 U/mg，阳性）和标准尿激酶（185 U/mg，阴性）作为对照来测定 lamphredin 和其组分的纤维蛋白水解酶活力（图 6.10）。

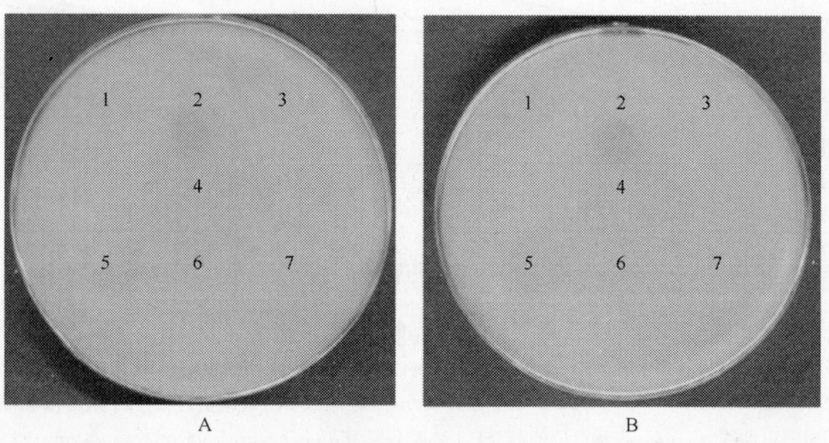

图 6.10　纤维蛋白平板法检测口腔腺分泌蛋白、BGSP-1、BGSP-2 和小肽的纤溶活性

A. 孵育时间 24 h 后结果；B. 孵育时间 48 小时后结果。1. Lamphredin（1.2 mg/ml，15 μl）；2. 蚓激酶（0.1 μg/ml，15 μl）；3. 尿激酶（1 mg/ml，15 μl）；4. 缓冲液（50 mmol/L Tris-HCl，50 mmol/L NaCl，pH 7.4，15 μl）；5. BGSP-1（300 μg/ml，15 μl）；6. BGSP-2（300 μg/ml，15 μl）；7. 小肽（150 μg/ml，15 μl）

结果显示：lamphredin、BGSP-2 和低分子质量多肽未出现纤维蛋白溶圈，即表明它们没有纤维蛋白水解酶活性。而 BGSP-1 则有非常微弱的溶圈，只能用肉眼隐约观察到，即纤维蛋白水解酶活性非常不明显。

6.2.2.6　lamphredin 的纤维蛋白原溶解酶活性

血纤维蛋白原是一种分子质量为 340 000 Da 的纤维状蛋白质，在凝血级联反应中发挥着比较重要的作用。每一分子含有 6 条多肽链，序列分析表明，这 6 条多肽链两两相同，分别称为 Aα 链（610 个氨基酸残基）、Bβ 链（461 个氨基酸残基）和 γ 链（410 个氨基酸残基）。整个分子由等同的两部分，即 AαBβγ 和 Aα′Bβ′γ′对称地组成。分子中有 3 个球状区（结构域），6 条肽链的 N 端部分集中在中央球状区，并由一组二硫键交联起来，而六条多肽链的 C 端对称地分布在分子两端的球状区。游离的 N 端肽段从中央球状区伸出，在这里包括血纤肽 A 和 B，即能被凝血酶切断的部分（图 6.11）。

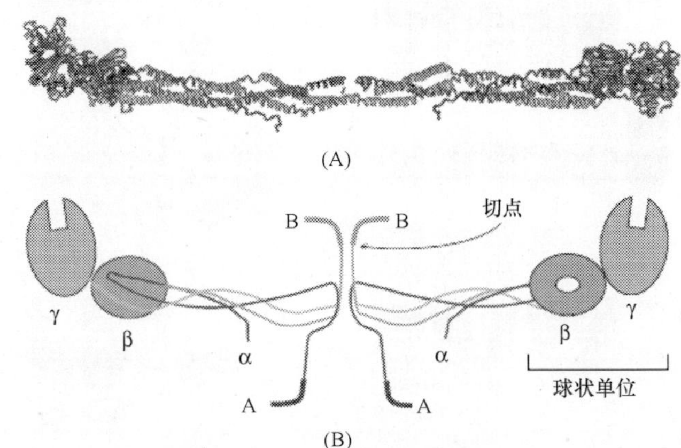

图 6.11　纤维蛋白原分子的结构

（A）带状图；两个杆状域是 α 螺旋卷曲螺旋，连接两端的球状区域。（B）纤维蛋白肽 A 和 B 的位置

人纤维蛋白原转变为纤维蛋白的过程是在凝血酶的作用下，断裂纤维蛋白原中央球状区的 4 个 Arg-Gly 肽键，即分别从 2 条 Aα 链和 2 条 Bβ 链的末端释放出 2 个血纤肽 A（16 肽）和 2 个血纤肽 B（14 肽）。除去血纤肽的血纤维蛋白原分子称为血纤维蛋白单体（fibrin monomer）。由于血纤肽含有较多的酸性氨基酸残基，带有很大的负电荷，所以通过静电荷斥力可以阻止血纤维蛋白原的聚集。如图 6.12 所示，一旦 A 肽、B 肽被切除后，蛋白质的负电荷减少，纤维蛋白单体发生直线聚合和侧向聚合，从而形成网状结构的纤维蛋白（fibrin）。据文献报道，降低血浆中纤维蛋白原的量可以有效地防止纤维蛋白凝集。

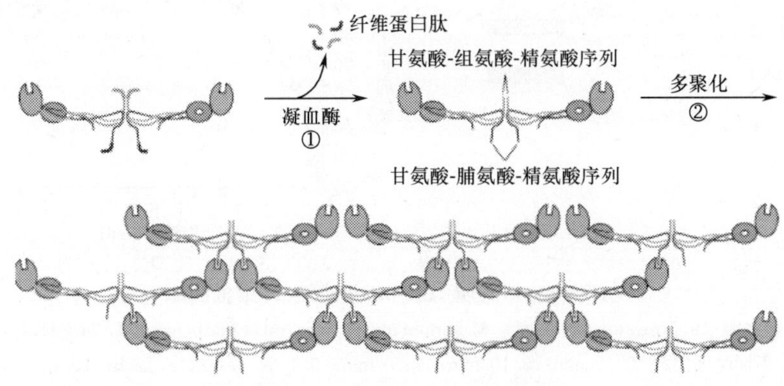

图 6.12　纤维蛋白凝块的形成

①凝血酶从纤维蛋白原的中央小球处劈开纤维蛋白肽 A 和 B；②在 Bβ 和 γ 链羧基末端的球状域与暴露的 Bβ 和 Aα 氨基末端“旋钮”结合形成血栓

1）lamphredin 的纤维蛋白原溶解酶活性与时间和浓度的关系

如图 6.13A 所示，在反应时间为 5 min 时，SDS-PAGE 即可检测到 lamphredin 的纤维蛋白原溶解酶活性；在反应时间为 30 min 时，可检测到 Aα 链被 lamphredin 完全降

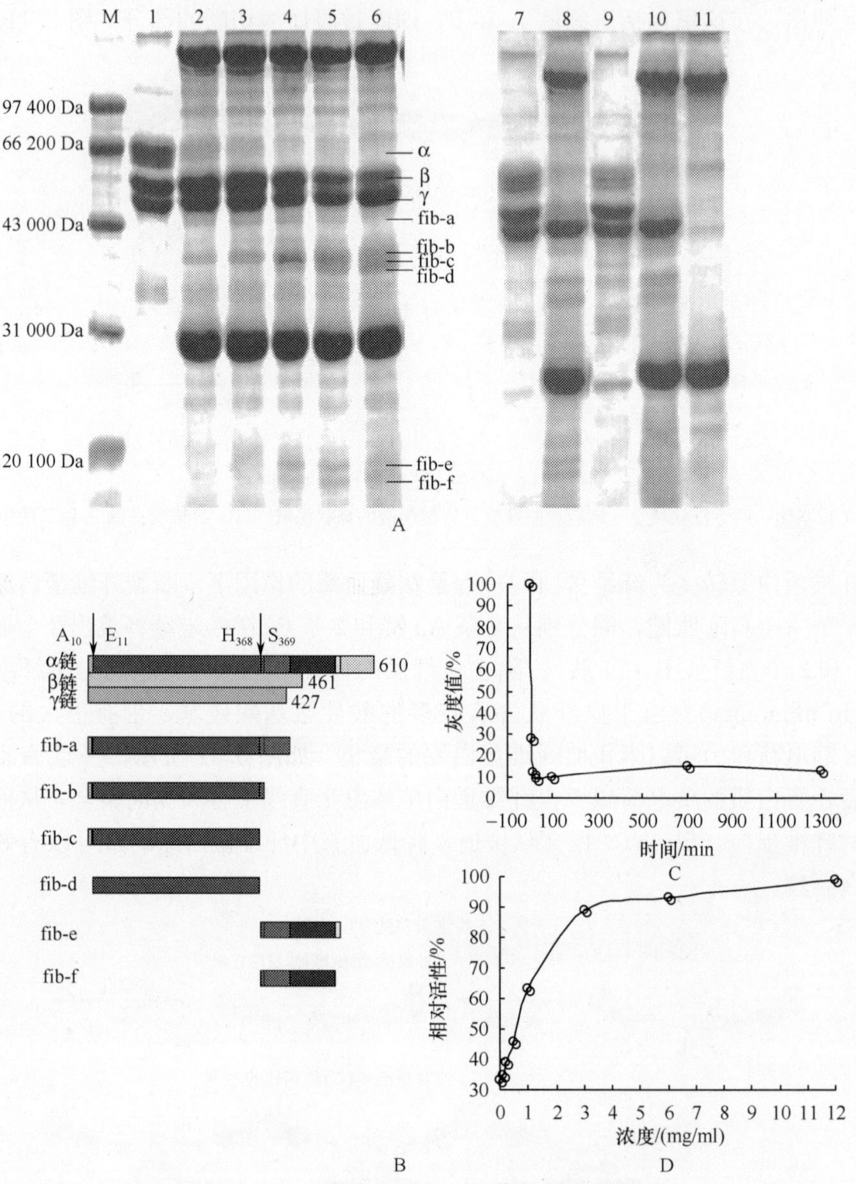

图 6.13　口腔腺 lamphredin 降解纤维蛋白原

A. 人类纤维蛋白原（2.5 mg/ml，终浓度）与 lamphredin（3 mg/ml）在 50 mmol/L Tris-HCl（pH 7.4）中 37℃下孵育，不同时间间隔（2.5 min；3.10 min；4.30 min；5.1 h；6.2 h；8.12 h；10.24 h）下取样进行 12%的 SDS-PAGE 电泳。以只添加纤维蛋白原 2 h（1）、12 h（7）和 24 h（9）培养的作为对照。以只添加 lamphredin 孵育的（11）也作为对照。B. 图示纤维蛋白原在 lamphredin 存在时的切割位点。C. 不同的时间间隔下有 lamphredin 存在时残留的纤维蛋白原的变化曲线（数据来源于 A 图）。D. lamphredin 浓度和相对纤溶酶活性之间的关系图

解（图 6.13 C）；在反应时间为 12 h 时，可检测到 Bβ 链也能被 lamphredin 完全降解。但是，在相同条件下，将反应时间延长到 24 h，γ 链却依然保持完整。将不同浓度的 lamphredin 与纤维蛋白原反应，可确定 lamphredin 的纤维蛋白原溶解酶活性随着浓度的升高而增强。当浓度为 3 mg/ml 时，其纤维蛋白原溶解酶活性为最大值的一半（图 6.13 D）。

2）lamphredin 降解纤维蛋白原酶切位点的分析

如图 6.13 A 所示，lamphredin 主要降解人纤维蛋白原的 Aα 链，以较慢的速度降解 Bβ 链，而对 γ 链无任何作用。经 SDS-PAGE 检测，lamphredin 降解纤维蛋白原 Aα 链主要形成 6 个产物片段，即 fib-a（44 700 Da）、fib-b（40 000 Da）、fib-c（39 400 Da）、fib-d（38 300 Da）、fib-e（18 600 Da）和 fib-f（17 500 Da）。其中 fib-a、fib-b 和 fib-c 在反应发生 5 min 时就出现了，而 fib-d、fib-e 和 fib-f 是反应发生 30 min 后才出现的。将这 6 个片段进行 N 端序列测定，结果如图 6.13 B 所示，fib-a、fib-b 和 fib-c 的 N 端序列与纤维蛋白原 Aα 链的 N 端相同；而 fib-d 的 N 端 6 个氨基酸为 EGGGVR（data not shown）；此外，fib-e 和 fib-f 的 N 端 6 个氨基酸同为 SESGSF（data not shown）。这就是说 lamphredin 对纤维蛋白原的水解部位主要发生在纤维蛋白原的中间部分或 C 端。根据人纤维蛋白原的氨基酸序列可确定 lamphredin 对人纤维蛋白原的酶切部位发生在 Ala10-Glu11（fib-d）和 His368-Ser379（fib-e）。

6.2.2.7 金属离子螯合剂和二价金属阳离子对 lamphredin 纤溶酶活性的影响

1）金属离子螯合剂对 lamphredin 纤溶酶活性的影响

在 EDTA-Na_2 存在的条件下，lamphredin 的纤维蛋白原水解活性能够被显著的抑制。当 EDTA-Na_2 的终浓度为 1.25 mmol/L 时，lamphredin 的纤维蛋白原水解酶活性降低至一半。这表明 lamphredin 的纤维蛋白原溶解酶活性依赖于二价阳离子，如 Ca^{2+} 或 Mg^{2+}（图 6.14）。

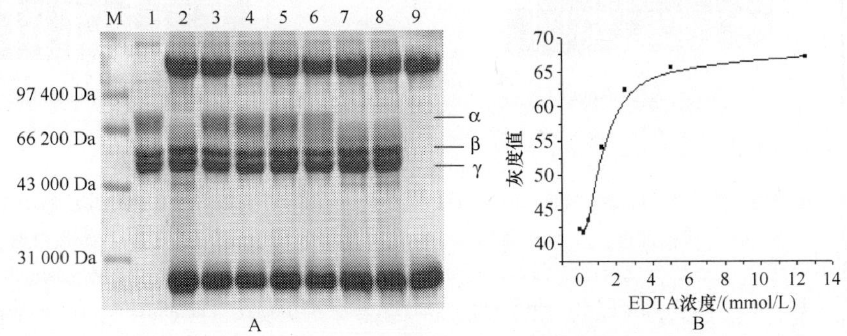

图 6.14 EDTA-Na_2 盐对于 lamphredin 纤溶酶活性的效应。

A. 不同浓度的 EDTA-Na_2 盐条件下，lamphredin（3 mg/ml）对纤维蛋白原（2.5 mg/ml）作用 1 h 后的 10% SDS-PAGE 电泳；EDTA-Na_2 盐的浓度（mmol/L）为：12.5（3）、5（4）、2.5（5）、1.25（6）、0.5（7）和 0.25（8）；仅添加 lamphredin（9），纤维蛋白原添加 lamphredin（2）或不添加 lamphredin（1）作为对照，M. 分子质量标准。B. 不同浓度的 EDTA-Na_2 盐对 lamphredin 降解纤维蛋白原的作用曲线

2）二价阳离子对由 EDTA-Na_2 引起的 lamphredin 纤溶酶活性损失的恢复

由于 lamphredin 的纤维蛋白原溶解酶活性能够被 EDTA-Na_2 所抑制，所以在 EDTA-Na_2 存在的反应体系中加入 Zn^{2+}、Ca^{2+} 或 Mg^{2+}，以检测 lamphredin 的纤维蛋白原溶解酶活性能否被恢复。如图 6.15 A 所示，在 Ca^{2+} 或 Mg^{2+} 存在的条件下，EDTA-Na_2 引起的 lamphredin 的纤溶酶活性的损失能够被恢复，并且随着 Ca^{2+} 或 Mg^{2+} 浓度的升高，lamphredin 活性恢复的越多（图 6.15 C 和图 6.15 D）。当二价阳离子的浓度高达 5 mmol/L 时，lamphredin 能够完全恢复活性（图 6.15 C 和图 6.15 D）。在相同条件下，Zn^{2+} 却不能恢复由 EDTA-Na_2 引起的 lamphredin 纤溶酶活性的损失（图 6.15 B）。这表明 lamphredin 的纤溶酶活性主要依赖于 Ca^{2+} 或 Mg^{2+}。

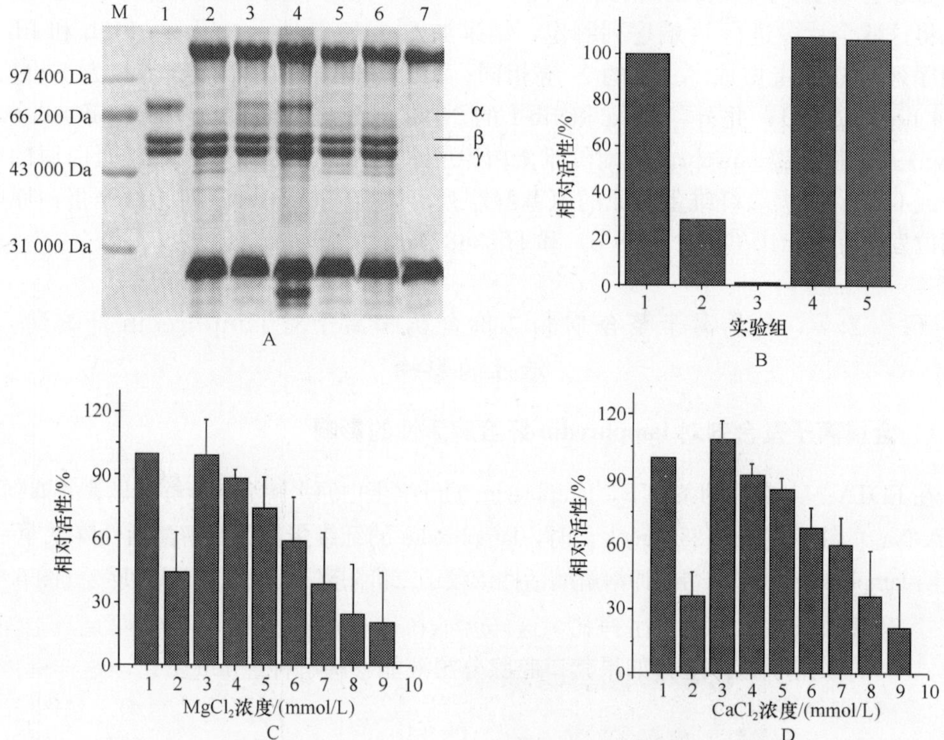

图 6.15　钙和镁对 lamphredin 的纤维蛋白原裂解活性的影响

A. 不同的金属离子条件下，lamphredin（3 mg/ml）对纤维蛋白原（2 mg/ml）作用 1 h 后的 10%SDS-PAGE 电泳；M. 分子质量标准；1. 纤维蛋白原；2. 纤维蛋白原和 lamphredin；3. 纤维蛋白原、lamphredin 和 EDTA-Na_2；4. 纤维蛋白原、lamphredin、EDTA-Na_2 和 $ZnCl_2$；5. 纤维蛋白原、lamphredin、EDTA-Na_2 和 $MgCl_2$；6. 纤维蛋白原、lamphredin、EDTA-Na_2 和 $CaCl_2$；7. lamphredin。B. 各种金属离子存在条件下 lamphredin 的纤维蛋白原裂解活性；1. lamphredin；2. lamphredin 和 EDTA-Na_2；3. lamphredin、EDTA-Na_2 和 $ZnCl_2$，4. lamphredin、EDTA-Na_2 和 $MgCl_2$；5，lamphredin、EDTA-Na_2 和 $CaCl_2$。C、D. 不同浓度二价镁离子与钙离子存在下 lamphredin 的相对纤维蛋白原裂解活性；1. 添加纤维蛋白原和 lamphredin；2. 添加纤维蛋白原、lamphredin 和 1.25 mmol/L EDTA-Na_2；3～9. 添加纤维蛋白原、lamphredin 和 1.25 mmol/L EDTA-Na_2 以及镁离子、钙离子（终浓度 5 mmol/L、2.5 mmol/L、1.25 mmol/L、1 mmol/L、0.5 mmol/L、0.1 mmol/L 和 0.05 mmol/L）

6.2.2.8　lamphredin 对神经 tau 蛋白、BSA 和血红蛋白的降解作用

Lamphredin 优先降解纤维蛋白原的 Aα 链，稍后以较慢的速度降解 Bβ 链。除此之外，本实验室还选取了血浆中的血清白蛋白、血红蛋白为底物，以检测 lamphredin 对其他底物蛋白质的蛋白酶水解活性。如图 6.16 所示，lamphredin 对这两种蛋白质底物无任何蛋白酶水解活性。人类神经 tau 蛋白属于微管结合蛋白，具有多种功能，主要分布于神经元的轴突部位。尽管还不清楚 tau 在神经元极性的建立过程中是否起着重要的作用。但是曾有文献报道轴突的形态学可能依赖于 tau 的表达。此外，Drubin 等的实验结果表明 tau 的表达与轴突的生长同步。还有研究显示 tau 可能参与信号转导过程：tau 参与细胞质膜间的联系并与细胞信号转导中的关键蛋白有相互作用，参与细胞间的信号传递。

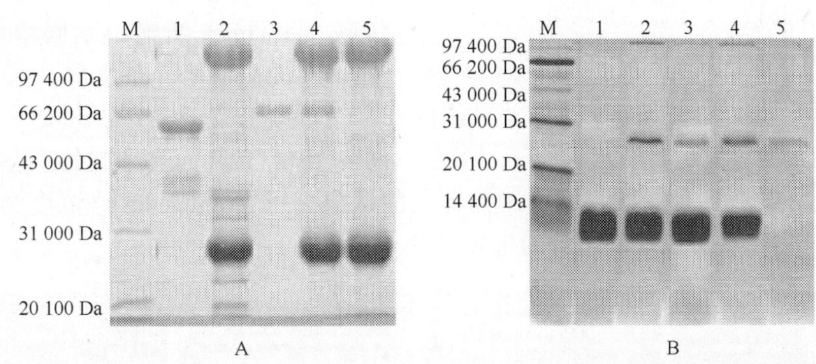

图 6.16　lamphredin 对天然蛋白 Neural tau 40、BSA 和 hemoglobin 的蛋白水解作用

A. 对 Neural tau 40（3）和 BSA（4）的水解作用；1. 仅添加 Neural tau 40 protein；2. 仅添加 BSA；5. 仅添加 lamphredin。B. 对 Hemoglobin（4）的水解作用；1. 30 min；2. 1 h；3. 2 h；5. 仅添加 lamphredin

日本七鳃鳗主要是通过吸附宿主鱼体来吸食其血肉而生存，那么七鳃鳗在捕食时，宿主本身会因条件反射而发生挣扎，这样就不利于七鳃鳗吸食。有文献报道，七鳃鳗能够长时间的吸附于鱼体上，如果其口腔腺分泌液能够降解神经 tau 蛋白，这样鱼体神经元轴突的形态，生长以及细胞间的信号转导过程也许会受到严重的影响。如图 6.16 A 所示，神经 tau 蛋白能够被 lamphredin 降解。

6.2.2.9　lamphredin 对细胞生长的影响

1）MTT 分析

为了检测 lamphredin 能否影响肿瘤细胞的生长，采用 MTT 法检测经 lamphredin 处理后 SH-SY5Y 和 HeLa 肿瘤细胞的存活率。MTT 法的原理是活细胞中的琥珀酸脱氢酶能够将 MTT［3-（4,5-dimethylthiazol-2-yl）-2,5-diphenyl tetrazolium bromide］从黄色的可溶解物还原成深蓝色不可溶的产物。在酶标仪 590 nm 下其吸光度值与活细胞的数量呈正比关系。将不同浓度的 lamphredin 过滤除菌，然后加到培养 SH-SY5Y 和

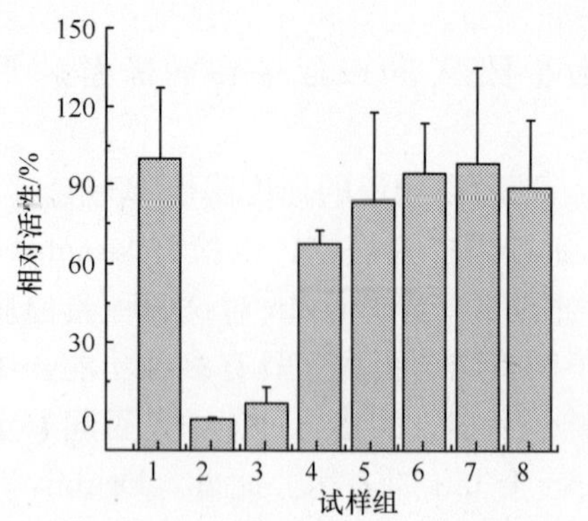

图 6.17　MTT 法检测 lamphredin 对人 HeLa 细胞的作用

1. 0 mg/ml lamphredin；2. 12 mg/ml；3. 6 mg/ml；4. 2.4 mg/ml；5. 1.2 mg/ml；6. 0.6 mg/ml；7. 0.24 mg/ml；8. BSA（1 mg/ml）

HeLa 细胞的无血清培养基中作用 72 h，并以 BSA 作为阴性对照。如图 6.17 所示，lamphredin 可抑制细胞的生长并且导致细胞的死亡，而且其作用是呈浓度依赖性的。当 lamphredin 的浓度为 2.4 mg/ml 时，可以显著观察到 HeLa 细胞的死亡。当 lamphredin 的浓度为 12 mg/ml 时，细胞死亡率可达到 95%以上。而阴性对照 BSA 对细胞的生长无任何影响。

2）相差显微镜观察 lamphredin 对细胞生长及形状的影响

HeLa 细胞 SH-SY5Y 细胞均为贴壁细胞，将 HeLa 细胞用不同浓度的 lamphredin 无血清培养基培养 3 天并用相差显微镜观察。如图 6.18 A-4 所示，当 lamphredin 的终浓度为 2.4 mg/ml 时，可以显著观察到 HeLa 细胞的数目要远远少于对照组（图 6.18 A-1），而且细胞的形态也发生了明显的变化：陆续出现变圆、漂起继而死亡的现象。当 lamphredin 终浓度为 1.2 mg/ml 时，lamphredin 可以抑制细胞的生长（图 6.18 A-5）。

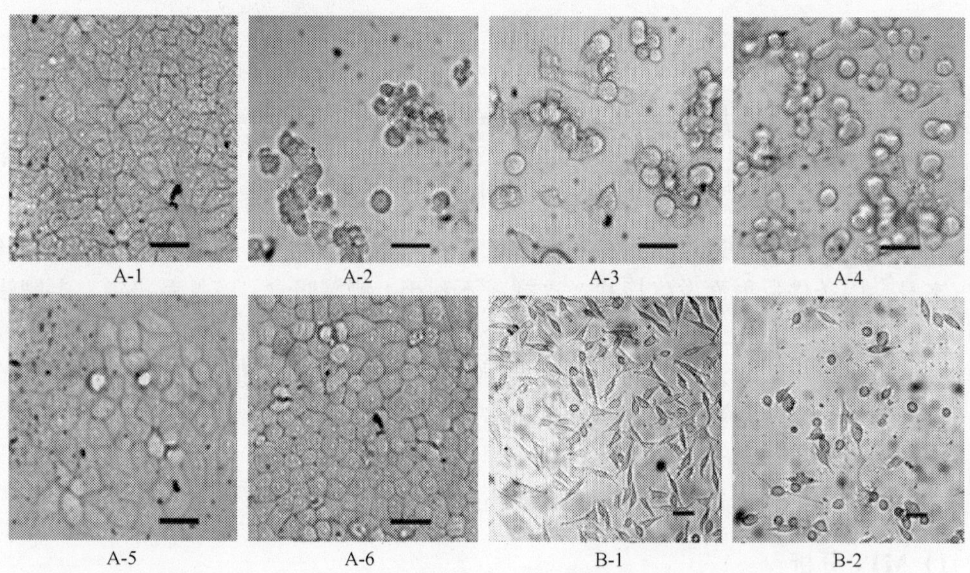

图 6.18　相差显微镜示人 HeLa 细胞和 SH-SY5Y 细胞在 lamphredin 作用下形态变化

A. 人 HeLa 细胞；A-1. 0 mg/ml lamphredin；A-2. 12 mg/ml；A-3. 6 mg/ml；A-4. 2.4 mg/ml；A-5. 1.2 mg/ml；A-6. BSA。B. 人成神经纤维瘤 SH-SY5Y 细胞；B-1. 0 mg/ml lamphredin；B-2. 2.4 mg/ml lamphredin。Bar=20 μm

当加入 BSA 时，结果显示 BSA 对细胞的生长和形状没有影响（图 6.18 A-6）。当 lamphredin 的终浓度为 2.4 mg/ml 时，lamphredin 可以使呈梭形的 SH-SY5Y 细胞的轴突消失，细胞变成圆形（图 6.18 B-2）。此外，加入 lamphredin 的细胞的数目要远远少于对照组（图 6.18 B-1）。这表明 lamphredin 能够抑制 HeLa 和 SH-SY5Y 细胞的生长，改变它们的细胞形态，并能够引起它们的死亡。

3）lamphredin 对细胞凋亡的影响

Hoechst 33258 与 DNA 的结合是非嵌入式的，主要结合在 DNA 的 A-T 碱基区，经紫外光激发时发射明亮的蓝色荧光。细胞凋亡过程中细胞核染色质的形态学改变分为三期：Ⅰ期的细胞核呈波纹状（rippled）或呈折缝样（creased），部分染色质出现浓缩状态；Ⅱa 期细胞核的染色质高度凝聚、边缘化；Ⅱb 期的细胞核裂解为碎块，产生凋亡小体。通过共聚焦荧光显微镜的观察，lamphredin 没有引起细胞核的皱缩或凋亡小体的产生（彩图 5）。

6.3 日本七鳃鳗口腔腺分泌液 BGSP-1 的纤溶酶活性的研究

日本七鳃鳗口腔腺分泌液 lamphredin 具有抗凝的功能，即通过降解血液中纤维蛋白原的 α 链以阻止血液的凝固。本实验室采用 Sephadex G-75 层析柱从 lamphredin 分离纯化了 BGSP-1、BGSP-2 和一些低分子质量多肽，只有 BGSP-1 具有纤维蛋白原溶解酶活性。纯化后的 BGSP-1 的纤维蛋白原溶解酶活性远远低于 BGSP-1 在 lamphredin 中的活性。在 EDTA-Na_2 存在的条件下，lamphredin 的纤维蛋白原活性可受到抑制。除 Zn^{2+} 外，Ca^{2+} 或 Mg^{2+} 可以恢复由 EDTA-Na_2 引起的 lamphredin 纤溶酶活性的损失。

6.3.1 材料与方法

6.3.1.1 材　　料

DTT（Promega）；Tris（GIBCO）；BSA（Boehinger Mannheim）；甘氨酸（Pharmacia）；NaCl、KH_2PO_4、甲醇、乙醇（北京益利精细化学品有限公司）；标准分子质量蛋白质（中国科学院上海生命科学研究院）；SDS（Serva）；丙烯酰胺（Boehinger Mannheim）；*N*,*N'*-甲叉双丙烯酰胺（Sigma）；人纤维蛋白原、人凝血酶、标准尿激酶和标准蚓激酶购于中国生物药品检验检定所；普通其余试剂均购于北京红星化工厂（分析纯）。其他为国产耗材；F-4500 荧光分光光度计（Hitachi 公司）；SZH-82 空气浴振荡恒温培养箱（深圳国华仪器厂）；Sotemp-6500 恒温培养箱（Fisher 公司）；PHZ-H 冷冻恒温振荡器（江苏太仓市实验设备厂）；KS250 型台式水平摇床（IKA）；pH 计（Fisher 公司）；Biofuge 高速离心机（Heraseus 公司）；电泳仪和转膜电泳仪（BIO-RAD 公司）；氨基酸序列测序仪（Applied Biosystems Procise-PROCISE）；扫描仪（Hewlett-Packard Scanjet II-P）。

6.3.1.2 方　法

(1) BGSP-1 的纤维蛋白原溶解酶活性：将不同浓度的 BGSP-1 加入到人纤维蛋白原溶液（2.5 mg/ml，终浓度）中，在 37℃恒温器中孵育 2 h 后取样；将 BGSP-1（150 μg/ml，终浓度）加入到人纤维蛋白原溶液（2.5 mg/ml，终浓度）中，在 37℃的恒温器中温育，于 5 min、10 min、30 min、60 min、120 min、720 min 和 1440 min 时取样；将 BGSP-1（150 μg/ml，终浓度）加入到人纤维蛋白原溶液（2.5 mg/ml，终浓度）中，在 4℃、25℃、37℃、45℃、60℃和 75℃的恒温器中温育；最后用 12% SDS-PAGE 检测。

(2) 金属离子螯合剂对 BGSP-1 纤溶酶活性的影响：将不同浓度的 EDTA-Na_2（0.0001～10 mmol/L，终浓度）加入到 BGSP-1 与人纤维蛋白原的反应体系中，在 37℃恒温器中孵育 1 h 后取样，用 12%SDS-PAGE 检测。

(3) 二价阳离子对由 EDTA-Na_2 引起的 BGSP-1 纤溶酶活性损失的恢复：将不同浓度的二价金属阳离子，如 Mg^{2+} 或 Ca^{2+} 加入到 EDTA-Na_2、BGSP-1 和人纤维蛋白原的反应体系中，在 37℃恒温器中孵育 1 h 后取样，用 12% SDS-PAGE 检测。

(4) 光散色法测定纤溶活力：人纤维蛋白原（0.5 mg/ml，终浓度）分别与 BGSP-1、BGSP-2、BSA、BGSP-1＋BGSP-2、BGSP-1＋BSA、BGSP-1＋Ca^{2+} 和 BGSP-1＋Mg^{2+} 在 50 mmol/L Tris-HCl，50 mmol/L NaCl（pH 7.4）的缓冲液中在 37℃保温 10 min后，加入凝血酶，立即在荧光分光光度计中测定 480 nm 处的光散射变化。

(5) BGSP-1 对神经 tau 蛋白的降解作用：将不同浓度的 BGSP-1 与神经 tau 蛋白在 25℃恒温器中孵育，间隔不同时间取样，进行 SDS-PAGE 电泳检测。然后将胶上的蛋白质条带转移到 PVDF 膜上，测定膜上条带的 N 端序列；根据所得的酶切片段的 N 端序列以及神经 tau 蛋白的氨基酸全序列，确定 BGSP-1 的酶切位点和作用方式。

6.3.2 结　果

6.3.2.1 BGSP-1 的纤维蛋白原溶解酶活性

本实验室采用凝胶过滤层析，即分子筛（Sephadex G-75 层析柱）分离纯化 lamphredin 中的蛋白质组分，我们得到电泳纯的 BGSP-1 和 BGSP-2，还有一些低分子质量多肽。分别将 BGSP-1、BGSP-2 和低分子质量多肽与纤维蛋白原反应，12% SDS-PAGE 检测结果显示只有 BGSP-1 具有纤维蛋白原溶解酶活性，而 BGSP-2 和低分子质量多肽都无此活性（图 6.19）。这与用光散色法测 lamphredin、BGSP-1、BGSP-2 和低分子质量多肽活力所得结果相一致（图 6.19 和图 6.20）。

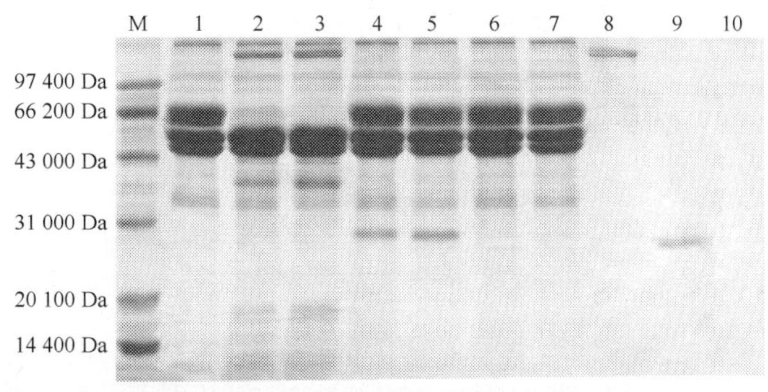

图 6.19　凝胶过滤柱层析纯化后个分离项的纤维蛋白原裂解活性检测

1. 仅添加纤维蛋白原；2、3. 纤维蛋白原和 BGSP-1 孵育 1 h 和 2 h；4、5. 纤维蛋白原和 BGSP-2 孵育 1 h 和 2 h；6、7. 纤维蛋白原和低分子质量多肽孵育 1 h 和 2 h；8. 仅添加 BGSP-1；9. 仅添加 BGSP-2；10. 仅添加低分子质量多肽

6.3.2.2　金属离子螯合剂和二价金属阳离子对 BGSP-1 纤溶活性的影响

1）金属离子螯合剂对 BGSP-1 纤溶酶活性的影响

因为 EDTA-Na_2 能够抑制 lamphredin 的纤溶酶活性，所以我们继续验证了 BGSP-1 的纤维蛋白原溶解酶活性是否受 EDTA-Na_2 的影响。在纤维蛋白原与 BGSP-1 的反应

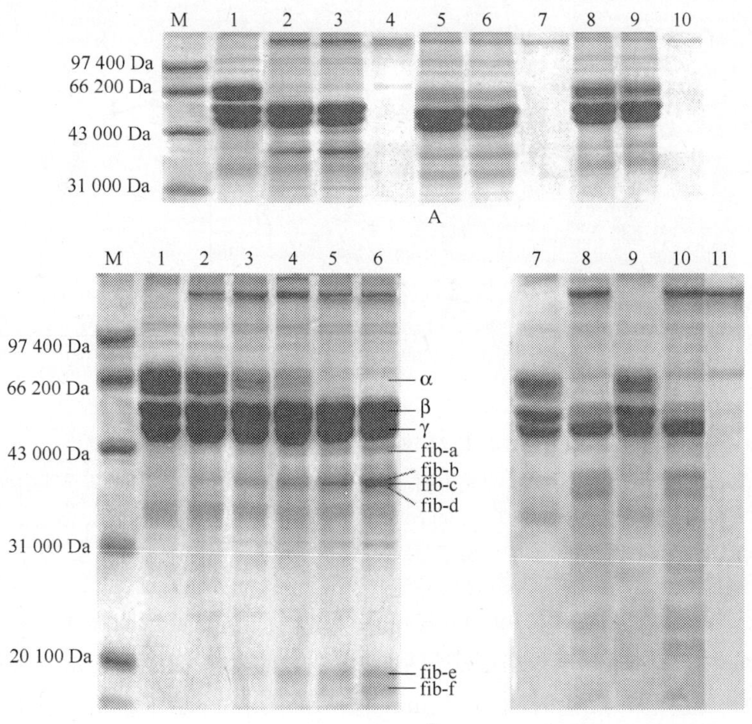

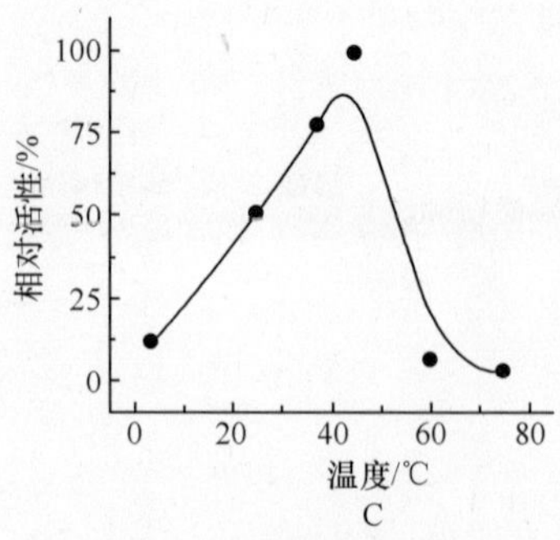

图 6.20　BGSP-1 的纤维蛋白原裂解活性

A. 不同浓度的 BGSP-1 对纤维蛋白原的作用；1，仅添加纤维蛋白原；2、3. 150 μg/ml BGSP-1 与纤维蛋白原孵育 1 h 和 2 h；5、6. 50 μg/ml BGSP-1 与纤维蛋白原孵育 1 h 和 2 h；8、9. 25 μg/ml BGSP-1 与纤维蛋白原孵育 1 h 和 2 h；4. 仅添加 150 μg/ml BGSP-1；7. 仅添加 50 μg/ml BGSP-1；10. 仅添加 25 μg/ml BGSP-1。B. 不同孵育时间的 BGSP-1 对纤维蛋白原的作用；1、7、9. 仅添加纤维蛋白原孵育 2 h、12 h 和 24 h；2～10. 纤维蛋白原与 BGSP-1 孵育 5 min、10 min、30 min、1 h、2 h、12 h 和 24 h；11. 仅添加 BGSP-1。C．最佳作用温度曲线

体系中加入不同浓度的二价金属阳离子螯合剂 EDTA-Na_2（图 6.21 A）。实验结果表明在二价金属阳离子螯合剂 EDTA-Na_2 存在的条件下，BGSP-1 的纤维蛋白原溶解酶活性能够被显著的抑制，且这种抑制作用与 EDTA-Na_2 的浓度呈正比关系。当 EDTA-Na_2 的终浓度为 60 μmol/L 时，BGSP-1 的纤维蛋白原溶解酶活性降低至一半（图 6.21 B）。这表明 BGSP-1 的纤维蛋白原溶解酶活性依赖于二价金属阳离子，如 Ca^{2+} 和 Mg^{2+}。

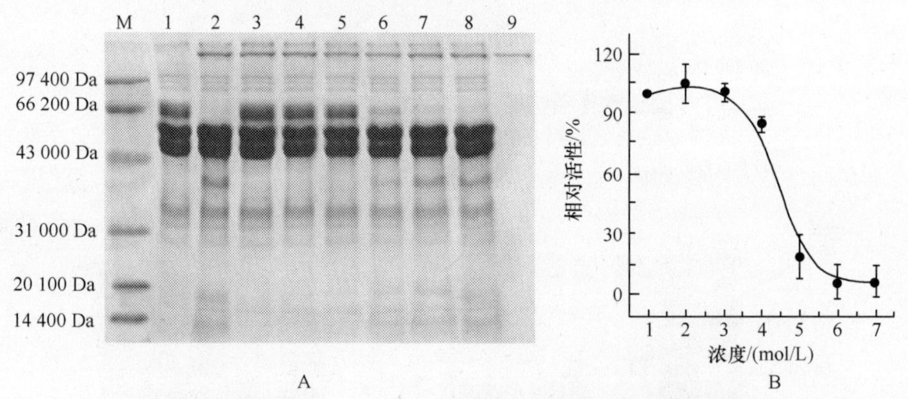

图 6.21　EDTA-Na_2 盐对 BGSP-1 纤维蛋白原裂解活性影响

A．不同浓度 EDTA-Na_2 盐对 BGSP-1 活性影响；1. 仅添加纤维蛋白原；2，添加纤维蛋白原和 BGSP-1；3～8. EDTA-Na_2 浓度为 10 mmol/L、1 mmol/L、0.1 mmol/L、0.01 mmol/L、0.001 mmol/L 和 0.0001 mmol/L；9. 仅添加 BGSP-1；M. 分子质量标准。B. BGSP-1 在不同 EDTA-Na_2 盐下的相对活性

当 BGSP-1 的终浓度为 150 μg/ml 时，其纤维蛋白原溶解酶活性最大。而当其终浓度为 25 μg/ml 时，即使在 37℃水浴中反应 2 h，纤维蛋白原仍未被完全降解（图 6.20 A）。如图 6.20 B 所示，反应时间为 10 min 时，BGSP-1 开始水解纤维蛋白原；当反应时间为 1 h 时，Aα 链完全被降解。经 SDS-PAGE 检测，BGSP-1 降解纤维蛋白原所产

生的产物片段与 lamphredin 的水解产物相一致。当孵育时间延长到 12 h 时，纤维蛋白原 Bβ 链发生水解。但是将反应时间延长到 24 h 时，γ 链依然保持完整。我们检测了 BGSP-1 的纤维蛋白原溶解酶活性与温度的关系，当温度为 45℃时，BGSP-1 的纤维蛋白原溶解酶活性最大，而温度为 4℃、60℃和 75℃时，BGSP-1 几乎无任何活性（图 6.20 C）。

2）二价阳离子对由 EDTA-Na_2 引起的 BGSP-1 纤溶酶活性损失的恢复

由于 BGSP-1 的纤维蛋白原溶解酶活性能够被 EDTA-Na_2 抑制，所以将 EDTA-Na_2 存在的反应体系中加入额外的 Ca^{2+} 或 Mg^{2+} 以检测 BGSP-1 的活性能否被这些二价金属离子恢复。如图 6.22 所示，Ca^{2+} 或 Mg^{2+} 能够恢复由 EDTA-Na_2 导致的 BGSP-1 的纤维蛋白原溶解酶活性的损失，并且随着 Ca^{2+} 或 Mg^{2+} 浓度的升高，更多的 BGSP-1 恢复活性。当二价金属阳离子的浓度高达 1 mmol/L 时，BGSP-1 能够完全恢复活性。这表明 BGSP-1 的纤维蛋白原溶解酶活性依赖于 Ca^{2+} 或 Mg^{2+}。

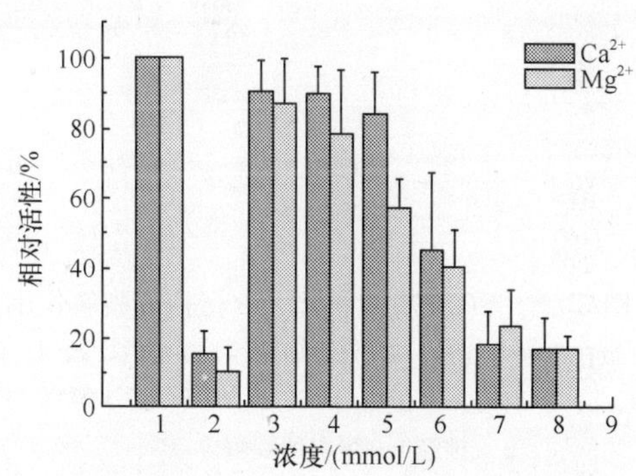

图 6.22　镁离子对 BGSP-1 纤维蛋白原裂解活性影响

1. 纤维蛋白原与 BGSP-1 孵育；2. 纤维蛋白原、BGSP-1 与 0.06 mmol/L EDTA-Na_2 孵育；3～9. 纤维蛋白原、BGSP-1、0.06 mmol/L EDTA-Na_2 与不同浓度镁离子孵育（1 mmol/L、0.5 mmol/L、0.125 mmol/L、0.05 mmol/L、0.01 mmol/L 和 0.005 mmol/L）

6.3.2.3　BGSP-2 和金属离子对 BGSP-1 的纤维蛋白原溶解酶活性的影响

通过光散色法得知 lamphredin 中的 BGSP-1 的纤维蛋白原溶解酶活性是纯化后的 BGSP-1 的 5 倍。在纤维蛋白原和凝血酶的反应体系中，除了加入 BGSP-1 外，还分别加入 BGSP-2、Ca^{2+} 或 Mg^{2+} 以及 BSA 作为对照，来验证 BGSP-1 的活性是否受到其他蛋白质或离子的影响。彩图 6A 的实验结果表明额外加入 BGSP-2（Curve E）或 BSA（Curve F）后，BGSP-1 对此系统光散射强度增加的抑制作用没有增强。因此，BGSP-1 的纤维蛋白原溶解酶活性没有因为 BGSP-2 的存在而增强。但是额外加入 Ca^{2+}（Curve C）或 Mg^{2+}（Curve D）后，BGSP-1 对光强急剧增加的抑制程度要稍高于单独存在的 BGSP-1，因此 Ca^{2+} 或 Mg^{2+} 能够使 BGSP-1 的纤维蛋白原溶解酶活性增强（彩图 6 B）。

6.3.2.4　BGSP-1 对神经 tau 蛋白的降解作用及酶切位点分析

lamphredin 具有降解神经 tau 蛋白的水解酶活性，因此本实验室也检测了 BGSP-1 对神经 tau 蛋白的降解作用。如图 6.23 A 所示，在孵育时间为 2 h 时，BGSP-1 降解神经 tau 蛋白并产生若干降解产物，通过转 PVDF 膜后，将含量较多的产物：f-1（37 100 Da）、f-2（27 000 Da）和 f-3（25 400 Da）进行 N 端测序（图 6.23 B）。f-1 的 N 端氨基酸为 DHAGTY，而 f-2 和 f-3 的 N 端氨基酸同为 TAPVPM。由此可见，BGSP-1 也从 C 端开始降解底物蛋白质。分析神经 tau 蛋白的氨基酸全序列可得知 BGSP-1 降解神经 tau 蛋白的酶切部位是 Glu12-Asp13 和 Gln244-Thr245。

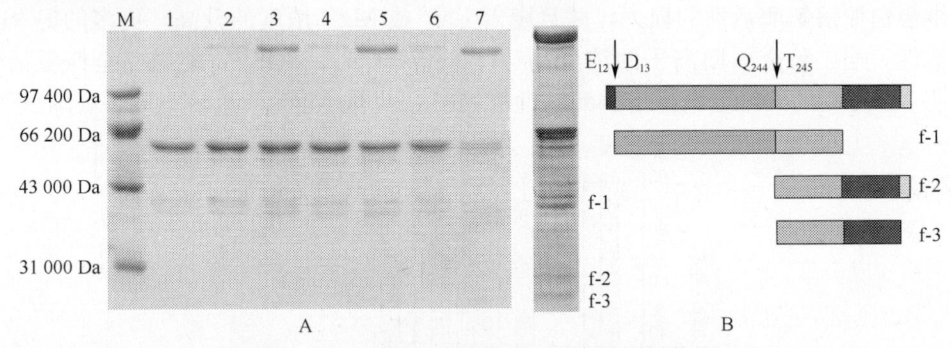

图 6.23　BGSP-1 对神经 tau 蛋白的裂解作用

A. 不同浓度 BGSP-1 对神经 tau 蛋白的裂解作用；1. 只添加神经 tau 蛋白；2、4、6. 神经 tau 蛋白与20 μg/ml BGSP-1 孵育 30 min、1 h 和 2 h；3、5、7. 神经 tau 蛋白与 125 μg/ml BGSP-1 孵育 30 min、1 h 和 2 h。B. BGSP-1 对神经 tau 蛋白的裂解位点

6.4　讨　　论

本实验结果第一部分所研究的对象是 lamphredin，即直接从日本七鳃鳗口腔腺体抽取出的分泌液，并没有经过进一步分离纯化。其原因是：①lamphredin 主要含有 BGSP-1、BGSP-2 和一些低分子质量多肽，只有 BGSP-1 具有纤维蛋白原溶解酶活性，而 BGSP-2 和低分子质量多肽无此活性；②在 lamphredin 中，BGSP-1 的纤维蛋白原溶解酶活性要明显高于纯化后的 BGSP-1；③BGSP-1 在室温和 4℃中不稳定，容易发生自降解（实验中发现单独温育的 BGSP-1 在 SDS-PAGE 中有一些降解片段，数据未显示）；④额外添加的二价金属离子，如 Ca^{2+} 或 Mg^{2+} 可以微弱增强纯化后的 BGSP-1 的活性。为了更好地研究 lamphredin 的生物学功能，我们首先选取没有经过分离纯化的 lamphredin 作为研究的对象。

成体七鳃鳗营寄生生活时，通常主要以大型鱼和海龟为食物，而营独立生活时则以浮游动物为食。就七鳃鳗来说，在寄生期和非寄生期，口腔腺分泌液的蛋白酶活性有一定的差别。但是 Baxter 认为无论是寄生型的七鳃鳗（*P. marinus*、*E. tridentatus*、*L. fluviatilis*），还是非寄生型的七鳃鳗（*E. lamottenii*、*L. planeri*），它们的分泌液都具有抗凝活性。尽管非寄生型的七鳃鳗的口腔腺体没有分化出像寄生型七鳃鳗那么多的特性，不过它们确实存在口腔腺体，而且其分泌液还具有像寄生型七鳃鳗那样抗凝的活性。七鳃鳗之所以能够吸食鱼类和海龟的血肉来维持生存，主要是因为：其特有的口吸盘可以使其吸附鱼体；其角质齿可锉破鱼体；其口腔腺分泌的 lamphredin 具有阻止血液凝固及组织溶解的功能。目前已有研究报道，在海域温度为 10℃的条件下，海七鳃鳗每天吸食宿主血液的比例是其净重的 3%～30%。此外，海七鳃鳗偏好选择较大的宿主并对其吸附部位有选择性。Farmer 的实验结果表明：在一般情况下，大约有 54%的海七鳃鳗攻击鲑鱼并直接使其死亡；但是在某些情况下，大概有 9%的海七鳃鳗吸附鲑鱼后，在尚未引起宿主死亡时会从鲑鱼身体上脱离；此外，还有 37%的海七鳃鳗在吸食活动尚未发生时，就已从宿主身体上脱离。在吸食发生后海七鳃鳗从宿主身体上脱离可增大宿主存活的概率。Farmer 发现，在吸食发生后，海七鳃鳗可在宿主身体上吸附 1～13 天却不引起宿主的死亡。在本实验研究过程中，lamphredin 显示出对纤维蛋白原及其他底物蛋白（如神经 tau 蛋白）较低的蛋白质水解酶活性。虽然日本七鳃鳗口腔腺分泌液 lamphredin 的蛋白酶水解活性比来源于壁虱、蛇毒唾液腺分泌液的蛋白酶活性低，但是 lamphredin 的这种特性有利于满足七鳃鳗长时间吸附鱼体、吸食其血液以维持其生存的需要。此外，lamphredin 对神经 tau 蛋白的降解作用也将有利于七鳃鳗长期吸附于宿主鱼体上。

纤维蛋白原在血液凝固级联反应中起着比较重要的作用。本实验室研究发现日本七鳃鳗分泌的 lamphredin 具有纤维蛋白原溶解酶活性。lamphredin 通过降解宿主身体血液中的纤维蛋白阻止纤维蛋白凝块的形成，这样可以保证七鳃鳗能有效地吸食宿主鱼体的血液。一般来说，有一些纤维蛋白原溶解酶是从纤维蛋白原的 Aα 链和（或）Bβ 链的 N 端释放纤维蛋白肽 A 和 B，最终形成纤维蛋白。我们将这类蛋白水解酶称之为类凝血酶，如安克洛酶（*Kistrodon rhodostoma*）、grambin（*Trimeresurus gramineus*）、contortrixobin（*Agkistrodon contortrix*）和 leucurobin（*Bothrops leucurus*）。还有一种纤维蛋白原溶解酶是从纤维蛋白原的 Aα 链、Bβ 链或 γ 链的 C 端开始水解，这类蛋白酶能够导致凝血酶引起的凝血时间的延长。本实验结果表明 lamphredin，即 BGSP-1 从纤维蛋白原 C 端开始水解的概率要远远大于从 N 端开始水解的概率，这种水解方式有利于延长凝血时间。酶切位点分析结果显示，lamphredin，即 BGSP-1 在纤维蛋白原的酶切部位主要发生在 Ala10-Glu11 和 His368-Ser369，而 BGSP-1 在神经 tau 的酶切部位发生在 Glu12-Asp13 和 Gln244-Thr245，这表明 lamphredin 具有特异的底物选择性。

根据酶的结构特点，蛇毒纤维蛋白原溶解酶可分为丝氨酸蛋白酶和金属蛋白酶。本实验曾尝试采用检测丝氨酸蛋白酶的特异性生色底物，如凝血酶生色底物 Chromozym TH（分子结构：Car-Val-Gly-Arg-4-pNA，相对分子质量为 662.62），尿激酶的生色底物 Chromozym U（分子结构为：Ben-β-Ala-Gly-Arg-4-NA，相对分子质量为 586.6）和弹性蛋白酶特异性底物 ELA（分子结构：Suc-Ala-Ala-Ala-pNA，相对分子质量为 451.4）与 lamphredin 反应，但是实验结果表明 lamphredin 对这些生色底物无任何作用。这表明 lamphredin 中的蛋白酶不具有丝氨酸蛋白酶活性。然而在 EDTA-Na_2 存在的条件下，lamphredin 和 BGSP-1 的纤维蛋白原溶解酶活性能够被显著地抑制，而额外

加入 Ca^{2+} 或 Mg^{2+}（Zn^{2+} 除外）后，它们的活性又可被恢复。此外，在 Ca^{2+} 或 Mg^{2+} 存在的条件下，纯化后的 BGSP-1 的纤维蛋白原溶解酶活性能够被增强，这就是说 lamphredin 中的 BGSP-1 的活性需要金属离子的辅助。但是 BGSP-1 与金属离子结合的紧密程度以及金属离子的结合部位，都需要晶体结构实验结果的证明。所以 BGSP-1 是否为金属蛋白酶，还有待于进一步研究。此外，根据蛇毒纤维蛋白原溶解酶对纤维蛋白原 Aα 链和 Bβ 链的专一性及裂解速度的不同，又可分为 α 型和 β 型。α 型纤维蛋白原溶解酶通常优先水解纤维蛋白原的 Aα 链，而对 Bβ 链的水解活性较弱，这种蛋白酶通常是金属蛋白酶，如来源于 *Bothrops jararaca*、*Cerastes cerastes*、*Agkistrodon contortrix*、*Vipera lebetina*、*Echis carinatus* 和 *Naja naja* 蛇毒的蛋白酶多为此种类型。而 β 型纤维蛋白原溶解酶通常优先降解纤维蛋白原的 Bβ 链，而其对 Aα 链水解活性则稍弱，这种酶通常为丝氨酸蛋白酶，如 brevinase（*Agkistrodon blomhoffii brevicaudus*）和 mucrosobin（*Trimeresurus mucrosquamatus*）。然而这种界限并不是绝对的，如来源于 *Trimeresurus mucrosquamatus* 毒腺的 P-1 能优先降解纤维蛋白原的 Bβ 链，当孵育时间延长时才降解 Aα 链，但是这个蛋白酶的活性却能够被 EDTA-Na_2 所抑制。而来源于 *Trimeresurus mucrosquamatus* 毒腺的 α-mucrofibrase 是一种丝氨酸蛋白酶，但是它却能够优先降解纤维蛋白原的 Aα 链。目前，优先降解 γ 链的纤维蛋白原溶解酶却鲜有报道。只有来源于 *Crotalus atrox* 毒腺的 hemorrhagic toxin f（HT-f）具有优先降解纤维蛋白原的 γ 链的活性，而其对 Aα 和 Bβ 链却无任何作用。本实验结果表明 BGSP-1 可优先降解纤维蛋白原的 Aα 链，而对 Bβ 链的活性较弱。此外，其活性还需要金属离子的辅助。因此，lamphredin 中的 BGSP-1 与蛇毒的 α 型纤维蛋白原溶解酶具有相似的特性。

lamphredin 主要通过 3 种途径，即细胞溶解、自溶和机械损伤来破坏宿主组织。Lennon 曾将 lamphredin 注射到鱼的身体表面，若干天后在给药部位几乎没有任何肌肉和粘连组织附着于鱼的表皮。Lennon 还观察到甚至 0.2 ml 的 lamphredin 可直接引起鱼的死亡。本实验室的结果也证明 lamphredin 具有细胞溶解的活性，它不仅改变细胞的形状，使之变圆，继而使之漂起死亡，而且还能抑制肿瘤细胞，如 SH-SY5Y 和 HeLa 细胞的生长。lamphredin 的这些生物活性有利于维持日本七鳃鳗捕食的需要。

6.5 结　论

近年来，关于抗凝因子的研究工作主要集中于水蛭、壁虱、蜘蛛和毒蛇的口腔腺所分泌的生物活性物质，而关于七鳃鳗口腔腺分泌液抗凝活性的机制却鲜有报道。①本实验描述了来自日本七鳃鳗口腔腺分泌液 lamphredin 的纤维蛋白原溶解酶活性及细胞溶解活性。②将 lamphredin 通过凝胶过滤层析（Sephadex G-75）分离纯化得到电泳纯的 BGSP-1、BGSP-2 和一些低分子质量多肽。③实验证明只有 BGSP-1 具有纤维蛋白原溶解酶活性，即类似于蛇毒的 α 型纤维蛋白原溶解酶活性。④纯化后 BGSP-1 的活性要远远低于 BGSP-1 在 lamphredin 中的活性。BGSP-1 的活性需要金属离子的辅助。⑤lamphredin 或 BGSP-1 具有降解神经 tau 蛋白的蛋白酶水解酶活性。⑥BGSP-1 具有特异的底物选择性。

7　三种重组七鳃鳗 RGD 毒素蛋白对 HeLa、HepG2 细胞的活性影响

7.1　引　　言

RGD（Arg-Gly-Asp）模体是一类含有精氨酸-甘氨酸-天冬氨酸的短肽序列，是许多细胞表面某些整合素（integrin）特异性配体之一。RGD 模体序列在人体内 67 种蛋白质中被发现，其中包括某些细胞外基质（ECM）蛋白，如纤维连接蛋白（FN）、玻连蛋白（VN）、层粘连蛋白（LN）、胶原及纤维蛋白原（Fg）等。这些 ECM 蛋白凭借 RGD 序列位点与整合素结合，从而引起细胞与细胞外基质间的黏附、增殖、迁移、浸润等一系列生理行为。到目前为止，已经发现一些存在于蛇毒、水蛭及虱类毒腺分泌物的 RGD 模体蛋白，其可凭借蛋白质一级结构上特有的 RGD 分子序列而成为细胞外基质与细胞整合素间结合的强效竞争性拮抗剂，进而通过封闭整合素的细胞信号转导通路而起到抑制血小板聚集，抑制血管新生，抗肿瘤细胞增殖、黏附、迁移和浸润等作用，并能够诱导肿瘤细胞发生凋亡。这一类 RGD 毒素蛋白因上述的重要功能已在抗血栓、抗肿瘤药物研发领域备受关注。

7.1.1　RGD 肽与整合素识别机制研究进展

自从 20 年前 Pierschbacher 和 Ruoslahti 首次报道 FN 所含 RGD 以来，RGD 的各方面研究就被各国学者所关注。随着通过 RGD 介导细胞黏附的细胞表面受体整合素基因家族的确定和 RGD 这个进化相对保守的识别序列的发现，将对研究细胞行为和细胞功能具有深远的影响。但是与整合素相关的细胞黏附的过程是非常复杂的，因为目前发现大约 25 种整合素中的 1/3 被认定为具有 RGD 识别位点。在这些整合素的识别机制中，它们不仅需要通过典型的 RGD 识别位点进行配体结合，还需要一个辅助的连接位点来完成细胞铺展。到目前为止，这两个识别位点的作用方式是相互功能独立的还是互相协作的或是竞争的还没有研究清楚。

研究发现一些识别 RGD 序列的整合素不仅需要与典型的 RGD 配体进行结合，还需要一个辅助的位点来进行配体识别。但到目前为止，在细胞黏附的过程中确切的关于整合素和细胞外基质的识别机制还不是很清楚，最近的一些有关整合素 αⅡbβ3 介导的细胞与固定的纤维蛋白原的连接机制的研究发现，Fg 通过自身的辅助序列 γ400-411 来促进细胞黏附，这种识别机制是通过诱发 αⅡbβ3 聚集成簇，并且重组细胞内的蛋白质使其组成蛋白质复合体，随后 RGD 序列位点转向 β3 亚单位，进而引发一系列的构造改变来激活 RhoA，最后达到一个细胞铺展的目的。

研究发现需要一个辅助识别序列这种特性的整合素受体是纤维粘连蛋白受体 α5β1

和 α4β1，在这个纤维连接蛋白中 RGD 序列位于 FNⅢ-10 区域上，它与 β1 亚单位连接。整合素 α5β1 和 α4β1 都依赖一个辅助的连接位点。α5 亚单位所需要的辅助序列位于 FNⅢ-9 区域上，而 α4 则位于 FN ⅢCS 区域上。更进一步的研究结果表明，相同的整合素与不同配体的识别机制可能不同。事实也确实如此，玻连蛋白的受体 ανβ3 与玻连蛋白识别只依靠 RGD 序列，但是当它与纤维连接蛋白识别时却需要位于 FNⅢ-9 上的一个序列辅助完成。整合素 αⅡbβ3 同样通过 RGD 位点和辅助位点来与纤维连接蛋白结合。

纤维蛋白原 Fg 是由两两彼此相连的 3 个完全不同的多肽链组成的，这 3 个多肽链被命名为 Aα、Bβ、γ。它们通过二硫键连接形成一个伸展的二聚体（图 7.1）。人类纤维蛋白原包含 3 个潜在的 αⅡbβ3 整合素结合位点，两个 RGD 序列位于 Aα 链上分别是 Aα95-98（RGDF）和 Aα572-575（RGDS），还有一个不包含 RGD 序列的起辅助作用的十二肽序列位于 γ 链上（C 端，γ400-411 HHLGGAKQAGDV）。

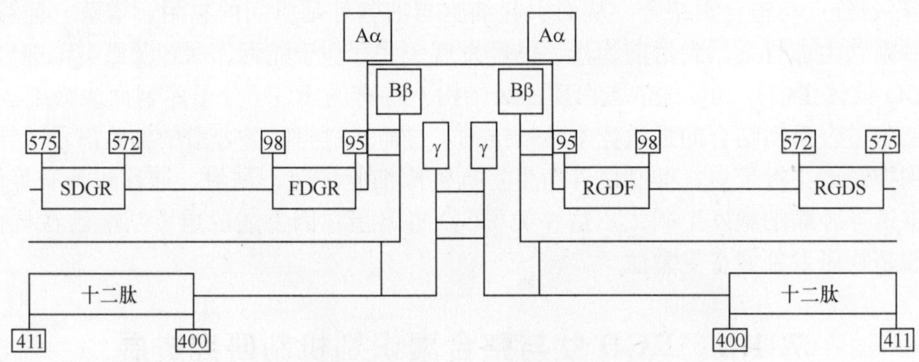

图 7.1 纤维蛋白原分子结构

整合素受体 αⅡbβ3 能够改变自身的构象与配体纤维蛋白原（Fg）连接：在低的亲和力、稳定状态下整合素 αⅡbβ3 不能与可溶的 Fg 连接，但是可以介导细胞附着于固定的 Fg 上。相反，高亲和力状态下的 αⅡbβ3 能够很容易的与可溶的 Fg 通过 RGD 识别连接。整合素 αⅡbβ3 介导的细胞黏附于固定化的 Fg 上被证实是首先通过 γ400-411 介导的。电子显微镜图像显示 αⅡbβ3 与 Fg 远端连接，这个远端的组成就包含 γ400-411。最近的研究结果证实：αⅡbβ3 的晶体结构清楚地显示了它在与 Fg 的连接中出现了两个不同的连接位点，β3 亚单位的专一环状区域与 RGD 序列相连，αⅡb 亚单位在 β 螺旋上的帽状亚结构域是 Fg 大分子识别位点。另外，如果去除 Fg 每条 γ 链上的 γ408-411 末端序列 AGDV，那么它将不能促使血小板聚合，但是相反，如果 Fg 在 Aα 链上的 RGD 位点发生变异，它将不能促使血小板之间的连接，这些结果充分地说明了 γ408-411 末端序列在通过整合素 αⅡbβ3 介导细胞附着于 Fg 表面和 αⅡbβ3 介导的血小板聚合方面都起了主导作用，随之而来也增加了关于 Aα572-575（RGDS）序列在整合素 αⅡbβ3 与 Fg 识别方面准确作用的疑问。

7.1.2　有关 Fgγ400-411 序列和 Aα572-575（RGDS）序列在整合素介导的细胞黏附方面的研究

我们调查了一下关于 Fg γ400-411 序列和 Aα572-575（RGDS）序列在整合素 αⅡbβ3 介导的细胞黏附于固定化的 Fg 的一些研究进展，采用完整的 Fg 或是 Fg 结构经过改建的两种构象，我们把它们称为片段 D 和片段 C。片段 D 是一个85 kDa的多肽，由 3 个亚单位通过二硫键连接，它的组成中包含 γ400-411 位点，但是缺乏 α 链上的 RGD 位点，然而片段 C 是一个在纤维蛋白原（Fg）Aα 链上 C 端部分带有 Aα572-575（RGDS）序列的独特的一个 20 kDa 的构象。当稳定状态下的血小板被确认能够在固定化的 Fg 上黏附和铺展时，我们研究得出在 Fg 片段 D 上，血小板能够黏附但是不能铺展，然而在对比实验中血小板已经能够在完整构象的 Fg 完全铺展（图 7.2）。这个结果说明了 αⅡbβ3-Fg 识别连接是需要两个步骤完成的，在整合素 Fg 上包含两个不同的连接位点并且功能独立，第一阶段依靠 γ400-411 序列介导细胞黏附，第二阶段通过 RGD 序列诱发细胞铺展。

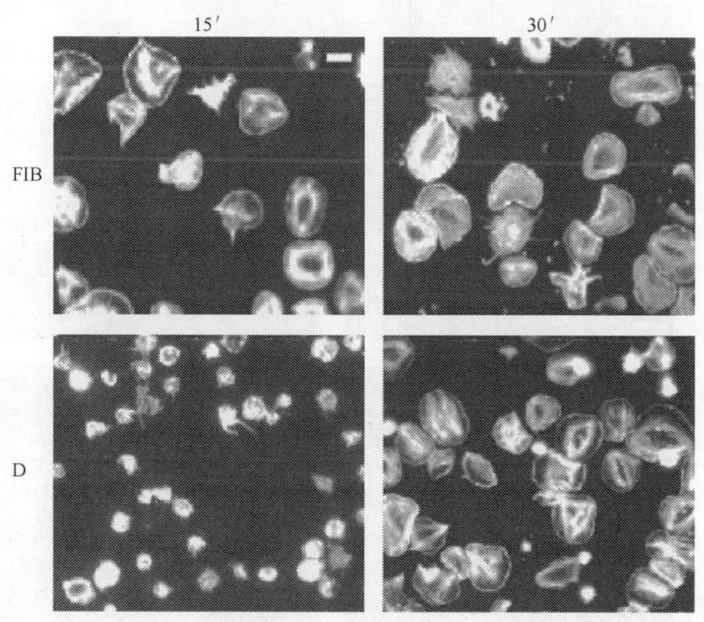

图 7.2　血小板与纤维蛋白原片段 D 黏附

FIB，纤维蛋白质；静息血小板孵育于预先覆被纤维蛋白原的盖玻片上。D，片段 D；静息血小板孵育于预先覆被纤维蛋白原片段 D 的盖玻片上。Bar=5 nm

由于血小板内颗粒物质的释放，所以选择性的研究依靠 αⅡbβ3 介导在血小板中的信号转导是不可靠的。我们选用了中国仓鼠卵巢（CHO）细胞表达重组的具有低亲和力的整合素 αⅡbβ3，用它去分析依靠 αⅡbβ3 介导的细胞由外到内的信号转导机制。

和血小板相似，CHO 细胞表达的低亲和力 αⅡbβ3 能够黏附于片段 D，但是不能形成整个细胞的铺展，相反却能够铺展于完整的 Fg 上。另外，如果在预温培养的 CHO

细胞中加入抗-αⅡb 抗体，它能够抑制细胞附着于片段 D 上，但是加入抗-β3 抗体却没有抑制作用。同样，细胞表达变异的整合素 αⅡbβ3D119Y 受体，这个受体不具有 RGD 功能识别序列，但是细胞依然能够黏附；另外对比研究发现，在片段 C 构象中细胞不能够黏附，这个结果暗示了如果前期受体没有通过 αⅡb-γ400-411 的激活，静止状态下 αⅡbβ3 是不能够与片段 C 构象中的 RGD 位点识别连接的。

在亚细胞水平上分析 αⅡbβ3 介导细胞黏附于片段 D 上的定位，能够显示出 αⅡbβ3 位于一个小的黏附结构类似于复合体样的结构上。同样，染色的肌动蛋白也显示出了在膜下的定位。相反，对于细胞铺展于完整的 Fg 上却展示出了具有良好结构的张力纤维与成熟的黏着斑连接的成纤维样形态学结构（图 7.3）。然而，在细胞附着于片段 D 过程中，αⅡbβ3 能够聚集成簇而不依赖于 αⅡbβ3-RGDS 这种连接机制。此外，细胞骨架和一些重组的蛋白质像裸蛋白、黏着斑蛋白、桩蛋白还有酪氨酸磷酸化蛋白都向αⅡbβ3 聚集簇部位转移，这种证据说明 αⅡb-γ400-411 的连接能够诱发第一个阶段的信号转导，进而引导整合素聚集成簇、细胞骨架的重组和信号蛋白的重组。然而，在出现 RGD 序列的位点上，细胞连接被阻拦，一个完整的 αⅡbβ3-RGD 连接模式是需要诱发额外的信号事件才能完成整个细胞的铺展。

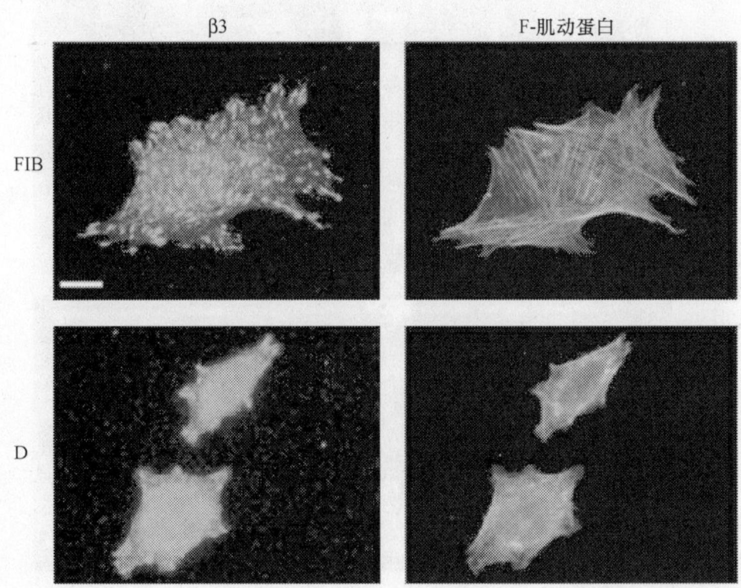

图 7.3 静息 CHO 细胞 αⅡbβ3 介导的与片段 D 的细胞黏附

Bar＝10 nm

为了弄清楚是否由外部传入内部的信号引起细胞的完全铺展，需要对 β3 亚单位进行构象的改变，我们研究了 CHO 细胞表达的持续激活状态下的 αⅡbβ3T562N 变异受体的黏附性质，有趣的是，CHO αⅡbβ3T562N 能够完全铺展于 Fg 片段 D 上而不依赖于 RGD 的连接，同时还有包含整合素 αⅡbβ3 的黏着斑和良好结构的肌动蛋白张力纤维的出现（图 7.4）。这个结果显示 β3 亚单位构象的改变足以能够引发细胞的内部事件来诱发细胞的铺展。

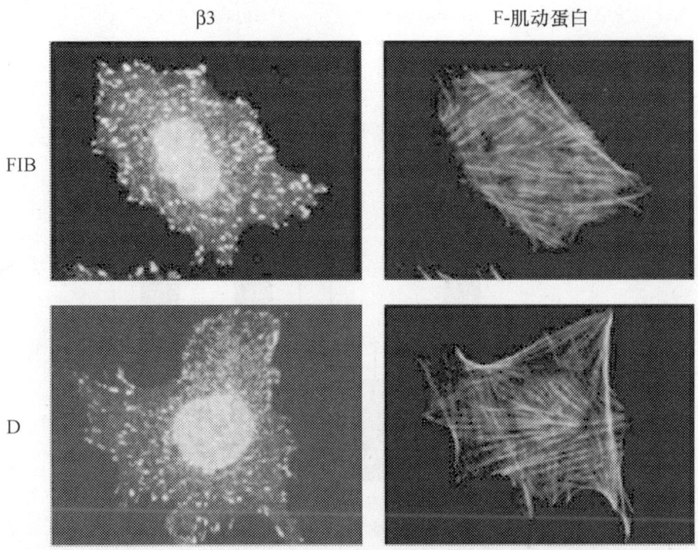

图 7.4 αⅡbβ3T562N 介导 CHO 细胞铺展于片段 D

现在人们已经清楚地了解了具有 GTP 酶功能的 Rho 家族，它是整合素介导的信号转导的关键调控者，它能够调控细胞形态学上的细胞骨架重组。在目前报道的 22 种 Rho GTPases 中，RhoA、Rac1 和 Cdc42 是研究得最清楚的 3 种家族成员。RhoA 主要参与张力纤维和黏着斑复合体组装，Rac1 促进层状伪足和胞膜皱褶的形成，Cdc42 促进丝状伪足的形成。Rho 下游的两个重要效应分子 Rho 激酶（ROCK）和 mDia（mammalian diaphanous-related protein）蛋白是这些结构改变的重要参与者。ROCK 可提升肌球蛋白轻链的磷酸化水平，增加肌动-肌球蛋白的收缩力，促进细胞在 ECM 中的迁移。活化的 mDia 蛋白可将肌动蛋白单体参入到肌动蛋白丝的末端，并阻止成帽蛋白的结合，诱导肌动蛋白丝的延长，有助于细胞迁移。除此之外，从结构的角度看，黏着斑也为通过整合素传导的信号提供一个许多信号转换起始的中心。然而，在这些信号中，反应于细胞外的信号模式怎样促使依靠整合素激活的 RhoA 的机制仍然不清楚。

有关学者研究了激活的 RhoA 在低亲和力的 CHOαⅡbβ3 中和 CHO αⅡbβ3T562N 细胞中与完整的 Fg 和片段 D 的连接的情况，结果显示激活的 RhoA 在低亲和力 αⅡbβ3 的 CHO 细胞中，相对于完整的 Fg 细胞与片段 D 连接很微弱，这说明了 RhoA 的完全激活需要整合素 αⅡbβ3 和纤维蛋白原（Fg）上的 RGD 的连接（图 7.5）。更重要的是，在 CHO αⅡbβ3T562N 细胞与完整的 Fg 或者片段 D 接触时，同等数量的激活 RhoA 被测得，同时可以观察到张力纤维结构的出现和完整的细胞铺展（图 7.6）。这个结果说明在片段 D 构象上持续激活的变异受体 αⅡbβ3T562N 可以诱发最大量的 RhoA 的激活而不依赖于 RGD 识别。

在血小板中，肉瘤激酶已经被认为是直接参与到信号转导中去引导 Rho 的激活和细胞的铺展。当用 CHO 细胞作为实验对象时，依靠 αⅡbβ3 介导的细胞铺展和细胞黏附能够完全被阻止是通过肉瘤抑制剂 PP2 来发挥作用的（图 7.6），从而证实在 RGD-β3 连接过程中引起 RhoA 的激活的这种由外入内的信号传递中肉瘤激酶起着关键的作用（图 7.7）。

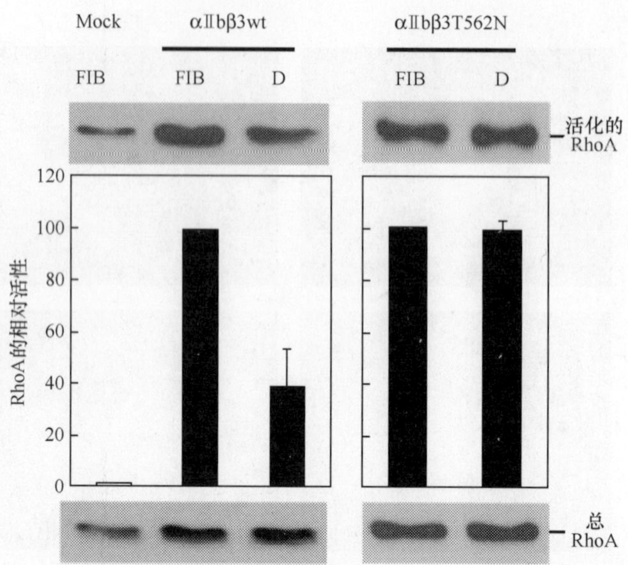

图 7.5 RGD-β3 亚基相互作用依赖的 RhoA 激活 RGD-b3

对 RhoA 在 CHO 细胞 αⅡbβ3 野生型或 CHO 细胞 αⅡbβ3T562N 变异体对纤维蛋白原或片段 D 活性的分析，条件为 37℃，2 h。模拟转染的 CHO 细胞与纤维蛋白原孵育 2 h 被用作阴性对照。模拟转染的 CHO 细胞对纤维蛋白原的作用时，RhoA 活性值表示为固定的数值 1；转染 αⅡbβ3 的 CHO 细胞对纤维蛋白原的作用时，RhoA 活性值表示为固定的数值 100。每栏代表 3 个独立实验的平均值±SD

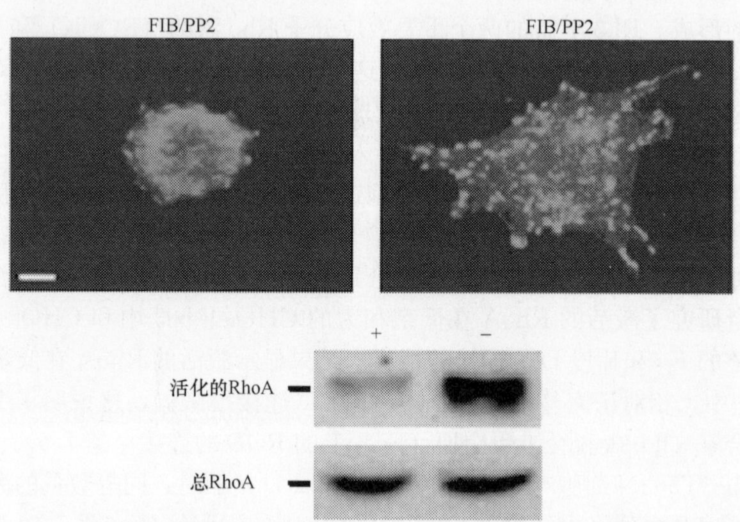

图 7.6 Src 依赖的 RhoA 活化和由 αⅡbβ3 介导的细胞伸展于固定化纤维蛋白原

人类 CHO 正常细胞 β3 与 Src 激酶抑制剂 PP2 的在室温预孵育 30 min 的免疫定位 DMSO（10 mmol/L DMSO）然后在 37℃铺展于完整纤维蛋白原 2 h。Bar=10 μm

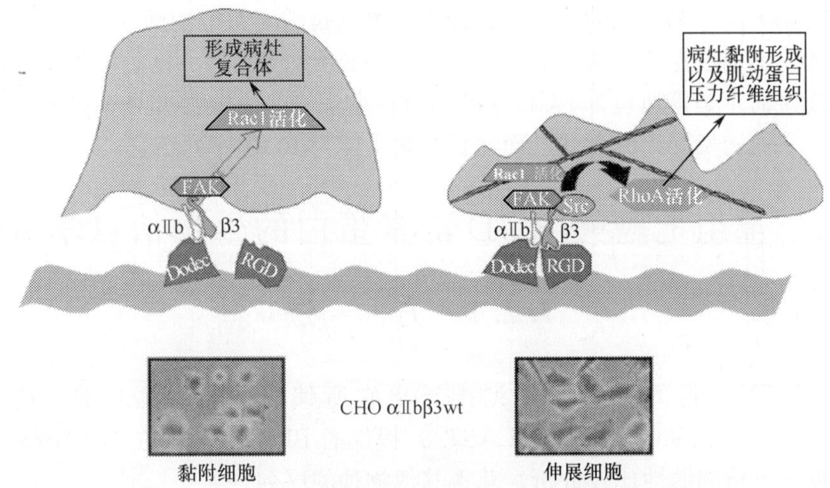

图 7.7　αⅡbβ3 介导细胞黏附于固定化纤维蛋白原模型

黏附于纤维蛋白原由 RhoA 活性的双相调节方式进行。细胞黏附的初步阶段，依赖于纤维蛋白原与 αⅡb 整合亚基 G400-411 序列相互作用，从而导致 αⅡbβ3 在核心复合体聚集，FAK 的酪氨酸磷酸化以及 Rac1 激活。在第二个步骤，纤维蛋白原与 β3 整合素亚基的 RGD 序列相互作用引发最大 RhoA 激活和启动一个 src 依赖的第二波全面细胞活动所需的细胞内信号转导过程

7.1.3　总　　结

最新的文献研究结果表明依赖整合素 αⅡbβ3 介导的细胞黏附于固定的 Fg 上是需要两个步骤来完成的（图 7.8）。Fg γ400-411 序列介导最初的细胞黏附，而后 RGD 序列与构象发生改变的整合素 β3 亚单位相连接。这种构象的改变触发第二阶段细胞内的信号事件来诱发依赖肉瘤的 RhoA 的激活，从而使整个细胞能够完全铺展。这种 αⅡbβ3 介导的细胞黏附与 Fg 上需要两个步骤来完成的机制，为我们认识整合素与 RGD 配

```
adinbitor    EAGEECDCGSP---GNPCCDAATCKLRQGAQCAEGLCCDQCRFMKKGTVCRIARGD-
             DMDDYCNGISAGCPRNPFHA
saxatilin    EAGEECDCGAP---ANPCCDAATCKLRPGAQCAEGLCCDQCRFMKEGTICRMARGD-
             DMDDYCNGISAGCPRNPFHA
bistatin     EQGEDCDCGSPANCQDRCCNAATCKLTPGSQCNYGECCDQCRFKKAGTVCRIARGD-
             WNDDYCTGKSSDCPWN--H-
barbourin    EAGEECDCGSP---ANPCCDAATCKLRQGAQCADGLCCDQCRGMKKGTYCRVARGD-
             WNDDTCTGQSADCPRNGLYG
decorsin     APRLPQCQGDDQEKCLCNKDECPPGQCRFPRGDADPYCE
ornatin B    IYVRPTNDELNYCGDFRELGQPDKKCRCDGKPCTVGRCKFARGDNDDKCISA
variabilin   NTFSDENPGFPCDCTSADAKRACGIQCACWPRGDTPGGGRRIIDGQQ
Lj-RGD3      MSTFINGTQEVDAICHKQNYPMGTETQGDTRGDTRTHTETQAEARTHAETHGDTRGD
             TRRHTWRHTRRHTDTHGH
             RGDARRHGHNKHLHRMSAAVSECVGE
```

图 7.8　不同物种来源的 RGD 毒素蛋白同源性比较

adinbitor、saxatilin、bistatin 和 barbourin 是蛇毒中的非整合素；decorsin 和 ornatin B 是水蛭口腔腺 RGD 毒蛋白；variabilin 是硬蜱口腔腺 RGD 毒蛋白；Lj-RGD3 是日本七鳃鳗口腔腺 RGD 毒蛋白；阴影显示同源的氨基酸残基；RGD 模体用下划线形式标识

体的连接机制提供一个大致的模式，这种识别机制是需要一个辅助的位点来行使整个受体的功能的，辅助位点一个很明显的功能可能就是允许识别 RGD 的整合素能够准确地与其配体连接而不是其他包含 RGD 序列的蛋白质识别，它能够介导整合素与配体的特异性识别，从而诱发受体的激活进而使整合素受体与 RGD 序列结合。

7.2 重组七鳃鳗 RGD 毒素蛋白的生物信息学分析

7.2.1 方　　法

以 RT-PCR 获得的 cDNA 序列推导出它所编码的氨基酸序列，应用 NCBI（http://www.ncbi.nlm.nih.gov/BLAST/）提供的 BLAST 程序在 GenBank 数据库和蛋白质数据库进行同源性比较分析，获得其他物种的序列。

对以上蛋白质的氨基酸序列分别用同源比对软件 ClustalX 进行同源性序列比对，采用 MEGA 构建系统进化树，在软件 MEGA 中运用 NJ 法。

7.2.2 结　　果

通过 NCBI 检索，Lj-RGD3 与其他 RGD 家族毒素蛋白进行序列比对，结果发现 Lj-RGD3 与其他 RGD 家族毒素蛋白除具有 RGD 模体的共性外，在一级结构上没有同源性（图 7.8）。系统进化树分析显示 Lj-RGD3 是目前发现的最原始的含 RGD 毒素蛋白（图 7.9）。

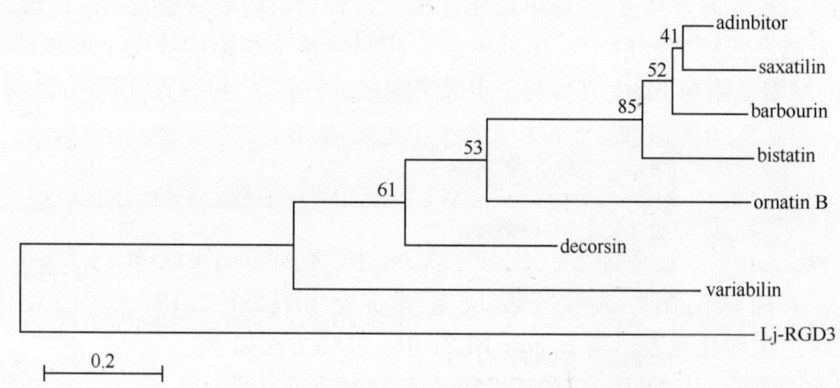

图 7.9　不同物种来源的 RGD 毒素蛋白系统进化树

adinbitor、saxatilin、bistatin 和 barbourin 是蛇毒中的非整合素；decorsin 和 ornatin B 是水蛭口腔腺 RGD 毒蛋白；variabilin 是硬蜱口腔腺 RGD 毒蛋白；Lj-RGD3 是日本七鳃鳗口腔腺 RGD 毒蛋白

7.2.3 讨　　论

序列分析表明，Lj-RGD3 的氨基酸序列含有 2 个半胱氨酸、17 个组氨酸、17 个精

氨酸和20个苏氨酸。由此可判定其为一个碱性多肽。通过Signal P及secretome2.0 P软件对其进行蛋白质分泌类型分析，结果显示，Lj-RGD3无信号肽，但NN-分数为0.856，表明其为一种不具信号肽的非典型分泌蛋白。

迄今为止已发现有3个不同物种来源的RGD毒素蛋白家族，这3个家族分别来源于蛇毒、吸血动物水蛭及虱类唾液腺分泌物。对上述物种来源的RGD毒素蛋白进行蛋白质一级结构比对发现，来源于物种内的蛇毒的RGD毒素蛋白在一级结构上高度同源，而物种间的RGD毒素蛋白在一级结构上除了具有RGD模体和多对半胱氨酸的共性外，没有任何同源性。本试验对七鳃鳗口腔腺重组蛋白进行了蛋白质表达，NCBI检索比对后发现，其氨基酸序列与上述三大物种来源的RGD毒素蛋白在一级结构上除具有RGD模体和一对半胱氨酸的共性外，没有同源性。

7.3　七鳃鳗RGD毒素蛋白rLj-RGD1、rLj-RGD2、rLj-RGD3的表达/纯化与鉴定

7.3.1　材料与方法

7.3.1.1　材　　料

野生型成体日本七鳃鳗采自于中国黑龙江流域。

质粒pET23b、克隆菌*E. coli* DH5α及表达菌*E. coli* BL21均为本实验室保存；IPTG购自宝生物工程（大连）有限公司；低分子质量蛋白质标准购自Pharmacia biotech；*N*-三（羟甲基）甲基甘氨酸（Tricine）购自Amresco；His-Tag单克隆抗体及组氨酸亲和层析柱（His-Bind Column）购自Novagen公司；山羊抗小鼠IgG-AP及NBT/BCIP试剂盒购于华美公司；咪唑、氯化钠均为Amresco产品。

7.3.1.2　方　　法

pET23b-Lj-RGD1、Lj-RGD2、Lj-RGD3转化入表达菌：

将经鉴定确认的阳性转化子提取重组质粒pET23b-Lj-RGD1、Lj-RGD2、Lj-RGD3，$CaCl_2$法转化至表达菌*E. coli* BL21中。具体方法如下。

（1）宿主菌*E. coli* DH5α接种于20 ml Amp^- LB中培养过夜；

（2）将部分上述菌液移至50 ml LB三角烧瓶中，37℃ 300 r/min强烈振荡培养3 h，使细菌的浓度达到5×10^7个细胞/ml。此时，细菌的OD_{600}一般为0.2～0.3，为对数生长期或对数生长前期。

（3）培养物于冰上放置10 min，然后转移到两个50 ml离心管中，4000 *g* 4℃离心10 min。

（4）弃上清液，倒置离心管1 min，流尽剩余液体，然后加入5 ml用冰预冷的0.1 mol/L $CaCl_2$溶液致敏悬浮细胞，置于冰上10 min；

(5) 4000 *g* 4℃离心 10 min 回收细胞，弃上清液，每 25 ml 的原培养物再加入 2 ml 冰冷的 0.1 mol/L 的 $CaCl_2$ 溶液，悬浮细胞，置于冰上 3 h。

(6) 每份 200 μl 分装细胞。

(7) 加 10 μl 含 40 ngDNA 的溶液至 200 μl 感受态细胞中，温和混匀。

(8) 42℃热激 90 s，迅速放回冰中，将细胞冷却 1～2 min 后，加入 800 μl LB（Amp^-）培养基，37℃ 225 r/min 振荡培养细菌 45～90 min，让细菌的质粒表达抗生素抗性蛋白。

(9) 取 100 μl 转化产物铺于 90 mm 的 LB（Amp^+）琼脂平板上。室温下放置20～30 min，待溶液被琼脂吸收后，倒置平皿，于 37℃培养 12～16 h。

(10) 待 LB（Amp^+）琼脂平板上长出菌落后进行阳性转化子的筛选鉴定。

对重组表达菌的鉴定：

采用双酶切法和 T7 通用引物法鉴定。

对重组菌进行不同时间与温度梯度的 IPTG 诱导表达：

(1) 挑取阳性转化菌单菌落接种于含氨苄的 LB 培养基中于 37℃培养至 OD_{600} = 0.4～0.6 达到对数生长期；

(2) 加 IPTG 至终浓度 1 mmol/L，分别进行 2 h、3 h、4 h、5 h 的 37℃诱导表达与 30℃的低温过夜诱导表达；

(3) 取上述培养液 5000 *g* 离心 5 min，于沉淀中加 100 μl 的上样缓冲液 100℃加热 3 min，上样行 Tricine-SDS-PAGE。

包含体的提取方法：

(1) 10 000 *g* 离心 10 min 收获菌体，倒掉上清液后以 100 ml 的原培养液加 40 ml 冰冷的 1×结合缓冲液（5 mmol/L 咪唑、0.5 mol/L NaCl、20 mmol/L Tris-HCl，pH 7.9）的比例重悬细胞；

(2) 将上述样品置于冰浴中超声裂解细胞，直至溶液不再黏稠；

(3) 5000 *g* 离心 15 min 收集包含体及细胞碎片而使其他杂蛋白留在溶液中。弃上清液，每 100 ml 原培养体积用 20 ml 的 1×结合缓冲液悬浮沉淀；

(4) 5000 *g* 离心 15 min 收集包含体；

(5) 将收集到的沉淀加 100 μl 的上样缓冲液于 100℃加热 3 min，上样行 Tricine-SDS-PAGE。

可溶性成分的提取方法：

(1) 10 000 *g* 离心 10 min 收获菌体，弃上清液，并使残液尽量流出。以每 100 ml 的原培养液加 4 ml 冰冷的 1×结合缓冲液的比例重悬细胞；

(2) 将上述样品置于冰上超声裂解细胞，直至溶液不再黏稠；

(3) 14 000 *g* 离心 20 min 以去除细胞碎片；

(4) 弃沉淀。取上清液 100 μl 加 100 μl 的上样缓冲液 100℃加热 3 min，上样行 Tricine-SDS-PAGE。

Tricine-SDS-PAGE 鉴定：

以含尿素的 16.5%分离胶浓度的 Tricine-SDS-PAGE 小分子质量蛋白质电泳法进行

蛋白质的鉴定以确定 adinbitor 的存在形式。具体操作如下。

（1）储液配制：

阳极缓冲液：0.2 mol/L Tris，pH 8.9；

阴极缓冲液：0.1 mol/L Tris，0.1 mol/L Tricine，0.1 % SDS，pH 8.25；

凝胶缓冲液：3.0 mol/L Tris，0.3 % SDS；

49.5 %*T*，3 %*C* 的丙烯酰胺-双丙烯酰胺混合液（*T* 为丙烯酰胺总浓度，*C* 为交联度，后同）：48 %丙烯酰胺（*m*/*V*），1.5 % 双丙烯酰胺（*m*/*V*）；

49.5 %*T*，6 %*C* 的丙烯酰胺-双丙烯酰胺混合液：46.5 % 丙烯酰胺（*m*/*V*），3 % 双丙烯酰胺（*m*/*V*）。

（2）制备胶板：

浓缩胶浓度：4 %*T*，3 %*C*；

间隔胶浓度：10 %*T*，3 %*C*；

含 6 mol/L 尿素的分离胶浓度：16.5 %*T*，6 %*C*。

（3）上样缓冲液：

4 % SDS

12 % 甘油（*m*/*V*）

50 mmol/L Tris

2 %巯基乙醇（*V*/*V*）

0.01 % Serva Blue G（用 HCl 调至 pH 6.8）

（4）电泳：起始电压为 30 V，以使所有样品完全进入堆积胶（stacking gel）。然后是 80 V 电压跑完间隔胶（spacer gel），150 V 电压跑完分离胶。

（5）快速固定、染色与脱色：于 50%甲醇与 10%冰醋酸组成的固定液中固定 30～60 min；染色 1～2 h；于脱色液（10%冰醋酸）中脱色，每 30 min 更换一次，直至蛋白质条带清晰可见。

重组蛋白 rLj-RGD1、rLj-RGD2、rLj-RGD3 的纯化：

因 rLj-RGD1、rLj-RGD2、rLj-RGD3 为带有组氨酸标签的融合蛋白，故可采用 Novagen 公司的组氨酸亲和层析柱（His-Bind Column）对其进行纯化。Ni-NTA His-Bind 树脂常被用于通过金属螯合作用而快速一步式纯化含有组氨酸标签的蛋白质。组氨酸标签可与固相化于 Ni-NTA His-Bind 树脂上的 Ni^{2+} 结合。非结合蛋白被洗掉后，目标蛋白可通过浓度逐渐提高的咪唑洗脱而重新获得。具体操作如下。

储液配制：

8×结合缓冲液：40 mmol/L 咪唑；4 mol/L NaCl；160 mmol/L Tris-HCl（pH 7.9）

8×洗涤缓冲液：480 mmol/L 咪唑；4 mol/L NaCl；160 mmol/L Tris-HCl（pH 7.9）

4×洗脱缓冲液：4 mol/L 咪唑；2 mol/L NaCl；80 mmol/L Tris-HCl（pH 7.9）

rLj-RGD1、rLj-RGD2、rLj-RGD3 蛋白质的诱导表达：

可溶成分的提取：上清液用 0.45 μm 的一次性除菌滤器过滤。

亲和层析：吸去 His-Bind Column 上室的储液，并打开下面管口；用 10 ml 的1×结合缓冲液对柱子进行平衡；上样；用 10 ml 的 1×结合缓冲液洗柱；用 10 ml 的 1×洗涤缓冲液洗柱；用 5 ml 的 1×洗脱缓冲液洗脱目的蛋白。

采用考马斯亮蓝法进行纯化蛋白的浓度测定：

游离状态的考马斯亮蓝 G250 在一定浓度的乙醇及酸性溶液中呈红褐色，与蛋白质结合呈蓝色。蛋白质的含量与颜色的深浅成正比。经 595 nm 测定，可作出蛋白质含量与吸光度值的标准曲线，并求出未知样品的浓度。

对 BSA 含量分别为 0 μg、2.5 μg、5 μg、7.5 μg、10 μg、12.5 μg、15 μg、17.5 μg、20 μg 的标准蛋白进行 A_{595} 的光吸收值测定，并绘制标准曲线（图 7.14）。

反应液组成为：　0.9% NaCl＋标准 BSA 溶液＝300 μl，
Brafford 工作液：3 ml。

7.3.2 结　果

7.3.2.1 对重组菌进行时间梯度与温度梯度的 IPTG 诱导表达

对重组质粒进行不同时间梯度与温度的诱导表达后，以可溶性蛋白提取方法制备的蛋白质提取液进行 Tricine-SDS-PAGE 后可见到目的蛋白的表达；而以包含体提取条件制备的样品未见目的蛋白。这说明 rLj-RGD1、rLj-RGD2、rLj-RGD3 于各种条件下皆为可溶性表达，而不是以包含体形式而存在。各种诱导条件下以 37℃诱导 5 h 的表达量最高。

将上述重组质粒转化入大肠杆菌 BL21 或 Rosetta 后，进行 IPTG 的诱导表达，已成功获得基因重组 rLj-RGD1、rLj-RGD2、rLj-RGD3 蛋白的可溶性表达。

7.3.2.2 蛋白质电泳

重组蛋白 rLj-RGD1、rLj-RGD2、rLj-RGD3 是目的基因与组氨酸标签（His-tag）等部分质粒序列共同表达的融合蛋白，其分子质量约为 17 kDa、9.6 kDa 和15 kDa。对于这种分子质量在 20 kDa 以下的小分子质量蛋白质，采用含尿素的 Tricine-SDS-PAGE 效果较好（图 7.10～图 7.13）。

7.3.2.3 rLj-RGD3 蛋白纯化结果

对阳性转化菌诱导表达后的可溶性蛋白成分进行组氨酸亲和层析后，将所得的纯化蛋白进行 Tricine-SDS-PAGE。结果显示，纯化蛋白呈单条带迁移，分子质量为 15 kDa。这表明均质蛋白质的成功获得（图 7.12）。

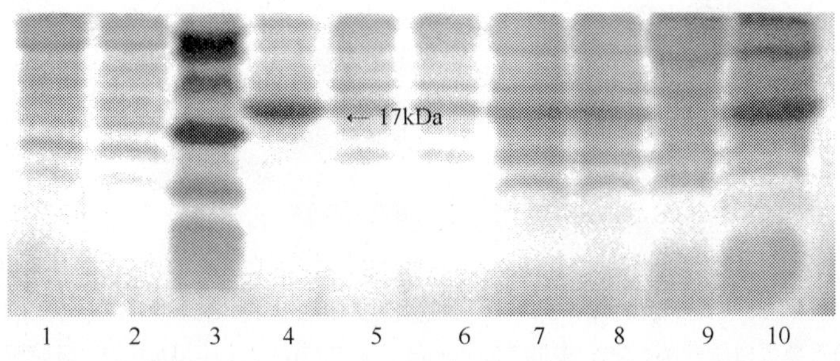

图 7.10 重组 rLj-RGD1 蛋白可溶性表达的 Tricine-SDS-PAGE

1～2. 37℃下未诱导表达的 BL21/pET23b；3. 低分子质量蛋白质标准（Mw：45 kDa、30 kDa、20.1 kDa、14. 3 kDa、6.5 kDa、3.5 kDa)；4. 37℃下诱导表达的 BL21/pET23b-Lj-RGD1；5. 37℃下未诱导表达的 Rosetta/pET23b-Lj-RGD1；6. 30℃下未诱导表达的 Rosetta/pET23b-Lj-RGD1；7. 37℃未诱导表达的 BL21/pET23b-Lj-RGD1；8. 30℃诱导表达的 BL21/pET23b-Lj-RGD1；9. 30℃诱导表达的 BL21/pET23b-Lj-RGD1；10. 30℃诱导表达的 BL21/pET23b-Lj-RGD1

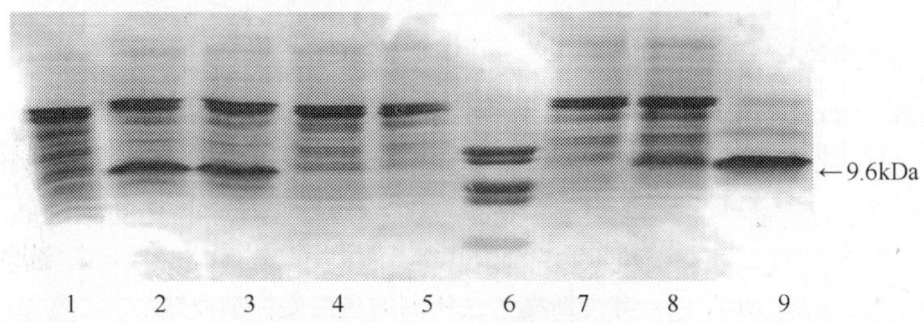

图 7.11 重组 rLj-RGD2 蛋白可溶性表达的 Tricine-SDS-PAGE

1. 37℃下未诱导表达的 BL21/pET23b-Lj-RGD2；2. 37℃下诱导表达的 BL21/pET23b-Lj-RGD2；3. 30℃下诱导表达的 BL21/pET23b-Lj-RGD2；4. 37℃下未诱导表达的 BL21/pET23b；5. 30℃下未诱导表达的 BL21/pET23b；6. 低分子质量蛋白质标准（Mw：16 949 Da、14 404 Da、10 700Da、8159 Da、6214Da)；7. 37℃未诱导表达的 BL21/pET23b-Lj-RGD2；8. 30℃未诱导表达的 BL21/pET23b-Lj-RGD2；9. 37℃诱导表达的 BL21/pET23b-Lj-RGD2

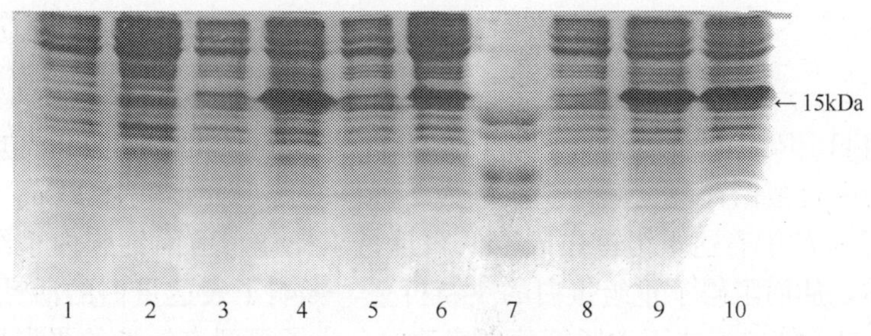

图 7.12 重组 rLj-RGD3 蛋白可溶性表达的 Tricine-SDS-PAGE

1～2. 37℃下未诱导表达的 BL21/pET23b；3. 37℃下未诱导表达的 BL21/pET23b-Lj-RGD3；4. 37℃下诱导表达的 BL21/pET23b-Lj-RGD3；5. 30℃下未诱导表达的 BL21/pET23b-Lj-RGD3；6. 30℃下诱导表达的 BL21/pET23b-Lj-RGD3；7. 低分子质量蛋白质标准（Mw：16949 kDa，14404 kDa，10700 kDa、8159 kDa、6214 kDa)；8. 未诱导表达的 BL21/pET23b-Lj-RGD3；9. 37℃诱导表达的 BL21/pET23b-Lj-RGD3；10. 30℃诱导表达的 BL21/pET23b-Lj-RGD3

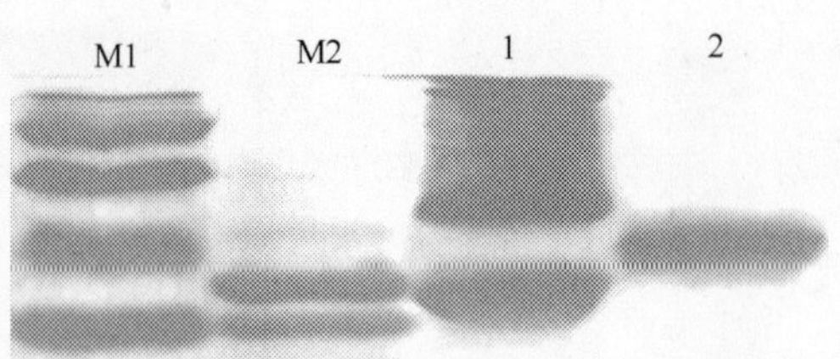

图 7.13 Tricine-SDS-PAGE 示通过亲和层析纯化获得的均质蛋白

M1. 低分子质量蛋白质标准；M2. 多肽 Marker（16 949 kDa，14 404 kDa）；1. 口腔腺蛋白质低分子质量组分；2. 纯化获得 15 kDa 蛋白质

7.3.2.4 蛋白质标准曲线的绘制

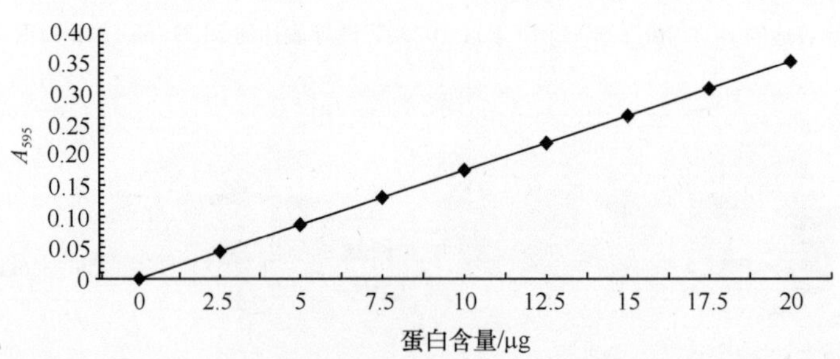

图 7.14 考马斯亮蓝法所测的蛋白质标准曲线

7.3.2.5 纯化蛋白质的浓度和产量

经考马斯亮蓝法测定，纯化蛋白质浓度均可达 0.8 mg/ml；每升培养物诱导表达后经组氨酸亲和层析可获得 4.3 mg 的纯化 rLj-RGD1、rLj-RGD2、rLj-RGD3。

7.3.3 讨　论

由于重组 rLj-RGD1、rLj-RGD2、rLj-RGD3 为带有 pET23b 的一段包括 His-tag 在内的序列，为融合蛋白，确定其分子质量为 17 kDa、9.6 kDa 和 15 kDa。

虽然在 *E. coli* 中表达重组蛋白成本低廉且易于操作，但因细胞内重组产物常形成不溶的包含体，从而阻碍了重组蛋白的重新折叠，影响了表达蛋白的活性。例如，salmosin 就是以包含体的形式于大肠杆菌中表达的，为了得到有活性的蛋白质，还需进行包含体的变性、复性等过程，这为纯化及活性测定工作带来了一定的麻烦。为避免这一难题，saxatilin 的表达则采用了毕氏酵母胞质表达系统。而本研究在大肠杆菌表达系统中获得了 rLj-RGD1、rLj-RGD2、rLj-RGD3 的可溶性表达，使得纯化工作将更为方便并保持了蛋白质的天然活性。

由于 rLj-RGD1、rLj-RGD2、rLj-RGD3 分子质量仅为 17 kDa、9.6 kDa 和 15 kDa，

采用甘氨酸-SDS-PAGE 不会得到很好的分离效果，故本实验采用 Tricine-SDS-PAGE 系统。

Tricine-SDS-PAGE 对分子质量为 5～20 kDa 的蛋白质具有卓越的分离能力，其常被用于分离分子质量小于 10 kDa 的蛋白质。这里的 Tricine 被用作携带离子（trailing ion），使小分子质量蛋白质在小于甘氨酸-SDS-PAGE 中所使用的丙烯酰胺的浓度下得以分离。甘氨酸（pK=9.6）与 Tricine（pK=8.15）在堆积蛋白质时的行为完全不同：用于 Laemmli 系统中的甘氨酸由于在酸性堆积胶中迁移得非常缓慢，导致大量的蛋白质堆积，使小于 20 kDa 的蛋白质仅仅是部分地或根本就没有从 SDS 团中分离出来。而使用 Tricine 则可以使堆积的和未堆积的小分子蛋白质达到理想的分离状态。在 pH 为 6.8～8 时，虽然 Tricine 有较高的分子聚集趋向，但因其以大量的正在迁移的阴离子的形式存在，其在堆积胶中的迁移速度远比甘氨酸要快，因此堆积限制对小分子质量蛋白质发生了改变，堆积的和未堆积的蛋白质可以在小于甘氨酸系统丙烯酰胺浓度的情况下得以很好的分离。我们的实验结果也证实了这点。

采用组氨酸亲和层析可从 1 L 培养物中获得 4.3 mg 的纯化蛋白，产量较高，这无疑为下一步的生物活性测定奠定了物质基础。

7.4 rLj-RGD1、rLj-RGD2、rLj-RGD3 的生物学活性

RGD 毒素蛋白为整合素超家族的特异性抑制剂，包括对纤维蛋白原受体、玻连蛋白受体、纤连蛋白受体的抑制。RGD 毒素蛋白最初是在 1987 年由 Huang 等发现并作为血小板聚集抑制剂来报道的。直到 20 世纪 90 年代后，科学家们才对其抑制细胞黏附功能的作用机制和性质有了深入的了解，发现它可以和很多细胞表面的整合素受体结合，包括中性粒细胞、破骨细胞、肿瘤细胞、血管内皮细胞等。这种结合是通过 RGD 毒素蛋白分子内部的 RGD 序列和细胞表面的多种整合素受体的作用来实现的。这种 RGD 毒素蛋白与细胞表面整合素受体的结合，能够抑制细胞的黏附，从而影响肿瘤转移、血管生成等体内过程。

整合素作为细胞膜受体，介导细胞和细胞外基质（ECM）、细胞和细胞的相互作用，形成黏着斑并与各种 ECM 分子相互作用。整合素由局部的刺激物，如激素、生长因子等激活，通过整合素的聚集而使细胞激活并发生黏附。反之，整合素要失去活性才能避免细胞的黏附。很显然，整合素介导的连接-分开的信号必须协调，而恶性肿瘤可能丧失了这种调节机制。

恶性肿瘤的另一个重要生物学特征是其对邻近正常组织的浸润及向远处转移。目前已知肿瘤的浸润和转移与其黏附分子表达的改变有关。一方面，肿瘤细胞的某些黏附分子表达减少可以使细胞间的黏附减弱，肿瘤细胞脱离与其他细胞的黏附，这是肿瘤浸润及转移的第一步；另一方面，肿瘤细胞表达的某些黏附分子使已入血的肿瘤细胞得以黏附血管内皮细胞，造成血行转移。

目前已知多种蛇源 RGD 毒素蛋白除了可以通过抑制血管新生而达到抗肿瘤的目的外，还可以直接抑制肿瘤细胞的增殖，诱导肿瘤细胞发生凋亡，并且对肿瘤细胞

的黏附、浸润与转移均有抑制作用。鉴于此，本实验采用人宫颈癌细胞 HeLa 和肝癌细胞 HepG2 作为肿瘤细胞模型对重组七鳃鳗 RGD 细胞毒素蛋白的抗肿瘤功能进行了研究。

7.4.1 材料与方法

7.4.1.1 材 料

宫颈癌 HeLa 细胞、肝癌 HepG2 细胞购自上海的中国科学院细胞库；细胞凋亡-Hoechst 染色试剂盒购自碧云天生物技术研究所；碱性成纤维细胞生长因子（basicfibroblast growth factor，bFGF）购自 PEPROTECH ECLTD；抗 αVβ3 单克隆抗体购自 CHEMICON 公司；Matrigel 购自美国 BD 公司；96 孔细胞培养板、6 孔细胞培养板和 Transwell 细胞培养板购自 Corning Costar 公司；四甲基偶氮唑盐（MTT）为 Amresco 产品；DMEM 培养基购自 Invitrogen；胎牛血清购自中国医学科学院血液研究所。玻连蛋白（VN）及整合素介导细胞黏附试剂盒（ECM525）均购自 Chemicon；Olympus 荧光显微镜、Olympus 相差显微镜和计数软件 Dotcounter 软件为大连恒为电子有限公司提供。

7.4.1.2 方 法

细胞培养：

HeLa、HepG2 细胞于含 10%胎牛血清的 DMEM 培养基中，以 37℃含 5% CO_2 的条件下培养。

细胞增殖实验：

采用 MTT 比色法。其原理为：MTT 在不含酚红的培养液中呈黄色。活细胞线粒体中的琥珀酸脱氢酶能将 MTT 黄色溶液还原为紫色的不可溶性甲臜结晶沉积于细胞中。酸性异丙醇或 DMSO 可溶解甲臜结晶，用酶联免疫检测仪测定吸光度值，判断细胞的代谢水平。具体操作如下。

（1）HeLa、HepG2（2×10^4 个细胞/孔）细胞接种于 96 孔细胞培养板中，于含有 bFGF（终浓度为 3 ng/ml）的 DMEM 中培养 24 h；

（2）加入梯度浓度的 rLj-RGD1、rLj-RGD2、rLj-RGD3（对照加入同量的 PBS），继续培养 24 h；

（3）加入培养液量 10%的浓度为 0.5 mg/ml 的 MTT 继续培养 4 h；

（4）吸去培养液，加入与培养液等量的 DMSO；

（5）振荡 10 min，使结晶充分溶解；

（6）酶联免疫检测仪上测定光吸收值 A，测定波长为 490 nm；

（7）计算细胞杀伤率：

杀伤率＝（对照孔 A 均值－试验孔 A 均值）/对照孔 A 均值×100%

凋亡细胞的双苯并咪唑（Hoechst 33258，Ho）染色：

DNA 结合荧光染料 Hoechst 33258 常用于凋亡细胞核的确定。细胞发生凋亡时，染色质会固缩。所以，凋亡细胞在等渗条件下进行活细胞 Hoechst 染色时，其吸收 Hoechst的能力增强，细胞核会致密浓染，产生较强的蓝色荧光，其强度要比坏死细胞和活细胞大得多。本实验采用 Hoechst 细胞凋亡试剂盒对 rLj-RGD1、rLj-RGD2、rLj-RGD3 诱导的 HeLa、HepG2 细胞凋亡进行测定。具体如下：

（1）HeLa、HepG2（1×10^5 个细胞/孔）接种于放置于六孔板中的灭菌盖玻片上培养 24 h；

（2）加入一系列浓度的 rLj-RGD1、rLj-RGD2、rLj-RGD3 进行细胞凋亡的诱导；

（3）将细胞以 PBS 清洗；

（4）甲醇/冰醋酸（3∶1）固定液中固定 5 min；

（5）以 DNA 结合荧光染料 Hoechst 33258 染色 10 min；

（6）用荧光显微镜对细胞核形态进行观察并拍照。

DNA ladder 的测定：

细胞凋亡时的主要生物化学特征是其染色质发生浓缩，染色质 DNA 在核小体单位之间的连接处断裂，形成 50～300 kb 长的 DNA 片段，或 180～200 bp 整数倍的寡核苷酸片段，在琼脂糖凝胶电泳上表现为梯形电泳图谱，称为 DNA ladder。细胞经处理后，采用常规方法分离提纯 DNA 后，进行琼脂糖凝胶电泳和 EB 染色，在凋亡细胞群中则可观察到典型的 DNA ladder。具体操作如下：

（1）将待测细胞用 PBS 洗一遍；

（2）以 1000 *g* 离心细胞，去除上清液；

（3）加入 50 μl 细胞裂解液（10 mmol/L Tris，pH 8.0，10 mmol/L EDTA，100 μg/ml蛋白酶 K，1% SDS），混匀，于 37℃水浴保温至混合物变得清亮；以室温 12 000 *g*离心 5 min，弃沉淀；将上清液中加入等体积的酚/氯仿（1∶1）、酚/氯仿/异戊醇（25∶24∶1）和氯仿各抽提一次；

（4）在上清液中加入 1/10 体积的 3 mol/L 的乙酸钠和两倍体积的无水乙醇，于－20℃沉淀过夜；

（5）于－10℃ 12 000 *g* 离心 10 min，收集沉淀；

（6）将沉淀溶于 TE 缓冲液中，加入 RNA 酶，37℃保温 1 h；

（7）1.4%琼脂糖电泳，紫外灯下观察拍照。

HeLa、HepG2 细胞的黏附实验：

（1）纤粘连蛋白 FN 稀释于 PBS 中至终浓度 0.1 mg/ml；

（2）以每孔 40 μl 包被 96 孔板，4℃过夜；

（3）次日用 1%的 BSA 封闭 2 h，对照孔单独包被 BSA；

（4）用 PBS 洗涤 1 次；

（5）将用 rLj-RGD1、rLj-RGD2、rLj-RGD3 或等量 PBS 温育 0.5 h 的细胞按 1×10^4 个细胞/孔的量接种于 96 孔板中，于 37℃孵育 2 h；

（6）PBS 洗去未黏附细胞；

（7）黏附细胞用 4%的多聚甲醛固定；

（8）1%结晶紫染色 10 min；

（9）PBS 洗去多余染料并干燥后，加入 1%的 SDS 溶解细胞；

（10）570 nm 测定光吸收值。

HeLa、HepG2 细胞的迁移实验：

细胞迁移实验采用 Corning Costar 公司的 Transwel（8.0 μm pore size，多聚碳酸盐膜）细胞培养板进行。这种实验方法是利用培养池中的多聚碳酸盐膜作为载体观察上室内细胞向下室迁移的趋化性运动。具体操作如下。

（1）将预热的 DMEM 细胞培养液加入 Transwell 的下室内，加 bFGF（终浓度为 3 ng/ml）或等量 PBS；

（2）用解剖镊将细胞培养嵌套固定在培养板的孔壁上；

（3）在上室内加入预先与 rLj-RGD1、rLj-RGD2、rLj-RGD3（终浓度 8 μg/ml）或 PBS 预热的细胞悬液（1×10^4 个细胞/孔）；

（4）37℃孵育 16 h；

（5）用棉拭子擦掉 Transwell 上表面的非迁移细胞；

（6）4%的多聚甲醛固定；

（7）取下带有细胞的多聚碳酸盐膜，反面朝上，以 Olympus 相差显微镜观察，并每个样片随机取 4 个视野拍照并计数（计数软件为 Dotcounter）；

（8）将数据进行数学统计。

HeLa、HepG2 细胞的侵入实验：

基质膜是体内细胞下的一层薄薄的细胞外基质，细胞的侵入必须穿过这层基质膜。本实验采用美国 BD 公司生产的人工基质膜基质 Matrigel 及 Transwell 模仿体内环境进行。人工基质膜基质是从富含细胞外基质的小鼠 EHS 肉瘤中提取制备的。其主要成分有：层粘连蛋白、IV 型胶原蛋白（collagen IV）、硫酸类肝素蛋白聚糖（heparan sulfate proteogycans）、巢蛋白（entactin）等。其对正常和转化的贴壁依赖性上皮细胞的黏附和分化具有明显作用，并为血管新生的研究提供了必要的底物。具体操作如下。

（1）将 Matrigel 稀释至 4 mg/ml 并以每孔 100 μl 的量包被 Transwell 上的多聚碳酸盐膜；

（2）将 Transwell 细胞培养板于 37℃细胞培养箱中放置 30 min 以形成均质的三维胶层；

（3）将预热的 DMEM 细胞培养液加入 Transwell 的下室内，加 bFGF（终浓度为 3 ng/ml）或等量 PBS；

（4）在上室内加入预先与 rLj-RGD1、rLj-RGD2、rLj-RGD3（终浓度 8 μg/ml）或 PBS 预热的细胞悬液（1×10^4 个细胞/孔）；

（5）37℃细胞培养箱中孵育 16 h；

（6）用棉拭子擦掉 Transwell 上表面的非迁移细胞；

（7）用 4%的多聚甲醛固定；

（8）取下带有细胞的多聚碳酸盐膜，反面朝上，以 Olympus 相差显微镜观察并每个样片随机取 4 个视野拍照并计数（计数软件为大连恒为电子有限公司的 Dotcounter 软件）；

（9）将数据进行数学统计。

7.4.2　结　　果

7.4.2.1　rLj-RGD1、rLj-RGD2、rLj-RGD3 对 HeLa、HepG2 细胞增殖的影响

如图 7.15 所示，rLj-RGD1、rLj-RGD2、rLj-RGD3 对 bFGF 诱导下的 HeLa 细胞增殖具有明显的抑制作用，并且与 Anti-αVβ3 单克隆抗体的作用方式类似。rLj-RGD1、rLj-RGD2、rLj-RGD3 的半效应量（median infective dose，IC_{50}）为 3.2 μmol/L、2.4 μmol/L、1.6 μmol/L。

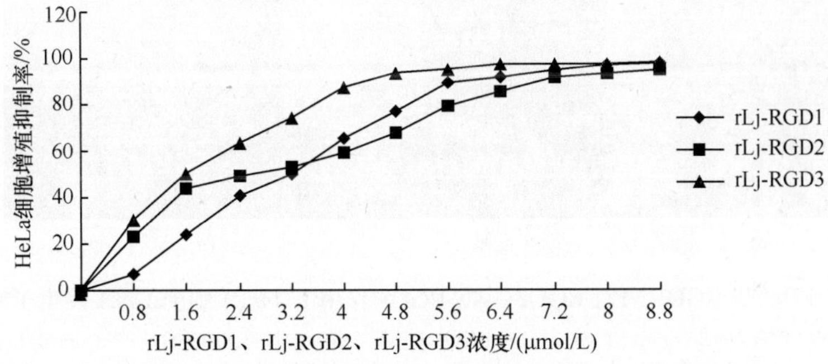

图 7.15　rLj-RGD1、rLj-RGD2、rLj-RGD3 对 HeLa 细胞增殖的抑制作用

如图 7.16 所示，rLj-RGD1、rLj-RGD2、rLj-RGD3 对 bFGF 诱导下的 HepG2 细胞增殖具有明显的抑制作用，并且与 Anti-αVβ3 单克隆抗体的作用方式类似。rLj-RGD1、rLj-RGD2、rLj-RGD3 的半效应量为 3.6 μmol/L、4.6 μmol/L、3.8 μmol/L。

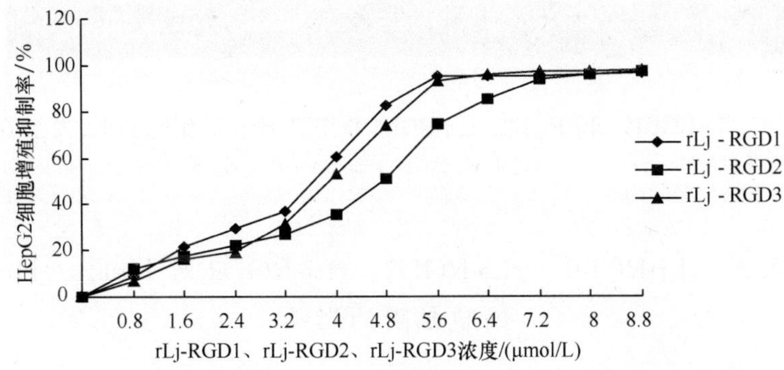

图 7.16　rLj-RGD1、rLj-RGD2、rLj-RGD3 对 HepG2 细胞增殖的抑制作用

7.4.2.2 细胞凋亡实验

细胞发生凋亡时，染色质会固缩。所以，凋亡细胞在等渗条件下进行活细胞 Hoechst 染色时，其吸收 Hoechst 的能力增强，细胞核会致密浓染，产生较强的蓝色荧光，其强度要比坏死细胞和活细胞大得多。本研究以终浓度分别为 10.7 μmol/L 、16.0 μmol/L、21.3 μmol/L的 rLj-RGD1、rLj-RGD2、rLj-RGD3 作用于 HeLa、HepG2 细胞 24 h 诱导细胞凋亡，结果凋亡细胞量随 rLj-RGD1、rLj-RGD2、rLj-RGD3 蛋白浓度呈梯度递增。这说明 rLj-RGD1、rLj-RGD2、rLj-RGD3 能以剂量依赖性方式诱导 HeLa、HepG2 细胞发生凋亡（彩图 7～彩图 12）。

如图 7.17 和图 7.18 所示，在 3 μmol/L 浓度的 rLj-RGD1、rLj-RGD2、rLj-RGD3 作用下，HeLa、HepG2 细胞 DNA 发生了断裂。这充分说明了其细胞凋亡的发生。

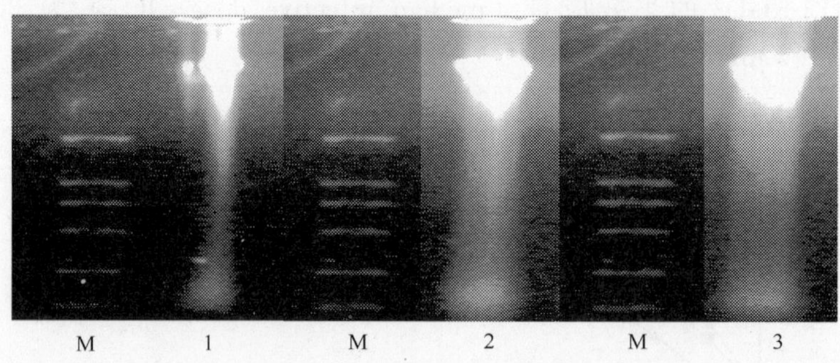

图 7.17 rLj-RGD1、rLj-RGD2、rLj-RGD3 作用下 HeLa 细胞 DNA 发生了断裂

M. DL2000 DNA Marker；1. 3 μmol/L rLj-RGD1；2. 3 μmol/L rLj-RGD2；3. 3 μmol/L rLj-RGD3

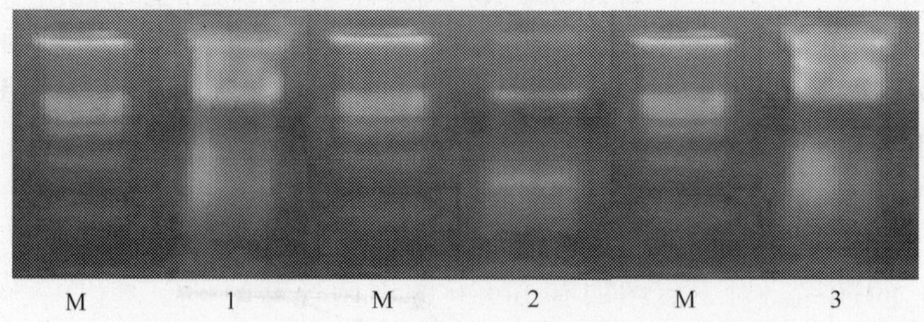

图 7.18 rLj-RGD1、rLj-RGD2、rLj-RGD3 作用下 HepG2 细胞 DNA 发生了断裂

M. DL15 000 DNA Marker；1. 3 μmol/L rLj-RGD1；2. 3 μmol/L rLj-RGD2；3. 3 μmol/L rLj-RGD3

7.4.2.3 rLj-RGD1、rLj-RGD2、rLj-RGD3 对 HeLa、HepG2 细胞黏附的影响

实验结果显示，rLj-RGD1、rLj-RGD2、rLj-RGD3 对 HeLa、HepG2 细胞黏附于 ECM 中的主要成分 VN 具有明显的抑制作用，且呈剂量依赖性方式（图 7.19 和图 7.20）。

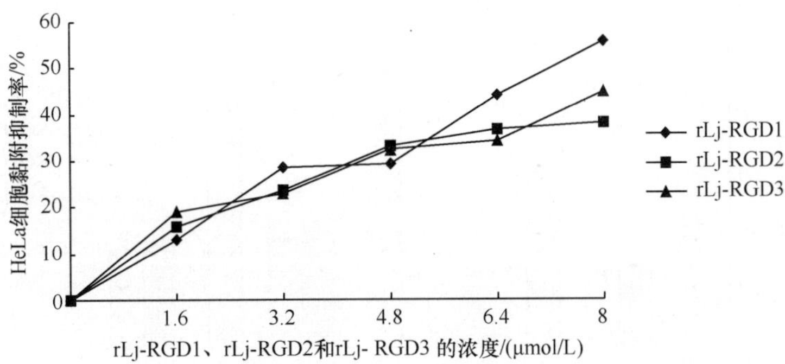

图 7.19　rLj-RGD1、rLj-RGD2、rLj-RGD3 对 HeLa 细胞黏附于 VN 的抑制作用

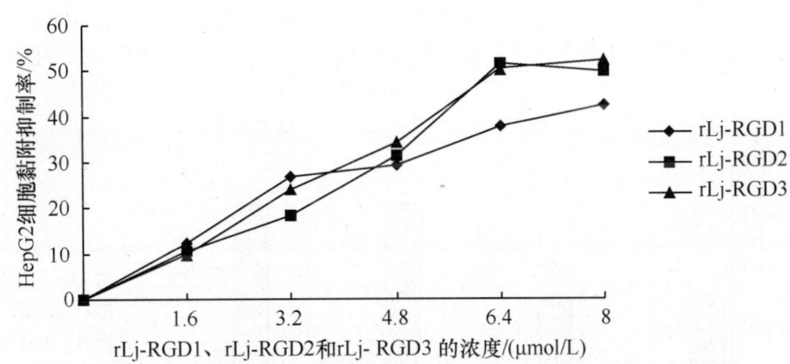

图 7.20　rLj-RGD1、rLj-RGD2、rLj-RGD3 对 HepG2 细胞黏附于 VN 的抑制作用

7.4.2.4　rLj-RGD1、rLj-RGD2、rLj-RGD3 对 HeLa、HepG2 细胞迁移的影响

血管新生作用高度依赖于内皮细胞的迁移。以 bFGF 为趋化剂来检测 rLj-RGD1、rLj-RGD2、rLj-RGD3 对 HeLa、HepG2 细胞向 bFGF 迁移的影响。

实验结果表明，bFGF 对照组的 HeLa 细胞的迁移量是 PBS 对照组的 1.6 倍。而终浓度为 3.2 μmol/L 的 rLj-RGD1、rLj-RGD2、rLj-RGD3 能显著抑制 HeLa 细胞趋向于 bFGF 的迁移，对下室中加有 bFGF 的细胞迁移的抑制率达到 51％、57％、60％，而对下室中未加 bFGF 的细胞迁移的抑制率为 45％、52％、58％(图 7.21，彩图 13)。

rLj-RGD1、rLj-RGD2、rLj-RGD3 对 HepG2 细胞迁移的抑制实验结果表明，bFGF对照组的 HepG2 细胞的迁移量是 PBS 对照组的 1.8 倍。而终浓度为 3.2 μmol/L 的 rLj-RGD1、rLj-RGD2、rLj-RGD3 能显著抑制 HepG2 细胞趋向于 bFGF 的迁移(图 7.22)。

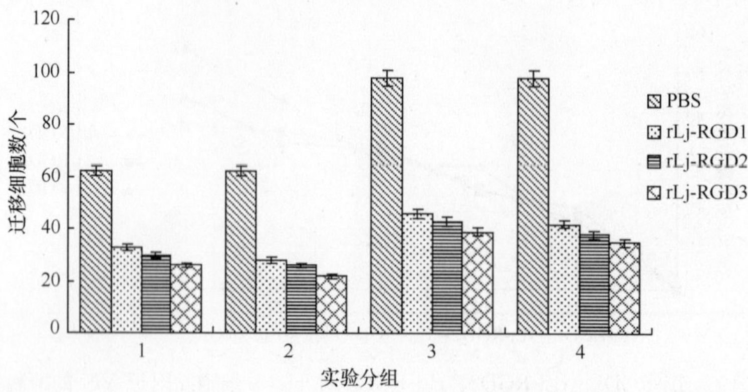

图 7.21 rLj-RGD1、rLj-RGD2、rLj-RGD3 对 HeLa 细胞向 bFGF 迁移的抑制作用

1. 3.2 μmol/L rLj-RGD1、rLj-RGD2、rLj-RGD3；2. 6.4 μmol/L rLj-RGD1、rLj-RGD2、rLj-RGD3；3. 3.2 μmol/L rLj-RGD1、rLj-RGD2、rLj-RGD3＋bFGF；4. 6.4 μmol/L rLj-RGD1、rLj-RGD2、rLj-RGD3＋bFGF

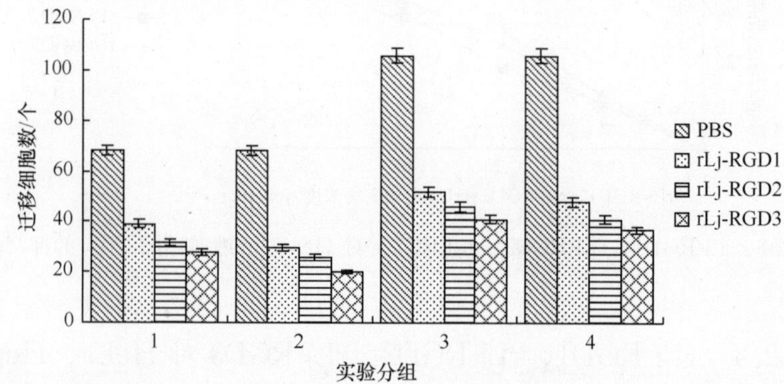

图 7.22 rLj-RGD1、rLj-RGD2、rLj-RGD3 对 HepG2 细胞向 bFGF 迁移的抑制作用

1. 3.2 μmol/L rLj-RGD1、rLj-RGD2、rLj-RGD3；2. 6.4 μmol/L rLj-RGD1、rLj-RGD2、rLj-RGD3；3. 3.2 μmol/L rLj-RGD1、rLj-RGD2、rLj-RGD3 ＋ bFGF；4. 6.4 μmol/L rLj-RGD1、rLj-RGD2、rLj-RGD3＋bFGF

7.4.2.5 rLj-RGD1、rLj-RGD2、rLj-RGD3 对 HeLa、HepG2 细胞浸润的影响

浸润也是血管新生的一个重要步骤。血管内皮细胞只有在穿透细胞外基质的情况下，才能得以出芽的方式形成新的血管。利用人工基质胶和 Transwell 模仿体内环境可以很好地研究细胞的浸润行为。rLj-RGD1、rLj-RGD2、rLj-RGD3 对 HeLa 细胞浸润的抑制实验结果显示，rLj-RGD1、rLj-RGD2、rLj-RGD3 经过 16 h 的作用，能明显抑制以 bFGF 为趋化剂的 HeLa 细胞穿透 Matrigel 的浸润行为（图 7.23）。rLj-RGD1、rLj-RGD2、rLj-RGD3 对 HepG2 细胞浸润的抑制实验结果显示，rLj-RGD1、rLj-RGD2、rLj-RGD3 经过 16 h 的作用，能明显抑制以 bFGF 为趋化剂的 HepG2 细胞穿透基质胶的浸润行为（图 7.24）。

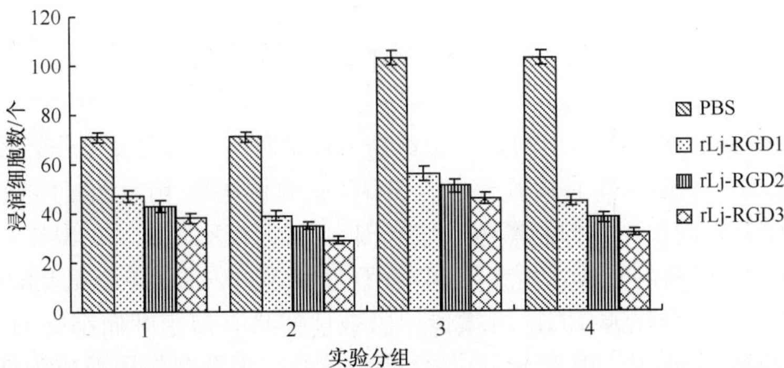

图 7.23　rLj-RGD1、rLj-RGD2、rLj-RGD3 对 bFGF 诱导的 HeLa 细胞浸润的抑制作用

1. 3.2 μmol/L rLj-RGD1、rLj-RGD2、rLj-RGD3；2. 6.4 μmol/L rLj-RGD1、rLj-RGD2、rLj-RGD3；3. 3.2 μmol/L rLj-RGD1、rLj-RGD2、rLj-RGD3＋bFGF；4. 6.4 μmol/L rLj-RGD1、rLj-RGD2、rLj-RGD3＋bFGF

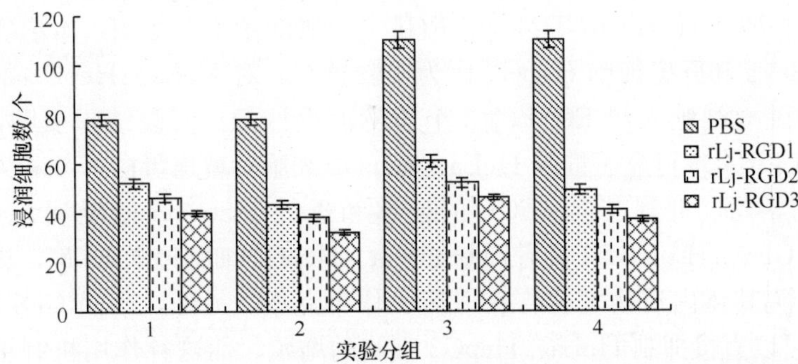

图 7.24　rLj-RGD1、rLj-RGD2、rLj-RGD3 对 bFGF 诱导的 HepG2 细胞浸润的抑制作用

1. 3.2 μmol/L rLj-RGD1、rLj-RGD2、rLj-RGD3；2. 6.4 μmol/L rLj-RGD1、rLj-RGD2、rLj-RGD3；3. 3.2 μmol/L rLj-RGD1、rLj-RGD2、rLj-RGD3＋bFGF；4. 6.4 μmol/L rLj-RGD1、rLj-RGD2、rLj-RGD3＋bFGF

7.4.2.6　HeLa、HepG2 细胞表面表达的整合素类型

实验结果显示：HeLa、HepG2 细胞表面高表达 αVβ5 和 β1 两种类型整合素，而 αVβ3 则相对表达量较低（图 7.25）。

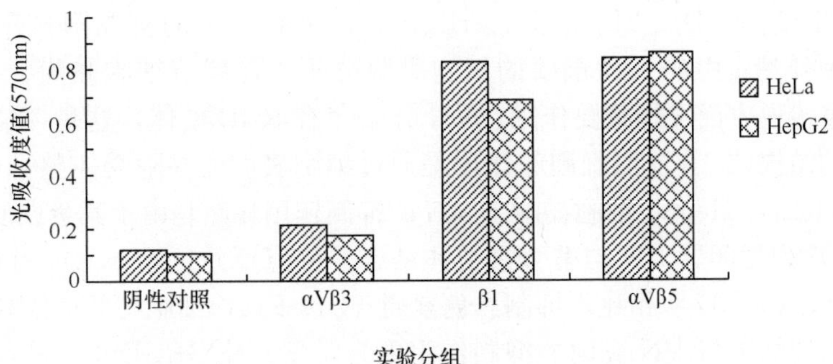

图 7.25　HeLa、HepG2 细胞表面表达整合素类型

7.4.3 讨　论

寻找安全有效、毒副作用小的抗肿瘤药物一直是肿瘤药物研发工作者孜孜以求的目标。1986年，Humphries等首次报道了含RGD肽的甘氨酸-精氨酸-甘氨酸-天冬氨酸-丝氨酸（GRGDS）能在体外抑制黑色素瘤（B16-F10）细胞与FN的黏附，在体内减少B16-F10实验性肺转移的形成，而无RGD序列肽和R、G、D单个氨基酸则无此作用。含RGD肽序列的多种蛇源RGD毒素蛋白已被证实具有抑制肿瘤细胞的黏附与转移，引起肿瘤细胞凋亡等作用，由于RGD肽无免疫原性、无毒副作用而成为抑制肿瘤转移研究的一个热点。所以关于含RGD短肽序列的毒素蛋白对肿瘤细胞的作用已越来越多地引起科研工作者的关注。

而此项关于3种重组七鳃鳗RGD毒素蛋白的研究得到了同样令人欣喜的结果。为了充分研究rLj-RGD1、rLj-RGD2、rLj-RGD 3对肿瘤细胞的作用，本项实验采用了人宫颈癌细胞HeLa和肝癌细胞HepG2作为实验模型。对HeLa、HepG2细胞的体外实验主要是模仿肿瘤细胞入侵ECM的3个步骤而设计的。实验结果表明，rLj-RGD1、rLj-RGD2、rLj-RGD3可显著抑制HeLa、HepG2细胞对玻连蛋白VN和人工基质膜基质Matrigel的黏附、抑制其向bFGF的迁移和透过Matrigel的浸润。这表明，rLj-RGD1、rLj-RGD2、rLj-RGD3具有抑制HeLa、HepG2细胞侵入ECM，进而抑制其转移的潜力，有关其体内动物实验将在以后工作中完成。另外，rLj-RGD1、rLj-RGD2、rLj-RGD3还可以直接抑制HeLa、HepG2细胞的增殖，而这种作用机制被进一步的细胞凋亡实验证实是通过触发HeLa、HepG2细胞程序化死亡信号而实现的。

黏附是癌细胞侵袭的始动步骤，肿瘤细胞通过膜表面受体黏附于基底膜及细胞外基质成分。Yamamoto曾指出，肿瘤细胞与细胞外基质的多种成分（如层粘连蛋白、纤维粘连蛋白等）的相互黏着，是肿瘤转移过程的重要环节，RGD类肽限制了肿瘤细胞向细胞外基质的黏附及转移。有文献报道，RGD肽可以抑制肺癌细胞与FN的黏附，抑制乳腺癌细胞与FN、LN、VN的黏附，其作用呈剂量依赖性。我们以玻连蛋白人为模拟细胞外基质成分，它具有促进肿瘤细胞黏附的作用。实验发现，微量rLj-RGD1、rLj-RGD2、rLj-RGD3就表现出了抑制HeLa、HepG2细胞黏附的作用，随着rLj-RGD1、rLj-RGD2、rLj-RGD3浓度的增加，这种抑制作用就越明显，呈一定的剂量依赖关系，表明rLj-RGD1、rLj-RGD2、rLj-RGD3具有一定的抗黏附作用。玻连蛋白（VN）是细胞外基质中的一种重要的细胞黏附分子，在调节细胞黏附、生长、分化、迁移以及信息传递方面发挥重要作用。VN分子含有RGD模体，这是VN与细胞发生专一性结合的结构域。VN对细胞的作用是通过细胞表面的黏附受体整合素来完成的。重组蛋白对HeLa、HepG2细胞黏附于VN的抑制作用显然是由于其蛋白质结构中同样含有的RGD序列封闭了VN与整合素受体结合的位点所致。Kumagai等的研究认为，RGD环肽与线状RGD肽相比，抑制黑色素瘤（B16-F10）细胞与FN黏附的作用强10倍，对黑色素瘤细胞与VN黏附的抑制作用更为明显。环GRGDSPA能在体内明显减少黑色素瘤（B16-FE7）肺转移克隆的形成。RGD环肽作用强，原因可能是RGD环肽的构象与 RGD 线状肽不同，在体内不容易被降解。

已证实含 RGD 重复序列的多肽，在体外能明显抑制黑色素瘤细胞的侵袭、迁移，而非重复的 RGD 肽作用较弱；在体内抑制黑色素瘤的自发性和实验性转移的形成，作用较非重复的 RGD 肽强，且这种增强作用与 RGD 序列的重复次数有关，重复次数越多、抗肿瘤转移作用越强。重组七鳃鳗 RGD 毒素蛋白 rLj-RGD1、rLj-RGD2、rLj-RGD3 分别具有 1 个、2 个和 3 个 RGD 序列的多肽，在对 HeLa、HepG2 细胞功能活性的抑制上半效应剂量逐渐降低，作用逐渐增强。RGD 重复序列肽抑肿瘤转移作用增强的原因可能有以下两个方面，一是大分子肽在体内经肾脏排除慢；二是 RGD 重复序列肽有较多的与细胞结合位点，能更有效地抑制血小板的聚集，抑制肿瘤细胞、血管内皮细胞与 ECM 的结合。

典型的 RGD 毒素蛋白具有抑制肿瘤增殖、凋亡、黏附、转移的作用，从蛇毒中分离纯化的含 RGD 毒素蛋白都被证明具有上述作用。已有实验表明，白唇竹叶青素（albolabrin）能抑制 B16-F10 与 LN、FN 的黏附、抑制血小板的聚集、抑制 B16-F10 的实验性肺转移，应用剂量小，只需 RGD 类肽的 1/2000～1/1000。中国白眉蝮蛇 RGD 毒素蛋白 adinbitor 含有 RGD 肽，其具有抑制 bFGF 诱导的人脐静脉内皮细胞增殖、诱导细胞凋亡等作用。我们采用重组七鳃鳗 RGD 毒素蛋白 rLj-RGD1、rLj-RGD2、rLj-RGD3 对 bFGF 诱导下的 HeLa、HepG2 细胞作用后发现其增殖受到显著抑制；通过 rLj-RGD1、rLj-RGD2、rLj-RGD3 作用于 HeLa、HepG2 细胞后，采用 Hoechst 染色检测到细胞发生凋亡；在 3 μmol/L 浓度的 rLj-RGD1、rLj-RGD2、rLj-RGD3 作用下，HeLa、HepG2 细胞的 DNA 发生了断裂，也表明细胞发生了凋亡。这些实验结果均充分证明了 rLj-RGD1、rLj-RGD2、rLj-RGD3 的典型 RGD 毒素蛋白功能。

本课题对 rLj-RGD1、rLj-RGD2、rLj-RGD3 的作用机制进行了初步研究。通过对 HeLa、HepG2 细胞表面表达的整合素类型测定发现，其细胞表面高表达 αVβ5 和 β1 两种类型整合素。另据文献报道，玻连蛋白（VN）的主要受体是 αVβ5 和 αVβ3，而 rLj-RGD1、rLj-RGD2、rLj-RGD3 对 HeLa、HepG2 细胞黏附于细胞基质中的主要成分玻连蛋白（VN）具有抑制作用，由此可以推断 rLj-RGD1、rLj-RGD2、rLj-RGD3 可能是通过竞争性地抑制 HeLa、HepG2 细胞表面的 αVβ5 与细胞外基质的结合来抑制细胞的一系列活性的，具体机制还有待于进一步的实验证实。

7.4.4　结　　论

本研究结果表明 3 种重组七鳃鳗 RGD 毒素蛋白 rLj-RGD1、rLj-RGD2、rLj-RGD3 能显著抑制 HeLa、HepG2 细胞的增殖、黏附、迁移、侵润行为，能够诱导 HeLa、HepG2 细胞发生凋亡，证明了其为 RGD 毒素蛋白家族的新成员，将为七鳃鳗的功能基因组学与蛋白质组学研究奠定理论基础，为利用其进行抗血栓、抗肿瘤基因工程药物开发提供了实验依据，确定了其重要的生物学意义。

8 日本七鳃鳗口腔腺 Grimin 基因的生物学活性研究

8.1 引 言

GRIM-19（gene associated with retinoid-IFN-induced mortality 19），即视黄酸-干扰素诱导死亡相关基因 19，是 2000 年由 Angell 等首次研究发现的。运用干扰素和反式视黄酸联合作用于肿瘤细胞，可以诱导多种肿瘤细胞发生死亡。为了探明这种协同抑制肿瘤生长的分子机制并确定参与这一过程的基因产物，他们采用反义敲除技术，发现了一种新的视黄酸-干扰素诱导死亡相关基因，并把它克隆出来命名为 GRIM-19。研究表明，反义表达减少 GRIM-19 蛋白的细胞内水平，能有效抑制 IFN/RA 诱导的细胞死亡；反之，GRIM-19 的过表达可以加强细胞对 IFN/RA 的应答死亡。由此可见，GRIM-19 对细胞死亡具有正调节作用，是一种新的细胞死亡调节分子。

8.1.1 GRIM-19 蛋白的基因特点及其在真核生物中的同源性

1）GRIM-19 蛋白基因特点

GRIM-19 蛋白的分子质量为 16 kDa，等电点为 8.02，其 cDNA 由 552 个碱基对组成，具有 7 bp 5′-及 93 bp3′-的非翻译区序列，这两段非翻译区序列间为一个可读框，编码 144 个氨基酸。其第一个 ATG 位于 Kozak 翻译起始位点。在 506 位点处开始出现多腺苷化信号：AAUAAA。

2）GRIM-19 蛋白在真核生物中的同源性

Angell 等分离出了鼠 GRIM-19 的同源序列，并通过 GenBank™搜索鉴定了几种与 GRIM-19 同源的未定性序列，这些 cDNA 分别来自拟南芥 *Arabidopsis thaliana*（GenBank™ accession 049313 和 023022）、线虫 *Caenorhabditis elegans*（GenBank™ 044955）及两个其他的人类序列（GenBank™ AF132973 和 AF155662）；在金黄色葡萄球菌这个远缘物种中也发现了一个类 GRIM-19 的相关蛋白。这些类 GRIM-19 蛋白大多数含有 138～204 个氨基酸，其中拟南芥的同源序列最长。线虫、拟南芥同人的 GRIM-19 在氨基酸水平分别具有 32％的一致性和 50％的相似性。鼠与人 GRIM-19 蛋白分别具有 75％ 的一致性和 88％ 的相似性（图 8.1）。据此可以认为，类 GRIM-19 基因在多数真核生物中普遍存在。

```
                                10                            20                            30
Hu-GRIM-19     M A A S K V K - - - - - - - - - - - - - - Q D M P P P G G Y
Mu-GRIM-19     M A A S K V K - - - - - - - - - - - - - - Q D M P P P G G Y
AT-GRIM-19     M T E A M I R N K P G M A S V K D M P L L Q D G P P P G G F
SAU-GRIM-19        M K I I N - - - - - - - - - - - - - - P N M P E P Y K Y

                                40                            50                            60
Hu-GRIM-19     G P I D Y K R N L P R R G L S G Y S M L A I G I G T L I Y G
Mu-GRIM-19     G P I D Y K R N L P R R G L S G Y S M F A V G I G A L I F G
AT-GRIM-19     A P V R Y A R R I S N T G P S A M A M F L A V S G A F A W G
SAU-GRIM-19    - E T D Y - R N I P R E Y L N - - P H I P K G R G I V K W N

                                70                            80                            90
Hu-GRIM-19     H W S I M K W N R E R R - R - - L Q I E D F - - - - - - - -
Mu-GRIM-19     Y W R M M R W N Q E R R - R - - L L I E D L - - - - - - - -
AT-GRIM-19     M Y Q V G Q G N K I R R K R N M L L V E Q Y F P F F K Q K K
SAU-GRIM-19    A F K T I P Q Q Y E I L E Q - - - H I E D Q - - - - - - - -

                                100                           110                           120
Hu-GRIM-19     - - E A R I A L L P L L Q A E T D R R T L Q M L R E N L E E
Mu-GRIM-19     - - E A R I A L M P L F Q A E K D R R T L Q I L R E N L E E
AT-GRIM-19     M K D S N L V S I P V L H S - - - - R F V S E W K K Y L E Y
SAU-GRIM-19    - - - - H K I N M P L L S D - - - - D Q L Q E I N E K V S S

                                130                           140                           150
Hu-GRIM-19     E A - - I I M K D V P D W K V G E S V F H T T R W V P P L I
Mu-GRIM-19     E A - - I I M K D V P N W K V G E S V F H T T R W V P P L I
AT-GRIM-19     E A - - D V M K D V P G W K V G E N V Y N S G R W M P P A T
SAU-GRIM-19    K I S K N I L T D L D Y W K D G Y - I Y S I Q C Y I N - K I

                                160                           170                           180
Hu-GRIM-19     G E L Y G L R T T E E A L H A S H G F M W Y T
Mu-GRIM-19     G E M Y G L R T K E E M S N A N F G F T W Y T
AT-GRIM-19     G E L R P D R M I Q Q T V F F L Y W F S L K C F N R N M R Q
SAU-GRIM-19    D E F N G - F M I I T N S N S N N K L K I P L S S I V S V Q

                                190                           200
Hu-GRIM-19
Mu-GRIM-19
AT-GRIM-19     K Q F H D S S A S C K K L A Y L T A P G E K Y S K K L T E
SAU-GRIM-19
```

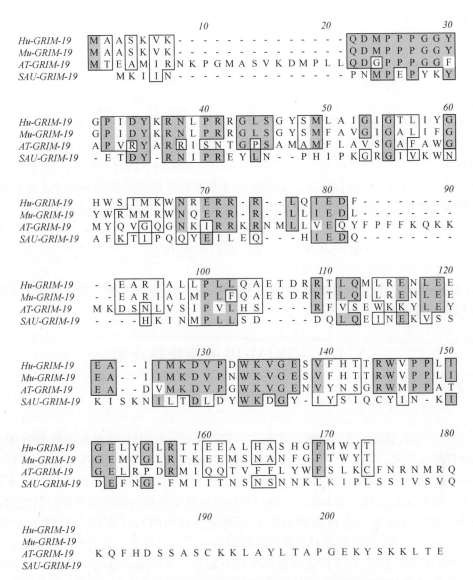

图 8.1　ClustalW 对各种来源类 GRIM-19 蛋白的同源性比较

Hu-人；Mu-鼠；AT-拟南芥；SAU-金黄色葡萄球菌。图示几种与 GRIM-19 同源的未定性序列，这些蛋白质大多数含有 138～204 个氨基酸，其中线虫、拟南芥与人的 GRIM-19 在氨基酸水平分别具有 32%的一致性和 50%的相似性，鼠与人 GRIM-19 蛋白分别具有 75% 的一致性和 88% 的相似性

8.1.2　GRIM-19 的组织分布、细胞与染色体定位

8.1.2.1　组 织 分 布

GRIM-19 在人类各种组织中普遍存在，并且在人的心脏、骨骼肌、肝脏、肾脏及胎盘中的表达高于其他组织。其中，GRIM-19 在胎儿肝、脾及骨髓中的表达呈最高水

平，在人肺、外周血白细胞、胸腺及结肠的表达水平最低，而在人造血系统细胞中的表达呈变化状态。

8.1.2.2 细胞定位

关于GRIM-19蛋白的细胞内定位究竟是位于核内还是线粒体内起初存在争议。在研究IFN/RA诱导肿瘤细胞死亡的过程中，GRIM-19首先被认为是一种由IFN/RA诱导的与细胞死亡相关的核内蛋白；而随后在研究它的生物学功能过程中，通过对各种不同类型的组织和细胞的研究发现，GRIM-19不仅存在于核内，更主要存在于线粒体中，在细胞质中也少量存在。这个结果已经通过免疫共沉淀和细胞分馏法得到证实。

8.1.2.3 染色体定位

Chidambaram等关于GRIM-19的人染色体定位研究结果表明，该基因位于人第19号染色体13.2区域。

8.1.3 GRIM-19的生物学功能

8.1.3.1 GRIM-19的抗肿瘤功能

GRIM-19能够诱导肿瘤细胞发生凋亡。如上所述，GRIM-19是在研究IFN/RA联合诱导肿瘤细胞死亡的分子机制中，被作为新的细胞死亡相关因子鉴定出来的。IFN在脊椎动物中通过激活Jak1、Tyk2、STAT1和STAT2，以及多种IFN受体基因来调节抗病毒、抗肿瘤及免疫应答。而RA可以与特异性核受体结合激活相关基因的表达，阻止某些类型的肿瘤生长并在抑制原发癌中具有作用，因而已在临床治疗中被应用。IFN/RA联合作用可以引起多种乳腺癌细胞自杀性死亡。与此相关的基因已被鉴定出来并命名为GRIM，GRIM-19是这些基因中的新成员，它能够促进IFN/RA联合诱导的肿瘤细胞发生凋亡。

GRIM-19之所以能够抑制肿瘤细胞增殖并促进其发生凋亡，主要是由于它能抑制致癌基因STAT3，即信号转导与转录活化因子3（singal transducer and activator of transcription factor 3，STAT3）的活性。STAT3是信号转导及转录活化因子家族STAT的重要成员，是一种细胞质转录因子（图8.2）。它在接受生长因子与细胞因子等细胞外信号刺激后，作用于细胞核内的DNA片段，调控Cyclin D1、bcl-2等靶基因转录，进而影响细胞增殖、分化和凋亡，在细胞生长、抗凋亡、细胞转化及各种肿瘤细胞组成型激活中都起着重要的作用。研究表明STAT3异常活化与多种恶性肿瘤发生发展密切相关，已被定义为致癌基因。

研究结果表明，GRIM-19对STAT3的活性起负调节作用。Cheng等运用酵母双杂交法鉴定发现，GRIM-19可与STAT3特异性结合。STAT3的反式激活结构域（the

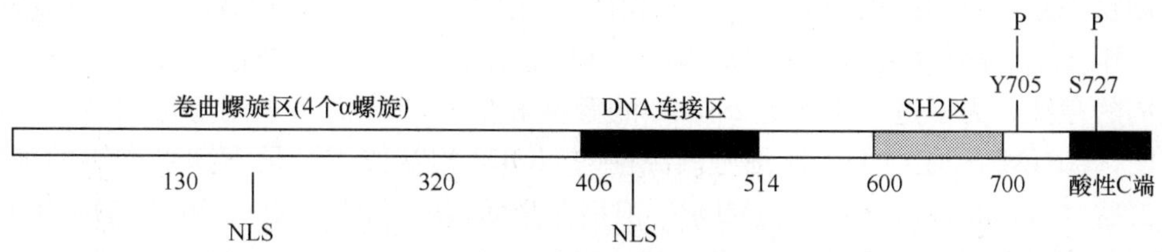

图 8.2　STAT3 的结构域

STAT3 的基因定位于人第 17 号染色体，其结构与其他的 STAT 蛋白相似，具有以下几个主要部分。①保守的氨基酸末端：与 STAT 蛋白的四聚体化有关；②DNA 连接区：具有特异性针对活性 IFN-γ 回文序列（GAS）元件的序列；③SH3 结构域：位于第 500～600 位氨基酸，能与富含 Pro 的模体结合；④SH2 区：参与受体恢复和 STAT 的二聚体化；⑤C 端转录激活结构域：在转录激活域内的丝氨酸（S727）或接近 C 端的酪氨酸（Y705）被磷酸化后，STAT3 即被激活

transactivation domain，TAD），尤其是第 727 位丝氨酸残基，是 GRIM-19 直接作用的靶点，也是 GRIM-19 结合所必需的。GRIM-19 与 STAT3 相互作用区域被绘制出来，其相互作用的细胞定位也已被检测出。GRIM-19 本身与线粒体标志酶共定位，而与共表达的 STAT3 在核周区形成聚合体。这种聚合体阻止 STAT3 在表皮生长因子（EGF）刺激下进行的核转位，从而抑制 STAT3 的转录活性及其靶基因的表达，以及 STAT3 表达细胞株的细胞增殖。结果表明，GRIM-19 是 STAT3 的负调节因子，是一种新的肿瘤抑制剂，它能够通过特异性抑制 STAT3 激活的转录从而抑制肿瘤细胞生长并促进其发生凋亡。

8.1.3.2　GRIM-19 作为线粒体复合体Ⅰ的组分及其对早期胚胎发育的重要性

Huang 等利用靶基因敲除技术对 GRIM-19 与早期胚胎发育的关系进行了研究，结果表明 GRIM-19 的敲除能够引起发育早期（9.5 日胚龄）的胚胎死亡。进一步检测显示，GRIM-19 突变的胚泡会表现出线粒体结构、形态及细胞分布的异常，这说明 GRIM-19 正常表达为胚胎早期发育所必需。

一些试验已经证实 GRIM-19 主要存在于线粒体中，并且与线粒体复合体Ⅰ密切相关。先前在研究牛心脏线粒体结构时，与复合体Ⅰ紧密相连并共纯化的一个未知蛋白质最近被报道：这个被命名为 B16.6 的新蛋白质，是 GRIM-19 的家族成员，它与人 GRIM-19 呈现出 83%的一致性。然而，GRIM-19 在线粒体复合体Ⅰ中的功能尚不完全明了，关于 GRIM-19 的生化和细胞学特征表明：它是线粒体复合体Ⅰ不可缺少的组分，在复合体Ⅰ的组装和电子传递能力上起着关键性作用。GRIM-19 在线粒体中的定位决定了它对线粒体的影响。

8.1.3.3　GRIM-19 与 NOD 2 结合可抵抗病菌入侵肠上皮细胞

核苷酸寡聚物形成结构域 2（nucleotide oligomerization domain 2，NOD2）是一种

哺乳动物细胞病原体的识别分子，其变异体与局限性回肠炎（Crohn disease）的危险度相关。Barnich 等研究表明，NOD2 作为一种抗菌因子可以抑制细菌入侵细胞以及其在细胞内的存活。为了进一步研究 NOD2 的激活和信号转导机制采用酵母双杂交法，结果表明，GRIM-19 能与 HT29 细胞内源性的 NOD2 相互作用，是 NOD2 介导的细菌胞壁酰二肽（muramyl dipeptide，MDP）识别并激活核转录因子 NF-B 所必需的。GRIM-19 还能控制病原体入侵肠内皮细胞，其过表达可以减少肠炎患者的黏膜发炎。由此认为，GRIM-19 也许是 NOD2 介导的肠黏膜应答中的一个关键性组分，它能够调节内皮细胞对微生物的应答。

8.1.3.4　GRIM-19 是病毒蛋白作用的靶点

卡波济肉瘤相关疱疹病毒（Kaposi's sarcoma-associated herpesvirus，KSHV）也被称为人疱疹病毒 8（HHV8），是最近新发现的人 DNA 肿瘤病毒，在 Kaposi 肉瘤、膜腔隙淋巴瘤（body cavity-based primary effusion lymphoma）及多中心型淋巴结肿大疾病（multicentric castleman's disease，MCD）的发展中起主要作用。KSHV 属于 γ 疱疹病毒家族，与 saimiri 疱疹病毒及 Epstein-Barr 病毒表现出遗传相似性。病毒感染能引发多种干扰素激活并参与到宿主的免疫调节中，干扰素表现了广泛的生物学活性，包括细胞生长抑制和免疫激活。干扰素调节因子（IRF）是作为干扰素信号调节的一种转录因子。有趣的是，KSHV 具有至少 3 个可读框来编码干扰素调节因子家族的同源蛋白，生成滤过性病毒干扰素调节因子（vIRF）。这包括可读框 K9（即 vIRF1）、vIRF2 及 vIRF3 或潜在相关核抗原 2。

KSHV 可读框 K9 编码滤过性病毒干扰素调节因子 1（vIRF1），其下调干扰素 IFN 及干扰素调节因子 IRF 介导的转录激活，并导致啮齿动物纤维原细胞的转化及裸鼠肿瘤的诱导。运用酵母双杂交方法，Taegun 等鉴定出 GRIM-19 在体内与体外都能与 vIRF1 相互作用，vIRF1 的 N 端区域是其与 GRIM-19 结合所必需的，在 293T 细胞中观察到 vIRF1 与 GRIM-19 的共定位。vIRF1 蛋白能够解除 IFN/RA 存在条件下 GRIM-19 诱导的细胞凋亡并抑制 IFN/RA 诱导的细胞死亡。研究结果表明，vIRF1 通过与 GRIM-19 的相互作用来对 IFN/RA 死亡信号进行调节。而另一个 DNA 肿瘤滤过性病毒蛋白-人乳头瘤病毒 16E6（HPV-16 E6）型病毒蛋白也与 GRIM-19 相结合，这个事实也暗示着，GRIM-19 是病毒蛋白作用的靶点。体内外的结合实验揭示 HPV-16 E6 特异性与 GRIM-19 相互作用。有趣的是，HPV-16 E6 与 GRIM-19 在高风险病毒组 E6 的结合强度远远高于低风险病毒组 E6，这表明 E6-GRIM-19 相互作用也许促进了高风险病毒组 E6 的转化活性。

Angell 等的研究表明 GRIM-19 的 C 端区域有一个 ATP 结合结构域-IMKD-VPXWKVGE，此结构域是细胞死亡诱导所必需的。这个结构域在各种真核生物的 GRIM-19 同源体中是高度保守的（图 8.1 的 126～137 氨基酸序列）。Taegun 等认为 vIRF1 对 GRIM-19 的抑制作用的一种可能机制应涉及 vIRF1 与 ATP 结合结构域的靶向结合，这将导致 GRIM-19 促凋亡活性的取消。

8.2 日本七鳃鳗口腔腺新功能基因 Grimin 的克隆及序列分析

日本七鳃鳗属圆口纲、七鳃鳗目、七鳃鳗科、七鳃鳗属，是迄今发现的最古老的无颌脊椎动物。其为海洋洄游性鱼类，成体生活在海洋，经常用吸盘附在其他鱼体上吸食其血与肉，七鳃鳗的这种独特的生活习性暗示着其体内必定含有某些不同于其他生物物种的生物活性物质。

8.2.1 材料与方法

8.2.1.1 材　料

新鲜日本七鳃鳗口腔腺取自于黑龙江松花江流域捕捞的野生日本七鳃鳗。口腔腺 cDNA 文库的构建见第 3 章。

8.2.1.2 方　法

(1) 引物设计。根据利用生物信息学手段对 EST 表达序列标签进行分析所发现的同源序列设计引物。引物序列如下。

5′-引物（P1）：5′-XX catatg gcggcgtccaaggtgaagcag-3′，含 *Nde* Ⅰ内酶切位点。

3′-引物（P2）：3′-XX aagctt cacgtggaagaggtggttgag-5′，含 *Hin*dⅢ内酶切位点。

使用 TaKaRa RNA LA PCR™ Kit（AMV）Ver. 1.1（CodeNo. DRR012A），以 Total RNA（预先提取）为模板，以 Oligo dT 为反转录引物反转录合成 cDNA。

(2) 以 cDNA 为模板，以 P1、P2 为引物，使用 TaKaRa LATaq™（Code NO. DRR02AG）PCR 扩增目的基因片段。PCR 产物使用 TaKaRa Agarose Gel DNA Purification Kit Ver. 2.0（CodeNo. DV805A）切胶回收，命名为 CTA243（P）(即 Grimin 目的片段)，溶于 12 μl dH_2O 中，取 1 μl 进行琼脂糖凝胶电泳。

(3) 使用 TaKaRa DNA Ligation Kit（CodeNO. D6022）中的溶液Ⅰ，将 CTA243（P）和 pMD18-T Simple 载体连接后，热转化至 *E. coli* 感受态细胞 JM109（CodeNO. D9052）中，涂布平板，过夜培养菌体。

(4) 挑选菌落，提取质粒，分别命名为 CTA243(T)-9、CTA243(T)-10、CTA243(T)-13、CTA243(T)-14。取 1 μl 进行琼脂糖凝胶电泳。

(5) 将 CTA243(T)-9、CTA243(T)-10、CTA243(T)-13、CTA243(T)-14 质粒分别用 BcaBEST 引物 M13-47 引物进行 DNA 测序。测序结果符合要求。

(6) 将 CTA243(T)-10 和 pET 23b 用 *Nde* Ⅰ/*Hin*dⅢ双切酶，并使用 TaKaRa Agarose Gel DNA Purification Kit Ver. 2.0（CodeNO. DV805A）切胶回收，命名为

Insert Ⅰ和 Vector Ⅰ，取 1 μl 进行琼脂糖凝胶电泳。

(7) 使用 TaKaRa DNA Ligation Kit（CodeNO. D6022）中的溶液Ⅰ，将 Insert Ⅰ和 Vector Ⅰ连接，热转化至 *E. coli* 感受态细胞 DH5α（Code NO. D9057）中，涂布平板，过夜培养菌体。挑选菌落，提取质粒。取 1 μl 进行琼脂糖凝胶电泳。

(8) 将质粒 CTA243-P-7 和 CTA243-P-8 使用 *Nde* Ⅰ/*Hin*dⅢ双酶切进行酶切检测，取 10 μl 进行琼脂糖凝胶电泳。

(9) 将 CTA243-P-7、CTA243-P-8 质粒用 T7 Promoter 引物进行 DNA 测序。测序结果符合要求。

8.2.2 结　果

8.2.2.1 cDNA 测序结果及由 cDNA 序列推导的氨基酸序列

根据日本七鳃鳗口腔腺 mRNA 中具 GRIM-19 结构域的可读框架序列设计引物 P1 与 P2，以 RT-PCR 后获得的 cDNA 为模板进行 PCR 扩增，获得了预期的 429 bp 的目的基因。

测序结果显示由 cDNA 序列推导的 rLjGRIM-19 的氨基酸序列含有 144 个氨基酸残基，其中具有 GRIM-19 功能结构域。测序结果及推导的氨基酸序列如下（图 8.3）。

```
  1 atggcggcgtccaaggtgaagcaggacatgcctccgccgggaggt
    M  A  A  S  K  V  K  Q  D  M  P  P  P  G  G
 46 tacgggcccgtggactacaaacgaaacctccccaagaggggcctc
    Y  G  P  V  D  Y  K  R  N  L  P  K  R  G  L
 91 tctggatactccatgtttgccattgggattggactcatgttatac
    S  G  Y  S  M  F  A  I  G  I  G  L  M  L  Y
136 ggccagtataggattttcaagtggaaccgagagagaaggcggttg
    G  Q  Y  R  I  F  K  W  N  R  E  R  R  R  L
181 cagattgaagagttggaatctcggattgcaatcttgccccttctg
    Q  I  E  E  L  E  S  R  I  A  I  L  P  L  L
226 caagcggagcaagatagacatgttttgcagcaggtgcgcgagaac
    Q  A  E  Q  D  R  H  V  L  Q  Q  V  R  E  N
271 ctggaggaggaggccaagatcatgaaggacgtgcccgggtggaag
    L  E  E  E  A  K  I  M  K  D  V  P  G  W  K
316 gttggcgagagcgtgtacaactcgaaccgctggcacacgcccacc
    V  G  E  S  V  Y  N  S  N  R  W  H  T  P  T
361 attgaccagctctacttcctgagggacgacgtggacttggctcgc
    I  D  Q  L  Y  F  L  R  D  D  V  D  L  A  R
406 gataagctcaaccacctcttccacgtgtag 435
    D  K  L  N  H  L  F  H  V  *
```

图 8.3 rLjGRIM-19 的 cDNA 测序结果及推导的氨基酸序列

8.2.2.2 rLjGRIM-19 编码蛋白的 BLAST 检索结果及同源性比对分析

由 cDNA 序列推导的氨基酸序列显示 rLjGRIM-19 基因表达蛋白含有 144 个氨基酸

残基，并含有相同的 GRIM-19 的功能结构域。rLjGRIM-19 与 13 个物种进行了氨基酸序列的比对（图 8.4），这 13 个物种分别是黑猩猩、人、大猩猩、猩猩、家犬、家牛、

```
Pan            MAASKVKQDMPPPGGYGPIDYKRNLPRRGLSGYSMLAIGIGTLIYGHWSIMKWNRERRRL
Homo           MAASKVKQDMPPPGGYGPIDYKRNLPRRGLSGYSMLAIGIGTLIYGHWSIMKWNRERRRL
Gorilla        MGASKVKQDMPPPGGYGPIDYKRNLPRRGLSGYSMLAIGIGTLIYGHWSIMKWNRERRRL
Pongo          MGASKVKQDMPPPGGYGPIDYKRNLPRRGLSGYSMLALGIGTLIYGHWSMMKWNRERRRL
Canis          MAASKVKQDMPPPGGYGPIDYKRNLPRRGLSGYSMFAVGIGTLLFGYWSMMKWNRERRRL
Bos            MAASKVKQDMPPVGGYGPIDYKRNLPRRGLSGYSMFAVGIGALLFGYWSMMKWNRERRRL
Mus            MAASKVKQDMPPPGGYGPIDYKRNLPRRGLSGYSMFAVGIGALIFGYWRMMRWNQERRRL
Tetraodon      MAGSKVKQDMPPPGGYAPFDYKRNLPKRGLSGYSMFGIGIGIMVFGYWRLFKWNRERRRL
Psetta         MAGSKVKQDMPPLGGYAAFDYKRNLPKGRLSGYSMFGIGIGIMVFGYWRLFKWNRERRRL
salmo          MAASKVKQDMPPPGGYGPVDYKRNLPKRGLSGYSMLAIGVGVMCFGYWRLFKWNRERRRL
Xenopus        MAASKVKQDLPPSGGYGPVDYKRNLPRRGLSGYSMFAVGVGVMLFGYWSIFRWNRERRRL
Danio          MAASKVKQDMAPPGGYGPVDYKRNLPKRGLSGYSMFAVGIGVMMFGYWRLCRWNRERRRM
lamprey        MAASKVKQDMPPPGGYGPVDYKRNLPKRGLSGYSMFAIGIGLMLYGQYRIFKWNRERRRL
Branchiostoma  MASGTVKQDLPPKGGYGPIEYARRLPRRGPSGYALFALGIGVAVYGYAKLFATNRRRRQD
               *....****:.* ***...:* *.**:   ***:::.:*:*   :*   :   *:.**:

Pan            QIEDFEARIALLPLLQAETDRRTLQMLRENLEEEAIIMKDVPDWKVGESVFHTTRWVPPL
Homo           QIEDFEARIALLPLLQAETDRRTLQMLRENLEEEAIIMKDVPDWKVGESVFHTTRWVPPL
Gorilla        QIEDFEARIALLPLLQAETDRRTLQMLRENLEEEAIIMKDVPDWKVGESVFHTTRWVPPL
Pongo          QIEDFEARIALLPLLQAETDRRTLQMLRENLEEEAIIMKDVPDWKVGESVFHTTRWVAPL
Canis          QIEDFEARIALMPLLQAEKDRRVLQMLRENLEEEAIIMKDVPDWKVGESVFHTTRWVTPM
Bos            QIEDFEARIALMPLLQAEKDRRVLQMLRENLEEEATVMKDVPGWKVGESVFHTTRWVTPM
Mus            LIEDLEARIALMPLFQAEKDRRTLQILRENLEEEAIIMKDVPNWKVGESVFHTTRWVPPL
Tetraodon      QIEEMEARIALMPLMQAEQDRRTLRMLRENLEEEAVIMKDVPGWKVGESVFHTERWVTPM
Psetta         LIEDLEARIAMMPLLQAEQDRRNLRMLRENLEEEAIVMKDVPGWKVGESVFHTDRWVAPM
salmo          QIEELEARIALLPLLQAEQDRRQLRMLRENLEEEAVVMKDVPGWKVGENVFHTDRWVAPL
Xenopus        QIEDLEARVALLPLFQAETDRRILRMMRQNLEEEATIMKDVPGWKVGESTFHTDRWVTPT
Danio          QIEDLETRIALLPLLQAEHDRQTLRMLRENLEEEAILMKDVPGWKVGENMFHTERWVSPV
lamprey        QIEELESRIAILPLLQAEQDRHVLQQVRENLEEEAKIMKDVPGWKVGESVYNSNRWHTPT
Branchiostoma  WAEEVEVQVSLHPLHKAEQDRLILRQYRSNLEEEAKIMEGVEGWVVGESVYQSEKWHTPH
                 *:.* :::: ** :** **  *:  *.****** :*:.* .* ***. ::: :* .*

Pan            IGELYGLRTTEEALHASHGFMWYM
Homo           IGELYGLRTTEEALHASHGFMWYT
Gorilla        IGELYGLRTTEEALHASHGFMWYT
Pongo          IGELYGLRTTEEALHASHGFMWYA
Canis          MGELYGLRTNEEILNASYGFMWYT
Bos            MGELYGLRASEEVLSATYGFIWYT
Mus            IGEMYGLRTKEEMSNANFGFTWYT
Tetraodon      SEELFNLRPREEMVNQRFGLLRYL
Psetta         TEELFNLRPREELLHKRFGFLWYV
salmo          TEELFNLRPREELLHKRFGFLWYV
Xenopus        LNELYNLKPKEELIKKKYGFQWYV
Danio          PDELYNLRPREELMQKKDGFQWYV
lamprey        IDQLYFLRDDVDLARDKLNHLFHV
Branchiostoma  PVEILNLRPREDMVRKVYGYNYDI
                 ::  *:   :      .
```

图 8.4　rLjGRIM-19 基因的氨基酸序列与 13 个物种的同源性比对分析

小家鼠、黑青斑河豚、大菱鲆、大西洋鲑、非洲爪蟾、斑马鱼、文昌鱼。rLjGRIM-19同这些物种都具有相同的GRIM-19的功能结构域和较高的序列同源性，与其的序列一致性分别是75%、75%、75%、73%、72%、74%、67%、68%、64%、70%、66%、70%和54%。

8.3　Grimin的诱导表达、鉴定与纯化

8.3.1　材料与方法

8.3.1.1　材　　料

质粒提取试剂盒、RT-PCR试剂盒、IPTG、普通分子质量蛋白质标准购自宝生物工程（大连）有限公司；表达菌 *E. coli* Rosetta、His-Tag单克隆抗体及组氨酸亲和层析柱（His-Bind Column）购自Novagen公司；山羊抗兔IgG-AP及NBT/BCIP试剂盒购于华美公司。尿素、咪唑、氯化钠均为Amresco产品。

8.3.1.2　方　　法

质粒的提取：

采用宝生物工程（大连）有限公司的质粒提取试剂盒进行。具体如下。

（1）LB（Amp^+）液体培养基培养含pET-23b质粒的大肠杆菌DH5α。

（2）取1～4 ml的菌液，12 000 *g* 离心2 min，弃上清液。

（3）250 μl的溶液Ⅰ（含RNase A1）充分悬浮细菌沉淀。

（4）加入250 μl的溶液Ⅱ，轻轻上下翻转混合五六次，使菌体充分裂解，形成透明溶液。

（5）加入400 μl的4℃预冷的溶液Ⅲ，轻轻上下翻转混合五六次，直至形成紧实集块，然后室温静置2 min。

（6）室温12 000 *g* 离心5 min，取上清液。

（7）将试剂盒中的旋转柱置于收集管上。

（8）将上述操作（6）的上清液转移至旋转柱中。

（9）将500 μl的RinseA加入旋转柱中，3600 *g* 离心30 s，弃滤液。

（10）将700 μl的Rinse B加入旋转柱中，3600 *g* 离心30 s，弃滤液。

（11）重复操作（10），然后12 000 *g* 再离心1 min。

（12）将旋转柱置于新的1.5 ml的离心管上，在其膜的中央处加入60 μl的水或洗脱液，室温静置1 min。

（13）12 000 *g* 离心1 min洗脱DNA。

制备 *E. coli* Rosetta感受态细胞，$CaCl_2$ 法进行转化。

（1）宿主菌 *E. coli* Rosetta接种于20 ml Amp^-Cmp^+ LB中培养过夜；

（2）将部分上述菌液移至 50 ml LB 三角烧瓶中，37℃ 300 r/min 强烈振荡培养 3 h，使细菌的浓度达到 5×10^7 个细胞/ml。此时，细菌的 OD_{600} 一般为 0.2～0.3，为对数生长期或对数生长前期；

（3）培养物于冰上放置 10 min，然后转移到两个 50 ml 离心管中，4000 *g* 4℃离心 10 min；

（4）弃上清液，倒置离心管 1 min，流尽剩余液体，然后加入 5 ml 用冰预冷的 0.1 mol/L $CaCl_2$ 溶液致敏悬浮细胞，置于冰上 10 min；

（5）4000 *g* 4℃离心 10 min 回收细胞，弃上清液，每 25 ml 的原培养物再加入 2 ml 冰冷的 0.1 mol/L 的 $CaCl_2$ 溶液，悬浮细胞，置于冰上 3 h；

（6）每份 200 μl 分装细胞；

（7）加 10 μl 含 40 ng DNA 的溶液至 200 μl 感受态细胞中，温和混匀；

（8）42℃热激 90 s，迅速放回冰中，将细胞冷却 1～2 min 后，加入 800 μl LB（Amp^-Cmp^+）培养基，37℃ 225 r/min 振荡培养细菌 45～90 min，让细菌的质粒表达抗生素抗性蛋白；

（9）取 100 μl 转化产物铺于 90 mm 的 LB（Amp^+Cmp^+）琼脂平板上。室温下放置 20～30 min，待溶液被琼脂吸收后，倒置平皿于 37℃培养 12～16 h；

（10）待 LB（Amp^+Cmp^+）琼脂平板上长出菌落后进行阳性转化子的筛选鉴定。

对重组表达菌的鉴定：

采用 T7 通用引物法鉴定，方法如下：

（1）把培养的转化菌用牙签蘸取少量加入到 10 μl 灭菌蒸馏水中，用开水煮沸 10 min，使菌体裂解。

（2）以煮好的 10 μl 菌体为模板进行 PCR 扩增反应，50 μl PCR 反应体系和反应条件如下。

10×PCR 缓冲液（含 Mg^{2+}）	5 μl
dNTP（各 2.5 mmol/L）	4 μl
模板 DNA	10 μl
引物 1（20 μmol/L）	1 μl
引物 2（20 μmol/L）	1 μl
TaKaRa *Taq*（5 U/ml）	0.25 μl
灭菌蒸馏水	28.75 μl

PCR 反应条件为：94℃预变性 1 min 后，94℃变性 45 s，55℃复性 45 s，72℃延伸 45 s，25 个循环，最后 72℃延伸 7 min。

（3）1%琼脂糖凝胶电泳检测。

对重组菌进行不同时间和温度梯度的 IPTG 诱导表达：

（1）挑取阳性转化菌单菌落接种于含氨苄的 LB 培养基中，于 37℃培养至 OD_{600} = 0.4～0.6 达到对数生长期；

（2）加 IPTG 至终浓度为 1 mmol/L，分别进行 5 h 的 37℃诱导表达与 30℃的低温过夜诱导表达；

(3) 取上述培养液 5000 *g* 离心 5 min，于沉淀中加 100 μl 的上样缓冲液，100℃加热 3 min，上样行 15%浓度的常规 SDS-PAGE。

包含体的提取方法：

(1) 10 000 *g* 离心 10 min 收获菌体，倒掉上清液后以 100 ml 的原培养液加 40ml 冰冷的 1×结合缓冲液［5 mmol/L 咪唑；0.5 mol/L NaCl；20 mmol/L Tris-HCl（pH 7.9)］的比例重悬细胞。

(2) 将上述样品置于冰浴中超声裂解细胞，直至溶液不再黏稠。

(3) 5000 *g* 离心 15 min 收集包含体及细胞碎片而使其他杂蛋白留在溶液中。弃上清液，每 100 ml 原培养体积用 5 ml 含 6 mol/L 尿素的 1×结合缓冲液悬浮沉淀。然后冰浴 1 h，以让蛋白质彻底溶解。

(4) 10 000 *g* 离心 30 min 去除不溶成分，留上清液。

(5) 所得上清液过 0.45 μm 滤膜。

可溶性成分的提取方法：

(1) 10 000 *g* 离心 10 min 收获菌体，弃上清液，并使残液尽量流出。以每 100 ml 的原培养液加 4 ml 冰冷的 1×结合缓冲液的比例重悬细胞。

(2) 将上述样品置于冰上超声裂解细胞，直至溶液不再黏稠。

(3) 14 000 *g* 4℃离心 20 min 以去除细胞碎片。

(4) 弃沉淀。取上清液 100 μl 加 100 μl 的上样缓冲液 100℃加热 3 min，上样行普通 SDS-PAGE。

常规 SDS-PAGE 鉴定：

(1) 储液配制

30%凝胶储备液：29%（*m/V*）丙烯酰胺，1%（*m/V*）*N*,*N*′-亚甲双丙烯酰胺；

1.5 mol/L Tris-HCl（pH 8.8）；

1.0 mol/L Tris-HCl（pH 6.8）；

10% SDS；

1×Tris-Gly 电泳缓冲液（pH 8.3）：

25 mmol/L Tris，25 mmol/L 甘氨酸（pH 8.3），0.1% SDS；

10%过硫酸铵（*m/V*）；

TEMED（*N*,*N*,*N*′,*N*′-四甲基乙酰二胺）。

(2) 2×上样缓冲液

50 mmol/L Tris；

250 mmol/L 甘氨酸（pH 8.5）；

0.1% SDS；

1.5 mmol/L Tris-HCl（pH 8.8）；

1.0 mmol/L Tris-HCl（pH 6.8）。

(3) 考马斯亮蓝染色液（配制好后过滤除颗粒）

0.25% 考马斯亮蓝 R250，10% 冰醋酸，45% 甲醇。

(4) 脱色液：30% 甲酸，10% 冰醋酸。

电泳：

利用PS-30型、30 mA恒流电源电泳仪（大连生物科技公司）进行电泳；上样量为20 μl；过夜染色、脱色3 h。

蛋白质印迹鉴定：

（1）将蛋白质提取液行15%分离胶的SDS-PAGE；

（2）电转化蛋白质至NC膜上，转化时间为40 min；

（3）用1×TBS（10 mmol/L Tris-HCl，pH 7.5，7.5 mmol/L NaCl）洗膜2次，每次10 min；

（4）在封闭液（3%BSA in 1× TBS）温育1 h；

（5）用1× TBSTT［20 mmol/L Tris-HCl，pH 7.5，0.5 mmol/L NaCl，0.05%（V/V）Tween-20，0.2%（V/V）Triton X-100］洗2次，每次10 min；

（6）用1× TBS液洗10 min；

（7）在1∶1000倍稀释的兔源抗His-Tag单克隆抗体中温育1 h；

（8）用1× TBSTT洗2次，每次10 min；

（9）用1× TBS液洗10 min；

（10）用500倍稀释的山羊抗兔IgG-AP温育1 h；

（11）NBT/BCTP染色试剂盒进行显色反应，具体操作同说明书。

包含体形式的重组蛋白Grimin的纯化：

因Grimin为带有组氨酸标签的融合蛋白，故可采用Novagen公司的组氨酸亲和层析柱（His-Bind Column）对其进行纯化。Ni-NTAHis-Bind树脂常被用于通过金属螯合作用而快速一步式纯化含有组氨酸标签的蛋白质。组氨酸标签可与固相化于Ni-NTA His-Bind树脂上的Ni^{2+}结合。非结合蛋白被洗掉后，目标蛋白可通过浓度逐渐提高的咪唑洗脱而重新获得。具体操作如下。

（1）8×结合缓冲液配制：

40 mmol/L咪唑；

4 mol/L NaCl；

160 mmol/L Tris-HCl（pH 7.9）。

（2）8×洗涤缓冲液配制：

480 mmol/L咪唑；

4 mol/L NaCl；

160 mmol/L Tris-HCl（pH 7.9）。

（3）4×洗脱缓冲液配制：

4 mol/L咪唑；

2 mol/L NaCl；

80 mmol/L Tris-HCl（pH 7.9）。

（4）含6 mol/L尿素的1×结合缓冲液（pH 7.9）配制。

（5）含6 mol/L尿素的1×洗涤缓冲液（pH 7.9）配制。

（6）20 mmol/L 1×洗涤缓冲液（pH 7.9）配制。

11 ml 含 6 mol/L 尿素的 1× 结合缓冲液；

4.1 ml 含 6 mol/L 尿素的 1×洗涤缓冲液；

加水至 100 ml。

(7) 含 6 mol/L 尿素的 1×洗脱缓冲液（pH 7.9）配制。

以上试剂配制好后均 0.45 μm 滤膜进行过滤。

亲和层析：

(1) 吸去 His-Bind Column 上室的储液，并打开下面管口；

(2) 用 10 ml 含 6 mol/L 尿素的 1×结合缓冲液对柱子进行平衡；

(3) 上样；

(4) 用 10 ml 含 6 mol/L 尿素的 1×结合缓冲液洗柱；

(5) 用 10 ml 20 mmol/L 的 1×洗涤缓冲液洗柱；

(6) 用 5 ml 含 6 mol/L 尿素的 1×洗脱缓冲液洗脱目的蛋白。

包含体形式蛋白的透析复性：

包含体是指细菌表达的基因重组蛋白在细胞内凝集而形成的无活性的固体聚集体。包含体难溶与水，只溶于变性剂，如尿素（脲）、盐酸胍等。由于包含体中富含基因重组蛋白且易于分离纯化，所以只要能够在体外成功复性，其将是大量生产重组蛋白最有效的途径之一。本实验主要利用尿素使其发生变性并透析复性得到生物活性的蛋白质，具体方法如下。

(1) 把透析袋剪成适当长度（10～20 cm）的小段；

(2) 在大体积 2%（*m/V*）$NaHCO_3$ 中将透析袋煮沸 10 min；

(3) 用蒸馏水彻底清洗透析袋；

(4) 放在 1 mmol/L EDTA（pH 8.0）中煮沸 10 min；

(5) 冷却后存放于 4℃冰箱；

(6) 将 3 个 1000 ml 的大烧杯用烤箱 180℃烘烤 1 h；

(7) 透析袋装入纯化后的蛋白质后，置于 1 L 复性液（0.6 mol 尿素；0.1 mol 氧化型谷胱甘肽；0.9 mol 还原型谷胱甘肽；2.4 g Tris；5.84 ml HCl）烧杯中，4℃搅拌透析 1 h；

(8) 放入另一个 1 L 复性液中，4℃搅拌透析 1 h；

(9) 然后置于 1 L TE 缓冲液中（10 mmol/L Tris-HCl；1 mmol/L EDTA；pH 8.0），4℃搅拌透析 1 h；

(10) 聚乙二醇（PEG2000-6000）包裹浓缩。

蛋白质浓度测定：

(1) 利用 BCA 浓度测定试剂盒（碧云天生物技术研究所），按 50 体积 BCA 试剂 A 加 1 体积 BCA 试剂 B（50：1）配制适量 BCA 工作液，充分混匀；

(2) 将标准品按 0 μl、2 μl、4 μl、8 μl、12 μl、16 μl、18 μl、20 μl 加到 96 孔板的标准品孔中，加用于稀释标准品的 0.9%NaCl 溶液补足到 20 μl；

(3) 加 15 ml 待测蛋白到 96 孔板的样品孔中，加 5 ml 0.9% NaCl 溶液稀释；

(4) 各孔加入 200 μl BCA 工作液，37℃放置 30 min；

(5) 酶标仪检测：测定波长 595 nm；参比波长 620 nm。

与复性前蛋白质浓度比较，计算复性率。

8.3.2 结 果

8.3.2.1 对重组表达菌的鉴定结果

利用通用 T7 引物进行 PCR 反应，得到 429 bp 条带，证明成功亚克隆到目的基因(图 8.5)。

8.3.2.2 对重组菌进行包含体 IPTG 诱导表达

对重组质粒进行 37℃培养诱导表达，重组蛋白是去 Grimin 基因与组氨酸标签(His-tag) 等部分质粒序列共同表达的融合蛋白，进行 15%十二烷基磺酸钠-聚丙烯酰胺凝胶电泳（sodium dodecyl sulphate polyacrylamide gel electrophoresis，SDS-PAGE)。根据 cDNA 测序结果及由 cDNA 序列推导的氨基酸序列计算该蛋白质的分子质量应为 20.420 51 kDa，因此电泳采用普通分子质量蛋白质标准作为蛋白质 Marker，结果可见在标准蛋白的第 5 条带处有清晰的特异性表达带（图 8.6)。

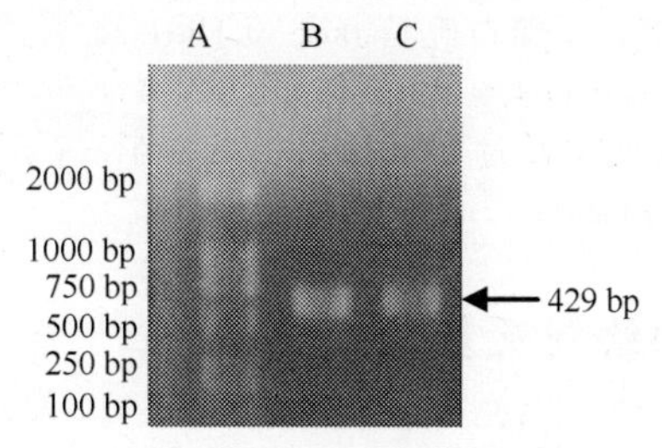

图 8.5 T7 通用引物法鉴定结果

A. DNA Marker 2000；B、C. 为目的片段，大小 429bp

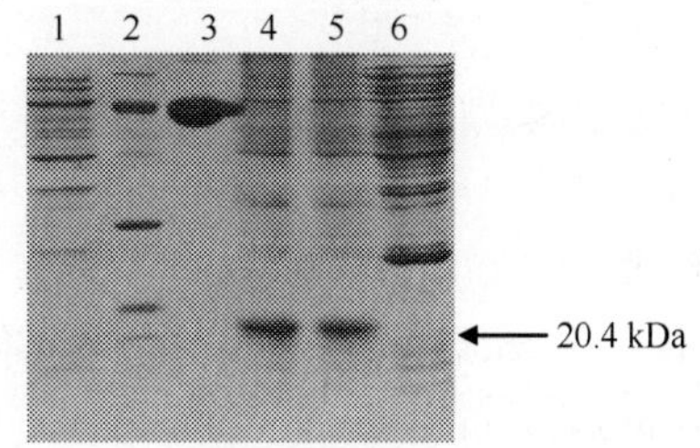

图 8.6 SDS-PAGE 示 pET23b-Grimin 在 *E. coli* Rosetta 中的诱导表达

1. pET23b-Grimin 未诱导对照；2. 蛋白质 Marker；3. BSA 标准；4、5. pET23b-Grimin IPTG 诱导过表达（示 20 kDa 处过表达蛋白质条带）菌体；6. pET23b 空质粒对照

8.3.2.3 蛋白质印迹鉴定

His-tag 单克隆抗体可以有效检测含有组氨酸标签或不管其周围氨基酸酸顺序如何而至少含有 5 个连续组氨酸残基的蛋白质。因重组蛋白是去整合素基因与组氨酸标签(His-tag) 等部分质粒序列共同表达的融合蛋白，故可采用 His-tag 单克隆抗体进行蛋

白质印迹鉴定。

鉴定结果证实诱导的蛋白质提取液中有 9 kDa 目标蛋白的存在，这说明了重组蛋白的正确表达（图 8.7）。

8.3.2.4 蛋白质纯化结果

对阳性转化菌诱导表达后的包含体蛋白成分进行组氨酸亲和层析后，将所得的纯化蛋白进行普通 SDS-PAGE。结果显示，纯化蛋白成单条带迁移，分子质量为 20.420 51 kDa。这表明均质蛋白的成功获得（图 8.8）。

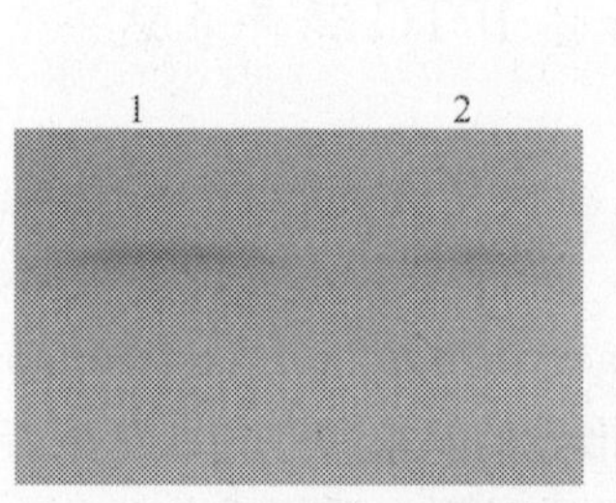

图 8.7 蛋白质印迹鉴定结果

1、2 均为重组蛋白的特异性表达

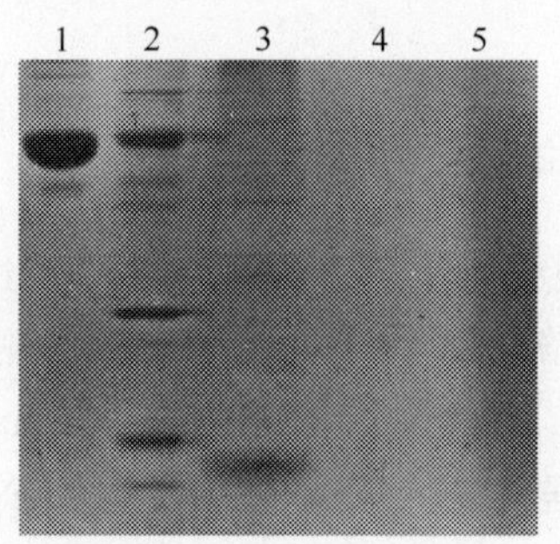

图 8.8 His-Bind Column 对 Grimin 重组蛋白进行纯化结果

1. BSA 标准；2. 蛋白质 Marker；3. His-Bind Column 对 Grimin 重组蛋白纯化所得单一条带（约 20 kDa 处）；4. 过 His-Bind Column 后的蛋白质提取液；5. 非目的蛋白的洗脱液

8.3.2.5 蛋白质标准曲线的绘制及复性结果

此包含体复性率达 80%；按照绘制的蛋白质标准曲线（图 8.9）进行计算，纯化蛋白浓度可达 1.2 mg/ml；每升培养物诱导表达后经组氨酸亲和层析后可获得 3.6 mg 的纯化 Grimin，经包含体透析复性后可得到2.8 mg具有生物活性的蛋白质。

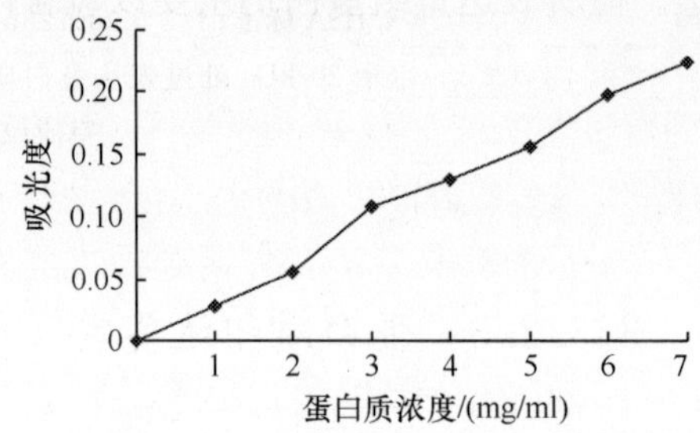

图 8.9 BCA 法绘制蛋白质标准曲线

8.3.3 讨　论

该课题的本阶段工作主要是将重组的质粒转化入表达菌 *E. coli* Rosetta 中，进行 IPTG 的诱导表达，经过聚丙烯酰胺凝胶电泳和免疫印迹（蛋白质印迹）的鉴定，在成功表达基础上进一步地进行纯化获取 Grimin 蛋白以及通过变性复性使其具有生物学活性。

质粒提取主要是利用宝生物工程（大连）有限公司的质粒提取试剂盒进行操作的，继而采用 $CaCl_2$ 法进行表达菌的转化。对转化所得的表达菌进行转化的鉴定，结果如图 8.6 所示：所提目的片段为 429bp 的 Grimin 功能基因。确定阳性转化菌后我们对其进行 IPTG 诱导表达，IPTG 即 1-甲基乙基-β-D-1-硫代半乳糖吡喃糖苷（isopropyl-β-d-thiogalactopyranoside），其诱导原理为 IPTG 能够与乳糖操纵子的阻遏蛋白结合，使乳糖阻遏蛋白的空间构象变化，四聚体解聚成单体，失去与操纵子特异性紧密结合的能力，从而解除了阻遏蛋白的作用，使其后的基因得以转录合成利用乳糖的酶类。进行 IPTG 诱导的关键是控制诱导的温度、时间、IPTG 浓度以及菌体密度等。本研究对 Grimin 进行诱导的条件主要是两个：一是 37℃条件下诱导重组蛋白看其是否能够表达；二是确定所表达 Grimin 蛋白主要以何种形式存在。而本研究在研究过程中遇到的困难和问题也主要存在于这两个地方。首先，重组蛋白的诱导表达首选原核表达，原因是：易于生长和控制；用于细菌培养的材料经济；有各种各样的表达菌菌株及与之匹配的具各种特性的质粒可供选择。但是，在大肠杆菌中表达的蛋白质由于缺少修饰和糖基化、磷酸化等翻译后加工，常形成包含体而影响表达蛋白的生物学活性及构象。其次是用于表达载体的选择与构建。而在重组蛋白表达的过程中，经常会出现无蛋白表达、有截短蛋白或形成包含体等现象，解决这些问题通常更换表达菌或者表达载体。本实验起初利用 *E. coli* BL21 进行表达时所遇到的困难正是无蛋白质表达，其原因主要是 *E. coli* 的密码子偏移性，由于真核细胞偏好的密码子和原核系统有不同，因此，在用原核系统表达真核基因的时候，真核基因中的一些密码子对于原核细胞来说可能是稀有密码子，从而导致表达效率和表达水平很低。因为改造基因比较麻烦耗时，所以选择能够补充大肠杆菌缺少的 7 种稀有密码子（AUA、AGG、AGA、CUA、CCC、GGA 及 CGG）的表达菌，即 Rosetta 进行表达。但所表达重组蛋白仍主要以包含体形式存在。包含体形成原因主要是由于二硫键形成困难及表达过快、表达量过高造成的，因此，可以通过降低宿主胞质的还原性或者利用促进二硫键形成的各种载体标签来改善，当然同时要注意控制优化表达水平：降温、IPTG 浓度优化等。由于时间仓促，本研究主要从控制表达条件上，即诱导温度、时间、IPTG 浓度及菌密度方面进行了实验，但结果是在该表达载体和表达菌前提下，Grimin 蛋白主要以包含体形式存在；其可溶性蛋白很难出现，这说明在该种载体及表达菌中 Grimin 蛋白是以包含体形式存在的。针对此问题，本实验采取了包含体变性、复性方法以获得具有生物学活性的 Grimin 重组蛋白，其复性率为 80%。

8.4　Grimin 对人白血病细胞 HL60 及人脐静脉血管内皮细胞 ECV304 的生物学活性

8.4.1　材料与方法

8.4.1.1　材　料

人白血病细胞 HL60 购自中科院上海细胞库；人脐静脉内皮细胞 ECV304 本实验室保存；DMEM 细胞培养液、新生小牛血清购自 GIBCO BRL；Lipofeter 脂质体、MTT 细胞增殖及细胞毒性检测试剂盒、细胞凋亡-Hoechst 染色试剂盒；细胞凋亡-DNA ladder 抽提试剂盒；Annexin V-FITC 细胞凋亡检测试剂盒等购自碧云天生物技术研究所。

8.4.1.2　方　法

细胞培养：

HL60 及 ECV304 细胞均于含 10%胎牛血清的 M199 培养基中，在 37℃含 5% CO_2 的条件下培养。

细胞增殖实验：

采用 MTT 比色法，该法以代谢还原为基础。MTT 在不含酚红的培养液中呈黄色，活细胞线粒体中的琥珀酸脱氢酶能将 MTT 黄色溶液还原为深紫色的不可溶性甲瓒结晶（Fromazan）沉淀于细胞中，酸性异丙醇或 DMSO 可溶解该结晶，用酶标仪测定吸光度，判断细胞的代谢水平。

(1) 培养人白血病细胞 HL60 及人脐静脉内皮细胞 ECV304，收集细胞；

(2) 于 96 孔板中种好细胞，留出 PBS 对照，然后分别以 2 μl、4 μl、6 μl、8 μl、10 μl、12 μl、14 μl、16 μl、18 μl、20 μl 浓度加入蛋白质，于 CO_2 浮箱中孵育 4 h；

(3) 每孔加入 10 μl MTT 溶液，细胞培养箱内继续培养 4 h；

(4) 每孔加入 100 μl Formanzan 溶解液，继续孵育 4 h；

(5) 酶标仪检测吸光率，测定波长为 570 nm。

(6) 计算细胞的杀伤率：

杀伤率＝（对照孔 A 均值－试验孔 A 均值)/对照孔 A 均值×100%

Hoechst 染色法示脂质体包被 Grimin 诱导 ECV304 细胞和 HL60 细胞发生凋亡：

DNA 结合荧光染料双苯并咪唑（Hoechst 33258，Ho）常用于凋亡细胞核的确定。细胞发生凋亡时，染色质会浓缩。所以，凋亡细胞在等渗条件下进行活细胞染色时，其吸收 Hoechst 的能力增强，细胞核会致密浓染，产生较强的蓝色荧光，其强度要比坏死细胞和活细胞大得多。本实验采用 Hoechst 试剂盒进行细胞凋亡的监测，方法如下。

对于 ECV304 细胞：

(1) 将细胞 ECV304 接种于六孔板中预先放好的已灭菌的盖玻片上培养 24 h；

（2）加入浓度梯度的蛋白质和脂质体混合物分别 80 μl、120 μl、160 μl，另取两孔分别做 PBS 对照和脂质体对照；

（3）将细胞进行 PBS 清洗；

（4）固定液固定 5 min；

（5）去固定液，用 0.9% NaCl 洗涤 2 遍，每次 3 min，洗尽液体；

（6）加 0.5 ml Hoechst 33258 进行染色 5 min；

（7）用 0.9% NaCl 洗涤 2 遍，每次 3 min；

（8）滴 1 滴抗荧光淬灭封片液；

（9）用荧光显微镜对细胞核进行观察照相。

对于 HL60 悬浮细胞：

（1）离心收集细胞于 1.5 ml 离心管中，加 0.5 ml 固定液，缓缓悬浮细胞；

（2）去固定液，0.9% NaCl 溶液洗涤 2 次，每次 3 min；

（3）最后一次保留约 50 μl 液体，缓缓悬起细胞，滴加到玻片上；

（4）稍晾干，滴加 Hoechst 33258 进行染色 5 min，其余操作同前；

（5）荧光显微镜观察照相。

普通光学显微镜观察苏木素伊红（HE）染色的细胞凋亡：

凋亡细胞经过苏木素伊红（HE）染色后可以利用普通光学显微镜直接从形态学方面观察凋亡细胞的变化。凋亡细胞呈圆形，胞核深染，胞质浓缩，染色质呈团块状，并且在细胞表面可以观察到“出芽”现象，在细胞凋亡晚期还可见凋亡小体。本实验采用苏木素伊红染色试剂盒进行实验，具体方法如下：

（1）将 ECV304 细胞接种于六孔板中预先放好的已灭菌的盖玻片上培养 24 h；

（2）用固定液固定过夜；

（3）用蒸馏水洗涤 2 min，重复洗涤 2 次；

（4）苏木素染色液染色 10 min；

（5）洗涤 2 次，去除染色液，95%乙醇洗涤 5 s；

（6）伊红染色液染色 2 min；

（7）75%乙醇洗涤 2 次，用甘油：水（1：1）进行制片；

（8）普通光学显微镜照相观察。

DNA ladder 法示脂质体包被的 Grimin 诱导 HL60 及 ECV304 细胞发生凋亡：

细胞发生凋亡时的主要生物化学特征是其染色质发生浓缩，染色质 DNA 在核小体单位之间的连接处断裂，形成 50～300 bp 长的 DNA 片段，或者 180～200 bp 整数倍的寡核苷酸片段，在琼脂糖凝胶电泳上表现为梯形电泳图谱，称为 DNA ladder。细胞经处理后，采用常规方法分离提纯 DNA，进行琼脂糖凝胶电泳及 EB 染色，在凋亡细胞群中，可观察到典型的 DNA ladder。具体操作如下：

（1）收集人白血病细胞 HL60 及人脐静脉内皮细胞 ECV304；

（2）分别取一瓶做对照，然后分别在另一瓶细胞中加入 160 μl 蛋白质和 40 μl 脂质体的混合物，于 CO_2 浮箱中孵育 24 h；

（3）1000 *g* 离心 10 min，弃上清液，收集细胞；

(4) 处理好的样品中加入预先已加入了 25 μl 蛋白酶 K 的样品裂解液 500 μl，充分混匀；

(5) 50℃水浴过夜；

(6) 加入 500 μl Tris 平衡苯酚抽提样品；

(7) 1000 *g* 离心 10 min，吸出酚相及中间相，余下的水相用等体积的 Tris 平衡苯酚再抽提一次；

(8) 吸出酚相及中间相，剩余水相用等体积氯仿再抽提一次；

(9) 吸出水相，加入 1/10 体积的 10 mol/L 乙酸铵和 2 倍体积的无水乙醇，颠倒数次混匀；

(10) −80℃过夜；

(11) 加入 70%乙醇洗涤，12 000 *g* 离心 10 min，收集沉淀；

(12) 立即加入 50 μl TE 缓冲液溶解 DNA，1%琼脂糖凝胶电泳分析紫外灯下拍照。

流式细胞仪测定脂质体包被的 Grimin 诱导 HL60 细胞发生凋亡：

其原理是用 FITC 标记的重组人 Annexin V 来检测细胞凋亡时出现在细胞膜表面的磷脂酰丝氨酸，Annexin V 是一类广泛分布于真核细胞细胞质内钙离子以来的磷脂结合蛋白，参与细胞内的信号转导。Annexin V 选择性地结合磷脂酰丝氨酸（phosphatidylserine，PS)，PS 主要分布于细胞膜内侧，在细胞发生凋亡作用的早期，不同类型的细胞都会把 PS 外翻到细胞表面。因此当细胞发生凋亡时，可以利用流式细胞仪检测出来。方法如下：

(1) 收集人白血病细胞 HL60；

(2) 种于六孔板中，加入 100 μl 蛋白质和 20 μl 脂质体的混合物，CO_2 浮箱孵育过夜，蛋白质作用 16 h；

(3) 按试剂盒说明书进行处理后，流式细胞仪检测细胞凋亡程度。

8.4.2 结　　果

8.4.2.1 MTT 细胞毒性检测结果

MTT 法测定结果显示，纯化并复性后的脂质体包被 Grimin 对人白血病细胞 HL60 及人脐静脉血管内皮细胞 ECV304 增殖均具有显著抑制作用，对 HL60 及 ECV304 作用的半剂量效应 IC_{50}分别为 4.6 μmol/L 及 5 μmol/L（图 8.10、图 8.11)。

8.4.2.2 Hoechst 染色结果

培养人脐静脉内皮细胞 ECV304 和人白血病细胞 HL60，收集细胞。未加蛋白质作用的细胞做阴性对照；未加蛋白质仅加脂质体的细胞做脂质体对照；加入蛋白质和脂质体混合物的结果与对照相比；结果显示经过脂质体包裹的蛋白质作用的细胞出现明显的

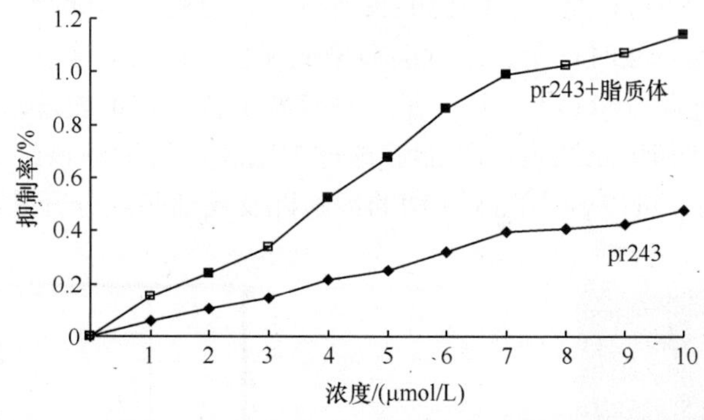

图 8.10 Grimin 对人白血病细胞 HL60 细胞增殖的抑制作用

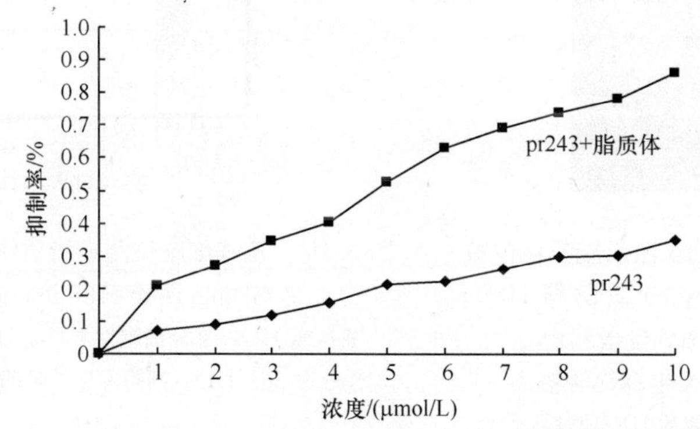

图 8.11 MTT 法示 Grimin 对 ECV304 细胞增殖的抑制作用

细胞凋亡，细胞核高度浓染，出现折缝状浓缩状态甚至发生破碎出现凋亡小体，而同时证明脂质体对细胞没有作用。这说明 Grimin 蛋白具有能够诱导细胞发生凋亡的活性（彩图 14、彩图 15）。

8.4.2.3 普通光学显微镜观察结果

经苏木素伊红染色后，我们在普通光学显微镜下观察到凋亡细胞的体积出现了皱缩、变小、变形，细胞膜完整但出现了发泡现象，细胞核被深染，呈蓝色（彩图 16）。

8.4.2.4 DNA ladder 法检测细胞凋亡结果

在细胞凋亡晚期，核酸内切酶（某些 Caspase 的底物）在核小体之间剪切核 DNA，产生大量长度为 180～200 bp 的 DNA 片段（图 8.12）。

8.4.2.5 流式细胞仪分析细胞凋亡结果

本实验利用 FITC 标记的重组人 Annexin V 来检测细胞凋亡时出现在细胞膜表面的

磷脂酰丝氨酸，由于FITC是带有绿色的荧光探针，因此当Annexin V结合到暴露于细胞膜表面的磷脂酰丝氨酸时，凋亡细胞会被染成绿色。同时，本实验采用了碘化丙啶染色，碘化丙啶（propidine iodide，PI）是一种核酸染料，它不能透过完整的细胞膜，但对凋亡中晚期的细胞和坏死细胞，PI能够透过细胞膜而将细胞核红染。因此将Annexin V与PI匹配使用，可以将凋亡中晚期的细胞以及死细胞区分开来（图8.13）。

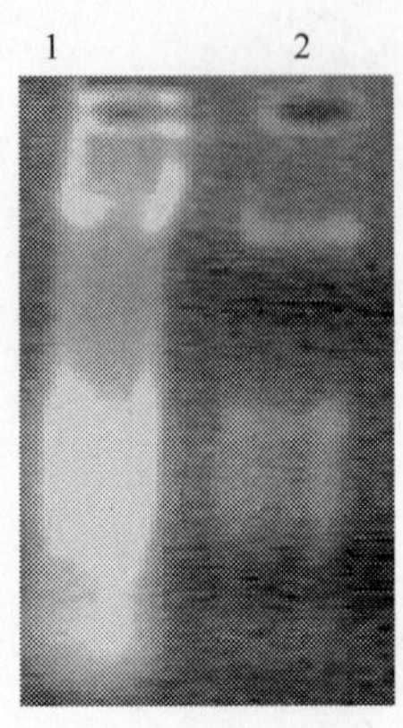

图8.12　DNA ladder法示脂质体包被的5 μmol/L的Grimin能诱导HL60及ECV304细胞发生凋亡

1. ECV304细胞发生DNA断裂；
2. HL60细胞发生DNA断裂

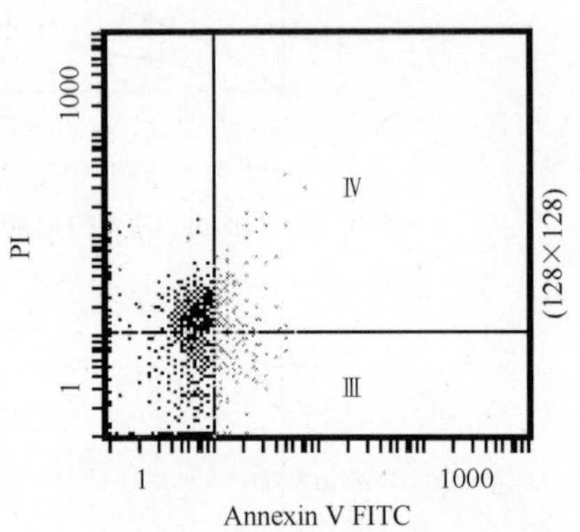

图8.13　流式细胞仪测定脂质体包被的5 μmol/L的Grimin诱导HL60细胞发生凋亡

Ⅲ区示HL60部分细胞发生早期凋亡；Ⅳ区示部分HL60细胞发生了晚期凋亡

8.5　脂质体转染法转染人宫颈癌HeLa细胞和肝癌HepG2细胞后细胞凋亡活性的检测

脂质体是磷脂分散在水中时形成的脂质双分子层，又称为人工生物膜。由于膜的融合及内吞作用，因而可用作外源物质进入细胞的载体。阳离子脂质体表面带正电荷，能与核酸的磷酸根通过静电作用将DNA分子包裹，形成DNA-脂复合体，也能被表面带负电荷的细胞膜吸附，再通过膜的融合或细胞的内吞作用，偶尔也通过直接渗透作用将DNA传递进入细胞，形成包含体或进入溶酶体，其中一小部分DNA能从包含体内释放，并进入细胞质中，再进一步进入核内转录、表达。

8.5.1　材料与方法

8.5.1.1　材　　料

人宫颈癌HeLa细胞和肝癌HepG2细胞均购于中国科学院上海细胞库，MEM培养基购自GIBICO，青-链霉素双抗购自Sigma公司，胎牛血清购自大连茂建生物公司，阳离子脂质体Lipofectamin 2000购自美国Invitrogen公司，Hoechst细胞凋亡试剂盒、苏木素伊红染色试剂盒、DNA ladder 试剂盒购于碧云天生物技术研究所。

主要仪器：二氧化碳细胞培养箱（HIRASA-WA），倒置显微镜（Olympus，日本），电热恒温鼓风干燥箱（DGG-9123A 型），高速离心机，荧光显微镜。

8.5.1.2　方　　法

细胞培养：

人宫颈癌 HeLa 细胞和肝癌 HepG2 细胞于含 15%胎牛血清的 MEM 培养基中，在 37℃含 5%CO_2 的条件下培养。两株细胞在培养瓶长成致密单层后，已基本上饱和，为使细胞能继续生长，同时也将细胞数量扩大就必须对其进行传代（再培养）。本实验所用到的细胞属贴壁细胞，需经消化后才能分瓶。具体步骤如下：

（1）吸除培养瓶内旧培养液；

（2）向瓶内加入胰蛋白酶少许，以能覆满瓶底为限；

（3）在倒置显微镜下观察细胞形态的变化，如果细胞变圆且彼此分离表明消化完全，此时可加入营养液终止消化；

（4）用吸管吸取营养液轻轻反复吹打瓶壁细胞，使之从瓶壁脱离形成细胞悬液。把细胞悬浮液分装到两个离心管中离心，弃上清液；

（5）离心管中加入新的细胞培养液，用细管吹打混匀后分装到培养瓶中。置温箱中培养。

基因转染：

（1）转染前的准备工作：转染前一天将六孔板底部铺上灭菌好的盖玻片，将人宫颈癌 HeLa 细胞接种于细胞培养板中，接种密度 $0.5\times10^5\sim2\times10^5$ 个细胞/ml，各孔加入 2 ml 培养基（不含抗生素），使细胞长至 90%～95%。

（2）设阳离子脂质体（lipofectamin 2000）对照组、质粒 pcDNA3.1/NT-GFP 对照组和 pGFP-rLjGRIM-19 实验组，各组设 3 个重复孔。准备转染混合物，每份内容如下。①稀释质粒 DNA：取质粒 80 μl，加入 170 μl 无血清（也无抗生素）MEM 培养基中（总体积共 250 μl）；②用 240 μl 无血清（也无抗生素）MED 温和稀释脂质体 10 μl，室温下放置 5 min（总体积共 250 μl）；③将上述①②两液温和混匀，室温放置 20 min。

（3）每孔细胞加 100 μl 上述混合物，晃动细胞板温合混匀。37℃ CO_2 孵箱常规培养。

（4）转染 12 h 后，换成 MEM 完全培养液，继续培养。

（5）筛选稳定细胞株：转染 24 h 后以 1∶10 的比例加入新鲜培养基，次日加入 G418。

（6）绿色荧光蛋白融合蛋白表达的检测：由于重组表达载体 pcDNA3.1/NT-rLj-GRIM-19 转染细胞后所表达的蛋白质是 GFP 与 rLjGRIM-19 的融合蛋白，其 N 端带有一段绿色荧光蛋白报告基因，将细胞置于荧光显微镜下，用滤光轮使激发波长为 506 nm，观察转染细胞的绿色荧光表达情况。

普通光学显微镜观察苏木素伊红（HE）染色的细胞凋亡：

凋亡细胞经过苏木素伊红染色后可以利用普通光学显微镜直接从形态学方面观察凋亡细胞的变化。凋亡细胞呈圆形，胞核深染，胞质浓缩，染色质呈团块状，并且在细胞表面可以观察到“出芽”现象，在细胞凋亡晚期还可见凋亡小体（彩图 16）。本实验采用苏木素伊红染色试剂盒进行实验，具体方法如下：

（1）将细胞接种于六孔板中预先放好的已灭菌的盖玻片上培养 24 h；

（2）用固定液固定过夜；

（3）用蒸馏水洗涤 2 min，重复洗涤 2 次；

（4）苏木素染色液染色 10 min；

（5）洗涤 2 次，去除染色液，95％乙醇洗涤 5 s；

（6）伊红染色液染色 2 min；

（7）75％乙醇洗涤 2 次，用甘油：水（1：1）进行制片；

（8）普通光学显微镜照相观察。

凋亡细胞的双苯并咪唑（Hoechst 33258，Ho）染色：

DNA 结合荧光染料 Hoechst 33258 常用于凋亡细胞核的确定。细胞发生凋亡时，染色质会浓缩。所以，凋亡细胞在等渗条件下进行活细胞 Hoechst 染色时，其吸收 Hoechst 的能力增强，细胞核会致密浓染，产生较强的蓝色荧光，其强度要比坏死细胞和活细胞大得多。

本实验采用 Hoechst 细胞凋亡试剂盒进行测定，具体步骤如下：

（1）转染细胞和正常细胞分别（1×10^5 个细胞/孔）接种于放置于六孔板中的灭菌盖玻片上培养 24～72 h；

（2）将细胞以 PBS 清洗；

（3）甲醇：冰醋酸（3：1）固定液中固定 5 min；

（4）以 DNA 结合荧光染料 Hoechst 33258 染色 10 min；

（5）用荧光显微镜对细胞核形态进行观察并拍照。

DNA ladder 的测定：

细胞凋亡时的主要生物化学特征是其染色质发生浓缩，染色质 DNA 在核小体单位之间的连接处断裂，形成 50～300 kb 长的 DNA 片段，或 180～200 bp 整数倍的寡核苷酸片段，在琼脂糖凝胶电泳上表现为梯形电泳图谱，称为 DNA ladder。细胞经处理后，采用常规方法分离提纯 DNA 后，进行琼脂糖凝胶电泳和 EB 染色，在凋亡细胞群中则可观察到典型的 DNA ladder。具体步骤如下：

（1）将待测细胞用 PBS 洗一遍；

（2）以 10 000 *g* 离心细胞，去除上清液；

（3）加入 50 μl 细胞裂解液（10 mmol/L Tris，pH 8.0，10 mmol/L EDTA，100 μg/ml蛋白酶 K，1％ SDS），混匀，于 37℃水浴保温至混合物变得清亮；以室温 12 000 *g* 离心 5 min，弃沉淀；将上清液中加入等体积的酚：氯仿（1：1）、酚：氯仿：异戊醇（25：24：1）和氯仿各抽提一次；

（4）在上清液中加入 1/10 体积的 3 mol/L 的乙酸钠和两倍体积的无水乙醇，于－20℃沉淀过夜；

(5) 于−10℃ 12 000 *g* 离心 10 min，收集沉淀；

(6) 将沉淀溶于 TE 缓冲液中，加入 RNA 酶，37℃保温 1 h；1.4%琼脂糖凝胶电泳，紫外灯下观察拍照。

8.5.2 结　果

8.5.2.1 重组质粒转染 HeLa 与 HepG2 细胞

本实验运用脂质体转染法将重组质粒转染人宫颈癌 HeLa 细胞和肝癌 HepG2 细胞后在荧光显微镜下观察发现转入重组质粒的细胞较对照组发出了强烈的绿色荧光，这表明日本七鳃鳗 rLjGRIM-19 基因转染的成功（彩图 17 和彩图 18，图 8.14 和图 8.15）。

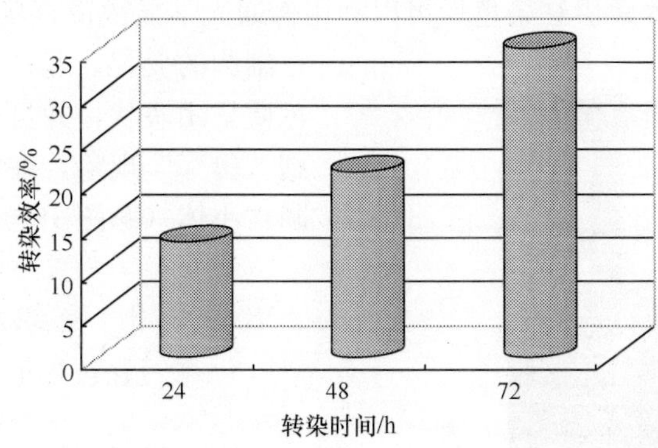

图 8.14　pcDNA3.1/NT-GFP-rLjGRIM-19 转染 HeLa 细胞效率

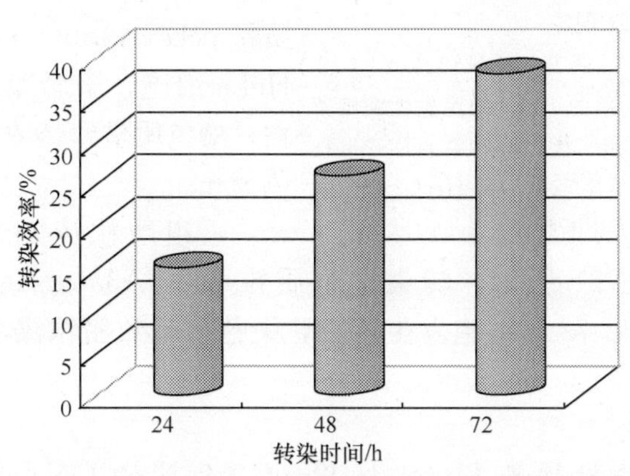

图 8.15　cDNA3.1/NT-GFP-rLjGRIM-19 转染 HepG2 细胞效率

细胞凋亡是在体内外因素诱导下，由基因严格调控而发生的自主性细胞有序死亡，故又称程序性细胞死亡。细胞凋亡分为诱导期、执行期、消亡期。

细胞凋亡的形态学变化有以下几个。

(1) 细胞膜的变化：细胞表面皱褶消失，胞膜迅速空泡化，内质网不断扩张并与胞膜融合，形成膜表面的芽状突起，称为出芽。

（2）细胞质的变化：胞质浓缩；线粒体变大，嵴增多，线粒体增殖并空泡化；内质网腔扩大、增殖。

（3）细胞核的变化：染色质边聚或中聚。最后形成若干个核碎片（核残块）。

（4）凋亡小体形成：胞膜皱缩内陷，分割包裹胞质，内含 DNA 物质及细胞器，形成泡状小体称为凋亡小体。凋亡小体呈圆形、椭圆形或不规则状，小体内的成分主要是胞质、细胞器和核碎片。

（5）吞噬：凋亡小体被邻近细胞（巨噬细胞）识别、吞噬和消化。整个凋亡过程没有细胞内容物的外漏，因而不伴有局部的炎症反应，也无纤维化现象。

8.5.2.2 苏木素伊红（HE）染色法对细胞凋亡现象的观察

凋亡细胞经过苏木素伊红染色后可以利用普通光学显微镜直接从形态学方面观察凋亡细胞的变化。胞核深染，胞质浓缩，染色质呈团块状，并且在细胞表面可以观察到“出芽”现象，在细胞凋亡晚期还可见凋亡小体（彩图 19）。

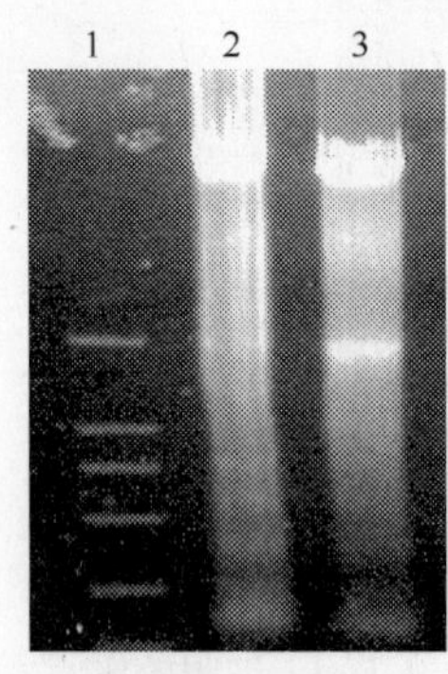

图 8.16 琼脂糖凝胶电泳示转染后细胞发生 DNA ladder 现象

1. DNA Marker DL2000；2. 转染 pcDNA3. 1/NT-GFP rLjGRIM-19 重组质粒 72 h 后的 HeLa 细胞发生细胞凋亡，DNA 发生断裂，呈 ladder 状；3. 转染 pcDNA3. 1/NT-GFP-rLjGRIM-19 重组质粒 72 h 后的 HepG2 细胞发生细胞凋亡，DNA 发生断裂，呈 ladder 状

8.5.2.3 重组质粒转染细胞的 Hoechst 染色结果

转染 HeLa 细胞的 Hoechst 染色结果如彩图 20 所示，彩图 20 中 C 为转染重组质粒 pcDNA3. 1/NT-GFP-rLjGRIM-19 的 HeLa 细胞，于转染后 72 h 细胞发生凋亡，染色质呈致密浓染状态，发出强烈蓝色荧光。

重组质粒转染 HepG2 细胞的 Hoechst 染色结果如彩图 21 所示，转染重组质粒 pcDNA3. 1/NT-GFP-rLjGRIM-19 的 HepG2 细胞，于转染后 72 h 细胞发生凋亡，染色质呈致密浓染状态，发出强烈蓝色荧光。

8.5.2.4 重组质粒转染 HeLa 与 HepG2 细胞的 DNA ladder 测定结果

转染重组质粒 pcDNA3. 1/NT-GFP-rLjGRIM-19 的 HeLa 和 HepG2 细胞，DNA ladder 的结果显示均出现细胞凋亡现象（图 8.16）。

8.5.3　讨　论

外源基因进入细胞主要有 3 种方法：电击法、磷酸钙法和脂质体介导法，但是由于前两者的效率低且伤害较大，所以现在除了对于一些特殊细胞系，一般的转染方法都利用脂质体。利用脂质体转染和其他方法一样，最重要的就是防治其毒性，因此脂质体与质粒的比例，细胞密度以及转染的时间长短和培养基中血清的含量都是影响转染效率的重要问题。已有众多的文献报道，脂质体本身会参与细胞生理活动，引起基因表达的上调或下调。例如，参与 PKC（蛋白激酶 C）通路调节、抑制 ATP 酶的活性、与线粒体膜发生作用、转染 siRNA 造成脱靶效应等。细胞毒性的大小往往意味着对细胞生理活动影响的大小，脂质体这些作用是造成细胞毒性的根本原因。虽然人们早已发现脂质体对细胞的毒性及研究的影响，但由于一直没有更好的方法尤其是更高效的转染方法代替脂质体，所以脂质体转染试剂一度应用非常广泛。

为了提高转染效率，在实验过程中，通过反复尝试摸索条件，得出了几点心得体会。

（1）细胞的状态：这点非常重要，不要急于求成，一定要让细胞处于最佳的生长状态。细胞复苏后的 3 代左右做，那时细胞状态最好，不要用传了很多代的细胞去做，细胞的形态都会发生变化。

（2）细胞的融合度：细胞的融合度必须要达到 90%才能做，细胞太少，不容易存活。

（3）加入无血清培养基后 5～6 h 更换完全培养基。无血清培养基培养时间过长，对细胞是有毒性的。

（4）转染的质粒一定纯度好、浓度高、无内毒素。

（5）48 h mRNA 表达最高；72 h 蛋白质表达最高。

另外在细胞培养过程中还有以下几个注意事项。

（1）操作前要洗手，进入超净台后手要用 75%乙醇或 0.2%新洁尔灭擦拭。试剂等瓶口也要擦拭。

（2）点燃酒精灯，操作在火焰附近进行，耐热物品要经常在火焰上烧灼，金属器械烧灼时间不能太长，以免退火，并冷却后才能夹取组织，吸取过营养液的用具不能再烧灼，以免烧焦形成碳膜。

（3）操作动作要准确敏捷，但又不能太快，以防空气流动，增加污染机会。

（4）不能用手触摸已消毒器皿的工作部分。

（5）瓶子开口后要尽量保持 45℃斜位，吸溶液的吸管等不能混用。

GRIM-19 还可通过与其他细胞因子相互作用来参与细胞的增殖、凋亡的调控过程。目前已发现与 GRIM-19 相互作用的细胞因子主要有 GW112、vIRF1 等。其中信号转导与转录激活因子 3 是一种癌基因，主要参与细胞因子和生长因子介导的信号传递，是 EGFR、IL、JAK、Src 等多个致癌性酪氨酸激酶信号通道汇聚的焦点，它在接受胞外刺激后，能调控 Cyclin D1、bcl-2 等靶基因转录，进而影响细胞增殖、分化和凋亡。在多种肿瘤细胞和组织中都有过度激活，如乳腺癌、卵巢癌、头颈部鳞状细胞癌、前列腺癌、恶性黑色素瘤、多发性骨髓瘤、淋巴瘤、脑瘤、非小细胞肺癌和各种白血病等的异常活化可以促进细胞的分化增殖，抑制细胞的凋亡，有利于肿瘤细胞的发生发展及耐化疗细胞株的出现。运用酵母双杂交法鉴定得出，GRIM-19 可与反式激活结构域 TAD 尤其是第 727 位丝氨酸残基进行特异性结合。GRIM-19 与共表达的在核周区形成聚合体。这种聚合体阻止在表皮生长因子（EGF）刺激下进行的核转位，从而抑制转录活性及其靶基因的表达，以及表达细胞株的细胞增殖。因此 GRIM-19 能够通过特异性抑制激活的转录而抑制肿瘤细胞生长并促进其发生凋亡；GW112 在消化系统肿瘤，如胰腺癌、胃癌、结肠癌中异常高表达，GW112 的表达可破坏 GRIM-19 对细胞凋亡相关基因的增量调节；vIRF1 与波氏肉瘤、原发性渗出性淋巴瘤的发生密切相关，vIRF1 可抑制 GRIM-19 在 IFN/RA 联合作用下诱导的细胞凋亡。NOD2 是一个哺乳动物的细胞质病毒识别分子，而且其突变体与 Crohn 疾病危险性有关。GRIM-19 通过与内生性 NOD2 相互作用，活化 NF-κB 介导细菌的胞壁酰二肽的识别。它还可控制病毒对肠的上皮细胞的侵犯，是 NOD2 介导的先天黏膜反应和调节肠黏膜上皮细胞对微生物的反应的关键成分。由此可见 GRIM-19 与其他因子相互作用并通过不同的途径促使细胞发生凋亡，是一种新的肿瘤抑制剂。

8.6　Grimin 多克隆抗血清的制取及效价测定

8.6.1　材料与方法

8.6.1.1　材　　料

pH 9.6 的碳酸盐缓冲液（0.035 mol/L $NaHCO_3$，0.01 mol/L $NaCO_3$）；洗涤液 pH 7.4 PBS（0.001 mol/L KH_2PO_4，0.02 mol/L Na_2HPO_4，0.14 mol/L NaCl，0.003 mol/L KCl，0.5 ml Tween20）；98% 浓硫酸；0.2 mol/L Na_2HPO_4；0.1 mol/L 柠檬酸；0.75% H_2O_2；TMB；封闭液（1%BSA，PBS 配制）；羊抗兔；免疫前血清；DMSO。

8.6.1.2　方　　法

Grimin 多克隆抗血清的制取：

将 Grimin 蛋白与弗氏佐剂混合免疫兔子，首免与弗氏完全佐剂混合，以后与弗氏不完全佐剂混合，采取皮下多点注射。四免后心脏取血制备抗血清即为 Grimin 多克隆抗体。

间接酶联免疫法（ELISA）检测多克隆抗体效价：

（1）取 96 孔板，按每孔 10 μg/ml 的比例将 Grimin 蛋白溶于 pH 9.6 碳酸盐溶液中后每孔加入 100 μl 进行包被；

（2）PBS 洗涤 3 次，每孔 100 μl，每次 3 min；

（3）加入封闭液封闭 1 h；

（4）PBS 洗涤；

（5）每孔加入 100 μl 梯度浓度兔血清［以 1∶2^n×100（n=0，1，2，…）进行浓度稀释］，37℃放置 1 h；

（6）PBS 洗涤 3 次；

（7）加二抗 1∶10 000 稀释，1 h 后 PBS 洗涤 3 次；

（8）加 TMB，每孔 100 μl，37℃，孵育 30 min；

（9）加入 50 μl 2 mol/L 硫酸；

（10）酶标仪 450 nm 进行检测。

所得结果都减去 PBS 对照值；免疫前后的血清加在一起取平均值即为标准值；大于这个数则有意义。

Grimin 抗体特异性检测：

根据抗原抗体反应，利用制取前后的血清进行免疫印迹反应检测多克隆抗血清的特异性。方法如前。

8.6.2　结　　果

1）ELISA 结果

ELISA 是一种免疫酶技术，特点是利用聚苯乙烯为量反应板吸附抗原抗体，使之固相化，免疫反应和酶促反应都在其间进行。其中酶促反应只进行一次，抗原抗体反应却可多次进行。利用 ELISA 测得免疫后兔抗 Grimin 血清效价为 1∶500。

2）特异性检测结果

利用免疫印迹反应根据抗原抗体特异性结合检查同前（图 8.17）。

8.6.3　讨　　论

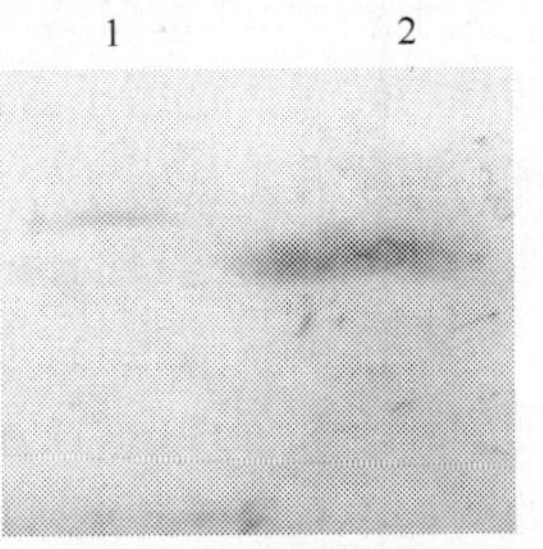

图 8.17　蛋白质印迹对 Grimin 抗体特异性检测

1. 免疫前血清；2. 免疫后血清

在前阶段工作获得具有生物活性的 Grimin 蛋白的基础上，继续进一步培养了人脐静脉内皮细胞 ECV304 及人白血病细胞 HL60，对 Grimin 蛋白抑制肿瘤细胞生长并诱导其发生凋亡的生物学活性进行了检测。

细胞凋亡（apoptosis）是指细胞在一定的生理或病理条件下，遵循自身的程序，自己结束其生命的过程。它是一个主动的，高度有序的，受基因调控并有一系列酶参与的过程。细胞凋亡与坏死（necrosis）的区别为：坏死是细胞受到强烈理化或生物因素作用引起细胞无序变化的死亡过程。表现为细胞胀大，胞膜破裂，细胞内容物外溢，核变化较慢，DNA 降解不充分，引起局部严重的炎症反应。而凋亡是细胞对环境的生理性病理性刺激信号，环境条件的变化或缓和性损伤产生的应答有序变化的死亡过程。细胞凋亡在不同的阶段会表现出相应的特征，包括DNA裂解为200 bp左右的片段，染色质浓缩，细胞膜活化，细胞皱缩，最后形成由细胞膜包裹的凋亡小体。

本实验针对细胞凋亡在不同的时期分别进行了细胞形态学、生物化学及分子生物学方面的检测。在细胞凋亡早期，位于细胞膜内侧的磷脂酰丝氨酸（PS）会迁移至细胞膜外测，一种钙依赖性的磷脂结合蛋白（Annexin V）与PS具有高度的结合力。因此，Annexin V可以作为探针检测暴露在细胞外测的磷脂酰丝氨酸。据此，将Annexin V标记上荧光素（如异硫氰酸荧光素FITC，绿色荧光），同时结合碘化丙啶（染色坏死细胞或晚期丧失细胞膜完整性的细胞，呈现红色荧光）进行凋亡细胞双染法后用流式细胞仪检测可以区分正常细胞、坏死细胞和凋亡细胞。细胞凋亡晚期，核酸内切酶（某些Caspase的底物）在核小体之间剪切核DNA，产生大量长度为180～200 bp的DNA片段。正常活细胞因为核酸酶处于无活性状态，而不出现DNA断裂，这是由于核酸酶和抑制物结合在一起，如果抑制物被破坏，核酸酶即可激活，引起DNA片段化（fragmentation)。针对这一现象的检测通常采用提取DNA ladder进行琼脂糖凝胶和溴化乙锭染色，在凋亡细胞群中可观察到典型的DNA ladder。形态学是鉴定细胞凋亡的最可靠的方法，主要是借助光学显微镜和电子显微镜对细胞或组织进行各种染色观察。实验中凋亡细胞经苏木素伊红染色后利用普通光学显微镜观察可以见到皱缩、脱落、体积变小、变形的现象，细胞膜完整但有发泡现象，凋亡晚期还可见凋亡小体。针对细胞核染色质染色本研究采用了常用的DNA特异性染料HO 33258（Hoechst 33258)，它与DNA的结合是非嵌入式的，主要结合在DNA的A-T碱基区，紫外光激发时发射明亮的蓝色荧光。利用荧光显微镜可以观察到细胞凋亡的状态主要分为3种：第一种是细胞核呈波纹状（rippled）或呈折缝样（creased)，部分染色质出现浓缩状态；第二种是染色质高度凝聚、边缘化；第三种为细胞核裂解为碎块，产生凋亡小体。经过以上实验检测能够充分表明Grimin蛋白具有抑制肿瘤细胞并诱导其发生凋亡的生物学活性。

关于Grimin蛋白诱导细胞凋亡的分子机制，我们认为是由于它能够特异性抑制信号转导与转录活化因子STAT3从而阻断了肿瘤细胞的信号转导途径。STAT3主要参与细胞因子和生长因子介导的信号传递，是EGFR、IL、JAK、Src等多个致癌性酪氨酸激酶信号通道汇聚的焦点，在多种肿瘤细胞和组织中都有过度激活，如乳腺癌、卵巢癌、头颈部鳞状细胞癌、前列腺癌、恶性黑色素瘤、多发性骨髓瘤、淋巴瘤、脑瘤、非小细胞肺癌和各种白血病等。STAT3的异常活化，可以促进细胞的分化增殖，抑制细胞的凋亡，有利于肿瘤细胞的发生、发展及耐化疗细胞株的出现。细胞因子与细胞表面相应的受体结合，会激活Jauns家族酪氨酸激酶（Jauns激酶），后者磷酸化受体胞质区的酪氨酸残基，使受体的构象发生改变，共同形成STAT3识别的SH2结构域，招募胞质中相应的STAT成员与之结合。在JAK激酶的作用下，结合的STAT3单体发生磷酸化并通过SH2区的相互作用而形成同源或异源的二聚体。激活的二聚体接着从受体上解离并转入细胞核内，识别并结合到靶基因DNA特异的反应元件，诱导抗凋亡基因Bcl-2和细胞周期控制基因cyclin s D1以及V EGF等基因表达。STAT成员完成特定的信号传递后，被一种未知的酪氨酸磷酸酶去磷酸化，并重新回到细胞质中。正常信号转导中 STAT 的激活快速而短暂。Bcl-2 是 Bcl-2 蛋白质家族的基本成员，这个家族是细胞凋亡关键的调节因子。Bcl-2 可分为 3 个亚族。①原生存亚族，即 Bcl-2 亚族：Bcl-2、Bcl-xl、KS-Bcl-2、Bcl-W、Mcl-1、BHRF-1、NR-13、DRF-16、LMN5-HL、AL、EIB-19 K、Ced-9。② Bax 亚族：Bax、Bak、Bok。③ BH3 亚族：Bik、Blk、Hlk、Hrk、BNIP3、Bim、Bid、EGL-1。Bcl-2 家族对细胞凋亡的调控主要取决于各成员间的相互作用，其成员间能组成同源或异源二聚体，形成相互制约、相互影响的细胞凋亡调控网络。实验证实，Bax 能以同源二聚体形式存在，也可以形成异源二聚体，当 Bax 同源二聚体形成时，便诱导细胞凋亡。随着 Bcl-2 蛋白表达量的上升，越来越多的 Bax 同源二聚体分离，与 Bcl-2 形成更牢固的 Bcl-2/Bax 异源二聚体，从而“中和”了 Bax/Bax 的诱导凋亡作用。可见在此过程中，Bax 是凋亡的最终导致者，这一模式可能是 Bcl-2 家族作用于凋亡过程的基本模式。同时 Bcl-2 家族蛋白还是细胞色素 c 释放的调节子，细胞色素 c 是重要的线粒体凋亡诱导蛋白，位于细胞线粒体内膜，遇凋亡刺激，从线粒体释放到细胞质或细胞核中，激活 caspase 或者抑制凋亡抑制蛋白，促进细胞凋亡。

本研究还对 Grimin 进行了脂质体包被的小规模实验，使其包被 Grimin 蛋白透过细胞膜脂质双分子层而进入到细胞内起作用，以未加蛋白质作用的细胞和仅加脂质体的细胞分别做对照；加入蛋白质和脂质体混合物的结果与对照相比；结果显示经过脂质体包裹的蛋白质作用的细胞出现明显的细胞凋亡，并且脂质体对细胞没有任何刺激作用，从而证明了可以利用脂质体包被作为药物剂型在抗肿瘤药物中加以应用。

8.7 结　　论

本实验成功地通过基因工程手段从日本七鳃鳗口腔腺中获取了 Grimin 基因后对其进行了表达、纯化、变性、复性，获得了具有生物活性的蛋白质，并较为系统地对 Grimin 的相关生物学活性进行了初步研究。①本实验成功地表达了日本七鳃鳗 Grimin 基因，纯化后所得蛋白质浓度为 1.2 mg/ml；②对表达所得的包含体形式的蛋白质产物进行透析复性得到了具有生物活性的蛋白质，复性率为 80%；③利用 MTT 实验检测了 Grimin 蛋白呈剂量依赖性方式对人脐静脉内皮细胞 ECV304 及人白血病细胞 HL60 进行作用；④从细胞形态学、生物化学和分子生物学方面进行实验证明了 Grimin 蛋白能够诱导肿瘤细胞发生凋亡。这些实验结果都为 Grimin 作为一种肿瘤细胞抑制剂和死亡催化剂的潜在应用价值提供了基础依据。

9　重组日本七鳃鳗口腔腺分泌 L-250 蛋白基因克隆及 HRF 活性鉴定

9.1　引　言

受翻译调节的肿瘤蛋白（translationally controlled tumor protein，TCTP）是一种高度保守、大量表达的真核蛋白家族。最初由 Brawerman 在小鼠艾氏腹水肿瘤细胞中发现，并且认为它是与生长发育相关的蛋白质。一些研究翻译控制基因的学者也称其为 Q23、P21 或 P23。Gross 基于它能在翻译水平上调节而称它为 TCTP。可是从其后来发现的活性来看，translationally controlled tumor protein 这一英文名称并不十分恰当，尽管它在肿瘤中的表达水平较高，但它与肿瘤的关系也并不是很直接，并不是一种肿瘤特异性蛋白。但目前还没有更好的名字，故还在沿用。大量的研究显示，TCTP 不仅存在于肿瘤细胞中，也存在于菌类、酵母、昆虫、植物和除肾细胞外的哺乳动物组织正常细胞中。而且发现在从植物到动物的各类细胞中，TCTP 都具有广泛的、高度的同源性和保守性。在进化中高度的序列保守性表明 TCTP 在生物体中可能具有十分重要的生物学功能。TCTP 在 500 多个组织和细胞类型中表达。同时，它也逐渐受到越来越多研究人员的关注。

TCTP 是一种多功能细胞因子，参与细胞周期调控，使金属内环境稳定，是热稳定蛋白质，具有钙结合和使微管稳定的结构域，刺激嗜碱性粒细胞释放组胺和产生白细胞介素。体内注射 TCTP 还可诱生嗜酸性粒细胞，提示 TCTP 在丝虫患者过敏性炎症反应中具有重要作用。它也可作为 B 细胞生长因子，并且疟原虫 TCTP 能与抗疟药物青蒿素相结合。此外，TCTP 还能与 Na、K-ATP 酶 α 亚基相互作用，具有抗凋亡特性，是肿瘤逆转的靶标。有研究显示，该蛋白质在 G93-SOD1 转基因鼠中具有较高的特异性羰基水平，提示 TCTP 的氧化修饰在肌萎缩性（脊髓）侧索硬化（ALS）类神经退行性疾病中具有重要作用。最近，Ya-Chieh Hsu 等对果蝇 TCTP 的研究发表于 *Nature* 杂志上，使 TCTP 再次受到广泛的关注，结节性硬化症 TSC 是一种良性肿瘤综合征，它是由 TSC1 或 TSC2 肿瘤抑制基因突变引起的。TSC 通路的活化是由 Rheb 介导的，Rheb 是 Ras 超家族 GTP 酶。Ya-Chieh Hsu 等以果蝇作为模式生物研究 TCTP 在体内的功能，他们确定 TCTP 是 Rheb 的直接调控子，可作为结节性硬化症潜在的治疗靶点。

尽管目前我们对 TCTP 已经有了一定的认识，但是它具体的生物学功能还有待进一步研究阐明。

9.1.1　TCTP 的空间结构特点

TCTP 是一类分子质量为 18～20 kDa 的亲水蛋白，与其他任何蛋白质家族均未显示出明显的序列相似性。该家族的蛋白质基本上都具有两个特征结构区，即 TCTP-1（---N--S--E---）和 TCTP-2[-x(4)---G-E-x(4,7)---x---x(3)-]，这两个区在物种间均具有高度的序列同源性。Craven 等通过对粟酒裂殖酵母（*Schizosaccharomyces pomb*）TCTP，即 p23fyp 的三维结构进行分析，发现除高度易变且无序的 Gly40～61 区外，其他的空间结构区均比较明确。p23fyp 结构由 4 个 β 折叠片（分别为 A、B、C、D）和 3 个主要螺旋 H1、H2、H3 以复杂的拓扑结构连接在一起。最重要的一个特点就是四链的 A 折叠片对着三链的 B 折叠片的一面和小 H1 螺旋，H3 螺旋与 A 折叠片的反面相对，使大量亲水表面暴露在溶液中。H2 螺旋紧邻形成 α 螺旋发夹结构的 H3 螺旋，A 折叠片、B 折叠片之间夹着 Ile8-Asp11 和 Lys160-Leu163 loop 环以及 Ser135-Val142 不规则区形成“三明治”结构，双链 C 折叠片从由其他蛋白质形成的核心球状结构中突出，链的末端锚定到易变环 Gly40-Gly61 区。A 折叠片的延伸部分与 Tyr131 和 Val134 相互交错形成 D 折叠片，紧邻 A 折叠片两面的结构元件形成两个疏水核心。进一步研究发现 TCTP 与 Mss4/Dss4（mammalian suppressor of Sec4）在结构上惊人的相似，TCTP 与 Mss4/Dss4 蛋白家族构成结构超家族。

具有相似结构的蛋白质很可能具有相同或相似的功能。Mss4 具有鸟苷酸交换因子（guanine nucleotide exchange factor，GEF）功能，有助于 Rab 蛋白上 GDP 和 GTP 相互转换。Rab 具有分子开关的作用，结合 GDP 失活和 GTP 激活，调节 SNARE 复合体的形成，从而促进和调节运输小泡的停泊与融合。但 Mss4 并不是 Rab 活化的直接原因，而是作为伴侣蛋白样的因子在其瞬间无鸟苷酸状态时起稳定 Rab 的作用，因而又被称作无鸟苷酸伴侣蛋白（guanine nucleotide-free chaperone protein，GFC）。TCTP 家族中有 9 个残基是完全保守的，主要集中在 Glu12、Leu74 和 Glu134 残基所在的区，而该区与 Mss4 中 Rab 蛋白 Sec4 结合表面相对应，这也暗示着 TCTP 可能具有与之类似的功能。

9.1.2　TCTP 合成的调控

随着对 TCTP 研究的不断深入，越来越多的人对它产生了浓厚的兴趣。受翻译调节的肿瘤蛋白，顾名思义，其合成和表达是受翻译控制的。然而，不容忽视的是，它的表达同样也受到转录水平的调节。有研究显示，钙在转录水平和转录后水平调节 TCTP 的表达，减少内质网中钙量能诱导 TCTP 基因转录，提高胞内游离钙浓度在转录后水平增强 TCTP 表达。

关于 TCTP 的翻译调节机制，主要有两种解释，一种认为 TCTP mRNA 的翻译与帽结合蛋白 eIF4E 有关。eIF4E 被认为是最重要的翻译起始因子，是调控蛋白质合成的中心，磷酸化使蛋白质合成增加，去磷酸化使蛋白质合成减少。eIF4E 的活性同样也影响着 TCTP mRNA 的翻译，它的磷酸化和过表达，也有利于 TCTP 的合成。

随后，Bommer 等通过实验提出另一种观点，TCTP mRNA 可能存在着另外的翻译调节机制：TCTP 的 mRNA 能激活双链 RNA 依赖的蛋白激酶（dsRNA-dependent protein kinase，PKR）。TCTP mRNA 具有形成强二级结构的潜力，它能够激活 PKR，同时，活化的 PKR 又抑制 TCTP mRNA 的表达，即 TCTP mRNA 既活化 PKR，又受这一激酶的翻译抑制，TCTP 是一个受翻译过程所阻遏的蛋白质。

9.1.3 TCTP 的生物学特性及功能

尽管 TCTP 普遍存在并且大量表达，但是对于它确切的生物学功能，人们了解的还不是很清楚。到目前为止，人们发现的 TCTP 的特点及研究较多的关于 TCTP 的生物化学特性主要有以下几个方面。

1）与钙离子结合

TCTP 具有多种生物学功能，钙结合活性就是这一蛋白质家族的主要特征之一。通过对大鼠 TCTP 的研究确定了 TCTP 的钙结合位点，大鼠 TCTP 由 172 个氨基酸组成，其中 81～112 氨基酸残基所在的区域能与钙结合，该区是由与螺旋相邻的无规则卷曲区构成，虽与钙结合，但却没有像 EF-手、CaLB 之类的钙结合模体，与其他已知的钙结合蛋白家族并不具有序列同源性，提示 TCTP 可能是钙结合蛋白（calcium binding protein，CBP）家族中一个新的成员，它能协助 Ca^{2+} 完成多种生理功能。例如，胎儿的生长和发育取决于胎盘钙的运输，2005 年，Arcuri 等采用蛋白质印迹、RT-PCR、免疫组织化学和 siRNA 技术首次证明：人类的胎盘中表达 TCTP，在妊娠初期 3 个月的细胞滋养层和合体滋养层中存在 TCTP，随着时间的增长表达量也明显增强，并在后 3 个月中达到最高，它是人胎盘中一种新的钙结合蛋白，在胚胎滋养层细胞中调节钙的吸收，对胎盘中钙的运输起直接作用。

2）与微管蛋白结合

TCTP 参与了对细胞周期的调控。受翻译调节的肿瘤蛋白 P23 具有微管结合蛋白特性，P23 是一种细胞质蛋白，以 100～150 kDa 复合物的形式存在。从 HeLa 细胞中抽提的 P23 的一部分能与抗微管结合蛋白抗体发生免疫沉淀反应。通过免疫定位实验发现，P23 在细胞周期的 G_1 期、S 期、G_2 期和 M 早期均与微管有联系。在细胞分裂中期，与有丝分裂纺锤体结合，在由分裂中期向后期过渡中，P23 与纺锤体分离。突变分析表明，P23 的微管结合区域与微管相关蛋白 MAP-1B 的一部分相似。P23 过表达导致细胞生长阻滞和细胞形态学变化，而且提高 P23 的水平会导致微管重组，使微管数量增加、稳定性增强。

进一步研究发现，TCTP 作为底物与 Plk（polo-like kinase）相互作用，体内体外实验证明，Plk 磷酸化 TCTP 两个 Ser 残基（Ser46 和 Ser64），而且这种磷酸化作用会降低 TCTP 的微管稳定活性，使微管运动性增强，从而调节细胞分裂后期的进程。

3）作为翻译负调控因子

eEF1A 是蛋白质翻译延长因子，是一种在蛋白质合成过程中起核心作用的蛋白质，eEF1B 有 3 种形式，分别为 α、β 和 γ，它是 eEF1A 的鸟苷酸交换因子（guanine nucleotide exchange factor，GEF），能催化 GDP 与 GTP 的交换。有研究显示，eEF1A 与 eEF1Bβ 都能与 TCTP 相互作用，TCTP 优先结合并稳定 eEF1A-GDP，削弱 eEF1Bβ 催化的 GDP 交换反应，提示 TCTP 具有鸟苷酸解离抑制因子（guanine nucleotide dissociation inhibitor，GDI）活性，在蛋白质的翻译过程中，它是一个负调控因子。

4）作为 IgE 依赖性组胺释放因子

TCTP 又称为组胺释放因子（histamine-release factor，HRF），被认为在慢性过敏性疾病中起重要作用。MacDonald 等于 1995 年首次发现了 TCTP 的细胞外生物学功能。他们通过对过敏患者体液中和遗传过敏症儿童淋巴细胞中存在的 IgE 依赖性组胺释放因子进行氨基酸末端序列分析，发现 HRF 与小鼠和人的受翻译调节的肿瘤蛋白具有同源性，TCTP 能刺激人嗜碱性粒细胞释放组胺。后来的研究发现，人血吸虫和疟原虫等多种寄生虫也可分泌 TCTP 至宿主细胞中，刺激宿主细胞释放组胺，从而影响宿主的免疫应答，引起炎症反应。

TCTP 被认为是一种分泌蛋白，通过释放组胺参与炎症反应，它究竟是通过什么样的机制被运输到细胞外并行使其功能的呢？Amzallag 等通过酵母双杂交实验发现，TSAP6，这一 P53 诱导的具有 5 或 6 个跨膜区的跨膜蛋白能与 TCTP 相互作用，TSAP6 持续的过表达会导致内生和外生表达的 TCTP 分泌的增强，TSAP6 可以促进 TCTP 的分泌。

TCTP 作为组胺释放因子，除刺激组胺的释放外，亦可促进嗜碱性粒细胞分泌 IL-4、IL-13，刺激嗜酸性粒细胞分泌 IL-8 等促炎性细胞因子，其中 IL-8 在支气管哮喘等变应性疾病中具有作用。

5）作为肿瘤逆转的靶标

TCTP 是肿瘤逆转的靶标。Tuynder 等在肿瘤逆转实验中发现，TCTP 具有最明显的差异表达，在 U937 细胞逆转中下调，通过反义 cDNA 或 siRNA 干涉抑制 TCTP 表达，会导致肿瘤恶性表型的抑制和细胞重组。之后，Tuynder 等对 TCTP 又做了进一步研究，通过使用 H1 细小病毒作为选择性介质，从 3 种主要的实体癌——结肠、肺和黑素瘤细胞系中获得逆转细胞，这些细胞在体内和体外都抑制恶性表型。用反义 TCTP 转染 v-src-转化的 NIH3T3 细胞，发现抑制 TCTP 的表达能诱导恶性表型的转变。TCTP 对肿瘤细胞增殖和凋亡的双重作用以及在逆转的肿瘤细胞中的强烈下调，使其有望成为肿瘤生物学治疗的一个理想的靶标，具有潜在的应用价值。

此外，TCTP 还可作为青蒿素类抗疟药物的受体蛋白。Efferth 发现，疟原虫 TCTP 是青蒿素和它在疟原虫中的衍生物 1,2,4-三氧杂环已烷的靶蛋白。

6）作为抗凋亡蛋白

TCTP具有抗凋亡特性。Mcl-1属于关键的细胞死亡调节因子Bcl-2蛋白家族成员，在动物的发育中起重要的作用。Mcl-1通过避免细胞发生凋亡而维持细胞的存活。Liu等通过研究发现，TCTP可通过调节Mcl-1蛋白的稳定性进而增强它的抗凋亡活性。这一结果与Zhang的报道相符。与之不同的是，Zhang的研究认为，Mcl-1是作为TCTP的伴侣分子而起作用，而Liu等则认为，TCTP结合到Mcl-1上并调节Mcl-1的稳定和抗凋亡活性。此外，Liu等还证明，TCTP是通过泛素依赖的蛋白酶降解途径（ubiquitin-dependent proteasome degradation pathway）阻止Mcl-1降解，从而使其稳定。

最近，有研究发现，受翻译调节的肿瘤蛋白的N端区是其抗凋亡活性的必需区域。Bcl-xl作为凋亡负调蛋白，对于维持细胞生存具有重要作用。Yang等采用酵母双杂交筛选发现，Bcl-xl能与TCTP相互作用，GST-沉淀、免疫共沉淀、亚细胞定位等分析也确定了这一现象的存在。并且进一步证明，TCTP的N端区是使TCTP具有抑制凋亡特性所必需的结构，它和Bcl-xl的BH3结构域相互作用。另外，TCTP在Jurkat T细胞中抑制由紫杉酚诱导的凋亡，Yang由此推测，TCTP可能通过防止Bcl-xl磷酸化来抑制T细胞凋亡。TCR和CD28共刺激介导的T细胞活化中，TCTP与Bcl-xl量同时上调，暗示二者可能共同维持活化的T细胞存活。

9.1.4 非哺乳动物TCTP的研究

从1988年最先得到鼠TCTP cDNA到1989年对人TCTP的报道，虽然已经有30多种完整的TCTP cDNA陆续被发现，但在非哺乳脊椎动物中TCTP的研究却很匮乏。而TCTP在后生动物中也是一种普遍存在并且大量表达的蛋白质，为了更好的了解TCTP在非哺乳动物中的功能，Venugopal从一种硬骨鱼*Labeo rohita*（rohu）中分离出cDNA编码的完整的TCTP。rohu TCTP由1043个核苷酸编码，171个氨基酸组成，并且在除脑组织以外的所有器官中均被表达。受翻译调节的肿瘤蛋白由TPT1基因（肿瘤蛋白翻译调节因子1）编码，现已获得人、小鼠、大鼠和兔4种哺乳动物TPT1基因的基因组结构，TPT1基因定位于13q12～q14。由5个内含子和6个外显子组成，全长3819个核苷酸，所有内含子/外显子区域均遵循GT/AT原则。由于3′UTR长度的差异，在兔和人等哺乳动物中TPT1基因转录成两个mRNA，但rohu TCTP仅有一种mRNA，硬骨鱼是最古老的后生动物，并且鱼是兔和人等哺乳动物的祖先，Venugopal认为出现两个mRNA可能是由于在脊椎动物进化后期出现了基因组复制。另外，鱼TCTP mRNA的二级结构表明它可能是RNA特异性蛋白激酶PKR的作用底物。解析得到rohu鱼TCTP的三维结构，这在硬骨鱼此类蛋白研究中尚属首例。系统发育分析表明，动植物TCTP序列保守的系统发育簇与真核类的相一致，提示在真核细胞进化中，TCTP的直向同源基因起源于1.0×10^9年前。

9.1.5 日本七鳃鳗口腔腺分泌 TCTP 的研究

日本七鳃鳗属于圆口纲、七鳃鳗目、七鳃鳗科、七鳃鳗属，是一种现存的，没有上下颌的低等脊椎动物，在进化上因连接着脊椎动物与无脊椎动物而具有极高的研究价值。变态后的成体在海水中营半寄生生活，以其特有的口吸盘吸附在其他鱼类躯体上，以舌面的角质齿扎破鱼体，通过舌部有节奏的锉动及口吸盘所产生的负压力脉冲，七鳃鳗能够将宿主的血液吸到口腔中，靠吸食其血肉生存，并使宿主流血不止。与其他吸血动物一样，日本七鳃鳗具有与其吸血生活相适应的形态结构，即在它头部鳃下肌中有一对特殊的腺体——口腔腺，日本七鳃鳗的这种特有的生活习性提示在其口腔腺中存在某种抗凝机制。

哺乳动物血管内壁主要存在两种抗凝机制，分别为蛋白酶类凝血抑制机制和抗凝血酶Ⅲ（antithrombin Ⅲ，AT Ⅲ）为首的蛋白酶抑制剂类抑制机制。其中组织因子途径抑制物（tissue factor pathway inhibitor，TFPI）属蛋白酶抑制物类抗凝物质。在蛋白酶类凝血抑制机制中，蛋白质 C 起主要作用。蛋白质 C（PC）为丝氨酸蛋白酶，是由肝脏分泌的一种生理性抗凝剂，它以酶原形式存在于血浆中，蛋白质 C 在自然状态下是无活性的，凝血酶可特定地从蛋白质 C 高分子链的 N 端将其分解成为一个由 12 个氨基酸组成的活性多肽，即成为激活的蛋白质 C（activated protein C，APC）。APC 通过使已活化的Ⅷ因子、Ⅴ因子等凝血因子灭活，从而抑制凝血过程。然而，凝血酶对蛋白质 C 的激活是相当慢的，凝血酶只有与存在于内皮细胞膜表面的血栓调节蛋白，又称为凝血酶调节素（TM）形成复合物后，才能有效地激活蛋白质 C，使其活性增强 1 万～2 万倍。凝血酶调节素是内皮细胞膜上的凝血酶受体之一，可与凝血酶可逆结合，结合后的凝血酶其促凝活性，如激活血小板的能力、促进纤维蛋白形成的能力及激活 FⅤ、FⅧ的能力等均明显降低或丧失，却大大加强了凝血酶激活蛋白质 C 的作用。因此，凝血酶调节素是使凝血酶由促凝转向抗凝的重要的血管内凝血抑制成分。

受翻译调节的肿瘤蛋白具有多种细胞内和细胞外生物学活性。1995 年 MacDonald等首次发现了受翻译调节的肿瘤蛋白家族的细胞外生物学功能，通过对过敏患者体液中和遗传过敏症儿童淋巴细胞中存在的 IgE 依赖性组胺释放因子进行氨基酸末端序列分析，发现组胺释放因子与小鼠和人的翻译控制肿瘤蛋白具有同源性，TCTP 能够刺激人嗜碱性粒细胞释放组胺，人血吸虫和疟原虫等多种寄生虫可分泌 TCTP 至宿主血液中，刺激宿主细胞释放组胺，从而影响宿主免疫应答。此外，组胺还能引起血管扩张，增强局部血流；使血管内皮细胞表面凝血酶调节素 TM 的表达增高，它一方面能与凝血酶结合，降低其活性；另一方面能够活化蛋白质 C，活化的蛋白质 C 能够阻碍凝血因子Ⅹa 与血小板的结合，并刺激纤溶酶原激活物的释放而促进纤维蛋白溶解，还能在其辅因子蛋白质 S（存在于血管内皮细胞或血小板膜上的一种蛋白质）的作用下灭活凝血因子Ⅴa 和Ⅷa，这三条通路最终都能够引起抗凝血反应的发生。

海洋天然活性成分的研究是海洋药物开发的基础和源泉。不少海洋天然活性成分含量低，原料采集困难，限制了该化合物进行临床研究和产业化。寻找经济的、人工的、对环境无破坏的药源已成为海洋药物开发的紧迫课题。而采用生物工程方法进行化合物的合成便是解决药源问题的一个重要手段。本研究首次发现了存在于日本七鳃鳗口腔腺中的 TCTP 模体蛋白新基因，并将其命名为 L-250，而且本实验日本七鳃鳗口腔腺中 TCTP 模体蛋白 L-250 具有组胺释放因子活性，能够刺激嗜碱性粒细胞释放组胺，而组胺可引发一系列抗凝血级联反应的发生，这为解释日本七鳃鳗特有的吸血生活习性提供了一定的理论依据，同时提示 L-250 蛋白将在临床抗凝治疗方面具有潜在的应用价值。

9.2 日本七鳃鳗口腔腺分泌 L-250 蛋白的基因克隆

9.2.1 材料和方法

9.2.1.1 材　料

新鲜的口腔腺分泌物取自 12 月中下旬黑龙江省松花江流域同江地区洄游日本七鳃鳗，总 RNA 提取用的 Trizol 试剂购自 GIBCO BRL，PCR Fragment Recovery Kit，质粒提取试剂盒，RT-PCR 试剂盒，内切酶 *Nde* Ⅰ和 *Hin*d Ⅲ均购自宝生物工程（大连）有限公司，质粒 pET23b 与克隆菌 DH5α 由本实验室保存，酵母提取物、蛋白胨-Y 分别购于 OXID，BIO Basic Inc 公司。

主要仪器：PCR 仪（TaKaRa），手掌离心机 LX-100，高速台式冷冻离心机（Biofuge Stratos Heraeus），气浴恒温振荡器（江苏省金坛市医疗仪器厂），洁净工作台 1671-CHA。

9.2.1.2 方　法

引物设计：

对日本七鳃鳗口腔腺 cDNA 文库 1323 条有效 EST 序列进行分析，发现一条能够翻译 TCTP 模体的可读框，据此设计引物如下。

P1：5′-XXcatatgatcatctacaaggacatcctc-3′；

P2：5′-XXaagcttgcatttctcaatttccaggcc-3′。

总 RNA 的提取：

采用 GIBCO BRL 的 Trizol 试剂。具体如下：

(1) 取日本七鳃鳗口腔腺迅速置于液氮中研磨；

(2) 称取 0.2 g 腺体组织及分泌物，加 1 ml Trizol 试剂制备匀浆，4℃孵育 5 min；

(3) 加 0.2 ml 氯仿，盖紧盖后用力振摇 15 s，然后置于冰上 5 min；

(4) 4℃，12 000 *g*，离心 15 min；

(5) 将上层水相移入另一离心管，加 0.5 ml 异丙醇，并在冰上孵育 10 min；

(6) 4℃，12 000 *g*，离心 15 min；

(7) 弃上清液，在沉淀（含 RNA）中加 1 ml 75%乙醇洗涤，旋涡混匀；

(8) 4℃，10 000 *g*，离心 5 min，得到 RNA 沉淀；

(9) 空气干燥后，用适量 TE 或无 RNase 水溶解备用。

逆转录-聚合酶链反应（RT-PCR）：

本实验提取日本七鳃鳗口腔腺组织总 RNA，并以其为模板采用 Oligo dT 或随机引物利用反转录酶（RNase）反转录成 cDNA（反应体系见表 9.1）；再以 cDNA 为模板，根据前期构建的 cDNA 文库、EST 数据库中获得的 L-250 蛋白生物学信息，自行设计引物进行 PCR 扩增（反应体系见表 9.2），以获取日本七鳃鳗口腔腺 L-250 蛋白的cDNA。

表 9.1　反转录反应体系

反应组分	用量 /μl	反应组分	用量 / μl
$MgCl_2$	4	反转录酶	1
10×RNA PCR 缓冲液	2	特异性下游引物	1
不含 RNase 的 dH_2O	8.5	总 RNA	1
dNTP 混合物	2	合计	20
RNase 抑制剂	0.5		

按以下条件进行反转录反应：42℃ 20 min，99℃ 5 min，5℃ 5 min。

表 9.2　基因克隆 PCR 反应体系

反应组分	用量 /μl	反应组分	用量 / μl
10×RNA PCR 缓冲液	5	P2	1
dNTP 混合物	4	TaKaRa *Taq* 酶	0.25
模板 cDNA	100	dH_2O 补齐至	50
P1	1		

反应条件：94℃预变性 2 min 后，94℃变性 45 s，55℃复性 45 s，72℃延伸 45 s，30 个循环。之后 72℃延伸 6 min。

目的片段与载体相连并进行筛选。

将获取的目的 cDNA 与 pET23b 载体相连接，转化入克隆菌 DH5α 后进行阳性转化子的筛选鉴定；为产生带有组氨酸标签的融合蛋白，选择 pET23b(+) 作为基因克隆的载体，克隆具体操作如下。

(1) 目的基因的回收与测序：目的基因的回收采用 TaKaRa PCR Fragment Recovery Kit 进行。对回收 DNA 进行测序，此项工作由宝生物工程（大连）有限公司完成。

(2) 质粒的提取：采用宝生物工程（大连）有限公司的质粒提取试剂盒进行，具体如下。

①LB（Amp^+）液体培养基培养含有 pET23b 质粒的大肠杆菌 DH5α。②集菌：取 1.5 ml 菌液，5000 r/min 离心 5 min，重复 4 次，弃上清液。③用 250 μl 溶液Ⅰ充分悬浮细菌沉淀。④加入 250 μl 溶液Ⅱ，轻轻地上下翻转混合五六次，使菌体充分裂解，

形成透明溶液，此步不宜超过 5 min。⑤加入 400 μl 4℃预冷的溶液Ⅲ，轻轻地上下翻转五六次，直至形成坚实凝集块，室温静置 2 min。⑥室温 12 000 r/min 离心 5 min，取上清液。⑦将试剂盒中的旋转柱置于收集管上。⑧将上述操作⑥的上清液移至旋转柱中，3600 r/min 离心1 min，弃滤液。⑨将 500 μl 的 Rinse A 加入旋转柱中，3600 r/min 离心 30 s，弃滤液。⑩将 700 μl 的 Rinse B 加入旋转柱中，3600 r/min 离心 30 s，弃滤液。⑪重复操作⑩，之后 12 000 r/min 离心 1 min。⑫将旋转柱安置于新的 1.5 ml 的离心管上，在旋转柱膜的中央处加 60 μl 的水或洗脱液，室温静置 1 min。⑬12 000 r/min离心 1 min，洗脱 DNA。

(3) 目的基因 DNA 片段与载体 pET23b 的连接：由于所设计的引物分别带有 NdeⅠ和 Hind Ⅲ酶切位点，而这两个酶切位点也是 pET23b 的多克隆位点，这使得将目的基因 DNA 片段与载体 pET23b 的连接成为可能。

(4) 将连接产物 $CaCl_2$ 法转化至克隆菌 DH5α 中。具体方法如下。①将宿主菌 *E. coli* DH5α 接种于 LB（Amp^-）培养基中过夜。②取部分上述菌液移至 50 ml LB 三角瓶中，37℃ 300 r/min 强烈振荡培养 3 h，使细菌浓度达到 5×10^7 个细胞/ml。此时细菌的 OD_{600}一般为 0.2～0.3，为对数生长期或对数生长前期。③培养物于冰上放置 10 min，然后转到两个 50 ml 离心管中，4000 r/min 4℃离心 10 min。④弃上清液，倒置离心管 1 min，流尽剩余液体，然后加入 5 ml 用冰预冷的 0.1 mol/L 的 $CaCl_2$ 溶液致敏悬浮细胞，置于冰上 10 min。⑤4000 r/min 4℃离心 10 min 回收细胞，弃上清液，每 25 ml的原培养物再加入 2 ml 冰冷的 0.1 mol/L 的 $CaCl_2$ 溶液，悬浮细胞，置于冰上 3 h。⑥按每份 200 μl 分装细胞。⑦加 10 μl 含 40 ng DNA 的溶液至 200 μl 感受态细胞中，温和混匀。⑧42℃热激 90 s，迅速放回冰中，将细胞冷却 1～2 min 后，加入800 μl LB（Amp^-）培养基，37℃ 225 r/min 振荡培养细菌 45～90 min，让细菌的质粒表达抗生素抗性蛋白。⑨取 100 μl 转化产物铺于 90 mm 的 LB（Amp^+）琼脂平板上，室温放置 20～30 min，待溶液被琼脂吸收后，倒置平皿于 37℃ 培养 12～16 h。⑩待 LB（Amp^+）琼脂平板上长出菌落后进行阳性转化子的筛选鉴定。

(5) 阳性转化子的筛选鉴定：从平板上选取菌落，提取质粒，并采用NdeⅠ/Hind Ⅲ双酶切法进行阳性转化子的筛选鉴定。

9.2.2 结　　果

1）RT-PCR 结果

根据 L-250 候选基因自行设计引物，进行 RT-PCR 反应，以获得的 cDNA 为模板进行 PCR 扩增，获得了预期的长度为 519 bp 的目的基因。

2）阳性转化子筛选和双酶切鉴定

重组质粒转化至 DH5α 后，涂布平板过夜培养菌体，挑选菌落，提取质粒，进行琼脂糖凝胶电泳，获得了预期的 pET23b-L-250 目的基因。

对获得的阳性菌提取质粒后进行 *Nde* Ⅰ/*Hind* Ⅲ双酶切鉴定，能酶切下来的 519 bp 基因产物的质粒确定为阳性克隆质粒，将其命名为 pET23b-L-250（图 9.1）。

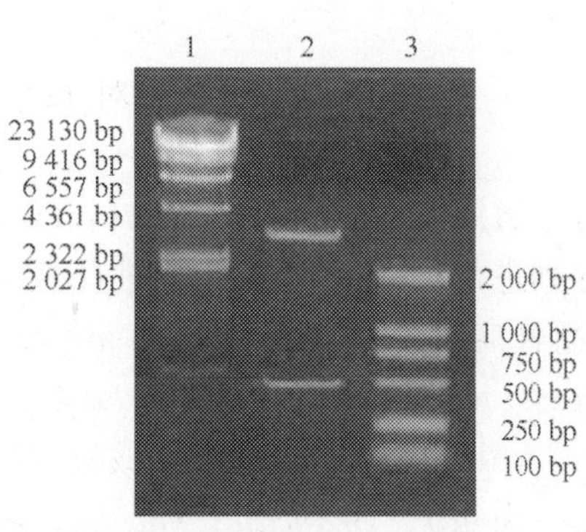

图 9.1 *Nde* Ⅰ/*Hind* Ⅲ 双酶切
1. λ-*Hind* Ⅲ DNA Marker；2. 双酶切重组质粒 pET23b-L-250；3. DNA Marker DL2000

9.3 TCTP 的生物信息学分析

翻译控制肿瘤蛋白（TCTP）是一类广泛存在于动物、植物及酵母中的、在进化上高度保守、与其他任何蛋白家族均未显示出明显的序列同源性的蛋白质。采用生物信息学的方法和工具对 TCTP 蛋白相应的氨基酸序列的理化性质、结构特征、功能及系统演化关系等进行预测和分析，以期为该蛋白质的进一步研究提供一定的理论依据。

9.3.1 对 TCTP 蛋白系统演化关系进行分析

9.3.1.1 对 rLj-TCTP 氨基酸序列的同源性分析

运用 WU-Blastn 程序对 TCTP 氨基酸序列进行同源性分析（图 9.2，仅列出前 13 条同源性序列），结果显示 TCTP 蛋白与其他物种的翻译控制肿瘤蛋白（TCTP）同源性较高。

DB:ID	Source	Length	Score	Identity%	Positives%	E()
UNIPROT:TCTP_BOVIN	Translationally-controlled tumor protein (TCTP).	172	639	67	85	2.5e-61
UNIPROT:TCTP_HUMAN	Translationally-controlled tumor protein (TCTP) (p23) (Histamine- releasing factor) (HRF) (Fortilin).	172	638	67	85	3.2e-61
UNIPROT:TCTP_PANTR	Translationally-controlled tumor protein (TCTP).	172	638	67	85	3.2e-61
UNIPROT:TCTP_PIG	Translationally-controlled tumor protein (TCTP).	172	638	67	85	3.2e-61
UNIPROT:B2R7E5_HUMAN	cDNA, FLJ93407, Homo sapiens tumor protein, translationally-controlled 1 (TPT1),mRNA (Tumor protein, translationally-controlled 1, isoform CRA_b).	172	638	67	85	3.2e-61
UNIPROT:Q5W0H4_HUMAN	Tumor protein, translationally-controlled 1.	188	638	67	85	3.2e-61
UNIPROT:TCTP_CHICK	Translationally-controlled tumor protein (TCTP) (p23) (pCHK23).	172	629	66	83	2.9e-60
UNIPROT:TCTP_LABRO	Translationally-controlled tumor protein (TCTP).	171	629	69	81	2.9e-60
UNIPROT:B0FJL6_CAVPO	TPT1.	172	628	66	84	3.6e-60
UNIPROT:TCTP_RABIT	Translationally-controlled tumor protein (TCTP).	172	624	65	84	9.7e-60
UNIPROT:TCTP_DANRE	Translationally-controlled tumor protein (TCTP).	171	623	68	81	1.2e-59
UNIPROT:TCTP_MOUSE	Translationally-controlled tumor protein (TCTP) (p23) (21 kDa polypeptide) (p21).	172	621	65	84	2.0e-59
UNIPROT:TCTP_RAT	Translationally-controlled tumor protein (TCTP) (Lens epithelial protein).	172	621	65	84	2.0e-59

图 9.2 运用 WU-Blastn 程序对 TCTP 氨基酸序列进行同源性分析结果

9.3.1.2 对 rLj-TCTP 的氨基酸的分子进化分析

运用 mega 3.0 软件将 rLj-TCTP 蛋白的氨基酸序列与其他 16 个代表物种的氨基酸序列进行比较，建立分子进化树（图 9.2 和图 9.3），包括 *Plasmodium falciparum*（恶性疟原虫）、*Leishmania major*（利什曼原虫）、*Saccharomyces cerevisiae*（baker's yeast）（毕氏酵母）、*Caenorhabditis elegans*（秀丽杆线虫）、*Anopheles gambiae*（african malaria mosquito）（按蚊）、*Drosophila melanogaster*（果蝇）、*Artemia franciscana*（卤虫）、*Branchiostoma belcheri*（文昌鱼）、*Scophthalmus maximus*（大菱鲆）、*Danio rerio*（斑马鱼）、*Xenopus laevis*（非洲爪蟾）、*Gallus gallus*（红原鸡）、*Mus musculus*（小鼠）、*Rattus norvegicus*（大鼠）、*Oryctolagus cuniculus*（家兔）、*Homo sapiens*（人）。

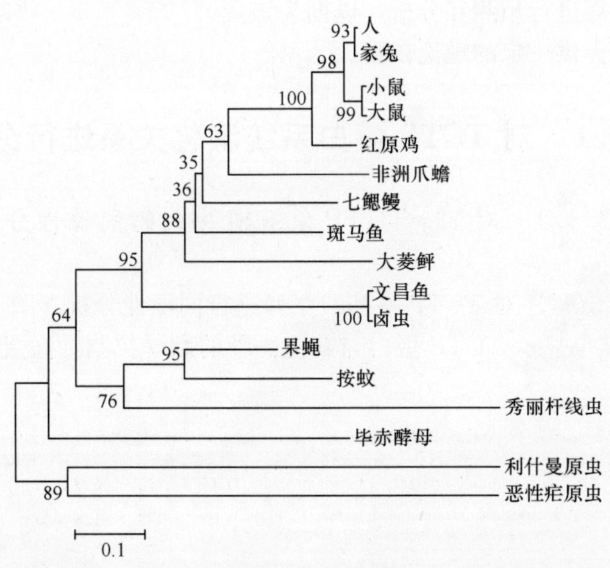

图 9.3　TCTP 与其他物种 TCTP 的分子进化分析

标尺表示千个氨基酸残基替代率，单位：%

结果显示这个蛋白质从单细胞生物恶性疟原虫就开始存在，在进化过程中被保留下来，同时该基因随着进化过程也发生了演变，这个演变的过程和物种的进化过程几乎一致，与物种的进化有着共同的拓扑结构。七鳃鳗在进化地位上比斑马鱼低等，但从这个蛋白质的进化来看却比斑马鱼高等。

9.3.2 对 rLj-TCTP 蛋白的理化性质预测

运用 ExPASy 中的 Protparam tool 程序对 TCTP 蛋白氨基酸序列的理化性质进行预测，结果如下：rLj-TCTP 蛋白的氨基酸数为 172，分子质量为 19 328 kDa，理论等电点为 4.63，TCTP 蛋白含有带 32 个负电荷的氨基酸残基（Asp+Glu）和 20 个带正电荷的氨基酸残基（Arg+Lys）。半衰期：在体外哺乳动物网织红细胞中表达的半衰期为 30 h，在酵母和大肠杆菌中表达的半衰期分别大于 20 h 和 10 h。不稳定系数为 27.56，低于阈值 40，表明在溶液中性质稳定。

9.3.3 对 rLj-TCTP 蛋白的结构特征预测

9.3.3.1 对 rLj-TCTP 氨基酸序列功能域分析

运用 ExPASy 中的 InterPro Scan 程序进行分析，结果（图 9.4）显示 TCTP 蛋白属于 TCTP 家族，且含有 PD004329（TCTP _ PIG _ P61288）、PR01653（TCTP _ PROTEIN）、PTHR11991（TCTP-RELATED）、PF00838（TCTP）、PS01002（TCTP _ 1）、PS01003（TCTP _ 2）、Mss4-associated TCTP 7 个功能域。

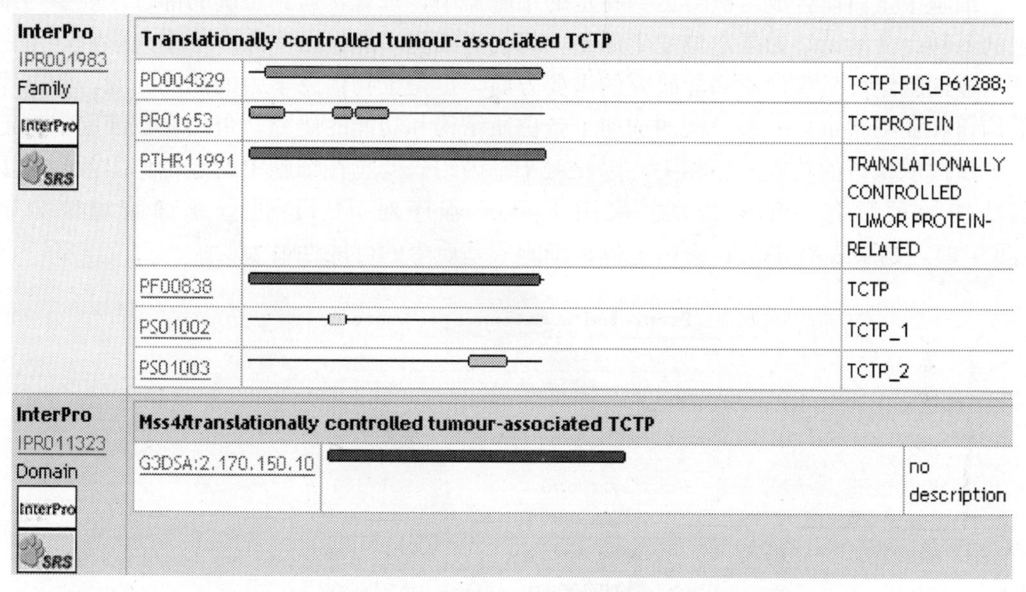

图 9.4 运用 InterPro Scan 程序分析 TCTP 蛋白的功能域

9.3.3.2 TCTP 蛋白二级结构预测

运用 ExPASy 中的 PROF 程序对 TCTP 蛋白二级结构进行预测结果表明，TCTP 蛋白分子中 α 螺旋（H）、β 折叠（E）和无规则卷曲（L）所占比例分别为 25.58%、32.56%和 41.86%。溶液可及性预测中，e 表示残基暴露的表面大于 16%，从预测结果看有 64.53%的氨基酸暴露于分子表面，易于与溶剂接触。

9.3.3.3　TCTP 蛋白分泌途径和亚细胞定位预测

根据 ExPASy 中的 secretomeP 程序分析结果表明，此蛋白质为非传统分泌蛋白(图 9.5)。signalP 程序分析结果表明此蛋白质无信号肽。这两项分析结果相一致。

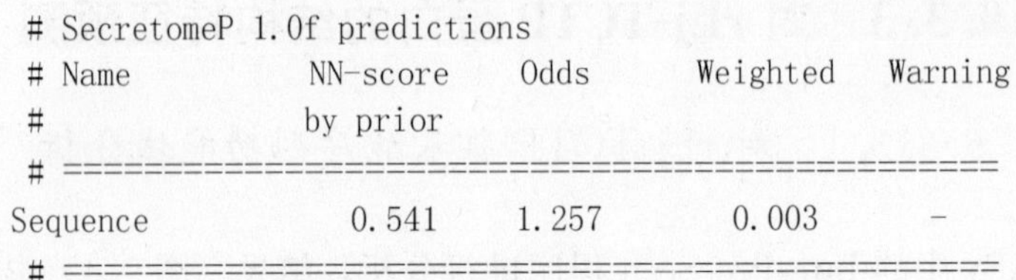

```
# SecretomeP 1.0f predictions
# Name          NN-score     Odds      Weighted    Warning
#               by prior
# ==================================================
Sequence             0.541      1.257       0.003        -
# ==================================================
```

图 9.5　运用 secretomeP 程序分析 TCTP 蛋白的氨基酸序列的结果

NN-score 超过 0.5 为非传统分泌蛋白

细胞中蛋白质合成后被转运到特定的细胞器中，只有转运到正确的部位才能参与细胞的各种生命活动，如果定位发生偏差，将会对细胞功能甚至生命产生重大影响，蛋白质的亚细胞定位是蛋白质功能研究的重要方面，也是生物信息学中的热点问题，数据库的构建和亚细胞定位分析及预测加速了蛋白质结构和功能的研究，蛋白质在细胞中的定位与蛋白质执行的功能密切相关，因此对于基因编码产物在细胞中的定位作出预测对于其功能的预测有一定的帮助。采用 EpiLoc 程序对 TCTP 进行亚细胞定位分析(图 9.6)，结果表明 TCTP 蛋白定位在细胞质基质中的可能性最大。

Predicted Location	Score
cytoplasmic	0.615 828
extracellular	0.184 667
nuclear	0.103 651
ER	0.032 808 9
lysosomal	0.021 516 1
mitochondrial	0.019 799 3
plasma_membrane	0.009 339 98
peroxisomal	0.006 513 03
Golgi_apparatus	0.005 877 03

图 9.6　运用 EpiLoc 程序对 rLj-TCTP 进行亚细胞定位分析结果

9.3.3.4　跨膜区域预测

跨膜结构域是膜内在蛋白与膜脂相结合的部位，一般由 20 个左右的疏水氨基酸残基组成，形成 α 螺旋，固着于细胞膜上起“锚定”作用。跨膜结构域的预测和分析，对正确认识和理解蛋白质的功能、结构、分类及细胞中的作用部位均有着重要的指示意义。蛋白质序列含有跨膜区提示它可能作为膜受体起作用，也可能是定位于膜的锚定蛋白或者离子通道蛋白等，从而，含有跨膜区的蛋白质往往和细胞的功能状态密切相关。

运用 TMHMM 程序分析 TCTP 蛋白的跨膜区，预测结果显示，整条肽链的预测值均大于跨膜区的最高阈值，显示整条肽链都位于膜外，即不存在跨膜结构域。结合上述导肽的预测，可以推断 TCTP 在细胞质中合成前体蛋白后，不进入其他细胞器，而是留在细胞质中，经过翻译后蛋白质的加工成为成熟蛋白质发挥功能，而不与膜脂结合。

9.3.3.5　疏水性预测

运用 ExPASy 中的 ProtScale 程序对 rLj-TCTP 蛋白氨基酸序列的疏水性进行分析，结果表明 β 折叠形成区域疏水性较高（图 9.7）。

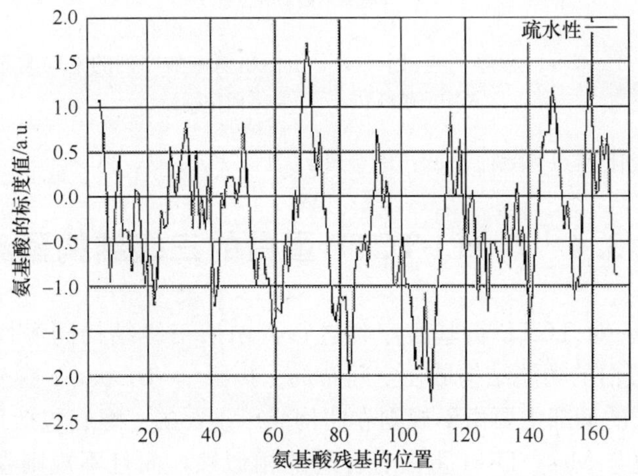

图 9.7　运用 ProtScale 程序预测 TCTP 蛋白氨基酸序列的疏水性结果

分子中 β 折叠形成区域（第 1～8 位、26～42 位、66～78 位、133～136 位、144～152 位、158～164 位）疏水性较高

9.3.3.6　平均柔曲性分布预测

运用 ExPASy 中的 ProtScale 程序对 rLj-TCTP 蛋白氨基酸序列的平均柔曲性分布进行分析，结果表明分子中 α 螺旋（H）形成区域和无规则卷曲（L）区域柔曲性较高（图 9.8）。

9.3.3.7　TCTP 蛋白的翻译后修饰位点预测

蛋白质的磷酸化与糖基化对蛋白质的功能影响很大，所以对其的分析也是生物信息学的一个部分。

运用 ExPASy 中的 NetPhos 2.0 程序对 rLj-TCTP 蛋白氨基酸序列的翻译后修饰位

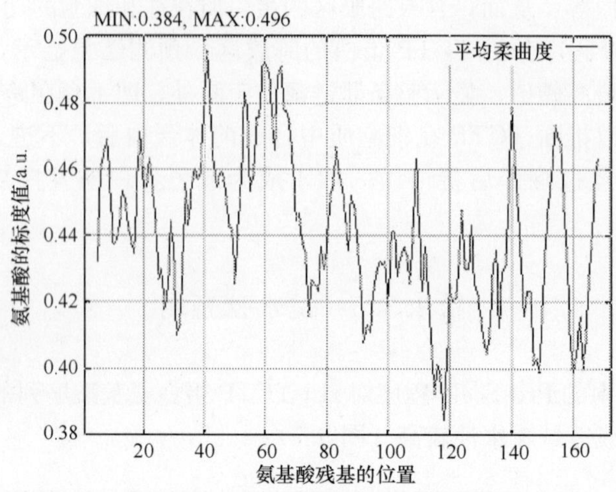

图 9.8　运用 ProtScale 程序预测 rLj-TCTP 蛋白质氨基酸序列的平均柔曲性分布结果

图中值越高处表示平均柔曲性越强

点进行分析，磷酸化位点预测：Ser：9，Thr：1，Tyr：3。

9.3.4　对 rLj-TCTP 蛋白的三级结构预测

运用 3DJigsaw 对 TCTP 氨基酸序列进行蛋白质三维结构同源性建模，预测结果（图 9.9）TCTP 蛋白的功能结构域在空间布局上折叠呈勺子状，α 螺旋和延伸链构成勺子的底部，而勺子的柄部主要由不规则卷曲构成。主要的 α 螺旋包括 TCTP-2 特征结构区，延伸链的折叠与 Mss4/Dss4 蛋白有显著的相似性，而且不规则卷曲和 α 螺旋结构域也是 TCTP 特有的。

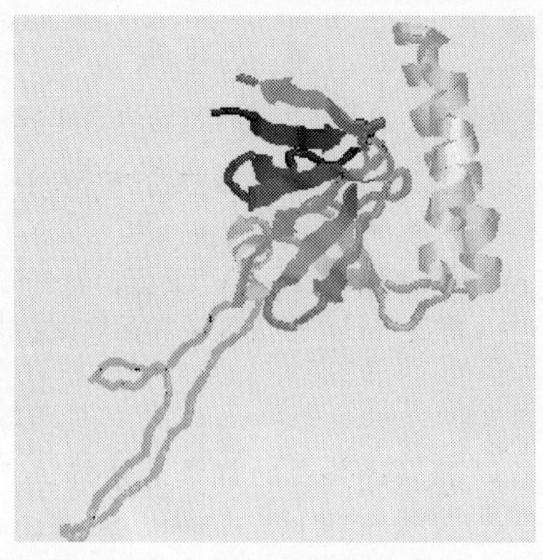

图 9.9　运用 3DJigsaw 对 rLj-TCTP 氨基酸序列进行蛋白质三维结构预测结果

9.4　重组日本七鳃鳗口腔腺分泌 L-250 蛋白的诱导表达、鉴定与纯化

9.4.1　材料与方法

9.4.1.1　材　　料

表达菌 *E. coli* BL21 为本实验室保存；IPTG 购自宝生物工程（大连）有限公司；低分子质量蛋白质标准购自上海华美生物工程有限公司；组氨酸亲和层析柱（His-Bind Column）购自 Novagen 公司；咪唑、氯化钠购自 Amresco 公司；BCA 蛋白浓度测定试剂盒购自碧云天生物技术研究所。

主要仪器：超声波细胞破碎仪（SONICS&MATERIALS INC），玻璃板干燥架，MV-III 型小型单垂直板电泳槽（大连竞迈生物科技有限公司），脱色摇床 TY-80R（江苏省金坛市医疗仪器厂）。

9.4.1.2　方　　法

从克隆菌 DH5α 中提取含有目的蛋白的重组质粒：

采用宝生物工程（大连）有限公司的质粒提取试剂盒进行提取，方法如前所述。

重组质粒 pET23b-L-250 转化入表达菌 *E. coli* BL21 中：

将经鉴定确认的阳性转化子提取重组质粒 pET23b-L-250，$CaCl_2$ 法转化至表达菌 *E. coli* BL21 中，方法如前所述。

对重组表达菌的鉴定：

从平板上选取菌落，提取质粒，并采用 *Nde* Ⅰ/*Hind* Ⅲ 双酶切法进行阳性转化子的筛选鉴定，方法如前所述。

对阳性重组子进行终浓度 0.5 mmol/L 的 IPTG 诱导表达：

（1）吸取菌液 80 μl 于 100 ml LB（Amp^+）培养基中，37℃，100 r/min 过夜培养；

（2）吸取 500 μl 菌液于 100 ml LB（Amp^+）培养基中，37℃，120 r/min 培养至 OD_{600} 为 0.4～0.6，达到对数生长期，取 5 ml 于试管中作为阴性对照，其余做诱导用；

（3）做诱导的菌加 IPTG 至终浓度为 0.5 mmol/L，进行 28℃低温过夜诱导表达；

（4）取上述培养液 5000 r/min 离心 5 min，于沉淀中加 100 μl 的上样缓冲液，100℃加热 3 min，上样行 SDS-PAGE。

诱导蛋白的提取及鉴定：

（1）7000 r/min，4℃离心 15 min 收获菌体，弃上清液，并使残液尽量流出。以每 100 ml 的原培养液加 4 ml 冰冷的 1×结合缓冲液的比例重悬细胞；

（2）将上述样品置于冰上超声裂解细胞，直至溶液不再黏稠；

(3) 14 000 r/min，4℃离心 20 min 以除去细胞碎片；

(4) 弃沉淀，取上清液 100 μl 加 100 μl 的样品缓冲液，100℃加热 3 min，上样行 SDS-PAGE。

SDS-PAGE 缓冲液的配制：

(1) 30％凝胶储备液：分别称取 29 g 丙烯酰胺和 1 g *N*，*N*′-亚甲双丙烯酰胺，加去离子水至 100 ml，于棕色瓶中 4℃保存；

(2) 分离胶缓冲液：1.5 mol/L Tris-HCl (pH 8.8)，4℃保存；

(3) 浓缩胶缓冲液：1.0 mol/L Tris-HCl (pH 6.8)，4℃保存；

(4) 10％ SDS：称取 10 g SDS，去离子水定容至 100 ml；

(5) 10％过硫酸铵：称取 0.5 g 过硫酸铵，加入 5 ml 去离子水，分装后－20℃保存；

(6) Tris-甘氨酸电泳缓冲液：取 1.51 g Tris，9.4 g 甘氨酸，5 ml 10％SDS，加去离子水定容至 100 ml；

(7) 2×样品缓冲液：1 ml 浓缩胶缓冲液，0.8 ml 甘油，3.2 ml 10％ SDS，0.4 ml 2-巯基乙醇，0.2 ml 0.025％溴酚蓝，去离子水 2.4 ml。

SDS-PAGE 电泳胶的配制：

10％SDS-PAGE 电泳分离胶各组分取样量如表 9.3 所示。

表 9.3　10％SDS-PAGE 电泳分离胶各组分取样量

成分	体积	成分	体积
H_2O	6.8 ml	10％SDS	0.1 ml
30％凝胶储备液	1.7 ml	10％过硫酸铵	0.1 ml
1.0 mol/L Tris-HCl (pH 6.8)	1.25 ml	TEMED	50 μl

SDS-PAGE 电泳浓缩胶各组分取样量如表 9.4 所示。

表 9.4　SDS-PAGE 电泳浓缩胶各组分取样量

成分	体积	成分	体积
H_2O	5.9 ml	10％SDS	0.15 ml
30％凝胶储备液	5.0 ml	10％过硫酸铵	0.15 ml
1.5 mol/L Tris-HCl (pH 8.8)	3.8 ml	TEMED	20 μl

电泳：①用水冲洗玻璃板，风干后用乙醇擦拭；②配制分离胶，灌胶，加正丁醇封胶，凝固后倒掉正丁醇，用滤纸吸干；③配制浓缩胶，灌胶，插梳子，尽量避免产生气泡，室温凝固；④将凝胶放入电泳槽上，加 1×电泳缓冲液，拔掉梳子；⑤处理样品：上清液 100 μl 加 100 μl 的上样缓冲液，100℃加热 3 min；⑥微量进样器上样，上样量为 20 μl；⑦电泳；⑧酚蓝跑至边缘，停止电泳，取出凝胶；⑨过夜染色；⑩脱色。

重组 L-250 蛋白的纯化：

组氨酸是具有杂环的氨基酸，每个组氨基酸含有一个咪唑基团，这个化学结构带有很多额外电子，对于带正电的化学物质有静电引力，亲和层析是利用这个原理来进行吸附的，亲和配体（也就是填料）上的阳离子（一般是镍离子）带正电，对组氨酸有亲和作用。组氨酸标签是原核表达载体上 6 个组氨酸的区段，这个标签在 pH 8.0 时不带电，且无免疫原性，对蛋白质的分泌、折叠、功能基本上无影响。能高度亲和镍离子，用于蛋白质的亲和纯化。由于重组蛋白 L-250 为带有 6 个组氨酸标签的融合蛋白，所以采用 Novagen 公司的组氨酸亲和层析柱（His-Bind Column）对其进行纯化。Ni-NTA His-Bind 树脂常被用于通过金属螯合作用而快速一步式纯化含有组氨酸标签的蛋白质，组氨酸标签可与固相化于 Ni-NTA His-Bind 树脂上的 Ni^{2+} 结合，非结合蛋白被洗掉后，目标蛋白可通过浓度逐渐提高的咪唑洗脱而重新获得。具体操作如下。

（1）储液配制：

8×结合缓冲液：40 mmol/L 咪唑，4 mol/L NaCl，160 mmol/L Tris-HCl（pH 7.9）

8×洗涤缓冲液：480 mmol/L 咪唑，4 mol/L NaCl，160 mmol/L Tris-HCl（pH 7.9）

4×洗脱缓冲液：4 mol/L 咪唑，2 mol/L NaCl，80 mmol/L Tris-HCl（pH 7.9）

（2）重组 L-250 的大量诱导表达：方法同前。

（3）提取可溶成分：上清液用 0.45 μm 的一次性除菌滤器过滤。

（4）亲和层析：①吸去 His-Bind Column 上室储液，并打开下面管口；②用10 ml 1×结合缓冲液对柱子进行平衡；③上样；④用 10 ml 1×结合缓冲液洗柱，冲洗未结合蛋白，并使带 His-tag 的 L-250 与 Ni^{2+} 结合；⑤用 10 ml 1×洗涤缓冲液洗柱，充分洗去杂蛋白；⑥用 5 ml 1×洗脱缓冲液洗脱目的蛋白。

纯化蛋白的浓度测定：

采用碧云天生物技术研究所的 BCA 蛋白浓度测定试剂盒（BCA protein assay kit）对纯化的蛋白质进行浓度测定。其基本原理为：BCA（bicinchoninine acid）与二价铜离子的硫酸铜等其他试剂组成的试剂，混合在一起即成为苹果绿，即 BCA 工作试剂。在碱性条件下，BCA 与蛋白质结合时，蛋白质将 Cu^{2+} 还原为 Cu^{+}，一个 Cu^{+} 螯合两个 BCA 分子，工作试剂由原来的苹果绿形成紫色复合物，最大光吸收强度与蛋白质浓度成正比。

对蛋白质标准品含量分别为 0 μg、1 μg、2 μg、4 μg、5 μg、6 μg、8 μg、10 μg 进行 A_{595} 的光吸收值测定，绘制标准曲线。

反应液组成为：0.9% NaCl＋蛋白质标准品＝20 μl

BCA 工作液：200 μl

具体步骤如下：①按 5 体积 BCA 试剂 A 加 1 体积 BCA 试剂 B（50∶1）配制适量 BCA 工作液，充分混匀；②完全溶解蛋白质标准品，取 10 μl 稀释至 100 μl，使终浓度为 0.5 mg/ml；③将标准品按 0 μl、2 μl、4 μl、8 μl、10 μl、12 μl、16 μl、20 μl 加到 96 孔板中，加标准品稀释液补足到 20 μl；④加适当体积样品到 96 孔板的样品孔中，加标准品稀释液到 20 μl；⑤各孔加入 200 μl BCA 工作液，37℃放置 30 min；⑥测定 A_{595}，根据标准曲线计算出蛋白质浓度。

9.4.2 结　　果

9.4.2.1 对重组菌进行低温过夜 IPTG 诱导表达

对重组质粒进行 28℃低温过夜诱导表达后，以可溶蛋白提取方法制备的蛋白质提取液，行 SDS-PAGE 后在 22.4 kDa 处见到目的蛋白的表达（图 9.10）。

9.4.2.2 蛋白质亲和层析纯化

重组 L-250 蛋白是 TCTP 基因与组氨酸标签（His-Tag）等部分质粒序列共同表达的融合蛋白，所以利用组氨酸亲和层析柱对表达后的可溶性蛋白成分进行纯化，行 SDS-PAGE（图 9.11）。结果显示，纯化蛋白成单条带迁移，分子质量约为 22.4 kDa。

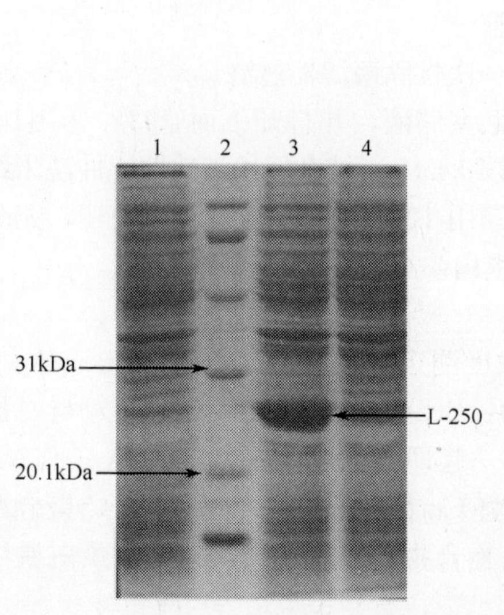

图 9.10　L-250 表达的 SDS-PAGE 检测

1. 诱导表达的 BL21/pET23b；2. 低蛋白质分子质量标准；3. 诱导表达的 BL21/pET23b-L-250；4. 未诱导表达的 BL21/pET23b-L-250

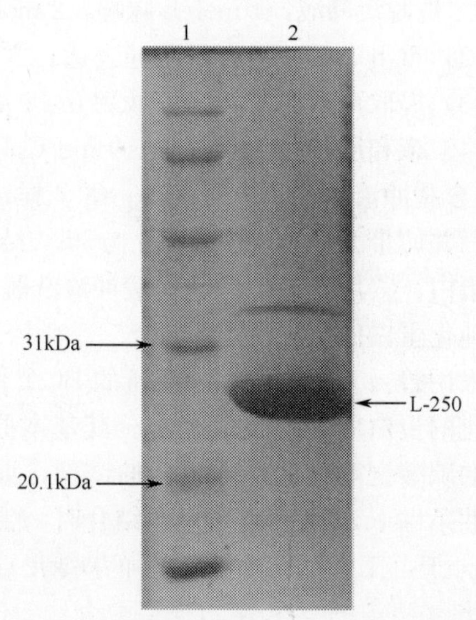

图 9.11　L-250 蛋白纯化后的 SDS-PAGE

1. 低蛋白质分子质量标准；2. 纯化后 L-250 蛋白

9.4.2.3 蛋白标准曲线的绘制

以牛血清白蛋白为标准品绘制的蛋白质标准曲线见图 9.12。

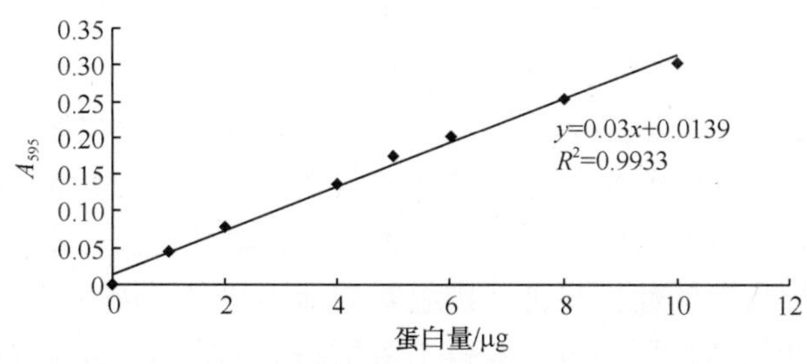

图 9.12 BCA 法制蛋白质浓度标准曲线

9.4.2.4 纯化蛋白的浓度

经过 BCA 法测定纯化蛋白的浓度高达 1.5 mg/ml。

9.4.3 讨论

将克隆化基因插入合适载体后导入大肠杆菌中表达大量蛋白质的方法一般称为原核表达。基因的体外重组和表达体系起始于大肠杆菌，虽然真核表达体系有着原核系统不能代替的优点，但是原核体系尤其是大肠杆菌表达体系有几年的研究基础，对于大肠杆菌的遗传背景和生理特性研究已相当彻底，已经有很多不同抗药性、不同营养依赖型和不同校正突变型的菌种供选择应用，可以根据不同的载体而选择不同的菌种；尽管大肠杆菌细胞空间小，但繁殖能力强，在营养条件充足时，20～30 min 就可繁殖一代，并且大规模发酵成本低，具有巨大的生产潜力；表达水平一般较真核系统高，某些外源基因在大肠杆菌中的表达量可达总蛋白质的 5%～30%，并且下游工艺简单，便于控制。所以，它仍然是基因工程中常用的表达体系。

但是，在原核细胞表达外源基因，尤其是以大肠杆菌为宿主菌高效表达外源基因时，蛋白质的稳定性是经常遇到的问题，表达蛋白由于缺少糖基化、磷酸化等翻译后加工，常常在细胞质内聚集，形成包含体。包含体的形成有利于防止蛋白酶对表达蛋白的降解，并且非常有利于分离表达产物。但包含体形成后，提取和纯化步骤繁琐，并且表达蛋白不具有物理活性，其构象也会受到影响，必须溶解包含体并对表达蛋白进行复性，这一过程会导致大量表达蛋白的损失，造成复性效率低，易出现肽链的不正确折叠等问题，从而不利于蛋白质功能的研究。而融合系统的发展，为高效表达和纯化重组蛋白提供了一条方便的途径，融合表达具有防止包含体的形成，促进蛋白质的正确折叠，限制蛋白酶解并利于纯化等优点。

pET 载体中，目的基因被克隆到 T7 噬菌体强转录和翻译信号控制区下游，通过宿主细胞内源 T7 RNA 聚合酶的诱导而进行表达。T7 RNA 聚合酶的选择性和活性使几乎所有的细胞资源都用于表达目的蛋白。该系统能通过降低诱导物的浓度削弱蛋白质表达，而降低表达水平可能会提高某些目的蛋白的可溶部分产量。本研究中建立的原核表达体系是获取重组 L-250 蛋白的有效途径，选择在大肠杆菌中克隆表达重组蛋白功能最强大的系统——pET 系统中的 pET23b 作为表达载体，将目的基因构建到表达载体 pET23b（His · Tag）后，表达的蛋白质是 TCTP 基因与组氨酸标签等部分质粒序列共同表达的融合蛋白，以融合蛋白的形式表达目的蛋白，可增加外源蛋白的可溶性和稳定性。实验结果表明，表达所得的重组 L-250 蛋白是可溶性蛋白，不需要经过变性复性过程，而具有天然的生物学活性。另外，以组氨酸标签亲和层析方法纯化目的蛋白，有利于提高重组蛋白的产量和纯度，最终获得了浓度高达 1.5 mg/ml 的蛋白质纯品。

综上所述，本研究不仅找到了通过一种简单，易于用于大规模生产的方法获得了重组 L-250 蛋白，而且这种制备方法切实可行，为下一步活性的测定奠定了良好的物质基础。

9.5 兔抗七鳃鳗血清 L-250 蛋白多克隆抗体的制备与免疫印迹分析

9.5.1 材料和方法

9.5.1.1 材　料

健康新西兰大白兔，体重 2～3 kg/只，购自大连医科大学动物实验中心。弗氏不完全佐剂、小牛血清白蛋白、四甲基联苯胺（TMB）均购自 Sigma 公司，卡介苗购自大连医科大学附属第二医院，二抗生物素化羊抗兔抗体购自上海华美生物工程有限公司，DMSO 购自 Amresco 公司，其他试剂为国内分析纯产品。氨基黑，3-3 二氨基联苯胺（DAB）购自 Sigma 公司，Tris、NaCl、Tween20 购自 Amresco 公司，其他试剂为国内分析纯产品。

主要仪器：ST-I 型小型半干式转移电泳槽（大连竞迈生物科技有限公司）和全自动酶标仪（SUNRISE TECAN 公司）。

9.5.1.2 方　法

抗原制备：

第一次基础免疫用纯化的 L-250 蛋白与 PBS、弗氏不完全佐剂、卡介苗以 L-250 蛋白＋PBS＝卡介苗＋弗氏不完全佐剂＝1 ml 的比例混匀，置于 5 ml 离心管中进行乳化，直至取一滴滴于冰水中，漂在水面不散开即形成“油包水”状态，则乳化完全，可以用作注射液。第二至第四次加强免疫用纯化的 L-250 蛋白与 PBS、弗氏不完全佐剂以 L-250 蛋白＋PBS＝弗氏不完全佐剂＝1 ml 的比例混匀，同法乳化直至形成“油包水”状态。

抗体制备：

将制备好的抗原采用背部皮下多点注射法免疫动物，每隔两周注射一次，第一次注射前耳缘静脉取血 1～2 ml，并分离血清，于－20℃保存。第三次免疫后的一周，耳缘静脉取血 1 ml 测血清中抗体的效价，经检验效价合格后，进行第四次免疫，一周后心脏取血，将兔子做垂直位固定，剪去左胸部毛，消毒皮肤，用左拇指摸到胸骨剑突处，食指及中指放在右胸处轻轻向左推心脏，并使心脏固定于左胸侧位置。然后，用左拇指触其胸壁探明心脏搏动最明显处，用 50 ml 注射器（连接 16 号针头），在预定部位与胸壁成 45°角刺入，针头刺中心脏时有明显的搏动感。待见到血液进入针筒后，即将注射器固定并往外抽血，一只家兔一次可取血 20～30 ml，分离血清，取血前兔子禁食24 h，以防止血脂过高。采用 ELISA 法检测血清中抗体的效价。

ELISA 法测多克隆抗体的效价：

抗血清的效价，就是指血清中所含抗体的浓度或含量，是将抗血清做一系列倍数稀释，与固定量的抗原进行沉淀反应而测得。ELISA 法测效价步骤为：①96 孔板中，以每孔 10 μg/ml L-250 蛋白为抗原溶于 pH 9.6 的碳酸盐缓冲液中，每孔 100 μl 包板，4℃过夜；②每孔加 100 μl 碳酸盐缓冲液洗板，洗板 3 次，甩尽孔中液体；③用 0.1% BSA 封闭液封闭 1 h，洗板 3 次，甩尽孔中液体；④向板孔中加免疫兔血清，37℃放置 1 h，洗板 3 次，甩尽孔中液体；⑤向板孔中加酶标二抗，37℃放置 1 h，洗板 3 次，甩尽孔中液体；⑥加底物溶液（10 mg TMB 溶于 1 ml DMSO 中，加入 Na_2HPO_4，柠檬酸混合液 20 ml，30 μl H_2O_2），避光 37℃放置 10～30 min；⑦以终止液 2 mol/L H_2SO_4 终止反应；⑧用酶标仪在 595 nm 下进行检测。

免疫印迹分析试剂配制：

（1）转移缓冲液	Tris	3.03 g
	甘氨酸	14.4 g
	甲醇	200 ml
	加去离子水至	1000 ml
（2）TBS	Tris	12.1 g
	NaCl	9 g
	盐酸调 pH 至 7.5	
	加去离子水至	1000 ml

（3）TTBS：每 500 ml TBS 中加 500 μl 或 250 μl Tween20。

（4）封闭液	BSA	0.5 g
	TBS	10 ml
（5）抗体缓冲液	BSA	0.3 g
	TTBS	10 ml

（6）脱色液：30%甲醇，10%乙酸。

（7）氨基黑染液：0.2 g 氨基黑溶于 200 ml 脱色液中。

（8）柠檬酸缓冲液	0.01 mol/L 柠檬酸	2.6 ml
	0.02 mol/L Na_2HPO_4	7.39 ml

（9）DAB 显色液：5 mg DAB 溶于 10 ml 柠檬酸缓冲液中，加 30% H_2O_2 10 μl 混匀。

免疫印迹分析实验步骤：

(1) 以日本七鳃鳗口腔腺分泌物（用 PBS 分别以 1∶10、1∶20 比例稀释）和纯化后的重组 L-250 蛋白（浓度为 0.4 μg/μl），与等体积的 2×样品缓冲液混合，100℃沸水浴加热 3 min，冷却后上样行 SDS-PAGE，上样量为 20 μl；

(2) 电泳结束后，将 SDS-PAGE 胶放置于转移缓冲液中浸泡 30～60 min，同时将滤纸、硝酸纤维素膜（NC 膜）剪成与凝胶同样大小，浸于水中 10～20 min 后，再在转移缓冲液中浸泡 30 min；

(3) 将转移电极的负极在下，从下至上依次放置滤纸三层、NC 膜、凝胶、滤纸三层，用玻璃棒赶出各层间的气泡，放好正极电极板，进行半干式电转移；

(4) 稳流室温转移 1 h，转移后的凝胶用氨基黑染液染 1 min，脱色液脱色，检测转移效果及蛋白质位置；

(5) 转移后的 NC 膜于封闭液中 37℃封闭 2 h；

(6) TTBS 洗膜 3 次，10 min/次；

(7) 封闭后，NC 膜与一抗反应，4℃过夜；

(8) TTBS 洗膜 3 次，10 min/次；

(9) NC 膜与酶标二抗结合，按 1∶50 比例稀释二抗，37℃缓慢摇动 1 h；

(10) TTBS 洗膜 3 次，10 min/次；

(11) NC 膜浸于 DAB 显色液中，观察有清晰条带出现时，大量蒸馏水冲洗 NC 膜以终止显色反应，此步于暗室中操作。

9.5.2 结　　果

9.5.2.1 多克隆抗体的效价

ELISA 法检测多克隆抗体的效价，兔血清用封闭液以 1∶100、1∶200、1∶400、1∶800、1∶1600、1∶3200、1∶6400 比例稀释，经计算发现，直到 1∶6400 比例仍为有效效价，说明 ELISA 法测得的多克隆抗体的效价可以达到 1∶6400。

9.5.2.2 多克隆抗体的特异性

用免疫印迹法检测制备的多克隆抗体的特异性，将日本七鳃鳗口腔腺分泌物用 PBS 分别以 1∶10 和 1∶20 的比例稀释，将纯蛋白稀释至 0.4 μg/μl，分别与等体积 2×样品缓冲液混合，100℃加热 3 min，取 20 μl 行 SDS-PAGE，以所制备的兔抗七鳃鳗血清 L-250 蛋白多克隆抗体作为一抗（一抗以抗体缓冲液稀释 500 倍），进行蛋白质印迹法分析。

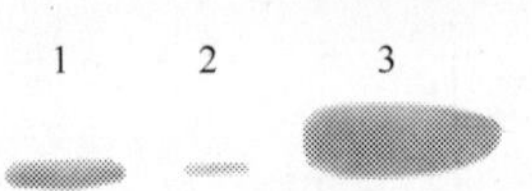

图 9.13　多抗的蛋白质印迹法检测

1. 口腔腺分泌液（1∶10 稀释）；2. 口腔腺分泌液（1∶20 稀释）；3. 重组 L-250

从图 9.13 中可以看出，通过免疫新西兰大白兔获得的兔抗七鳃鳗血清 L-250 蛋白多克隆抗体能够与日本七鳃鳗口腔腺分泌物（1∶10、1∶20 稀释）及在原核细胞中表达并经亲和层析纯化后的重组 L-250 蛋白均发生明显的特异性结合，这说明所制备的多克隆抗体特异性较好，并且 L-250 蛋白是一种分泌蛋白，由于此多克隆抗体特异性较高，可以用于后续工作的研究。

9.5.3　讨　论

抗原刺激机体，产生免疫学反应，由机体的浆细胞合成并分泌的与抗原有特异性结合能力的一组球蛋白，这就是免疫球蛋白，这种与抗原有特异性结合能力的免疫球蛋白就是抗体。抗体有单克隆抗体和多克隆抗体两类，单克隆抗体是由同一个 B 细胞克隆产生的，具有纯度高的特点，但是此法生产周期长，有些单克隆杂交细胞株分泌抗体很不稳定。多克隆抗体存在于免疫动物抗血清中。多克隆抗体的亲和力较一般单克隆抗体高。为制备高效价和高特异性的多克隆抗体，抗原的剂量、免役途径、免疫次数以及注射抗原的间隔时间等是不可忽视的重要因素，因此，制订合理可行的免疫方案至关重要。

新西兰大白兔是最常用于多克隆抗体制备的物种。免疫血清的特异性主要取决于免疫用的抗原的纯度，因此，若要获得高特异性的免疫血清，必须预先纯化抗原。对于可溶性抗原而言，为了增强其免疫原性或改变免疫反应的类型、节约抗原等目的，常采用加佐剂的方法以刺激机体产生较强的免疫应答。目前动物实验中最常用的佐剂是弗氏佐剂，分为弗氏不完全佐剂（石蜡油＋羊毛脂）和弗氏完全佐剂（石蜡油＋羊毛脂＋卡介苗）。弗氏佐剂和抗原的比例为 1∶1。由于佐剂是油剂，加入抗原后要充分进行乳化，直至形成“油包水”状态的乳状颗粒，即取一滴滴于冷水中，保持完整不分散，且聚成滴状浮于水面，这种颗粒延缓了抗原的吸引，增加了局部刺激作用。在免疫方法上可采用背部多点注射法免疫动物。初次免疫时，最好用弗氏完全佐剂，以刺激机体产生较强的免疫反应。再次免疫时，一般不用弗氏完全佐剂，而采用弗氏不完全佐剂。在佐剂-抗原的注射部位，可见到细胞浸润，几天后，局部形成肉芽肿（细胞免疫反应），间隔两周后再于上述部位选不同点同上注射，有利于产生高效价的免疫血清。

抗原注射后，追踪血液内抗体的产生过程，可观察到静止期、指数期、稳定期和下降期 4 个阶段，当免疫注射后，血液内抗原的含量逐渐降低，至第七天时已检测不到抗原，此时抗体含量迅速升高，实际上抗体在免疫第三天就已产生，只是由于抗体随时产生，随时与血液内的抗原结合，形成免疫复合物，皮下注射乳化的抗原，会缓慢释放抗原，在较长时间内产生抗原抗体复合物，使相应的 B 淋巴细胞克隆得到增殖，当血液内的抗体达到高峰后，大约以 5 天的半衰期，逐渐下降，再次注射抗原时，血液中的抗原消失的更快，抗体上升的也更高更快，下降却较慢。

不论是用于科学研究还是用于治疗诊断，制备抗体的目的都是要获得较高水平的效价。抗体效价高低、特异性强弱及亲和力大小是判断免疫血清质量优劣的主要标准。抗血清的效价测定，就是指血清中所含抗体的浓度或含量。效价的测定可根据抗体的不同性质，分别采用放射免疫法、琼脂双向扩散、环状沉淀实验、单向免疫扩散、溶血实验、凝集反应、酶联免疫等方法。不同的方法具有不同的优点，酶联免疫法由于具有特异性强、敏感性高、操作简便、分析成本低、样品容量大、仪器设备要求低、配套仪器设备的发展使操作程序规范化、稳定性进一步提高等特点而广泛应用于科研工作中。

鉴于上述分析，我们采用经组氨酸亲和层析纯化的L-250蛋白作为抗原，采用背部多点注射法4次免疫新西兰大白兔，成功的制备了L-250蛋白的多克隆抗体，利用ELISA法测其效价为1∶6400。通过蛋白质印迹法分析发现，我们所制备的L-250多克隆抗体能够很好地识别原核表达的L-250蛋白及日本七鳃鳗口腔腺分泌物中存在的天然受翻译调节的肿瘤蛋白，具有较好的特异性。

9.6 日本七鳃鳗口腔腺分泌L-250蛋白的HRF活性

受翻译调节的肿瘤蛋白（translationally controlled tumor protein，TCTP）又称为组胺释放因子（histamine-releasing factor，HRF），能够诱导嗜碱性粒细胞和肥大细胞释放组胺。我们采用大鼠嗜碱性白血病细胞系RBL-2H3评价L-250蛋白释放组胺的能力。以L-250与RBL-2H3细胞共孵育，如果L-250蛋白具有组胺释放因子的活性，就能够刺激RBL-2H3细胞脱颗粒，释放组胺至细胞培养液中，取上清液，检测其中组胺的含量。

9.6.1 材料和方法

9.6.1.1 材　料

RBL-2H3细胞系购自中国科学院上海细胞库，EMEM培养基购自GIBICO，青-链霉素双抗购自Sigma公司，胎牛血清购自大连茂建生物公司，组胺检测试剂盒购自德国R-Biopharm公司。

主要仪器：二氧化碳细胞培养箱（HERA cell-150），倒置显微镜（Olympus，日本），全自动酶标仪（SUNRISE TECAN公司），电热恒温鼓风干燥箱（DGG-9123A型），超净工作台（KS12-1/PE AC）。

9.6.1.2 方　法

细胞培养：

RBL-2H3细胞于含15%胎牛血清的EMEM培养基中，在37℃含5%CO_2的条件下培养。

组胺检测：

采用R-Biopharm公司的酶免疫测定试剂盒检测培养液上清液中组胺的浓度。测定的基础是抗原抗体反应。微孔板中包被有组胺，先用酰化试剂将样品中的组胺衍生为

N-酰基组胺。在竞争性 ELISA 实验中，游离的酰化组胺与被包被的组胺竞争抗体的结合位点。洗板后加入与过氧化物酶连接的酶标二抗，与组胺抗体形成络合物，没有被结合的酶标记物在下一步洗板过程中被除去。之后向板孔中加入酶底物（过氧化脲）和发色剂（四甲基联苯胺），并孵育，被结合的酶标记物使无色发色剂变成蓝色，加入反应终止液后颜色由蓝色转变为黄色。用酶标仪在 450 nm 下测量（选择参比波长≥600 nm），吸光值与样品中的组胺浓度成反比。具体步骤如下：

（1）1×10^5 个 RBL-2H3 细胞于 96 孔板中孵育，直至细胞汇合；

（2）将重组蛋白以不同的浓度梯度，分别为 0.3 μg/ml、4.8 μg/ml、10 μg/ml 加至板中孵育，以不加任何蛋白质的板孔作为对照；

（3）收集细胞培养液上清液，并将其稀释 10 倍；

（4）取 100 μl 标准样品，对照及试样加至酰化板中，之后向板孔中加 25 μl 酰化试剂；

（5）加 200 μl 酰化缓冲液至酰化板中，轻轻摇板并混合均匀，室温孵育 15 min；

（6）取 25 μl 酰化的标准样品，对照及试样加到包被有组胺的微孔中；

（7）加 100 μl 组胺抗体到每一微孔中，混匀，室温孵育 40 min；

（8）倒出孔中液体，用 250 μl 洗涤缓冲液充入孔中，再次倒掉微孔中液体，再重复 2 次上述操作；

（9）加 100 μl 酶标记物到每一微孔中，充分混合并在室温下孵育 20 min；

（10）洗板。重复（8）的操作；

（11）加 100 μl 底物/发色剂到每一微孔中，充分混合，室温暗处孵育 15 min；

（12）加 100 μl 反应终止液到每一微孔中，轻轻混合后于 450 nm 处测定吸光值。

数据分析：

使用 R-Biopharm 公司专用的 RIDA® SOFT Win 计算软件对结果进行评估，所获得的标准和样品吸光度值的平均值除以第一个标准溶液（零标准）的吸光值再乘以 100，因此零标准溶液的吸光值等于 100%，吸光值以百分比表示。

9.6.2 结　　果

采用大鼠嗜碱性白血病细胞系 RBL-2H3 评价 L-250 蛋白释放组胺的能力，利用 R-Biopharm公司的酶免疫测定试剂盒检测培养上清液中组胺的浓度。将 1×10^5 RBL-2H3 细胞于 96 孔板中孵育，直至细胞汇合，L-250 以不同的浓度梯度（0.3 μg/ml、4.8 μg/ml、10 μg/ml），分别加至 96 孔板中孵育，不加蛋白质的板孔作为对照，收集上清液，采用 R-Biopharm 公司的酶免疫测定试剂盒检测培养上清液中组胺的浓度。测定的基础是抗原抗体反应。结果显示，当 L-250 浓度为 0.3 μg/ml 时，细胞培养液中组胺的量是对照组的 2.2 倍，之后随着 L-250 浓度的增强，组胺的量也随之增大，说明 L-250 蛋白能够刺激 RLB-2H3 细胞释放组胺，并且在痕量下就可起作用。L-250 蛋白具有组胺释放因子活性（图 9.14）。

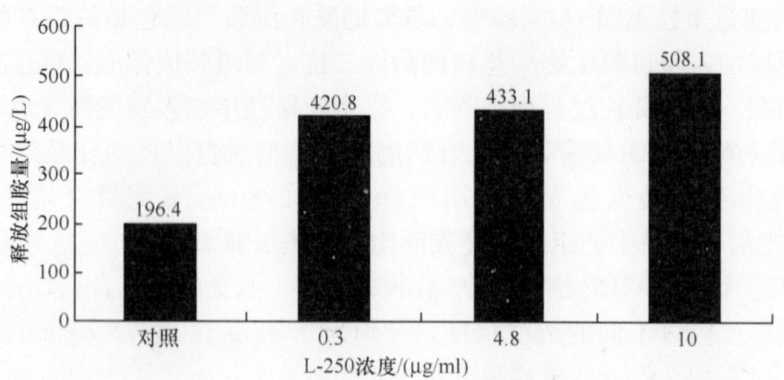

图 9.14 重组 L-250 诱导 RBL-2H3 释放组胺

9.6.3 讨 论

组胺释放因子 HRF 最早于 1985 年从活化的人单核细胞中分离，是带有不同生物学活性的一组多相因子，被认为在慢性过敏性炎症病理中起关键作用，目前的观点主要集中在 IgE 依赖性 HRF，它需要特定的 IgE 的存在，诱导组胺释放。

HRF 可上调 B 细胞表达 IL-1 和 IL-6，在体内给 rHRF 或 rHRF 的 cDNA 可增加全部和抗原特异免疫球蛋白的合成，说明 HRF 具激活 B 细胞活性和功能的作用。此外，HRF 还能不同程度的调节嗜碱性粒细胞、肥大细胞、嗜酸性粒细胞、T 细胞和 B 细胞分泌细胞因子，如分泌以抗炎方式起作用的白介素细胞因子 IL-4 和 IL-13，提示它可能涉及广泛的免疫应答。因此，我们推测，HRF 在日本七鳃鳗与宿主之间复杂的免疫调节系统中可能起至关重要的作用。

鱼类是海洋脊椎动物中的一大家族。近年来，随着对鱼类药用研究的深入，已从鱼类中提取出了多种抗凝血、抗血栓活性物质，逐步成为海洋药物领域的研究热点。日本七鳃鳗系圆口纲、七鳃鳗目、七鳃鳗科、七鳃鳗属。其在进化上因连接着脊椎动物与无脊椎动物而具有极高的研究价值，在世界动物学研究史上一直占据着重要的地位。在海水中营半寄生生活，以其特有的口吸盘吸附在其他鱼类躯体上，靠吸食其血肉生存，七鳃鳗在眼眶下的口腔后有一对特殊的腺体，以细管通至舌下，腺的分泌物是一中抗凝血剂，对寄主进行吸血时，能阻止动物创口血液的凝固，因此推测在其口腔腺中存在某种抗凝机制。

人体内存在着很多抗凝体系，它们在不同水平和不同部位调节着凝血级联反应的发生。近年来，对体液抗凝机制中的主要物质蛋白质 C 系统的研究越来越受到关注。血管内壁主要存在两种抗凝机制，分别为蛋白酶类凝血抑制机制和蛋白酶抑制剂类抑制机制。在蛋白酶类凝血抑制机制中，蛋白质 C 起主要作用，参与调节血液凝固。蛋白质 C（PC）为丝氨酸蛋白酶，是由肝脏分泌的一种生理性抗凝剂，它以酶原形式存在于血浆中，PC 在自然状态下是无活性的，经凝血酶的激活，可成为活化的蛋白质 C（APC）。APC 通过使已活化的Ⅷ因子、Ⅴ因子等凝血因子灭活，从而抑制凝血过程。然而，凝血酶对 PC 的激活是相当慢的、凝血酶只有与存在于内皮细胞膜表面的血栓调节蛋白，又称为凝血酶调节素（TM）形成复合物后，才能有效地激活 PC。TM 是内皮细胞膜上的凝血酶受体之一，与凝血酶结合，会降低凝血酶活性，并加强凝血酶激活蛋白质 C 的作用。因此，TM 是使凝血酶由促凝转向抗凝的重要的血管内凝血抑制成分。

APC 的抗凝血机制主要体现在以下几个方面。

灭活凝血因子 Va 和 VIIIa，此过程需要磷脂和钙离子的参与；阻碍因子 Xa 与血小板结合，实验证明血小板表面存在因子 Xa 的受体，当 Xa 与该受体结合可使本身活性增大 50 000 倍，这种受体就是血小板表面的因子 Va。APC 能灭活 Va，所以使 Xa 与血小板结合发生障碍，从而 Xa 的凝血活性大大减弱；促进纤维蛋白溶解。

受翻译调节的肿瘤蛋白又称为组胺释放因子，被认为在慢性过敏性疾病中起重要作用。1995 年 MacDonald 等首次发现了这一蛋白质家族的细胞外生物学功能，通过对过敏患者体液中和遗传过敏症儿童淋巴细胞中存在的 IgE 依赖性组胺释放因子进行氨基酸末端序列分析，发现组胺释放因子与小鼠和人的翻译控制肿瘤蛋白具有同源性，TCTP 能够刺激人嗜碱性粒细胞和肥大细胞释放组胺，人血吸虫和疟原虫等多种寄生虫可分泌 TCTP 至宿主血液中，刺激宿主细胞释放组胺，从而影响宿主免疫应答。此外，组胺还能够引起血管扩张效应，增强局部血流；使血管内皮细胞表面凝血酶调节素 TM 的表达增高，它一方面能与凝血酶结合，降低其活性；另一方面能够活化蛋白质 C，活化的蛋白质 C 能够阻碍凝血因子 Xa 与血小板的结合，并刺激纤溶酶原激活物的释放而促进纤维蛋白溶解，还能在其辅因子蛋白质 S 的作用下灭活凝血因子Ⅴa 和Ⅷa（图 9.15），这三条通路最终都能够引起抗凝血反应的发生，此外，活化的蛋白质 C 还具有灭活 PAI 等抗凝、抗栓及抗血小板活性。

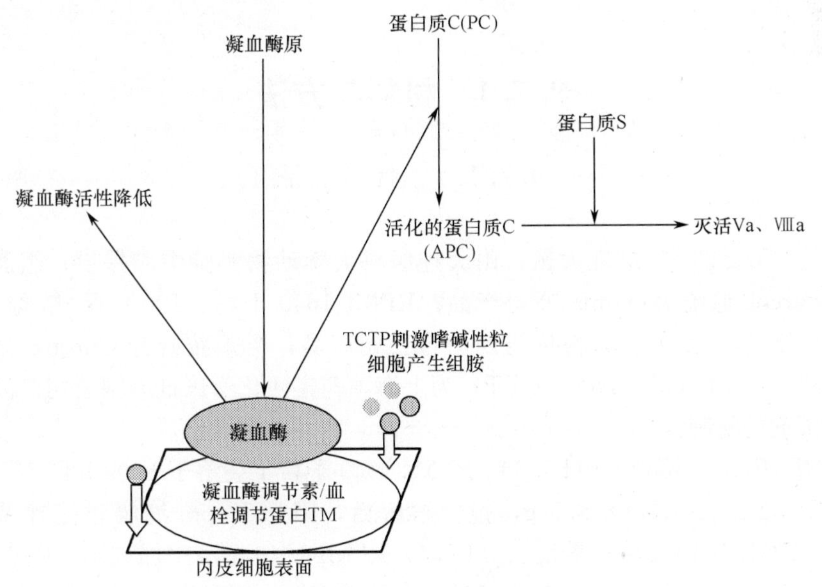

图 9.15 蛋白质 C 的活化

本实验首次发现了存在于日本七鳃鳗口腔腺中的 TCTP 模体蛋白新基因，并将其命名为 L-250，而且本实验的日本七鳃鳗口腔腺中 TCTP 模体蛋白-L-250 具有组胺释放因子活性，能够刺激嗜碱性粒细胞释放组胺，从而引发一系列抗凝血级联反应的发生，这为解释日本七鳃鳗特有的吸血生活习性提供了一定的理论依据，同时，由于 APC 在人体内可发挥一定的抗凝作用，暗示 L-250 蛋白可能通过一系列级联反应集抗凝、抗栓、促纤为一体，将在临床抗凝治疗方面具有应用价值。

本研究虽然初步探讨了重组 L-250 蛋白的 HRF 活性在抗凝血方面潜在的应用价值，但对于该蛋白在七鳃鳗与宿主之间复杂的免疫系统相互作用系统中确切的生物学功能尚不是很明确，因此，研究重组 L-250 蛋白在免疫系统中确切的位置将会是我们下一步工作的重点。

9.7 rLj-TCTP 蛋白刺激大鼠腹腔肥大细胞释放组胺

肥大细胞（mast cell，MC）广泛分布于结缔组织，是系统免疫的重要效应细胞之一，通过释放多种效应分子，作为炎症细胞的刺激信号，产生级联反应。在维持肌体正常生理和免疫功能方面发挥重要作用。

受翻译调节的肿瘤蛋白（translationally controlled tumor protein，TCTP）又称为组胺释放因子（histamine-releasing factor，HRF），能够诱导嗜碱性粒细胞和肥大细胞释放组胺。我们采用大鼠腹腔肥大细胞评价 rLj-TCTP 蛋白诱导释放组胺的能力。以 rLj-TCTP 与大鼠腹腔肥大细胞共孵育，如果 rLj-TCTP 蛋白具有组胺释放因子的活性，就能够刺激大鼠腹腔肥大细胞脱颗粒，释放组胺至细胞培养液中，取上清液，检测其中组胺的含量。

9.7.1 材料与方法

9.7.1.1 材　料

体重约 250 g 的 SD 雄性大鼠，由大连医科大学动物实验中心提供；组胺标准品、台盼蓝、Percoll 原液为 Sigma 公司产品；RPMI 1640 干粉、100×青-链霉素溶液为 GIBCO 公司产品；胎牛血清为杭州四季青公司产品；甲苯胺蓝为 Chroma 公司产品；邻苯二甲醛（o-phthalaldehyde，OPT）为上海国药集团化学试剂有限公司产品。

主要试剂的配制：

(1) RPMI 1640 溶液（pH 7.4）。RPMI 1640 干粉 1 袋溶于 1000 ml 三蒸水中，加入 HEPES 2.2 g，$NaHCO_3$ 2.5 g，搅拌溶解后，用 0.22 pm 滤膜过滤除菌并分装，4℃保存。RPMI 1640 细胞培养液（pH 7.4）RPMI 1640 溶液中加入胎牛血清至终浓度为 10%，并加入青霉素至终浓度 100 U/ml，链霉素至终浓度为 100 U/ml。

(2) 80%、30% Percoll 溶液。Percoll 原液 9 份与 1 份 0.1 mol/L PBS 混合，得到 100% Percoll 溶液，取此液 8 ml 加入 0.01 mol/L PBS 2 ml 即得到 80%的 Percoll 溶

液。取此液 3 ml 加入 0.01 mol/L PBS 7 ml 即得到 30％的 Percoll 溶液。

（3）甲苯胺蓝的配制。

硼砂（Bonax）	1 g
甲苯胺蓝	1 g
双蒸水	100 ml

先将硼砂溶于双蒸水中，随后加入甲苯胺蓝，溶解后用滤纸过滤备用。

（4）D-Hanks 液的配制。

KCl	0.4 g
KH_2PO_4	0.06 g
NaCl	8.0 g
$NaHCO_3$	0.35 g
$Na_2HPO_4 \cdot 12H_2O$	0.12 g
ddH_2O 至 1000 ml	

（5）NaOH　0.4 mol/L。

（6）HCl　1 mol/L。

（7）HCl　0.1 mol/L。

（8）邻苯二甲醛 / 甲醇溶液　0.05％。

9.7.1.2 方　法

（1）选重约 250 g 的 SD 雄性大鼠，麻醉后，断颈处死。

（2）剪开腹部皮肤，将皮片向两侧翻开，在腹部正中线以下 2/5 处，经腹白线进针，向腹腔射预冷的 D-Hank 液 15 ml（不含酚红，临用前加肝素 5 U/ml，并用磷酸盐缓冲液调至 pH 为 6.9）。

（3）轻轻按摩腹部 2～3 min，打开腹腔，将腹腔内容物推向一侧，以滴管吸取腹腔冲洗液（明显血性者弃用）置入冰浴的离心管中（用 15 ml 离心管）。

（4）4℃离心（1500 r/min，10 min）。

（5）用预冷的 4℃ D-Hank 液洗一次后，沉淀以 1 ml D-Hank 液悬浮。

（6）以 1∶1 的比例缓慢加入 80％、30％的 Percoll 梯度细胞分离液。

（7）4℃ 2500 r/min，15 min，取界面细胞。

（8）D-Hanks 液洗 3 次（4℃ 1000 r/min，10 min）。

（9）甲苯胺蓝染色法测定肥大细胞的纯度，50 μl 的细胞悬液与等体积 0.1％甲苯胺蓝混合，室温下染色 10 min，吸取 10 μl 加入细胞计数板计数（提纯的细胞经甲苯胺蓝染色，胞质可见紫色颗粒，确认为肥大细胞），细胞纯度可达 95％。

（10）进行台盼蓝染色细胞活力，等体积的细胞悬液与台盼蓝混合，室温 3 min，吸取 10 μl 到细胞计数板，计算活力（细胞活力％＝细胞总数－蓝色细胞数/细胞总数）×100％。

（11）将沉底细胞悬浮于 10％新生牛血清的 RPMI 1640 中 1 ml，保存于 4℃，不能过夜。

(12) 实验前调整细胞浓度 1×10^5 个/ml ($0.5\times10^6\sim0.9\times10^6$ 个/鼠)。肥大细胞密度(个/ml) = (9 个大格中肥大细胞总数/9) ×稀释倍数 $\times10^4$。

(13) 100 μl 的腹腔肥大细胞 (10 ml 管) 和 100 μl (1.5 ml 管) rLj-TCTP 分别 37℃预培养 5 min。

(14) 将不同浓度的 rLj-TCTP (0.2 μg/ml、1 μg/ml、5 μg/ml、10 μg/ml、50 μg/ml、100 μg/ml) 100 μl 与 100 μl 肥大细胞在 37℃下 35 min (自发释放组为 100 μl D-Hank 液加 100 μl 细胞悬液)。上清液对照组为 100 μl D-Hank 液和 100 μl 10%新生牛血清的 RPMI 1640,细胞裂解液对照组为 D-Hank 液。

(15) 加入冰冷的 D-Hank 液 0.8 ml 终止反应 (放在冰上)。

(16) 4℃, 2000 r/min, 离心 5 min。

(17) 上清液用于组胺分析。

(18) 剩余的细胞重悬于 1 ml 的 D-Hank 液。然后沸水煮 10 min 释放多余组胺。

(19) 取上清液 0.4 ml 加入 0.2 ml NaOH (0.4 mol/L), 立即加入 0.05%邻苯二甲醛 0.04 ml, 混匀, 避光, 室温放置 10 min, 加入 0.2 ml 0.1 mol/ml HCl 终止反应。

(20) 煮过的 1 ml 方法同 (19)。

(21) 在荧光分光光度计比色 (入射波长 355nm, 发射波长 460nm)。

(22) 用荧光测定法测定组胺含量, 按窦淑筠的方法略加修改进行。由于最后的结果用组胺释放率表示, 所以不需要用标准浓度的组胺溶液进行组胺测定及绘制标准曲线。检测相对荧光强度 (T)。

$$组胺释放率=\frac{(T_{上清液}-T_{对照组1})-(T_{自发}-T_{对照组1})}{(T_{上清液}-T_{对照组1})+(T_{细胞裂解液}-T_{对照组2})}\times100\%$$

9.7.2 结　果

采用大鼠腹腔肥大细胞评价 rLj-TCTP 蛋白诱导肥大细胞释放组胺呈剂量依赖性, 在一定浓度范围内随着 rLj-TCTP 蛋白浓度的增强, 组胺释放率也随之增大, 当 rLj-TCTP 蛋白达到一定浓度后, 组胺释放率有下降趋势。说明 rLj-TCTP 蛋白具有组胺释放因子活性。见图 9.16。

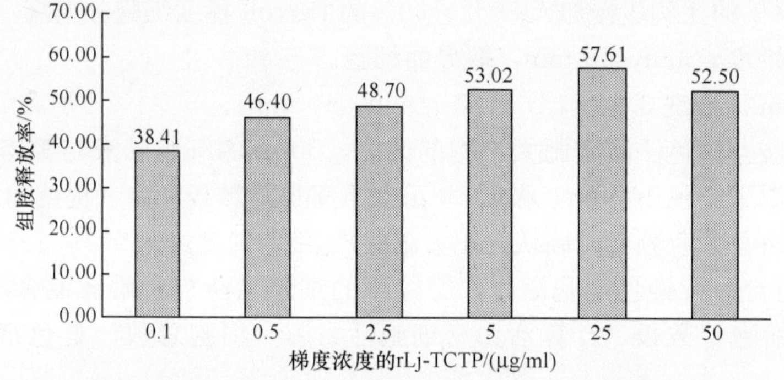

图 9.16　rLj-TCTP 刺激肥大细胞释放组胺的释放率

9.7.3 讨　论

组胺释放因子 HRF 最早于 1985 年从活化的人单核细胞中分离，是带有不同生物学活性的一组多相因子，被认为在慢性过敏性炎症病理中起关键作用，目前的观点主要集中在 IgE 依赖性 HRF，它需要特定的 IgE 的存在，诱导组胺释放。HRF 可上调 B 细胞表达 IL-1 和 IL-6，在体内给 rHRF 或 rHRF 的 cDNA 可增加全部和抗原特异免疫球蛋白的合成，说明 HRF 具激活 B 细胞活性和功能的作用。此外，HRF 还能不同程度的调节嗜碱性粒细胞、肥大细胞、嗜酸性粒细胞、T 细胞和 B 细胞分泌细胞因子，如分泌以抗炎方式起作用的白介素细胞因子 IL-4 和 IL-13，提示它可能涉及广泛的免疫应答。因此，我们推测，HRF 在日本七鳃鳗与宿主之间复杂的免疫调节系统中可能起至关重要的作用。

鱼类是海洋脊椎动物中的一大家族。近年来，随着对鱼类药用研究的深入，已从鱼类中提取出了多种抗凝血、抗血栓活性物质，逐步成为海洋药物领域的研究热点。日本七鳃鳗系圆口纲七鳃鳗目七鳃鳗科七鳃鳗属。在进化上因连接着脊椎动物与无脊椎动物而具有极高的研究价值，在世界动物学研究史上一直占据着重要的地位。在海水中营半寄生生活，以其特有的口吸盘吸附在其他鱼类躯体上，靠吸食其血生存，七鳃鳗在眼眶下的口腔后有一对特殊的腺体，以细管通至舌下，腺的分泌物是一中抗凝血剂，对寄主进行吸血时，能阻止动物创口血液的凝固，因此推测在其口腔腺中存在某种抗凝机制。

9.8 rLj-TCTP 对 HUVEC、HeLa 细胞增殖及其凋亡的影响

9.8.1 材料与方法

9.8.1.1 材　料

人脐静脉内皮细胞系 HUVEC，人宫颈癌细胞系 HeLa 本实验室保存；高糖 DMEM 细胞培养液、RPMI 1640 细胞培养液、新生小牛血清 100×青-链霉素溶液、胰酶均购自 GIBCO BRL；Cell Counting Kit-8（CCK-8 试剂盒）、Annexin V-FITC 细胞凋亡检测试剂盒、细胞凋亡-DNA ladder 抽提试剂盒（离心柱式）细胞凋亡-Hoechst 染色试剂盒等购自碧云天生物技术研究所。96 孔细胞培养板，6 孔细胞培养板均购自 Corning Costar 公司。

仪器：二氧化碳细胞培养箱（HERAcell-150）；倒置显微镜（Olympus，日本）；全自动酶标仪（SUNRISE TECAN 公司）；电热恒温鼓风干燥箱（DGG-9123A 型）；超净工作台（KS12-1/PEAC）；紫外凝胶成像系统；流式细胞仪；荧光显微镜。

9.8.1.2 方　法

细胞培养：

HUVEC 细胞于含 10%胎牛血清的 RPMI 1640 细胞培养液中，在 37℃含 5% CO_2 的条件下培养。

HeLa 细胞于含 10%胎牛血清的高糖 DMEM 细胞培养液中，在 37℃含 5% CO_2 的条件下培养。

细胞增殖实验：

Cell Counting Kit-8 简称 CCK-8 试剂盒，是一种基于 WST-8 的广泛应用于细胞增殖和细胞毒性的快速高灵敏度检测试剂盒。WST-8 是一种类似于 MTT 的化合物，在电子耦合试剂存在的情况下，可以被线粒体内的一些脱氢酶还原生成橙黄色的 formazan。细胞增殖越多越快，则颜色越深；细胞毒性越大，则颜色越浅。对于同样的细胞，颜色的深浅和细胞数目呈线性关系。具体实验步骤如下。

(1) 调整 HUVEC 细胞到良好状态，经胰酶消化，收集细胞，调整细胞浓度 1×10^5 个/ml；

(2) 接种于 96 孔板，每孔 100μl，孵育 24 h；

(3) 分别加 PBS、顺铂、梯度浓度的 rLj-TCTP 蛋白各 10μl，继续培养 48 h；

(4) 每孔加入 10 μl CCK-8 溶液，继续培养 1 h；

(5) 酶标仪检测吸光率，测定波长为 450 nm；

(6) 计算细胞抑制率：细胞抑制率＝1－(药物组 OD 值/对照组 OD 值)×100%。

DNA ladder 检测：

DNA ladder 也称 DNA fragmentation，是细胞凋亡的一个重要指标。通常观察到 DNA ladder，就可以判定细胞发生了凋亡。细胞凋亡-DNA ladder 抽提试剂盒（离心柱式）(Apoptosis，DNA ladder Extraction Kit with Spin Column) 是目前最先进的 DNA ladder 抽提试剂盒之一。本试剂盒是针对细胞凋亡过程中产生的核小体间 DNA 链断裂而设计的。可以非常有效地抽提最小片段为 180～200bp 的 DNA ladder，同时又可以抽提到最大 50 kb 左右的基因组 DNA。样品首先被蛋白酶 K 消化，随后加入适合 DNA 结合到纯化柱上的缓冲液，然后加入到纯化柱内。通过高速离心，使 DNA 在穿过纯化柱的瞬间，结合到纯化柱上，随后通过 2 次洗涤去除各种杂质，最后通过洗脱液把 DNA 洗脱下来。具体实验步骤如下。

(1) 调整 HUVEC，HeLa 细胞到良好状态，经胰酶消化，收集细胞，传代到六孔板中培养 24 h。使为 50%～80%。

(2) 分别加入 PBS、顺铂、rLj-TCTP 蛋白，继续培养 48 h。

(3) 收集约 100 万个细胞，离心沉淀，弃上清液。加入 200 μl PBS，轻轻吹散或弹散细胞，使细胞重悬于 PBS 中。

(4) 加入 4 μl RNase A，Vortex 混匀。室温（15～25℃）放置 2 min。

(5) 加入 20 μl 蛋白酶 K，Vortex 混匀。

(6) 加入 200 μl 样品裂解液 B，Vortex 混匀，70℃孵育 10 min。加入样品裂解液 B 后必须立即 Vortex 混匀。不可把蛋白酶 K 直接和样品裂解液 B 混合。

(7) 加入 200 μl 无水乙醇，Vortex 混匀。加入乙醇后必须充分混匀，否则会严重影响抽提效果。加入乙醇后可能产生白色沉淀，属正常现象，后续步骤中必须把白色沉淀和溶液全部转移到纯化柱内。

(8) 把步骤 (7) 中的混合物加入到 DNA 纯化柱内。≥6000g (≥8000 r/min) 离心 1 min，倒弃废液收集管内液体，进行本步骤前需将纯化柱置于废液收集管上，倒弃废液后回收废液收集管。

(9) 加入 500 μl 洗涤液 I，≥6000g (≥8000 r/min) 离心 1 min。倒弃废液收集管内液体。进行本步骤前需将纯化柱置于废液收集管上。倒弃废液后回收废液收集管。

(10) 加入 600 μl 洗涤液 II，≥18 000g (≥12 000 r/min) 离心 1 min。倒弃废液收集管内液体。进行本步骤前需把纯化柱置于废液收集管上。倒弃废液后回收废液收集管。

(11) 再≥18 000g (≥12 000 r/min) 离心 1 min，以去除残留的乙醇。

(12) 将 DNA 纯化柱置于一洁净的 1.5 ml 离心管上，加入 50～100 μl 洗脱液。室温放置 1～3 min。≥12 000 r/min 离心 1 min。所得液体即为纯化得到的总 DNA。洗脱液需要直接加至纯化柱管内柱面中央，使液体被纯化柱吸收。

(13) 取部分抽提得到的 DNA，1%琼脂糖凝胶电泳分析。如果细胞发生凋亡，即可观察到典型的 DNA。

Annexin V-FITC 细胞凋亡检测：

Annexin V-FITC 细胞凋亡检测试剂盒（Annexin V-FITC Apoptosis Detection Kit）是用 FITC 标记的重组人 Annexin V 来检测细胞凋亡时出现在细胞膜表面的磷酯酰丝氨酸的一种细胞凋亡检测试剂盒。可以使用流式细胞仪、荧光显微镜或其他荧光检测设备进行检测。

用带有绿色荧光的荧光探针 FITC 标记的 Annexin V，即 Annexin V-FITC，就可以用流式细胞仪或荧光显微镜非常简单而直接地检测到磷酯酰丝氨酸的外翻这一细胞凋亡的重要特征。

本试剂盒还提供了碘化丙啶染色液，碘化丙啶可以染色坏死细胞或凋亡晚期丧失细胞膜完整性的细胞，呈现红色荧光。对于坏死细胞，由于细胞膜的完整性已经丧失，Annexin V-FITC 可以进入到细胞质内，与位于细胞膜内侧的磷酯酰丝氨酸结合，从而也使坏死细胞呈现红色荧光。

用 Annexin V-FITC 和碘化丙啶染色后，正常的活细胞不被 Annexin V-FITC 和碘化丙啶染色；凋亡早期的细胞仅被 Annexin V-FITC 染色，碘化丙啶染色呈阴性；坏死细胞和凋亡晚期的细胞可以同时被 Annexin V-FITC 和碘化丙啶染色。具体实验步骤如下。

(1) 调整 HUVEC 细胞到良好状态，经胰酶消化，收集细胞，传代到六孔板中培养 24 h。使为 50%～80%。

(2) 分别加入 PBS、rLj-TCTP 蛋白，继续培养 48 h。

(3) 把细胞培养液吸出至一合适离心管内，PBS洗涤贴壁细胞1次，用胰酶细胞消化液（可含有EDTA）消化细胞。

(4) 细胞消化下来后，加入步骤（3）中收集的细胞培养液，稍混匀，转移到离心管内，1000 *g* 离心5 min，弃上清液，收集细胞，用PBS轻轻重悬细胞并计数。

(5) 取5万～10万重悬的细胞，1000 *g* 离心5 min，弃上清液，加入195 μl Annexin V-FITC结合液（1倍）轻轻重悬细胞。

(6) 加入5 μl Annexin V-FITC，轻轻混匀。

(7) 室温（20～25℃）避光孵育10 min。可以使用铝箔进行避光。

(8) 1000 *g* 离心5 min，弃上清液，加入190 μl Annexin V-FITC结合液（1倍）轻轻重悬细胞。

(9) 加入10 μl碘化丙啶染色液，轻轻混匀，冰浴避光放置。

(10) 随即进行流式细胞仪检测，Annexin V-FITC为绿色荧光，PI为红色荧光。

Hoechst染色：

Hoechst 33258染色是一种经典而又快速简便的细胞凋亡检测方法。细胞发生凋亡时，染色质会浓缩。所以Hoechst 33258染色后，在荧光显微镜下观察，正常细胞的细胞核呈正常的蓝色，而凋亡细胞的细胞核会呈致密浓染，或呈碎块状致密浓染，颜色有些发白。具体实验步骤如下。

(1) 取洁净盖玻片在70%乙醇中浸泡5 min或更长时间，无菌超净台内吹干或用无菌的PBS或0.9% NaCl等溶液洗涤3遍，再用细胞培养液洗涤1遍。将盖玻片置于六孔板内，种入HUVEC细胞培养过夜，使为50%～80%。

(2) 分别加入PBS、梯度rLj-TCTP蛋白，继续培养48 h。

(3) 刺激细胞发生凋亡后，吸尽培养液，加入0.5 ml固定液，固定10 min或更长时间（可4℃过夜）。

(4) 去固定液，用PBS或0.9% NaCl洗2遍，每次3 min，吸尽液体。洗涤时宜用摇床，或手动晃动。

(5) 加入0.5 ml Hoechst 33258染色液，染色5 min。也宜用摇床，或手动晃动数次。

(6) 去染色液，用PBS或0.9% NaCl洗2遍，每次3 min，吸尽液体。洗涤时宜用摇床，或手动晃动。

(7) 滴一滴抗荧光淬灭封片液于载玻片上，盖上贴有细胞的盖玻片，让细胞接触封片液，尽量避免气泡。

(8) 荧光显微镜可检测到呈蓝色的细胞核。激发波长在350 nm左右，发射波长在460 nm左右。

9.8.2　结　　果

9.8.2.1　HUEVC细胞的CCK-8检测结果

活细胞具有摄取WST-8的能力，在细胞内部被转化为橙黄色物质，细胞数越多，则颜色越深，每孔细胞数与 OD 值为线性相关，随着细胞数增加，OD 值也增加，可以通过酶标仪检测颜色深浅来间接反映 rLj-TCTP 对 HUVEC 细胞的抑制情况。

经 CCK-8 法检测结果提示：不同浓度的 rLj-TCTP（30 μg/ml、15 μg/ml、7.5 μg/ml、3.25 μg/ml）作用于 HUVEC 细胞 48 h 后，rLj-TCTP 表现出抑制 HUVEC细胞增殖的作用，并且呈明显的量效关系。结果见表 9.5，图 9.17。

表 9.5 rLj-TCTP 对 HUEVC 细胞增殖的影响

样本	复孔 1	复孔 2	复孔 3	复孔 4	复孔 5	OD 平均值	增殖抑制率/%
PBS	1.543	1.5223	1.5745	1.5075	1.5465	1.5388	100
rLj-TCTP/(30 μg/ml)	1.2004	1.2452	1.2561	1.2344	1.2148	1.2302	20.53
rLj-TCTP/(15 μg/ml)	1.3289	1.2833	1.3451	1.2976	1.2899	1.3090	14.93
rLj-TCTP/(7.5 μg/ml)	1.4184	1.4036	1.4084	1.388	1.3913	1.4020	8.89
rLj-TCTP/(3.25 μg/ml)	1.4503	1.4537	1.4244	1.4186	1.4627	1.4419	6.29
顺铂/(30 μg/ml)	0.5081	0.5612	0.5078	0.5111	0.5108	0.5198	66.22

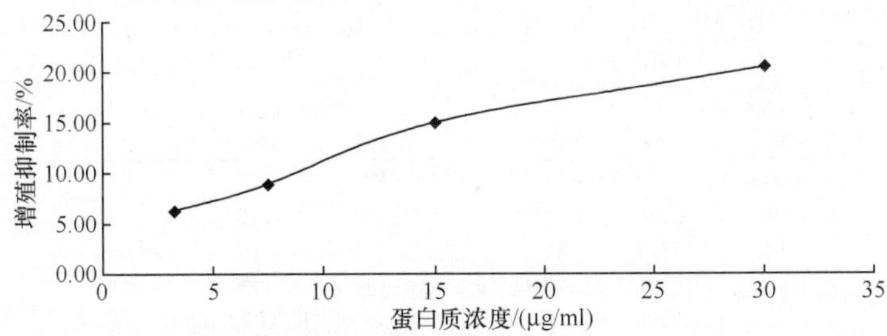

图 9.17 rLj-TCTP 对 HUEVC 细胞增殖的影响

9.8.2.2 HUEVC 细胞的 DNA ladder 检测结果

细胞凋亡时的主要生物化学特征是其染色质发生浓缩，染色质 DNA 在核小体单位之间的连接处断裂，形成 50～300 kb 长的 DNA 片段，或 180～200 bp 整数倍的寡核苷酸片段，在琼脂糖凝胶电泳上表现为梯形电泳图谱，称为 DNA ladder。细胞经处理后，采用常规方法分离提纯 DNA 后，进行琼脂糖凝胶电泳和 EB 染色，在凋亡细胞群中则可观察到典型的 DNA ladder。

在 30 μg/ml rLj-TCTP 作用下，HUEVC 细胞 DNA 未发生断裂。这说明了 rLj-TCTP 不具有促进 HUEVC 细胞凋亡的功能。见图 9.18。

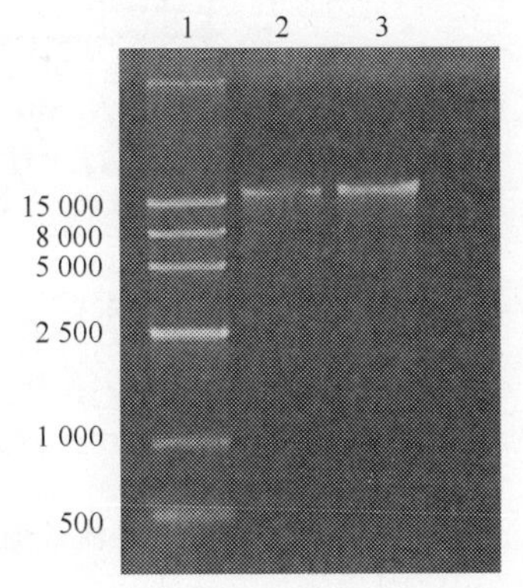

图 9.18 HUVEC 细胞 DNA ladder 检测结果

1. Maker；2. PBS；3. 30 μg/ml rLj-TCTP

9.8.2.3 Annexin V-FITC对 HUEVC 细胞凋亡检测结果

用 Annexin V-FITC 和碘化丙啶染色后，正常的活细胞不被 Annexin V-FITC 和碘化丙啶染色（图 9.19 左下角）；凋亡早期的细胞仅被 Annexin V-FITC 染色，碘化丙啶染色呈阴性（图 9.19 右下角）；坏死细胞和凋亡晚期的细胞可以同时被 Annexin V-FITC和碘化丙啶染色（图 9.19 右上角）。图 9.19 左上角出现的是许可范围内的检测误差。

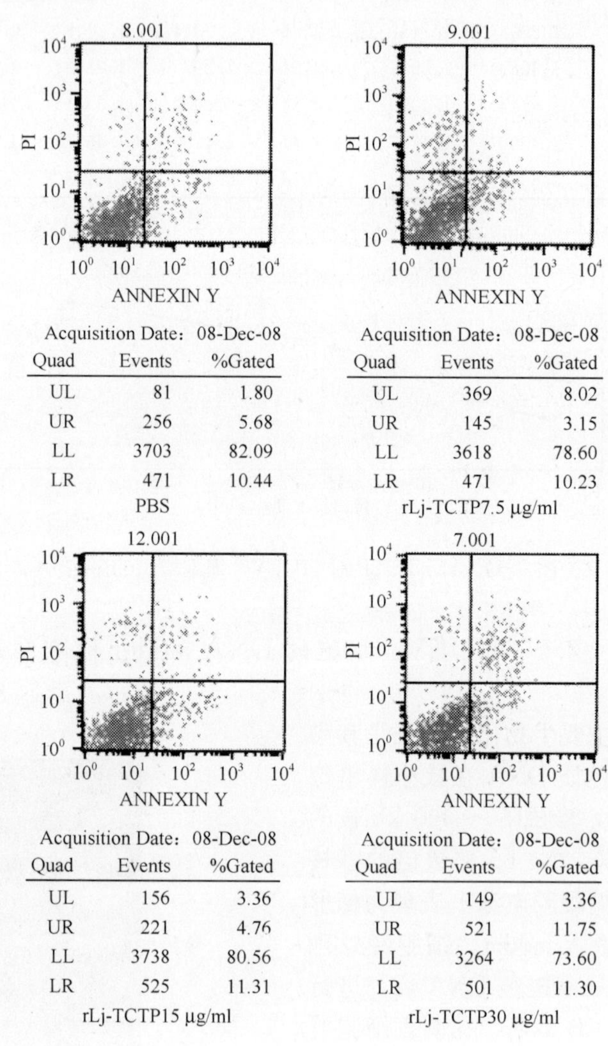

PBS（Acquisition Date：08-Dec-08）

Quad	Events	%Gated
UL	81	1.80
UR	256	5.68
LL	3703	82.09
LR	471	10.44

rLj-TCTP7.5 μg/ml（Acquisition Date：08-Dec-08）

Quad	Events	%Gated
UL	369	8.02
UR	145	3.15
LL	3618	78.60
LR	471	10.23

rLj-TCTP15 μg/ml（Acquisition Date：08-Dec-08）

Quad	Events	%Gated
UL	156	3.36
UR	221	4.76
LL	3738	80.56
LR	525	11.31

rLj-TCTP30 μg/ml（Acquisition Date：08-Dec-08）

Quad	Events	%Gated
UL	149	3.36
UR	521	11.75
LL	3264	73.60
LR	501	11.30

图 9.19 流式细胞仪对 HUEVC 细胞凋亡检测结果

结果显示：HUEVC 细胞经 rLj-TCTP 诱导 48 h 后早期凋亡和晚期凋亡效果不明显（表 9.6，图 9.19）。这一结果与 DNA ladder 结果一致。

表 9.6 流式细胞仪对 HUEVC 细胞凋亡检测结果

实验样品	早期凋亡/%	晚期凋亡及坏死/%
PBS	10.44	5.68
rLj-TCTP/(7.5 μg/ml)	10.23	3.15
rLj-TCTP/(15 μg/ml)	11.31	4.76
rLj-TCTP/(30 μg/ml)	11.30	11.75

9.8.2.4 HeLa 细胞的 DNA ladder 检测结果

在 30 μg/ml、15 μg/ml、7.5 μg/ml 浓度的 rLj-TCTP 作用下，HeLa 细胞 DNA 发生了断裂。这说明了 rLj-TCTP 具有促进 HeLa 细胞凋亡的功能（图 9.20）。

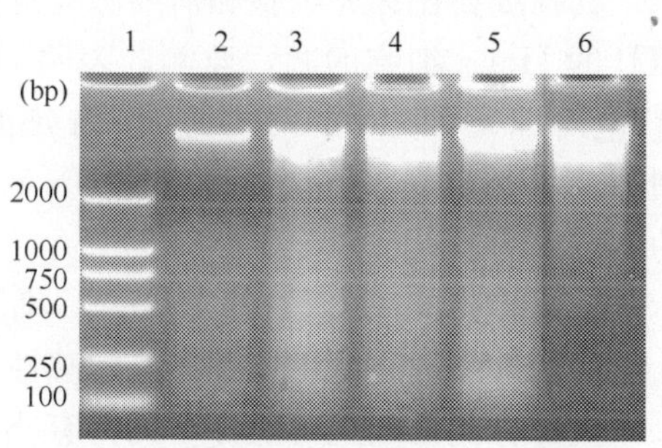

图 9.20 HeLa 细胞 DNA ladder 检测结果

1. Marker；2. PBS；3. 30 μg/ml rLj-TCTP；4. 15 μg/ml rLj-TCTP；5. 7.5 μg/ml rLj-TCTP；6. 顺铂

9.8.2.5 Hoechst 对 HeLa 细胞的染色结果

细胞发生凋亡时，染色质会固缩。所以，凋亡细胞在等渗条件下进行活细胞 Hoechst 染色时，其吸收 Hoechst 的能力增强，细胞核会致密浓染，产生较强的蓝色荧光，其强度要比坏死细胞和活细胞大得多（彩图 22）。

本实验以终浓度分别为 30 μg/ml、15 μg/ml、7.5 μg/ml 浓度的 rLj-TCTP 作用于 HeLa 细胞 48 h 诱导细胞凋亡，结果凋亡细胞量随 rLj-TCTP 蛋白浓度呈梯度递增。说明 rLj-TCTP 具有诱导 HeLa 细胞发生凋亡的功能。

9.8.3 讨 论

细胞增殖和凋亡的平衡是生物体维持自身稳定的重要机制，肿瘤细胞最显著的特征之一就是增殖失控。抑制肿瘤细胞增殖是我们对付肿瘤的常用策略，也是许多化疗药物的作用机制。凋亡是一种特殊的死亡类型，是细胞在一定的生理和病理条件下发生的由基因控制的细胞自主的有序的死亡，其具有独特的形态学和生物化学特征。形态学观察细胞凋亡的变化是多阶段的，首先出现的是细胞体积缩小，然后是细胞质密度增加，核质浓缩，核膜核仁破碎，胞膜有小泡状形成，俗称“凋亡小体”。此外，细胞凋亡的一个显著特点是细胞染色体 DNA 的降解，这种降解非常特异并有规律，产生不同长度的 DNA 片段（为 180～200 bp 的整倍数），在琼脂糖凝胶电泳中呈现特异的阶梯状图谱，这是凋亡尤其是晚期凋亡的重要标志。利用流式细胞仪测量细胞悬液中细胞荧光强度来区分正常细胞、坏死细胞和凋亡细胞。因此，只有将光散射特性的检测与荧光参数的检测结合起来才能准确地辨认凋亡细胞。

目前对细胞凋亡的认识正不断得到深化，检测凋亡细胞的方法也逐渐增多，但形态改变仍是确定细胞凋亡的最可靠的方法。DNA 结合荧光染料双苯并咪唑（Hoechst 33258，Ho）常用于凋亡细胞核的确定。细胞发生凋亡时，染色质会浓缩。所以，凋亡细胞在等渗条件下进行活细胞染色时，其吸收 Hoechst 的能力增强，细胞核会致密浓染，产生较强的蓝色荧光，其强度要比坏死细胞和活细胞大得多。本实验采用 Hoechst 试剂盒对加入了 rLj-TCTP 的 HeLa 细胞的凋亡监测，表明 rLj-TCTP 可以引起 HeLa 细胞的凋亡。同时，我们也对加入了 rLj-TCTP 的 HeLa 细胞进行 DNA 片段化检测（DNA ladder），细胞经处理后，采用常规方法分离提纯 DNA，进行琼脂糖凝胶和溴化乙锭染色，观察到典型的 DNA ladder。

利用 DNA ladder 方法对加入了 rLj-TCTP 的 HUEVC 细胞进行细胞凋亡检测，结果表明 rLj-TCTP 不能引起 HUEVC 细胞凋亡。此方法敏感性不高，大量凋亡细胞同时存在时才出现典型的结果，大部分凋亡细胞可能并不见得有非常典型的凋亡表型。所以我们选择使用流式细胞仪联合 AnnexinV-FITC 凋亡检测试剂盒法检测细胞膜成分变化，来进一步确证凋亡活性。但结果与 DNA ladder 方法检测结果一致。

综上所述，rLj-TCTP 对体外培养的人宫颈癌 HeLa 细胞有明显增殖抑制作用，而对正常细胞（人脐静脉内皮细胞 HUEVC）的细胞毒性作用极低。

在细胞凋亡早期位于细胞膜内侧的磷脂酰丝氨酸（PS）迁移至细胞膜外测。磷脂结合蛋白 V（AnnexinV）是一种钙依赖性的磷脂结合蛋白，它与 PS 具有高度的结合力。因此，AnnexinV 可以作为探针检测暴露在细胞外测的磷脂酰丝氨酸。故利用对 PS 有高度亲和力的 AnnexinV，将 AnnexinV 标记上荧光素（如异硫氰酸荧光素 FITC），同时结合使用 PI 拒染法（因坏死细胞 PS 亦暴露于细胞膜外测，且对 PI 高染）进行凋亡细胞双染法后用流式细胞仪即可检测凋亡细胞。细胞发生凋亡时，膜上的 PS 外露早于 DNA 断裂发生，此法检测早期细胞凋亡灵敏度高。又 AnnexinV 联合 PI 染色不需固定细胞，可避免 PI 染色因固定造成的细胞碎片过多。因此，AnnexinV 联合 PI 法更加省时，结果更为可靠，是目前最为理想的检测细胞凋亡的方法。

本实验证明了 rLj-TCTP 可在体外诱导 HeLa 细胞凋亡，然而其分子机制尚不清楚。以往有研究表明，TCTP 在细胞水平上通过调节 Mcl-1 蛋白的稳定性而增强它的抗凋亡活性。Mcl-1 属于关键的细胞死亡调节因子 Bcl-2 蛋白家族成员，在动物的发育中起重要的作用。Mcl-1 通过避免细胞发生凋亡而维持细胞的存活，相反，在酵母中，通过与线粒体外膜作用，TCTP 显示促凋亡作用。

有少数真核细胞蛋白的分泌并不依赖于内质网/高尔基体途径，而是通过其他途径分泌。这些有明确细胞外功能的蛋白质不含有信号肽，这种分泌途径被称为非经典分泌途径。非经典分泌途径是对经典分泌途径有益的补充和替代，有利于蛋白质形成正确构象并行使正常功能，也是对外界高效地作出反应的需要。TCTP 就是一种非经典分泌的蛋白质，它是通过 exsome，借助跨膜蛋白 TSAP6 分泌的。一般情况下非经典分泌蛋白不仅具有细胞外作用，还具有细胞内作用。例如，Trx 是胞质内的氧化还原酶，同时在细胞外可作为生长因子发挥作用；肝细胞生成素作为一种细胞因子，能够刺激肝脏细胞增殖，而在细胞内，又能通过 JAB1 激活 AP1 的转录活性。所以我们推测 TCTP 在细胞内外对细胞凋亡也起到不同的作用。

9.9　结　　论

1）发现了存在于日本七鳃鳗口腔腺中的 TCTP 模体蛋白新基因，并将其命名为 L-250

利用基因工程的手段获得了 L-250 蛋白的 cDNA，与 pET23b 载体相连接，转化入克隆菌 DH5α 后进行阳性转化子的筛选，之后将带有组氨酸标签的重组蛋白在大肠杆菌 *E. coli* BL21 中进行了可溶性高效表达，经组氨酸亲和层析柱纯化后，获得了分子质量为 22.4 kDa，浓度为 1.5 mg/ml 的 L-250 蛋白纯品。

2）对 rLj-TCTP 进行了的生物信息学分析

翻译控制肿瘤蛋白（TCTP）是一类广泛存在于动物、植物及酵母中的，在进化上高度保守、与其他任何蛋白质家族均未显示出明显的序列同源性的蛋白质。采用生物信息学的方法和工具对 rLj-TCTP 蛋白相应的氨基酸序列的理化性质、结构特征、功能及系统演化关系等进行预测和分析，以期为该基因的进一步研究提供一定的理论依据。

3）获得特异性较高的 L-250 蛋白多克隆抗体

以纯化的 L-250 蛋白为抗原免疫新西兰大白兔，得重组蛋白多克隆抗体，采用 ELISA 测所得抗体效价，可达 1∶6400。蛋白质印迹法分析证明所制备的 L-250 多克隆抗体能够很好地识别原核表达的重组 L-250 蛋白及日本七鳃鳗口腔腺分泌物中存在的天然的受翻译调节的肿瘤蛋白，具有较好的特异性。

4）L-250 蛋白具有组胺释放因子活性

将 L-250 蛋白以不同浓度梯度与 RBL-2H3 共孵育，收集细胞培养上清液，以酶免疫测定试剂盒检测其中组胺的浓度。结果表明 L-250 蛋白在痕量（0.3 μg/ml）下就可以刺激 RBL-2H3 细胞释放组胺。L-250 蛋白具有组胺释放因子生物学功能。

5）rLj-TCTP 对 HUVEC、HeLa 细胞增殖及其凋亡的影响

采用人脐静脉内皮细胞系 HUVEC，人宫颈癌细胞系 HeLa 来评价 rLj-TCTP 对这两种细胞增殖及其凋亡的影响。本实验运用了 CCK-8 法、DNA ladder 法、流式细胞仪分析和荧光显微镜分析。表明 rLj-TCTP 可以促进 HeLa 细胞凋亡，而对 HUVEC 影响不大。

10　日本七鳃鳗口腔腺分泌蛋白 L251 的表达纯化及生物学活性鉴定

10.1　引　言

富含半胱氨酸分泌蛋白（cystein-rich secretory protein，CRISP）因其一级结构中含有多个 Cys 残基而得名，该家族包括大量不同起源和功能的单链分泌蛋白，是一类分子质量为 20～30kDa 的单链多肽。CRISP 在进化上非常保守，序列上高度同源，由于一级结构中有 16 个高度保守的半胱氨酸残基，且其中 10 个集中在 C 端区域，构成了一个结构保守、紧凑，功能重要的 CRISP 蛋白家族。CRISP 在大多数物种中都有广泛分布，并且新的成员正在被陆续的发现，新的生物学活性也正被进一步检测。

10.1.1　CRISP 家族蛋白成员及其分布

10.1.1.1　哺乳动物中的 CRISP

CRISP 蛋白家族几乎在每一动物种类中都有发现，且组织分布也很广泛。总体上来说，依据序列同源性和组织特异性，在哺乳动物中 CRISP 家族成员有 4 亚族，分别为 CRISP-1、CRISP-2、CRISP-3 和 CRISP-4（图 10.1）。

CRISP-1，主要分布在哺乳动物的睾丸中，是由睾丸上皮细胞分泌的一种糖蛋白，由精子外膜糖蛋白 DE 和酸性附睾糖蛋白 AEG 组成，它们可以结合到精子的头部，并在卵母细胞上有特定的受体，由此被认为可能与精卵的质膜融合和调控精子的活能有关，目前在鼠、人、猕猴、马和猪体内都有发现。CRISP-2，又称为睾丸特异精母蛋白 TPX-1（结构已经被测出），其组织特异性很高，仅存于睾丸中，主要由精母细胞分泌表达，并可增强精母细胞和支持细胞的结合，目前，在人、鼠、马和猪中都有报道。CRISP-3，分布较之前两种较广泛，在唾液腺、前列腺、胰腺、胸腺、结肠、卵巢、鼠源 B 细胞前体等处都有发现，且 CRISP-3 与植物中起着抗菌保护作用的病程相关蛋白 PR（pathogenesis-related protein）具有较高的同源性，在嗜中性粒细胞和外分泌腺中都有发现，由此预测 CRISP-3 可能在宿主防御中起重要作用，Kosari 等认为 CRISP-3 可能作为前列腺癌的一种新的生物判断指标。CRISP-4，近些年在小鼠的附睾中被发现，它以雄性激素依赖的方式特异性的在附睾上皮细胞中表达，Vadnais 等认为 CRISP-4 与人的 CRISP-1 属于直系同源（图 10.1），但其功能还有待于进一步鉴定。

```
Crisp-1 hum MEIKHLLFLVAAACLLPMLSMK-intron2-KKSARDQFNKLVTD LPNVQEEIVNIHNALRRVVFPASNMLKM-intron3-
Crisp-4 mus MAVKPILLLFVAAFVPVVTIR-intron-2PLKLDRALYNKLITESQTEPQEEIVNTHNAFRRKVSFPARNMLKV-intron3-
Crisp-1 mus MALMLVLFFL AAVLPPSLLQDSSQ-intron2-ENRL EKLST TKNSVQEEIVSKHNQLRRMVSFSGSDLLKM-intron3-
Crisp-3 mus MALMLVLFFL AAVLPPSLLQDNSQE-intron2-NSL EKLST SKKSVQEEIVSKHNQLRRKVSFSGSDLLNM-intron3-
Crisp-2 mus MAWFQVMLFV FALLLRSPLTEGK-intron4-DPDFT  SLLT NQLQVQREIVNKHNELRRSVNFTGSDILKM-intron5-
                      -          -                          - -     - ---  --  -- - -     -

SWSEEAAQNARIFSKYCDMTESNPLERRLP-intron4-NTFCGENMHMTSYPVSWSSVIGVWYSESTSPKHGEWTTTDDITTDHYTQ-intron5-
SWSSAAAENARILARYCDKSDSDSLERRLP-intron4-NTFCGENMLMEHYPSSWSKVIEIWFNESKYFKYGEWPSTDDIEIDHYTQ-intron5-
EWNYDAQVNAQCWADKCTFSHSP IELRTT-intron4-NLRCGENLFMSSYLASWSSAIQGWYNEYKDLTYDVGPKQFDSV VGHYTQ-intron5-
EWNYDAQVNAQCRADKCTFSHSP IELRTT-intron4-NLKCGENLFMSSYLVPWSSVIQGWYNESKGLIFGVGPKQNVSV VGHHTQ-intron5-
EWSIQATTNAQKWANKCILEHSS KDDREI-intron6-NIRCGENLYMSTDPTLWSTVIQSWYNENEDFVYGVGAKPNSAV  GHYTQ-intron7-
 -     -     *  -   -            - *--- -     -- -  -  -                     - --

IVWATSYLIGCATASCRQQGSPRYLYVCHYCHE-intron6-GNDPETKNE    PYKTGVPCEACPSNCEDKLC-intron7-
MVWASTYLVGCDVAACRRQKAATYLYVCHYCHR-intron6-GMHQDTLNM    PYKEGSPCDDCPNNCRDGLC-intron7-
VVWNSTFQVACGVAECPKNPL RYYYVCHYCPV-intron6-GNYQGRLYT    PYTAGEPCASCPDHCEDGLC-intron7-
VVWKSNLQVACGVAECPENPL RYFYVCRYCPV-intron6-LNYSGHYPSRPYLAYTARAPCASCPDRCEDGLC-intron7-
LVWYSSFKIGCGIAYCPNQDNLKYFYVCHYCPM-intron8-GNNVHKKST    PYQQGTPCASCPNNCENGLC-intron9-
 --      *  - *     - --* -*       -              -    -*  *   *-  -*

TNPCIYYDEYFDCDIQVHYLGCNHSTTILFCKATCLCDTEIK
TNPCIYYDEYNNCDTQVKLYGCSHPAVQPFCKASCLCTTEIK
TNSCGHEDKYTNCKYLKKMLSCEHELLKEGCKATCLCEGKIH
TKSCQYKDMSFWCKRLEYV   CKHPGLKERCLATCQC
TNSCDFEDLLSNCESLKTSAGCKHELLKTKCQATCLCEDKIH
-  *          *         * -       * - * *   -
```

图 10.1 CRISP 的序列比对

保守的半胱氨酸残基（*）；同源的氨基酸序列（-）；鼠的 CRISP-4 与人的 CRISP-1 一致的氨基酸残基（∧）

10.1.1.2 非哺乳动物中的 CRISP

除了在哺乳动物体内发现 CRISP 蛋白家族外，在非哺乳动物中也有大量的 CRISP 蛋白家族成员被发现，但是主要集中在蛇类的毒液中。目前对蛇毒中的 CRISP 研究最多的是日本的 Yamazaki 等，他们从不同蛇物种中分离出多种 CRISP 成员，并已证实这些成员中的部分生物学活性，其中有的可以阻断 L-型 Ca^{2+} 通道去极化引起的平滑肌收缩，也有是环核苷酸门控通道阻断剂。腾脉坤等也从蛇毒中分离出两种 CRISP，分别是 natrin 和 stecrisp，natrin 是一种 K^{+} 通道阻断剂，stecrisp 则可参与精子融合和宿主防卫。Brown 等从蛇毒中分离出的 PsTX 具有很强的环核苷酸门控通道阻断活性。从非洲爪蟾 *Xenopus* 中分离出来的 Allurin 是在两栖类动物中发现的唯一一个 CRISP，经研究证明它是一个精子化学引诱蛋白（sperm chemoattractant），也是第一个雌性生殖道中发现的 CRISP 家族成员。线虫中依赖于转录因子 DAF-16 调控表达的蛋白 SCL-1，可调控线虫的寿命和抗压能力。此外，Naoko Ito 等从日本七鳃鳗口腔腺中分离的与我们分离出 BGSP-2 是同一蛋白，这是 CRISP 蛋白家族的新成员，也是首次从原始鱼形无颌脊椎动物中发现的 CRISP 家族成员，经进一步实验证明，此蛋白质除具有 L-型 Ca^{2+} 通道阻断剂活性外，还具有中性粒细胞抑制因子（neutrophil inhibitory factor）活性。此外 CRISP 还广泛存在于爬行动物，如蜥蜴和软体动物（如芋螺）的毒液中，并且 CRISP 蛋白家族成员仍在不断被发现，数目不断在增加。现将来源于不同物种的 CRISP 家族蛋白分布及活性状况列于表 10.1 中。

表 10.1　不同物种的 CRISP 家族蛋白分布及活性

种属	来源	蛋白质	分布	功能
哺乳动物	人、鼠、豚鼠、猪的睾丸	CRISP-1/AEG/DE	全球	参与精卵的质膜融合，调控精子的获能
	人、马、鼠、猕猴、猪的附睾	CRISP-2/Tpx-1/A A1		参与精母细胞和支持细胞的结合
	人下颌、胰和前列腺，结肠、卵巢及鼠 B 细胞前体、附睾上皮细胞	CRISP-3/SGP28		宿主防卫
	附睾上皮细胞	CRISP-4		—
两栖动物	非洲爪蟾(*Xenopus*)卵胶膜	Allurin	非洲	精子引诱蛋白(sperm-chemoattractant)
软体动物	织锦芋螺毒液管	Tex31	亚洲/非洲	丝氨酸蛋白酶
无腭脊椎动物	日本七鳃鳗口腔腺(*Lampetra japonica*)	BGSP-2/lethenteron japonicum	中国东北/日本	阻断 L-型 Ca^{2+} 通道的去极化引起的平滑肌收缩，中性粒细胞抑制因子活性
爬行动物	墨西哥毒蜥蜴唾液腺	Helothermin	墨西哥	阻断钙、钾离子通道和罗那丹受体
	蛇毒 *A. blomhoffi*(Viperidae)	Ablomin	日本	阻断 L-型 Ca^{2+} 通道的去极化引起的平滑肌收缩，轻微抑制 CNG 通道
	蛇毒 *Trimeresurus flavoviridis* (Viperidae)	Trifling	日本冲绳	阻断 L-型 Ca^{2+} 通道的去极化引起的平滑肌收缩
	蛇毒 *Agkistrodon piscivorus* (Viperidae)	Piscivorin	美国	阻断 L-型 Ca^{2+} 通道的去极化引起的平滑肌收缩
	蛇毒 *Crotalus atrox*(Viperidae)	Catrin-2	美国/墨西哥	阻断 L-型 Ca^{2+} 通道的去极化引起的平滑肌收缩
	蛇毒 *Ophiophagus hannah* (Elapidae)	Ophanin	东南亚	阻断 L-型 Ca^{2+} 通道的去极化引起的平滑肌收缩
	蛇毒 *Laticauda semifasciata* (Elapidae)	Latisemin	日本南部	阻断 L-型 Ca^{2+} 通道的去极化引起的平滑肌收缩
	蛇毒 *Naja atra*(Elapidae)	Natrin	中国台湾	高电导钙激活钾离子通道(BKCat)阻断剂
	蛇毒 *Pseudechis australis* (Elapidae)	Pseudechetoxin(PsTx)	澳大利亚北部和中部	环核苷酸门控通道(CNG)阻断剂
	蛇毒 *Pseudechis porphyriacus* (Elapidae)	Pseudecin	澳大利亚南部	环核苷酸门控通道(CNG)阻断剂
	蛇毒 *Trimeresurus stejnegeri* (Viperidae)	Stecrisp	中国	精子融合，宿主防卫
	蛇毒 *Crotalus atrox*(Viperidae)	Catrin-1	美国/墨西哥	—

10.1.2 CRISP 家族蛋白的结构特点

CRISP 在高级结构上具有 3 个区域：N 端 PR-1 结构域（pathogenesis-related group 1 domain）、一个铰链区（linker）和 C 端一个半胱氨酸富集结构域（cysteine-rich domain，CRD）（图 10.2）。此家族经典的 16 个保守的半胱氨酸通过 8 个二硫键形成完全配对，其中 PR-1 结构域的 C 端和 CRD 结构域中各有 3 对，铰链区有 2 对，通过这些二硫键维持了整个高级结构的稳定性。

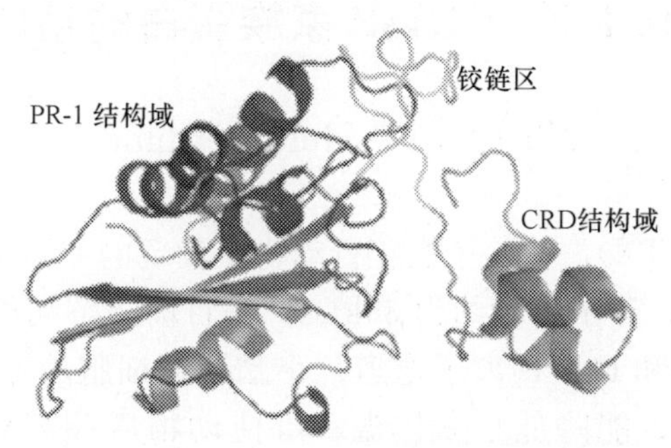

图 10.2 CRISP 的结构

CRISP 由三部分组成：PR-1 结构域，CRD 结构域，铰链区

1）PR-1 结构特征

在一级结构中，CRISP 的 N 端通常由 160 个氨基酸通过多个 α-β-α 三明治立体结构折叠成一个球体，与远距离致病相关蛋白（PR-1）有高度同源性，在这两个家族中都有一段高度保守的氨基酸序列 GHYTQVVW，但 CRISP 的 N 端 PR-1 结构域在 C 端多了一段富含半胱氨酸的尾巴，并在 α-β-α 三明治立体结构附近存在很多 Loop 环，但它们并不是严格保守的，这显示与 PR-1 家族蛋白结构有所不同，这些环很有可能在蛋白质相互作用时起调节作用，有人推测 CRISP 家族蛋白功能的多样性可能源于 PR-1 结构上的差异。

2）铰链区结构特征

铰链区对于两个结构域的连接起重要作用，对于 CRISP 空间结构的伸展是不可缺少的。它由 19 个氨基酸组成，4 个半胱氨酸在此部分形成两对二硫键，第一个二硫键为 PR-1 结构域与铰链区的连接提供了支架，第二个二硫键进一步增强了这两个区域间的作用。

3）CRD 结构特征

CRD 是 CRISP 家族所特有的代表性结构域，在众多 CRISP 家族成员中，CRD 的一级结构之间除了 6 个保守的 Cys 外，其他序列差异很大，此结构域通常由 40 个左右的氨基酸构成 3 个短的螺旋，并通过 3 对交叉二硫键来稳定。在空间上，CRD 除了与铰链区有部分相连外，与 PR-1 是分开的，位于其侧面。对已知 CRISP 蛋白结构分析后发现，CRD 的前两个 Cys 之间有一个 8 个氨基酸构成的 Loop Ⅰ区域，且这 8 个残基是高度可变的，此区域参与调控两个结构域之间的作用，在 CRISP 家族成员中，行使离子通道阻断功能的氨基酸残基可能都位于 CRD 的 Loop Ⅰ区域。由此推测，CRD 作为 CRISP 家族所特有的结构，可能是一个独立的调控模型，能与来自不同生物的功能分子相互作用发挥不同功能及活性，从而实现了 CRISP 家族成员功能的多样化。

10.1.3 CRISP 家族蛋白的功能

10.1.3.1 Helothermine

Helothermine（HLTX），第一个在爬行动物中发现的 CRISP 家族成员，由墨西哥毒蜥蜴唾液腺分泌表达，分子质量约为 35kDa，是目前了解功能最多的 CRISP 家族成员，可阻断小脑 L-、N-和 P-型钙离子通道；小脑颗粒细胞的 K^+ 通道和心肌、骨骼肌细胞内 Ryanodine 受体；能降低小鼠体温；可使动物后肢部分麻痹，呆滞、懒散至死亡。

10.1.3.2 Tex31

Tex31，来自于织锦芋螺毒液，分子质量约为 31kDa，全序列中包含 22 个半胱氨酸，是现有 CRISP 家族中半胱氨酸含量最多的成员，也是软体动物中首次发现的 CRISP 家族成员，具有微弱的丝氨酸蛋白水解酶活性，是目前在芋螺中分离出的第一个加工前体态的蛋白酶，同时也是 CRISP 家族中唯一一个具有蛋白水解酶活性的成员。

10.1.3.3 BGSP-2/lethenteron japonicum

BGSP-2/lethenteron japonicum 除了能够阻断 L-型 Ca^{2+} 通道的去极化引起的平滑肌收缩，我们通过与来自植物、真菌、昆虫、寄生虫和动物的同源蛋白的序列进行排比，BGSP-2/lethenteron japonicum 与蛇毒蛋白 ablomin 有 60%同源性，并在 C 端有相同的 16 个半胱氨酸残基排列；在与植物 PR-1 蛋白 6 个保守半胱氨酸残基对应的位置上缺少两个半胱氨酸残基；特别是与 Na-ASP-2 的比较显示，BGSP-2/lethenteron japonicum 蛋白与 Na-ASP-2 具有相似的 α-β-α 三明治立体结构和相似的电荷分布；在 128～135 氨基酸残基位点，与 ablomin、Na-ASP-2、NIF 及其他的同源蛋白一样都拥有高度保守的 GHF（Y）TQI（V/M）VW 序列，和共同的两个组氨酸、两个谷氨酸残基位点，Glu109、His69、His129、Glu96 是所有 PR-1 蛋白，如蛇毒 ablomin、人肠道寄生虫分泌蛋白 Na-ASP-2、狗钩虫分泌蛋白 NIF、烟草 NtPR-a、番茄致病相关蛋白 P14a 共同的特征性保守残基，这些保守残基形成网络，成簇环绕成一个电负性腔隙，这个腔隙对 BGSP-2/lethenteron japonicum 蛋白结合 CD11b/CD18β2 整合素起着关键作用。那么我们就可以预测 BGSP-2/lethenteron japonicum 蛋白具有趋化因子模拟机制，干扰趋化性细胞因子和趋化性物质对中性粒细胞向感染或损伤部位募集和穿过内皮细胞单层和结缔组织进入炎症部位；另外，Na-ASP-2 和 NIF 都是 CR3 受体的天然拮抗性配体，那么 BGSP-2/lethenteron japonicum 蛋白同样具有与 CD11a 和 CD11bβ2 整合素（CR3 受体）A 结构域结合的能力，从而阻止白细胞与血管内皮细胞的黏附。

进一步我们通过实验证明了 BGSP-2/lethenteron japonicum 蛋白确有 NIF 生物学活性，能够抑制中性粒细胞跨内皮细胞的迁移，这也就为日本七鳃鳗营寄生生活提供了很好的解释。

10.1.3.4 蛇毒中 CRISP 的生物学功能

CRISP 蛋白家族在蛇毒中广泛存在，也是现今研究的热点，目前发现的蛇毒中的 CRISP 功能主要集中在阻断钙离子通道、钾离子通道以及环核苷酸门控通道（CNG）方面。

1）阻断 Ca^{2+} 通道

现已从蛇毒中分离纯化出 Ablomin、Triflin、Latisemin、Piscivorin、Ophanin、Catrin-2 6 种 CRISP 家族新蛋白，这些蛋白与 CRISP 同源性都很高，且半胱氨酸位置也完全相同，它们能阻断 Ca^{2+} 通道的 Ca^{2+} 流发生去极化，引起的平滑肌收缩，但对咖啡因刺激引起的收缩无任何作用，其中 Ablomin、Triflin、Latisemin 的阻断活性较强。但是对于这些蛋白质序列中起关键作用的氨基酸还不明确，有待于进一步研究。

2）阻断 K^+ 通道

钾离子通道是生物体中最基础的功能蛋白之一，参与多种重要的生物学过程，钙激活钾离子通道是钾离子通道中一个具多样性的家族，它们主要依赖细胞内 Ca^{2+} 浓度，通过结合在细胞外表面来阻断 K^+ 通道。近年，有两种蛇毒 CRISP 中与 K^+ 通道有关的蛋白质：Natrin 和 Stecrisp。Natrin 来自于中华眼镜蛇毒，分子质量为 25 kDa，实验已证实 Natrin 可以抑制血管平滑肌细胞膜上高电导钙激活钾通道（BK_{Ca}）。Natrin 是蛇毒中的第一个具有 BK_{Ca} 通道阻断活性的 CRISP 家族成员。Stecrisp 的空间结构与 BgK 和 ShK 等电压敏感性 K^+ 通道阻断剂具有相似的折叠，但其作用机制尚不明了，还有待于进一步研究。

3）阻断环核苷酸门控通道

CNG 通道最初在视觉和嗅觉的感觉上皮细胞中被发现，是一种非特异性阳离子门控通道，通过调节细胞膜电势和细胞内 Ca^{2+} 水平而引发细胞内环核苷酸浓度的变化，研究表明该通道在视网膜光感受器和嗅感觉神经元的信号转导中起着重要作用。Pseudechetoxin（PsTx）和 Pseudecin（Pdc）是分别由 Brown 和 Yamazaki 等从两种蛇毒中分离出来的，两种物质的同源性高达 96.7%，目前已通过实验证实这两种物质是已知仅有的能够阻断CNG通道的蛋白质，它们以高亲和力结合到CNG具孔的塔状区，通过抑制离子从细胞外部进入来阻断嗅觉与视网膜通道，但在阻断CNG通道的效果上显示出很大差别，对于阻断CNG通道（CNGA2），PsTx亲和力比Pdc高30倍，对于阻断视网膜CNG通道（CNGA1）高15倍。

10.1.4 CRISP的应用展望

近些年对CRISP家族的研究已经取得了长足的进展，来自很多物种的CRISP成员的序列、结构及生物学功能都已被研究清楚，为下一步的药物研发奠定了基础，并且有很多物种的CRISP正在被研究，但是仍有很多新发现的CRISP蛋白家族成员的结构和功能研究都还处于起始阶段，有待于进一步的深入研究。近些年对于CRISP的研究逐步由分离纯化转向功能研究，Yamazaki等近来发现，CRISP在血液凝集和血管系统的调控中也能发挥作用，这为CRISP的应用开发提供了一个新的思路。

10.2 基因序列进化分析，L251蛋白的表达及纯化

10.2.1 材料和方法

10.2.1.1 材　料

PCR Amplification Kit、MiniBEST Plasmid Purification Kit等基因克隆所需试剂、IPTG、琼脂糖购自宝生物工程（大连）有限公司；咪唑、尿素、DTT、NaCl、Tris-碱购自AMRESEO；组氨酸亲和层析柱购自上海华美生物有限公司；标准分子质量蛋白、甘氨酸、考马斯亮蓝购于北京经科宏达生物有限公司；丙烯酰胺、双丙烯酰胺、TEMED、EDTA、SDS购自Sigma公司；过硫酸铵购自北京宝泰克生物科技有限责任公司；pET23b质粒、大肠杆菌Rosetta菌种由本实验室保存；冰醋酸、盐酸、无水乙醇、甘油、2-巯基乙醇、甲醇购自大连沈联化学试剂公司；透析袋MD34-7购自Solarbio，截留相对分子质量7000，干燥时直径22 mm。

所用仪器有HZ-8801K型台式恒温振荡器；Biofuge PrimoR冷冻离心机；TDL-5台式低速大容量离心机；LX-100手掌型离心机；DGG-9123A型电热鼓风干燥箱；1671-DHA超净工作台；VCX130细胞破碎仪；电泳仪；凝胶成像系统；BIO-RAD 550酶标仪；倒置显微镜。

10.2.1.2 方　法

功能基因的EST搜索：

实验构建七鳃鳗口腔腺cDNA文库（2.1×10^6 pfu/ml）并随机挑选cDNA单克隆进行EST测序，建立EST数据库（约1300条EST序列）。根据cDNA序列和部分表

达序列标签（EST），预测出功能基因片段，并翻译成蛋白质的氨基酸序列，在 NCBI 蛋白质数据库（SwissProt，GenBank，PDB）中进行相似性搜索。依据蛋白质序列比较中序列的相似水平，归入各蛋白质家族和超家族中，再进一步分析代表蛋白质相同生化功能的活性位点，或具重要特征的、保守性强的氨基酸模序是否存在；一个模序可以代表一个折叠结构或活性位点。经上述工作得到具有中性粒细胞抑制因子样活性的 L251 基因片段。

总 RNA 的提取：

采用 GIBCO BRL 的 Trizol 试剂。具体如下：

(1) 取日本七鳃鳗口腔腺迅速置于液氮中研磨；

(2) 称取 0.2 g 腺体组织和分泌物，加 1 ml Trizol 试剂制备匀浆，4℃孵育 5 min；

(3) 加 0.2 ml 氯仿，盖紧盖后用力振摇 15 s，然后置于冰上 5 min；

(4) 4℃，12 000 *g*，离心 15 min；

(5) 将上层水相移入另一离心管，加 0.5 ml 异丙醇，并在冰上孵育 10 min；

(6) 4℃，12 000 *g*，离心 15 min；

(7) 弃上清液，在沉淀（含 RNA）中加 1 ml 75%乙醇洗涤，旋涡混匀；

(8) 4℃，10 000 *g* 离心 5 min，得到 RNA 沉淀；

空气干燥后，用适量 TE 或无 RNase 的水溶解备用。

调取目的基因并构建至质粒表达载体：

以 pET23b 序列中 *Nde* Ⅰ/*Hind* Ⅲ酶切位点和目的片段两端序列为依据设计引物，进行 RT-PCR 扩增，以获得日本七鳃鳗口腔腺 L251 蛋白的 cDNA；为产生带有组氨酸标签的融合蛋白，选择 pET23b（+）作为基因克隆的载体，克隆具体操作如下。

(1) 按以下条件进行反转录反应：42℃ 20 min，99℃ 5 min，5℃ 5 min。

引物序列为：

P1：5′-XXcatatggcgagcgtcgtggcggcgaca-3′

P2：5′-XXaagcttctgcacatccgtcgtgcagct-3′

(2) 使用 TaKaRa RNA LA PCRTM Kit（AMV）Ver. 1.1（Code No. DRR012A），以总 RNA 为模板，以 Oligo dT 为反转录引物反转录合成 cDNA。

(3) 以 cDNA 为模板，以 CTA251F/ CTA251R 为引物，使用 TaKaRa LA *Taq*™ (CodeNo. DRR02AG) PCR 扩增的基因片段。PCR 使用 TaKaRa Agarose Gel DNA Purification Kit Ver. 2.0（Code No. DV805A）切胶回收，命名为 L251（P），溶于 12 μl dH_2O 中，取 1 μl 进行琼脂糖凝胶电泳。

(4) 使用 TaKaRa DNA Ligation Kit（CodeNo. D6022）中的溶液Ⅰ，将 L251（P）和 pMD18-T 载体连接后，热转化到 *E. coli* 感受态细胞 JM109（CodeNo. D9052）中，涂布平板，过夜培养菌体。

(5) 挑选菌落，提取质粒。取 1 μl 进行琼脂糖凝胶电泳。

(6) 将 L251(T)-1、L251(T)-2、L251(T)-3、L251(T)-6 质粒用 BcaBEST 引物 M13-47/ BcaBEST 引物 Rv-M 引物进行 DNA 测序，测序结果符合要求。

(7) 将 L251(T)-3 和 pET23b 用 *Nde* Ⅰ/*Hind* Ⅲ双酶切，并使用 TaKaRa Agarose

Gel DNA Purification Kit Ver. 2.0（CodeNo. DV805A）切胶回收，命名为插入片段Ⅰ和载体Ⅰ，取 1 μl 进行琼脂糖凝胶电泳。

(8) 使用 TaKaRa DNA Ligation Kit（CodeNo. D6022）中的溶液Ⅰ，将载体Ⅰ连接，热转化至 *E. coli* 感受态细胞 JM109（Code No. D9052）中，涂布平板，过夜培养菌体。挑选菌落，提取质粒。取 1 μl 进行琼脂糖凝胶电泳。

(9) 将质粒 L251-P-3 使用 *Nde*Ⅰ/*Hind*Ⅲ双酶切进行酶切检测，取 10 μl 进行琼脂糖凝胶电泳。

(10) 将质粒 L251-P-3 用 T7 启动子引物/T7 Terminator 引物进行 DNA 测序，测序结果符合要求。

将获取目的 cDNA 的 pET23b 载体转化入表达菌 Rosetta 后进行阳性转化子的筛选鉴定。

(1) 感受态的制备：将 Rosetta 菌在琼脂平板上划线，37℃培养 12～16 h。挑取单菌落于 5 ml LB 液体培养基中，37℃ 振荡培养 12～16 h。将培养物转移到 100 ml LB 培养基中，37℃ 振荡培养 2～3 h，使 OD 值（600 nm）达到 0.4～0.6。然后将培养物冰浴 15 min，4000 r/min 4℃ 离心 10 min，收集菌体，加冰冷的 0.1 mol/L $CaCl_2$ 10 ml，冰上放置 30 min，4000 r/min 4℃离心 10 min，收集菌体。加冰冷的 $CaCl_2$ 2 ml 重悬沉淀，在 12～24 h 内用于转化。

(2) 转化 Rosetta：取感受态细菌 200 μl 加入 10 μl 质粒连接产物混匀，于冰上放置 30 min，42℃ 热激 90 s，立即放于冰上 1～2 min，加入 LB/Amp^- 培养基 800 μl，37℃ 振荡培养 1 h，取 150 μl 涂布于 LB/Amp^+ 平板上，将平板正放于 37℃ 温箱 1 h，待溶液被琼脂吸收后，倒置平板，37℃ 过夜培养。

(3) 阳性转化子的筛选鉴定：从平板上挑取菌落，放入装有 10 μl 灭菌水的 Eppendorf 管中，100℃煮沸 10 min，以此作为模板进行 PCR 扩增。利用 T7 通用引物法进行阳性转化子的筛选鉴定。检菌体系为：

10×PCR 缓冲液	5 μl
dNTP	4 μl
模板 DNA	10 μl
引物 1	1 μl
引物 2	1 μl
TaKaRa *Taq*	0.25 μl
ddH_2O	28.75 μl

T7 通用引物序列：

P1：5′- aaattaatacgactcactata-3′

P2：5′- gctagttattgctcagcggtg-3′

对阳性重组子进行终浓度为 1 mmol/L 的 IPTG 诱导表达：

诱导表达条件为 37 ℃，5 h。

采用 SDS-PAGE 法对可溶性蛋白进行分析：

(1) 样品制备。向管中加入 1～1.5 ml 菌液，室温条件离心（5000 r/min），弃上清液，向沉淀中加入样品缓冲液 100 μl，振荡混匀后，在沸水中加热 5～10 min。蛋白质上样量为每孔 20 μl。

（2）电泳。电泳所用浓缩胶浓度为 5%，分离胶浓度为 10%，电泳时间为 1～2 h。

（3）染色。将电泳后的凝胶置于染色液中，在转速为 50 r/min 的摇床上，室温染色 4 h 以上。

（4）脱色。将染色后的凝胶放入脱色液中，在转速为 50 r/min 的摇床上脱色，室温即可。待凝胶脱色至背景清晰透明、蛋白质条带清晰为止。

（5）结果分析。以 pET23b 空质粒诱导为对照，观察在诱导样品泳道 31 kDa 处是否存在特异表达条带。

对表达的重组蛋白进行变性条件下的组氨酸亲和层析纯化：

（1）7000 r/min 离心 10 min 收获菌体，弃上清液，并使残液尽量流出。以每 100 ml的原培养液加 40 ml 冰冷的 1×结合缓冲液的比例重悬细胞。

（2）将上述样品置于冰上超声裂解细胞，强度 50%，2～3 min，每间隔 5 s 超声 10 min。

（3）5000 r/min 离心 15 min，弃上清液。

（4）将破碎完全的菌体沉淀按照每 100 ml 原液加入 5 ml 含 8 mol/L 尿素、90 mmol/L DTT 的 1×结合缓冲液重悬细胞。

（5）室温放置 1 h，使蛋白质充分融解。

（6）14 000 r/min 离心 30 min，取上清液以 0.45 μm 的滤膜过滤。

（7）吸去 His-结合柱上室的贮液，并打开下面管口。

（8）用 10 ml 的 1×结合缓冲液对柱子进行平衡。

（9）将过滤好的上清液上样；用 10 ml 的 1×结合缓冲液洗柱 2 次；

（10）用 3 ml 的 1×洗脱缓冲液洗脱目的蛋白。

L251 蛋白的复性：

实验采用透析法缓慢除去变性剂。具体方法如下。

（1）把透析袋剪成适当长度（8～10 cm）的小段；

（2）在 2%（*m/V*）$NaHCO_3$ 和 1 mmol/L EDTA（pH 8.0）中将透析袋煮沸 10 min；

（3）用蒸馏水彻底清洗透析袋；

（4）放在 1 mmol/L EDTA（pH 8.0）中将之煮沸 10 min；

（5）冷却后存放在 4℃，必须保证透析袋浸泡在溶液中，从此取用透析袋时须戴手套；

（6）使用时取出透析袋用线绳扎紧一端；

（7）将纯化之后的包含体蛋白质装入袋中，用绳吊于玻璃棒上，使袋能够浸入蒸馏水中，加入磁力搅拌器。

4℃透析 7～8 h，将蛋白质样品取出。

蛋白质含量测定：

使用碧云天生物技术研究所 BCA（bicinchoninic acid）蛋白浓度测定试剂盒测定 L251 蛋白浓度，该法基本原理为：在碱性条件下，蛋白质将 Cu^{2+} 还原为 Cu^{+}，两分子的 BCA 螯合一个铜离子，Cu^{+} 与 BCA 试剂形成紫颜色的络合物，测定其在 562 nm 处的吸收值，并与标准曲线对比，即可计算待测蛋白质的浓度。

10.2.2 结　果

10.2.2.1 L251 基因克隆

利用所设计的引物，我们克隆出日本七鳃鳗与 CRISP 同源的 L251 基因，其 ORF 以及编码的蛋白质序列如图 10.3 所示。

```
                                         GGATCAGAGACTGCCACCCGTTCCGTCCCACCAGCAGAG
1   ATGTTCACTAACCTCGTGACCCCGGCGGCGTTGGCGTTGGTGTTCATGGCGAGCGTCGTGGCGGCGACA  69
     M  F  T  N  L  V  T  P  A  A  L  A  L  V  F  M  A  S  V  V  A  A  T
70  TCCGTCAACGACTGGAAGCTCCTGGACACGAAGCTGTCGGCGAACCGGAAGGTCATCGTGGACGTTCAC 139
     S  V  N  D  W  K  L  L  D  T  K  L  S  A  N  R  K  V  I  V  D  V  H
140 AACGAGCTGCGGCGCGGCGTGGTGCCCACCGCCAGCAACATGCTCAAGATGGCGTACAACGAACAGGCA 209
     N  E  L  R  R  G  V  V  P  T  A  S  N  M  L  K  M  A  Y  N  E  Q  A
210 GCAGAGACCAGCCGCTTGTGGGCCGCCGCCTGCAGCTTCTCGCACAGCCCCAGCAACACGCGCACCTGG 279
     A  E  T  S  R  L  W  A  A  A  C  S  F  S  H  S  P  S  N  T  R  T  W
280 AAGACGCCGCAAGCAGAGTGGGACTGCGGAGAGAACCTCTTCATGTCCAGCAACCCACGGTCGTGGGAC 349
     K  T  P  Q  A  E  W  D  C  G  E  N  L  F  M  S  S  N  P  R  S  W  D
350 GAGGCAGTGCGCAGCTGGTACGACGAGGTCACCTCCCCCGGCTTCCAGTACGGCACGGGGGCTGTGGGG 419
     E  A  V  R  S  W  Y  D  E  V  T  S  P  G  F  Q  Y  G  T  G  A  V  G
420 CCCGGGGCCGTGGGACACTACACTCAGGTGGTGTGGTACAAGTCCCACCAGGTGGGCTGCGCCGTCAAC 489
     P  G  A  V  G  H  Y  T  Q  V  V  W  Y  K  S  H  Q  V  G  C  A  V  N
490 TACTGCCCCAACCACCCCGGCGCCCTCAAGTTCCTCTACGTGTGCCACTACTGCCCCGCAGGGAACCTG 559
     Y  C  P  N  H  P  G  A  L  K  F  L  Y  V  C  H  Y  C  P  A  G  N  L
560 GTCACCAGGATCAACAAACCCTACGACCTGGGGACTCCGTGCCAGGCCTGCCCCCATAGCTGCGACAAC 629
     V  T  R  I  N  K  P  Y  D  L  G  T  P  C  Q  A  C  P  H  S  C  D  N
630 AACCTGTGCACCAACCCGTGCCCCTACGTGGACCAGTTCAGCAACTGCCCGCAGCTGTTCAGCGCCCAC 699
     N  L  C  T  N  P  C  P  Y  V  D  Q  F  S  N  C  P  Q  L  F  S  A  H
700 GGCTGCGCGAACGACGGCGCGGGGGGAACCTTCGTGCAGACAAACTGCCCTGCCACGTGCAGCTGCACG 769
     G  C  A  N  D  G  A  G  G  T  F  V  Q  T  N  C  P  A  T  C  S  C  T
770 ACGGATGTGCAGTGATGGCACCTCGTCACGACTCGCTACACCCCCTCCTCGCT                 822
     T  D  V  Q  .
```

图 10.3　日本七鳃鳗 L251 基因 ORF 及氨基酸序列

10.2.2.2 序列比对及进化分析

通过在线网站 NCBI 对 L251 序列片段进行 BLAST，结果显示 L251 是一段长 738 bp的 cDNA 片段，由 246 个氨基酸编码构成的一个蛋白质，其他的同源蛋白序列是由 SwissProt 和 TrEMBL 蛋白数据库获得。我们用 CLUSTAL X 软件（版本 1.81）将 L251 基因序列同其他不同的序列进行比对（图 10.4），并用 MEGA（版本 4.0）做进化树分析（图 10.5）。

```
Ablomin(Agkistrodon halys blom)       ----MIVFIVLPILAAVLQQS-----SGNVD--FDSESPRKPE-------
Stecrisp(Trimeresurus stejnege)       -----------PILAAVLQQS-----SGNVD--FDSESPRKPE-------
Natrin-1(Naja atra)                   -----MIAFSLLCFAAVLQQS-----FGNVD--FNSESTRRKK-------
PsTx(Pseudechis australis)            ----MIAFIVLLSLAAVLQQS-----SGTAD--FASESSNKKN-------
Pdc(Pseudechis porphyriacus)          ----MIAFIVLLSLAAVLQQS-----SGTVD--FASESSNKKN-------
Natrin-2(Naja atra)                   ----MIAFIVLLSLAAVLQQS-----SGTVD--FASESSNKRE-------
lamprey                               ----MFTNLVTPAVAALVFMASVVAATSVND--WKLLDTKLSA-------
CRISP2(Human)                         ----MALLP-VLFLVTVLLPSLPAE-GKDPA--FTALLTTQLQ-------
CRISP2(Guinea pig)                    ----MALLPVVVFLITMLLPCVLTN-GKDPA--FTALITTQSQ-------
CRISP3(Human)                         ----MTLFPVLLFLVAGLLPSFPANEDKDPA--FTALLTTQTQ-------
Crisp2(mouse)                         ----MAWFQVMLFVFALLLRSPLTE-GKDPD--FTSLLTNQLQ-------
Crisp1(Mouse)                         ----MALMLVLFFLAAVLPPSLLQDSSQENR--LEKLSTTKMS-------
Crisp3(Mouse)                         ----MALMLVLFFLAAVLPPSLLQDNSQENS--LEKLSTSKKS-------
Crisp1(Rat)                           ----MALMLVLLFLAAVLPPSLLQDTTDEWDRDLENLSTTKLS-------
Allurin(African clawed frog)          --------------------------------------------------
TEX31(Conus textile)                  MLSTMQTVGAVLMLSIVLVAGRKRHHCDSKYYELTPAHTMCLTDKPNAVA
Mr30-1/2(Conus marmoreus)             MLSTMQTVGAVLMLSIVLVAGRKRHHCDSKYYELTPAHTMCLTDKPNAVA

Ablomin(Agkistrodon halys blom)       ------IQNEIVDLHNSLRRSVNPTASNMLKMEWYPEAAANAERWAYRCI
Stecrisp(Trimeresurus stejnege)       ------IQNEIVDLHNSLRRSVNPTASNMLRMEWYPEAADNAERWAYRCI
Natrin-1(Naja atra)                   ------KQKEIVDLHNSLRRRVSPTASNMLKMEWYPEAASNAERWANTCS
PsTx(Pseudechis australis)            ------YQKEIVDKHNALRRSVKPTARNMLQMKWNSRAAQNAKRWANRCT
Pdc(Pseudechis porphyriacus)          ------YQKEIVDKHNALRRSVKPTARNMLQMKWNSHAAQNAKRWADRCT
Natrin-2(Naja atra)                   ------NQKQIVDKHNALRRSVRPTARNMLQMEWNSNAAQNAKRWADRCS
lamprey                               ------NRKVIVDVHNELRRGVVPTASNMLKMAYNEQAAETSRLWAAACS
CRISP2(Human)                         ------VQREIVNKHNELRKAVSPPASNMLKMEWSREVTTNAQRWANKCT
CRISP2(Guinea pig)                    ------VQNEIINKHNQLRKSVTPPASNMLKMEWSREAAVNAQKWANRCT
CRISP3(Human)                         ------VQREIVNKHNELRRAVSPPARNMLKMEWNKEAAANAQKWANQCN
Crisp2(mouse)                         ------VQREIVNKHNELRRSVNPTGSDILKMEWSIQATTNAQKWANKCI
Crisp1(Mouse)                         ------VQEEIVSKHNQLRRMVSPSGSDLLKMEWNYDAQVNAQQWADKCT
Crisp3(Mouse)                         ------VQEEIVSKHNQLRRKVSPSGSDLLNMEWNYDAQVNAQQRADKCT
Crisp1(Rat)                           ------VQEEIINKHNQLRRTVSPSGSDLLRVEWDHDAYVNAQKWANRCI
Allurin(African clawed frog)          ---------------------------DMKKMVWCDPAALNAYNFATQCS
TEX31(Conus textile)                  VPLTQETEHEILEMHNKIRADVT-DAANMLKMEWDERLATVAQKWAMQCI
Mr30-1/2(Conus marmoreus)             VTLTQEVKVQIVRMHNVIRATVN-DAANMMKMEWDDRLAAVAQKWAMQCI
                                                                   :: .: :       :  *  *

Ablomin(Agkistrodon halys blom)       EDHSSPDSRVLEG----IKCGENIYMSPIPMKWTDIIHIWHDEYKN--FK
Stecrisp(Trimeresurus stejnege)       ESHSSYESRVIEG----IKCGENIYMSPYPMKWTDIIHAWHDEYKD--FK
Natrin-1(Naja atra)                   LNHSPDNLRVLEG----IQCGESIYMSSNARTWTEIIHLWHDEYKN--FV
PsTx(Pseudechis australis)            FAHSPPNKRTVGK----LRCGENIFMSSQPFPWSGVVQAWYDEIKN--FV
Pdc(Pseudechis porphyriacus)          FAHSPPNTRTVGK----LRCGENIFMSSQPFPWSGVVQAWYDEIKN--FV
Natrin-2(Naja atra)                   FAHSPPHLRTVGK----IGCGENLFMSSQPYAWSRVIQSWYDENKK--FV
lamprey                               FSHSPSNTRTWKTPQAEWDCGENLFMSSNPRSWDEAVRSWYDEVTSPGFC
CRISP2(Human)                         LQHSDPEDRKTST-----RCGENLYMSSDPTSWSSAIQSWYDEILD--FV
CRISP2(Guinea pig)                    LVHSNPDDRKTST-----KCGENLYMSSDPSSWSDAIQSWFDESQD--FT
CRISP3(Human)                         YRHSNPKDRMTSL-----KCGENLYMSSASSSWSQAIQSWFDEYND--FD
Crisp2(mouse)                         LEHSSKDDRKINI-----RCGENLYMSTDPTLWSTVIQSWYNENED--FV
Crisp1(Mouse)                         FSHSPIELRTTNL-----RCGENLFMSSYLASWSSAIQGWYNEYKD--LT
Crisp3(Mouse)                         FSHSPIELRTTNL-----KCGENLFMSSYLVPWSSVIQGWYNESKG--LI
Crisp1(Rat)                           YNHSPLQHRTTTL-----KCGENLFMANYPASWSSVIQDWYDESLD--FV
Allurin(African clawed frog)          MYHSLVEERHIKEP-IDVVCGENIYMSTAKSDWSTVIDSWYNERSD--FA
TEX31(Conus textile)                  LGHD-SGRRGEPDLPG--SVGQNVAWSSGDLTFLGAVQMWADEIVD--FQ
Mr30-1/2(Conus marmoreus)             LGHDGFANHAEPDLPG--YVGQNVGWSNYHMTFPDVVDLWAAEIED--YE
                                        *.    :           *:.:  :     :   :  *  *
```

```
Ablomin(Agkistrodon halys blom)      YGIGADPPNAVSGHFTQIVWYKSYRAGCAAAYCPSSE--YSYFYVCQYCP
Stecrisp(Trimeresurus stejnege)      YGVGADPPNAVTGHYTQIVWYKSYRIGCAAAYCPSSP--YSYFFVCQYCP
Natrin-1(Naja atra)                  YGVGANPPGSVTGHYTQIVWYQTYRAGCAVSYCPSSA--WSYFYVCQYCP
PsTx(Pseudechis australis)           YGIGAKPPGSVIGHYTQVVWYKSYLIGCASAKCSSS----KYLYVCQYCP
Pdc(Pseudechis porphyriacus)         YGIGAKPPGSVIGHYTQVVWYKSHLIGCASAKCSSS----KYLYVCQYCP
Natrin-2(Naja atra)                  YGVGANPPGSVIGHYTQIVWYNSHLLGCGAAKCSSS----KYLYVCQYCP
lamprey                              YGTGAVGPG-AVGHYTQVVWYKSHQVGCAVNYCPNHPGALKFLYVCHYCP
CRISP2(Human)                        YGVGPKSPNAVVGHYTQLVWYSTYQVGCGIAYCPNQD-SLKYYYVCQYCP
CRISP2(Guinea pig)                   FGVGPKSHNAVVGHYTQLVWYSSYLVGCGIAYCPNQD-SLKYYYVCQYCP
CRISP3(Human)                        FGVGPKTPNAVVGHYTQVVWYSSYLVGCGNAYCPNQK-VLKYYYVCQYCP
Crisp2(mouse)                        YGVGAK-PNSAVGHYTQLVWYSSFKIGCGIAYCPNQD-NLKYFYVCHYCP
Crisp1(Mouse)                        YDVGPKQPDSVVGHYTQVVWNSTFQVACGVAECPKN--PLRYYYVCHYCP
Crisp3(Mouse)                        FGVGPKQNVSVVGHHTQVVWKSNLQVACGVAECPEN--PLRYFYVCRYCP
Crisp1(Rat)                          FGFGPKKVGVKVGHYTQVVWNSTFLVACGVAECPDQ--PLKYFYVCHYCP
Allurin(African clawed frog)         YGKGKISDK-PIGHYTQVVWAKSYLLGCAYNFCKENK--YPHVFVCHYGP
TEX31(Conus textile)                 YG----VWTDGTGHYIQQVFAGASRIGCGQSACGNNK-----YFVCNYYK
Mr30-1/2(Conus marmoreus)            YG----VWNDNTGHYIQQIYAEASRIGCGQSACGEDR-----YFVCNYYK
                                     :.          **. * ::      .*.   * .          :**.*

Ablomin(Agkistrodon halys blom)      AGNMRG----KTATPYTSGPPCGDCPSACDN---------GLCTNPCTQE
Stecrisp(Trimeresurus stejnege)      AGNFIG----KTATPYTSGTPCGDCPSDCDN---------GLCTNPCTRE
Natrin-1(Naja atra)                  SGNFQG----KTATPYKLGPPCGDCPSACDN---------GLCTNPCTIY
PsTx(Pseudechis australis)           AGNIRG----SIATPYKSGPPCADCPSACVN---------KLCTNPCKRN
Pdc(Pseudechis porphyriacus)         AGNIRG----SIATPYKSGPPCADCPSACVN---------RLCTNPCNYN
Natrin-2(Naja atra)                  TGNIIG----SIATPYKSGPPCGDCPSACVN---------GLCTNPCKHH
lamprey                              AGNLVT----RINKPYDLGTPCQACPHSCDN---------NLCTNPCPYV
CRISP2(Human)                        AGNNMN----RKNTPYQQGTPCAGCPDDCDK---------GLCTNSCQYQ
CRISP2(Guinea pig)                   AGNNVY----TKNTPYKQGIPCASCPGHCEN---------GLCTNSCEYE
CRISP3(Human)                        AGNWAN----RLYVPYEQGAPCASCPDNCDD---------GLCTNGCKYE
Crisp2(mouse)                        MGNNVM----KKSTPYQQGTPCASCPNNCEN---------GLCTNSCDFE
Crisp1(Mouse)                        VGNYQG----RLYTPYTAGEPCASCPDHCED---------GLCTNSCGHE
Crisp3(Mouse)                        VLNYSGHYPSRPYLAYTARAPCASCPDRCED---------GLCTKSCQYK
Crisp1(Rat)                          GGNYVG----RLYSPYTEGEPCDSCPGNCED---------GLCTNSCEYE
Allurin(African clawed frog)         MGNMDE----SVPRPYEEGEWCASCPESCDD---------KLCDWKPKE-
TEX31(Conus textile)                 GTMGDE--------PYQLGRPCSQCRSSCQHIRGSQGRWGSLCDCTNGPD
Mr30-1/2(Conus marmoreus)            STMGNT--------PYAQGSRCGQCPNSC---------WEELCDCTSGPD
                                                    *     *  *   *            **

Ablomin(Agkistrodon halys blom)      DVFTN-----------CNSLVQQSNCQHN-----YIKTNCPASCFCHNEI
Stecrisp(Trimeresurus stejnege)      NKFTN-----------CNTMVQQSSCQDN-----YMKTNCPASCFCQNKI
Natrin-1(Naja atra)                  NKLTN-----------CDSLLKQSSCQDD-----WIKSNCPASCFCRNKI
PsTx(Pseudechis australis)           NDFSN-----------CKSLAKKSKCQTE-----WIKKKCPASCFCHNKI
Pdc(Pseudechis porphyriacus)         NDFSN-----------CKSLAKKSKCQTE-----WIKKKCPASCFCHNKI
Natrin-2(Naja atra)                  NVFSN-----------CQSLAKQNACQTE-----WMKSKCAASCFCRTEI
lamprey                              DQFSN-----------CPQLFSAHGCANDGAGGTFVQTNCPATCSCTTDV
CRISP2(Human)                        DLLSN-----------CDSLKNTAGCEHE-----LLKEKCKATCLCENKI
CRISP2(Guinea pig)                   DLLSN-----------CESLKNTAGCEHQ-----LLVEKCKATCRCEDKI
CRISP3(Human)                        DLYSN-----------CKSLKLTLTCKHQ-----LVRDSCKASCNCSNSI
Crisp2(mouse)                        DLLSN-----------CESLKTSAGCKHE-----LLKTKCQATCLCEDKI
Crisp1(Mouse)                        DKYTN-----------CKYLKKMLSCEHE-----LLKKGCKATCLCEGKI
Crisp3(Mouse)                        DMSFW-----------CKRLE--YVCKHP-----GLKKRCLATCQC----
Crisp1(Rat)                          DNYSN-----------CGDLKKMVSCDDP-----LLKEGCRASCFCEDKI
Allurin(African clawed frog)         --------------------------------------------------
TEX31(Conus textile)                 ACFNGGIFNINTCQCECSGIWGGADCQEKHCPNEDFDDMCRYPDALRRPQ
Mr30-1/2(Conus marmoreus)            ACCNGGSLNIDTCECQCPRLWSGADCQEKQCPDHDYEDMCDYPDVVNNPE
```

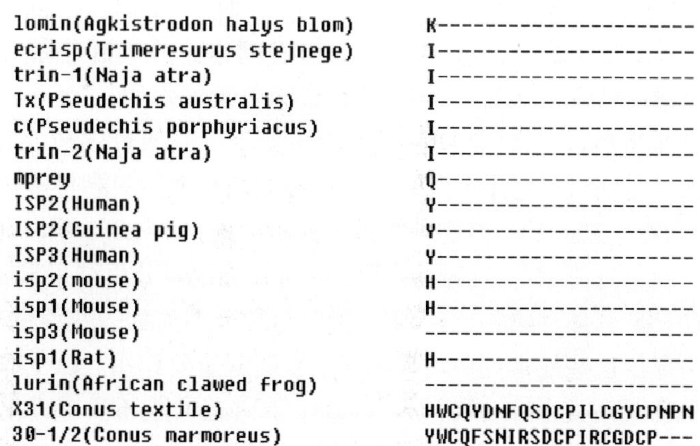

```
lomin(Agkistrodon halys blom)        K----------------------
ecrisp(Trimeresurus stejnege)        I----------------------
trin-1(Naja atra)                    I----------------------
Tx(Pseudechis australis)             I----------------------
c(Pseudechis porphyriacus)           I----------------------
trin-2(Naja atra)                    I----------------------
mprey                                Q----------------------
ISP2(Human)                          Y----------------------
ISP2(Guinea pig)                     Y----------------------
ISP3(Human)                          Y----------------------
isp2(mouse)                          H----------------------
isp1(Mouse)                          H----------------------
isp3(Mouse)                          -----------------------
isp1(Rat)                            H----------------------
lurin(African clawed frog)           -----------------------
X31(Conus textile)                   HWCQYDNFQSDCPILCGYCPNPN
30-1/2(Conus marmoreus)              YWCQFSNIRSDCPIRCGDCP---
```

图 10.4　序列比对结果

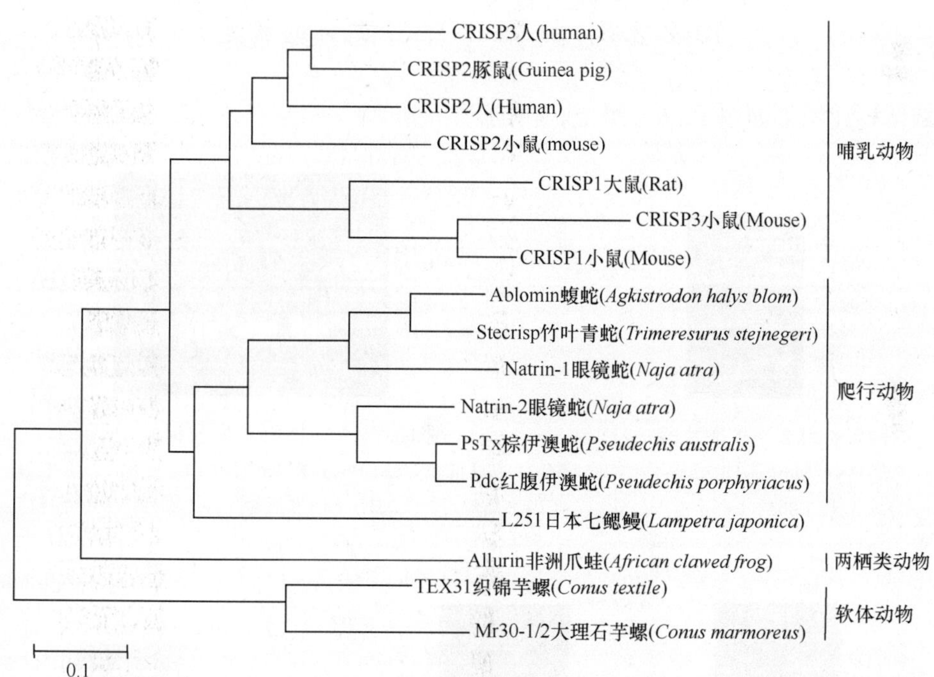

图 10.5　进化树分析结果

标尺为采用邻接法计算得到的进化距离

通过以上序列比对（图 10.4）显示 L251 蛋白属于 CAP 蛋白超家族（CRISP，antigen 5 proteins，pathogenesis-related proteins）、PR-1 蛋白亚家族成员，L251 与蛇毒蛋白 ablomin 有 60％的同源性，并在 C 端有相同的 16 个半胱氨酸残基排列，在 128～135 氨基酸残基位点，与 ablomin 及其他的同源蛋白一样，都拥有 PR-1 蛋白家族高度保守的 GHF（Y）TQI（V/M）VW 序列和共同的两个组氨酸、两个谷氨酸残基、Glu109、His69、His129、Glu96，这是所有 PR-1 蛋白，如蛇毒 ablomin、人肠道寄生虫分泌的蛋白 Na-ASP-2、狗钩虫分泌蛋白 NIF、烟草 NtPR-a、番茄致病相关蛋白 P14a 共同的特征性保守残基，这些保守残基形成网络，成簇环绕成一个电负性腔隙，这个腔隙对 L251 蛋白结合 CD11b/CD18 整合素起着关键作用。

因七鳃鳗营寄生生活，经常用吸盘附在其他鱼体上，用吸盘内和舌上的角质齿锉破鱼体，吸食其血与肉，时间可长达十数天，有时被吸食之鱼最后只剩骨架，直至死亡而不被发觉，而 L251 蛋白在七鳃鳗的口腔腺内大量表达，由此推测 L251 蛋白有可能在七鳃鳗营寄生生活过程中，对其逃避宿主免疫起到重要作用。进化树分析结果显示（图 10.5），与哺乳动物、两栖动物和软体动物相比，L251 蛋白与爬行类动物的蛇毒蛋白聚类比较相近，经进一步查询结果显示这些蛇毒蛋白均在毒蛇捕食时起重要作用。从七鳃鳗的进化地位来看，因其为最古老的无颌类脊椎动物，所以 L251 蛋白有可能还没有进化到如蛇毒那样可使宿主麻痹或中毒死亡的程度，但是为了更好的适应寄生生活，L251 有可能通过某种作用使宿主本身感觉不到外来的侵袭，并且能够逃避宿主本身的免疫作用。

10.2.2.3 pET23b-L251 载体的构建

载体构建结果如图 10.6～图 10.9 所示。

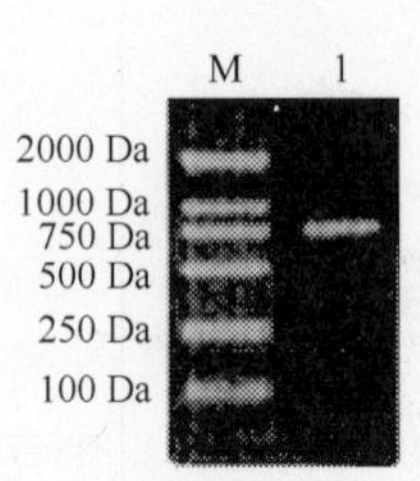

图 10.6 L251 扩增片段

M. DNA Marker DL2000；1. L251 (P)

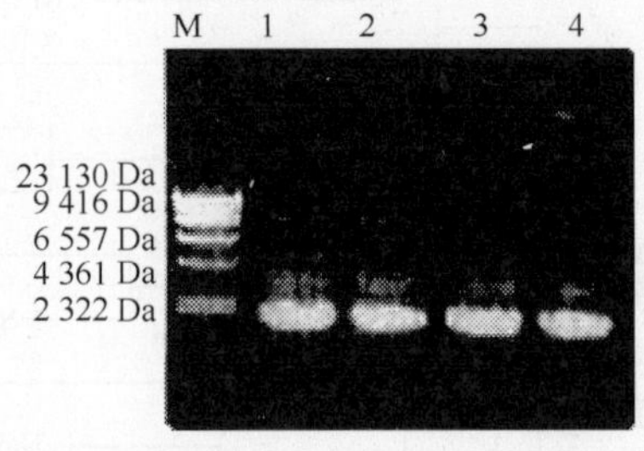

图 10.7 L251 (T) 质粒提取

M. λ-*Hind* Ⅲ DNA Marker；1. L251B (T)-1 质粒；2. L251B (T)-2 质粒；3. L251B (T)-3 质粒；4. L251B (T)-6 质粒

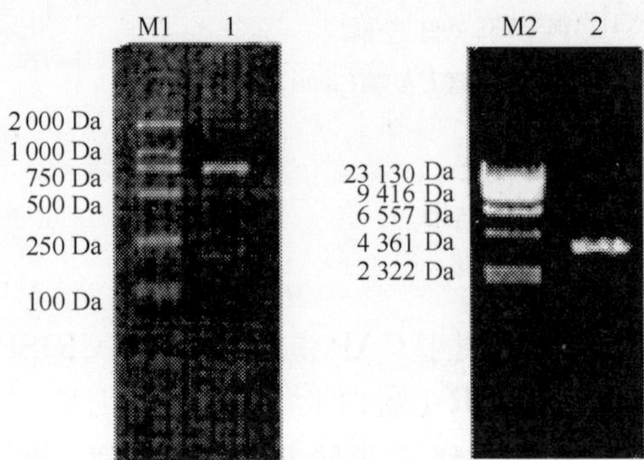

图 10.8 L251 (T) 与 pET23b 双酶切回收片段

M1. DNA Marker DL2000；1. 插入片段Ⅰ；2. 载体；M2. λ-*Hind* Ⅲ DNA Marker

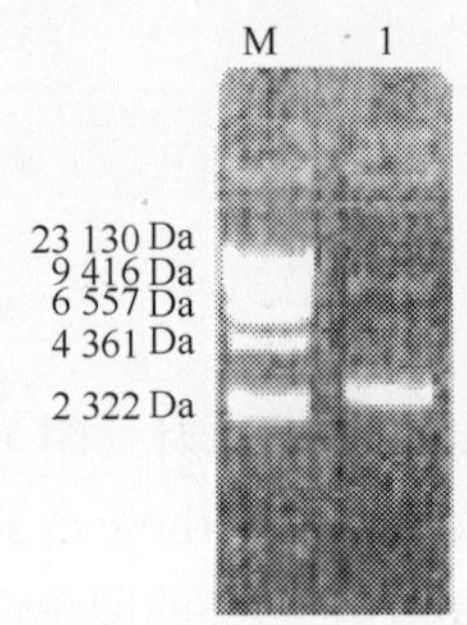

图 10.9 L251 (T) 与 pET23b 连接

M. λ-*Hind* Ⅲ DNA Marker；1. L251-P-3 质粒

L251 基因片段克隆入真核表达载体 pET23b 之后，*Nde* Ⅰ和 *Hin*d Ⅲ双酶切，得到约 700 bp 的目的片段（图 10.10）。

pET23b-L251 的转化在 LB 平板上可见稀疏单菌落，随机挑选菌落进行 PCR，产物行 1%琼脂糖电泳检测，结果如图 10.11 所示，由 L251 基因序列与两侧通用引物组成接近 750 bp 片段。

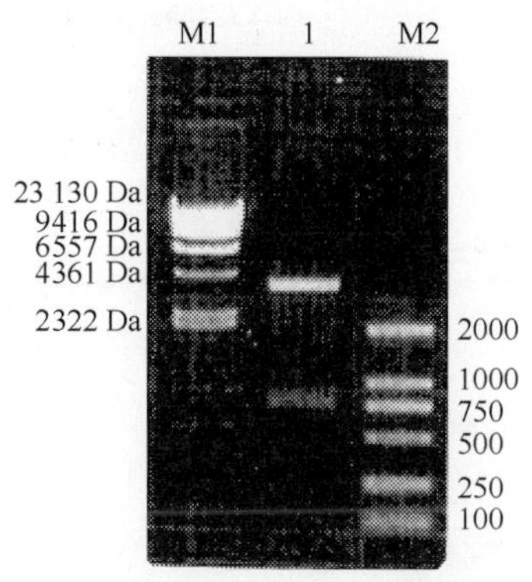

图 10.10　L251（T）构建到 pET23b 后双酶切鉴定

M1. λ-*Hin*d Ⅲ DNA Marker；1. Insert 1；M2. DNA Marker DL2000

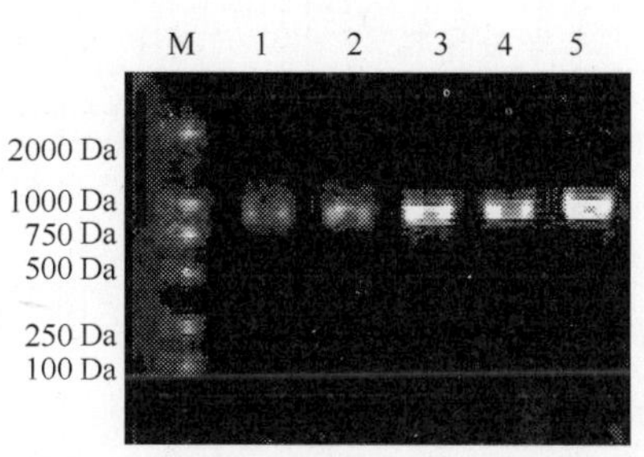

图 10.11　阳性转化子的 PCR 鉴定

M. DL20000；1～5. 阳性转化子

10.2.2.4　L251 的重组表达及纯化

通过计算 L251 蛋白 257 个氨基酸得 L251 分子质量为 27 948 kDa，重组表达质粒中目的片段末端带有 6 个组氨酸标签，在 Rosetta 中进行诱导表达时，菌体在 30 kDa 略上方处出现特异表达条带。经组氨酸亲和层析柱，得到纯化的单一目的条带。实验结果见图 10.12。

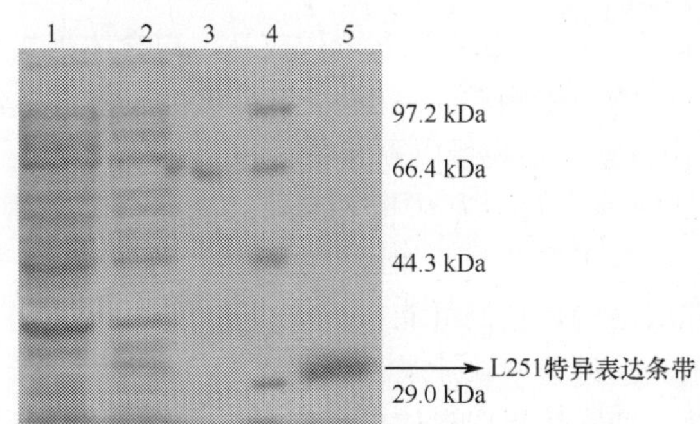

图 10.12　L251 表达及纯化电泳

1. 空质粒 IPTG 诱导；2. L251 IPTG 诱导表达；3. 小牛血清白蛋白标定；4. 低分子质量蛋白质标准；5. L251 纯化蛋白

根据蛋白质标准曲线图（图 10.13），测得 L251 蛋白浓度为 0.193 mg/ml。

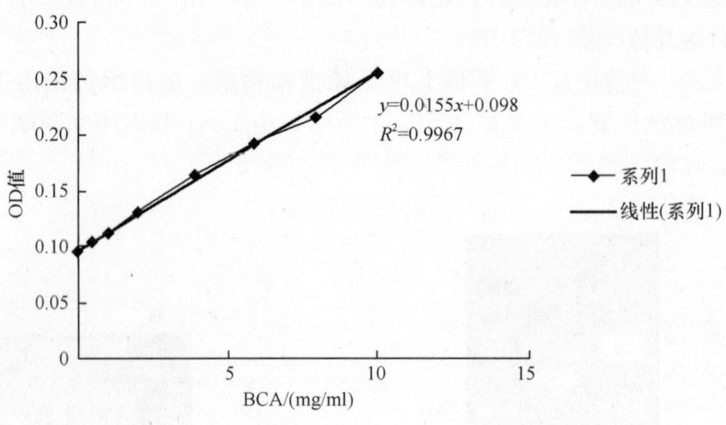

图 10.13　蛋白质标准曲线图

10.2.3　讨　　论

选取转录载体 pET23b 质粒在非表达宿主菌中构建完成后，通常转化到带有 T7 RNA 聚合酶基因的宿主菌（λDE3 溶原菌）中表达目标蛋白。Rosetta 便属于此类菌种。在 λDE3 溶原菌中，T7 RNA 聚合酶基因由 lacUV5 启动子控制。未诱导时便有一定程度转录，因此适合于表达其产物对宿主细胞生长无毒害作用的一些基因。

在 L251 基因序列 C 端带有 6 个组氨酸标签（6×His-Tag），所以表达产物为融合蛋白。但 6×His-Tag 很小，且在生理 pH 下较稳定，没有免疫源性，也不改变蛋白质的生化特性，所以可以直接用蛋白质检测生物活性。6×His-Tag 序列作为纯化蛋白的融合伴侣至关重要，尤其对以包含体形式表达的蛋白质来说，它可以使亲和纯化在溶解蛋白完全变性条件下进行。

由 SDS-PAGE 可得出，L251 蛋白以包含体表达。包含体是指细菌表达的蛋白质在细胞内凝集，形成无活性的固体颗粒。一般含有 50%以上的重组蛋白，其余为核糖体元件、RNA 聚合酶、内毒素、外膜蛋白 ompC、ompF 和 ompA 等，环状或缺口的质粒 DNA，以及脂体、脂多糖等，大小为 0.5～1 μm，具有很高的密度（约1.3 mg/ml），无定形，呈非水溶性，只溶于变性剂，如尿素、盐酸胍等。NMR 等新技术的应用表明包含体具有一定量的二级结构，它们可能在复性的初始阶段中具有一定的作用。

如果在重组蛋白的表达过程中缺乏某种蛋白质折叠的辅助因子，或环境不适，无法形成正确的次级键等将会使表达蛋白形成包含体。具体原因可能有以下几个。①表达量过高，研究发现在低表达时很少形成包含体，表达量越高越容易形成包含体。原因可能是合成速度太快，以至于没有足够的时间进行折叠，二硫键不能正确的配对，过多的蛋白质间的非特异性结合，蛋白质无法达到足够的溶解度等。②重组蛋白的氨基酸组成：一般说含硫氨基酸越多越易形成包含体，而脯氨酸的含量明显与包含体的形成呈正相关。③重组蛋白所处的环境：发酵温度高或胞内 pH 接近蛋白质的 pI 时容易形成包含体。④重组蛋白是大肠杆菌的异源蛋白，由于缺乏真核生物中翻译后修饰所需酶类，致使中间体大量积累，容易形成包含体沉淀。因此有人采用共表达分子伴侣的方法以增加可溶蛋白的比例。⑤蛋白质在合成之后，于中性 pH 或接近中性 pH 的环境下，其本身固有的溶解度对于包含体的形成比较关键，某些蛋白，如 Aspartase 和 Cyanase，表达产率很高，达菌体蛋白的 30%，也不形成包含体，而以可溶形式出现。⑥在细菌分泌的某个阶段，蛋白质分子间的离子键、疏水键或共价键等化学作用导致了包含体的形成。

实验用 Rosetta 基因工程菌液，经离心浓缩后，超声破碎即在实验室规模下（菌量较少）有较好效果，又可用于在较大规模纯化，避免了由于能量传递不均或局部产热等原因，部分未破碎细胞与包含体混在一起，给后期纯化带来困难，可显著提高包含体的纯度和回收率。由于包含体中的重组蛋白缺乏生物学活性，加上剧烈的处理条件，使蛋白质的高级结构破坏，因此重组蛋白的复性特别必要。通过缓慢去除变性剂使目标蛋白从变性的完全伸展状态恢复到正常的折叠结构，同时去除还原剂使二硫键正常形成。一般在尿素浓度 4 mol/L 左右时复性过程开始，到 2 mol/L 左右时结束。对于盐酸胍而言，可以从 4 mol/L 开始，到 1.5 mol/L 时复性过程已经结束。

为对 L251 蛋白进行活性测定，实验用透析复性。透析复性的好处是不增加体积，通过逐渐降低外透液浓度来控制变性剂去除速度，但此法易形成无活性蛋白质聚体，且不适合大规模操作，无法应用到生产规模。

10.3 中性粒细胞跨血管内皮细胞迁移

10.3.1 材料和方法

10.3.1.1 材　　料

健康人外周血 20 ml；人中性粒细胞分离液、人淋巴细胞分离液和抗凝管购自大连辰钰生物试剂器材有限公司；无 Ca^{2+}、Mg^{2+} D-Hank 液（pH 7.2～7.4）；HUVEC 细胞、RPMI 1640 培养基、胎牛血清、双抗、谷胺酰胺和胰酶购自大连生工生化试剂有限公司；fMLP（趋化三肽甲酰基甲硫氨酸-亮氨酸-苯丙氨酸）；构建的 HUVEC 单分子层的 Transwell（3.0 μm 孔径，12 mm 直径；Costar，Cam-bridge，MA）；HEPES 培养基（132 mmol/L NaCl，6.0 mmol/L KCl，1.0 mmol/L $CaCl_2$，1.0 mmol/L Mg_2SO_4，1.2 mmol/L KH_2PO_4，20 mmol/L HEPES，5.5 mmol/L 葡萄糖，0.5% HSA，pH 7.4）；离心机；血细胞计数板；Transwell 板；细胞培养箱；超净工作台；显微镜等。

10.3.1.2 方　　法

人中性粒细胞的分离：

(1) 取新鲜抗凝血 1 ml，与 Hank 液 1∶1 混匀后，小心加于 40 ml 的中性粒细胞分离液之液面上，以1500 r/min（半径15 cm水平转子）离心15 min，离心管中由上至下细胞分4层。第一层：为血浆或组织匀浆层。第二层：为环状乳白色细胞层（单个核细胞和部分中性粒细胞）。第三层：为透明分离液层（此层中含有部分中性粒细胞）。第四层：为红细胞层。

（2）收集第二层的细胞（单个核细胞和部分中性粒细胞）和第三层（分离液悬浮的中性粒细胞）放入含Hank液15 ml的试管中，充分混匀后，以2000 *g* 离心30 min。

（3）吸去上清液，沉淀经反复洗2次，用第一层的为血浆的液体重新悬浮沉淀的细胞（单个核细胞和中性粒细胞）。

（4）将上述液体按照1∶1的比例重新置于人淋巴细胞分离液之上，以2000 *g*（半径15 cm水平转子）离心20 min，将第二层细胞液吸出，分离出单个核细胞。

（5）其余液体，以0.01 mol PBS稀释一倍以上，以2500 r/min离心20 min，弃上清液，此时所得沉淀细胞即为中性粒细胞。

HUVEC内皮细胞的培养：

（1）将HUVES在RPMI 1640培养基中（另加10%热灭活的人血清，100 U/ml青霉素，100 μg/ml链霉素，2 mmol/L谷胺酰胺）培养到汇合期。

（2）用胰蛋白酶/EDTA处理细胞，得到细胞悬液。

（3）选择第2～4代长势良好的细胞接种到粘连蛋白覆盖的Transwell上，做次培养（Transwell规格：3.0 μm孔径，12 mm直径）。

（4）HUVEC（150 000个细胞在0.5 ml培养基中）加到Transwell的上室中，培养4天左右，直到获得HUVEC的单分子层。

中性粒细胞跨血管内皮细胞迁移：

（1）在Transwell中的内皮细胞分子层培养在HUVEC培养基中。在开始分析前4 h将培养物换新的培养基。开始做迁移前用HEPES培养基冲洗Transwell 2遍。

（2）中性粒细胞接种到上室，化学趋向物加入到下室（趋化因子：fMLP，10 nmol/L）。Transwell在37℃下孵化12 h。各组所加药剂量如表10.2所示。

表10.2 各组所加药剂量

试样组分	阴性对照	阳性对照	A	B	C	D	E	F	G
中性粒细胞×10^5	4.15	4.15	4.15	4.15	4.15	4.15	4.15	4.15	4.15
L251蛋白/μl	0	23	3	5	8	15	23	29	31
fMLP/μl	4	0	4	4	4	4	4	4	4

10.3.2 实验结果

10.3.2.1 人中性粒细胞的分离

本实验采用人中性粒细胞分离液、人淋巴细胞分离液相结合的分离方法，通过2次连续分离，将血液中的其他细胞筛除，可以获得70%左右的中性粒细胞（图 10.14）。这为下一步迁移实验打下基础。

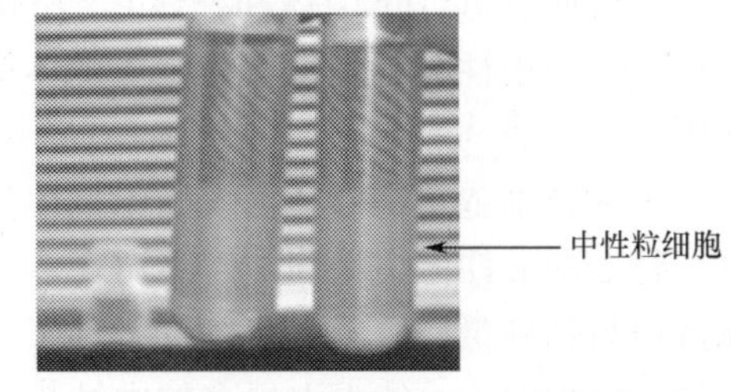

图 10.14 分离后的中性粒细胞

10.3.2.2 中性粒细胞跨血管内皮细胞迁移

通过检测，L251 蛋白对中性粒细胞跨血管内皮细胞的迁移具有明显的抑制作用，并且随着蛋白质浓度的增加，跨膜的中性粒细胞数量在减少（表 10.3）。

表 10.3 各组中性粒细胞跨膜数量

实验样本	阴性对照	阳性对照	A	B	C	D	E	F	G
跨膜的中性粒细胞数量/$\times10^4$	7.5	2.375	6.125	6.115	4.50	4.25	3.00	2.25	1.875

10.3.3 讨 论

中性粒细胞在血液的非特异性细胞免疫系统中起着十分重要的作用，它处于机体抵御微生物病原体，特别是在化脓性细菌入侵的第一线，当炎症发生时，它们被趋化性物质吸引到炎症部位。由于它们是借糖酵解获得能量，因此在肿胀并血流不畅的缺氧情况下仍能够生存，它们在这里形成细胞毒存在破坏细菌和附近组织的细胞膜。由于中性粒细胞内含有大量溶酶体酶，因此能将吞噬入细胞内的细菌和组织碎片分解，这样，入侵的细菌被包围在一个局部，并消灭，防止病原微生物在体内扩散。当中性粒细胞本身解体时，释出各溶酶体酶类能溶解周围组织而形成脓肿。

中性粒细胞来源于骨髓的造血干细胞，在骨髓中分化发育后，进入血液或组织。在骨髓、血液和结缔组织的分布数量比是 28∶1∶25，成年人血液中中性粒细胞的数量占白细胞总数的 55%～70%。中性粒细胞属多形核白细胞的一种，由于其数量在粒细胞中最多，因此有人将多形核白细胞专指中性粒细胞。该细胞内含许多弥散分布的细小的浅红或浅紫色的特有颗粒，颗粒中含有髓过氧化物酶、酸性磷酸酶、吞噬素、溶菌酶等。髓过氧化物酶是中性粒细胞所特有，即使在有强吞噬作用的巨噬细胞中也极少或完全没有这种酶。在细胞化学上，一般将这种髓过氧化物酶作为中性粒细胞的标志。中性粒细胞具有很强的趋化作用。所谓趋化作用，就是细胞向着某一化学物质刺激的方向移动。对中性粒细胞起趋化作用的物质，称为中性粒细胞趋化因子。中性粒细胞膜上有趋化因子受体，受体与趋化因子结合，激活胞膜上的钙泵，细胞向前方伸出片足，使细胞移向产生趋化因子的部位。

中性粒细胞的片足与产生趋化因子的异物接触后，接触处周围的胞质形成隆起，即伪足，接触部位的细胞膜下凹，将异物包围，形成含有异物的吞噬体或吞噬泡。中性粒细胞膜表面有 IgGFc 受体和补体 C3 受体，可加速吞噬作用。被吞噬的异物裹有抗体和补体时，与中性粒细胞膜上的相应受体结合，而加强了细胞对它的吞噬作用，称为调理作用。

中性粒细胞受细菌产物、抗原抗体复合物等作用时，细胞的颗粒内容物向细胞外释放。释出的酸性蛋白酶和中性蛋白酶，可以分解血管基膜、肾小球基膜、结缔组织的胶原蛋白与弹性蛋白以及血浆中的补体 C5、C15 和激肽原等。其分解产物有的又是中性粒细跑趋化因子，能吸引更多的中性粒细胞。中性粒细胞释放的物质中，还有嗜酸性粒细胞趋化因子、中性粒细胞不动因子（NIF）、激肽酶原、血纤维蛋白溶酶原、凝血因子、白三烯等。

除了在抗感染中起重要的防御作用外，中性粒细胞可引起感染部位的炎症反应并参与寄生虫感染引发的变态反应，从而引起免疫病理损害。抗体直接作用于组织或细胞上的抗原，中性粒细胞通过其 Fc 受体与靶细胞表面的 IgGFc 段结合，发挥 ADCC 作用，从而导致细胞毒型变态反应损害；当抗原抗体比例适合而形成 19S 大小的抗原抗体复合物，则不易被吞噬，通常沉积于毛细血管壁以激活补体，吸引中性粒细胞至局部。中性粒细胞通过 Fc 受体和 C3b 受体与免疫复合物结合并吞噬之。吞噬过程中脱颗粒，释放出一系列溶酶体酶类，造成血管和周围组织的损伤；在 IgE 介导的速发型变态反应的部位，也有中性粒细胞的聚集，说明中性粒细胞也参与了速发型变态反应导致的病理损害。

为了更好地说明我们的实验，我们构建了一个中性粒细胞跨过单层 HUVEC 细胞层的模型，如图 10.15 所示，我们将 HUVEC 接种到 Transwell 的薄膜上，待其长成单层细胞膜，趋化因子 fMLP 加入到下室，一定数量的中性粒细胞接种到上室。

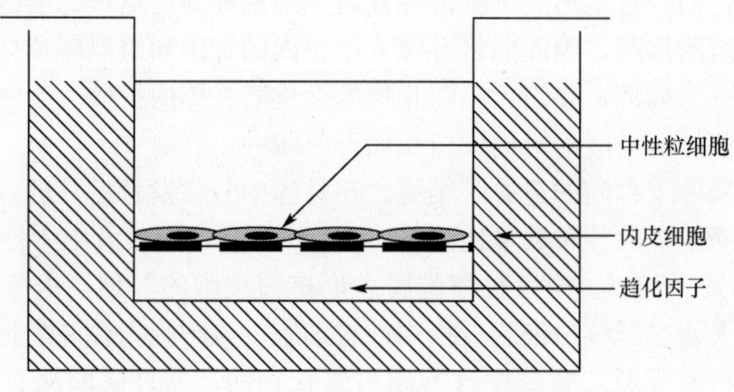

图 10.15　单细胞层的原理和形态结构图

通过结果我们可以看出（表 10.3），在阴性对照组中，我们没有加入 L251 蛋白，而在 Transwell 的下室加入了趋化因子 fMLP，在所有实验组中跨膜的中性粒细胞数量最多，可见趋化因子 fMLP 对中性粒细胞跨过单层的内皮细胞膜有一定的趋化作用；同样在阳性对照组中，我们在上室加入 L251 蛋白，下室不加趋化因子 fMLP，在结果中我们可以看出，跨膜的中性粒细胞数量骤减；在 A、B 实验组中，当加入 L251 蛋白浓度较低时，跨膜的中性粒细胞数量差异不大，由此可推论，

L251 蛋白的作用需要达到一定的下线阈值浓度；在 C- F 实验组中，跨膜细胞的数量随着加入 L251 蛋白的浓度的增加，跨膜中性粒细胞的数量逐渐减少，可见当 L251 蛋白达到下线阈值浓度后，其作用强度随着浓度的增加而增加，即有一定的剂量依赖性；从 F、G 实验组中可以看出，随着 L251 蛋白浓度增高到一定上线阈值，其对中性粒细胞跨膜的抑制程度趋于平缓，由此推测有两种可能：①L251 蛋白浓度已超过所需浓度，故浓度的增加已不再有意义；②L251 蛋白对中性粒细胞的跨膜抑制有一定的作用浓度，当其浓度超过标准，其作用程度亦不会随之增强。总之，从以上实验结果可以看出，L251 蛋白对由趋化因子引起的中性粒细胞跨膜有一定的抑制作用，通过计算其抑制率可达到 60%左右。

10.4 跨 HUVEC 单层细胞膜迁移实验

10.4.1 材料与方法

10.4.1.1 材　　料

高保真 *Tag* 酶、*Hind*Ⅲ酶和 *Bam*HⅠ酶及所用引物购自宝生物工程（大连）有限公司；人脐带血管内皮细胞（HUVEC，购于上海麦莎生物技术有限公司）；转染试剂-脂质体 2000；链-青霉素（双抗）；10%胎牛血清（FBS）；RPMI 1640 培养基；胰酶/EDTA 消化液；HBSS（NaCl 8.00 g/L；KCl 0.4 g/L；$CaCl_2$ 0.14 g/L；$MgSO_4 \cdot 7H_2O$ 0.2 g/L；$Na_2HPO_4 \cdot H_2O$ 0.06 g/L；KH_2PO_4 0.06 g/L；$NaHCO_3$ 0.35 g/L；葡萄糖 1.00 g/L）；pEGFP-NIF 质粒；血球计数板；24 孔培养板；观察用倒置显微镜、倒置荧光显微镜（大连医科大学）、透析袋 MD34-7 购自 Solarbio，截留相对分子质量 7000；琼脂糖；1×TAE；PCR 仪；琼脂糖凝胶电泳仪；恒温水浴锅；凝胶成像系统；fMLP（趋化三肽甲酰基甲硫氨酸-亮氨酸-苯丙氨酸）；构建的 HUVEC 单分子层的 Transwell（3.0 μm 孔径，12 mm 直径；Costar，Cam-bridge，MA）；人中性粒细胞；RPMI 1640 培养基［另加 10%（*V*/*V*）灭活胎牛血清，100 U/ml 青霉素，100 mg/ml 链霉素，2 mmol/L 谷氨酰胺］；细胞培养箱；CFSE 染料、流式细胞仪（大连市解放军 210 医院）。

10.4.1.2 方　　法

pEGFP-L251 载体构建：

（1）根据 pEGFP 载体及 L251 序列特征设计引物如下：

*Hind*Ⅲ　CCCAAG CTTATG GCG AGC GTC GTG GCG GCG

*Bam*HⅠ　CG GGATCCCGC TGC ACA TCC GTC GTG CAG

（2）以实验室原有载体 pLNCX-251 为模板，用以上合成引物，以高保真 Tag 酶进行 PCR 扩增目的片段，并进行琼脂糖凝胶电泳检测。反应条件如下。

2×引物	2×0.2 μl
模板	0.5 μl
dNTP	2 μl
10×缓冲液	5 μl
Tag 酶	0.2 μl
ddH$_2$O	41.9 μl
总体系	50 μl

PCR 循环反应条件——28 个循环

94℃，2 min

94℃，30 s
62℃，30 s } 28 个循环
72℃，45 s

72℃，7 min

4℃，∞

(3) 将检测结果切胶回收，并同时做 pEGFP 载体和目的 DNA 片段的酶切，并回收。

酶切体系：	50μl
*Hind*Ⅲ	2 μl
*Bam*HⅠ	2 μl
k-缓冲液	5 μl
DNA 目的片段	30 μl
ddH$_2$O	11 μl
	37℃，2 h
双酶切体系：	50 μl
*Hind*Ⅲ	2 μl
*Bam*HⅠ	2 μl
k-缓冲液	5 μl
pEGFP 载体	20 μl
ddH$_2$O	21 μl
	37℃，6 h

(4) 用连接酶将目的片段连接到 pEGFP 载体上，并转化至克隆菌 DH5α 中

连接体系：	15 μl
T4 连接酶	1 μl
T4 连接缓冲液	2.5 μl
DNA 片段	8 μl

载体	2 μl
水	1.5 μl
	16℃，2 h

（5）以转化完毕的 DH5α 菌株为模板进行菌落 PCR 鉴定。

体系：	50 μl
模板	1 μl 菌液
引物	2×0.2 μl
La-Tag	25 μl
ddH_2O	23.6 μl

PCR 循环反应条件—28 个循环

94℃，2 min
94℃，30 s
62℃，30 s
72℃，45 s
72℃，7 min
4℃，∞

（6）从 DH5α 菌株中提取质粒，进一步进行双酶切鉴定。

质粒双酶切鉴定体系：	50 μl
*Hind*Ⅲ	1.5 μl
*Bam*HⅠ	1.5 μl
k-缓冲液	5 μl
pEGFP-NIF 质粒	20 μl
ddH_2O	22 μl
	37℃，6 h

转染 HUVEC 细胞：

（1）转染前一天，细胞以合适的密度接种到 6 孔培养板上（接种密度是 3×10^5～4×10^5 个细胞/ml）。转染时，细胞要达到 90%～95%的融合状态。

（2）转染溶液制备：

溶液 a：240 μl 无血清培养基+10 μl 脂质体/孔（总体积 250 μl），温育 5 min。

溶液 b：246 μl 无血清培养基+4 μl pEGFP-NIF 质粒/孔（总体积 250 μl）。

（3）将溶液 a 与 b 混合，室温放置 20 min。

（4）同时，将六孔板中的细胞用无血清培养基冲洗 2 遍，再加入 2 ml 无血清培养基。

（5）将溶液 a 与 b 的混合液逐滴加入六孔板中，轻轻混匀。37℃，5%CO_2 温育5～6 h（时间不可过长）。

(6) 5 h后，更换含有血清的全培养基，37℃，5% CO_2 培养 48～72 h，用荧光显微镜检测转染效率。

(7) 在转染后 48 h 和 72 h，集取转染后的细胞培养液，装入透析袋中，采用聚乙二醇（PEG）包埋的方式浓缩，为下一步做 Western 检测做准备。

蛋白质印迹法检测缓冲液配制：

(1) SDS-PAGE 试剂；

(2) 10×转移缓冲液（transfer buffer）：30.3 g Tris-Base，144.1 g 氨基乙酸，500 ml ddH_2O，振荡混匀后，定容至 1000 ml，4℃备用。用时用 0.1 mol/L 磷酸缓冲液，即 1×PBS 和甲醇稀释至 1 倍，使甲醇的终浓度为 20%（V/V），4℃备用；

(3) PBST 缓冲液：1×PBS 加 Tween-20，使 Tween-20 的浓度为 0.1%；

(4) 封闭剂（5%脱脂奶粉）：2 g 脱脂奶粉，40 ml PBST 缓冲液，振荡混匀，4℃备用；

(5) 转移平衡液：10 ml 10×转移缓冲液，20 ml 甲醇，70 ml ddH_2O，振荡混匀。

Western 检测实验方法：

(1) 转膜：准备与胶同样大小的 PVDF 膜和相同大小的 8 层滤纸。PVDF 膜放在甲醇中平衡 1 min，1×转移平衡液中平衡 5 min。8 层滤纸放在 1×转移平衡液中平衡 5 min。将电泳后的分离胶放到 ddH_2O 中平衡 1～5 min。转膜仪的下面是阳极，依次放置已经在转移平衡液中平衡过的 4 层滤纸、PVDF 膜、电泳凝胶、4 层滤纸。在 PVDF 膜的左上角用铅笔标记样品顺序。在转移夹层的顶部放置阴极电极。接通电源，室温、220V 转移 25～30 min。转移后的凝胶放到考马斯亮蓝 R-250 中染色。

(2) 封闭：在 25℃条件下，PVDF 膜放入封闭液中，60 r/min，恒温摇床上振荡 1 h。

(3) 一抗结合：依据抗体说明书的有效浓度，用 PBST 和封闭液（1∶1）配制一抗，混合均匀。将 PVDF 膜放在一抗中 4℃孵育过夜。洗去一抗：25℃条件下，用 PBST 洗膜 3 次，每次 10 min。

(4) 二抗结合：加入辣根过氧化物酶标记的山羊抗兔或抗鼠 IgG（1∶3000），37℃，恒温摇床上振荡 1 h。洗去二抗：25℃条件下，PBST 洗膜 3 次，每次 10 min。PBS 洗膜 1 次，10 min。

(5) ECL 显色：在平底容器中等体积加 ECL 试剂盒中 1 溶液和 2 溶液（不同的 ECL 使用方法不同）暗处混匀。PVDF 膜放入平底容器中，将混匀好的 ECL 溶液加到 PVDF 膜上，使液体和膜充分接触，轻摇 5 min。取出膜，吸干多余液体，然后将 PVDF 膜放在保鲜膜上包好（蛋白质面朝上），用玻璃棒赶尽气泡，放入暗盒中。暗室内对 X 射线胶片分别曝光 30 s、1 min、3 min、5 min，将胶片放入显影液 3～5 min，放入定影液 1～3 min，自来水冲洗，晾干后观察，计算机定量扫描处理。

跨 HUVEC 单层细胞膜迁移实验：

(1) 在转化板中的内皮细胞分子层培养在 HUVEC 培养基中。在开始分析前4 h将培养物换新的培养基，每个转化板下室加入 0.8 ml 1640 培养基。

(2) 中性粒细胞接种到上室，化学趋向物加入到下室（化学趋向物：fMLP，

200nmol/L)。转化板在 37℃下孵化 2 h。各组所加药剂量如表 10.4 所示。

(3) 分别将转化板下室的液体吸出，并以等体积 2 μmol/LCFSE 染料染色跨膜的中性粒细胞，30 min 内用流式细胞仪计数 30 s 内通过的细胞个数。

(4) 将跨膜染色后的细胞与未染色的接种细胞数混合，以流式细胞仪检测跨膜细胞数所占比例。

表 10.4　各实验组所加药剂量

试样成分	1	2	3	4
fMLP/(nmol/L)	0	0	200	200
接种中性粒细胞数量/$\times 10^5$	13.15	13.15	13.15	13.15
是否转染	是	否	是	否

10.4.2　结　　果

10.4.2.1　L251 基因片段克隆入真核表达载体 pEGFP

由以下实验结果可以鉴定，目的片段已经连接到 pEGFP 载体上。

L251 基因片段克隆入真核表达载体 pEGFP 载体之后，*Bam*HⅠ和 *Hind* Ⅲ双酶切，得到约 700 bp 的目的片段，进一步测序结果显示［宝生物工程（大连）有限公司］载入目的基因序列没有发生变异，与模版序列完全一致，说明构建载体成功（图 10.16～图 10.21）。

10.4.2.2　L251 转染 HUVEC 细胞

通过脂质体转染的方法，将构建到 pEGFP-N1 载体上的目的基因 L251，转入人脐静脉内皮细胞中，并进一步采用荧光显微镜检测。

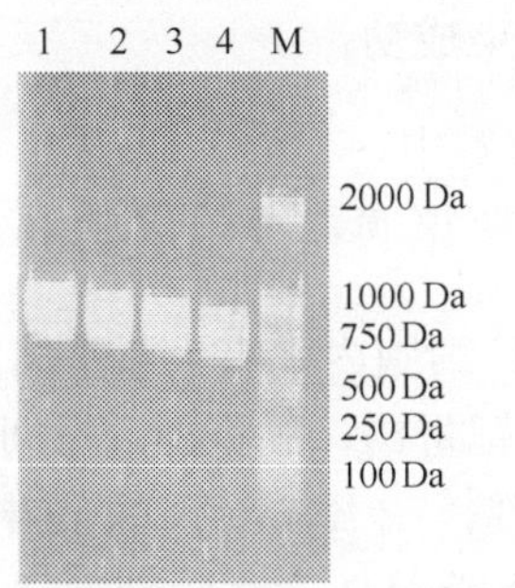

图 10.16　高保真 *Tag* 酶 PCR 扩增结果

M. DL2000 DNA Marker；1～4. L251 PCR 扩增结果

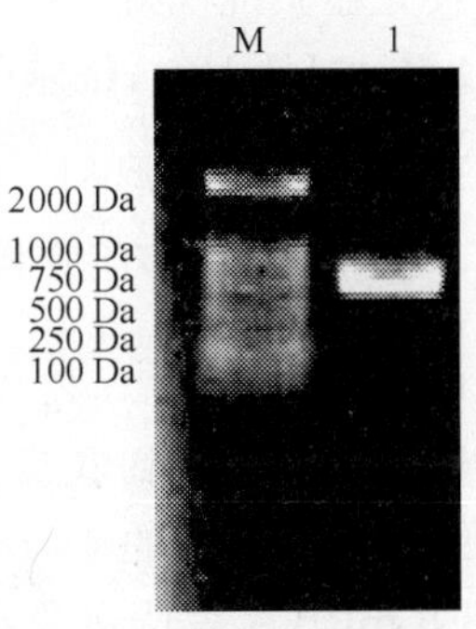

图 10.17　DNA 片段切胶回收结果

M. DL2000 DNA Marker；1. 切胶回收 L251

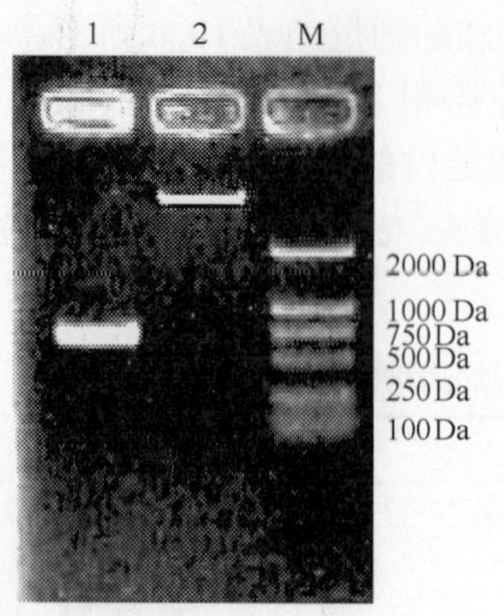

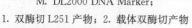

图 10.18　目的片段和载体酶切回收结果

M. DL2000 DNA Marker；
1. 双酶切 L251 产物；2. 载体双酶切产物

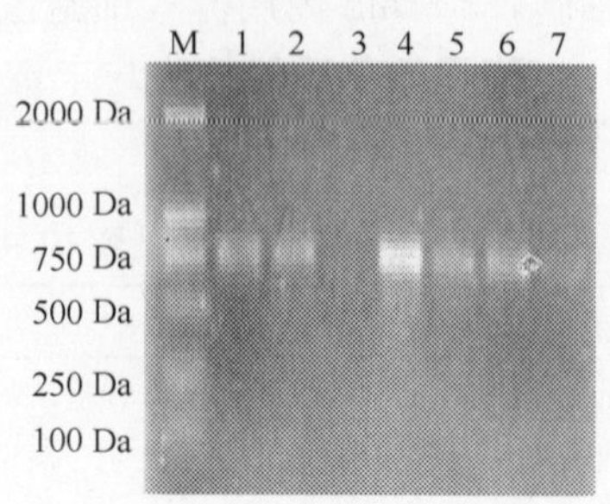

图 10.19　阳性转化子的 PCR 鉴定

M. DL2000 DNA Marker；1～7. 阳性转化子

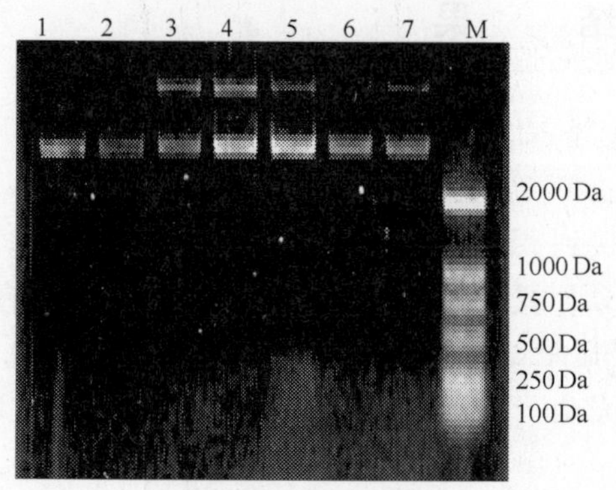

图 10.20　质粒提取

M. DL2000 DNA Marker；
1～7. 挑取阳性转化子提取质粒

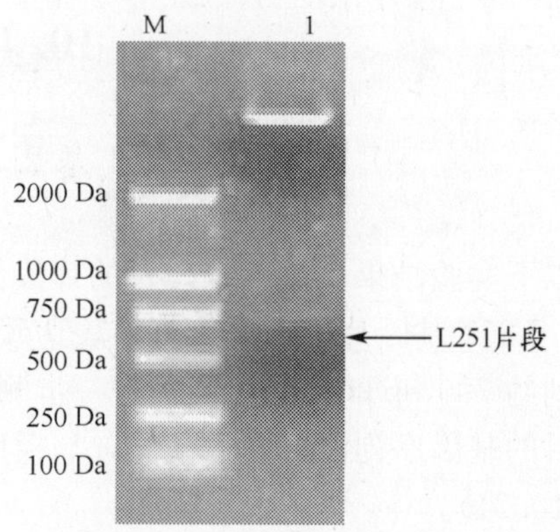

图 10.21 双酶切鉴定

M. DL2000 DNA Marker；1. pEGFE-L251 载体双酶切结果

转染后的细胞能够在荧光显微镜下发出绿色荧光，细胞形态轮廓清晰可见，而未转染的细胞在荧光显微镜视野下没有绿色荧光出现，可以从基因角度说明，我们已经将目的基因 L251 转入 HUVEC 细胞中，由此鉴定我们转染成功。

10.4.2.3　蛋白质印迹分析 L251 蛋白表达

从结果可以看出（图 10.22 A），转染的 HUVEC 细胞内部有大量 L251 蛋白表达。因蛋白质印迹最低可检测到低至 1～5 ng 中等大小的靶蛋白，故将固定时间点的培养上清液进行浓缩，而浓缩后的 48 h 培养液没有条带出现，72 h 有淡淡的条带出现，验证了转染后 48 h mRNA 表达量最高，72 h 蛋白质表达量最高。由此可见转染后，L251 蛋白在细胞内和细胞外都有表达，这也进一步从蛋白质表达的角度鉴定了成功将 L251 转染到 HUVEC 细胞内，也为进一步的迁移实验奠定了基础。

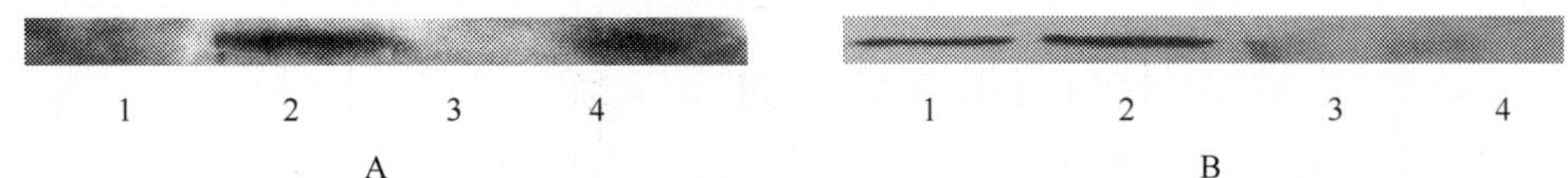

图 10.22　蛋白质印迹分析 L251 蛋白表达

A 中 1. 未转染 HUVEC，2. 转染 HUVEC；3. 48 h 表达上清液；4. 72 h 表达上清液.
B 中 β-肌动蛋白对照

10.4.2.4　跨 HUVEC 单层细胞膜迁移实验

本实验刺激人脐静脉内皮细胞的单分子层，并将其培养在 Transwell 滤膜上。我们通过考察细胞的形态和用化学趋向物诱导的粒性白细胞迁移，本实验模拟了一个旁分泌的内部反应途径，此内部反应发生在内皮细胞的单分子层之间，由此内部反应导致了细胞因子和趋化因子的大量释放，从而加强了中性粒细胞的迁移。

然而，转染后的人脐静脉内皮细胞能够表达具有 NIF 活性的 L251 蛋白，从而能够抑制嗜中性粒细胞的迁移。从结果可以看出（表 10.5，图 10.23），无论流式细胞仪单位时间计数检测，还是跨膜中性粒细胞占初始上样细胞数量的比例，都可以看出转染后的细胞能够对中性粒细胞的跨膜迁移具有明显的抑制作用。

表 10.5　各组跨膜细胞数比较（3 次试验 30 s 流式细胞仪计数）

细胞数量	A(转染-fMLP)	B(未转染-fMLP)	C(转染＋fMLP)	D(未转染＋fMLP)
细胞平均个数/$\times10^4$	46	87	75	102
跨膜中性粒细胞个数/$\times10^4$	6.6	11.6	9.6	19.76

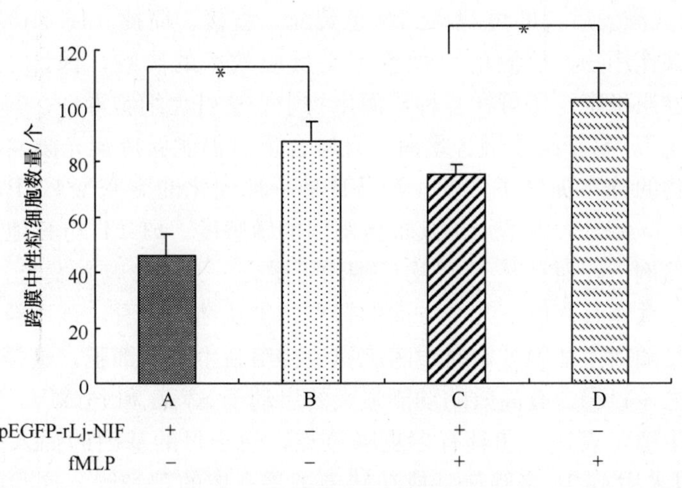

图 10.23　流式细胞仪检测跨膜细胞比例

A 组．转染，未加趋化因子；B 组．转染，未加趋化因子；C 组．转染，加趋化因子；D 组．未转染，加趋化因子。趋化因子（fMLP）浓度：1 μmol/L。采用流式细胞仪 30 s 计数跨膜中性粒细胞数量。数据展现 3 次平行试验平均值。转染外源基因组分的跨膜中性粒细胞数量要低于未转染组分，并且具有统计学意义［＊：$P<0.05$，＊＊：$P<0.01$，（A *vs* B；C *vs* D），one-way ANOVA］

10.4.3 讨　论

一些真核蛋白在原核宿主细胞中的表达不但行之有效而且成本低廉，然而许多在细菌中合成的真核蛋白或因折叠方式不正确，或因折叠效率低下，结果使得蛋白质活性低或无活性。不仅如此，真核生物蛋白的活性往往需要翻译后加工。例如，二硫键的精确形成、糖基化、磷酸化、寡聚体的形成或者由特异性蛋白酶进行的裂解等，而这些加工原核细胞则无能为力。需要表达具有生物学功能的膜蛋白或分泌性蛋白，如位于细胞膜表面的受体或细胞外的激素和酶，则更需要使用真核转染技术。由于 DNA 导入哺乳动物细胞有关技术方法的发展，使真核表达成为可能。

利用克隆化的真核基因在哺乳动物细胞中表达蛋白质，具有以下多种不同用途：通过对所编码的蛋白质进行免疫学检测或生物活性测定，确证所克隆的基因；对目的基因所编码的蛋白质在表达后进行糖基化或蛋白酶水解等翻译后加工；大量生产从自然界中一般只能小量提取到的某些生物活性蛋白；研究在各种不同类型细胞中表达的蛋白质的生物合成以及在细胞内转运的情况；通过分析正常蛋白质及其突变体的特性，阐明蛋白质结构与功能的关系；使带有内含子而不能在原核生物（如酵母）中正确转录为 mRNA 的基因组序列得到表达；揭示某些与基因表达调控有关的 DNA 序列元件。

绿色荧光蛋白（green fluorescent protein，GFP）基因来源于 Jellyfish Aequorea Victoria，是 Shimomura 等于 1962 年发现的蛋白质，由 238 个氨基酸组成，分子质量约为 27 kDa。GFP 在包括热、极端 pH 和化学变性剂等苛刻条件下都很稳定，用甲醛固定后会持续发出荧光，但在还原环境下荧光会很快熄灭。

与以往常用的报告基因相比，GFP 具有以下优点：①在荧光显微镜下，用波长约 490 nm 的紫外线激发后，即可观察到绿色荧光，直接、简捷、便于检测；②无需任何的作用底物或共作用物，检测的灵敏度不受反应效率的影响，保证了极高的检出率；③蛋白质本身性质稳定；④可在多种异源生物中表达且无细胞毒性；⑤其基因片段长度较小（约 717 bp），易于构建融合蛋白，且融合蛋白仍能保持荧光激发活性，为研究其他基因表达产物的分布提供了方便。EGFP 是一种优化的突变型 GFP，其产生的荧光较普通 GFP 强 35 倍，大大增强了其报告基因的敏感度。EGFP 与其他蛋白的融合表达已有很多成功的例子，而且其 N 端及 C 端均可融合，并不影响其发光。

pEGFP-N1 载体具有以下几个方面的特点：①从结构上看，该质粒具有很强的复制能力，可以满足随宿主细胞分裂时跟随胞质遗传给新生的子细胞，这是保证目的基因稳定表达的因素之一；②含有高效的功能强大的启动子 SV40 和 PCMV，可以使目的基因在增殖的细胞中稳定表达；③具有多克隆位点，便于目的基因的插入；④该载体具有 *neo* 基因，可以采用 G418 来筛选已成功转染了该载体的靶细胞。这些特殊的结构可以实现目的基因在靶细胞内的稳定表达。

NIF 阻断 PMN 黏附是与浓度相关的，完全阻断的浓度在 10 nmol/L。由于 CD11a 和 CD11bβ2 整联蛋白在刺激 PMN 方面的作用非常活跃，并且假定 NIF 仅仅抑制 CD11b 整联蛋白，靠绑定在 CD11b 整联蛋白的 I 结构域来发挥抑制作用，我们可以估计 CD11a 和 CD11bβ2 整联蛋白在抑制 PMN 黏附到内皮细胞中的作用。当 NIF 与抗 CD11b 的单克隆抗体结合使用的时候，我们也观察到了其抑制 PMN 黏附内皮细胞的效果大于 90%，单独的抗 CD11b 的单克隆抗体减少 PMN 黏附的作用仅仅在 50%。NIF 也阻断具有激活 CD11a 作用的类淋巴母细胞的聚集，这暗示了 NIF 也阻断 CD11a 依靠型的反应。我们转染 NIF 的 cDNA 到人的真皮微脉管内皮细胞，在细胞内部，NIF 的合成和释放阻断了 PMN 黏附到被转染的人的真皮微脉管内皮细胞。这表明了 NIF 抑制 CD11a 和 CD11bβ2 整联蛋白的结果，对 PMN 具有有效的抗黏附作用。然而，NIF 从被转染的内皮细胞释放的这一过程，暗示了 NIF 具有阻断 CD11a 和 CD11bβ2 整联蛋白依赖型的 PMN 黏附的作用，并且还有阻断在内皮细胞激活位点的 PMN 移植反应。

因为 CD18 整联蛋白要求 PMN 稳定的黏附到内皮细胞中，NIF 干预 CD18 的作用，其抑制 PMN 黏附到脉管内皮细胞上，也抑制转染的内皮细胞 PMN 迁移。CD11a 和 CD11b 是 CD18 整联蛋白在 PMN 上的两个成员，PMN 的黏附是靠绑定到细胞内的黏附分子（ICMA-1）的不同位点。研究显示 NIF 抑制 CD11b 的机制是靠绑定到 I 结构域上，此结构域包含一连串约 200 个氨基酸序列，是 ICMA-1 绑定的靶位点。因为抗-CD11b 的单克隆抗体在饱和的浓度只抑制 50%的 PMN 黏附，NIF 绑定到 CD11b 不能完全解释在体内和体外 NIF 消除 PMN 黏附到内皮细胞。在当前的研究，我们展示了靠 NIF 诱导的抑制 PMN 的黏附作用，是使 CD11a 和 CD11bβ2 整联蛋白完全钝化。除此之外，我们用转移基因的方法将 NIF 的 cDNA 基因转染到内皮细胞，从而导致 NIF 的释放，进一步抑制在 PMN 中的 CD11a 和 CD11bβ2 整联蛋白的作用，从而达到抑制 PMN 的黏附作用。

正常生理状态下中性粒细胞在血管内有缓慢的随机位移，但是当机体某处发生炎症时，体内将会产生大量的趋化因子（如细菌产物 fMLP、C5a 及 LIB4）诱使活化的中性粒细胞移动加快，从趋化因子浓度低的部位向浓度高的部位移动。趋化因子及细胞因子使中性粒细胞外渗的机制不同，像 C5a、fMLP、LTB4 可以引起中性粒细胞的快速外渗，半小时就可达到峰值，而 IL-1、TNF-α 产生的外渗却需要双倍时间，而且这种作用能被生物合成的蛋白质所阻断，这种现象提示在体内的炎性反应中可能存在蛋白质合成依赖性机制及蛋白质合成非依赖性机制。正是这两种机制的存在，导致中性粒细胞快速而持续的外渗。已黏附的中性粒细胞跨过血管内皮移行至损伤部位，吞噬病原体发挥其抗炎效应。黏附分子在中性粒细胞的跨内皮移行中必不可少。

10.5 L251 对中性粒细胞呼吸爆发的抑制

10.5.1 材料和方法

10.5.1.1 材　　料

健康人外周血细胞；诱导剂 fMLP、二氢罗丹明（DHR123）染料购自 Sigma 公司；抗凝管购自大连脉普生物试剂器材有限公司；流式细胞仪由大连医科大学附属一院二部中心实验室提供。

10.5.1.2 方 法

流式细胞仪法。

实验参照 Paul 的方法并有所改动：

(1) 取 1 ml 健康人外周血，放入抗凝管。

(2) 中性粒细胞分离方法同第 3 章。

(3) 用血球计数器对分离得到细胞计数。

(4) 取 50 μl 上层粒细胞（约 5×10^5 个/ml），450 μl PBS 加入 5 ml 离心管中，向各管中加入 100 μl，分别为：①PBS 空白对照 A。②未经 fMLP 刺激阴性对照 B。③未加入蛋白质抑制阳性对照 C。④加入蛋白质 D、E、F、G。

(5) 向 C、D、E、F、G 组加入终浓度 1 μmol/L 的 fMLP，37℃，孵育15 min；向 D、E、F、G 组加入 L251 蛋白 25 μl 、50 μl、75 μl、100 μl，对应浓度分别为 77 nmol/L、130 nmol/L、169 nmol/L、198 nmol/L；37℃孵育 20 min；向 B、C、D、E、F、G 组加入 12.5 μl，终浓度 5 μmol/L 的 DHR123。37℃孵育 10 min，置于冰上终止反应，或 4℃避光保存。

表 10.6 粒细胞各组试剂加入情况 （单位：μl）

试样组分	A	B	C	D	E	F	G
中性粒细胞	100	100	100	100	100	100	100
fMLP	0	0	10	10	10	10	10
L251	0	0	0	25	50	75	100
DHR123	0	12.5	12.5	12.5	12.5	12.5	12.5

(6) 用磷酸缓冲液洗涤 2 次后加 0.5 ml 磷酸缓冲液悬浮，用于流式细胞仪检测每反应收集 5000 个细胞，激发波长 488 nm，发射波长 530 nm。对中性粒细胞设门进行 FL1-H 分析。

(7) 统计学处理：用 SPSS 11.0 for Windows 分析软件中的 One-Way ANOVA 对试验数据进行的单因素方差分析进行组间显著性检验，分别以 $P<0.05$、$P<0.01$ 作为相差显著和非常显著的界限。

NBT（氮蓝四唑）还原法：

血细胞呼吸爆发活力的测定采用 NBT 还原法，具体如下。

(1) 中性粒细胞分离方法同上。

(2) 取 5×10^6 个细胞/ml，然后将 0.5 ml 已稀释的血细胞、0.5 ml 0.2 % NBT (Sigma) 充分混合。

(3) 11 μl 1 μmol/L PMA（Sigma Chemical Co.）及 89 μl 血细胞培养液加入 1.5 ml离心管中，涡旋混合 1 min。

(4) 在 25℃下孵育 60 min 后，在 540 *g* 下离心 10 min。

(5) 吸除上清液。随后加入 1 ml 70%甲醇中止反应，再用 70%甲醇清洗 2 次，自然风干。

(6) 最后加入 600 μl 2 mol/L KOH 和 700 μl 二甲基亚砜溶解生成的沉淀物甲臜(formazan)，并在 625 nm 下比色测定生成的 OD 值。结果表示为：OD 值/5×10⁶ 个细胞/ml。

10.5.2 结 果

随 L251 浓度的增加，L251 对中性粒细胞呼吸爆发强度的影响强度逐渐减弱。经统计分析，当加入 130 nmol/L 时与阳性对照差异显著，加入198 nmol/L时，差异极显著(表 10.7、表 10.8 和图 10.24)。

表 10.7 L251 加入浓度与呼吸爆发强度对应关系

组别	A	B	C	D	E	F	G
L251/(nmol/L)	0	0	0	77	130	169	198
荧光强度	4.14	21.93	55.84	36.97	21.07	17.95	16.08

表 10.8 NBT 法检测 L251 对中性粒细胞呼吸爆发的抑制

组别	OD 值/5×10⁶(个细胞/ml)
阴性对照	0.194±0.011
阳性对照	0.426±0.010
L251/20 μl	0.230±0.027
L251/30 μl	0.222±0.001
L251/40 μl	0.212±0.004
P 值	0.008

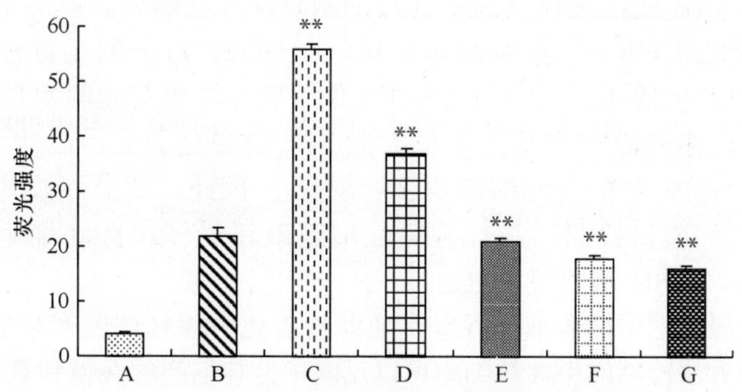

图 10.24 L251 对各实验组呼吸爆发抑制比较

A. 空白对照组，未加 fMLP、DHR123 和 rLj-NIF 蛋白；B. 阴性对照组，未加 fMLP 和 rLj-NIF 蛋白，5 μmol/L DHR123；C. 阳性对照组，1 μmol/L fMLP 和 5 μmol/L DHR123，未加 rLj-NIF 蛋白；D. 1 μmol/L fMLP、5 μmol/L DHR123 和 77 nmol/L rLj-NIF 蛋白；E. 1 μmol/L fMLP、5 μmol/L DHR123 和 130 nmol/L rLj-NIF 蛋白；F. 1 μmol/L fMLP、5 μmol/L DHR123 和 169 nmol/L rLj-NIF 蛋白；G. 1 μmol/L fMLP、5 μmol/L DHR123 和 198 nmol/L rLj-NIF 蛋白。数据展现三次平行试验平均值。加有重组蛋白的实验组的荧光密度要高于未加蛋白质的对照组，并且具有统计学意义［**：$P<0.01$ (*vs* 阴性对照组)，one-way ANOVA］

10.5.3　讨　论

细菌和宿主组织衍生的趋化因子是白细胞外渗和组织浸润的重要媒介。典型的趋化因子可以激活嗜中性粒细胞（neutrophil）通过黏附、贴壁、游走到血管外，到达创伤或感染局部，通过吞噬、呼吸爆发（释放氧自由基）和脱颗粒（释放多种蛋白水解酶）而杀灭病原体、保护机体。

但在严重创伤、脓毒症、烧伤等病理条件下，嗜中性粒细胞过度激活，产生过强的效应作用，大大超过正常防御的需要，可阻塞微循环、损伤血管内皮细胞和血管外组织细胞，释放和促进释放炎症介质，从而导致全身炎症反应综合征、多器官功能障碍综合征的发生。肺因其解剖和生理上的特点，在炎性损伤中首当其冲，表现为急性肺损伤(ALI)。急性肺损伤的主要病理改变是中性粒细胞黏附于肺微血管内皮细胞，然后移行于肺泡腔引起渗出性肺水肿，严重时可导致呼吸窘迫综合征（ARDS）。因这种炎性反应与细菌等病原体感染无关，使用抗生素治疗无效，在此情况下，抑制嗜中性粒细胞过强的效应作用有助于机体的炎性损伤。

对于中性粒细胞杀伤功能的检测，常用化学发光法。中性粒细胞在吞噬细菌的过程中，同辣根过氧化物酶反应后有化学发光物产生。其氧代谢活性与细菌的吞噬密切相关，杀菌能力与发光强度相平行。Martin 等（1992 年）就是利用上述方法，在生理温度和中性环境下，通过化学发光仪检测中性粒细胞对金黄色葡萄球菌的调理吞噬和杀伤作用。另外，Hamers 等用组合试验测定中性粒细胞对大肠埃希菌吞噬、杀伤和降解，通过检测大肠埃希菌突变株 β-半乳糖苷酶的活性，测定中性粒细胞对细菌的杀伤功能。Claes Dahlgren 对几种检测呼吸爆发的方法做过比较，上述方法均需用多量样本，而且敏感度差，不能消除培养后及抗癌剂接触后所致的坏死细胞的影响。采用流式细胞仪检测中性粒细胞氧化呼吸爆发，具有简单快速，灵敏度高的特点。采用 DHR123 作为荧光染料，DHR123 对细胞无毒性作用，首先经呼吸爆发过程中产生的还原性物质 MPO 氧化后成为具有荧光的罗丹明 ROD。ROD 在 488 nm 波长的激光激励下发出波长为530 nm的绿色荧光。由于 ROD 向细胞外的渗透作用，细胞内 ROD 每小时减少 15%左右。因此，要求吞噬作用结束后，样品应尽快用流式细胞仪检测，并且避免红细胞破坏后多次洗涤细胞，使细胞内的 ROD 损失过多，影响检测的灵敏度。

DHR123 被激活的中性粒细胞吞噬，随即被活化中性粒细胞产生的超氧阴离子所氧化。因此这种方法检测的中性粒细胞可以反映中性粒细胞的吞噬和氧化两种功能。任何一种功能缺陷都能影响到、检测结果。

流式细胞仪检测结果表明：在未受 fMLP 刺激的静息状态 B 组，荧光强度的几何平均值为 21.93，高于 L251 蛋白抑制组 E、F、G。分析原因如上文所述，呼吸爆发作用生成的罗丹明 ROD 逐渐向细胞外渗透，所以经过一段时间之后，一部分外渗的 ROD 无法检测。另外，据 Clemens 等报道，经纯化的中性粒细胞未经引发剂引发即可诱导呼吸爆发，暗示了纯化过程会导致一定程度的功能促发效应。

NBT 还原法的基本原理是对呼吸爆发早期反应的鉴定。NBT 与 NADPH 氧化酶作用为蓝紫色物质甲臜，这种蓝紫色的物质可溶于 DMSC，对 530～580 nm 均呈现最大吸收，其吸光度值与呼吸爆发反应程度成正比。L251 存在时，NBT 还原反应受到抑制。此法特点是：NBT 光化还原法所需药品成本较低，要求血细胞数少，反应液无需混合，故启动反应时间容易控制，只需见光便快速反应，此外亦可用于测定 SOD 酶以及其粗酶等。但是 NBT 光化还原法的精确度较低（变异系数 CV 数值较大），此法在用于 CGD（慢性粒细胞疾病）的诊断时曾出现假阴性结果。此外，尽管用 NBT 光化还原法时启动反应容易控制，但对光的要求很严格，反应过程中射入反应液的光强度要求恒定不变，如条件稍作改变，结果可能会发生很大的变化，故实验结果稳定性和剂量效应关系较差，再现性不高。

呼吸爆发是吞噬细胞所特有的生理现象，是嗜中性粒细胞实现其效应作用的重要方式，也是造成正常组织结构破坏的重要原因。研究结果表明，L251 能显著抑制中性粒细胞呼吸爆发并与剂量正相关，这与研究 NIF 抑制中性粒细胞呼吸爆发所得结论相符。L251 作用于中性粒细胞，使中性粒细胞无法与血管内皮细胞牢固黏附，导致无法到达炎症部位吞噬病原体。

10.6　L251 对中性粒细胞表面整合素表达的影响

10.6.1　材料和方法

10.6.1.1　材　　料

健康人外周血细胞；CD11a、CD11b、CD11c 系列 FITC 荧光标记单克隆抗体（购自北京赛驰生物科技有限公司）；抗凝管购自大连脉普生物试剂器材有限公司；流式细胞仪由大连医科大学附属一院二部中心实验室提供。

10.6.1.2　方　　法

实验参照 Clemens 和 David 的方法，并有所改动：

(1) 中性粒细胞分离方法同 10.3；

(2) 将 2×10^5 个/ml 粒细胞于 Eppendorf 管中；

(3) 向阳性对照及蛋白质组加入浓度为 1 μmol/L 的 fMLP；

(4) 按一定浓度梯度加入 L251 蛋白抑制剂，蛋白质加入体积与浓度对应关系同表 10.7 中的 77 nmol/L、130 nmol/L、169 nmol/L、198 nmol/L；

(5) 向各组中加入 CD 系列荧光标记的单克隆抗体；

(6) 37℃避光 30 min 使单抗充分与中性粒细胞表面整合素结合，试剂加入情况见表 10.9；

（7）用 PBS 洗 2 次，以 200 μl PBS 重悬细胞；

（8）流式细胞仪分析 fMLP 刺激前后的 CD11a/CD11b 表达量的变化。

表 10.9 各实验组 L251 蛋白加入情况

整合素	组别	粒细胞/μl	fMLP	L251/μl	单抗
CD11a	阴性对照	100	－	－	－
	阳性对照	100	＋	－	＋
	蛋白质抑制组	100	＋	25	＋
		100	＋	50	＋
		100	＋	75	＋
		100	＋	100	＋
CD11b	阴性对照	100	－	－	－
	阳性对照	100	＋	－	＋
	蛋白质抑制组	100	＋	25	＋
		100	＋	50	＋
		100	＋	75	＋
		100	＋	100	＋
CD11c	阴性对照	100	－	－	－
	阳性对照	100	＋	－	＋
	蛋白质抑制组	100	＋	25	＋
		100	＋	50	＋
		100	＋	75	＋
		100	＋	100	＋

注：＋表示加入该试剂；－表示未加入该试剂。

10.6.2 结　　果

激活的中性粒细胞经 L251 处理可见 CD 系列整合素表达量发生变化。以中性粒细胞设门，流式细胞仪分析的结果统计如图 10.25 所示。在 CD11a、CD11b、CD11c 3 组中 L251 均能与阳性对照均构成显著差异。此外，用光密度值几何平均数来表示 CD11a、CD11b、CD11c 3 种整合素表达的横向差异。比较结果显示，CD11b 整合素表达量最高，CD11a 次之，CD11c 最少（表 10.10）。

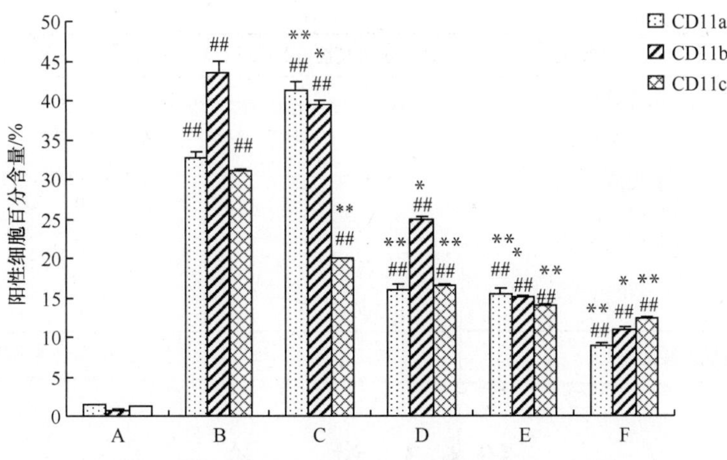

图 10.25 3 种 CD 整合素阳性细胞百分含量比较

A. 阴性对照组，未加 fMLP、anti-CD11a、anti-CD11b、anti-CD11c 和 rLj-NIF 重组蛋白；B. 阳性对照组，加入 anti-CD11a、anti-CD11b、anti-CD11c 和 1 μmol/L fMLP，但没有 rLj-NIF 重组蛋白；实验组分别加有如下的抗体、趋化因子和不同浓度的重组蛋白：anti-CD11a、anti-CD11b、anti-CD11c、1 μmol/L fMLP、77 nmol/L rLj-NIF 重组蛋白（C）、130 nmol/L rLj-NIF 重组蛋白（D）、169 nmol/L rLj-NIF 重组蛋白（E）和 198 nmol/L rLj-NIF 重组蛋白（F）。数据展现 3 次平行试验平均值。加有重组蛋白的实验组中阳性细胞所占的百分比明显低于阳性对照组，并具有统计学意义［*：$P<0.05$，**：$P<0.01$，（*vs* 阳性对照组）；##：$P<0.01$（*vs* 阴性对照组），one-way ANOVA］

表 10.10 各实验组中粒细胞百分含量比较及单抗荧光强度比较

整合素	组别	L251 加入情况/μl	阳性细胞/%	平均光密度值
CD11a	阴性对照	—	1.4	32.45
	阳性对照	—	32.8	
	蛋白质抑制组	25	41.2	
		50	15.91	
		75	15.41	
		100	8.93	
CD11b	阴性对照	—	0.78	41.34
	阳性对照	—	43.92	
	蛋白质抑制组	25	39.46	
		50	24.90	
		75	15.12	
		100	10.89	

续表

整合素	组别	L251 加入情况/μl	阳性细胞/%	平均光密度值
CD11c	阴性对照	—	1.26	37.67
	阳性对照	—	31.02	
	蛋白质抑制组	25	19.91	
		50	12.31	
		75	16.61	
		100	13.97	

注：一表示未加入该试剂。

10.6.3 讨　论

在激活的中性粒细胞与内皮细胞紧密连接及扩散出血管内皮过程中，CD11/CD18 整合素特别是 CD11a/CD18、CD11b/CD18 起到十分重要的作用。大量 FITC 标记的 CD 系列单克隆抗体可在激活的中性粒细胞中得到检测。Nathan 和 Tonnesen 都曾报道中性粒细胞诱发呼吸爆发的过程是 CD18 整合素依赖的。L251 与 CD18 整合素特异性结合导致了 L251 蛋白能够抑制中性粒细胞的跨内皮细胞迁移和呼吸爆发。

Matthew 等证实 NIF 可对中性粒细胞的跨内皮细胞迁移和呼吸爆发起抑制作用，而且在激活的中性粒细胞中与 CD 整合素结合是一个不可逆结合过程，在未激活的中性粒细胞中与 CD 整合素结合却是可逆的。所以 NIF 与中性粒细胞结合的可逆性与细胞的激活状态有关。大量实验数据证实 NIF 与 CD11b/CD18 整合素高特异性结合，有少数研究报道与 CD11a/CD18 特异结合，而尚无对 CD11c/CD18 整合素作用的报道。

L251 经分析具备 NIF 样活性。而且整合素表达量分析结果显示：CD11a 与 CD11c 阳对照分别为 32.8%、31.2%，加入 L251 蛋白 100 μl 后，阳性细胞表达量分别下降至 8.93%和 13.97%。这说明 L251 蛋白不仅与 CD11b/CD18 结合，与 CD11a/CD18 、CD11c/CD18 整合素亦有一定程度结合。

与此相比较而言在 L251 蛋白 N 端的 PR-1 结构域中具有 PR-1 蛋白家族高度保守的 GHF（Y）TQI（V/M）VW 序列和其他保守位点。这是所有 PR-1 蛋白，如蛇毒 ablomin 和 Stecrisp 蛋白、人肠道寄生虫分泌的蛋白 Na-ASP-2、狗钩虫分泌蛋白 NIF、烟草 NtPR-a、番茄致病相关蛋白 P14a 共同的特征性保守残基，这些保守残基形成网络，成簇环绕成一个电负性腔隙，形成 PR-1 结构域中可能的底物结合位点。虽然 L251 与 PR-1 蛋白，如寄生虫中分离的 Na-ASP-2 和 NIF 蛋白只有不到 30%的氨基酸序列的一致性，但示保守的氨基酸残基的存在，使 L251 与其他 PR-1 蛋白有相似的三维立体结构，从而具有相同的生物学活性。Na-ASP-2 和 NIF 都是 CR3 受体的天然拮抗性配体，那么 L251 蛋白同样具有与 CD11a 和 CD11bβ2 整合素（CR3 受体）A 结构域结合的能力，从而阻止中性粒细胞与血管内皮细胞的黏附。另外，通过与来自植物、真菌、昆虫、寄生虫和动物的同源蛋白的序列进行排比，特别是与 Na-ASP-2 和 Stecrisp 的比较显示，L251 蛋白与 Na-ASP-2 和 Stecrisp 具有相似的 α-β-α “三明治”立体结构和相似的电荷分布。推测 L251 蛋白具有趋化因子模拟机制，干扰趋化性细胞因子和趋化性物质对中性粒细胞向感染或损伤部位募集和穿过内皮细胞单层和结缔组织进入炎症部位。

L251 蛋白的 C 端是由 16 个半胱氨酸组成的半胱氨酸丰富结构域（CRD），属于半胱氨酸丰富分泌蛋白（CRISP）家族，它形成一个致密的分离的模体附加在 N 端 PR-1 结构域的侧面，CRD 空间上与 PR-1 结构域是分离的，中间由一个铰链区相连，最后的 6 个半胱氨酸中的 3 个有严格的保守格局 CXXXCXC。

从结构分析得出日本七鳃鳗口腔腺分泌 L251 蛋白是重要的免疫抑制剂，日本七鳃鳗营寄生生活时，之所以能够经常用口吸盘附在其他鱼体上，一个重要原因就是通过 L251 的中性粒细胞抑制活性逃逸宿主的免疫应答。L251 蛋白所具有的免疫抑制活性，因为这些特异性基因产物可作为造成免疫应答损伤特异成分的拮抗剂，使其有效调节宿主的非特异性免疫系统功能，正是以上免疫调节活性，使 L251 蛋白在抗炎、治疗自身免疫反应性疾病等方面具有潜在的药用价值。在治疗炎症反应性疾病，多发性硬化病、糖尿病等自身免疫反应性疾病和移植排斥反应的治疗中具有的巨大的开发潜力。

10.7 MTT 法检测 L251 对 T 淋巴细胞增殖抑制

10.7.1 材料和方法

10.7.1.1 材　料

健康人外周血；Dynal T Cell Negative Isolation Kit Ver II 试剂盒购自德国 Invitrogen Dynal 生物有限公司；淋巴细胞分离液，抗凝管购自大连辰钰生物试剂器材有限公司；无 Ca^{2+}、Mg^{2+} D-Hank 液（pH 7.2～7.4），RPMI 1640 培养基；缓冲液 1：PBS（无 Ca^{2+}、Mg^{2+}）0.1% BSA *m*/*V* 和 2 mmol/L EDTA，pH 7.4；缓冲液 2：PBS（无 Ca^{2+}、Mg^{2+}），pH 7.4。MTT，DMSO，PHA 购自 Sigma 公司；BIO-RAD 550 酶标仪：美国 BD 公司。

10.7.1.2 方　法

T 淋巴细胞的分选：

(1) MNC 准备。取新鲜正常人外周血 36 ml，每个抗凝管加 2 ml 血液，用等量 D-Hanks 液稀释 2 倍；充分混匀后用无菌毛细吸管分别吸取 3 ml 稀释的悬液沿管壁小心缓慢地加入事先已装有 3 ml 淋巴细胞分离液的 10 ml 离心管内，水平式转头 15 r/min 离心 15 min；绝大多数淋巴细胞悬浮于血浆与分层液的界面上，为灰白色状，将此层移入另一试管；5 倍体积的 D-Hank 液充分洗涤，1500 r/min 离心 20 min，弃上清液；5 倍体积的 D-Hanks 液，细胞计数为下一步调整准备，1300 r/min 离心 10 min，弃上清液去除混杂的血小板；缓冲液 1（4℃）重悬 MNC 调整细胞数 1×10^8 个/ml。4℃保存。

（2）预洗磁珠。小瓶里重悬磁珠；转移需要量的磁珠于一小管；加入等体积的缓冲液 1（室温）或至少 1 ml，混匀；将小管置于磁场中 2 min，弃掉悬液；将小管移开磁场，用需要量的缓冲液 1（室温）重悬磁珠。

（3）从 MNC 中分选 T 细胞。将 100 μl（1×10^7 MNC）缓冲液 1 转移于管（15 ml 塑料）；加 20 μl 灭活的 FCS；加 20 μl 抗体混合物；混匀，2～8℃孵育 20 min；加入 2 ml缓冲液 1（4℃），洗涤细胞，数次倾斜管以混匀；2～8℃ 300 *g* 8 min 去掉悬液；900 μl 缓冲液 1（室温）重悬细胞，转移到 5 ml 的管 中；加 100 μl 预洗过的磁珠；(18～25)℃孵育 15 min，轻轻的倾斜旋转，注意手不能触及管壁；用细小开口的吸管轻轻的吹打细胞 5 次；加入 1 ml 的 缓冲液 1；管放置磁场中2 min；将悬液移入另一新的管中；重复以上 3 步；悬液中包含着负选的人 T 淋巴细胞，细胞计数，为下步调整细胞数准备。

RPMI 1640 培养基重悬细胞，调整细胞数为 1.0×10^6 个细胞/ml。

MTT 法检测 T 淋巴细胞增殖抑制：

（1）调整 T 淋巴细胞数为 1.0×10^5 个/ml，实验设置 3 组，分别为阴性对照组(A)、阳性对照组（B）和实验组。

（2）96 孔板每孔接种 1.0×10^6 个/ml T 细胞，体系为 100 μl，RPMI 1640 不完全培养液（10%的胎牛血清），置于 37℃、5% CO_2、饱和湿度的温箱中孵育 2 h。

（3）阳性对照组与实验组加入 PHA（终浓度 5 μg/ml），实验组再设置若干复孔，加不同浓度的 L251 蛋白（0.1 μg/ml、0.3 μg/ml、0.5 μg/ml、0.7 μg/ml、1 μg/ml、1.5 μg/ml、2 μg/ml、2.5 μg/ml。分别对应于表 10.11 的 C-J)，共培养 48 h。

表 10.11 T 细胞各组试剂加入情况 （单位：μl）

	A	B	C	D	E	F	G	H	I	J
T 细胞	100	100	100	100	100	100	100	100	100	100
PHA		0.5	0.5	0.5	0.5	0.5	0.5	0.5	0.5	0.5
L251			0.075	0.225	0.375	0.53	0.75	1.13	1.5	1.88

（4）分别加入 MTT（5 mg/ml）10 μl 孵育 4 h 后弃上清液，加入 DMSO 100μl，振荡 10 min，充分溶解后上酶标仪测 D 值。

（5）观察增殖抑制率（IRP），IRP＝(1－实验组增殖指数/对照组增殖指数)×100%，其中增殖指数(PI)＝(实验组或对照组 D 值－空白对照 D 值)/空白对照 D 值。

10.7.2 结　　果

用 Dynal T Cell Negative Isolation Kit Ver II 分选得到的 T 淋巴细胞纯度很高(图 10.26)，经流式细胞仪检测能达到 95%以上，且负选的试剂盒对细胞的活性影响甚微。

随 L251 浓度的增加，T 淋巴细胞增殖抑制率逐渐增大。经统计分析，当加入浓度为 0.1 μg/ml、0.3 μg/ml、0.5 μg/ml、0.7 μg/ml 时 L251 对 T 淋巴细胞的增殖有抑

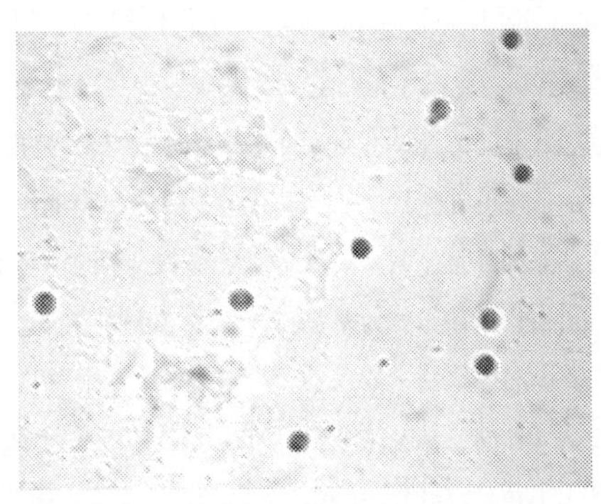

图 10.26　分选的 T 淋巴细胞

制作用且呈现剂量依赖（表 10.12）。

表 10.12　L251 加入浓度与抑制 T 细胞增殖的对应关系

实验组	OD	PI	IRP
A	0.102 5		
B	0.143 4	0.399 024	
C	0.139 7	0.362 927	0.090 463
D	0.124 8	0.217 561	0.454 767
E	0.124 9	0.218 537	0.452 321
F	0.119 1	0.161 951	0.594 132
G	0.151 2	0.475 122	1.315 405
H	0.129	0.258 537	1.858 191
I	0.183 8	0.793 171	0.518 337
J	0.257 2	1.509 268	−1.276 28

10.7.3　讨　　论

T 细胞分离技术是细胞生物学和免疫学研究的重要手段之一，近年来细胞分离技术已经有了很大的发展，在各种分离方法中，尼龙毛分离、免疫磁珠分离和流式细胞术分选均可选用，但流式细胞术分选代价较高，操作费时，有时还可能影响细胞的活性，且无菌操作难以实现。早期应用的尼龙毛分离技术是根据 T 细胞的非黏附性将其与其他细胞分离开，此法成本较低，简便易行，无需特殊设备。研究结果显示，尼龙毛法分离后 T 细胞的纯度不高，且由于尼龙毛柱上可能会选择性滞留某些 T 细胞亚群，使回收率降低，而且操作繁琐，并在操作时要时刻注意柱的流速和流量，不便控制。过快的流速、过高的柱洗脱流量都可造成 B 淋巴细胞混入，从而降低此方法分离 T 细胞的纯度。免疫磁珠 Dynabeads 的直径只有数微米，大小均匀，其核心是由 7FeA 和 Fe304 磁性金属材料合成，核心周围包被一层多聚材料，可以防止金属颗粒漏出，最外层为含有氨基（—NH_2），羧基（—COOH）或经基（—OH）等功能团的拮抗。磁珠具有超顺磁性，即置于磁场时，显示其磁性，而从磁场移出时，就不具有任何磁性物质残留在细胞悬液中。本实验采用Dynal免疫磁珠来进行阴性分离人外周血 T 细胞，该方法是初选样品加入单克隆抗体混合物结合到非 T 细胞上，短时间孵育，加入磁珠与抗体结合，磁场中结合于磁珠的非 T 细胞与 T 细胞分开。分离后的 T 细胞不再吸附有可能影响到细胞活性的抗体和磁珠，有利于后续的研究。该方法简便易行，分离效率高。经流式细胞仪器检测可以获得较高的 T 细胞纯度，分离后的 T 细胞保留了正常细胞的活力和增殖能力。

MTT 法是通过颜色反应观察细胞代谢活化的程度，直接检测活性细胞的比例。利用该法可对从受试机体分离的淋巴细胞或体外培养的受试淋巴细胞受特异性刺激时的增殖情况。又因为该法排除形态观察法的主观差异性，避免同位素掺入法的不稳定性和放射性污染，具有大量样本快速检测的优点，所以可用于检测 T 淋巴细胞的增殖功能和免疫功能评价。本实验采用570 nm/620 nm波长检测，较为客观地反映了 L251 对细胞的增殖抑制。

10.8 细胞周期法检测 T 淋巴细胞增殖抑制

10.8.1 材料与方法

10.8.1.1 材　　料

健康人外周血 T 细胞；PI，Triton X-100，EDTA 和 RNAse 购自 sigma 公司；流式细胞仪由大连医科大学附属一院二部中心实验室提供。

10.8.1.2 方　　法

（1）调整 T 淋巴细胞数为 1.0×10^6 个/ml，实验设置 3 组，分别为阴性对照组（A）、阳性对照组（B）和实验组。

（2）6 孔板每孔接种 1.0×10^6 个/ml T 细胞，体系为 1 ml，RPMI 1640 不完全培养液（10%的胎牛血清），置于 37℃、5% CO_2、饱和湿度的温箱中孵育 2 h。

（3）培养后的细胞种于 6 孔细胞培养板体系，见表 10.13，共培养 48 h。

表 10.13 6 孔细胞培养板体系

	A	B	C	D	E	F	G	H	I	J
T 细胞/(个/ml)	1.0×10^6	1.0×10^6	1.0×10^6	1.0×10^6	1.0×10^6	1.0×10^6	1.0×10^6	1.0×10^6	1.0×10^6	1.0×10^6
PHA/(μg/ml)		5	5	5	5	5	5	5	5	5
L251/(μg/ml)			0.75	2.25	3.75	5.3	7.5	11.3	15	18.8

（4）从 6 孔板中转移细胞到小管中，离心收集细胞，用 0.5～1 ml PBS 重悬，用 1 ml的注射器吸细胞悬液注入含 70%冷乙醇的管中，注意要吹打均匀，4℃过夜固定。

固定后的细胞可以在 4℃保存。

（5）工作液（50 μg/ml PI，0.1 % Triton X-100，0.1 mmol/L EDTA 和 50 μg/ml RNAse A in PBS）0.5～1 ml 染色 30 min；

（6）流式细胞仪进行检测，用软件 Cellquest 分析细胞周期，计算 G_1 期，S 期，G_2 期及 M 期各时相细胞所占总细胞数的比例。

10.8.2 结　　果

未经 PHA 刺激的对照组 T 细胞主要处于 G_0/G_1 期；经 PHA 刺激后 48 h，与对照组相比较，处于 S 期和 G_2/M 期细胞的比率明显增加，分别为 29.12 %和 0.85 %，而各剂量的 L251 共孵育组其 S/G_2 期 T 细胞的比率均明显减少，其中 0.7 μg/ml 的 L251 共孵育组 T 细胞的比率最少，为 1.4%；0.1 μg/ml、0.3 μg/ml 的 L251 共孵育组 S 期 T 细胞的比率明显增加，分别为 26.94 %和 24.1%（表 10.14），与 PHA 组相比较具有统计学意义。经统计分析，当加入浓度为 0.1 μg/ml、0.3 μg/ml、0.5 μg/ml、0.7 μg/ml 时 L251 对 T 淋巴细胞的增殖有抑制作用且呈现剂量依赖。如图 10.27 流式细胞仪检测的细胞周期，从图 10.27 中可反映出分裂期各时相的细胞。表 10.14 给出了统计的结果，可以看出在一定的浓度梯度内，L251 将分裂的细胞阻断在 G_1/S 期限制点的趋势。

表 10.14　T 细胞周期各时相 T 细胞百分率

细胞周期各时相	A	B	C	D	E	F	G	H	I	J
G_1/%	98.96	70.03	72.12	74.94	80.17	92.3	98.5	89.57	88.43	90.47
S/%	0.94	29.12	26.94	24.1	19.48	7.38	1.4	10.23	11.42	9.53
G_2/%	0.1	0.85	0.94	0.96	0.35	0.32	0.1	0.2	0.15	0

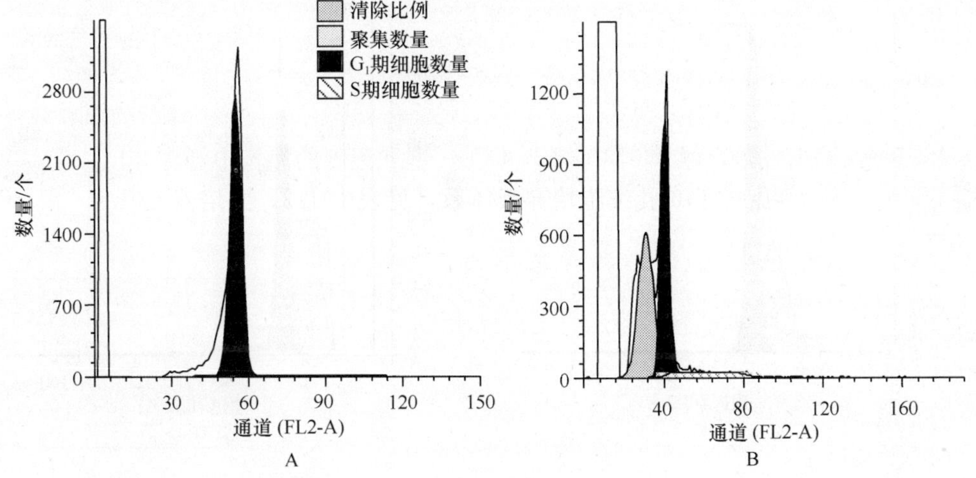

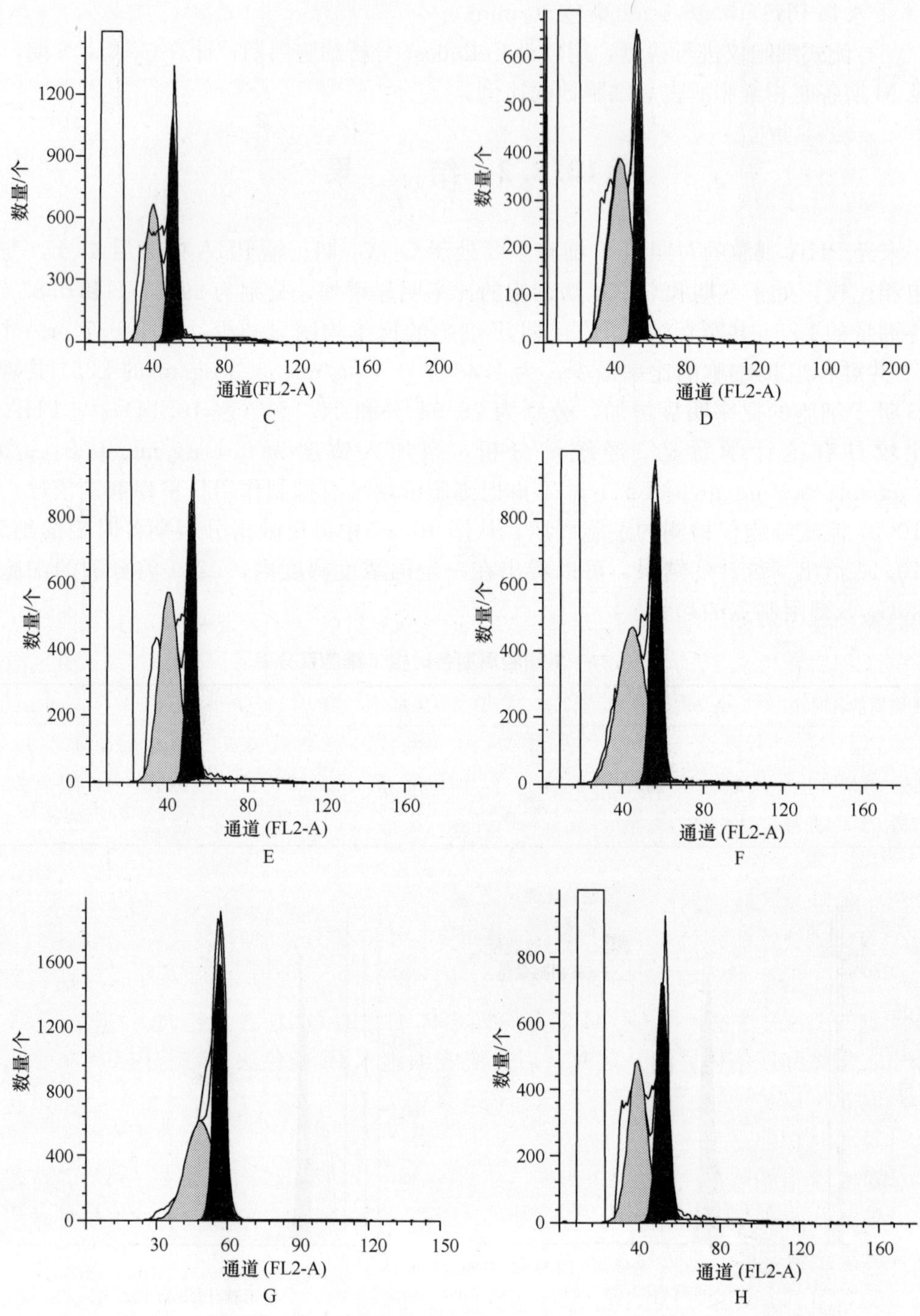
数量/个
通道(FL2-A)
C
D
E
F
G
H

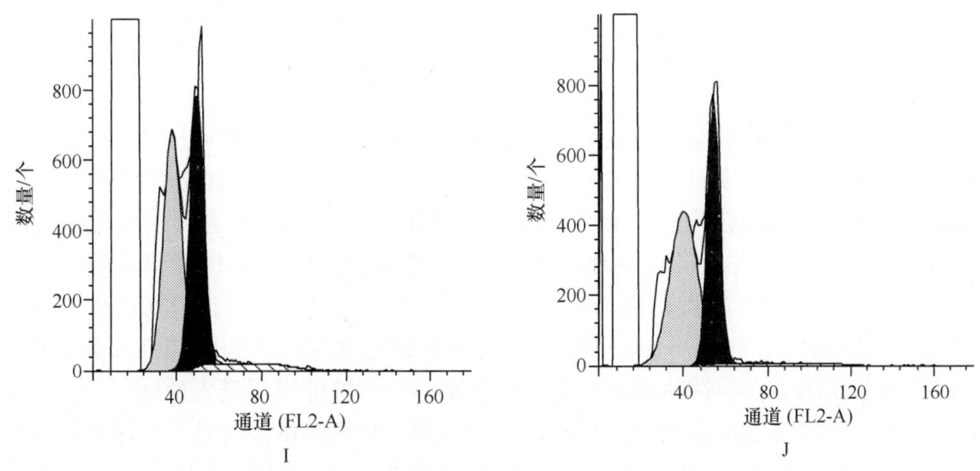

图 10.27　T 细胞细胞周期检测

10.8.3　讨　　论

在生物细胞核中，DNA 含量并非恒定，随细胞增殖周期时相不同而发生变化。在细胞周期的各个时期（G_0、G_1、S、G_2、M），DNA 的含量随各时相呈现出周期性的变化。整个细胞周期从 DNA 含量变化可以描述为 G_0/G_1 期、S 期、G_2/M 期。通过核酸染料标记 DNA，荧光染料与细胞 DNA 分子特异结合，而且有一定的量效关系，即 DNA 含量的多少与荧光染料结合量成正比，荧光强度与荧光直方图的通道数成正比。可以得到细胞各个周期时相的分布状态，计算 $G_0/G_1\%$、S% 及 $G_2/M\%$，了解细胞的增殖能力。通常以 S 期细胞比例作为判断细胞增殖状态的指标。正常细胞具有较恒定的 DNA 含量。

PI，即碘化丙啶，可以与细胞内 DNA 和 RNA 结合，采用 RNA 抑制剂将 RNA 消化后，通过流式细胞术检测到的与 DNA 结合的 PI 的荧光强度直接反映了细胞内 DNA 含量的多少。由于细胞周期各时相的 DNA 含量不同，通常正常细胞的 G_1/G_0 期具有二倍体细胞的 DNA 含量，而 G_2/M 期具有四倍体细胞的 DNA 含量，而 S 期的 DNA 含量介于二倍体和四倍体之间。因此，通过流式细胞术 PI 染色法对细胞内 DNA 含量进行检测时，可以将细胞周期各时相区分为 G_1/G_0 期、S 期和 G_2/M 期，并可以通过特殊软件计算各时相的百分率。

就本实验 T 细胞多被阻断 G_1/S 期，G_1 期细胞为多。但也反映了 L251 对增殖细胞阻断的效果。对细胞周期分析，由于分选的人外周血 T 细胞已是成熟细胞，不是骨髓中的淋巴样前祖细胞，因此其分裂增殖能力较小，也是本实验中出现 G_2 期细胞和 S 期细胞数量较少的原因。本实验仅是大概反映了 L251 对 T 淋巴细胞增殖抑制的一个趋势。

10.9 结　论

中性粒细胞是抵御病原体的主要效应细胞，当机体受到异源物质侵袭时，趋化性细胞因子和趋化性物质可吸引中性粒细胞向感染或创伤部位募集，首先粒细胞 L-选择素通过降解暴露出配体结合位点，介导粒细胞的初次锚定，这时血管内皮细胞黏附分子（ICAM-1）的表达上调，同时中性粒细胞表面整合素 β2 LFA-1（CD11a/CD18）和 Mac-1（CD11b/CD18）的表达增高，LFA-1 与 ICAM-1、Mac-1 与 iC3b 以及 Mac-1 与 ICAM-1 之间的相互作用使中性粒细胞与活化内皮细胞发生高亲和力结合。接下来，在趋化因子梯度作用下，中性粒细胞穿过内皮细胞单层和结缔组织进入炎症部位。在炎症组织中，中性粒细胞通过胞吐作用释放组织蛋白酶、超氧自由基等杀灭病原菌，或是直接将病原菌吞噬。上述级联反应中，中性粒细胞表面 β2 整合素与血管内皮细胞的高亲和力结合在炎症过程中发挥重要作用。

整合素家族中至少有 14 种 α 亚单位和 8 种 β 亚单位。β2 整合素为白细胞黏附受体组，主要分布于白细胞，包括 CD11a/CD18、CD11b/CD18、CD11c/CD18 3 种亚型。其中 CD11b/CD18 在中性粒细胞活化后表达量最高。CD11b/CD18 由 αMβ2 组成，也称为 Mac-1 或 CR3。它的Ⅰ区（A 区）为配体结合域，在这个区域中存在一个金属离子依赖性结合位点 MIDAS（metal ion-dependent adhesion site），因其结合离子不同而产生不同的构象，于是它有着不同的活性状态。对于 iC3b 等配体，当结合 Mg^{2+} 时处于活化状态，结合 Mn^{2+} 则处于无活性状态。但是 NIF 不受这种构象不同的影响，能够与其中任何一种活性状态结合。

中性粒细胞可以清除外来抗原或病原微生物，随着吞噬作用的开始，导致细胞膜紊乱而引起呼吸爆发，细胞耗氧量增加，产生大量的过氧化物及超氧化物等细胞毒性效应分子，对寄生虫具有杀伤活性。在 IFN-γ 和 TNF 刺激下，则可产生更多的过氧代谢阴离子，杀死胞外寄生虫。中性粒细胞在杀死吞噬的细菌等异物后，本身也死亡，死亡的中性粒细胞称为脓细胞，但基于中性粒细胞呼吸爆发释放的超氧自由基、弹性蛋白酶等可造成组织、细胞的损伤。中性粒细胞与多种疾病状态下的病理损伤有关，如局部缺血再灌注损伤、呼吸窘迫综合征、类风湿关节炎、肺气肿等。因此，阻断中性粒细胞与血管内皮细胞的黏附和中性粒细胞的渗出有可能成为预防和治疗炎症性疾病的一种新的手段，并能改善在疾病状态下，由中性粒细胞造成的病理损伤。

近年来关于免疫逃逸机制的研究主要集中在病毒、蠕虫等寄生性生物上，对日本七鳃鳗如何逃逸宿主免疫监测却鲜有报道。本研究首次从日本七鳃鳗口腔腺 EST 库中发现中性粒细胞抑制因子样蛋白 L251，L251 蛋白在口腔腺中的大量存在提示了日本七鳃鳗在营寄生生活时，通过以上机制逃避宿主的免疫应答，这是继细菌、病毒、蠕虫等物种之后，发现的能够逃逸宿主免疫监测的新物种。应用基因工程及蛋白质工程手段得到重组 L251 蛋白纯化形式，通过检测 L251 处理前后中性粒细胞跨膜迁移，发现 L251 对中性粒细胞的生理活性起到显著抑制作用，并与剂量正相关。并且从机制上证明了 L251 与中性粒细胞表面 β2 整合素特异性结合。这与研究 NIF 抑制中性粒细胞呼吸爆发所得结论相符。L251 作用于中性粒细胞，使中性粒细胞无法与血管内皮细胞牢固黏附，至使无法到达炎症部位吞噬病原体。

在活化的中性粒细胞与内皮细胞紧密连接及扩散出血管内皮过程中，细胞表面的β2 整合素特别是 CD11a/CD18、CD11b/CD18 起到十分重要的作用。大量 FITC 标记的 CD 系列单克隆抗体可在激活的中性粒细胞中得到检测。Nathan 和 Tonnesen 都曾报道由中性粒细胞诱发的呼吸爆发过程是 CD18 整合素依赖的。Matthew 等证实 NIF 可对中性粒细胞的跨血管内皮细胞迁移和呼吸爆发起抑制作用，而且在活化的中性粒细胞中与 β2 整合素结合是一个不可逆的过程。大量实验数据显示 NIF 与 CD11b/CD18 整合素高特异性结合，有少数研究报道与 CD11a/CD18 特异结合、目前尚无对 CD11c/CD18 整合素作用的报道。

NIF 两侧为 N 端环状结构域和 C 端富含半胱氨酸区域，呈三层 α-β-α 三明治样结构，最外层为单股 α 螺旋，内层为双股 α 螺旋，反平行的 3 条 β 折叠链夹在中间。与 PR-1 亚家族成员相比，保守位点 Glu142 在 NIF 的内层双股 α 螺旋链的立体结构域中比钩虫蛋白 Na-ASP-2 的略向外伸展得长些，这种 NIF 较长的螺旋容易形成更大的中间腔结构以便容纳 β2 整合素，这样的结构也使 Glu142 的位置更容易暴露在外，以便与β2 整合素的功能位点特异性结合。Madden 等曾对 NIF 的功能肽段有过报道，发现在第 224～252 区域的氨基酸能够抑制中性粒细胞与脐静脉内皮细胞之间的黏附作用。

L251 蛋白的中性粒细胞抑制活性可应用于免疫病理损伤病症的治疗。例如，局部缺血再灌注损伤是向血栓患者注入溶栓剂时易造成内皮细胞损伤，由此引发的炎症反应可使大量中性粒细胞聚集，再次堵塞血管，达不到好的灌注效果。呼吸窘迫综合征是在感染或创伤状态下，活化的中性粒细胞跨内皮游走到肺上皮细胞，基于呼吸爆发释放的物质造成了肺泡上皮的破坏，气体交换功能下降。其发病根本原因是肺内过度、失控的炎性反应。L251 可在中性粒细胞迁移之前，阻止其与内皮细胞黏附，起到辅助的抗炎效果。

L251 蛋白免疫抑制活性的确定，使 L251 蛋白在抗炎、治疗自身免疫反应性疾病等方面具有潜在的药用价值，这也很好地解释了为什么七鳃鳗在营寄生生活的同时吸附宿主血肉而不被宿主发觉，同时能够逃避宿主免疫系统的免疫作用。在治疗多发性硬化病、糖尿病等自身免疫反应性疾病和移植排斥反应的治疗中具有的巨大的开发潜力，为抗炎、抗病毒提供新的治疗制剂。

参考文献

巴德年. 1998. 当代免疫学技术与应用. 北京：北京医科大学中国协和医科大学联合出版社：156-158.

陈慧萍，姜孝玉，涂洪斌，等. 2002. 金钱鱼毒腺 cDNA 表达文库的构建及 EST 序列分析. 中国生物化学与分子生物学报，20（2）：166-170.

方平之，潘黔生，黄凤杰，等. 2002. 中华绒螯蟹消化道组织学及扫描电镜研究. 水生生物学报，26（2）：136-141.

丰培金，卢强，李莲瑞，等. 2004. 鲤鱼外周血白细胞的分离和体外培养. 中国兽医学报，24（4）：369-371.

高琪，逄越，吴毓. 2005. 日本七鳃鳗（Lampetra japonica）口腔腺表达序列标签（EST）分析. 遗传学报，32（10）：1045-1052.

郭尧君. 1992. 蛋白质电泳实验技术. 北京：科学出版社：54-156.

胡松年. 2005. 基因表达序列标签（EST）数据分析手册. 浙江：浙江大学出版社.

贾艳，胡延春，张乃生. 2004. 蛇毒的毒性成分及其应用研究. 蛇志，16（2）：23-32.

金伯泉. 2002. 细胞和分子免疫学实验技术. 西安：第四军医大学出版社.

李宁，赵志辉，刘兆良，等. 2002. 猪肝脏组织表达序列标签（ESTs）的初步分析. 中国农业科学，35（12）：1525-1528.

李亚南，王翼平，邵健忠. 1999. 草鱼淋巴细胞分离技术与形态的研究. 科技通报，15（5）：333-336.

林树根，陈文烈，钟秀容，等. 2002. 大黄鱼消化道器官显微与亚显微结构. 水产学报，26（5）：396-401.

刘凌云，郑光美. 1999. 普通动物学实验指导. 第二版. 北京：高等教育出版社：344-349.

刘万清，贺林. 1998. SNP——为人类基因组描绘新的蓝图. 遗传，20（6）：38-40.

楼允东，郑德崇. 1981. 组织胚胎学. 北京：农业出版社：123-256.

骆建新，郑崛村，马用信，等. 2003. 人类基因组计划与后基因组时代. 中国生物工程杂志，23（11）：87-94.

齐元麟，张明芳，林建银. 2004. 蛇毒去整合素的研究进展. 生命的化学，24（2）：136-138.

钱璟，王春光，戚正武. 2006. 毒液中富含半胱氨酸分泌蛋白的研究进展. 生命科学研究，10：283-290.

曲秋芝，华玉平，曾朝辉，等. 2003. 史氏鲟消化系统形态学与组织学观察. 水产学报，27（1）：1-6.

茹松伟，申卫红，杨鹏程，等. 2007. microRNA 靶基因预测算法研究概况及发展趋势. 生命科学，19（5）：562-567.

上海水产学院等. 1982. 鱼类学与海水鱼类养殖. 第三版. 农业出版社：256-277.

石耀华，刘军，夏建红，等. 2003. 银鲫肌酸激酶 M3-CK cDNA 的克隆及其表达特征. 动物学报，49（5）：637-645.

史良，尉春艳，高琦. 2004. 国内外基因计算机识别的研究方法及进展. 北京生物医学工程，23（1）：73，74.

宋后燕. 2002. 重组溶血栓药物研制的进展. 药物生物技术，9：61-65.

汤继凤，曹永生，黎裕. 2003. 应用生物信息学技术对植物表达序列标签（EST）的大规模分析. 生物技术通报，6：32-36.

万海伟，杜立新. 2004. 表达序列标签（EST）在基因组学研究中的应用. 生物技术通报，1：35-38.

王德华，王祖望. 2000. 高寒地区高原鼢鼠消化道形态的季节变化. 兽类学报，20（4）：270-276.

王芳，余佳，张俊武. 2006. 小 RNA（MicroRNA）研究方法. 中国生物化学与分子生物学报，22（10）：772-779.

王红霞，杨松成. 2001. 蛋白质非共价复合物的电喷雾质谱研究进展. 药学学报，36：315-320.

王平，曹卫. 2004. 简明脊椎动物组织与胚胎学. 北京：北京大学出版社.

文兴豪，张凯，李德雪，等. 1998. 日本七鳃鳗血细胞显微及亚显微结构. 中国兽医学报，18（6）：614-617.

乌日琴，李军，张培军，等. 2003. 牙鲆淋巴细胞转化反应和细胞免疫. 水生生物学报，27（2）：127-131.

吴松锋，朱云平，贺福初. 2005. 转录组与蛋白质组比较研究进展. 生物化学与生物物理进展，32（2）：99-105.

夏齐昌，曾嵘. 2004. 蛋白质化学与蛋白质组学. 北京：科学出版社：87，88.

杨嘉树，茹炳根. 1998. 导向性纤溶酶原激活剂的研究. 生物化学与生物物理进展，25：429-433.

张凯，郭文场，李训德. 2000. 日本七鳃鳗肌肉脂肪酸的组成分析. 中国水产科学，7（1）：116，117.

张鋆光. 1985. 动物学基础与动物地理学. 第三版. 北京：高等教育出版社：54-57.

张孟闻，黄正一. 1980. 脊椎动物学. 上海：上海科学技术出版社：53-62.

张士璀，袁金铎，李红岩. 2001. 文昌鱼——研究脊椎动物起源和进化的模式动物. 生命科学，10：214-218.

章静波，张世馥，黄东阳，等. 2002. 组织和细胞培养技术. 北京：人民卫生出版社. 111，112.

朱礼华，赵彤言，陆宝麟. 2002. 蚊虫唾液腺的研究进展. 寄生虫与医学昆虫学报，9（3）：178-186.

朱元鼎，孟庆闻. 2001. 中国动物志. 北京：科学出版社：22，23.

朱元鼎，王文滨. 1973. 日本七鳃鳗. 北京：农业出版社：14-22.

Aaron C. 1998. The ubiquitin-proteasome pathway：on protein death and cell life. The EMBO Journal，17（24）：7151-7160.

Adair，BD，Xiong，JP，Maddock C，et al. 2005. Three-dimensional EM structure of the ectodomain of integrin {alpha} V {beta} 3 in a complex with fibronecti. N J Cell Biol，168：1109-1118.

Adams M D，Kelley J M，Gocayne J D. 1991. Complementary DNA sequencing：expressed sequence tags and human genome project. Science，252：1651-1656.

Ajroud K，Sugimori T，Goldmann W H，et al. 2004. Binding affinity of metal ions to the CD11b A-domain is regulated by integrin activation and ligands. J Biol Chem，279（24）：25483-25488.

Alexander S，Elisabeth S R，Nelly K. 2006. RGD，the Rho'd to cell spreading. Eur J Cell Biol，85：249-254.

Alexander S，Yohann C，Catherine D，et al. 2002. Functional proteomic analysis of human nucleolus. Molecular Biology of the Cell，13：4100-4109.

Ali F，Brown A，Stanssens P，et a1. 2001. Vaccination with neutrophil inhibitory factor reduces the fecundity of the hookworm Ancylostoma ceylanicum. Parasite Immunol，23：237-249.

Altschul S F，Madden T L，Schaffer A A，et al. 1997. Gapped BLAST and PSI-BLAST：a new generation of protein database search programs. Nucleic Acids Research，25：3389-3402.

Amiconi G，Amoresano A，Boumis G，et al. 2000. A novel venombin B from Agkistrodon contortrix contortrix：evidence for recognition properties in the surface around the primary specificity pocket different from thrombin. Biochemistry，39：10294-10308.

Amzallag N，Passer B J，Allanic D，et al. 2004. TSAP6 facilitates the secretion of translationally controlled tumor protein/histamine-releasing factor via a nonclassical pathway. J Biol Chem，279（44）：46104-46112.

Anderson I，Brass A. 1998. Searching DNA databases for similarities to DNA sequences：when is a match significant? Bioinformatics，14：349-356.

Anderson M M，Requena J R，Crowley J R，et al. 1999. The myeloperoxidase system of human phagocytes generates Nepsilon（carboxymethyl）lysine on proteins：A mechanism for producing advanced glycation end products at sites of inflammation. J Clin Invest，104：103 -113.

Anne G，Peter W，Susanne K，et al. 2000. Restriction fragment differential display of ediocin-resistant Listeria monocytogenes 412 mutants shows consistent overexpression of a mutative b-glucoside-specific PTS system. Microbiology，146：1381-1389.

Annegret K，Christine D，David M，et al. 2003. The poplar root transcriptome：analysis of 7000 expressed sequence tags. FEBS Letters，542：37-41.

Arcuri F，Papa S，Meini A，et al. 2005. The translationally controlled tumor protein is a novel calcium binding protein of the human placenta and regulates calcium handling in trophoblast cells. Biol Reprod，73（4）：745-751.

Associates S. 2004. Principles of brain evolution. Behavioral and Brain Sciences，8：363-393.

Atsushi N，Shuji S，Naoko S，et al. 2005. Transcriptome analysis of the aphid bacteriocyte，the symbiotic host cell that harbors an endocellular mutualistic bacterium，Buchnera. Proc Natl Acad Sci USA，102（15）：5477-5482.

Baggiolini M. 1998. Chemokines and leukocyte traffic. Nature，392：565-568.

Bailey T L，Elkan C. 1994. Fitting a mixture model by expectation maximization to discover motifs in biopolymers. Proc Int Conf Intell Syst Mol Biol，2：28-36.

Barouch F C，Miyamoto K，Allport J R. 2000. Integrin-mediated neutrophil adhesion and retinal leukostasis in diabetes. Investigative Ophthalmology & Visual Science，41（5）：1153-1158.

Barrett A J，Fritz H，Grubb A，et al. 1986. Nomenclature and classification of the proteins homologous with the cysteine-proteinase inhibitor chicken cystatin. Biochem J，236（1）：312.

Baxter E W. 1956. Observations on the buccal glands of lampreys（petromyzonidae）. Proc Zool Soc Lond，127：95-118.

Ben J M，Abraham I L，Albert W H N. 2003. The major tick salivary gland proteins and toxins from the soft tick，ornithodoros savignyi，are part of the tick lipocalin family：implications for the origins of tick toxicoses. Mol Biol Evol，20（7）：1158-1167.

Bendtsen J，Nielsen H，Von Heijne G，et al. 2004. Improved prediction of signal peptides：SignalP 3. 0. J Mol Biol，340：783-795.

Benndorf R，Numberg P，Bielka H. 1988. Growth phase-dependent proteins of the Ehrlich ascites tumor analyzed by one-and two-dimensional electrophoresis. Exp Cell Res，174（1）：130-138.

Benseon D A，Boguske M S，Lipman D J，et al. 1997. GenBank. Nucleic Acids Res，25：7-13.

Benton D. 1996. Bioinformatics -principles and potential of a new multidisciplinary tool. Tibtech，14（8）：261.

Bertin M，Pomponi S M，Kokuhuta C，et al. 2007. Origin of the genes for the isoforms of creatine kinase. Gene，392：273-282.

Betts M J，Guigo R，Agarwal P，et al. 2001. Exon structure conservation despite low sequence similarity：a relic of dramatic events in evolution? EMBO J，20：5354-5360.

Bevan M，Bancroft I，Bent E，et al. 1998. Analysis of 1. 9 Mb of contiguous sequence from chromosome 4 of Arabidopsis thaliana. Nature，391：485-488.

Bhisutthibhan J，Pan X Q，Hossler P A，et al. 1998. The Plasmodium falciparum translationally controlled tumor protein homolog and its reaction with the antimalarial drug artemisinin. J Biol Chem，273（26）：16192-16198.

Bian G W，Yu X B，Wu Z D. 2002. Generation and analysis of 113 adult stage Schistosoma japonicum（Chinese strain）expressed sequence tags. Chinese Medical Journal，115（10）：1517-1520.

Bianca H，Anne-Gaelle B，Stephan H，et al. 2004. An ambystoma mexicanum EST sequencing project：analysis of 17，352 expressed sequnce tags from embryonic and regenerating blastema cDNA libraries. Genome Biology，5：R67.

Boguski M S，Lowe T M J，Tolstoshev S H. 1993. dbEST——data base for 'expressed sequence tags'. Nat Genet，4（4）：332，333.

Bohm H，Benndorf R，Gaestel M，et al. 1989. The growth-related protein P23 of the Ehrlich ascites tumor：translational control，cloning and primary structure. Biochem Int，19（2）：277-286.

Bommer U A，Borovjagin A V，Greagg M A，et al. 2002. The mRNA of the translationally controlled tumor protein P23/TCTP is a highly structured RNA，which activates the dsRNA-dependent protein kinase PKR. RNA，8（4）：478-496.

Bommer U A，Lazaris-Karatzas A，De Benedetti A，et al. 1994. Translational regulation of the mammalian growth-related protein P23：involvement of eIF-4E. Cell Mol Biol Res，40：633-641.

Bowditch R D，Hariharan M，Tominna E F，et al. 1994. Identification of a novel integrin binding site in fibronectin. Differential utilization by beta 3 integrins. J Biol Chem，269：10856-10863.

Bradford H N，Jameson B A，Adam A A，et al. 1993. Contiguous binding and inhibitory sites on kininogens required for the inhibition of platelet calpain. Biol Chem，268：26546-26551.

Bradford M M. 1976. A rapid and sensitive method of the quantization of microgram quantities of protein utilizing the principle of protein-dye binding. Anal Biochem，72：248-254.

Brenner S. 1990. The human genome：the nature of the enterprise. Ciba FoundSymp，149：6-12.

Brunet C，Hebert J. 1993. HRF of 30 kDa：evidence for active synthesis. Agents Actions，39：97-103.

Bryan C，Mark L，Seung Y R. 2003. Arabidopsis genomic information for interpreting wheat EST sequences. Funct Integr Genomics，3：33-38.

Bryan G F. 2005. From genome to "venome"：Molecular origin and evolution of the snake venom proteome inferred from phylogenetic analysis of toxin sequences and related body proteins. Genome Research，15：403-420.

Budde I K，Aalberse R C. 2003. Histamine-releasing factors，a heterogeneous group of different activities. Clin Exp Allergy，33 (9)：1175-1182.

Burridge K，Wennerberg K. 2004. Rho and rac take center stage Cell，116 (2)：167 -197.

Caceres A，Kosik K S. 1990. Inhibition of neurite polarity by tau antisense oligonucleotides in primary cerebellar neurons. Nature，343：461-463.

Cannon J P，Haire R N，Pancer Z，et al. 2005. Variable domains and a VpreB-like molecule are present in a jawless vertebrate. Immunogenetics，56 (12)：924-929.

Cannon J P，Haire R N，Rast J P，et al. 2004. The phylogenetic origins of the antigen-binding receptors and somatic diversification mechanisms. Immunological Reviews，200：12-22.

Chang M C，Huang T F. 1995. Characterization of a thrombin-like enzyme，grambin，from the venom of Trimeresurus gramineus and its in vivo antithrombotic effect. Toxicon，33：1087-1098.

Chen T B，Bjourson A J，McClean S，et al. 2003. Cloning of maximakinin precursor cDNAs from Chinese toad，*Bombina maxima*，venom. Peptides，24：853-861.

Chen T B，Orr D F，Bjourson A J，et al. 2002. Bradykinins and their precursor cDNAs from the skin of the fire-bellied toad (Bombina orientalis). Peptides，23：1547-1555.

Chen T B，Orr D F，Bjourson A J，et al. 2002. Novel bradykinins and their precursor cDNAs from European yellow-bellied toad (Bombina variegata) skin. Eur J Biochem，269：4693-4700.

Chen Z Z，Xue C H，Zhu S. 2005. GoPipe：streamlined gene ontology annotation for batch anonymous sequences with statistics. Prog Biochem Biophys，32 (2)：187-191.

Cheung R，Ferreira L C G，Youson J H. 1991. Distribution of two forms of somatostatin and peptides belonging to the pancreatic polypeptide family in tissues of larval lampreys，Petromyzon marinus L：An immunohistochemical study. Gen Comp Endocrinol，82：93-102.

Chitpatima S T，Makrides S，Bandyopadhyay R，et al. 1988. Nucleotide sequence of a major messenger RNA for a 21 kilodalton polypeptide that is under translational control in mouse tumor cells. Nucleic Acids Res，16 (5)：2350.

Chunguang M，Paul C. 1999. Preparation of primary cell cultures from lamprey. Methods in Cell Science，21：39-46.

Civello D J，Moran J B，Geren C R. 1983. Substrate specificity of a hemorrhagic proteinase from Timber Rattlesnake venom. Biochemistry，22：755-762.

Clarke B T. 1997. The natural history of amphibian skin secretions，their normal functioning and potential medical applications. Biol Rev，72：365-379.

Coelhon A L，Freitas M S，Oliveira-Carvalho A L，et al. 1999. Effects of jarastatin，a novel snake venom disintegrin，on neutrophil migration and actin cytoskeleton dynamics. Exp Cell Res，25 (2)：379-387.

Cohen D J，Da Ros V G，Busso D，et al. 2007. Participation of epididymal cysteine-rich secretory proteins in sperm-egg fusion and their potential use for male fertility regulation. Asian J Androl，9 (4)：528-532.

Conlon J M，Yano K. 1995. Kallikrein generates angiotensin II but not bradykinin in the plasma of the urodele，amphiuma tridactylum. Comp Biochem Physiol C，110：305-311.

Conlon J M. 1999. Bradykinin and its receptors in nonmammalian vertebrates. Regul Pept，79：71-81.

Contreras-Moreira B，Bates P A. 2002. Domain fishing：a first step in protein comparative modeling. Bioinformatics，18：1141，1142.

Cook R D，Potter I C，Hilliard R W. 1990. Morphology and innervation of the buccal glands of the southern hemisphere lamprey. Geotria australis Morphol，206：133-145.

Cooke R，Raynal M，Laudie M，et al. 1997. Identification of members of gene families in Arabidopsis thaliana by conting construction from partial cDNA sequences：106 genes encoding 50 cytoplasmic ribosomal proteins. Plant J，11：1127-1140.

Cooper M D，Alder M N. 2006. The evolution of adaptive immune systems. Cell，24，124 (4)：815-822.

Crnogorac-Jurcevic T，Brown J R，Lehrach H，et al. 1997. Tetraodon fluviatilis，a new puffer fish model for genome studies. Genomics，41：177-184.

Crooks G E，Hon G，Chandonia J M，et al. 2004. WebLogo：a sequence logo generator. Genome Res，14：1188-1190.

Crookshanks M，Emmersen J，Wekinder K G，et al. 2001. The Potato tuber transcriptome：analysis of 6077 expressed sequence tags. FEBS Lett，506 (2)：123-126.

Crowther J R. 2001. The ELISA Guidebook. New Jersey：Humana Press Inc：1-77.

Daoud E W，Halim H Y，Shaban E A，et al. 1987. Further characterization of anticoagulant proteinase cerastase F-4，from Cerastes cerastes (Egyptian sand viper) venom. Toxicon，25：891-897.

Darius S，Lucy L，Carolin D，et al. 2007. Inhibition of breast cancer cell adhesion and bone metastasis by the extracellular adherence protein of Staphylococcus aureus. Biochem Biophys Res Commun，357 (1)：282-288.

Delseny M，Cooke R，Raynal M，et al. 1997. The Arabidopsis thaliana cDNA sequeneing. Projects FEBS Lett，405 (2)：129-132.

Deng M，Zhao J Y，Ju X D，et al. 2004. Protective effect of tubuloside B on TNFα-induced apoptosis in neuronal cells. Acta Pharmacol Sin，25：1276-1284.

Drubin D G，Feinstein S C，Shooter E M，et al. 1985. Nerve growth factor-induced neurite outgrowth in PC12 cells involves the coordinate induction of microtubule assembly and assembly-promoting factors，J Cell Biol，101：1799-1807.

Eason D D，Cannon J P，Haire R N，et al. 2004. Mechanisms of antigen receptor evolution. Seminars In Immunology，16 (4)：215-219.

Eberspaecher U，Roosterman D，Kratzschmar J，et al. 1995. Mouse androgen-dependent epididymal glycoprotein CRISP-1 (DE/AEG)：isolation，biochemical characterization，and expression in recombinant form. Mol Reprod Dev，42：157-172.

Efferth T. 2005. Mechanistic perspectives for 1，2，4-trioxanes in anti-cancer therapy. Drug Resist Updat，8：85-97.

Eiserich J P，Hristova M，Cross C E，et al. 1998. Formation of nitric oxide2 derived inflammatory oxidants by myeloperoxidase in neutrophils. Nature，391：393-397.

Emmanuel D N，Ricardo G C，Sergio V A，et al. 2000. Shotgun sequencing of the human transcriptome with ORF expressed sequence tags. Proc Natl Acad Sci USA，97 (7)：3491-3496.

Eng F，Youson J H. 1992. Morphology of the bile ducts of the brook lamprey，Lampetra Lamoottenii before and during infection with the nematode，Truttaedacnitis stelmioides. Anat Rec，234 (2)：201-214.

Erika A，Masao W，Satoshi T. 2000. Large scale structural analysis of cDNAs in the model legume，Lotus japonicus. Journal of Plant Research，113：451-455.

Eriksson A，Wahlestedt C，Nordqvist K. 1999. Isolation of sex-specific cDNAs from fetal mouse brain using mRNA differential display and representational difference analysis. Brain Res Mol Brain Res，74：91-97.

Esmon N L，Owen W G，Esmon C T. 1982. Isolation of a membrane-bound cofactor for thrombin-catalyzed activation of protein C. J Biol CheM，257 (2)：859-864.

Farmer G J. 1980. Biology and physiology of feeding in adult lampreys. Can J Fish Aquat Sci，37：1751-1761.

Farrell D H，Thiagarajan P，Chung D W，et al. 1992. Role of fibrinogen a and g chain sites in platelet aggregation. ProC Natl Acad Sci USA，89：10729-10732.

Felding-Habermann B，Fransvea E，O'Toole T E，et al. 2002. Involvement of tumor cell integrin alpha v beta 3 in hematogenous metastasis of human melanoma cells. Clin Exp Metastasis，19 (5)：427-436.

Fernandez C，Clark K，Burrows L，et al. 1998. Regulation of the extracellular ligand binding activity of integrins. Frontiers in Bioscience，3：684-700.

Finstad J，Papermaster B W，Good R A. 1964. Evolution of the immune response II Morphologic studies on the origin of the thymus and organized lymphoid tissue. Lab Invest，13：490-512.

Fiuza C，Salcedo M，Clemente G. 2002. Granulocyte colony-stimulating factor improves deficient in vitro neutrophil transendothelial migration in patients with advanced liver disease. Clinical and Diagnostic Laboratory Immunology，9 (2)：433-439.

Flajnik M F，Kasahara M. 2001. Comparative genomics of the MHC glimpses into the evolution of the adaptive immune system. Immunity，15：351-362.

Flajnik M F. 2002. Comparative analyses of immunoglobulin genes：surprises and portents. Nature Reviews Immunology，2 (9)：688-698.

Francischetti I M，Mather T N，Ribeiro J M. 2003. Cloning of a salivary gland metalloprotease and characterization of gelatinase and fibrin (ogen) lytic activities in the saliva of the Lyme disease tick vector *Ixodes scapularis*. Biochem Biophys Res Commun，305：869-875.

Fuchs B，Zhang K，Bolander M E，et al. 2000. Identification of differentially expressed genes by mutually subtracted RNA fingerprinting. Anal Biochem，286 (1)：91-98.

Fujii T. 1982. Electron microscopy of the leucocytes of the typhlosole in ammocoetes，with special attention to the antibody-producing cells. J Morphol，173 (1)：87-100.

Gachet Y，Tournier S，Lee M，et al. 1999. The growth-related，translationally controlled protein P23 has properties of a tubulin binding protein and associates transiently with microtubules during the cell cycle. J Cell Sci，112 (8)：1257-1271.

Gage S H，Gage M G. 1927. The anticoagulant action of the secretion of the buccal glands of the lampreys (Petromyzon，Lampetra and Enlosphenun). Science，66：282.

Genund C，Ramu C，Altenberg G B，et al. 2001. Gene2EST：a BLAST2 server for searching espressed sequence tag (EST) databases with eukaryotic gene-sized queries. Nucleic Acids Research，29：1272-1277.

Giaquinto L，Curmi P M，Siddiqui K S，et al. 2007. The structure and function of cold shock proteins (Csps) in Archaea. J Bacteriol，189：5738-5748.

Guo M，Teng M，Niu L，et al. 2005. Crystal structure of the cysteine-rich secretory protein stecrisp reveals that the cysteine-rich domain has a K^+ channel inhibitor-like fold. J Biol Chem，280：12405-12412.

Guo Y W，Chang T Y，Lin K T，et al. 2001. Cloning and functional expression of the mucrosobin protein，a b-fibrinogenase of Trimeresurus mucrosquamatus (Taiwan Habu). Protein Expression and Purification，23：483-490.

Gurewich V，Lipinski B，Hyde E. 1976. The effect of the fibrinogen concentration and the leukocyte count on intravascular fibrin deposition from soluble fibrin monomer complexes. Thromb Haemost，36：605-614.

Gurubhagavatula I，Amrani Y，Pratico D，et al. 1998. Engagement of PECAM-1 on human endothelial cells increases intracellular calcium ion concentration and stimulates prostacyclin release. J Clin Invest，101：212-222.

Hacker G. 2000. The morphology of apoptosis. Cell Tissue Res，301：5-17.

Han Z G，Guo W Z，Song X L，et al. 2004. Genetic mapping of EST-derived microsatellites from the diploid Gossypium arboretum in allotetraploid cotton. Mol Gen Genomics，272：308-327.

Hanahan D，Folkman J. 1996. Patterns and emerging mechanisms of the angiogenic switch during tumorigenesis. Cell，86：353-364.

Hardisty M W，Potter I C. 1971a. The general biology of adult lampreys. *In*：Hardisty M W，Potter I C. The Biology of Lampreys. New York：Academic Press，(1)：127-206.

Hardisty M W，Potter I C. 1971b. Paired species. *In*：Hardisty M W，Potter I C. The Biology of Lampreys. New York：Academic Press，(1)：249-277.

Hardisty M W. 1971. The skeleton. *In*：Hardisty M W，Potter I C. The biology of the lampreys. New York：Academic Press，(1)：333.

Hasan A A，Cines D B，Herwald H，et al. 1995. Mapping the cell binding site on high molecular weight kininogen domain 5. J BioL Chem，270：19256-19261.

Huang H Q，Xiao Z Q，Chen X，et al. 2004. Characteristics of structure，composition，mass spectra，and iron release from the ferritin of shark liver (Sphyrna zygaena). Biophysical Chemistry，111：213-222.

Icke C，Schlott B，Ohlenschlager O，et al. 2002. Fusion proteins with anticoagulant and fibrinolytic properties：functional studies and structural considerations. Molecular Pharmacology，62：203-209.

Isabela B O，Raphael M C，Gabriel G B，et al. 2007. Effect of RGD-disintegrins on melanoma cell growth and metastasis：Involvement of the actin cytoskeleton，FAK and c-Fos. Toxicon，50 (8)：1053-1063.

Ishikawa K，Ono K，Matoba M，et al. 1984. Scanning electron microscopic observation on the luminal surface of the intestine in lamprey (Lampetra japonica) during upstream migration. Z Mikrosk Anat Forsch，98 (5)：699-704.

Ito N，Mita M，Takahashi Y，et al. 2007. Novel cysteine-rich secretory protein in the buccal gland secretion of the parasitic lamprey，Lethenteron japonicum. Biochem Biophys Res Commun，358：35-40.

Jagadeesha D K，Shashidhara R M，Girish K S，et al. 2002. A non-toxic anticoagulant metalloprotease：purification and characterization from Indian cobra (Naja naja naja) venom. Toxicon，40：667-675.

Jalkanen J，Huhtaniemi I，Poutanen M. 2005. Mouse Cysteine-rich secretory protein 4 (CRISP4)：a member of the crisp family exclusively expressed in the epididymis in an androgen-dependent manner. Biol Reprod，72 (5)：1268-1274.

Jancinova V，Drabikova K，Nosae R. 2005. Chemiluminescence-a sensitive method to detect extra-and intracellular oxidants. Biologia Bratislava，60/SuppL17：133-135.

Janeway C A，Traver J P，Walport M，et al. 2001. Immuno biology：The Immune System in Health and Disease. New York：Garland Publishing.

Janvier P，Lund R. 1983. Hardistiella montanensis N. gen. et sp. (Petromyzontidae) from the Lower Carboniferous of Montana with remarks on the affinities of the lampreys. J Vertebr Paleontol，2：407-413.

Jiang Y，Miller-Esterl W，Schmaier A H. 1992. Domain 3 of kininogens contains a cell-binding site and a site that modifies thrombin activation of platelets. J Biol Chem，267：3712-3717.

Jiao J W，Yu M M，Ru B G. 2001. Characterization of a recombinant chimeric plasminogen activator with enhanced fibrin binding. Biochimica et Biophysica Acta，1546：399-405.

Jiao J W，Yu M M，Ru B G. 2001. Construction and characterization of a recombinant chimeric plasminogen activator consisting of a fibrin peptide and a low molecular mass single-chain urokinase. Biochimie，83：1049-1055.

Jim R H，Jan-Fang C，Nicki V，et al. 2005. Annotation of cis-regulatory elements by identification，subclassification，and functional assessment of multispecies conserved sequences. Proc Natl Acad Sci USA，102 (28)：9830-9835.

Joln B，enright A J，Aravin A. 2004. Human microRNA targcts. PLoS Biol，2 (11)：1862-1870.

Jones D T，Swindells M B. 2002. Getting the most from PSI-BLAST Trends. Biochem Sci，27：161-164.

Julie L，David T. 2008. Cell Response to RGD density in cross-linked artificial extracellular matrix protein films. Biomacromolecules，10：210-241.

Jung J, Kim M, Kim M J, et al. 2004. Translationally controlled tumor protein interacts with the third cytoplasmic domain of Na, K-ATPase alpha subunit and inhibits the pump activity in HeLa cells. J Biol Chem, 279 (48): 49868-49875.

Kaibuchi K, Kuroda S, Amano M. 1999. Regulation of the cytoskeleton and cell adhesion by the Rho family GTPases in mammalian cells. Annu Rev Biochem, 68: 459-486.

Kakizuka A, Ingi T, Murai T, et al. 1990. A set of Ul snRNA-complementary sequences involved in governing alternative RNA splicing of the kininogen genes. J Biol Chem, 265: 10102-10108.

Kakizuka A, Kitamura N, Nakanishi S. 1988. Localization of DNA sequences governing alternative mRNA production of rat kininogen genes. J Biol Chem, 263: 3884-3892.

Kandiah J, Arunmozhiarasi A, Ma D, et al. 2000. Structure and phylogeny of the venom group Ⅰ phospholipase A2 gene. Mol Biol Evol, 17 (7): 1010-1021.

Kang D C, LaFrance R, Su Z Z, et al. 1998. Reciprocal subtraction differential RNA display: an efficient and rapid procedure for isolating differentially expressed gene sequences. Proc Natl Acad Sci, USA, 95 (23): 13788-13793.

Kaufmann J, Haasemann M, Modrow S, et al. 1993. Structural dissection of the multidomain kininogens: fine mapping of the target epitopes of antibodies interfering with their functional properties. J Biol Chem, 268: 9079-9091.

Kawaguchi M, Yasumasu S, Hiroi J, et al. 2007. Analysis of the exon-intron structures of fish, amphibian, bird and mammalian hatching enzyme genes, with special reference to the intron loss evolution of hatching enzyme genes in Teleostei. Gene, 392: 77, 78.

Kieffer N, Fitzgerald L A, Wolf D, et al. 1991. Adhesive properties of the beta 3 integrins: comparison of GP IIb-IIIa and the vitronectin receptor individually expressed in human melanoma cells. J Cell Biol, 113: 451-461.

Kim D S, Jang Y J, Jeon O J, et al. 2007. Saxatilin, a Snake venom disintegrin, suppresses TNF-α-induced ovarian cancer cell invasion. J Biochem Mol Biol, 40 (2): 290-294.

Kim M M, Glenda M W. 1996. Chondrogenesis of a non-collagen-based cartilage in the sea lamprey, Petromyzon marinus. Can J Zool, (74): 2118-2130.

Kisiel W, Canfield W M, Ericsson L H, et al. 1977. Anticoagulant properties of bovine plasma protein C following activation by thrombin. Biochemistry, 16 (26): 5824-5831.

Krajewski S, Zapata J M, Reed J C. 1996. Detection of multiple antigens on western blots. Analytical Biochem, 236: 221-228.

Kratzschmar J, Haendler B, Eberspaecher U, et al. 1996. The human cysteine-rich secretory protein (CRISP) family primary structure and tissue distribution of CRISP-1, CRISP-2 and CRISP-3. Eur J Biochem, 236: 827-836.

Krijanovski Y, Proulle V, Mahdi F, et al. 2003. Characterization of molecular defects of Fitzgerald trait and another novel high-molecularweight kininogen-deficient patient: insights into structural requirements for kininogen expression. Blood, 101: 4430-4436.

Kumagai H, Tajima M, Ueno Y. 1991. Effect of cyclic RGD peptide on cell adhesion and tumor metastasis. Biochem B iophys Res Commun, 177 (1): 74-82.

Kuratani S, Kuraku S, Murakami Y. 2002. Lamprey as an evo-devo model: lessons from comparative embryology and molecular phylogenetics. Genesis, 34: 175-183.

Laemmli U K. 1970. Cleavage of structural proteins during the assembly of the head of bacteriophage T4. Nature, 227: 680-685.

Lai R, Liu H, Lee W H, et al. 2003. Bombinakinin M gene associated peptide, a novel bioactive peptide from skin secretions of the toad Bombina maxima. Peptides, 24: 199-204.

Lee G, Kwei S L, Newman S T, et al. 1996. A new molecular interactor for tau protein. Mol Biol Cell, 7: 570.

Lee J W, Seu J H, Rhee I K, et al. 1999. Purification and characterization of Brevinase, a heterogeneous two-chain fibrinolytic enzyme from the venom of korean snake, Agkistrodon blomhoffii brevicaudus. Biochemical and Biophysical Research Communications，260：665-670.

Li F，Zhang D，Fujise K. 2001. Characterization of fortilin，a novel antiapoptotic protein. J Biol Chem，276（50）：47542-47549.

Lian Q，Szarka S J，Ng K K，et al. 2003. Engineering of a staphylokinase-based fibrinolytic agent with antithrombotic activity and targeting capability toward thrombin-rich fibrin and plasma clots. J Biol Chem，278：26677-26686.

Liang J G，Han Y，Li J X，et al. 2006. A novel bradykinin-like peptide from skin secretions of rufous-spotted torrent frog，Amolops loloensis. Peptides，27：2683-2687.

Lo S K，Rahman A，Xu N，et al. 1999. Neutrophil inhibitory factor abrogates neutrophil adhesion by blockade of CD11a and CD11b β2 integrins. Molecular Pharmacology，56：926-932.

Loukas A，Prociv P. 2001. Immune responses in hookworm infections. Clincal Microbiology Reviews，14（4）：689-703.

Lu H F，Ballantyne C，Smith C W. 2000. LFA-1（CD11a/CD18）triggers hydrogen peroxide production by canine neutrophils. Journal of Leukocyte Biology，68：73-80.

Luu N T，Rainger G E，Buckley C D，et al. 2003. CD31 regulates direction and rate of neutrophil migration over and under endothelial cells. J Vasc Res，40：467-479.

Madden K，Janczak J，McEnroe G，et al. 1997. A peptide derived from neutrophil inhibitory factor（NIF）blocks neutrophil adherence to endothelial cells. Inflamm Res，46：216-223.

Mak C H，Su K W，Ko R C. 2001. Identification of some heat-induced genes of Trichinella spiralis. Parasitology，123（3）：293-300.

Makrides S C. 1996. Strategies for achieving high-level expression of genes in Escherichia coli. Microbiol Rev，60（3）：512-538.

Mallatt J. 1996. Ventilation and the origin of jawed vertebrates：a new mouth. Zool J Linn Soc，117：329-404.

Maly F E，Quilliam L A，Dorseuil O，et al. 1994. Activated or dominant inhibitory mutants of Rap1A decrease the oxidative burst of Epstein-Barr virus-transformed human B lymphocytes. J Biol Chem，269：18743 -18746.

Mammalian Gene Collection（MGC）Program Team. 2002. Generation and initial analysis of more than 15，000 full-length human and mouse cDNA sequences. Proc Natl Acad Sci USA，99（26）：16899-16903.

Mangus D A，Evans M C，Jacobson A. 2003. Poly（A）-binding proteins：multifunctional scaffolds for the post-transcriptional control of gene expression. Genome Biol，4：223.

Marceau F，Regoli D. 2004. Bradykinin receptor ligands：therapeutic perspectives. Nat Rev Drug Discov，3：845-852.

Mario R W. 2000. Ehlers CR3：a general purpose adhesion-recognition receptor essential for innate immunity. Microbes and Infection，2：289-294.

Markland F S. 1998. Snake venoms and the hemostatic system. Toxicon，36：1749-1800.

Marshall C R，Fox J A，Butland S L，et al. 2005. Phylogeny of Na^+/Ca^{2+} exchanger（NCX）genes from genomic data identifies new gene duplications and a new family member in fish species. Physiol Genomics，21：161-173.

Marshall N B. 1965. The Life of Fishes. London：Weidenfeld and Nicolson：74，75.

Martin E，Bhaakdi S. 1992. Flowcytometric assay for quantifying opsonophagocytosis and killing of Staphylococcus aureus by peripheral blood leukocytes. J Clin Micro bial，30：2246-2255.

Maruyama M，Suzuki M，Yoshida E，et al. 1992. Purification and characterization of two finbrinolytic enzymes from Bothrops jararaca（Jararaca）venom. Toxicon，30：853-864.

Matthew M，Foster D L，McGrath D E，et al. 1994. A hookworm glycoprotein that inhibits neutrophil is a ligand of the integrin CD11b/CD18. J Biol Chem，269：10008-10015.

Mayer W E，O'Huigin C，Tichy H，et al. 2002. Identification of two Ikaros-like transcription factors in lamprey. Scandinavian Journal of Immunology，55（2）：162-170.

Mayer W E，Uinuk-Ool T，Tichy H，et al. 2002. Isolation and characterization of lymphocyte-like cells from a lamprey. Proc Natl Acad Sci USA，99（22）：14350-14355.

McCord J M，Fridovice I. 1969. Superoxide Dismutase an enzymic function for erythrocuprein（hemocuprein）. J Biol Chem，244（22）：6049-6065.

McCrudden C M，Zhou M，Chen T B，et al. 2007. The complex array of bradykinin-related peptides（BRPs）in the peptidome of pickerel frog（Rana palustris）skin secretion is the product of transcriptional economy. Peptides，28：1275-1281.

Mould A P，Humphries M J. 1991. Identification of a novel recognition sequence for the integrin alpha 4 beta 1 in the COOH terminal heparin-binding domain of fibronectin. EMBO J，10：4089-4095.

Muchowski P J，Zhang L，Chang E R. 1994. Functional interaction between the integrin antagonist neutrophil inhibitory factor and the I domain of CD11b/CD18. The Journal of Bliological Chemistry，42（269）：26419-26423.

Mul F P J，Zuurbier A E M，Janssen H，et al. 2000. Sequential migration of neutrophils across monolayers of endothelial and epithelial cells. Journal of Leukocyte Biology，68：529-537.

Muller W A，Weigl S A，Deng X，et al. 1993. PECAM-1 is required for transendothelial migration of leukocytes. J Exp Med，178：449-460.

Murakami Y，Ogasawara M，Sugahara F，et al. 2001. Identification and expression of the lamprey Pax-6 gene：Evolutionary origin of segmented brain of vertebrates. Development，128：3521-3531.

Myojin M，Ueki T，Sugahara F. 2001. Isolation of Dlx and Emx gene cognates in an agnathan species，Lampetra japonica，and their expression patterns during embryonic and larval development：Conserved and diversified regulatory patterns of homeobox genes in vertebrate head evolution. J Exp Zool，291：68-84.

Naoko T，Felipe F，Zofia Z R. 2003. Molecular phylogeny of early vertebrates：Monophyly of the Agnathans as revealed by sequences of 35 gene. Mol Biol Evol，20（2）：287-292.

Naskalski J W，Marcinkiewicz J，Drozdz R. 2002. Myeloperoxidase-mediated protein oxidation：its possible biological functions. Clin Chem Lab Med，40：463-468.

Neidert H A，Vikrant V，Gillian W H，et al. 2001. Lamprey Dlx genes and early vertebrate evolution. Proc Natl Acad Sci USA，98：1665-1670.

Nelson J S. 1994. Fishes of the World. 3rd ed. Hoboken：Wiley：517-560.

Neufert C，Pai R K，Noss E H. 2001. Mycobacterium tuberculosis 19-kDa lipoprotein promotes neutrophil activation. The Journal of Immunology，167：1542-1549.

Nielsen H V，Johnsen A H，Sanchez J C，et al. 1998. Identification of a basophil leukocyte interleukin-3-regulated protein that is identical to IgE-dependent histamine-releasing factor. Allergy，53（7）：642-652.

Nikai T，Mori N，Kishida M，et al. 1984. Isolation and biochemical characterization of hemorrhagic toxin f from the venom of Crotalus atrox（western diamondback rattlesnake）. Arch Biochem Biophys，231：309-319.

Nikita L G，Margarita V S. 2000. Reversible metabolic depression in hepatocytes of lamprey（Lampetra fluviatilis）during pre-spawning：regulation by substrate availability. Comparative Biochemistry and Physiology Part B，127：147-154.

Nishimura K，Nishimura S，Seo H. 1986. Macrophage activation with multi-porous beads prepared from partially deacetylated chitin. J Biomed Mater Res，20（9）：1359-1372.

Nolan C，Hall L S，Barlow G H，et al. 1976. The coagulating enzyme from Malayan pit viper（Agkistrodon rhodostoma）venom. Methods Enzymol，45：205-213.

Nordahl E A，Rydengrd V，Mrgelin M，et al. 2005. Domain 5 of high molecular weight kininogen is antibacterial. J Biol Chem，280：34832-34839.

Ochi S，Miyawaki T，Masuda H. 2002. Clostriduim perfringens α-toxim induces rabbit neutrophil adhesion. Microbiology，148：237-245.

Oikawa K，Ohbayashi T，Mimura J，et al. 2002. Dioxin stimulates synthesis and secretion of IgE-dependent histamine-releasing factor. Biochem Biophys Res Commun，290 (3)：984-987.

Oscar H P，Ramos A K，Marcia R C，et al. 2008. A novel αvβ3-blocking disintegrin containing the RGD motive，Dis Ba-01，inhibits bFGF-induced angiogenesis and melanoma metastasis. Clin Exp Metastas，25 (1)：53-64.

Osipov A V，Levashov M Y，Tsetlin V I，et al. 2005. Cobra venom contains a pool of cysteine-rich secretory proteins. Biochem Biophys Res Commun，328：177-182.

Osório J，Rètaux S. 2008. The lamprey in evolutionary studies. Dev Genes Evol，218：221-235.

Ouyang C，Teng C M. 1976. Fibrinogenolytic enzymes of Trimeresurus mucrosquamatus venom. Biochim Biophys Acta，420：298-308.

Pancer Z，Amemiya C T，Ehrhardt G R，et al. 2004. Somatic diversification of variable lymphocyte receptors in the agnathan sea lamprey. Nature，430 (6996)：174-180.

Pancer Z，Cooper M D. 2006. The evolution of adaptive imminity. Annual Review of Immunology，24：497-518.

Pancer Z，Mayer W E，Klein J，et al. 2004. Prototypic T-cell receptor and CD4-like coreceptor expressed in lymphocytes of the agnathan sea lamprey. Proc Natl Acad Sci USA，101：13273-13278.

Pancer Z，Saha N R，Kasamatsu J，et al. 2005. Variable lymphocyte receptors in hagfish. Proc Natl Acad Sci USA，102：9224-9229.

Pardinas J R，Combates N J，Prouty S M，et al. 1998. Differential subtraction display：a unified approach for isolation of cDNAs from differentially expressed genes. Anal Biochem，57 (2)：161-168.

Pasquier D L. 2005. Meeting the demand for innate and adaptive immunities during evolution. Scandinavian Journal of Immunology，62 (1)：39-48.

Pasquier D L. 2004. Speculations on the origin of the vertebrate immune system. Immunology Letters，92：3-9.

Patanjali S R，Parimoo S，Weissman S M. 1991. Construction of a uniform-abundance (normalized) cDNA library. Proc Natl Acad Sci USA，88 (5)：1943-1947.

Payrastre B，Missy K，Trumel C，et al. 2000. The integrin alphaIIb/beta3 in human platelet signal transduction. Biochem Pharmacol，60：1069-1074.

Peek W D，Sidon E W，Youson J H，et al. 1979. Fine structure of the liver in the larval lamprey Petromyzon marinus；hepatocytes and sinusoids. Am J Anat，152 (2)：231-250.

Perey D Y，Finstad J，Pollara B，et al. 1968. Evolution of the immune responsE Ⅵ. First and second set skin homograft rejections in primitive fishes. Lab Invest，1：591-597.

Pickart C M，Eddins M J. 2004. Ubiquitin：structure，functions，mechanisms. Biochim Biophys Acta，1695 (123)：552-572.

Pierschbacher M D Ruoslahti E. 1984. Variants of the cell recognition site of fibronectin that retain attachment-promotingactixity. Proc Natl Acad Sci USA，81：5985-5988.

Piershbacher M D，Ruoslahti E. 1984. Cell attachment activity of fibronectin can be duplicated by small synthetic fragments of the molecule. Nature，309 (5963)：30-33.

Plouffe D A，Hanington P C，Walsh J G，et al. 2005. Comparison of select innate immune mechanisms of fish and mammals. Xeno-transplantation，12 (4)：266-277.

Pontes M，Xu X，Graham D. 1987. cDNA sequences of apolipoproteins from lamprey. Biochemistry，26 (6)：1611-1617.

Poon H F，Hensley K，Thongboonkerd V，et al. 2005. Redox proteomics analysis of oxidatively modified proteins in G93A-SOD1 transgenic mice—a model of familial amyotrophic lateral sclerosis. Free Radic Biol Med，39 (4)：453-462.

Richardson K M，Wright M G. 2003. Developmental transformations in a normal series of embryos of the sea lamprey Petromyzon marinus (Linnaeus). Journal of Morphology，257：348-363.

Richardson M P，Ayliffe M J，Helbert M. 1998. A simple flow cytometry assay using Dihydrorhodamine for the measurement of theneutrophil respiratory burst in whole blood：comparison with the quantitative nitrobluetetrazolium test. Jounal of Immunological Methods, 219: 187-193.

Rieu P, Sugimori T, Griffith D L, et al. 1996. Solvent-accessible residues on the metal ion-dependent adhesion site face of integrin CR3 mediate its binding to the neutrophil inhibitory factor. J Biol Chem, 271 (27): 15858-15861.

Rinnerthaler M, Jarolim S, et al. 2006. MMI1 (YKL056c, TMA19), the yeast orthologue of the translationally controlled tumor protein (TCTP) has apoptotic functions and interacts with both microtubules and mitochondria. Biochim Biophys Acta, 1757: 631-638.

Roberts K P, Johnston D S, Nolan M A, et al. 2007. Structure and function of epididymal protein cysteine-rich secretory protein-1. Asian Journal of Andrology, 9: 508-514.

Roberts K P, Wamstad J A, Ensrud K M, et al. 2003. Inhibition of capacitation-associated tyrosine phosphorylation signaling in rat sperm by epididymal protein Crisp-1. Biol Reprod, 69: 572-581.

Rocksen D, Ekstrand-Hammarstrom B, Johansson L. 2003. Vitamin E reduces transendothelial migration of neutrophils and prevents lung injury in endotoxin-induced airway inflammation. AM J Respir Cell MoL BioL, 28: 199-207.

Roger T S, Michael G W, Eduardo C, et al. 2002. Use of bovine EST data and human genomic sequences to map 100 gene-specific bovine markers. Mammalian Genome, 13: 211-215.

Rokas A, Holland P W. 2000. Rare genomic changes as a tool for phylogenetics. Trends Ecol Evol, 15: 454-459.

Rokas A, Kathirithamby J, Holland P W. 1999. Intron insertion as a phylogenetic character: the engrailed homeobox of Strepsiptera does not indicate affinity with Diptera. Insect MoL BioL, 8: 527-530.

Romer A S, Parsons T S. 1985. The Vertebrate Body. 5th ed. Philadelphia: Saunders College Publishing: 30-33.

Rosen H, Crowley J R, Heinecke J W. 2002. Human neutrophils use the myeloperoxidase hydrogen peroxidechloride system to chlorinate but not nitrate bacterial proteins during phagocytosis. J Biol Chem, 277: 30463-30468.

Rovainen C M. 1996. Feeding and breathing in lampreys. Brain Behav Evol, 48: 297-305.

Roy S W, Fedorov A, Gilbert W. 2003. Large-scale comparison of intron positions in mammalian genes shows intron loss but no gain. Proc Natl Acad Sci USA, 100: 7158-7162.

Royall J A, Ischiropoulos H. 1993. Evaluation of 2′, 7′-dichlorofluo-rescin and dihydrorhodamine123 as fluorescent probes forin-tracellular H_2O_2 in cultured endothelia cells. Arch Bioch Bio, 302: 348-355.

Ruan Y J, Gilmore J, Conner T. 1998. Towards Arabidopsis genome analysis: Monitoring expression profiles of 1400 genes using cDNA microarrays. Plant J, 15: 821-833.

Ruoslahti E. 1996. RGD and other recognition sequences for integrins. Annu Rev Cell Dev Biol, 12: 697-715.

Saiki I, Murata J, Matsuno K. 1990. Anti-metastatic and anti-invasive effcts of polymeric Arg-Gly-Asp (RGD) peptide, poly (RGD) and its analogues. Jpn J Cancer Res, 81 (6, 7): 660-668.

Somarelli J A, Herrera R J. 2007. Evolution of the 12 kDa FK506-binding protein gene. BioL Cell, 99: 311-321.

Song E, Gao X P, Xu N. 2003. E coli pneumonia induces CD18-independent airway neutrophil migration in the absence of increased lung vascular permeability. Am J Physiol Lung Cell Mol Physiol, 285: 879-888.

Sosaka T, Knudsen K A, Beviglia L, et al. 1991. Inhibition of murine melanoma cell-matrix adhesion and experimental metastasis by albolabrin, an RGD-peptide isolated from the venom of Trimeresurus albolabris. Exp Cell Res, 196: 6-12.

Srivastava P. 2002. Interaction of heat shock proteins with peptidesand antigen presenting cells: Chaperoning of the innate andadaptive immune responses. Annu Rev Immunol, (20): 395-425.

Srivastava P K, Menoret A, Basu S. 1998. Heat shockproteins come of age: primitive functions acquirenewroles in an adaptive world. Immunity, (8): 657-665.

Staisno N, Villan G R, Di-Martino E, et al. 1995. Echistatin inhibits the adhesion of murine malanoma cells to extracelluar matrix compotents. Biochem Mol Bil Int, 35 (1): 11-19.

Steven D R, Anna G, Granger S, et al. 1996. The construction of arabidposis expressed sequence tag assemblies. Plant Physiol, 112: 1177-1183.

Suzuki N, Yamazaki Y, Fujimoto Z, et al. 2005. Crystallization and preliminary X-ray diffraction analyses of pseudechetoxin and pseudecin, two snake-venom cysteine-rich secretory proteins that target cyclic nucleotide-gated ion channels. Acta Crystallogr Sect F Struct Biol Crystal Commun, 61 (8): 750-752.

Swenson S, Bush L R, Markland F S. 2000. Chimeric derivative of fibrolase, a fibrinolytic enzyme from southern copperhead venom, possesses inhibitory activity on platelet aggregation. Archives of Biochemistry and Biophysics, 384: 227-237.

Swenson S, Jr Markland FS. 2005. Snake venom fibrin (ogen) olytic enzymes. Toxicon, 45: 1021-1039.

Swenson S, Toombs C F, Pena L, et al. 2004. Alpha-fibrinogenases. Curr Drug Targets Cardiovasc Haematol Disord, 4: 417-435.

Szarka S J, Sihota E G, Habibi H R, et al. 1999. Staphylokinase as a plasminogen activator component in recombinant fusion proteins. Applied and Environmental Microbiology, 65: 506-513.

Tad S S, Anthony V C, Joseph W, et al. 2002. Analysis of bovine mammary gland EST and functional annotation of the Bos Taurus gene index. Mammalian Genome, 13: 373-379.

Tait J, Fujikawa K. 1987. Primary structure requirements for the binding of human high molecular weight kininogen to plasma prekallikrein and factor XI. J Biol Chem, 262: 11651-11656.

Thompson A H, Bjourson A J, Shaw C, et al. 2006. Bradykinin-related peptides from Phyllomedusa hypochondrialis azurea: mass spectrometric structural characterisation and cloning of precursor cDNAs. Rapid Commun Mass Spectrom, 20: 3780-3788.

Thompson J D, Gibson T J, Plewniak F. 1997. The ClustalX windows interface: flexible strategies for multiple sequence alignment aided by quality analysis tools. Nucl Aci Research, 24: 4876-4882.

Timothy A. 2002. Predicted and experimental structures of integrins and β-propellers. Current Opinion in Structural Biology, 12: 802-813.

Tourriere H, Chebli K, Tazi J. 2002. mRNA degradation machines in eukaryotic cells. Biochimie, 84: 821-837.

Tseng A, Berry S L, Cotton B, et al. 1989. Isolation and purification of a fibrinogenolysin from the venom of the saw-scaled viper (Echis carinatus) by the high performance liquid chromatography. J Chromatogr, 474: 424-429.

Tuynder M, Fiucci G, Prieur S, et al. 2004. Translationally controlled tumor protein is a target of tumor reversion. Proc Natl Acad Sci USA, 101 (43): 15364-15369.

Tuynder M, Susini L, Prieur S, et al. 2002. Biological models and genes of tumor reversion: cellular reprogramming through tpt1/TCTP and SIAH-1. Proc Natl Acad Sci USA, 99 (23): 14976-14981.

Van Pelt L J, Zwietin R, Weening R S. 1996. Limitations on the use of dihydrorhodamine 123 for flow cytometric analysis of the neutrophil respiratory burst. Journal of Immunological Methods, 187-196.

Van Zyl W B, Pretorius G H, Lamprecht S, et al. 2000. PLATSAK, a potent antithrombotic and fibrinolytic protein, inhibits arterial and venous thrombosis in a baboon model. Thrombosis Research, 98: 435-443.

Varner J, Neame P, Litman G W. 1991. A serum heterodimer from hagfish (Eptatretus stoutii) exhibits structural similarity and partial sequence identity with immunoglobulin. Proc Natl Acad Sci USA, 88: 1746-1750.

Vehar G A, Davie E W. 1980. Preparation and properties of bovine factor VIII (antihemophilic factor). Biochemistry, 19 (3): 401-410.

Vonakis B M, Sora R, Langdon J M, et al. 2003. Inhibition of cytokine gene transcription by the human recombinant histamine-releasing factor in human T lymphocytes. J Immunol, 171 (7): 3742-3750.

Wachtfogel Y T, Dela Cadena R A, Kunapulis P, et al. 1994. High molecular weight kininogen binds to Mac-1 on neutrophils by its heavy chain (domain 3) and its light chain (domain 5). J Biol Chem, 269: 19307-19312.

Wang Y L, Goh K X, Wu W, et al. 2004. Purification, crystallization and preliminary X-ray crystallographic analysis of a cysteine-rich secretory protein (CRISP) from Naja atra venom. Acta Crystallogr D Biol Crystallogr, 60: 1912-1915.

Wheeler A P, Ridley A J. 2004. Why three Rho proteins? RhoA, RhoB, RhoC, and cell motility. Exp Cell Res,

30 (1): 43-49.

Wheeler D L, Church D M, Federhen S, et al. 2003. Database resources of the national center for biocethnology. Nucl Acids Res, 31 (1): 28-33.

White H D, Chew D P. 2002. Bivalirudin: an anticoagulant for acute coronary syndromes and coronary interventions. Expert Opin Pharmacother, 3: 777-788.

Wilkie G S, Dickson K S, Gray N K. 2003. Regulation of mRNA translation by 5′-and 3′-UTR-binding factors. Trends Biochem Sci, 28: 182-188.

Wirsching F, Luge C, Schwienhorst A. 2002. Modular design of a novel chimeric protein with combined thrombin inhibitory activity and plasminogen-activating potential. Molecular Genetics and Metabolism, 75: 250-259.

Witko-Sarsat V, Rieu P, Descamps-Latscha B, et al. 2000. Neutrophils: molecules, functions and pathophysiological aspects. Lab Invest, 80: 617-653.

Wu S C, Castellino F J, Wong S L. 2003. A fast-acting, modular-structured staphylokinase fusion with kringle-1 from human plasminogen as the fibrin-targeting domain offers improved clot lysis efficacy. J Biol Chem, 278: 18199-18206.

Wunder B A. 1992. Morphophysiological indicators of the energy state of small mammals In: Tomasi T E, Horton T H. Mammalian Energetics: Interdisciplinary Views of Metabolism and Reproduction. Ithaca, NY: Cornell Universitv Press: 83-104.

Xiang X, Kittelson A, Olson J, et al. 2005. Allurin, a 21 kD sperm chemoattractant, is rapidly released from the outermost J3 jelly layer of the Xenopus Egg by diffusion and medium convection. MoL Reprod Dev, 70: 344-360.

Xiao H. 1999. Immunology and antitumor activities of chitin/chitosan and its derivatives. Marine Sciences, 3 (3): 30-39.

Xiao R, Li Q W, Perrett S, et al. 2007. Characterisation of the fibrinogenolytic properties of the buccal gland secretion from Lampetra japonica. Biochimie, 89: 383-392.

Xiao T, Takagi J, Coller B S, et al. 2004. Structural basis for allostery in integrins and binding to fibrinogen-mimetic therapeutics. Nature, 432: 59-67.

Xu N, Rahman A, Minshall R D, et al. 2000. Beta (2) -Integrin blockade driven by E-selectin promoter prevents neutrophil sequestration and lung injury in mice. Circ Res, 87: 254-260.

Yamamoto T. 1965. Some observations on the fine structure of the epithelium in the intestine of Lamprey (Lampetra Japonica). Okajimas Folia Anat Jpn, 40: 91-713.

Yang W, Gillian E, James M, et al. 2003. Human immune responses to infective stage larval-specific chitinase of filarial parasite, Onchocerca volvulus, Ov-CHI-1. Filaria Journal, 2 (1): 6-20.

Yang Y, Yang F, Xiong Z, et al. 2005. An N-terminal region of translationally controlled tumor protein is required for its antiapoptotic activity. Oncogene, 24 (30): 4778-4788.

Ylonen A, Rinne A, Herttuainen J, et al. 1999. Atlantic salmon (Salmo salar L) skin contains a novel kininogen and another cysteine proteinase inhibitor. Eur J Biochem, 266: 1066-1072.

Yokoyama K, Su I H, Tezuka T, et al. 2002. Bank regulates BCR-induced calcium mobilization by promoting tyrosine phosphorylation of IP3 receptor. EMBO Journal, 21: 83-92.

Yoneda K, Rokutan K, Nakamura Y, et al. 2004. Stimulation of human bronchial epithelial cells by IgE-dependent histamine-releasing factor. Am J Physiol Lung Cell Mol Physiol, 286 (1): 174-181.

Yoon T, Jung J, Kim M, et al. 2000. Identification of the self-interaction of rat TCTP/IgE-dependent histamine-releasing factor using yeast two-hybrid system. Arch Biochem Biophys, 384 (2): 379-382.

Youson H J, Mahrouki A A. 1999. Ontogenetic and phylogenetic development of the endocrine pancreas (islet organ) in fishes. General and Comparative Endocrinology, 116: 303-335.

Youson J H, Cheung R. 1990. Morphogenesis of somatostatin and insulin-secreting cells in the lamprey endocrine pancreas. Fish Physiol Biochem, 8: 389-397.

Youson J H, Elliott W M. 1989. Morphogenesis and distribution of the endocrine pancreas in adult lampreys. Fish Physiol Biochem, 7: 125-131.

Youson J H, Potter I C. 1993. An immunohistochemical study of enteropancreatic endocrine cells in larvae and juveniles of the southern hemisphere lampreys, Geotria australis and Mordacia mordax. Gene Comp Endocrinol, 92: 151-167.

Youson J H. 1985. Organ Development and Specialization in Lamprey Species. Oxford: Pergamon: 141-164.

Youson J H. 1981. The Alimentary Canal. 3rd ed. New York: Academic Press: 95-189.

Yuan Q P, Quackenbush J, Sultana R, et al. 2001. Rice bioinformatics analysis of rice sequence data and leneraging the data to other plant species. Plant Physiol, 125: 1166-1174.

Yui R, Nagata Y, Fujita T. 1988. Immunocytochemical studies on the islet and the gut of the arctic lamprey, Lampetra japonica. Arch Nistol Cytol, 51 (1): 109-119.

Yutaka S, Takeshi K, Yuji K, et al. 2003. Large scale EST analyses in Ciona intestinalis. Gene, 213: 314-318.

Zanetti V C, Silveira da R B, Dreyfuss J L, et al. 2002. Morphological and biochemical evidence of blood vessel damage and fibrinogenolysis triggered by brown spider venom. Blood Coagul Fibrinolysis, 13: 135-148.

Zavalova L L, Basanova A V, Baskova I P. 2002. Fibrinogen-fibrin system regulators from bloodsuckers. Biochemistry, 67: 135-142.

Zdobnov E M, Apweiler R. 2001. InterProScan--an integration platform for the signature-recognition methods in InterPro. Bioinformatics, 17 (9): 847, 848.

Zeilinger C, Steffens M, Kolb H A. 2005. Length of C-terminus of rCx46 influences oligomerization and hemichannel properties. Biochimica et Biophysica Acta, 1720: 35-43.

Zen K, Babbin B A, Liu Y, et al. 2004. JAM-C is a component of desmosomes and a ligand for CD11b/CD18-mediated neutrophil transepithelial migration. Molecular Biology of the Cell, 15: 3926-3937.

Zen K, Parkos C A. 2003. Leukocyte-epithelial interactions. Current Opinion in Cell Biology, 15: 557-564.

Zhang D, Li F, Douglas W, et al. 2002. Physical and functional interaction between myeloid cell leukemia 1 protein (MCL1) and fortilin. J Biol Chem, 277 (40): 37430-37438.

Zhang D, Li F, Douglas W, et al. 2002. Physical and functional interaction between myeloid cell leukemia 1 protein (MCL1) and fortilin: The potential role of MCL1 as a fortilin chaperone. J Biol Chem, 277 (40): 37430-37438.

Zhang J C, Claffey K, Sakthivel R, et al. 2000. Two-chain high molecular weight kininogen induces endothelial cell apoptosis and inhibits angiogenesis: partial activity within domain 5. FASEB J, 14: 2589-2600.

Zhong L, Wang K, Tan J, et al. 2002. Putative cytochrome P450 genes in rice genome (Oryza sativa Lssp. indica) and their EST evidence. Science in China, 45 (5): 512-517.

Zhou J, Fan R, Wu C, et al. 1997. Assay of lumbrokinase with a chromophoric substrate. Prot Pept Lett, 4: 409-414.

Zhou J W, Bjourson A J, Coulter D J M, et al. 2007. Bradykinin-related peptides, including a novel structural variant, (Val1) -bradykinin, from the skin secretion of Guenther's frog, Hylarana guentheri and their molecular precursors. Peptides, 28: 781-789.

Zhou M Y, Siu K L, Bergenfeld M T. 1998. In Vivo expression of neutrophil inhibitory factor via genetrasfer prevents lipopolysaccharide-induced lung neutrophil infiltration and injury by a β2 integrin-dependent mechanism. J Clin Invest, 101: 2427-2437.

Zhou Z H, Yang H L, Xu X Q, et al. 2006. The first report of kininogen from invertebrates. Biochem Biophys Res, Commun, 247: 1099-1102.

Zhu L H, Zhao T Y, Lu B L. 2002. Studies on oral glands of mosquitoes. Acta Paraitol Med Entomol Sin, 9 (3), 178-186.

彩　　图

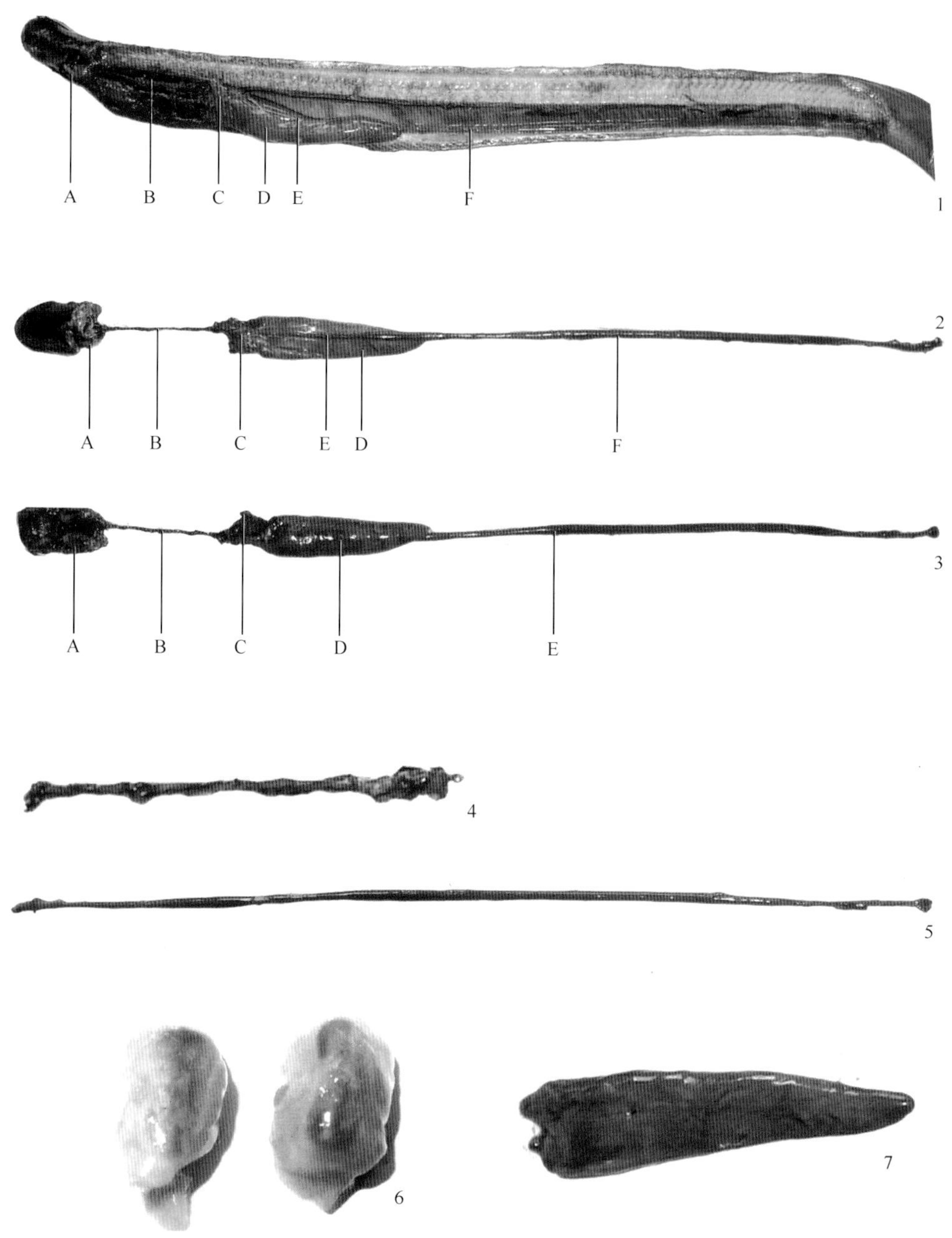

彩图 1　七鳃鳗消化系统解剖图

1. 消化系统去生殖腺；2. 消化系统体外正面；3. 消化系统体外背面；4. 食道；5. 肠；6. 口腔腺；7. 肝脏。
A. 口腔腺；B. 食道；C. 胰；D. 肝；E. 肠；F. 肠

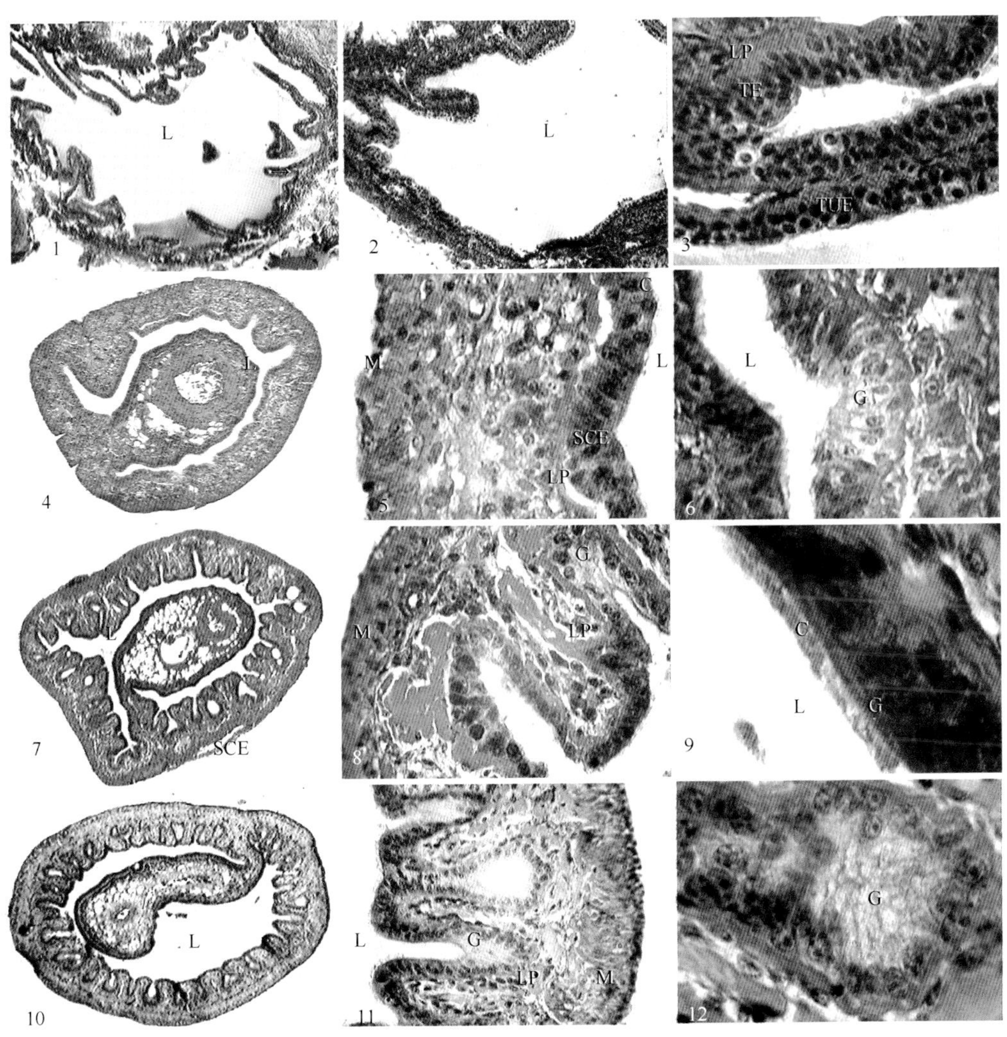

彩图 2　七鳃鳗肠显微观察图

1. 食道前段横切，×40；2. 食道后段横切，×100；3. 变移上皮，×400；4. 前肠横切，×40；5. 前肠肠壁，×250；6. 分泌细胞，×400；7. 中肠横切，×40；8. 中肠肠壁，×250；9. 上皮纤毛，×1000；10. 后肠横切，×40；11. 后肠肠壁，×250；12. 后肠肠腺，×1000。L. 消化道腔（lumen of digestive tract）；TUE. 复层立方上皮（stratified cuboidal epithelium）；TE. 变移上皮（transitional epithelium）；G. 腺体（glandular body）；LP. 固有膜（lamina propria）；M. 肌层（muscle）；SCE. 单层柱状上皮（simple columnar epithelium）；C. 纤毛（cilia）

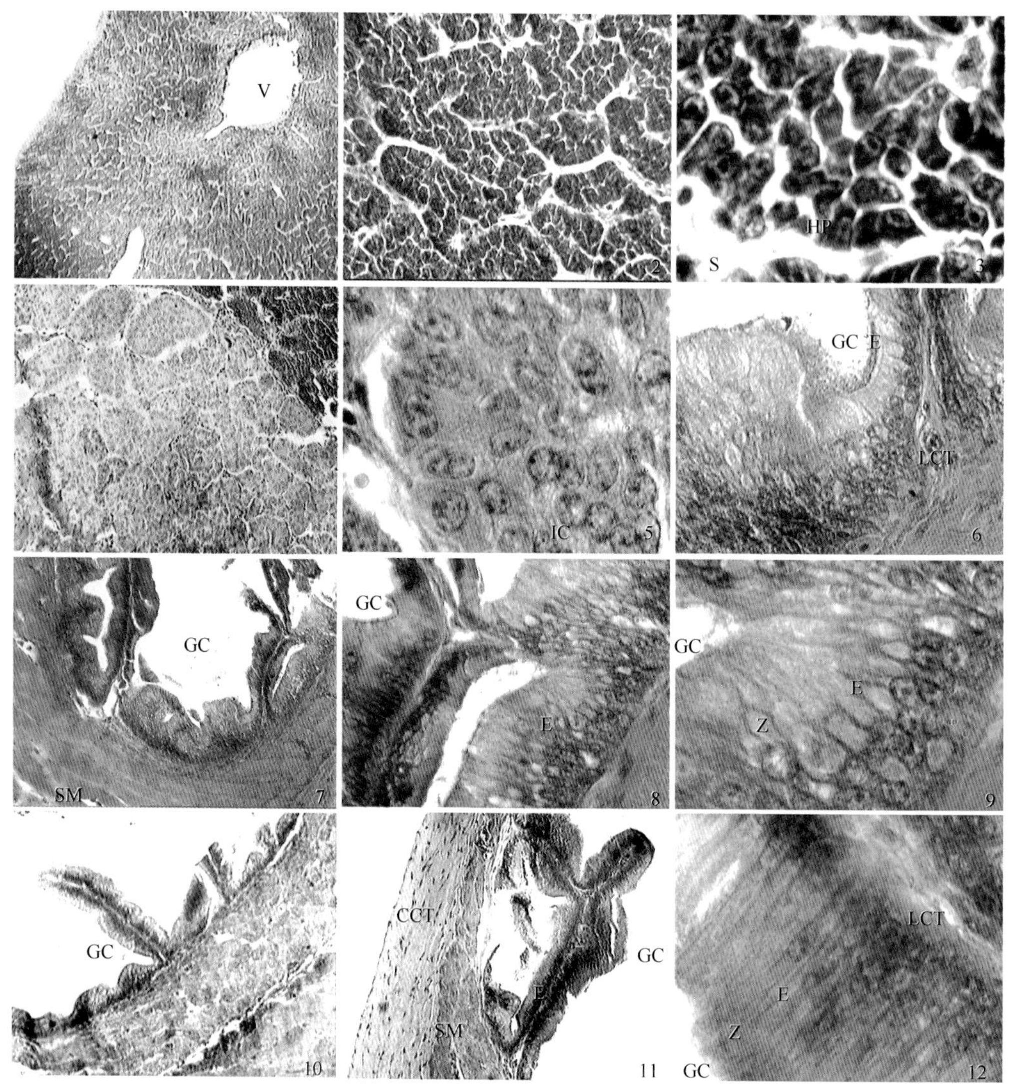

彩图 3　七鳃鳗肝脏和口腔腺显微观察图

1. 肝脏，×100；2. 肝脏，×250；3. 肝细胞，×1000；4. 胰岛，×100；5. 胰岛细胞，×1000；6 口腔腺结缔组织，×1000；7. 口腔腺一端横切，×100；8. 口腔腺一端的分泌细胞，×400；9. 口腔腺一端的分泌细胞，×1000；10. 口腔腺中部横切，×100；11. 口腔腺中部横切，×250；12. 口腔腺中部细胞，×1000。V. 中央静脉（central vein）；S. 肝血窦（hepatic sinusoid）；HP. 肝细胞索（hepatic plate）；IC. 胰岛细胞（isolate cell）；GC. 腺腔（gland cavity）；E. 上皮（epithelium）；Z. 酶原颗粒（zymogen granule）；LCT. 疏松结缔组织（loose connective tissue）；CCT. 致密结缔组织（compact connective tissue）；SM. 骨骼肌（skelecton muscle）

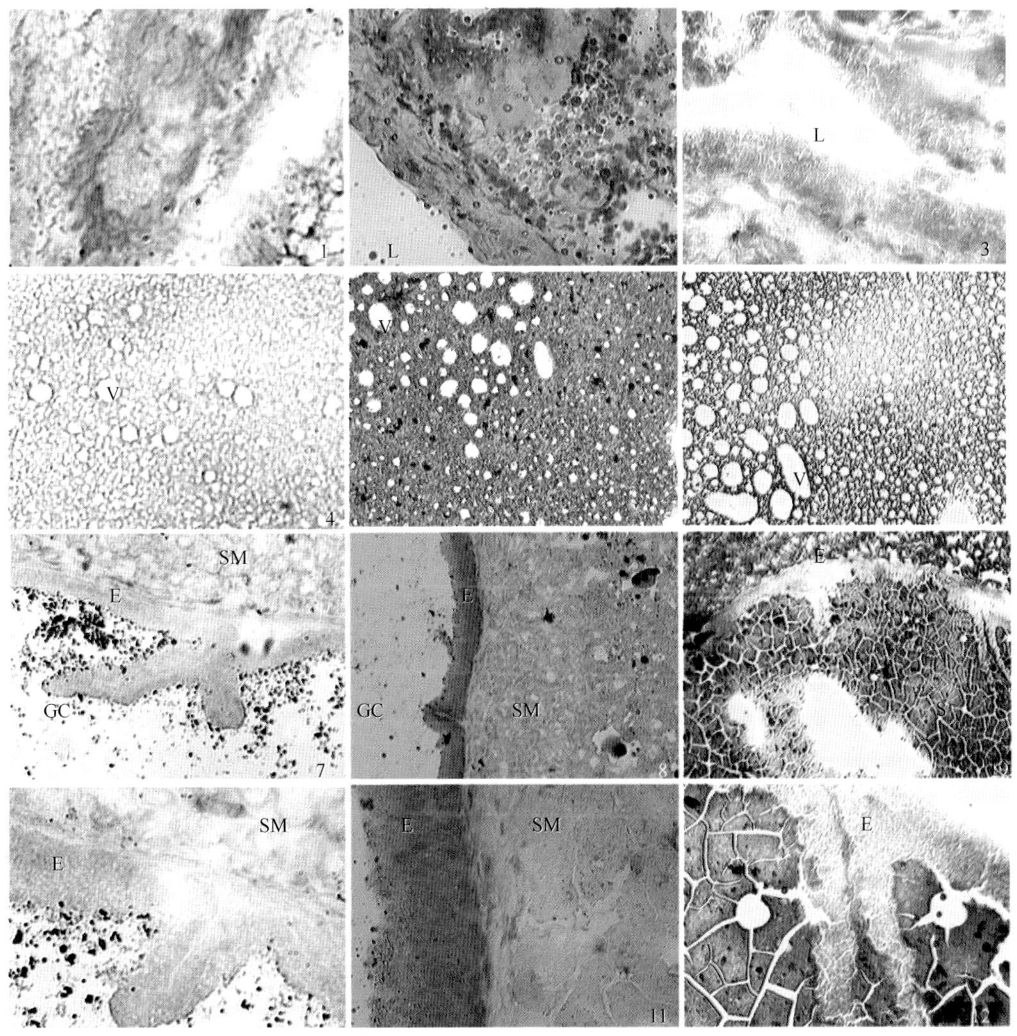

彩图 4　七鳃鳗肝脏、肠道和口腔腺细胞内容物显微观察图

1. 口腔腺碳水化合物横切，×100；2. 口腔腺脂类横切，×100；3. 口腔腺蛋白横切，×100；4. 口腔腺碳水化合物横切，×400；5. 口腔腺脂类横切，×400；6. 口腔腺蛋白横切，×400；7. 肠碳水化合物横切，×400；8. 肠脂类横切，×400；9. 肠蛋白横切，×1000；10. 肝脏碳水化合物，×100；11. 肝脏脂类，×250；12. 肝脏蛋白，×1000。SM. 骨骼肌（skelecton muscle）；S. 分泌物（secretion）；E. 上皮（epithelium）；GC. 腺腔（gland cavity）；L. 消化道腔（lumen of digestive tract）；V. 中央静脉（central vein）

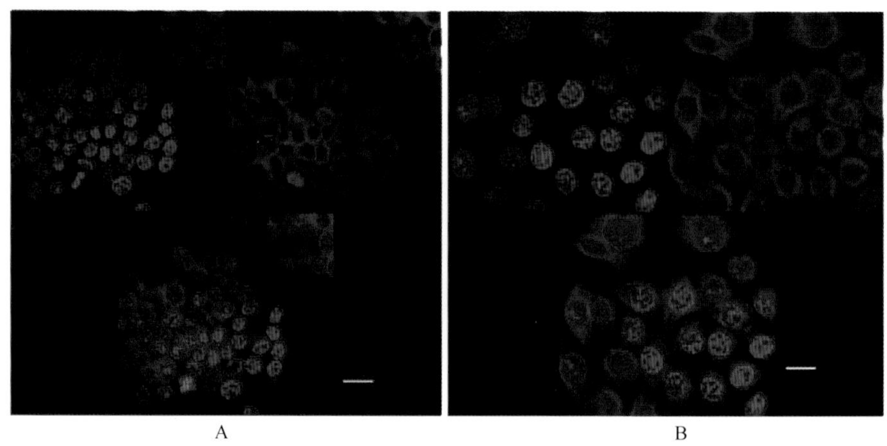

彩图 5　荧光显微镜下示 lamphredin 对人 HeLa 细胞的作用

A. 未添加 lamphredin 的人 HeLa 细胞；B. 添加 lamphredin 后的人 HeLa 细胞。蓝色显示被 Hoechst 33258 染料染色的细胞核；红色显示 HeLa 细胞中的微管蛋白。Bar = 10 μm

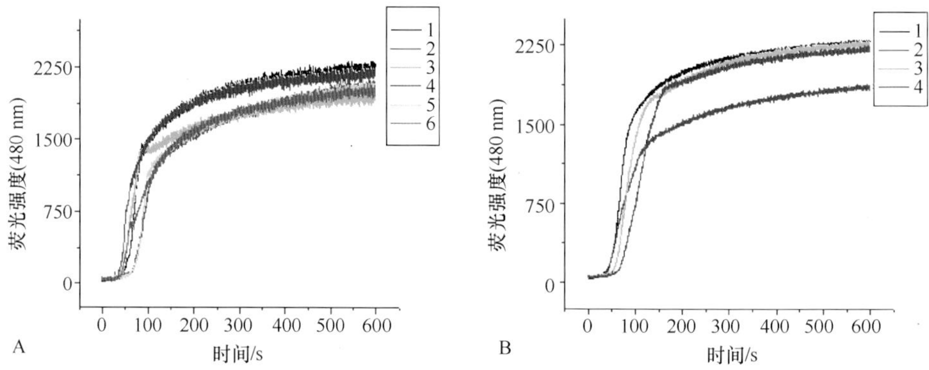

彩图 6　光散色法测定酶活性

A. 光散色法测定 BGSP-1 和 BGSP-2 活性；1. 纤维蛋白原与 50 mmol/L NaCl 孵育；2. 0.18 mg/ml BGSP-1；3. 0.16 mg/ml BGSP-2；4. 0.12 mg/ml BSA；5. 0.18 mg/ml BGSP-1 和 0.16 mg/ml BGSP-2；6. 0.18 mg/ml BGSP-1 和 0.12 mg/ml BSA。B. 光散色法测定钙镁离子对 BGSP-1 活性的影响；1. 纤维蛋白原与 50 mmol/L NaCl 孵育；2. 0.28 mg/ml BGSP-1；3. 0.18 mg/ml BGSP-1 和 10 mmol/L Ca^{2+}；4. 0.28 mg/ml BGSP-1 和 10 mmol/L Mg^{2+}

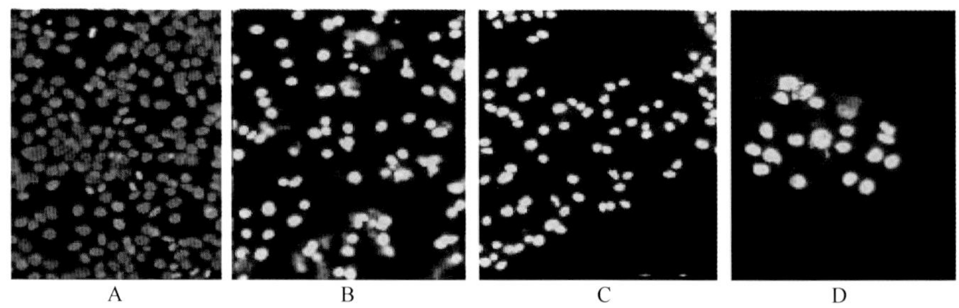

彩图 7　rLj-RGD1 诱导引起的 HeLa 细胞核的形态变化（示细胞凋亡）

凋亡细胞被染成亮蓝色，正常细胞为浅蓝色。A. HeLa 正常细胞；B~D. HeLa 细胞添加 10.7 μmol/L 、16.0 μmol/L 和 21.3 μmol/L rLj-RGD1 诱导 24 h

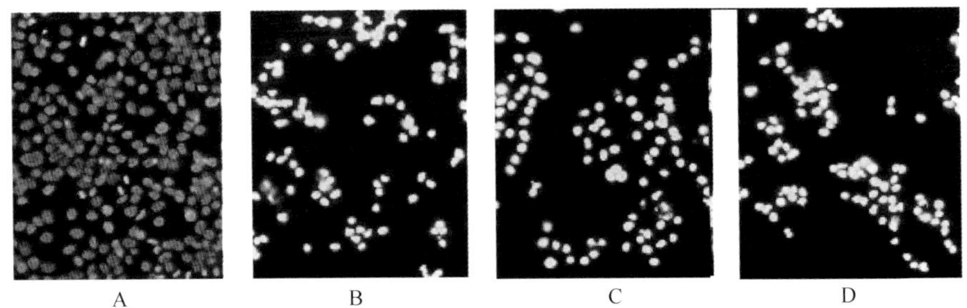

彩图 8 rLj-RGD2 诱导引起的 HeLa 细胞核的形态变化（示细胞凋亡）

凋亡细胞被染成亮蓝色，正常细胞为浅蓝色。A. HeLa 正常细胞；B～D. HeLa 细胞添加 10.7 μmol/L 、16.0 μmol/L 和 21.3 μmol/L rLj-RGD2 诱导 24 h

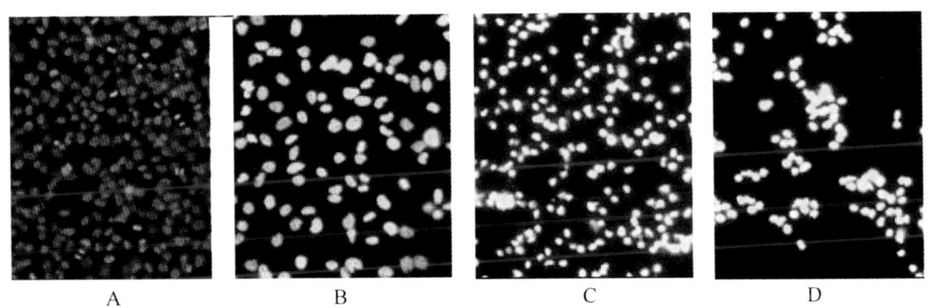

彩图 9 rLj-RGD3 诱导引起的 HeLa 细胞核的形态变化（示细胞凋亡）

凋亡细胞被染成亮蓝色，正常细胞为浅蓝色。A. HepG2 正常细胞；B～D. HepG2 细胞添加 10.7 μmol/L 、16.0 μmol/L 和 21.3 μmol/L rLj-RGD3 诱导 24 h

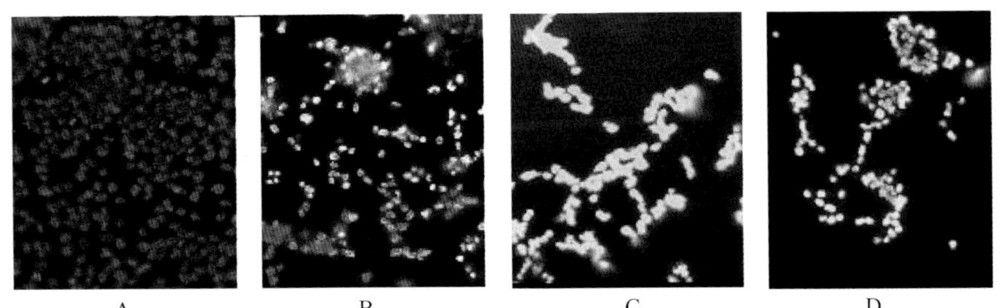

彩图 10 rLj-RGD1 诱导引起的 HepG2 细胞核的形态变化（示细胞凋亡）

凋亡细胞被染成亮蓝色，正常细胞为浅蓝色。A. HepG2 正常细胞；B～D. HepG2 细胞添加 10.7 μmol/L 、16.0 μmol/L 和 21.3 μmol/L rLj-RGD1 诱导 24 h

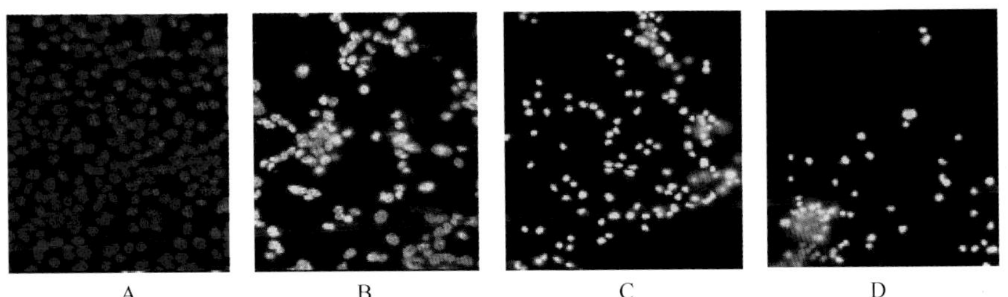

彩图 11 rLj-RGD2 诱导引起的 HepG2 细胞核的形态变化（示细胞凋亡）

凋亡细胞被染成亮蓝色，正常细胞为浅蓝色。A. HepG2 正常细胞；B～D. HepG2 细胞添加 10.7 μmol/L 、16.0 μmol/L 和 21.3 μmol/L rLj-RGD2 诱导 24 h

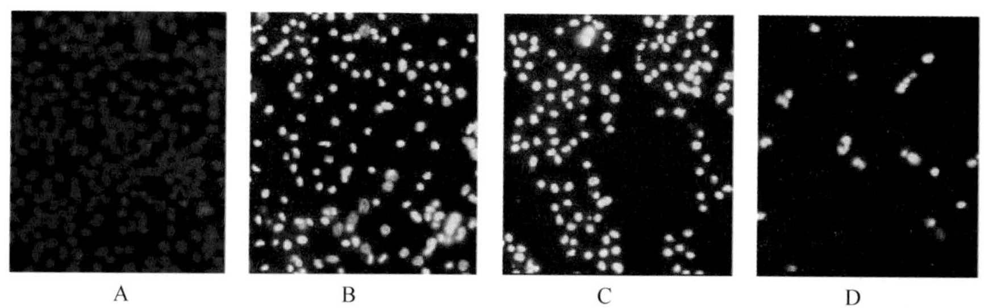

彩图 12　rLj-RGD3 诱导引起的 HepG2 细胞核的形态变化（示细胞凋亡）

凋亡细胞被染成亮蓝色，正常细胞为浅蓝色。A. HepG2 正常细胞；B～D. HepG2 细胞添加 10.7 μmol/L 、16.0 μmol/L 和 21.3 μmol/L rLj-RGD3 诱导 24 h

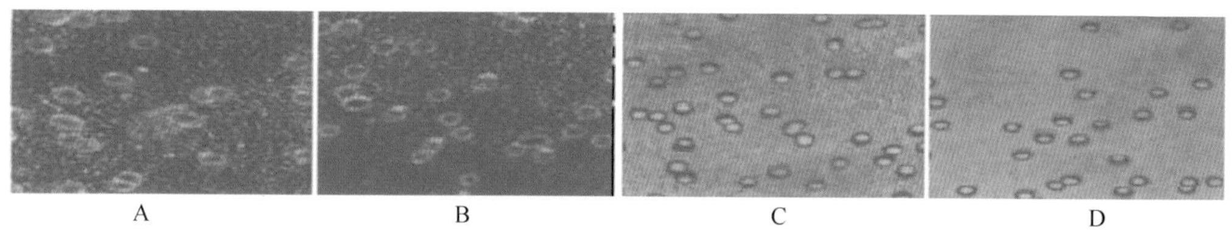

彩图 13　rLj-RGD3 对 HeLa 细胞向 bFGF 迁移的影响（Olympus 相差显微镜，×400）

A. HeLa 细胞用 PBS 处理未用 bFGF 诱导；B. HeLa 细胞用 3.46 μmol/L rLj-RGD3 处理未用 bFGF 诱导；C. HeLa 细胞用 PBS 处理并用 bFGF 诱导；D. HeLa 细胞用 3.46 μmol/L rLj-RGD3 处理并用 bFGF 诱导

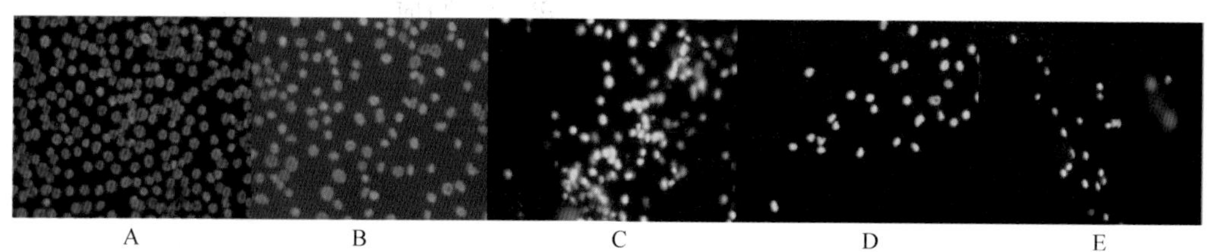

彩图 14　Hoechst 染色法示脂质体包被 Grimin 诱导 ECV304 细胞发生凋亡（Olympus 荧光显微镜，×400）

A. PBS 对照：示正常的细胞核只被染成淡蓝色；B. 脂质体作用对照：细胞核只被染成淡蓝色，表明脂质单独作用细胞不发生凋亡；C. 脂质体包被的 80 μl/ml 的 Grimin 诱导发生凋亡：细胞核由于致密浓缩，吸收 Hoechst 染料能力增强，细胞核发出亮蓝色荧光；D. 120 μl/ml 的 Grimin 作用；E. 160 μl/ml 的 Grimin 作用

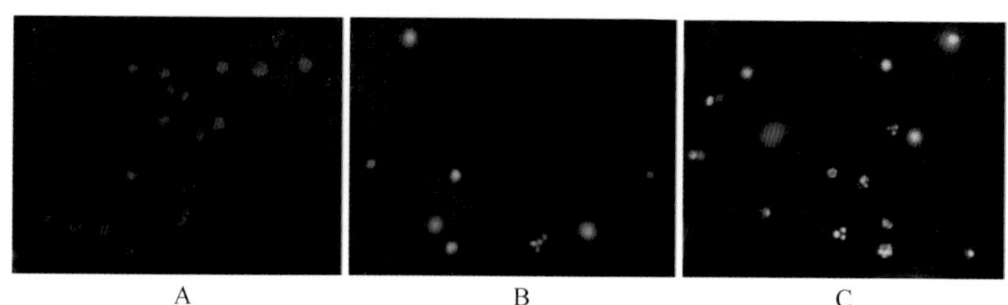

彩图 15　Hoechst 染色法示脂质体包被 Grimin 诱导 HL60 细胞发生凋亡（Olympus 荧光显微镜，×400）

A. PBS 对照；B. 40 μl/ml 蛋白质作用 48 h；C. 80 μl/ml 蛋白质作用 48 h

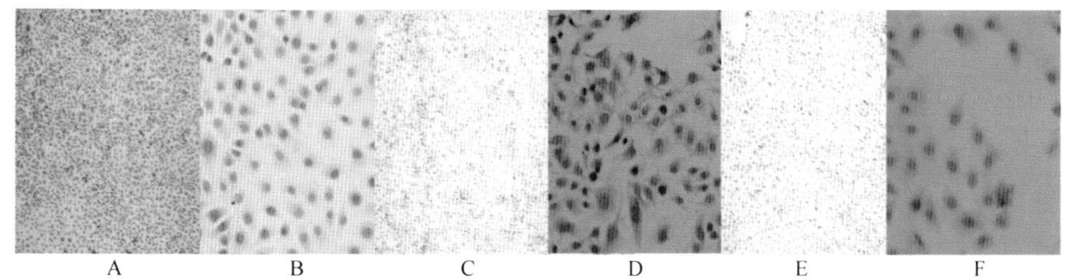

彩图 16　苏木素伊红（HE）染色法示脂质体包被 Grimin 诱导 ECV304 细胞发生凋亡（Olympus 荧光显微镜，×100，×400）

A，B. PBS 对照；C，D. 40 μl/ml 蛋白质作用 48 h；E、F. 80 μl/ml 蛋白质作用 48 h

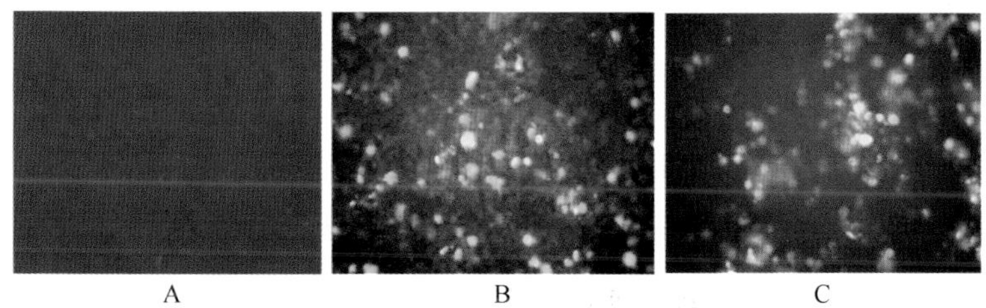

彩图 17　荧光显微镜检测重组质粒 pcDNA3. 1/NT-GFP rLj-GRIM19 转染 HeLa 细胞后的绿色荧光蛋白表达情况（Olympus 荧光显微镜，100×）

A. 未转染重组质粒 pcDNA3. 1/NT-GFP- rLj-GRIM19 的 HeLa 细胞，未见绿色荧光蛋白；B. 转染 pcDNA3. 1/NT-GFP 空质粒的阳性对照，可见绿色荧光蛋白表达；C. 转染重组质粒 pcDNA3. 1/NT-GFP- rLj-GRIM19 的 HeLa 细胞，于转染后 72 h 的绿色荧光蛋白表达情况

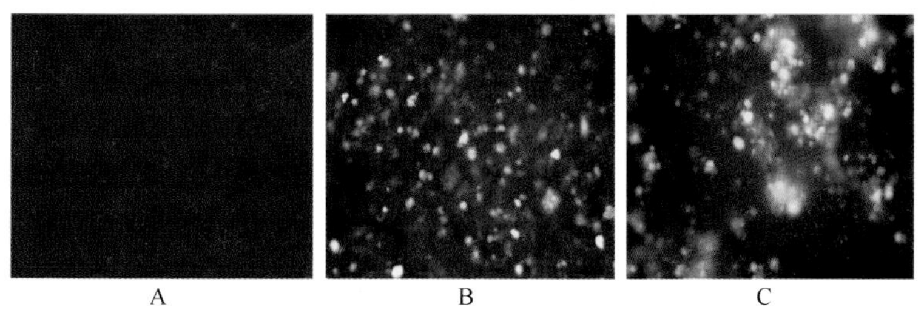

彩图 18　荧光显微镜（Olympus）检测重组质粒 pcDNA3. 1/NT-GFP- rLjGRIM19 转染 HepG2 细胞后的绿色荧光蛋白表达情况（Olympus 荧光显微镜，100×）

A. 未转染重组质粒 pcDNA3. 1/NT-GFP- rLj-GRIM19 的 HepG2 细胞，未见绿色荧光蛋白；B. 转染 pcDNA3. 1/NT-GFP 空质粒的阳性对照，可见绿色荧光蛋白表达；C. 转染重组质粒 pcDNA3. 1/NT-GFP- rLj-GRIM19 的 HepG2 细胞，于转染后 72 h 的绿色荧光蛋白表达情况

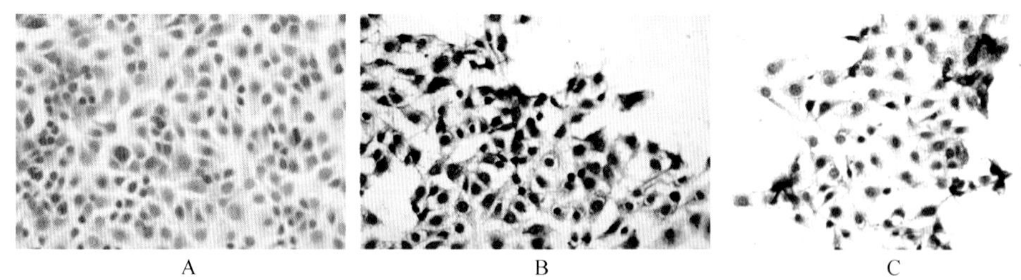

彩图 19　苏木素伊红染色示 rLj-GRIM19 转染 72 h 后 HepG2 细胞和 HeLa 细胞的形态学变化（Olympus 光学显微镜 400×）

A. 对照空质粒转染细胞；B. rLjGRIM19 转染 HepG2 细胞；C. rLjGRIM19 转染 HeLa 细胞

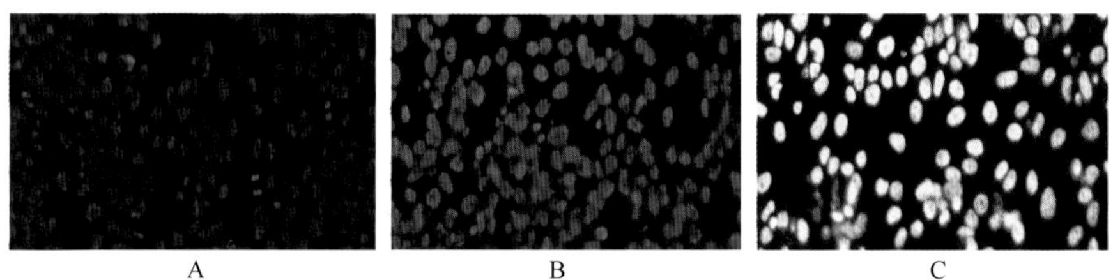

彩图 20　重组质粒 pcDNA3. 1/NT-GFP- rLj-GRIM19 转染 HeLa 细胞的 Hoechst 染色情况（Olympus 荧光显微镜，100×）

A. 未转染重组质粒 pcDNA3. 1/NT-GFP- rLj-GRIM19 的 HeLa 细胞，未见细胞发生凋亡；B. 转染 pcDNA3. 1/NT-GFP 空质粒的 HeLa 细胞，未见细胞发生凋亡；C. 转染重组质粒 pcDNA3. 1/NT-GFP- rLj-GRIM19 的 HeLa 细胞，于转染后 72 h 细胞发生凋亡，染色质呈致密浓染状态，发出强烈蓝色荧光

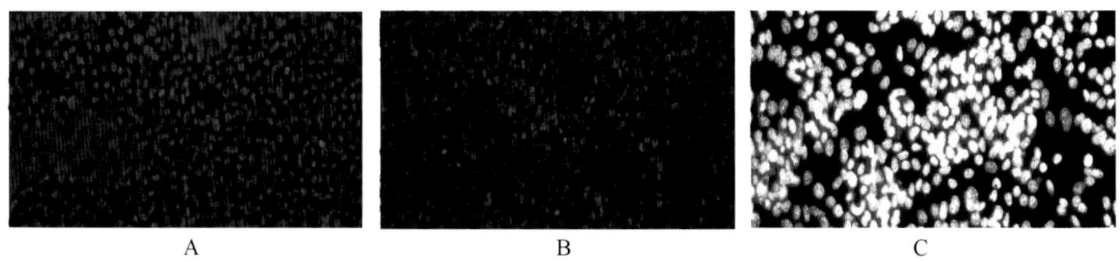

彩图 21　重组质粒 pcDNA3. 1/NT-GFP- rLj-GRIM19 转染 HepG2 细胞的 Hoechst 染色情况（Olympus 荧光显微镜，100×）

A. 未转染重组质粒 pcDNA3. 1/NT-GFP- rLj-GRIM19 的 HepG2 细胞，未见细胞发生凋亡；B. 转染 pcDNA3. 1/NT-GFP 空质粒的 HepG2 细胞，未见细胞发生凋亡；C. 转染重组质粒 pcDNA3. 1/NT-GFP- rLj-GRIM19 的 HepG2 细胞，于转染后 72 h 细胞发生凋亡，染色质呈致密浓染状态，发出强烈蓝色荧光

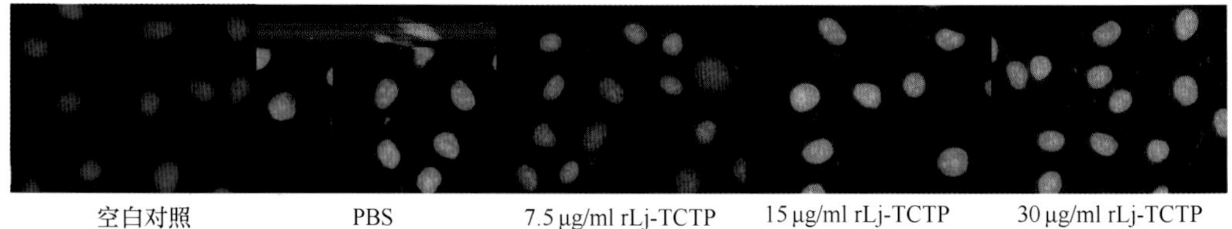

彩图 22　荧光显微镜对 HeLa 细胞凋亡检测结果